HEYNE BÜCHER

SCIENCE FICTION

Herausgegeben
von Wolfgang Jeschke

FRIEDRICH SCHOLZ

NACH DEM ENDE

Science Fiction Roman

Originalausgabe

WILHELM HEYNE VERLAG
MÜNCHEN

HEYNE SCIENCE FICTION & FANTASY
Band 06/4273

Redaktion: Wolfgang Jeschke

Printed in Germany 1986
Umschlagbild: Pete Lyon
Umschlaggestaltung: Atelier Ingrid Schütz, München
Textillustrationen von Carmen-Maria Müller
Satz: Schaber, Wels
Druck und Bindung: Elsnerdruck, Berlin

ISBN 3-453-31253-8

ERSTES BUCH

ZWEITES BUCH

Dank an Katja,
Christiane und Lotte

Erstes Buch

Die ungezählten Jahre und ein Sommer

1. Kapitel

Die alten Betongeschichten, und wie man im Beton lebt

Es gab einmal eine Zeit, die nennt man die Alte Zeit, da sind die Menschen nicht gestorben, nicht vor Hunger und Kälte und nicht vor Seuche und Gebrechen, sondern lebten lange, erzeugten Kinder, bis es so viele waren, daß sie ihre Häuser aufeinanderstellen mußten, und sie lebten bald übereinander in hundert aufeinandergestellten Häusern, die errichteten sie überall auf der Welt, wo fester Grund war. Als aber aller fester Grund vollgestellt war mit ihren Häusern, da reichten die immer noch nicht für alle Menschen.

Das sah das Weltenauge, hatte ein Einsehen und machte, daß die Menschen sterben mußten, und die wollten auch gerne sterben, starben auch alle bis auf wenige, und sind auch wenige geblieben bis zum heutigen Tage. Aber aus dieser Zeit sind uns die aufeinandergestellten Häuser geblieben, weil sie aus Gestein sehr fest und dauerhaft errichtet sind, das sind die Hochsteine, die nennt man auch Hohlsteine, weil sie hoch und hohl sind, und alle Hochsteine zusammen mit den Weiden und dem Gehölz dazwischen nennt man das Beton.

Darin sind die Betonmenschen, die leben und sterben im Beton, und sie sagen: So wie es immer war, so soll es immer bleiben. Und sie wollen nicht die Veränderung, und sie fürchten die Veränderung mehr als den Tod, und haben alle ihre Ruhe gefunden im Beton.

So gehen die Betongeschichten.

Und so: Einstmals, als das Weltenauge ein Einsehen hatte und machte, daß die Menschen der Alten Zeit sterben müssen, und wenige geblieben sind, da fing die Neue Zeit an. Da hat ein jeder seinen Platz gesucht im Beton und auch seinen Platz gefunden, aber sieben sind zuviel gewesen, die haben keinen Platz gefunden in keinem Beton. Die gehen seitdem ruhelos durch die Welt und suchen ihren richtigen Platz in der Welt und haben sich dazu große feste Flügel gemacht und fliegen mit ihren großen festen Flügeln über die ganze Welt mit unerträglichem Lärm, der kommt von ihrem Wehgeschrei, kommt herab zu uns, das sind die Sieben Ruhelosen, die nennt man auch die Super. Und jeder Betonmensch weiß, daß die Super beim Fluge gute Freunde gefunden haben im Himmel, das sind die Himmlischen, die haben das Himmelsrecht, das kommt auf uns herab mit Feuerstrahl und Rauchpilz, und jeder Betonmensch fürchtet sich vor den Himmlischen und sieht nicht zum Himmel hinauf, sondern sieht immer hinab zur Erde, da ruht das Weltenauge tief unten.

Und die Sieben Ruhelosen, die nennt man auch die Super, die haben von den Himmlischen das Zaubern gelernt, und sie zaubern scharfe Messer, Äxte und Sägen, spitze Nadeln und Schnappfallen aus Eisen, Zündspäne und Rattengift, auch Salz im Leinsack, Gerbsäure in der Glasflasche und vieles dazu, was man braucht im Beton, aber nicht findet darin und auch nicht machen kann. Und weil die Super sonst nichts machen wollen als herumfliegen und zaubern, und auch ihre eigene Arbeit nicht machen wollen, so geht der Betonmensch zu ihnen hin und macht ihnen ihre Arbeit für Euros, und die Super nehmen dem Betonmenschen die Euros wieder ab für Messer, Axt, Säge und alles, was der Betonmensch selber nicht machen kann, weil er das Zaubern nicht gelernt hat. Und wer im Beton lebt, der lebt nach den Betongeschichten, auch wers besser weiß.

Wer aber nicht im Beton leben will, der muß in den Wald gehen mit einer schweren Axt und mit guten Fallen und muß sich im Wald seine Hütte bauen, aber nicht zu nahe bei der Hütte eines Waldmenschen, sonst wird ihm seine Hütte abgebrannt von den Waldmenschen, seine Fallen mit seiner Axt zertrümmert und die Axt zerbrochen, denn der Waldmensch sagt: So weit ich an einem Tag von meiner Hütte gehen kann und wieder zurück zu meiner Hütte, so weit darf kein anderer seine Hütte errichten. Und er schlägt mit seiner Axt den Roten Kreis in den Wald, zehn mal zehn Schritte in jede Richtung, und räumt das Holz weg und streut das Rotsalz drauf, daß es den Libellenmann anlockt, der senkt sich mit unerträglichem Lärm herab auf den Roten Kreis, und der Waldmensch zeigt ihm ein jedes Tier, das in seine Fallen gelaufen ist, und keins davon versteckt er vor dem Libellenmann, denn er weiß, daß der Libellenmann vom Himmel herabgestiegen ist zu ihm, von den Super kommt er, und er weiß, daß der Super jeden Baum und jedes Tier und jede Frucht im Wald kennt, und weil er jeden Baum und jedes Tier und jede Frucht kennt, so ist es sein Baum und sein Tier und seine Frucht. Damit aber der Waldmensch ihm alles gut erhält und pflegt und hegt, so schenkt er durch seinen Libellenmann dem Waldmenschen einen Baum für seine Hütte, einen zum Feuerholz, ein Tier für seinen Fellumhang und eins zu seiner Nahrung, und zwei Früchte zu seiner Freude.

So lebt der Waldmensch, und auch in den Bergen lebt so der Bergmensch.

Wer aber im Beton leben will, und wer darin lange leben will, der macht seinen Vertrag mit der Bande, und sein Vertrag mit der Bande ist wie sein Leben: kurz oder lang. Und der macht alles so, wie es die Bande will, und wie das Recht ist in der Bande, und der gehorcht dem Anführer der Bande aufs Wort, denn die Banden sind stark, haben viele Rechte durch ihre Stärke und durch Vertrag, verlangen Wegzoll und Brückenzoll und wachen darüber, wie es im Beton geht.

Es gibt vor allem die Schafbanden, die Fischerbanden beim Mainfluß, die Gleisbanden und die Brückenbanden, Banden, die tief unter dem Beton wühlen und hervorholen, was die Menschen in der Alten Zeit dort versteckt haben, Glas, Eisen, Rasiermesser, Nägel, Dosen und Räder, das sind die Wühler, und Banden, die klettern in den Hochsteinen herum, sehr hoch oben bei den Greifvögeln, die holen alles herunter, was die Menschen in der Alten Zeit oben gelassen haben, Eimer, Krüge, Flaschen, Kannen, Kästen, Röhren, alles aus dem leichten Buntholz, das verfault nicht, weil die Würmer es nicht fressen, das sind die Kletterbanden, und beide, die Wühler und die Kletterbanden, bringen alles zum Bappen hin, so nennen sie den Markt, da wird getauscht und eingehandelt.

Wer aber nicht in die Bande gehen will, der muß einen schnellen Kopf haben und sehr gut aufpassen, daß sein Leben nicht kurz wird.

Mein Vater ist mit mir über Sommer und Winter durchs große Rheinmainbeton gegangen und er hat sein Zelt auf allen Bappen errichtet, ist aber nicht in die Bande gegangen, sondern war unter ihrem Schutz, hatte Zeltrecht, Wasserrecht und Tauschrecht durch Vertrag mit den Bappenbanden. Mein Vater hat aber nicht Eimer gegen Nägel, oder Glas gegen Rasiermesser getauscht, sondern mein Vater hat seine Späße gemacht vor den Menschen. Mit seinen schnellen Händen konnte er verwandeln und verschwinden lassen, was er wollte, und aus der Luft zurückholen, was verschwunden war, und mit seiner Stimme konnte er ein anderer sein, sogar eine Frau oder ein piepsendes Kind, konnte sogar mit zwei Stimmen reden, und schnell, und die Menschen tauschten seine Späße ein wie etwas Nützliches, das man nötig braucht, und gaben ihm dafür Brot, Salz im Leinsack, Felle und Euros.

An guten Tagen standen viele Menschen vor seinem Zelt und lachten laut und vergaßen ihren Hunger, wenn sie meinem Vater Geldstücke von ein und zwei Euros hinwarfen, die fing er geschickt auf, steckte sie in den Mund, kostete, ob sie schmecken, sie schmeckten, also kaute er sie und verdrehte die Augen dazu und schluckte, als ob man Geldstücke essen und davon satt werden kann. Und niemand sah, wie er sie in Wirklichkeit in seinem Fellumhang versteckte. Die gehörten dann ihm.

Mein Vater hatte auch eine Puppe mit einem Kopf aus Lindenholz geschnitzt, von den Holzschnitzern im Ruhrbeton, die konnte den Mund auf und zu machen, die nahm er in den Arm und redete mit der. Die Puppe war aber sehr dumm und konnte nicht verstehen, was mein Vater zu ihr sagte, und dann sah sie ihn blöd an und knarrte mit ihrer Stimme wie aus Holz: »Pahnjemaju«, und davon bekam mein Vater seinen Namen, und sie nannten ihn alle den Pahnje.

Mein Vater war auch ein geschickter Fallensteller mit den Schnappfallen aus Eisen. Die stellte er dem Hasen in den Weg, daß er drauftreten mußte bei seinem Gang zum Bach, da schnappte die Falle zu und hielt den Hasen fest. Und manchmal am frühesten Morgen, sagte mein Vater zu mir: »Lauf zu den Büschen hinterm Tannengehölz, wo meine Fallen stehen, und rette den Hasen vor dem Wolfshund!« Und wenn er das sagte, dann lief ich schnell hin und fand immer einen Hasen in der Schnappfalle, den habe ich mit einem Stein erschlagen, und dann habe ich mit den Füßen in die

Falle getreten und sie mit beiden Händen aufgezogen. Und den Hasen über der Schulter, und die Schnappfalle in der Hand, so sprang ich geschickt über die Bäche, und vor dem Zelt von meinem Vater brannte schon das Feuerholz, und der Hase wurde gedreht und gewendet überm Feuer bis er gar war.

Am Abend, wenn wir beide allein vorm Zelt saßen, da redete er oft von meiner schönen Mutter, die war gestorben nach meiner Geburt, und einmal sah er mich lange an und sagte zu mir: »Du bist auch sehr schön geworden, Frank, und um dich braucht man sich nicht sorgen. Du wirst es auch einmal besser haben als ich, und du wirst auch mehr Glück haben als ich.« Danach schlief ich ein, und als ich gerade den allerschönsten Traum hatte von meinem Glück mit meiner Schönheit, wie mein Vater es mir versprochen hatte, da kam eine große Helle auf meine Augen, und ich sah nach, was das für eine Helle ist, und da lag ich in meinem Schlafsack unter der Morgensonne, und mein Vater war mit seinem Zelt verschwunden. Und ich habe ihn nicht wiedergesehen.

Vor unserem Zelt hat auch oft ein Kind gestanden, stumm, und hat nie gelacht, von dem sah man nur Augen und Haare und Knochen. Die Mutter von diesem Kind war eine kluge und geschickte Frau, gehörte zur Bande von ihrem Bruder, einer Kletterbande, sie aber machte gute Umhänge und Gewebe. Als die mich nun allein auf dem Bappen sah, da trat sie zu mir heran und wollte mich für die Bande von ihrem Bruder haben, daß ich mit dem Vertrag mache, hochklettere und ganz oben bei den Greifvögeln die Hochsteine ausräume für die Bande.

Ich tat so, als ob mir das gut gefällt, so bekam ich ein Lager bei denen, ich fand aber jeden Morgen einen neuen Grund, daß ich mit der Bande noch keinen Vertrag machen kann, stand immer am Bappen, als ob ich auf meinen Vater warte, wartete aber nicht auf meinen Vater, sondern wartete auf eine Arbeit, die mir besser gefällt.

Da sah ich die Schafe der Rainer-Kloht-Bande, stellte mich zu den Schafen und lobte sie mit lauter Stimme und machte die schwerer als sie waren und besser, und der Kloht sah, daß man die Schafe mit mir besser tauschen kann, so machte er

Vertrag mit mir, daß durch mich aus dem Schafhandel ein lustiges Spiel werden soll, das jeder gern hat, sogar wer zuerst nicht tauschen will, und ich holte bald guten Tausch und viele Euros für seine Schafe herein, und ich bekam dafür ein Lagerrecht bei der Bande, über ihren Schafen.

Nun kam die Mutter von dem Kind wieder zu mir, und das Kind sah mit seinen großen Augen zu, und ich dachte: Das Kind ist stumm. Die Mutter wollte aber jetzt nicht mehr, daß ich in die Bande von ihrem Bruder gehe, sondern sie wollte von mir das Vlies vom Schaf mit Vorteil einhandeln, dafür gibt sie mir ein gutes Gewebe mit Vorteil, und so machten wir auch den Vertrag.

Aber unser Vertrag ging nicht lange, denn bald drauf kam zu ihr der Rotfleckige Tod, zuerst ins Gesicht, dann auf den ganzen Leib, und sie legte sich auf ihr Weiches Lager und starb nach sieben Tagen, und sie träumt die Träume der Toten, und im Tod träumt sichs besser, und sie träumt mit vielen anderen zusammen, denn der Rotfleckige Tod kommt nie zu einem allein. Und sie gruben das Grab, und bei stinkendem Rauch warfen sie alle Toten in ihren Fellumhängen ins Grab, und sie machten das Grab nicht fruchtbar, weder mit Haselnuß, noch mit Buchecker, noch mit Sonnenblumenkern, denn das Grab der Rotfleckigen darf nicht fruchtbar werden.

Als dann endlich der Rotfleckige Tod zusammen mit seinen Toten begraben war, da ging ich wieder auf den Bappen, und ich sah das stumme Kind wieder, das hatte noch mehr Knochen und noch größere Augen bekommen, und das stand mit seinem ernsten Gesicht vor mir, wenn ich meine Späße mit den Schafen machte, wie es vorher beim Zelt von meinem Vater gestanden hatte, wenn der seine Späße mit den Menschen machte.

Da ging ich hin zu dem Kind und fragte: »Kannst du mich hören?« Das Kind nickte. »Kannst du mich verstehen?« Und das Kind nickte wieder. »Bist du ein Junge?« fragte ich danach, aber das Kind schüttelte den Kopf. Da sagte ich: »Also ein Mädchen bist du. Kannst du denn auch spinnen und weben wie deine Mutter?«

Da nickte das Kind nicht und schüttelte nicht den Kopf, sondern zu meinem Erstaunen redete es: »Der Onkel will, ich soll hinaufklettern wie mein Vater, weil ich klein bin und leicht wie mein Vater. Aber mein Vater ist heruntergefallen vom Hochstein, und ich habe daneben gestanden, und er hat mich nicht gesehen mit seinen großen Augen, denn die waren schon tot. So kann ich nicht hochklettern. Ich will aber gern Umhänge und Gewebe machen für den Onkel, wie meine Mutter.«

»Du hast ja den Webstock von deiner Mutter.«

»Nein«, sagte das Kind, »zuerst wird die Bickelak dem Webstock den Rotfleckigen Tod austreiben, und dann kommt der auf den Bappen.«

Da sah ich das Kind und sagte: »Hol mich, wenn dein Webstock auf den Bappen kommt!«

Bald drauf kam das Kind zu mir gerannt, sagte nichts, sondern nahm meine Hand und führte mich zum Bappen hin, da wurde schon um den Webstock gehandelt und viel geboten. Die Menschen sahen mich gerne kommen, weil sie ihren Spaß haben wollten, so ging ich gleich nach vorn, das Kind immer an der Hand, und bot immer höher, wenn grade einer geboten hatte, und ging hoch hinaus über das, was ein Webstock samt Spinnrad wert ist, und bei zehnmal hundert Euros konnte keiner mehr zählen, so bot ich noch einen Schlafsack und eine Decke drauf, und keiner konnte sich ausdenken, daß ich so hoch bezahlen kann.

Ich rief aber laut, damit einer von der Bappenbande es hören soll: »Ich will ja auch nicht kaufen, sondern verkaufen, und zwar für dieses Kind, denn dem gehört der Webstock von der Mutter her, dazu auch das Spinnrad.«

Einige Menschen schimpften und riefen: »Das ist zu viel!«, weil sie nicht wußten, wieviel das ist, aber einige lachten auch. Und ich rief wieder laut: »Unter dem will das Kind nicht verkaufen«, und dazu hielt das Kind meine Hand fest und sah mich immer an mit seinen großen Augen. Nun schrie der Onkel von dem Kind: »Der Webstock gehört nicht dem Kind, denn ich habe das Kind ernährt seit dem Tod der Mutter, und dazu habe ich noch dem Webstock und dem Spinnrad den Rotfleckigen Tod austreiben lassen für fünfzig Euros von der Bickelak.«

Da stand schon einer von der Bappenbande bei uns, hörte sich alles an und wollte Webstock und Spinnrad mitnehmen, denn so ist das Recht der Bappenbande, wenn sich die Menschen beim Handel streiten.

Ich aber sagte zu dem mit ruhiger Stimme: »Das Kind will beide bezahlen, die Bickelak und den Onkel, und zwar von dem, was die Mutter mir gegeben hat zum Kauf von Vlies und Fell.«

Es wurde ganz still, niemand wollte noch einen Streit, besonders der Onkel nicht, und der von der Bappenbande wartete, bis ich mit dem Onkel einig wurde, was das Kind dem Onkel bezahlen muß, nämlich fünfzig Euros für die Bickelak und siebzig, daß er das Kind ernährt seit dem Tod seiner Mutter, und die fünfzig und die siebzig bezahlte ich auch, das war alles, was ich hatte.

Und dann trugen wir beide, das Kind und ich, den Webstock und das Spinnrad zu dem Hochstein hin, in dem ich mein Lagerrecht über den Schafen von der Rainer-Kloht-Bande hatte.

Dieser Hochstein ist wie jeder andere grün vom Moos, drauf die Moosschnecken, unten gute Höhlen in dicken Mauern aus dem festen Betonstein, drüber die kleinen Lagerhöhlen für die Bande, und auch meine Lagerhöhle, oben wachsen die Birken und die Ebereschen aus den Löchern heraus ans Licht, da bauen auch die Greifvögel ihr Nest, und das Wasser sucht sich seinen Weg, fällt und sammelt sich in den oberen Höhlen, da kann ein geschickter Kletterer Frösche und Krebse fangen, und das Wasser geht als Sturzbach herab und spritzt auf den Boden rings um den Hochstein, da ist der Boden ausgehöhlt und schlammig, und die von der Bande haben große Steine in den ausgehöhlten und schlammigen Boden gelegt, so springt man von Stein zu Stein zur Öffnung hin, steigt ein und steht in der dunklen, warmen Höhle, wo nachts die Schafe vor dem Wolfshund geschützt werden. Da ist immer der Wächter, der läßt nur die von der Bande herein und mich, weil ich das Lagerrecht bei ihnen habe. Man geht zu einer Leiter, aus harten Ästen gemacht, steigt hoch und sucht sich im Dämmerlicht den Weg zu seiner Lagerhöhle.

Zu meinem Lagerrecht hatte ich auch ein Wasserrecht, und ich holte mir das Saubere Wasser aus der Kellerhöhle, denn dort tritt es aus dem Grund hervor, und ich hatte auch den Schutz der Wächter, alles durch Vertrag, und ein Vertrag ist wie Leben und Sterben: Wer den Vertrag hält, der lebt, wer den Vertrag zerstört, zerstört sein Leben.

Als ich nun mit dem Kind in die große untere Höhle eintrat, da gab ich dem Wächter den Euro als Wegzoll für das Kind. Der sah den Webstock und das Spinnrad und staunte sehr. Ich sagte zu ihm: »Das alles habe ich diesem Kind gerettet, man wollte es ihm wegnehmen.« Und dann half mir der Wächter den Webstock über die Leiter hinauftragen, das war nicht leicht, und auch beim Spinnrad half er mir, war auch freundlich zu dem Kind, das stand aber vor der Leiter, sah die an, sah hinauf und wollte nicht aufsteigen.

Da sagte ich zu dem Kind: »Webstock und Spinnrad sind nun gerettet vor dem Onkel. Jetzt rette du dich vor dem Klettern beim Onkel.« Und ich trat hinter das Kind, hob seine dünnen Arme, legte meine Hände um seine Hände, zusammen faßten wir die Sprossen, und so hob ich und schob ich das Kind die Leiter hinauf.

Wer in meine Lagerhöhle will, muß sich zuerst bücken und dann einen großen Schritt machen über ein Loch im Boden, durch dieses Loch kommt nachts die Wärme von den Schafen zu mir herauf. Ich zeigte nun dem Kind, wie man sich zuerst durch den niedrigen Eingang bückt und dann den großen Schritt über das Loch macht, und als wir drinnen waren, schob ich die Schließplatte vor den Eingang, und von der Fensteröffnung kam mattes Licht zu uns herein.

Das Kind hockte sich auf den Boden und sagte zu mir mit schräggehaltenem Kopf von der Seite her: »Fürchtest du dich nicht vor dem Onkel?«

Da redete ich mit der Stimme vom Onkel, wie der zuerst geschrien hat und danach leise war, und ich war stolz auf den Streich, den ich dem Dummkopf gespielt hatte, und das Kind sah mich immer nur an mit seinen großen Augen, lange. Dann stand es auf, ging durch meine Lagerhöhle bis zur Fensteröffnung, sah sich alles an und sagte: »Ein Weiches Lager fehlt, eine Feuerstelle mit Rauchabzug und ein Gestell.«

Danach hörte ich den Kloht, wie er mit seinem steifen Bein zu uns heranhumpelte, er klopfte gegen die Schließplatte, ich schob sie zur Seite, er bückte sich, klammerte sich mit beiden Händen an der Mauer fest, schwang sein steifes Bein über das Loch hinweg und stieß sich dann mit beiden Händen herein. Er sah sich den Webstock und das Spinnrad gut an und sagte: »Ich freue mich, daß du dem Kind das alles gerettet hast«, und hockte sich auf den Boden. »Ist es ein Junge oder ein Mädchen?«

»Ein Mädchen«, antwortete ich.

Kloht zeigte auf den Webstock und sagte: »Auf dem Bappen ist das zehnmal hundert Euros wert.«

»Aber hier oben noch viel mehr.«

»Wie soll das denn gehen?« fragte Kloht.

»Rechne doch mit mir zusammen!« sagte ich. »Fünfzig gute Umhänge zu hundertfünfzig und zwanzig Klappmützen zu fünfzig und zehn Decken zu hundert, oder nur zwanzig gute Umhänge zu hundertvierzig, dazu fünfzig Klappmützen zu vierzig, aber dafür dann wieder dreißig große Decken zu zweihundertzehn!« und redete weiter und machte mein Spiel mit dem Kloht, daß der bald dachte, hundert ist auch tausend, und tausend soviel wie nichts, und er wiegte sich hin und her, wie er's immer macht, wenn in seinem Kopf die Gedanken hin und her gehen, lange, dann sagte er: »Ja, gut. Aber wer webt uns denn die fünfzig guten Umhänge und die Klappmützen?«

»Ich«, sagte das Kind.

Der Kloth sah das Kind an und fragte: »Wie heißt du denn?«

»Laura«, antwortete das Kind.

Kloht wiegte sich wieder hin und her und sagte zu mir: »So schnell und so viel, wie du redest, so schnell und so viel kann das dürre Kind niemals weben.« Und zu Laura: »Wo hast du denn dein Lagerrecht?«

»Bei der Kletterbande meines Onkels«, antwortete Laura.

»Dann mußt du auch für deinen Onkel weben.«

»Nein!« rief Laura, »der will, daß ich klettere!«

Ich sagte zum Kloht: »Der Webstock und das Spinnrad gehören ab heute der Laura. Und die von der Bappenbande haben den Handel gesehen und gehört!«

»So, so«, sagte langsam der Kloht, »vielleicht gebe ich ihr ein Lagerrecht, über meinen Schafen, wenn sie gute Gewebe macht.«

»Man muß ihr Fleisch auf die Knochen füttern«, sagte ich, »damit sie kräftig wird. Und jedes zehnte Gewebe kann sie ja für dich machen.«

Gleich wurde lange gehandelt, um den neuen Vertrag, das ging hin und her, wer den Vertrag macht, mit wem, und wie viele kleine und große Gewebe im Vertrag sind, wie schnell die Laura weben muß, die sah immer nur mit ihren großen Augen hin und her, von mir zum Kloht, und vom Kloht zu mir, und es war schon alles grau in meiner Lagerhöhle, da machten wir endlich den Vertrag mit Augen und Händen, wie er immer gemacht wird im Beton: Beide streckten wir unsere offenen Hände aus und legten sie aufeinander, und dazu sahen wir uns beide in die Augen. Und der Vertrag hieß dann: Dem Kloht gehört jedes fünfte Gewebe aus dem Webstock, zwei große dabei, dafür hat die Laura das Lagerrecht über den Schafen vom Kloht, Wegerecht, Wasserrecht und den Schutz der Bande für Webstock und Spinnrad. Aber das Vlies muß sie kaufen von der Bande, und die Bande ernährt sie nicht, denn sie geht ja nicht in die Bande.

Unten wurden schon die Schafe eingetrieben zur Nacht, die blökten laut, und die von der Bande schimpften, Kloht stand auf, humpelte zur Schließplatte, schob sie weg, schwang sein steifes Bein übers Loch und humpelte über den Gang zu seiner Bande. Ich aber beugte mich übers Loch, winkte die Laura heran zu mir, und zusammen horchten wir nach unten, wie der Kloht dann seiner Bande den neuen Vertrag erklärt. Und so mancher fand den Vertrag nicht gut gemacht, besonders die Frauen, die sagten: »Diese Laura gehorcht dem Onkel nicht. Wird sie uns gehorchen?« Und einige sagten auch: »Der Onkel wird kommen und wird sie samt Webstock und Spinnrad zurückholen.« Drauf sagte aber der Rainer, der andere Anführer der Bande: »Die Schafbanden sind immer stärker als die Kletterbanden.«

Am Ende sagte die Laura: »Ich habe Hunger.« So gab ich ihr alles, was ich hatte, und sie aß alles gierig auf. Später krochen wir beide zusammen in meinen Schlafsack hinein, da wurde es uns warm, aber Laura wollte noch nicht schlafen und bettelte: »Rede bitte noch einmal mit der Stimme vom Onkel!« Das machte ich dann, und erst sah sie mich an mit ihren großen Augen aus der Nähe im Schlafsack, aber bald drauf hörte ich ihren ruhigen Atem, wie die Schläfer ihn haben nach dem langen Tag.

Nicht lange danach gab es bei uns ein Weiches Lager aus Schaffellen und dicke gewebte Decken mit lockerer Wolle gefüllt, Felle lagen auf dem Boden, daß wir nicht auf dem kalten Stein hocken mußten, auch ein großes Gestell gab es, in das stellten wir unsere Krüge aus Weichglas fürs Saubere Wasser, Töpfe und Schüsseln aus Lehmerde gebrannt gab es, Heilkräuter und Würzkräuter, Kästen aus dem leichten Buntholz, das verfault nicht, drin Nägel, Haken, Ösen, unser Messer mit dem Schärfstein, Zündspäne und Lichttöpfe mit Tran, Salz im Leinsack und Körbe, die hatte Laura aus Weidenruten geflochten, das kann sie alles. Auch Rattengift hatten wir immer, das reißt der Ratte das Gedärm auseinander von innen, daß sie außen noch gesund ist und kräftig, aber innen ist sie schon tot.

Laura ging nicht hinaus, aus Angst vor der Leiter, und aus Angst, daß der Onkel sie fängt. So mußte ich alles hereinholen, was gebraucht wurde, auch flache Steine und Lehm mußte ich hinaufschleppen, dazu auch zehn kleine Stücke vom wertvollen Hartglas am Bappen einhandeln, und wir setzten dann die flachen Steine in die Fensteröffnung, verklebten sie mit Lehm, und wo es grade ging, da fügte Laura geschickt ein Stück von dem wertvollen Hartglas ein. Und was sie dann von der Welt sehen konnte durch diese kleinen Hartglasstücke, das war lange Zeit alles, was sie von der Welt sah.

Laura machte auch die Feuerstelle aus flachen Steinen, drüber gebogenes Blech, das fängt den Rauch auf, unter sich, und zwingt ihn zu einem kleinen Loch, ganz oben in der vermauerten Fensteröffnung; das war dann der Rauchabzug, und Laura sagte dazu: »Rauch zieht ab und Licht kommt rein, Kälte draußen, Wärme mein.« Und das nennt sie die vier Geheimnisse von der Fensteröffnung.

Laura saß auch jeden Tag am Spinnrad und am Webstock, und ich gab jedes fünfte Stück aus ihrem Webstock dem Kloht, aber niemals das größte. Und wenn der Kloht sein steifes Bein mit einem Schwung über das Loch hob und eintrat, dann staunte er über alles, was wir gemacht hatten, und er wollte auch alles so haben wie wir. So rief er die Frauen der Bande herbei, daß sie sich alles ansehen müssen, und die staunten sehr, was das dürre Kind alles kann. Und Laura erklärte ihnen die vier Geheimnisse von der Fensteröffnung und den richtigen Rauchabzug, und alle Frauen von der Bande wollten dann das Weiche Lager genauso haben, wie Laura es für uns gemacht hatte, und sie handelten mit mir um den Preis fürs Machen, wenn sie Fell, dreimal gewaschenes Vlies und Spinnwolle dazugeben.

Aber die Hilla mit dem struppigen Schafshaar bis zur Schulter herab schimpfte: »Besser hätte der Kloht das Kind in die Bande genommen. Das frißt zwar viel, aber das schafft auch viel.«

An einem Morgen, als die Schatten noch lange waren, wollte der Rainer mit seiner Bande die Schafe austreiben zu den Weiden hin, aber hinter dem Schlamm um den Hochstein herum standen die von der Kletterbande in einer langen Reihe, vorn der Onkel, und der schrie: »Eure Schafe könnt ihr heute nicht austreiben zur Weide, denn wir treiben sie euch zurück. So lange wollen wir eure Schafe zurücktreiben, bis ihr mir die Laura samt Webstock und Spinnrad zurückgebt.«

Ich beugte mich über das Loch, damit ich gut hören konnte, was unten bei der Bande geredet wurde. Niemand wollte die Laura herausgeben, nicht einmal die Hilla, und Rainer gab den Befehl, daß die Schafe drinnen bleiben mit den Frauen und den Kindern, daß aber die Männer sich mit dicken Knüppeln, Eisenstangen und schweren Äxten an die Öffnung und auf die nahen Steine im Schlamm stellen sollen mit drohendem Gesicht zum Onkel hin. Danach hörte ich den Rainer draußen laut rufen: »Wir wollen heute unsre Schafe nicht austreiben, denn sie sind noch satt von gestern. So könnt ihr den ganzen Tag und die ganze Nacht beraten, ob ihr euch morgen für die Laura die Köpfe blutig schlagen lassen wollt.«

Der Onkel schrie dagegen: »Ihr werdet eure Schafe nicht austreiben können, bis sie vor Hunger schreien. Oder ihr gebt mir die Laura zurück mit Webstock und Spinnrad.«

Und der Rainer: »Meine Schafe sind fett, aber ihr seid dürr vom Klettern. Soll ich euch ein fettes Schaf hintreiben, daß ihrs freßt, damit das arme Schaf nicht verhungert?« Und alle von der Schafbande lachten laut und schlugen ihre Eisenstangen auf die Steine, daß die eine Dingdong-Musik machten.

So ging das lange hin und her, bis alles gesagt war. Dann

setzten sich die von der Kletterbande auf die Weide und blieben da sitzen den ganzen Tag bis zum Abend, und der Rainer konnte seine Schafe nicht austreiben, denn sie hätten ihm die Schafe zerstreut in alle Richtungen. Und am Abend machten die von der Kletterbande hundert Feuer rings um den Hochstein herum und aßen, was sie hatten, und das war wenig.

Der Kloht kam zu uns gehumpelt, schwang sein steifes Bein übers Loch, blieb gleich überm Loch stehen mit seinem Licht, zeigte herunter und sagte zu mir: »Morgen wollen sie die Laura weggeben. Laura ist ja nicht in die Bande gekommen.«

»Du wolltest die Laura nicht in die Bande nehmen«, antwortete ich ihm, »denn du hast nicht gedacht, daß sie so viel spinnen und weben wird für dich.«

»Die Schafe müssen ausgetrieben werden!« rief er.

»Aber Laura nicht!« rief ich dagegen, »denn so geht unser Vertrag!«

»Wir können einen besseren Vertrag machen: Daß sie in die Bande geht.«

Ich sagte zu ihm: »Der Laura gefällt der alte Vertrag sehr gut.«

»Aber der Hilla nicht!« schrie der Kloht, »und was der Hilla nicht gefällt, das gefällt auch dem Rainer nicht!«

»Du hast den Vertrag gemacht für die ganze Bande, so muß die ganze Bande den Vertrag halten.«

Aber Kloht gab keine Ruhe: »Jedes fünfte Gewebe ist auch zu wenig. Jedes dritte ist richtig!«

Da sagte ich leise zum Kloht: »Geh du zur Hilla und sage ihr: Die Laura wird ihr das schönste und größte Weiche Lager machen, wie's keine sonst hat im ganzen Beton. Aber sag es ihr leise, daß die andern es nicht hören. Dann hast du Ruhe vor der Hilla, kannst den Vertrag halten, und morgen zeigt ihr dem Onkel, daß die Schafbanden immer noch die stärksten Banden sind im ganzen Beton.« Und hielt ihm den Lichttopf, daß er gut übers Loch kommt und bis zur Leiter.

Nicht lange danach hörte ich die Hilla, die rief laut: »Und morgen zeigen wir dem Onkel da draußen, daß die Schafbanden immer noch die stärksten Banden sind im ganzen Beton.« Und dazu heulten sie alle, als wären sie vom Mond gebissen.

Am Morgen drauf trat der Rainer schon beim längsten Schatten vor die Öffnung und rief laut: »Heute wollen wir gern unsere Schafe austreiben. Ihr stört uns, macht Platz!«

Von draußen rief der Onkel dagegen: »Treibt erst die Laura aus, dann machen wir Platz.«

So ging es wieder lange hin und her, aber die draußen waren verfroren und hungrig, und die drinnen waren satt vom Schäferbrot aus Rahm und Nüssen fett gebacken, und der Rainer hatte dazu die halbe Bande heimlich hinausgeschickt in die Nacht, die kamen nun von hinten, und er von vorn, so dachte der Onkel, daß zwei Banden gegen ihn sind, und er gab den Befehl, daß sie Eisenstangen, Äxte und Messer fallen lassen sollen.

Dann wurde gleich Vertrag gemacht, wie immer nach dem Kampf, und der hieß: Der Onkel schenkt dem Rainer das Kind Laura, und der Rainer schenkt dem Onkel seine heile Haut ohne Striemen von keinem Stock.

Als dann die Zeit der reifen Früchte kam, da führte ich Laura die Leiter hinab, und sie sammelte alles ein, was reif war: Bucheckern, Maiskolben, Sonnenblumenkerne und Haselnüsse, die wurden erst in der Sonne getrocknet, dann in einen Sack gefüllt, den hing Laura hoch, daß die Ratten nicht dran können. Und brauchten wir Brot, dann zerrieb sie die Früchte zwischen den Reibsteinen zu Schrot, ich holte das Saubere Wasser herauf und sie machte aus Wasser und Schrot, dazu Salz und die Gärung, einen klebrigen Teig in einer Schüssel aus Lehmerde gebrannt, die hing sie über die Feuerstelle, ich hatte schon viel trockenes Holz eingesammelt, hatte ein dunkelrotes Feuer gemacht, und nach der bestimmten Zeit, die kannte nur Laura, war aus dem klebrigen Teig ein Brot geworden, und der Duft davon zog durch alle Lagerhöhlen, und die von der Bande schnupperten den Duft und lernten von der Laura das richtige Brotbacken, wie die Laura es von ihrer Mutter gelernt hatte.

So ging es uns bald gut im Beton, und ein Winter kam, und ein Sommer kam, und keiner hat gezählt.

In dieser Zeit gingen auch oft die Super in ein hohes und schluchtenreiches Steingebirge am Mainfluß, mitten im Beton drinnen, das nennt man den Frankenstein.

Die Super errichteten dort ihre riesigen Zelte und gaben den Betonmenschen Arbeit für Euros. Aber viele kamen zurück und sagten: »Geh nicht zum Super! Der ist zum Fürchten!« Und mancher kam auch nicht zurück. Ich aber ging trotzdem hin, war immer zur richtigen Zeit am richtigen Ort, brachte viele Euros herein, und man holte sich auch Rat bei mir. So war ich bald gut angesehen im Beton, hatte keine Not mit den Banden, und sie nannten mich nicht mehr Frank, wie mein Vater, sondern Frank Fürst, und Laura nannte mich Fürst.

Laura aß viel, mehr als ich, sie blieb aber immer dürr und knochig, und sie hatte auch immer ihre Angst vor der Leiter. Wenn ich nun nicht hinter ihr stehen konnte, so rief sie die Rose, die hatte dem Kloht schon einen starken Jungen und ein geschicktes Mädchen geboren im Langen Vertrag, die kam gleich, wenn Laura sie rief, und half ihr gern, und Laura erzählte dafür ihren Kindern die Geschichten vom kleinen Pik und vom starken Puck.

Die gehen so: Einmal, im Winter, war der kleine Pik sehr hungrig und ging ins Gehölz und fand eine Falle, drin war ein großer, fetter Hase gefangen. Der sagte zu ihm: »Lieber Pik, laß mich frei!« – »Dich laß ich doch nicht frei!« rief der kleine Pik, »sondern erst erschlage ich dich und dann esse ich dich.« Da bettelte der Hase den kleinen Pik: »Lieber Pik, laß mich frei! Wenn du mich frei läßt, dann sollst du nie mehr Hunger haben.« – »Wie soll das denn gehen?« fragte ihn der Pik. – »Das ist das Geheimnis der Hasen.« – »Und wie ist das Geheimnis der Hasen?« – »Laß mich frei, dann kennst du es.« Nun war der kleine Pik neugierig auf das Geheimnis der Hasen und wollte die Falle aufmachen, war aber viel zu schwach dafür. So sagte er traurig zum Hasen: »Du siehst es ja, ich kriege die Falle nicht auf.« Der Hase bettelte aber: »Hole den starken Puck, daß der die Falle aufmacht. Sage ihm aber, daß er mich nicht erschlagen darf, denn sonst erfährst du das Geheimnis der Hasen nie.« Der kleine Pik ging nun zum starken Puck hin und erzählte ihm alles. Aber der starke Puck lachte ihn laut aus und sagte: »Ein Hase kann doch nicht reden!« – »Meiner hat aber geredet!« rief der kleine Pik dagegen. Und der Puck: »Hasen können nicht reden!« – »Manchmal reden sie!« – »Hasen reden nie!« – »Mein Hase kann reden!« Und hin und her ging das, lange, bis der kleine Pik sagte: »Ich führe dich jetzt zu meinem Hasen, daß du hören sollst, wie er reden kann«, und führte den starken Puck zu der Falle hin. Der starke Puck sieht den großen, fetten Hasen, nimmt einen schweren Stein, erschlägt den Hasen, macht die Falle auf, holt den Hasen heraus und sagt zum kleinen Pik: »Sieh dir den großen fetten Hasen an! Den ziehe ich ab, den hänge ich übers Feuer, den lasse ich gar werden, den esse ich, davon werde ich satt, und das ist das Geheimnis der Hasen.« Warf sich den Hasen über die Schulter und rannte davon. Und der kleine Pik stand noch lange bei der offnen, leeren Falle und weinte um das verlorene Geheimnis der Hasen.

So gehen die Geschichten vom kleinen Pik und vom starken Puck.

Als ich nun oft zum Frankenstein ging und Euros von den Super hereinholte, da traf ich auf dem Bappen einen sehr starken Mann, der hieß Dirk. Der hatte einen Schädel wie einen vierkantigen Stein, und auch sein ganzer Leib war vierkantig, starke Beine und riesige Hände wie aus Eisen gemacht, mit dem machte ich Vertrag, daß er die Laura schützt, wenn ich im Frankenstein bin, dafür gebe ich ihm von den Euros ab, die ich hereinhole.

Dirk war nicht in der Bande und ging allein durchs Beton wie ein Träumer, träumte aber nicht von seinem Glück, sondern von der Neuen Ordnung der Welt. Der schlief nachts in seinem Schlafsack unter einer sehr breiten Tanne mit tiefen Ästen, und oft schlief er sogar ohne Vertrag und ohne Schutz in einem leeren Hochstein. Dirk nahm auch keine Arbeit von den Super, wußte aber dafür alle Namen der Super und redete viel über die und wußte immer alles besser: Der Wald gehört nicht dem Super, sondern dem Waldmenschen, der Berg gehört dem Bergmenschen, der Super stirbt nicht, sondern hat das Ewige Leben, uns aber läßt er jung sterben, und er sagte das immer sehr ernst und sehr wichtig. Er konnte lesen und schreiben, und ich dachte manchmal, ob er wohl ein wichtiges Geheimnis kennt.

Man sagt im Beton: Wer das Geheimnis kennt, der stirbt daran. Aber ich habe daraus gemacht: Wer sich vor dem Geheimnis fürchtet, der stirbt. So bin ich dem Dirk oft hinterher geschlichen zu seiner Tanne auf manchem Weg, und der Dirk geht viele Wege, und ich habe gedacht: Wenn ich sein Geheimnis kenne, so wird es mir einen Gewinn bringen.

Oft saß er auch bei uns und sah die Laura an, wie sie webt, dann schimpfte er mit mir und sagte: »Bei dem bißchen Licht, das durch diese lächerlichen Glassplitter hereinkommt, wird sich die Laura die Augen verderben. Du beutest das Kind aus, und das ist ein großes Unrecht.« Er sagte auch: »Laura ist nicht der richtige Name für das Kind. Das Kind hat die Augen der Welt«, und er gab dem Kind viele Namen, besonders nannte er es auch Aura und Aureole, ich machte aber daraus Aurehl, das gefiel mir am besten. Und wenn Dirk dann redete mit seiner Stimme wie aus dem Bauch heraus von dem großen Unrecht, das von den Super über uns kommt, und wie alle Betongeschichten ein falsches Märchen sein sollen, und wie die Super sich das Wohl und das Ewige Leben nehmen von uns, uns aber geben sie dafür die Not und die Krankheit und den Rotfleckigen Tod, da ließ Aurehl den Faden samt Schiffchen ruhen und sah nur den Dirk an, als ob er die Welt ist. Und ein Winter kam, und ein Sommer kam, und keiner hat gezählt.

So weiß ich nicht, wie viele Winter und Sommer gekommen und gegangen sind, bis aus Laura die Aurehl geworden ist, und aus dem knochigen Kind die Kindfrau mit kräftigen Beinen, breiten Hüften und kleinen, festen Kindbrüsten, und ihr Haar wuchs lang in der Farbe der reifen Haselnuß und bekam einen Glanz. Sie behielt aber ihre fahle Haut, die mußte immer vor dem Wind geschützt werden. Deshalb ließ ich sie nur mit der Klappmütze hinausgehen, auch ein Tuch um den Hals ließ ich sie binden, so war ihre Haut geschützt. Aber der Dirk wußte es wieder besser und sagte, ich will nicht die Haut von der Aurehl vor dem Wind schützen, sondern mich, daß kein anderer Mann die Schönheit der Kindfrau erkennt und mir die Aurehl wegnimmt.

Und er war der erste, der seine Augen aufgerissen hat zu ihr.

Es kam auch wieder der Kloht heraufgehumpelt, schwang sein steifes Bein übers Loch, stieß sich mit den Händen ab, setzte sich auf einen Fellsitz, lobte den und sagte: »Die Aurehl ist ja nun sehr geschickt in allem«, klopfte auf die anderen Fellsitze und sah sich gut um in der ganzen Lagerhöhle, »und so denke ich mir aus, wie sie uns nach der Zeit einen starken Jungen und ein geschicktes Mädchen aus ihrem Bauch herausholen wird. Die wollen wir gern ernähren, beide, und schützen, daß sie uns heranwachsen für die Arbeit, und auch die Aurehl wird ernährt und geschützt von uns.«

Ich sagte zu ihm: »Dazu braucht sie aber einen Langen Vertrag.«

Und Kloht: »Von dem rede ich ja.«

»Und wer soll in den Langen Vertrag gehen mit ihr?«

»Ich«, sagte der Kloht.

»Du hast doch die Rose im Langen Vertrag.«

Und Kloht: »Zwei Frauen bringen mir mehr Kinder heraus nach der Zeit als eine, und die Aurehl ist schon lange wie eine Mutter zu den Kindern von der Rose, und die Rose will auch gerne den Kindern von der Aurehl eine gute Mutter sein«, und redete so weiter und konnte mit einem Atem mehr reden als der Wind und sagte am Ende: »Und du kannst ja nicht in den Langen Vertrag gehen mit der Aurehl als ihr Vater«, und sagte das schlau wie einer, der zu viel Fuchsmilch getrunken hat.

Ich sagte zum Kloht: »Als ihr Vater rechne ich mir aus, was die Aurehl mir bringt mit Garn, Gewebe, Töpfen, Brot, Feuerstelle mit Rauchabzug, den vier Geheimnissen von der Fensteröffnung und vieles mehr. Willst du gleich mit mir zusammen rechnen?«

»Nein, nein!« rief er, »rechne du nur in Ruhe für dich und sage mir dann, was du ausgerechnet hast, dann rechne ich in Ruhe für mich und sage dir, ob du richtig gerechnet hast, und dann machen wir den Langen Vertrag mit Schäferbrot und Lammschlachten, wie es Sitte ist bei den Schafbanden«, und hatte in seinem kleinen Kopf schon den Langen Vertrag gemacht mit der Aurehl, hatte aber meinen Kopf vergessen.

Als er dann schon mit dem Licht in der Hand draußen war und zur Leiter humpelte, da rief ich ihm hinterher: »Ich habe eben noch hundert Sachen vergessen: Klappmütze und Riemen, Heilkräuter und Würzkräuter, Sitzfelle und Weiches Lager, Gestell und Kasten«, und redete immer so weiter, lange, bis ich hinter mir die Aurehl sagen hörte, leise: »Das Wichtigste hast du immer noch vergessen.«

Ich sah sie erstaunt an, schob die Schließplatte vor den Eingang und fragte sie: »Was habe ich denn noch vergessen?«

»Mich!« sagte sie, »denn ich gehe nicht in den Langen Vertrag mit dem Kloht.«

Da sah ich sie an wie einer, der grade hundert Euros in seinem Beutel gefunden hat und sagte zu ihr: »Ich bin ja auch nicht dein Vater. So kann ich dich auch niemals in einen Langen Vertrag geben, weder mit dem Kloht, noch mit einem anderen.«

Sie hielt ihren Kopf schräg und sagte von der Seite her zu mir: »Du willst dein Spiel machen mit dem Kloht?«

»Ja«, sagte ich.

»Und dein Spiel wird besser sein als das vom Kloht?«

»Ja«, sagte ich.

Bald darauf kam der Winter, und wir lagen zusammen auf unserem Weichen Lager, und wir wärmten unsere Körper aneinander, daß wir nicht froren. Und damit auch die Wärme von meiner Haut nicht im Fellumhang bleibt, so zog ich den aus, und auch die Bundhose, und Aurehl fühlte die Wärme meiner Haut mit ihren Händen und sagte dazu: »Schade für mich, daß deine Wärme nur bis zu meinen Händen kommen kann«, und ich antwortete ihr: »Und schade für mich, daß deine Wärme in der Felljacke drin bleibt«, und Aurehl, immer mit ihrem ernsten Gesicht: »So muß die weg«, zog ihre Felljacke aus und legte sie über unsre Körper drüber. Ich sagte zu Aurehl: »Auch deine Bundhose behält viel Wärme drinnen.« – »Die darf aber nicht weg«, sagte sie, »denn sonst weckst du mir das schlafende Kind in meinem Bauch.« Und ich: »Ich weiß, wie man das schlafen läßt.« – »Und wie geht das?« fragte sie. – »Das schlafende Kind wünscht sich den Spritzer vom Kleinen Fürsten, damit es aufwachen und wachsen kann. Den gibt man ihm aber nicht, sondern den legt man auf den Bauch drauf. So wacht es nicht auf und kann nicht wachsen.« Da zog sie auch ihre Bundhose aus. Und sie legte ihre Arme um meine Schultern herum und zog sich dran heran an mich mit ihrer Kraft und drückte mich, und auch ihre Knie preßte sie zwischen meine Beine, daß wir beide zitterten davon, und Aurehl, mit ihrem ernsten Gesicht, legte auch ihren Mund auf meinen Mund, und von ihrem Mund kam auch viel Wärme. Als ich dann aber meine Zunge in ihren Mund streckte, da erschrak sie sehr über den Eindringling, zuerst, später nicht, sondern wollte die Zunge zu den Armen und den Beinen und den Lippen und den Händen und den Füßen dazu haben, und so wollte ich es auch, und so lagen wir dann in der langen Winternacht zusammen, sehr warm, und redeten nicht. Wenn aber der Kleine Fürst sich streckte, dann erschrak sie und sagte: »Wecke mir nicht das schlafende Kind in meinem Bauch!« Aber später sagte sie auch: »So erkläre nun dem Kleinen Fürsten, wie er es machen muß, daß er mir das schlafende Kind nicht erweckt!« Und dem mußte ich es dann richtig erklären, und dann machte er auch alles richtig, daß er das schlafende Kind nicht erweckt!«

Einmal hatte ich viele Euros zusammen in meinem Beutel, und Aurehl hatte ein schönes großes Gewebe gemacht, damit sind wir zur Bickelak gegangen. Die geht mit ihrem Zelt durchs ganze Beton, jeder kennt sie im Beton, und man sagt von ihr, daß sie manchmal mit dem Weltenauge tief unten zusammen redet, sie redet auch mit den Vögeln, und sie kennt viele Zaubersprüche. Auch mit ihren Heilkräutern und ihren Salben kann sie gut umgehen und kann ein böses Geschwür wegnehmen und einen faulen Zahn ausreißen und weiß Mittel gegen manche Not der Betonmenschen, weiß aber keins gegen den Rotfleckigen Tod, die Mittel haben nur die Super, und die geben sie uns nicht, so sagt der Dirk.

Die Bickelak nahm meine Euros und das schöne große Gewebe von Aurehl, hielt ein kleines Ding hoch, das ringelt sich wie ein Wurm, setzte das Ding tief in den Leib der Aurehl hinein, sagte dazu ihre Zaubersprüche, machte einen Rauchnebel in ihrem Zelt und rief immerzu in einem Singsang: »Wurm du, halte mir die schlafenden Kinder fest im Bauch der Kindfrau Aurehl«, bis ich bald nichts mehr hören und sehen konnte, und der Geruch von ihrem Rauchnebel ging tief in meine Nase hinein und ist da drinnen geblieben bis heute.

Der Kloht kam oft zu mir und sagte: »Die Sonne geht schon wieder höher über die Weiden, der Winter ist bald herum. Hast du endlich ausgerechnet?«

Und ich antwortete ihm jedesmal: »Ich rechne und rechne und komme nicht zum Ende damit, denn am Bappen wird immer mehr geboten für die Gewebe der Aurehl. Und jedesmal denke ich: So hat doch auch sie wieder einen höheren Wert bekommen!«

Das ging so, bis der Kloht laut schimpfte und rief: »In Wahrheit bist du gar nicht der Vater von der Aurehl! Du hast ja noch nicht mal einen Bart!«

Da tat ich ganz erschrocken und sagte: »Stimmt ja! Das habe ich beim vielen Rechnen vergessen!« Und ich dachte nach mit viel Anstrengung im Gesicht und sagte am Ende: »Und wer gibt dir jetzt die Aurehl für den Langen Vertrag?«

»Der Onkel«, sagte der Kloht.

»Ja! Der Onkel!« rief ich, und dann: »Nein, das geht auch nicht. Denn im Vertrag nach dem Kampf hat er dir doch das Kind Laura geschenkt. So bist du nun ihr Vater geworden und kannst nicht in den Langen Vertrag mit ihr gehen.«

Der Kloht wiegte sich hin und her, lange, und sagte am Ende: »Einer muß ja der Vater sein, sonst kann sie nie in den Langen Vertrag gehen.«

»Ja, ja«, sagte ich langsam, »aber wer?«

»Am besten doch du.«

»Aber ich habe doch keinen Bart!« rief ich ganz unglücklich.

»Der wächst dir bald«, sagte der Kloht.

Und immer, wenn er mich traf danach, sah er mich an, ob mir der Bart noch nicht wächst und faßte auch mit der Hand an mein Kinn.

Aber während er auf meinen Bart wartete, lag ich mit der Aurehl eng zusammen, oft, und wenn der Kleine Fürst sich streckte, dann zeigten wir ihm den Weg in die Höhle unterm gekräuselten Haarbusch, daß er sich darin gut umsieht, und wir haben zusammen sehr schnell geatmet und haben vergessen, daß wir atmen.

Und wenn der Mond schmal wurde wie ein gebogenes Messer, dann kam die Angst zu uns, bis endlich das rote Blut herauskam, da wußten wir dann: Das schlafende Kind wird festgehalten vom Wurm der Bickelak, so wie sie es uns versprochen hat.

2. Kapitel

Auf dem Bappen

Es kommt nun der Tag, von dem an ich mein Leben zähle nach Tagen, Wochen, Monaten und Jahren, das ist der 11. Juni des Jahres 268 der Neuen Zeit. Man sagt, daß ich im Jahre 250 geboren sein soll, auch eins früher oder eins später, so bin ich im Jahre 268 achtzehn Jahre alt, eins weniger oder eins mehr, und Aurehl soll um zwei oder auch um drei Jahre jünger sein als ich.

An diesem Tag liefen vier Schafe von der Rainer-Kloht-Bande hinter mir her durchs Beton, die hatten zuvor auf der besten Weide gefressen, und hinter den Schafen gingen die von der Bande. Ich hatte ein Faß um den Bauch gebunden, mit dem Boden nach oben, in der einen Hand einen Stock, mit dem schlug ich auf das Faß, in der anderen Hand einen Schlauch mit einem kleinen Trichter an seinem Ende. Den Trichter preßte ich an meine Lippen und stieß Luft hinein, da brachte der einen lauten Ton hervor, und Trommelschlag und Schlauchton gingen hin zu den Hochsteinen, die warfen den Ton zurück, so ging er durchs ganze Beton, und jeder wußte: Heute laufen die Schafe zum Bappen. Da gingen nun viele hin, auch solche mit einem kurzen und einem krummen Bein, und solche, die immer mit dem Kopf wakkeln, und solche mit toten Augen, und man sieht auch viele, die kein Fleisch auf den Knochen haben wie die Wolfshunde, die man nicht ans Futter läßt, und sie kamen alle, als ob da nicht Schafe getauscht werden, sondern Glück.

Der Bappen, so nennen sie ja den Markt, ist immer auf den langen, glatten Steinen errichtet, die nennt man den Bappstein, da sollen in der Alten Zeit hundert Blechkästen auf Gummirädern drüber weggeheult sein, jetzt aber haben die von der Bappenbande ihre Hütten drauf errichtet, und wer tauschen und einhandeln will, der zahlt seinen Euro an die, ich aber nicht, denn für mich zahlt der Kloht. Aus Fellen und Decken wurde dann der Kreis gemacht, drinnen stand ich mit den Schafen, dazu Rainer und Kloht, die anderen von der Bande hockten draußen auf den Fellen, und um die herum standen bald viele und sahen sich die Schafe an. Ich machte gleich meine Späße und rief jeden mit seinem Namen, und wen ich nicht kannte, dem gab ich einen Namen.

So ging das, bis der Rainer den Kopf vom ersten Schaf zwischen seine Knie nahm, und mit dem scharfen Schurmesser schälte er ihm die Wolle vom Hals bis zum Schwanz herunter, denn der Rainer kennt sich gut aus mit den Schafen. Dazu ließ ich meinen Schlauch herumwirbeln vor mir, das gab einen Ton wie vom Wind gemacht, und wenn die Wolle auf dem Bappstein lag, da war sie das Vlies, und wer das Vlies haben wollte, der bot nun, aber ich redete so viel über das Vlies, bis immer höher geboten wurde, und dann erst ging es weg.

Dann ging ich zu dem geschorenen Schaf hin, streichelte und lobte es, manchmal mit verliebten Augen, manchmal wie Gold und manchmal wie Jugend, Gesundheit und Zauberkraft. Da legten nun die Menschen viel zum Tausch hin und schrien laut, das Schaf soll geschlachtet werden.

Und wenn sie lange genug geschrien hatten, stach der Rainer dem Schaf das Schlachtmesser in den Hals, ich hielt den Eimer drunter, fing das rote Blut drin auf, hob den Eimer zum Mund und trank davon, schmatzte und verdrehte die Augen, so gut schmeckte das Blut und war gegen Seuchen, Pickel, Geschwüre und vieles mehr gut, bis hoch geboten wurde, und am Ende ging der Bluteimer hinaus aus dem Kreis, und Euros und Tausch kam herein.

Dann setzte ich mich neben Kloht auf den Bappstein, und wir hielten das Schaf an den Hinterläufen fest, daß der Rainer es häuten konnte bis zum Kopf, so sah man endlich das Fleisch und das Fett. Dazu machte ich einen langen Ton auf dem Schlauch und trommelte auf das Faß, daß alle wußten: Das Fleisch geht zum Tausch.

An diesem Tag war auch der Karrenhesse am Bappen. Das ist ein wichtiger Händler mit einer Bande zu seinem Schutz. Der kam gleich dazu, sah sich das Fleisch mit Verstand an und machte mir ein Zeichen mit dem Finger, daß ich später zu ihm kommen soll. Der Rainer zerlegte das Schaf wie einer, der's kann und gab mir jedes Stück, damit ich es loben soll und zum besten Preis weggebe, zuerst die Stücke vom Hals, vom Bauch und von der Brust, danach die guten Stücke vom

Rücken und erst zum Schluß die Keulen. Dabei schrien die Menschen laut vor Lust auf das Fleisch und legten viel Tausch außen hin, und die von der Bande, die da hockten, sahen sich alles gut an und zählten auch die Euros, die ihnen vorgehalten wurden, und Fünfer und Zehner und Zwanziger kamen, aber Hunderter nicht, denn soviel kann keiner zählen, und hundert sagt man deshalb immer für sehr viel. Und damit die Menschen noch mehr Lust auf das Fleisch bekommen sollen, so biß ich manchmal zum Schein in das Fleisch hinein und wußte nicht, ob ich weine oder lache vor Glück und hatte Tränen in den Augen, bis am Ende immer der das Stück aus meiner Hand bekam, der am besten geboten hatte.

Dem Karrenhesse spielte ich gleich den ersten Streich. Als er sehr hoch geboten hatte, da warf ich ihm ein schönes Stück vom Rücken zum Schein hin, das wollte er fangen, bekam es aber nicht, denn das lag schon in meiner anderen Hand, und er konnte nicht verstehen, wie es dahin gekommen war und sah auf seine leeren Hände, sah sehr dumm aus dabei, und die Menschen lachten ihn aus. Aber das schöne Rückenstück ging gleich noch besser weg an einen anderen.

Danach rief ich die Leber aus, dann Herz, Nieren, Milz und Magen, dann Därme, Talg und den Kopf mit dem Hirnbrägen, und am Ende die Knochen, sauber geschabt vom Rainer.

So ging es auch mit dem zweiten Schaf und mit dem dritten, und wenn ein guter Tag war am Bappen, auch mit dem vierten. Aber meist blieb es bei dreien, denn so groß der Hunger auch ist im Beton, so wenig hat der Betonmensch zum Tauschen und Bezahlen. Und als ich fertig war, da drehte ich das Faß um, so war es keine Trommel mehr, sondern war jetzt ein Eimer für die Gedärme, kleine Knochen, Läufe und Schwanz, und damit ging ich zur Aurehl hin, die stand mit dem Dirk zusammen.

An diesem Tag war auch einer auf dem Bappen, der steht unter dem Schutz der Himmlischen, hat einen Schutzbrief, tauscht nicht, sondern verkauft für Euros, der ruft laut: »Scharfe Messer, Äxte, Sägen, Rattengift und Salz im Leinsack!« und zieht den Leinsack lang auf einem hohen Ton, deshalb heißt er im Beton nur der Leinsack. Der kommt ins Beton mit seinem großen Blechkasten mit Rädern drunter und Gestank hinten, in dem Blechkasten schläft er auch, und er verkauft uns die Bilderzeitung für zwei Euros, die fällt zu Staub zusammen nach einem Tag und einer Nacht, und wer das Geheimnis kennt, wie sie nicht zerfällt, den trifft das Himmelsrecht mit Feuerstrahl und Rauchpilz.

Nun zeigte ich der Aurehl mein volles Faß und ärgerte gleich den Dirk: »Da ist ja dein Freund Leinsack!«

»Der ist nicht mein Freund!« antwortete Dirk.

»Aber du hast lange mit ihm geredet, vorhin.«

Da machte Dirk eine große Faust zu mir, die macht er immer, wenn er wütend ist. Aber Aurehl machte seine Faust auf mit ihrer Hand und sagte: »Ich habe gebettelt, daß er mir die Bilderzeitung kauft.«

Und ich: »Aber er hat kein Geld.«

Und Dirk: »Für so etwas habe ich kein Geld, nie!«

»Aber ich, wenn die Aurehl es so will.« Ich ging zum Leinsack hin, gab ihm die zwei Euros für eine Bilderzeitung, brachte sie dem Dirk und sagte zu ihm: »So lese nun der Aurehl vor, was unter den Bildern geschrieben steht.«

Dirk antwortete: »Ich habe zwanzig Nadeln mit Spitze und Nadelöhr«, und zeigte die mir, »die glänzen wie neu. Laß uns Vertrag machen: Du tauscht sie mir für Brot, Käse und ein paar Euros ein, und danach lese ich euch die Lügen unter den Bildern vor, wenn es sein muß«, und gab mir die Nadeln.

Es war aber keine gute Tauschzeit mehr. Viele Menschen hockten vor dem Blechkasten vom Leinsack, die hatten die Bilderzeitung gekauft und hielten sie ausgebreitet vor sich. Oben auf der Treppe stand der Leinsack, hielt auch die Bilderzeitung ausgebreitet und las nun vor, was unter den Bildern geschrieben stand, und blätterte er um, so blätterten unten alle Menschen auch um. Ich nahm die zwanzig Nadeln vom Dirk und ging zum Karrenhesse, der heißt so nach seinen Karren, die ziehen ihm seine zahmen Hunde durchs Beton, die gehorchen aufs Wort. Jetzt war aber aus seinen Karren ein langer Tisch geworden, drauf lag sein wertvoller Tausch, alles gesondert nach Wert und Art, und er, mit seiner Bande zu seinem Schutz, saß hinterm Tisch auf seinem hohen Stuhl, da hingen ihm die Beine herunter, sie aßen und tranken, und seine zahmen Hunde warteten drauf, was sie ihnen hinwarfen, das durften sie dann fressen mit ihrer Gier. Als aber der Karrenhesse mich kommen sah, da stand er gleich auf, trat zu mir und redete mit vollem Mund zu mir, sehr freundlich: »Du bist ein kleiner Gauner und machst deine Späße mit den Menschen wie dein Vater, der Pahnje. Und jetzt hör mir gut zu! Du solltest deinen Mund bei meinen Karren aufreißen und schnell reden, das könnte uns beiden nützen.«

»Ich denke drüber nach«, antwortete ich ihm und streckte meine rechte Hand vor mit den Nadeln, über seinen Tisch zu ihm hin, so streckte er mir seine Hand entgegen. Ich sagte: »Hier habe ich zwanzig Nadeln, spitz, mit einem Öhr vorn, und glänzend wie neu.« Als er aber die Nadeln nehmen wollte, da war ich ungeschickt, und die Nadeln fielen auf seinen Tisch zwischen Nägel, Nadeln, Stifte, Ösen, Haken, alles aus Eisen und glänzend wie neu, und meine Nadeln vermischten sich damit. Aber nicht alle meine Nadeln vermischten sich damit, sondern nur zehn davon, denn die anderen zehn waren tief unten in meinem Beutel versteckt.

Der Karrenhesse sagte zu mir: »Nadeln brauche ich heute nicht.«

»Dann gib mir doch bitte meine zwanzig Nadeln zurück.«

Da sah er mich mit großen Augen an, dann seinen Tisch, dann sagte er zu seinem Tisch: »Zwanzig? So viele?« Und ich konnte gut sehen, wie in seinem Kopf die Gedanken herumliefen wie Ameisen.

»Ich kann sie mir ja aus deinem Kram herausklauben«, sagte ich und wollte gleich damit anfangen.

Aber das gefiel ihm nicht, und so sagte er: »Weißt du, ich denke gerade darüber nach, ob ich deine Nadeln nicht doch nehme«, und er bot mir so viel, wie für zehn Nadeln.

»Ich möchte sie lieber zurücknehmen«, sagte ich.

Und er: »Eben wolltest du sie noch tauschen.«

»Ja, eben. Jetzt nicht mehr. Du bietest zu wenig für meine zwanzig Nadeln.«

Und schon standen zwei Frauen neugierig neben uns, und ich sah einen von der Bappenbande kommen, und eine Frau wollte nun eine Nadel für zehn Euros haben, das ist ein guter Preis, und der Karrenhesse sah alles und wußte schon, wie es weitergehen wird.

Ich sagte zu der Frau: »Warte noch! Erst muß ich wissen, wieviel der Karrenhesse mir für meine zwanzig Nadeln gibt,

SCHUTZBRIEF!!

GESCHÜTZTER WOHN- U. HANDELSWAGEN

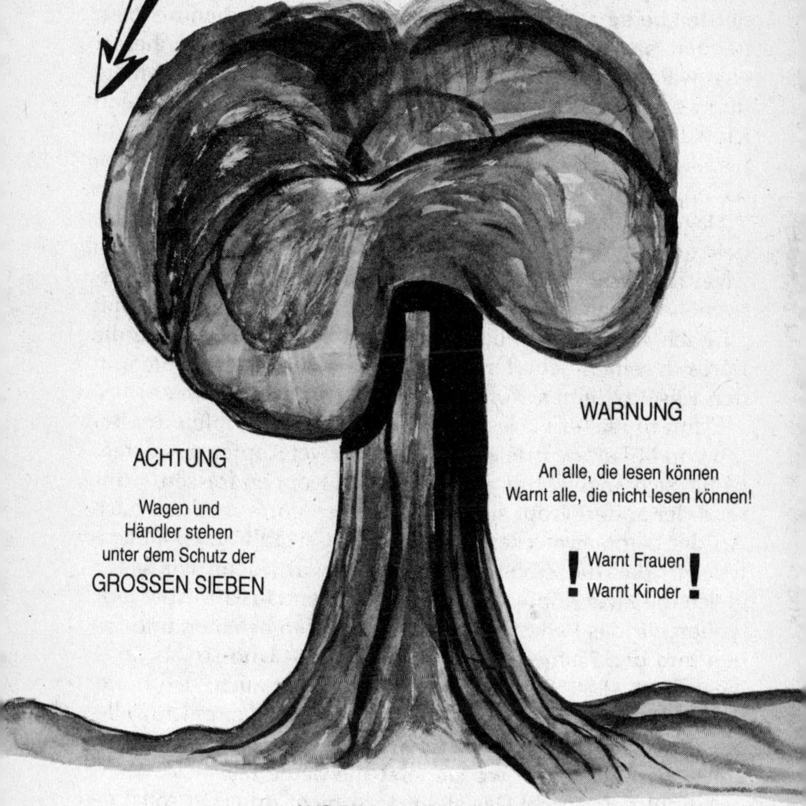

WARNUNG

An alle, die lesen können
Warnt alle, die nicht lesen können!

! Warnt Frauen
Warnt Kinder !

ACHTUNG

Wagen und
Händler stehen
unter dem Schutz der
GROSSEN SIEBEN

AUS DER BILDERZEITUNG

Die Versorgung der Autonomen Siedlungen in der ganzen Welt wird durch den geschützten Händler gewährleistet. Wer ihn oder seinen geschützten Wagen beschädigt, zerstört oder beraubt, auf den kommt das Himmelsrecht herab mit

! FEUERSTRAHL und RAUCHPILZ !

die sind noch nicht verkauft, nur aus der Hand gefallen auf seinen Tisch, als ich sie ihm zeigen wollte.«

»Das ist aber dumm!« schimpfte die Frau mit ihren zehn Euros in der Hand, »nachher macht der Karrenhesse die Nadeln teurer.«

Ich sah einen zweiten von der Bappenbande kommen, die hofften beide auf einen Streit, damit sie die Nadeln nehmen können nach ihrem Recht. So sagte ich zum Karrenhesse: »Ich will mich nicht streiten um die Nadeln, niemals! Behalte du meine zwanzig Nadeln, gib mir acht Euros für jede, denn ich habe sie auch billig bekommen, und wenn du sie für neun weitergibst, so ist das auch billig, und jeder hat seinen Vorteil davon, du, ich und diese Frau.«

Dagegen konnte der Karrenhesse nichts sagen, einige Nadeln gingen gleich für neun Euros weg, ich aber handelte ein: Zwei Treiberbrote, einen kleinen Käse, dazu fünfzehn Euros, so viel, wie man eben für zwanzig Nadeln bekommt. Damit ging ich zum Dirk hin, der nahm's dankbar an, steckte die Euros in seinen Beutel und legte die beiden Treiberbrote und den Käse in seinen Korb, den hatte Aurehl geflochten.

Dann mußte er vorlesen. »Lamm mit zwei Köpfen. Im Beton von Milano wurde ein Lamm mit zwei Köpfen geworfen. Es hat sich angewöhnt, mit dem einen Kopf zu fressen, während der andere Kopf sich nach der Herde umsieht und nach Art der Lämmer meckert. Der Schafhirt erzählt: ›Zuerst dachten wir, daß die Zibbe zwei Lämmer wirft, denn wir sahen gleich die zwei Köpfe. Dann waren wir enttäuscht. Aber jetzt wollen wir das Lamm mit den zwei Köpfen behalten und haben ihm den Namen Vierauge gegeben.‹« Und so, als ob er weiterliest, sagte Dirk: »Der Schafhirt sagte auch: ›Ich hoffe, daß diese Geschichte bald in die Zeitungen kommt für alle, die ohne Kopf geboren wurden, damit ihnen nicht doch noch ein Kopf wächst, da, wo sie jetzt die Beule haben.‹«

Aurehl rief: »Dirk! Das steht doch nicht drin. Du sollst lesen was drin steht!«

Und Dirk stöhnte nur und las weiter: »Anselm Cervato zu Tode gestürzt.«

»Anselm Cervato ist tot?« fragte Aurehl ihn entsetzt.

»Ja«, sagte Dirk mit seiner tiefsten Stimme, »Anselm Cervato.«

»Lies das bitte so, wie es drin steht!«

Und Dirk las mit ernstem Gesicht: »Man fand in diesen Tagen die Leiche von Anselm Cervato auf dem Grunde eines Schachtes in einem Hochstein vom Warszawa-Beton. Anselm Cervato war bekannt, weil er den Menschen ein Mittel gegen die Seuchen geben wollte. Man nimmt an, daß er sich in einem Anfall von Wahnsinn selbst in den Schacht gestürzt hat. Man hat aber auch Mörder in der Nähe des Todesortes gefangen, die ihn zu Tode gestürzt haben sollen, um Beute zu machen.« Und wieder, als ob er weiter liest, sagte Dirk: »So ist der arme Mensch gleich dreifach gestorben: Erst von seinem Wahnsinn, weil er den Menschen ein Mittel gegen die Seuchen geben wollte, dann vom Selbstmord, denn was soll ein Wahnsinniger schon tun, als sich umbringen, und zuletzt noch von den Mördern, die ihm die Super hinterhergeschickt haben für den Fall, daß er nicht wahnsinnig genug sein sollte, sich umzubringen«, und wurde immer lauter in seiner Wut und wollte so weiterreden, aber Aurehl rief: »Dirk! Hör auf!« Und sah ihn an mit ihren großen Augen, und gleich war Dirk still.

So standen sie sich beide gegenüber, lange, bis Aurehl ihren Kopf schräghielt und mit ihrem scheuen Blick von der Seite zu Dirk sagte: »Ich will selber herausfinden, wo die Lüge in der Zeitung ist.«

»Die ist überall, oben, unten, rechts und links.«

»Aber Anselm Cervato ist tot.«

Und Dirk nickte nur.

Und Aurehl: »Dann wird es auch kein Mittel gegen den Rotfleckigen Tod geben.« Und Dirk nickte wieder nur.

Dann sagte sie: »Lies jetzt bitte weiter.«

Und zum dritten Mal mußte Dirk lesen. »Vertrauen zum Euro. Man tauscht nicht, man kauft. So einfach ist das! Der Geschützte Händler hat feste Preise. Jeder weiß schon im voraus, was er für seine Euros bekommen wird. Und kaufen macht Spaß! Und man bekommt auch gute Ware: Zündspäne und Stearinkerzen, Rattengift und Salz im Leinsack und vieles mehr. Die Menschen in allen Autonomen Siedlungen in der ganzen Welt wissen genau, wie gut es ihnen heute geht, Und wie furchtbar war es in der Alten Zeit! Als die Menschen nicht gestorben sind, bis es so viele waren, daß sie ihre Häuser aufeinanderstellen mußten, und sie lebten bald übereinander in hundert aufeinandergestellten Häusern, die errichteten sie überall auf der Welt, wo fester Grund war. Als aber aller feste Grund vollgestellt war ...«, und da war's schon der alte Singsang, den kennen wir alle gut, den sangen wir mit, lachten auch zusammen und brachten ihn im Lachen zu Ende.

Und dann nahm ich mein Faß und den Stock und den Schlauch, und zusammen mit Aurehl ging ich zu unserem Lager hin, die Zeitung ließ ich dem Dirk.

Gleich vor dem Hochstein reinigte Aurehl alles, was im Faß war, erst im trüben Schlammwasser, dann im Sauberen Wasser von der Kellerhöhle, ich schleppe viel Feuerholz über die Leiter hinauf, machte ein helles Feuer, und hob und schob auch Aurehl über die Leiter, und oben schabte Aurehl kleine Fleischstückchen von den Knochen und fragte mich: »Sind dir die Nadeln vom Dirk wirklich so ungeschickt auf den Tisch vom Karrenhesse gefallen?«

»Nein«, sagte ich, »die habe ich fallen lassen.«

»Warum?«

Da zog ich die zehn Nadeln aus meinem Beutel hervor und zählte die ihr einzeln in die Hand, sie sah sich die Nadeln an und fragte mich: »Hast du den Dirk um die Nadeln betrogen?«

»Nein«, sagte ich und schürte das Feuer.

»Du hast dein Spiel mit Karrenhesse gemacht, er hat sein Spiel mit dir gemacht, und dein Spiel war besser?«

»Ja, um zehn Nadeln besser.«

Da war sie zufrieden, trocknete die Nadeln und legte sie ins Gestell.

Bald darauf kochte das Wasser im größten Topf, sie warf Talgstücke, Knorpel, Haut und geschabtes Fleisch hinein, dazu Gewürz und Würzkräuter, Salz und auch den Salzpeter, das mußte lange kochen, draus wurde ein wabbliger Sud mit einem starken Duft. In der Zeit putzte sie die Därme mit einer harten Bürste und wusch sie mit heißem Wasser aus, die wurden unten zugebunden und über den Topf gehängt, der Sud wurde in die Därme geschüttet, dann wurden sie auch oben zugebunden, der Topf kam weg, die Därme hingen über dem Feuer, das mußte nun aber dunkel sein mit viel Rauch vom Reisigholz. So bekommen die Därme die Rauchwürze, sind eine köstliche Speise, und Aurehl nennt sie den Rauchdarm.

Als dann die Sonne versinken wollte hinter allen Hochsteinen und die langen Schatten ins Beton kamen, da ging ich wieder zum Bappen hin, denn ich hatte meine Unruhe bekommen. Ich ging aber nicht den Weg, den alle gehen, sondern einen anderen, vorbei an einer Stelle, die nennt man den Vierten Hochstein beim Ulmenbach. Da steht aber kein Hochstein, da läuft kein Bach, da wachsen keine Ulmen, da liegen nur viele Steine herum. Da soll einmal das Himmelsrecht herabgegangen sein mit Feuerstrahl und Rauchpilz und hat jeden verbrannt, der da war, nur den kleinen Pik nicht, denn der ist in den Bach gefallen vor Schreck, so konnte das Feuer ihn nicht verbrennen.

Zu dieser Stelle ging ich nun, das Getier huschte weg, und ich stach mit meinem Stock ins Gestein, daß die Schlangen sich verkriechen, und wartete dort, bis es dunkel wurde. Dann ging ich weiter zum Bappen.

Ich erkannte die Hütten der Bappenbande, den großen Blechkasten vom Leinsack und das kleine Zelt von der Bickelak. Von dem Zelt hörte ich ein kleines Geräusch wie Fingerschnippen, und als ich dahin sah, da winkte aus dem Zelt ein Finger mich heran. So trat ich zum Zelt, die Zeltplane hob sich etwas, ich kroch hinein, und in der Finsternis hörte ich die Stimme von der Bickelak wie einen leisen Singsang: »Du bist noch ein halbes Kind, du bist aber klug, und du hast Vorsicht. Du kannst sehr alt werden und weise, wenn du willst. Das willst du doch?«

»Das will ich, und das werde ich«, sagte ich schnell.

»Du kennst einen, der ist kein Kind, der ist nicht klug, der hat keine Vorsicht, der wird nicht alt werden und niemals weise, denn der muß bald sterben.«

»Nein!« rief ich, »der ist mein Freund!«

»Der Dirk stirbt schon jetzt, denn er geht in den Blechkasten zum Leinsack.«

»Ich gehe nicht hinein«, sagte ich nur.

»Bald wird das Himmelsrecht kommen über den Dirk.«

»Nein!« rief ich laut, die Bickelak machte »Psst!« und sagte danach: »Hör auf meinen Rat!«

»Ja«, sagte ich.

»Geh nicht zum Dirk, sondern geh zu der Kindfrau mit den großen Augen. Die bringt dir viel Glück, und umarme die fest.«

»Das mache ich sehr gern und sehr oft, und ich danke dir auch, daß du ihr die schlafenden Kinder festhältst, aber jetzt muß ich weiter«, und wollte schon aus dem Zelt herauskriechen.

Sie sagte aber schnell: »Warte noch!« so wartete ich, und langsam wieder sagte sie: »Du suchst das Geheimnis vom Dirk?«

»Ja«, sagte ich.

Und sie, wieder schnell: »Und wer das Geheimnis kennt, der stirbt daran.«

»Nein!« rief ich.

»Doch!« flüsterte sie, »zu viel gewußt, zu schnell gestorben.«

Und ich: »Jeder stirbt, sogar der Dummkopf«, und kroch aus ihrem Zelt.

Da war sie gleich an der Zeltplane und flüsterte: »Was der Dirk weiß, das weiß ich schon lange. So mußt du nicht hinter dem Dirk her.«

Ich kroch wieder hinein in ihr Zelt und wartete. Aber sie gähnte laut und lange und sagte danach: »Heute nicht.«

»Wann?« fragte ich sie.

»Wenn du weise bist.«

Da kroch ich zornig aus ihrem Zelt heraus, ging zu den Büschen beim Bappstein und schlich langsam und sehr vorsichtig zum Blechkasten vom Leinsack, der heißt richtig Randolph-Xerxes, hat eine große Narbe an der Lippe und eine schiefe Nase, und das alles, weil er der Geschützte Händler ist, so sagt man. Und nahe bei seinem Blechkasten wartete ich auf den Dirk.

Der kam bald, kam aber nicht leise durchs Gebüsch, sondern kam mit seinen Clogs laut über den Bappstein, sprang die Treppe hoch, klopfte das Zeichen, die Tür wurde aufgemacht, und er trat ein. Und als die Tür geschlossen war, kroch ich unter den Blechkasten und hörte Randolph schimpfen: »Mußt du so laut sein! Mußt du mit den Clogs über den Bappstein trampeln!«

Und Dirk: »Ich paß schon auf«, und setzte sich, daß der ganze Blechkasten wackelte. »Ich habe Hunger.«

Dann hörte ich nur Schritte über mir, dann hörte ich den Dirk laut schmatzen, dann fragte er mit vollem Mund: »Was gibts Neues?«

Und Randolph: »Hier können wir uns nicht mehr treffen. Im Ruhrbeton haben sie einen Geschützten Händler überfallen und zusammengeschlagen und ausgeraubt.«

Und Dirk: »Tatsächlich?«

»Vor vierzehn Tagen! Liegt mit Gehirnerschütterung und gebrochenem Nasenbein und Rippenbrüchen im Arzthaus.«

»Da hat er es bestimmt sehr gut.«

»Vor vierzehn Tagen!«

»Tut mir leid für den, wirklich.«

Und Randolph: »Und kein bißchen Himmelsrecht im Ruhrbeton, kein Feuerstrahl, kein Rauchpilz! Bin ich nun ein Geschützter Händler oder nicht? Was ist das, bitte, für ein Schutz?«

Und Dirk: »Weil also einer von euch verkloppt wurde, verlangst du gleich, daß ein paar hundert heimtückisch ermordet werden«, und kaute und schluckte. »Ist das wirklich dein Ernst?«

»Möchte nicht der Nächste sein!«

Und Dirk, der hatte den Mund schon wieder voll: »Ich kann dich beruhigen: Hier, bei uns im Rheinmainbeton, ist alles ganz still, wie im Grab«, und schluckte und sagte danach: »Ist auch ein Grab, das ganze Beton!«

Und Randolph: »Ja, willst du denn, daß es bei uns auch diese Unruhen und diese Überfälle und Raub und Plünderung und all diese schrecklichen Sachen gibt?«

»Meinst du denn, die Super geben uns freiwillig auch nur den kleinen Finger?«

Und Randolph: »Aber Überfälle! Raub! Plünderungen!«

Und Dirk: »Den Anselm Cervato haben sie umgebracht!«

»Selbstmord war das!«

»Es ist schon schlimm genug, lieber Randolph, daß du diese ›Bilderzeitung‹ verkaufst ...«

»... verkaufen muß! Bitte dich!«

»... aber mußt du deshalb gleich für wahr halten, was drin steht? Ein Kind hat heute zu mir gesagt: ›Anselm Cervato ist tot, nun wird es keine Mittel gegen die Seuchen geben!‹ Und das ist die einzige Wahrheit deiner ›Bilderzeitung!‹ Und die hat dieses Kind erkannt!«

Randolph sagte: »Nicht so laut!«

Und Dirk: »Ich verstehe dich nicht. Bist du nun auf unserer Seite? Willst du die Befreiung des Betonmenschen von der Knechtschaft der Super? Oder hast du den Mut verloren, und machst du dir gleich in die Hosen, weil ein Geschützter Händler im Ruhrbeton verprügelt wurde? Meinst du denn im Ernst, das alles geht so friedlich ab?« Und er sagte das alles sehr laut, und Randolph machte dazu nur »Pssst!«

Aber Dirk wurde noch lauter: »Sag mal, auf welcher Seite stehst du eigentlich?«

Und Randolph, leise: »Auf der richtigen Seite.«

»So? Und welche ist das?«

Und Randolph so leise, daß ich es kaum verstand: »Wo die Menschen leiden.«

Und Dirk, laut: »Und wer leidet denn?«

Und endlich schrie auch der Randolph, daß sein Blechkasten davon zitterte: »Alle leiden! In dieser schrecklichen Welt leiden alle!«

»Ja! Der eine an Verstopfung von zu viel fettem Fleisch fressen, der andere an Darmzerrung von zu viel Knochen beißen!«

Und Randolph: »Hast du nicht gerade gefressen bis zur Verstopfung?«

»Ja!« schrie der Dirk, »aber ich kriege keine Verstopfung, denn ich scheiße alles aus, was zu viel ist«, und er ließ seine Posaune hören, daß ich dachte: Die geht durchs ganze Beton.

Dann war's still über mir, dann wurde eine Flasche auf den Boden gestellt, dann hörte ich den Randolph sagen: »Sieh mich an!« dann trank er, und ich dachte: Der trinkt doch nicht etwa den giftigen Alkohol! Und er sagte: »Ich war schön und sehr glücklich mit meinem Freund, dem Hauptmann Löblich, Platzkommandant vom Airport Düsseldorf. Er hat mich sehr geliebt und mir jeden Wunsch erfüllt.« Ich hörte wieder die Flasche, wie sie auf den Boden gestellt wurde, und dann, wie er trank, und wußte: Der trinkt den giftigen Alkohol! Und hört Randolph: »Aber die Benefiten beim Hauptmann Löblich waren neidisch auf mich. Als nun der Hauptmann beim

Probelauf war, da ist viel Lärm am Jetplatz, da haben sie mich gefesselt mit Stricken an Händen und Füßen. Der eine Benefit, der lebt noch, der hat mir mit dem Messer die Lippe zerschnitten. ›Kußmaul ist gewesen!‹ hat er gesagt und gelacht. Und der andere, der lebt nicht mehr, der hat mit der Zange meine Nase gefaßt, und hin und her hat er sie gebogen mit der Zange.« Dann hörte ich ihn weinen oben, und wieder die Flasche, und wieder trank er und sagte noch im Weinen: »Auch der beste Arzt vom Hauptmann konnte meine Lippe nicht heilen, und die Nase auch nicht.« Und er weinte noch lange, und der Dirk redete leise und zu ihm wie die Mutter zum weinenden Kind.

Und dann hörte ich Schritte auf dem Bappstein, und ich dachte: Die Wolfshunde sind es nicht, die heulen!

Und Dirk, über mir, sagte: »Dir haben sie die Lippe zerschnitten. Aber dem Betonmenschen zerschneiden sie das Leben!« Und weil der Randolph immer noch weinte: »Randolph! Mach bei uns mit! Räche dich an dem Benefiten, der dir die Lippe zerschnitten hat!«

Und ich hörte die Schritte und wußte: Das sind die von der Schafbande!

Und Dirk, über mir: »Wir brauchen alte Zeitungen. Kannst du nicht alte Zeitungen besorgen? Wenn wir alte Zeitungen haben, dann lesen wir die vor. Und dann versteht jeder, daß es Veränderungen gegeben hat!« Und ich, unterm Blechkasten, beim Schreck vor dem Wort, dachte: Was kommt schneller: Die Bande mit Betonrecht über Dirk, oder das Himmelsrecht über Dirk bis herab zu mir? Und ich dachte auch: Da ist kein Bach in der Nähe, in den ich fallen kann, wie der kleine Pik, daß ich nicht verbrenne von der Glut der Veränderungen!

Aber Dirk, der fürchtete sich nicht, der sagte oben: »Und wenn es Veränderungen gegeben hat, das versteht doch jeder, dann kann man auch heute verändern!«

Und Randolph: »Erst müßte man aber dem Menschen die Angst vor der Veränderung nehmen!«

Und Dirk: »Deine Angst muß man ihm nehmen! Deine Angst! Denn du fürchtest dich vor der Veränderung am allermeisten, und du hast auch guten Grund dazu als Geschützter Händler!« Der Randolph wollte darauf antworten, aber der Dirk war schneller und lauter: »Und wenn sie dann begriffen haben, daß es Veränderungen geben kann, weil es Veränderungen gegeben hat, dann ist das der erste Schritt zur Befreiung des Betonmenschen aus der Knechtschaft der Super«, und ich, unterm Blechkasten dachte: ›Und wie befreit er sich vor den Prügeln der Schafbande?‹

Und Dirk: »Der zweite Schritt ist dann die Aufdeckung der Lügen der Super. Wenn wir alte Zeitungen haben, begreifen die Menschen, daß jedes Jahr neue Lügen erfunden werden, wie sie grade gebraucht werden, und sie begreifen, daß zur Lüge die Macht gehört. Und je dicker die Lüge, um so mehr Macht muß hinter ihr stehen. Aber denke dir von der Lüge die Macht weg! Was bleibt dann übrig von der Lüge? Sie wird lächerlich! Und diesen zweiten Schritt nenne ich die Entmachtung der Super durch die Entmachtung der Lüge.«

Randolph wollte den Dirk unterbrechen, ich hörte auch die Flasche, aber er konnte den Dirk nicht mehr aufhalten: »Stell dir vor«, rief der, »irgendwo hat jemand ein Mittel gefunden, daß die Zeitung nicht zerfällt, und der hat dreißig Jahre lang die Bilderzeitung gesammelt und hat sie in einem Schacht zwischen Fledermäusen und Ratten versteckt! Das wäre doch was!«

Und Randolph: »Ja, das wäre was! Aber das gibt's ja nicht.«

Dann müssen auch die beiden die Schritte gehört haben, sie waren plötzlich still, die von der Bande waren nahe, blieben stehen, und der Rainer rief: »Dirk, komm raus!« Dann hörte ich den Kloht heranhumpeln, und der rief: »Wir wissen, daß du drin bist, komm raus!« Und Rainer: »Komm raus, Dirk, los!«

Da rief Randolph über mir: »Ich bin ein Geschützter Händler. Mein Wagen und ich stehen unter dem Schutz der Großen Sieben.«

Und von dem Wort bekam der Kloht einen solchen Schreck, daß er zwei Schritte zurückhumpelte, und erst dann rief er: »Wir wollen den Dirk haben. Der Dirk soll rauskommen.« Und Rainer schrie dazu: »Er hat nichts beim Geschützten Händler zu suchen! Das ist Betonrecht!

Ich kroch schnell zum Gebüsch, schlich in einem großen Bogen um den Blechkasten herum, ich sah plötzlich ein grelles Licht über der Treppe, ein riesiger Schatten huschte durchs Licht, Dirk war das, der wollte sich mit einem Sprung retten, aber er stolperte über die vielen Füße, er wurde gepackt, und sie zerrten ihn von der Treppe weg. Die Tür wurde geschlossen, so konnte ich nichts mehr sehen, der Kloht schrie: »Er ist beim Geschützten Händler gewesen! Habt ihr das alle gesehen?« »Ja!« schrien sie alle, und Kloht: »Jetzt kommt das Betonrecht über ihn!« Und sie schlugen ihn mit Fäusten, Knüppeln und Stöcken, und ich wußte: Sie hören nicht auf, bis er still auf dem Bappstein liegt.

Da atmete ich fünfmal stark, daß ich außer Atem kam, wie einer, der lange gerannt ist, dann rannte ich los, zu ihnen und schrie im Rennen: »Die Wolfshunde! Die Wolfshunde!« und bekam keine Luft vom langen Rennen: »Ein Rudel – Wolfshunde – unten – bei den Schafen!« und konnte nicht mehr weiter.

Aber da rannten sie schon alle weg zu ihren Schafen, und gleich drauf war's ganz still am Bappen. Der Dirk lag auf dem Bappstein, atmete schwer und sagte zu mir: »Siehst du meine Clogs?« Ich gab sie ihm, und er sagte: »Mich verprügeln sie, ausgerechnet mich!«

Ich setzte mich zu ihm hin und sagte mit der Stimme vom Dirk: »Und das ist der erste Schritt zur Befreiung des Betonmenschen von der Herrschaft der Super.« Dirk stöhnte, und ich dachte: ›Ein Geheimnis habe ich bei ihm nicht gefunden, aber viele Worte, Beulen und Blut.‹

Dirk richtete sich langsam auf, ich konnte nicht viel sehen in der Dunkelheit, er jammerte und sagte: »Ich habe ganz schön was abbekommen. Ich blute!« und wischte sich das Blut ab. Plötzlich sah er mich an. »Was hast du gesagt? Hast du mich belauscht?«

»Das auch«, sagte ich, »aber vor allem: Ich habe dich gerettet. Dafür mußt du mir sehr dankbar sein.«

»Du hast mich belauscht? Kommst du denn nicht von den Schafen? Ich denke, die Wolfshunde sind bei den Schafen!«

»Bis jetzt noch nicht«, sagte ich, »aber bald.«

»Die Wolfshunde?« fragte er ohne Verstand.

»Nein, die von der Bande, die werden gleich Wolfshunde spielen mit Geheul und Geschrei und werden den Wächter verprügeln, weil der geschlafen hat.«

»Wie willst du wissen, daß der geschlafen hat?«

»Er muß ja geschlafen haben. Sonst wären doch die Wolfshunde nicht bei den Schafen.«

Dirk schüttelte sich und versuchte aufzustehen. Ich half ihm, er stöhnte vor Schmerz, ich schob seine Füße in seine Clogs hinein, dann stützte ich ihn, und langsam gingen wir über den Bappstein.

»Wo hast du dich denn versteckt gehabt?« fragte er.

»Unterm Blechkasten vom Leinsack.«

»Warum?«

»Ich will dein Geheimnis«, sagte ich.

»Mein Geheimnis? Was für ein Geheimnis?«

»Warum gehst du heimlich zum Leinsack?«

»Ich denke, du hast uns belauscht?«

»Ja«, sagte ich, »viele Worte habe ich gehört.«

Da blieb er stehen und sagte zu mir, langsam: »Siehst du, so ist das mit dir: Du verstehst nichts, *nichts!*«

Dafür wollte ich ihn packen und würgen, aber er nahm meine Hände weg von seinem Hals wie nichts, preßte meine Hände zusammen und sagte noch einmal: »Du verstehst nichts, *nichts!*« Ich wollte ihm mit meinem Knie in den Bauch treten vor Wut, aber er ließ meine Hände los und schlug auf mein Knie, daß ich vornüber hinfiel.

Und nun lag ich auf dem Bappstein, und meine Clogs waren weg, und ich stöhnte vor Schmerz und sagte: »Siehst du meine Clogs?« Und er gab sie mir und half mir aufstehen.

Dann standen wir lange beisammen, und keiner rührte sich, und keiner redete mehr. Und dann gingen wir beide zusammen unseren Weg wie die Kinder ihn gehen, die sich fürchten im Dunkeln, Dirk zu seiner Tanne, und ich zu meinem Hochstein, aber nicht zu nahe.

Da wartete ich und horchte, bis alles still war drinnen. Ein Lamm meckerte mich an, das hob ich auf und sprang mit ihm über die Steine im Schlamm. Der Wächter sah mich kommen beim Licht der Sterne, freute sich über das wiedergefundene Lamm und sagte zu mir: »Der vor mir wachen sollte, ist eingeschlafen. Da sind die Wolfshunde gekommen. Wir haben sie mit Lärm und mit Stöcken verjagt, so war uns nur dieses eine Lamm verloren. Das ist nun auch gerettet.«

»So wache du nun besser«, sagte ich zu ihm, »denn die Wolfshunde sind überall.«

Und er: »Und heute so nahe!«

Und wir setzten uns beide an die Öffnung und horchten nach draußen, wir hörten das Käuzchen und hörten die Katze schreien wie ein Kind, wir hörten das Wasser, das kommt immer herunter, und wir hörten auch das Betongestein, oben, wie es langsam zerbricht, und der Wächter sagte zu mir, leise: »Der Hochstein knurrt.« Und dreimal hörten wir sehr fern den Wolfshund heulen, das geht schaurig von einem Hochstein zum andern hin, durchs ganze Beton in der Nacht.

Dann war's mir kalt, ich zündete mein Licht an an seinem, stieg die Leiter hinauf und wärmte mich bei Aurehl auf dem Weichen Lager.

3. Kapitel

12. Juni 268, im Frankenstein

Beim ersten Lichtschimmer war ich wach von meiner Unruhe, und Aurehl mit mir. Sie sagte: »Gestern abend gab es Lärm bei der Bande. Die Rose sagt: ›Der Wächter hat geschlafen, die Wolfshunde sind gekommen und haben ein Lamm geholt.‹«

»Das Lamm habe ich ihnen eingefangen«, antwortete ich, »aber der Dirk wird so bald nicht herkommen. So mußt du zu seiner Tanne, wenn du ihn brauchst, denn ich rudere zum Frankenstein und hole Euros herein.« Dann wickelte ich meine Decke in den Schlafsack und band ihn mit einem Riemen zur Rolle, die wird um die Felljacke geschnallt. In meinen Beutel legte ich Brot und Käse, zwei von den Nadeln, ein kleines Messer, Zündspan und Euros. Aber von dem Rauchdarm gab Aurehl mir nichts mit, denn der ist erst nach zwei Tagen und Nächten fertig.

Als ich dann vor der Schließplatte stand mit gerolltem Schlafsack, Beutel und Klappmütze, stand Aurehl auf, umarmte mich fest, preßte ihre Lippen auf meinen Hals und sagte dann nahe bei meinem Hals: »Was du anfängst, das endet gut.«

Und mit dem Wort von ihr ging ich.

In der Alten Zeit gab es auch die Türme aus Eisen und Glas, drei Lange Blicke hoch, einer dicht beim andern. Zwischen den Türmen war der Bappstein, drauf heulten die Blechwagen mit Gummirädern drunter, und weil es zu viele waren, so stießen sie aneinander und verkrallten sich wie zwei, die immer weiter kämpfen wollen bis zum Tod. Und drinnen saßen die Menschen und jammerten beim Kampf der Blechwagen, bis sie keinen Atem mehr hatten zum Jammern, und träumten schon die Träume der Toten, da waren die Blechwagen immer noch im Kampf. Und die Türme aus Eisen und Glas und den Bappstein fünfmal nebeneinander und fünfmal übereinander nannten sie die Stadt. So gehen die Betongeschichten.

Und so: In der Alten Zeit hat die Große Spinne ihr Netz

gebaut aus den Gleisen, und mitten im Frankenstein hat sie die Gleise versponnen zum Gleiskopf. Die Gleise waren gerade und silbrig glatt, und über den Gleisen war die Elektrische Kraft, die Kommt von den Himmlischen mit blauem Licht, die zog zehn lange Wagen leicht über die geraden und silbrig glatten Gleise, in jede Richtung, hin und her, und in den zehn langen Wagen saßen hundert Menschen auf weichen Fellsitzen. Wenn nun die Wagen auf dem Gleis drauf blieben, da heulte die Große Spinne laut vor Wut, hatte aber keine Macht über sie, wenn aber ein Wagen aus dem Gleis sprang, dann gehörte der ihr, und auch alle Menschen drinnen gehörten dann ihr. Dann kam die Neue Zeit, die Große Spinne starb, die Elektrische Kraft starb, und nur die Gleise sind geblieben, drauf fahren die Ruderwagen mit zwei Bänken aus Holz.

Zu den Gleisen ging ich nun hin, wo die Gleisbande ihre Hütte hat und Gleisrecht. Ich bezahlte den Gleiszoll, der ist manchmal zehn Euros und noch guten Tausch dazu, wenn viele rudern wollen, manchmal nur zehn Euros ohne Tausch, wenn wenige rudern wollen. Ich gab ihnen eine Nadel aus meinem Beutel, da waren sie zufrieden, denn außer mir wollte nur noch einer rudern. Wir kletterten hinauf, weil aber zwei zu schwach sind, so kletterte noch der Hanno von der Gleisbande zu uns. Der setzte sich auf die eine Bank, wir setzten uns auf die andere gegenüber. Aus dem Boden vom Ruderwagen steigt eine Eisenstange herauf, oben mit einem Knüppel aus Holz, den faßt jeder an mit beiden Händen, und drückt und zieht, und drückt und zieht den Knüppel mit Kraft vor und zurück wie die Fischer beim Mainfluß, da rumpelt der Ruderwagen über die Gleise, und die Große Spinne heult in ihrem Grab, so sagt man, wenn die eisernen Räder drauf bleiben auf den Gleisen. Kommt nun ein anderer Ruderwagen uns entgegen, so halten wir an, wechseln über auf den anderen Ruderwagen, die Ruderwagen kehren um, wir aber nicht. Es kletterten noch zwei junge, kräftige Frauen zu uns herauf, die ich nicht kannte, und zu fünft sausten wir weiter mit diesem Prickeln im Leib, wenn die Männer den Frauen ihre Kraft zeigen. Wo aber die Gleise verbogen oder zerbrochen sind, da halten wir an und springen ab, dann schieben wir den schweren Ruderwagen über die zerbrochenen Gleise, gleisen ihn wieder auf, und weiter geht's. Am schönsten rudert es sich da, wo die Gleise zum Tal hinabgehen, da will der Ruderwagen immer vorn sein, er rast und springt und heult und schwingt, daß manchem die Angst kommt, und man preßt das Ruder weg, wenn es drückt, und man zieht es heran, wenn es wegzieht, so bremst man den Ruderwagen, daß der nicht aus dem Gleis springt in den Abgrund, dahin, wo die Große Spinne immer noch Macht hat über den Ruderer.

So kamen wir alle fünf warm und fröhlich nahe zum Mainfluß, da enden die Gleise.

Ich kannte meinen Weg, ging gleich zur Friedensbrücke, da hat die Brückenbande ihr Recht, und ihr Anführer ist ein Riese, den nennen wir den Bären, den kennt jeder, der hat mit Bärenkraft und Verstand ganze Bäume über den Mainfluß gehoben, und hat die auf die alten dichtgefügten Steine im Fluß gelegt, und drüber leichtes Holz, auf dem geht man, und noch leichteres für die Ängstlichen, dran können die sich mit den Händen klammern. Der Bär hat immer einen Grund für höheren Brückenzoll, wühlt sogar im Beutel herum und nimmt heraus, was er will, vor dem fürchtet sich jeder.

Mich kannte der Bär schon gut. Er wollte mich gern in seine Bande haben, damit ich ihm mit Vorteil eintausche, was er den Menschen aus dem Beutel herauszieht. Er sagte zu mir: »Wohin?« – »Zu den Euros«, antwortete ich, und er: »Die sind alle in meinem Beutel drin«, und ich: »Dann brauchst du ja keine aus meinem Beutel«, und ging an ihm vorbei ohne Brückenzoll. Er lachte sein Bärenlachen und rief hinter mir her: »Ich tausche dir deinen Beutel ein gegen meinen, wenn du in meine Bande gehst.«

Aber da war ich schon weit auf seiner Brücke, über dem Abgrund, da, wo die Menschen sich fürchten und nicht hinabsehen und ängstlich weitergehen, Schritt um Schritt, die Hände beide naß an das Holz geklammert. Ich aber beugte mich hinab zum Wasser und sah, wie es sich kräuselt unten bei den dichtgefügten Steinen aus der alten Zeit, und wie es schäumt und schnell weiter will, denn ich sehe gern hinab in den Abgrund. Ich breitete meine Arme aus wie Flügel, der Bär schrie: »Willst du fliegen?« und ich schrie zurück: »Ja!«

Ich ging dann ein Stück am Mainfluß entlang, immer zur

ILIE
ETHE

Morgensonne hin, meine Unruhe war noch größer, und da, wo das Wasser aus dem breiten Taunustal in den Main fließt, da stieg ich auf ins Taunustal. Ich sah die Sturzbäche aus der Gallusschlucht und aus der Kaiserschlucht, ich sah die zwei riesigen grünen Männer aus Metall gemacht, wie die beide zu der Frau aus Stein hinsehen, die hat ihren halben Kopf verloren, ihren Fellumhang und ihre Bundhose, so muß sie sich nackend ansehen lassen von den beiden grünen Riesen, und keiner weiß, ob sie sich gern von denen ansehen läßt, und wer lesen kann, der weiß, daß die grünen Riesen Ethe und Ille heißen.

Auf dem Pfad zwischen den zerbrochenen Türmen, beim Duft vom Wiesenkraut im Sommer, oben hängt das zerbrochene Schlangenzeichen von den zwei Speeren durchbohrt, das klappert im Wind und schaukelt, wenn der Greifvogel sich drauf setzt, und unten, unterm Geröll wartet die Schlange drauf, daß die Sonne aus Geröll wärmt, dann wärmt sich die Schlange drauf, und kein anderer Mensch im ganzen Taunustal, da ging ich.

Als ich nun fast am Ende vom Taunustal war, wo es sich zur Opernschlucht hin verengt, und wo von beiden Seiten die Bochenheimer Bäche ins Taunustal fließen, da hörte ich einen Heli, der ist wie eine Libelle, hält sich mit seinen dünnen Flügeln an der Luft fest, kann in der Luft stehen, sich drehen und auch schnell dahinschießen, der senkte sich mit unerträglichem Lärm herab ins Taunustal, die Türen wurden geöffnet, und heraus kletterten über Leitern hundert Treiber in ihren grünen Hosen und Jacken, den Parka auf dem Rükken zusammengrollt, die Empie leicht in der Hand, und nach ihnen ihre Hauptmänner, auch in Grün, aber mit Silberfäden auf den Schultern, die befahlen nun den Treibern, daß sie herumrennen sollen und Schlangen und anderes Getier suchen sollen und alles töten und wegschaffen, was gefährlich ist. Die rannten auch herum und suchten und erschlugen zwei Schlangen, einer erschoß einen Biber mit hundert Schnellschüssen aus seiner Empie, und sie machten viel Lärm dabei, aber mich fanden sie nicht, denn ich lag unter den dichten Erlen am Bach versteckt.

Gleich drauf senkte sich noch ein zweiter und ein dritter Heli herab ins Taunustal mit unerträglichem Lärm, alle Treiber stellten sich in einem Kreis um die beiden Helis herum, dann war's wieder still, nur ein Vogel schimpfte, die Türen vom zweiten Heli wurden geöffnet, und herunter kamen über bequeme Treppen hundert Menschen, in buntfarbenen Kleidern, denen fehlt kein Zahn, die haben keine Pickel, die humpeln nicht, sind alle jung und ohne Not, die nennt man die Benefiten. Und die stellten sich nun alle vor den dritten Heli, die Tür vom dritten Heli wurde geöffnet, und in die Tür trat langsam eine Frau in einem langen Umhang in den Farben Grün, Blau und Braun, die hatte hundert Zöpfe um ihren Kopf herum wie eine Löwenmähne, groß und gewaltig, drüber die Tellermütze mit dem Wappen aus Gold, das ist eine gewundene Schlange von zwei Speeren durchbohrt, so sieht man es auch auf dem wertvollen Onedollar vom Karrenhesse. Die Frau sah herab auf die vielen Menschen unter ihr, trat hervor aus dem dunklen Heli, da ging der erste Sonnenstrahl über die Türme zu ihrem Kopf, da war ihr Schlangenwappen die Sonne, und ich hörte sie sagen mit einer Stimme wie Gesang: »Tamasch, lieber Tamasch! Machst du auch das Wetter für mich? Denn genauso habe ich mir das Wetter gewünscht.« Alle Benefiten klatschten in die Hände, die Frau oben redete zu den Benefiten auch in den Sprachen der Super, die versteht der Betonmensch nicht, wieder klatschten sie alle in die Hände, dann stellten sich die Treiber in zwei Reihen auf, da war's ein Weg für die Benefiten, die löwenmähnige Frau kam die Treppe herab, hinter ihr ein großer Benefit mit langem blonden Lockenhaar und einem grämlichen Gesicht, und zwischen den beiden Treiberreihen gingen nun alle Benefiten langsam zu dem Haus aus Steinen geschichtet, mit riesigen Bögen unten und steinernen Wächtern oben, drin haben die Menschen in der alten Zeit so laut gesungen, daß man dicke, geschichtete Steinmauern um den Gesang herum errichten mußte, so gehen die Betongeschichten, und das Haus nennen sie die Oper.

Da stand ich auf, trat aus den dichten Erlen heraus auf den Pfad und ging auch zur Oper. Gleich sah mich ein Treiber, hob seine Empie gegen mich, rief: »Halt! Keinen Schritt weiter!« Alle blieben erschrocken stehen, sahen zu dem Treiber hin, sahen seine gehobene Empie, und ihre Augen gingen den Weg, den der Schuß gehen muß aus seiner Empie, sahen mich, wie ich auf dem Pfad stand, zwei Treiber rannten zu mir, sie rissen mir den gerollten Schlafsack herunter und meinen Beutel, sie stachen mit ihrer Empie in meinen Schlafsack, sie schütteten den Beutel aus, ich mußte meinen Fellumhang ausziehen, der wurde abgeklopft, ich mußte meine Arme hochheben, sie klopften meine Bundhose ab, und so stand ich dann und hörte meinen Vater sagen: ›Du bist sehr schön, Frank! Hebe nur deine Arme hoch, daß deine schöne Knabenbrust heraustritt, die macht dich oben breit und unten schmal! Und als ich so stand, sahen alle Benefiten mich an, auch die löwenmähnige Frau. Und neben ihr stand der große Benefit mit dem langen blonden Lockenhaar und rief zornig: »Hauptmann Hagannahta! Wie ist das möglich, daß dieser Autochthone nicht entdeckt wurde? Im Namen der Hohen Frau befehle ich Straftraining für alle Wachmänner: Absuchen und Erkunden eines unbekannten Geländes.« Und dann, ruhig: »Wer hat diesen Burschen entdeckt und gefangengenommen?« – »Ich!« schrie der Treiber, der mich zuerst gesehen hatte, und sein Hauptmann Hagannahta mit einer Haut wie Leder, kein Fleisch drunter, aber Knochen wie aus Eisen, schrie zurück: »Wer heißt hier ›ich‹?« Und der Treiber: »Lernwachmann Mannfried!« – »Aha!« machte sein Hauptmann, und zu dem großen blonden Grämlichen sagte er: »Lernwachmann Mannfried hat diesen Burschen entdeckt und gefangengenommen.« Und der Grämliche sagte zum Hagannahta: »Im Namen der Hohen Frau sage ich: Der Mann soll gehoben werden, bald!« Drauf hob der lederhäutige Hagannahta seine linke Hand gegen mich, wie man eine Fliege abschüttelt, rief: »Hopp!« dazu, und die beiden Treiber vor mir hoben ihre Empies gegen mich und winkten mir mit ihren Empies meinen Weg zurück ins Taunustal. Ich blieb aber stehen, denn ich sah den Blick der löwenmähnigen Frau zu mir, der winkte mich nicht ins Taunustal. Sie redete zu dem Grämlichen, der schlug die Hände überm Kopf zusammen und rief dann zum Hagannahta hin: »Der Bursche soll warten!« Drauf machte der Hagannahta mit seiner Hand zu mir: ›Warte!‹ und rief wieder: »Hopp!«

Und dann gingen alle Benefiten weiter den Weg zwischen den zwei Reihen der Treiber bis zum Bogen in der Mitte der Oper, da blieb die löwenmähnige Frau stehen, und gleich blieben auch alle ihre Benefiten stehen, und sie sagte mit ihrer Stimme wie Gesang: »Hier stellt mir bitte mein Zelt hin!«

Und da erkannte ich sie und wußte: Ich bin wiedermal zur richtigen Zeit am richtigen Ort angekommen. Denn vor der Oper, im Taunustal, da wo es sich zur Opernschlucht hin verengt, da stand ein Super: Re Dajana Kornegill, Höchste der Kornegils, Mächtigste der Großen Sieben, schönste Frau der Welt, aus der Bilderzeitung bekannt jedem Betonmenschen, gehaßt vom Dirk, hat unendliche Macht und unendlichen Reichtum, hat Himmelsrecht mit Feuerstrahl und Rauchpilz, stumm wird der Betonmensch vor ihr, starr und blöd, sie hebt den Menschen hoch zum Glück, sie senkt ihn hinab ins Grab mit der kleinsten Bewegung ihres kleinsten Fingers, und Dirk sagt über sie: Sie hat alles! Uns gibt sie nichts! Sie hat das Ewige Leben! Uns macht sie aber das Leben kurz! Und ich sah zu ihr hin, und die Sonne ging zu ihr über alle zerbrochenen Türme hinweg.

Jeder Benefit hatte nun gleich seine Arbeit. Aus den Helis wurden schwere Kisten herausgehoben, Gestelle, Zelttücher, Stangen und vieles mehr, ein riesiges Zelt wurde errichtet, wo die Löwenmähnige es hinhaben wollte, von hundert Stöcken gestützt, mit starken geflochtenen Seilen festgemacht, das Zelttuch in den Farben Grün, Blau und Braun, wie ein Berg, viele kleinere Zelte wurden drumherum errichtet, auch ein Langzelt für die Treiber, die rollten einen Draht wie Brombeergestrüpp um den Opernplatz herum, nur eine Öffnung zum Taunustal ließen sie. Vor das größte Zelt wurde ein schweres Tuch auf den Boden gelegt wie gewebtes Moos, drauf wurde ein Tischchen gestellt mit kostbarem Geschirr und vielen Speisen, drei Stuhle dazu, und ein Benefit beugte sich über das Tischchen, kostete von allen Speisen, und sein dunkles Haar in sieben Wellen von der Stirn bis auf die Schulter herab kam durcheinander und ordnete sich wieder zu sieben Wellen, als er fertig war mit Kosten und sich wieder aufrichtete. Labiges heißt der, da habe ich ihn zum ersten Mal gesehen.

Re Dajana Kornegill setzte sich nun auf den mittleren Stuhl und trank aus einem Glas, das war wie eine Eisblume, auf den Stuhl zu ihrer Linken setzte sich der große Grämliche, der dritte Stuhl blieb leer. Viele Benefiten standen um das

Tischchen herum, auch viele schöne junge Frauen, und alle sahen sie nun zu, wie ein kleiner Junge geschickt bis zur Zeltspitze kletterte und oben ein grünes Tuch festknotete, drauf war mit goldnen Fäden das Schlangenwappen eingestickt, alle klatschten sie wieder, alle redeten und waren fröhlich, nur die Treiber nicht, die mußten herumrennen und so tun, als ob sie suchen, wurden ausgelacht, hatten ihre Wut und wollten mich mit ihren Empies erschrecken, ich stand aber mit hochgehobenen Armen auf dem Pfad und sah zu Re Dajana Kornegill hin, lange, bis ich aus allem heraus deutlich ihre Stimme hörte wie einen Gesang: »Hol mir nun bitte den Knaben her, Marie-Luise!« Und die, zu der sie's gesagt hatte, klein und rundherum rund, blondes Lockenhaar, die Haut rosarot, kleiner Mund, der immer lacht, und Augen mit einem feuchten Glanz, kam zu mir gehüpft, zeigte mit der Hand von mir zu Re Dajana hin, sagte mit einer Scham: »Hopp!« und wurde dazu rot vom Hals bis zu den Ohren, hüpfte mir voran den Pfad bis vor das Zelt, aber nicht zu nahe durfte ich heran, sie machte mit »Hopp!« einen Finger krumm, da mußte ich mich tief verbeugen vor Re Dajana, ich hielt aber immer noch meine Arme hoch und sah nach der Verbeugung der Löwenmähnigen in die Augen. Die sagte zu mir: »Nimm nun endlich deine Arme herunter und sag mir bitte deinen Namen!« und sah mich an mit starren Augen wie die Raubkatze auf der Lauer, mit den Augen macht sie jedem Angst, und zwischen den Augen, ihre Nase, die geht bis in die Stirn hinauf.

Ich ließ meine Arme sinken, die kitzelten vom langen Hochhalten, so schüttelte ich sie und antwortete: »Mein Vater hat mich Frank genannt, aber viele nennen mich auch Fürst.«

»Also Fürst Frank«, sagte sie.

»Nein«, antwortete ich, »Frank Fürst.«

Da rissen alle Benefiten ihre Augen weit auf und sahen mich an, als wäre ich als ein Blitz ins stille Taunustal gefahren, und gleich wirds donnern, es donnerte aber nicht, sondern Re Dajana sagte zu mir mit ihrer Stimme wie Gesang: »Also Frank Fürst. Und nun sage mir, ob du bei mir eine Arbeit annehmen willst.«

»Das will ich gern und mit größtem Vergnügen«, antwortete ich, der Grämliche plapperte es mir nach mit Spott, einige Benefiten um uns herum wollten gern lachen drüber, weil aber die Löwenmähnige nicht lachte, so lachten sie auch nicht.

Die stand nun auf, ging um das Zelt herum, und alle Benefiten gingen mit ihr, sie sah zur Oper hinauf und sagte zur Oper: »Ich will dieses Haus so herrichten, wie es früher einmal war. Das wird viel Arbeit geben. Steine müssen herangeschafft werden, passend geschlagen und eingefügt werden, Holz und Glas muß her und alles, was sonst noch gebraucht wird, und meine Baumeister und Handwerker müssen zeigen, was sie können. Und wenn alles fertig ist, nächstes Jahr oder auch übernächstes, will ich hier, in der Oper, ein schönes Fest geben für alle Familien. Musiker und Sänger müssen her, es soll eine Oper aufgeführt werden wie in der Alten Zeit.« Und sie redete weiter in den Sprachen der Super, daß ich's nicht verstehen konnte, ich merkte aber, daß sie jedem Benefiten seinen Befehl gab, und ein kleiner Benefit mit schwarzem Haar, die Augen nur einen Spalt auf im breiten Gesicht, hielt in der linken Hand hundert kleine Blätter zusammengepreßt zwischen feinstem Leder, das nennen sie ›das Büchlein‹, und einen dünnen Stab in der rechten, und der Stab ging schnell auf und ab, hin und her in seinem Büchlein, und der schrieb nun alles auf, was die Löwenmähnige sagte, und was geschrieben ist in seinem Büchlein, das ist dann wahr für immer. Aber niemand sah zu dem Kleinen hin, sondern jeder sah zu ihr hin, wie sie zu der Oper redete.

Plötzlich wendete sie sich um, suchte mich, fand mich vor dem Tischchen und sagte zu mir: »Und du, Frank Fürst, du wirst im Pavillon stehen und wirst mit die Arbeiter auswählen, die ich als Gehilfen brauche.« Sah mich aber nicht mit dem starren Blick der Raubkatze an, sondern sehr neugierig gingen ihre Augen über meinen Körper und über mein Gesicht. Und ich sah auf ihren Mund, der ist wie die zwei Flügel der Schwalbe, wenn sie sich vom Wind tragen läßt, und ich sah auf ihre Lippen, die sind offen, die küssen gern und wollen gern geküßt werden.

Ich sagte nun, als wär's weiter ihre Rede: »... und nur die Tüchtigsten und Fleißigsten sollen mit hellem Verstand und viel Umsicht ausgewählt werden für diese wichtige Arbeit«, und sah über die Bögen hinauf zu den steinernen Wächtern oben.

Mit drei großen Schritten stellte sich der Grämliche vor mich hin und schimpfte: »Steh du gefälligst etwas demütiger und ehrerbietiger vor der Hohen Frau!«

Die sagte aber: »Laß ihn doch! Er steht mir gut«, und kam nun zurück zum Tischchen, und alle Benefiten kamen mit ihr; sie setzte sich, sah mich wieder an und sagte: »Du bekommst eine Livree. Englisches Tuch, im Farbton passend zu deinen Locken, und alles auf deinen schönen Körper zugeschnitten«, suchte mit ihren Augen einen Benefiten, fand ihn und sagte zu dem: »Machst du das bitte für mich, lieber Avarall Pompolli?« und sang diesen langen Namen wie die Bickelak einen Zauberspruch singt.

Und der, klein, leicht, schmaler Kopf mit einem gezwirbelten Bärtchen auf der Oberlippe, trat heran, machte eine kleine, sehr schöne Verbeugung vor ihr, sagte nichts und hörte ihr zu. So ist der Avarall Pompolli.

»Auf die Livree nähe mir bitte große Knöpfe«, sagte sie weiter zum Pompolli, »in jedem ein Bildchen von mir als Paschamama ...«

»... so sieht jeder, der zu mir kommt und mich um Arbeit bittet doch gleich, wen er wirklich um Arbeit bittet«, sagte ich, als wär's weiter ihre Rede, und die erstaunten Blicke der Benefiten gingen hin und her von ihr zu mir.

Und sie zu mir: »Das hast du hübsch gesagt«, und zum Avarall: »Enge Hosen mach ihm bitte mit Troddeln unten, Nabel frei, die Jacke mit Schwalbenschwänzen hinten, vorne offen«, und sah sich meinen Nabel an.

Und ich: »... dazu ein großes Bild der Hohen Frau an einer leichten Kette um meinen Hals gehängt, das bewegt sich mit mir und sieht jeden an, der mich ansieht.« Und als ich fertig war, waren alle Gesichter um mich herum wie aus Stein gemacht, und es war sehr still im Taunustal.

Und der große Grämliche sagte zu mir mit einer Stimme, die macht mir heute noch eine Gänsehaut vom Kopf bis zu den Füßen runter, wenn ich dran denke: »Du stehst vor Re Dajana Kornegill, Höchste der Kornegills, Mächtigste der Großen Sieben!«

Aber die sang zum Avarall hin: »Hast du nicht das große

Vexierbild?« der nickte so wenig, daß man's kaum sah, und sie: »Das gib ihm um den Hals, das ist gut, denn das ist neu.« Und zum Grämlichen sagte sie sehr freundlich: »Gräme dich nicht, Tschilgren!« Und zuletzt noch befahl sie dem Kleinen mit dem Büchlein: »Errichte nun bitte den Pavillon auf einem Bohlengerüst, rundherum Tische und darüber einen Baldachin in meinen Farben, dann kann er anfangen.«

Ich sagte: »Ich nehme die Arbeit gern an.«

Die Benefiten wurden laut und riefen durcheinander: »Haben Sie das gehört! ›Er nimmt die Arbeit gern an!‹ Was für eine Frechheit!« und der Kleine mit dem Büchlein schimpfte mit mir und rief: »Du mußt dich bedanken!«

Ich machte aber mein Spiel zu Ende, so wie mein Vater sein Spiel immer zu Ende gemacht hat, ob da einer laut schreit oder lacht, sah mir nacheinander alle Benefiten an, war erst erstaunt über den Lärm, dann ratlos, dann hilflos wie ein kleines Kind, aber sehr lieb hilflos, und zuletzt sah ich sie an.

Sie sang zu mir hin: »Also, bedanke dich!« und gleich war's wieder ganz still im Taunustal, und alle sahen mich an, wie's weiter geht.

So breitete ich meine Arme aus vor ihr, verbeugte mich tief und lange, richtete mich langsam auf, sah sie an und sagte sehr glücklich: »Ich bedanke mich gern.«

Endlich waren sie zufrieden, klatschten in die Hände, und ein Benefit mit einem schwarzen Kästchen befahl mir mit »Hopp!« daß ich mich noch einmal verbeuge, hielt das Kästchen vor die Augen, noch ein drittes Mal mußte ich mich verbeugen, da war auch er zufrieden und bedankte sich nun bei mir. Das ist der Hauptmann der Linsenmänner bei Re Dajana, der rennt immerzu herum mit seinem schwarzen Kästchen.

Danach befahl der Avarall Pompolli mir mit »Hopp!« daß ich hinter ihm her gehe, und führte mich in ein Zelt hinein. Drin standen viele Benefiten, alle in weißes Tuch gewickelt. Ich mußte nun meine Bundhose aufschnüren und fallen lassen, die Clogs und die Strümpfe, von Aurehl gemacht, mußten weg, und nackend mußte ich in einen großen Kasten steigen aus dem leichten Buntholz, das verfault nicht, weil die Würmer es nicht fressen, drin duftendes warmes Wasser, und wie ich nun drinnen lag in dem Kasten und um und um gewendet wurde, und meine Haut geschrubbt mit einer Bürste, da standen die Benefiten drumherum und sahen gut zu, für einen mußte ich meinen Mund weit aufmachen, daß er hereinsehen kann, der holte auch meine Hände aus dem Wasser und sah sich die an, besah sich dann meinen ganzen Körper an von oben bis unten, dabei gingen seine Augen immer ruhelos herum, und der griff sogar nach dem Kleinen Fürsten und wollte sich den genau ansehen. Da sprang ich auf, daß er ganz naßgespritzt war. Erst sah er mich erschrokken an, dann mußte ich aus dem Kasten steigen, und ein anderer wickelte mich in weiche Tücher und rieb mich drin trocken, ein dritter trocknete mein Haar mit heißem Wind aus einem Rohr, die Tücher wurden abgewickelt, und feines Riechöl und ein Balsam wurde auf meine Haut gestrichen und eingerieben, und gleich trat wieder der mit den ruhelosen Augen zu mir heran, zwei Schläuche in seine Ohren gesteckt, die gehen zu einem Trichter an ihrem Ende. Den legte er mir an die Brust und sagte: »Tief atmen!« Gleich nahm ich den Trichter an meine Lippen und stieß viel Luft hinein. Da sprang er weg und schrie: »Menf, was machst du da?« wollte aber sein Spiel immer noch nicht aufgeben mit mir und steckte ein Eisenrohr in mein linkes Ohr, das war kalt und kitzelte drinnen, da mußte ich laut lachen, so gab er's auf. Das ist der Doktor Flüssel, der Hauptmann aller Ärzte bei Re Dajana, der sagt nicht ›schlimm‹ und nicht ›Schlüssel‹, sondern ›flimm‹ und ›Flüssel‹, so weiß niemand, ob er nun Flüssel heißt oder Schlüssel, und dem gehen die Augen immer ruhelos herum. Als der endlich fertig war, holte mich der Avarall mit »Hopp!« in sein Zelt, da wurden kostbare Tücher um mich herumgewickelt und gleich wieder abgewickelt, es ging um die Hose, und bis ich das wußte, war schon ein kostbares Tuch zerschnitten und wieder zusammengenäht unter der elektrischen Nadel mit rasenden Stichen, hundert auf einen, den die Aurehl macht, dichter und gleichmäßiger als ihre Stiche, und sie ist die beste Näherin im Beton.

Die Hose wurde mir angezogen, in einem riesigen Glas sah ich mich stehen, das nennen sie ›den Spiegel‹, ich sah, daß die Hose genauso geschnitten und genäht war, wie Re Dajana es befohlen hatte, so lobte ich den Avarall, der freute sich drüber und ließ seine kleine Hand mit dünnen Fingern langsam und leicht über meinen Rücken gehen bis zur Hose herab, so machen es die Schneider, und er ist der Hauptmann aller Schneider bei Re Dajana, hat einen Goldnen Ring ums rechte Handgelenk mit hundert Diamantsteinen dran, hat fünfundzwanzig Lernschneider, redet wenig und macht nur kleine Bewegungen mit den Händen und mit dem Kopf, aber jede kleinste Bewegung von ihm ist wichtig, und jeder seiner Lernschneider weiß es genau.

Weil es nun sehr warm war im Zelt der Schneider, so schwitzte ich, ein Lernschneider erschrak und rief: »Der Lümmel transpiriert!« Avarall aber sagte leise und langsam: »Zieht ihm die Hose aus!« So war ich wieder nackend, ein Lernschneider rieb eine klebrige, eklige Schmiere auf meine Haut, tupfte sie ab mit einem weichen Tuch, drauf durfte ich die Hose wieder anziehen, und Avarall hockte sich vor mich hin und steckte mit kleinen langsamen Bewegungen bunte Troddeln unten an die Hose, und ich sah ihm im Spiegel zu. Dann wurde Tuch für die Jacke geschnitten, gleich genäht unter der elektrischen Nadel, die nennen sie ›die Nähmaschine‹, die Jacke wurde mir angezogen, ich sah im Spiegel lange, spitze Enden hinten dran, da wußte ich, das sind die Schwalbenschwänze. Das große Bild der Löwenmähnigen wurde mir an einer Kette umgehängt, und wie ich mich nun drehe und wende, das Bild der Löwenmähnigen dreht und wendet sich mit mir und sieht jeden an, der mich ansieht. Mein Haar wurde zu hundert Zöpfen geflochten ringsherum, Schuhe aus Leder wurden mir angepaßt, die drückten am Zeh, sie weiteten aber nicht den Schuh, sondern sie schnitten mir die Zehennägel kurz! Avarall sah sich alles noch ein letztes Mal an, und mit einem sehr freundlichen »Hopp!« und einem Klaps auf meinen Po schickte er mich hinaus.

Ich war durstig, ich ging zu einem klaren Quellwasser hin, schöpfte draus mit der Hand und trank. Das sah der Flüssel, schrie: »Bist du wahnsinnig!« als wär's ein großes Unrecht bei Benefiten, daß einer Durst hat und trinkt.

»Ich habe Durst«, sagte ich.

Aber er gab keine Ruhe und schrie: »Aber doch nicht Quellwasser! Man trinkt doch nicht Quellwasser! Das ist nicht desinfiziert!« rollte die Augen, rannte herum wie die Ratte, die ihr Loch nicht findet, der Grämliche sah's, kam dazu und fragte den Flüssel: »Was ist denn los?« Der antwortete: »Er hat Quellwasser getrunken!«, rannte in sein Zelt, kam heraus mit einem Lernarzt, hielt mir eine wertvolle Kapsel hin, sein Lernarzt hielt mir einen Becher mit Sauberem Wasser hin, er befahl mir: »Nun nimm endlich die Kapsel und fluck sie!« so nahm ich die, tat so, als ob ich sie in den Mund werfe und trank Sauberes Wasser nach, und keiner sah, daß die wertvolle Kapsel in meiner Hand versteckt war.

Danach sagte der Grämliche zum Flüssel: »Trotzdem muß ich den Vorfall der Hohen Frau melden«, ging mit langen Schritten zum größten Zelt hin, die Zeltwächter hoben ihm das schwere Tuch vor der Öffnung, und er trat ein.

Erst wußte ich nicht, wie's weitergeht, dann sah ich den kleinen schwarzhaarigen Benefiten mit dem Büchlein, wie der wichtig und breit vor seinem Zelt stand, und sein Büchlein hatte er zwischen zwei Knöpfe seiner Jacke gesteckt, der hat auch einen Goldnen Ring am rechten Handgelenk mit hundert Diamantsteinen dran, der befahl mich nun mit »Hopp!« zu sich, und als ich vor ihm stand, sagte er: »Paß nun gut auf, was ich dir zu sagen habe!«

Ich merkte gleich, daß er's schwer hat beim Reden, denn nicht jedes Wort kommt aus seinem Mund so heraus, wie er's will, und ich dachte mir: Dem spiele ich gleich den ersten Streich.

Er sagte weiter: »Aus dieser Autonomen Siedlung hier werden bald eine Menge Autochthone zu uns kommen und uns um Arbeit bitten. Einige wollen wir als Hilfsarbeiter einstellen für den Wiederaufbau der Oper ...« Er stockte und sah mir zu, wie ich in meiner Livree eine Tasche suchte als Versteck für die wertvolle Kapsel, und wie ich mich bückte, weil ich keine Tasche fand, weder in der Jacke noch in der Hose, und so tat, als ob ich unten eine Stechmücke erschlage. In Wahrheit versteckte ich aber die wertvolle Kapsel im rechten Schuh. Und als ich mich dann wieder aufrichtete und ihn freundlich ansah und drauf wartete, daß er weiterredete, da hatte er alle seine Worte verloren.

Er winkte seinem Zeltwächter, der ist auch klein, aber schmal, hat eine hohe Stirn und nur am Hinterkopf Haare, zu dem redete er in einer Sprache wie ein schneller Singsang mit viel e, i, a, o und u, der machte eine tiefe Verbeugung vor ihm, holte einen dicken Stapel mit blauen, grünen und gelben Karten aus dem Zelt, gab sie mir und sagte dazu: »Das sind die Ausweise. Die verteilst du. Blau heißt: Nicht zu gebrauchen; Grün heißt: Kann man gebrauchen; und Gelb heißt: Gut zu gebrauchen. Hast du alles verstanden?«

»Aber sicher«, antwortete ich und ließ die Karten vom Daumen der rechten Hand abfedern, daß sie wie von allein in die offene linke Hand sprangen, immer wieder. Der Kleine staunte mich an, um uns herum standen bald mehrere Benefiten, sahen alle auf meine Hände und wunderten sich, wie die Karten springen von einer Hand zur anderen, und immer weiter ließ ich sie springen mit ausgebreiteten Armen, lange, und sagte dabei zu dem wichtigen Benefiten: »Die Autochthonen werden mich bestechen wollen«, und horchte drauf, wie die Karten flippen.

Da trat er nahe zu mir heran, schlug mir im Zorn die Karten aus der Hand, daß sie im weiten Bogen auf den Grund vom Taunustal fielen, zwischen Gras, Blumen und Moos, zog seinen Zeltwächter in sein Zelt hinein, drinnen hörte ich ihn wieder reden in der fremden Sprache, der Zeltwächter kam heraus und sagte zu mir: »Die Hohe Frau Re Dajana Kornegill will sich heute abend deine Livree ansehen, falls sie Zeit dazu findet. Suhl dich also nicht im Dreck herum!«, gab mir einen kleinen Beutel aus feinstem Leder, hackte mit dem Fuß gegen die Karten, sagte noch: »Und jetzt verschwinde endlich!«, und stand vor der Zeltöffnung und sah mich nicht mehr. Den nennen sie ›den Mund‹ vom kleinen wichtigen Benefiten mit dem Büchlein, denn der redet oft für ihn, wenn dem die Worte nicht richtig aus dem Mund kommen wollen.

Ich sammelte die Karten alle auf vom Grund und legte sie in meinen neuen Beutel hinein. Dann setzte ich mich auf einen Stein und wollte die wertvolle Kapsel aus dem Schuh ziehen und auch in meinen neuen Beutel legen.

Aber gleich stand der Flüssel wieder bei mir und schimpfte: »Mit einer so fönen sauberen Livree setzt man sich doch nicht auf Fteine!«

So stand ich gleich wieder auf, hob mein rechtes Bein hoch, zog hüpfend den Schuh aus, schüttete die wertvolle Kapsel aus dem Schuh, der Flüssel sah sich's ratlos an und fragte: »Was machst du denn da?«

»Steine aus dem Schuh schütten«, antwortete ich ihm.

Da war er gleich zufrieden, und ich versteckte die wertvolle Kapsel in meinem neuen Beutel unter den Karten.

Ich sah ein kleines Mädchen in einem Kleid wie frischer Schnee, mit hundert Blumen bestickt, das hatte ein Springseil und sprang drüber, aber ungeschickt und ängstlich, das kam zu mir heran und fragte mich: »Kannst du das auch?«

Ich hielt meine Hände zu ihrem Springseil hin, sie gab es mir, die Griffe an den Seilenden glänzten wie Gold, ich faßte die Griffe, sie waren sehr schwer, und dann wußte ich: Die sind Gold! Und ich legte meine Finger drum und dachte: Ich halte einen Schatz in meinen Händen! Und ich sprang schnell und immer schneller über das Springseil und ließ es kreisen, die Finger fest um die goldnen Griffe herum, die wollte ich festhalten für immer!

Die Kleine klatschte in die Hände und rief: »Schneller! Schneller!« so sprang ich noch schneller, bis sie plötzlich rief: »Hopp!« und mit dem Finger winkte, daß ich ihr das Springseil mit dem Goldschatz hergeben soll. Aber meine Hände wollten nicht aufgehen, so zerrte sie dran und riß mir das Springseil weg, drückte es an ihre Brust, sah mich an, kam nahe zu mir und flüsterte: »Ich will auch so schnell springen können wie du. Bringst du mir das bei?«

»Was gibst du mir dafür?« fragte ich sie.

Und sie: »Was willst du dafür haben?«

»Ein neues Springseil«, antwortete ich ihr, »denn ich habe meins grade verloren.«

Sie rannte zu einem Zelt hin und kam mit einem zweiten Springseil zurück, hielt mir das hin, das hatte aber keine goldnen Griffe, so zeigte ich auf das andere und sagte: »Das gefällt mir besser.«

»Das kannst du nicht haben«, sagte sie, »das ist von meiner Mutter ein Geschenk.«

»Wer ist denn deine Mutter?« fragte ich sie.

»Das weißt du nicht?« piepste sie mit ihrem höchsten Ton, und dann, leise: »Meine Mutter ist da drin«, und zeigte auf das größte Zelt. Dann sah sie mich an und sagte: »Meine Mutter ist die schönste Frau auf der Welt, aber du bist auch sehr schön«, lachte dazu, lachte aber nicht wie ein Kind lacht vor Freude, sondern lachte mit zusammengekniffenen Augen wie einer, der ein Geheimnis kennt. Dann rannte sie plötzlich weg und rief dabei: »Ich hol dir noch etwas«, kam bald zurück mit einer großen Garnrolle, auf der war ein Rest dickes Garn drauf, hielt mir dann beides, die Garnrolle und das andere Springseil hin und fragte mich: »Ist das genug?«

»Also gut«, sagte ich, legte die Garnrolle in meinen neuen Beutel und wollte anfangen.

Aber sie sagte: »Ich heiße Bessi, und wenn ich ein Junge geworden wäre, dann würde ich vielleicht Bess heißen. Was findest du schöner?«

»Bessi«, sagte ich zu ihr ganz ernst und wahr.

»Stimmt!« rief sie, »und wie heißt du?«

»Frank Fürst.«

»Fang jetzt an, Frank Fürst!«

Nun zeigte ich ihr, wie man schnell und leicht springt, sie lernte es gleich, war geschickt und nicht mehr ängstlich, so wurde es bald ein Wettspringen, ich war immer etwas schneller als sie, sie aber hielt die goldenen Griffe in ihren Händen, und ich nur die hölzernen.

Eine Benefitin trat zu uns heran mit einem sehr kleinen Gesicht und kleinen dunklen Augen, die rief: »Aufhören! Du wirst dich verletzen!« Und Bessi hörte auch gleich auf. Ich sprang aber weiter und rief beim Springen zu der Benefitin: »Wenn man es geschickt macht, dann kommt man immer richtig auf die Füße und kann sich nicht verletzen«, machte noch ein paar Sprünge, hielt ihr das Springseil hin und sagte dazu: »Versuchen Sie es doch selbst!«

Bessi lachte laut, hielt sich aber gleich den Mund zu und sagte: »Das ist Tante Riondel, meine Erzieherin. Sie springt nicht, tanzt nicht, tobt nicht, klettert nicht und ist sehr vornehm. Aber sie weiß sehr viel«, und nickte dazu mit Bedeutung viermal.

Die Riondel nahm Bessi das Seil weg, rollte es zusammen, daß man nur noch die goldenen Griffe sah, und sagte zur Bessi: »Komm jetzt zu Tisch!«

»Nur wenn der schöne Mann mitkommt!« antwortete Bessie.

»Welcher schöne Mann?« fragte die Riondel, sah durch mich hindurch, wie wenn sie jemanden hinter mir sucht, fand aber niemanden hinter mir, fand vor allem keinen schönen Mann hinter mir, das Spiel merkte ich mir gleich, das kannte ich noch nicht. Dann sagte sie zur Bessi: »Komm jetzt endlich!«, und so mußte Bessi mit ihr gehen, und mein Springseil nahm sie auch mit.

Ein starker Duft war in der Opernschlucht, nach garem Fleisch und feinster Würze, dem ging ich nach, fand ein großes Zelt, nach einer Seite offen, drin viele Benefiten mit weißen Turmhauben bei der Arbeit. Die hüpften und tanzten um einen großen Kasten aus Eisen herum, glänzend wie neu, drauf Töpfe und Pfannen, da wurde gekocht und gebacken ohne Feuer drunter. Das sind die Köche bei Re Dajana. Ich sah bei den Köchen den kleinen Benefiten wieder, der hatte aber kein Büchlein in seiner Jacke stehen, sondern eine weiße Turmhaube auf dem Kopf wie alle Köche, und der redete schnell, und seine Rede war wie ein Lachen, da wußte ich: Der ist ein anderer und doch der gleiche, Zwillinge nennt man die ja. Mich sah ein junger Lernkoch, der hüpfte am schnellsten von allen Köchen, kam zu mir gehüpft, stellte mir einen kleinen Tisch auf die Wiese, einen Stuhl davor, auf den mußte ich mich setzen, er band mir ein riesiges weißes Tuch um, das reichte bis zu den Knien herab, und mit einem Hüpftanz brachte er volle Schüsseln und Teller zu mir, rief: »Julang-chi!« und gleich drauf, als ich Schüsseln und Teller leergegessen hatte, nahm er's mit dem Hüpftanz weg, kam gleich mit neuen vollen Schüsseln zurück, rief: »Cha-sia-Chin!«, lachte und sah mir zu, wie ich aß, und ich aß, wie ich's kannte, mit beiden Händen, ließ nichts übrig, auch andere Köche traten zu mir, sahen mir zu, wie ich esse, und freuten sich, wenn eine Schüssel leer war und lachten mit ihrer Freude über den Menschen, der gern ißt. Den tanzenden Lernkoch nannten sie Wilhelm.

Sieben Fische, Rahm und Früchte, und sieben Arten Fleisch hatte ich schon gegessen, und Wilhelm tanzte gerade mit der nächsten vollen Schüssel heran, da kam Bessi und rief: »Du ißt ja immer noch!« Sie brachte mir das Springseil, als sie mich aber mit den Händen essen sah, rief sie: »Hör auf! Ich zeige dir, wie man richtig ißt«, stellte sich neben mich und erklärte mir das richtige Essen bei den Benefiten mit Messer, Gabel, Löffel, klein und groß und gerade und krumm, da mußte alles erst aus der Schüssel auf den Teller gelegt werden, vom Teller auf die Gabel und die Gabel zum Mund geführt, das lernte ich schnell, drüber freute sie sich, klatschte in die Hände, sagte mir die Namen aller Speisen, und wenn ich die nachplapperte rief sie: »Stimmt!«, verbot mir das Kleckern, Schmatzen, Schlürfen, rief: »Man läßt einen Rest übrig«, und hatte Angst, daß ich nach dem weißen Brot aus dem Korb auch noch gleich das seidene Tuch esse, auf dem das Brot lag, und noch den Korb dazu.

Danach war meine Hose zu eng, und ich hatte Angst, daß sie platzt. So schlich ich zu einem Gebüsch hin, legte mich vorsichtig auf den Rücken, öffnete die Hose, da ging's mir gleich besser, und ich schlief ein und träumte von zwei Leitern. Eine war aus Holz gemacht und kurz, die andere war so lang, daß man das Ende nicht sehen konnte, denn das ging bis in den Himmel hinauf. Ich wußte, da darf ich nicht hinaufsehen, aber ich sah hinauf. Dann legte sich eine schwarze Wolke oben auf die Leiter, die Wolke senkte sich herab zu mir, beugte sich über mich, sehr nahe. Ich machte meine Augen einen Spalt auf, fand keine Wolke, sondern zwei Rehaugen, langes dunkles Haar, das kitzelte mich am Hals, ich fühlte zarte Finger, die schlossen meine Hose, und dann sagte der schöne Mund unter den Rehaugen über mir: »Hopp!«, und die kleinen Finger machten dazu: ›Aufstehen!‹ So stand ich auf, halb noch im Traum von den zwei Leitern, und die Frau aus der Wolke über mir stand auch auf, war kleiner als ich, putzte meine hundert geflochtenen Zöpfe, zupfte Grashalme, trockene Blüten und kleine Käfer von meiner Livree, und plötzlich hörte ich hinter mir eine Stimme: »Schahanna, o Schreck, seine Hose ist grün!« Ich sah hinter mir die rundherum Runde, rot vom Hals bis zu den Ohren, die hüpfte zum Schneiderzelt, kam gleich mit dem Lernschneider zurück, der rieb erst stinkendes Wasser auf meine Hose, lange, dann wohlriechendes und sagte am Ende: »Noch einmal gutgegangen.«

Und die Frau aus der Wolke über mir mit den Rehaugen und dem langen dunklen Haar, das fällt glatt herab, die sah mich von den Schuhen herauf langsam an und sagte, als sie bei den Zöpfen war: »Warte hier, bis wir dich zur Hohen Frau holen, und setz dich nicht in den Schmutz!« Das ist die Schahanna, und Schahanna und Marie-Luise sind die beiden höchsten Mehden bei Re Dajana.

Endlich war ich ganz wach, und ich sah eine Leiter, die war an einen Kreis von Tischen gelehnt, die standen erhöht auf Bohlen, drüber ein großes Tuch in den Farben Grün, Blau und Braun, das war nun der Pavillon, in dem sollte ich die wichtige Arbeit machen für Re Dajana, dahin ging ich, stieg die Leiter hinauf, sprang über die Tische in den Pavillon hinein, der war innen mit Bohlen ausgelegt, hoch über dem Grund vom Taunustal, wo es sich zur Opernschlucht hin verengt, und ich ging einmal im ganzen Pavillon herum auf den Bohlen.

Gleich standen Benefiten unten, sahen zu mir herauf, und ich wußte: Die wollen einen Spaß haben mit mir, so beugte ich mich über den Tisch herab zu ihnen, hob eine grüne Karte hoch, so wie ich am Bappen gute Stücke vom Schaf hochhebe, und fragte: »Wer will die haben?«

Da trat der Mund vom kleinen Benefiten heran und rief: »Ich!«

»Ich nehme dich als Steinträger, wenn du diesen Stein da einmal um meinen Pavillon herumträgst«, ich zeigte auf einen riesigen Stein, den könnte auch der Dirk nicht mal heben.

»Erst die Karte, dann trage ich den Stein«, rief der.

Und ich: »Gut, aber erst müssen zehn Euros in meiner Hand sein.«

Da gab's einen Lärm, zwei Treiber kamen heran und hoben ihre Empies gegen mich, ich duckte mich schnell und rief unterm Tisch: »Empies weg und Euros her, sonst geht hier nichts!«

Einer rief: »Wir haben nur Dollars. Nimmst du die auch?«

»Erst die Empies weg«, rief ich.

»Das sind doch nur die Susis von ganz lieben Wachmännern, die tun dir doch nichts.«

Ich hob den Kopf vorsichtig über den Tisch, sah, daß die Empies nicht mehr gegen mich gerichtet waren, stand auf und sagte: »Was wollen denn die Wachmänner hier? Wollen die etwa arbeiten?«

Da lachten sie alle, und der Lernschneider, der mir die Hose ausgerieben hatte, rief: »Gib mir fünf grüne Karten, denn ich kann nicht nur schmutzige Hosen ausreiben, sondern außerdem kann ich noch Knöpfe annähen, Zöpfe flechten, Fußnägel schneiden und wenn du willst, dir einen Tritt in den Arsch geben!«

»Da kannst du ja wirklich viel«, rief ich zurück, zählte fünf grüne Karten ab, sagte schnell und leicht: »Eine für Hosen ausreiben, eine für Knöpfe annähen, die für Zöpfe flechten, die für Fußnägel schneiden, die hier für Tritt in den Arsch«, holte schnell noch eine sechste Karte aus meinem Beutel, hob die hoch und rief: »Und diese Karte bekommst du als Angeber«, und hielt ihm alle sechs Karten zum Schein hin.

Es gab mehr Lärm, mehr neugierige Benefiten traten dazu, mir fiel plötzlich die Leiter aus meinem Traum ein, die geht ja zu Aurehl, dachte ich, und Aurehl ist ohne Schutz vom Dirk!, und mein Spiel oben auf dem Pavillon gefiel mir nicht mehr, es mußte aber weitergehen, so rief ich: »Wer bietet für diese sechs grünen Karten?« und hielt die hoch mit der rechten Hand, und mit der anderen trommelte ich auf den Tisch, wie ich sonst mit dem Stock auf das Faß trommle, und dachte dazu, ob nicht dieses Mal ich das Schaf bin, das zum Bappen geführt wird.

Einer schrie: »Er trommelt wie ein Schimpanse im Käfig!« und ein anderer schrie dazu: »Er ist ein Schimpanse im Käfig!« Drüber lachten sie alle, und ich dachte, wie wohl mein Vater dieses Spiel zu Ende bringen würde.

Da kamen die beiden Mehden heran, es wurde gleich still, mit »Hopp!« befahlen sie mir, daß ich absteige, und sie putzten wieder meine Livree. Dann befahl die Schahanna mich mit »Hopp!« zu einem Stuhl hin, auf den mußte ich mich setzen und mußte versprechen, daß ich auf diesem Stuhl still sitzen bleibe, bis sie mich zur Herrin holen.

Da saß ich nun, lange, und ein Stuhlbein grub sich in den Boden ein, so stand der Stuhl bald schief, ich blieb aber sitzen, wie ich es versprochen hatte, und als die Sonne sich über die höchsten Spitzen der Türme legen wollte, und als auch schon die Stechmücken kamen, da sah ich die beiden, sie waren sehr fröhlich, kamen zu mir über die Wiese, lachten über mich, wie ich auf dem schiefen Stuhl saß, und die Schahanna sagte zu mir: »Es ist so weit.«

Dann fingen sie wieder an, mich von oben bis unten zu putzen, pusteten das kleinste Stäubchen von meiner Livree, ordneten die hundert Zöpfe immer besser, fanden eine winzige Schlaube auf meinem linken Schuh, die mußte weg, sprühten duftendes Wasser auf mein Gesicht, und gleich fing alles wieder von vorn an, als ob da ein unendlicher Putz und eine unendliche Ordnung über meinen ganzen Körper und über meine Kleider gehen soll.

Endlich führten sie mich zu dem größten Zelt hin, die Zeltwächter hoben die beiden schweren Tücher vor der Öffnung, ich wollte eintreten, blieb aber zwischen den schweren Tüchern stehen, konnte mich nicht bewegen, sah einen Glanz und ein Leuchten im Zelt drinnen, wollte alles auf einmal erkennen und erkannte nichts. Das Zelt war innen zehnmal so groß wie außen, eine Zauberei, die kommt von den Spiegeln, die werfen das Licht hin und her, und die nehmen auch das Licht zu sich herein, so ist gleich ein neues Zelt in jedem Spiegel, und alles, was im Zelt ist, ist auch in jedem Spiegel, und von einem Spiegel zum anderen wird's doppelt, wird's viermal, wird's hundertmal doppelt, auch Re Dajana, die saß halb, lag halb auf einem langen, weichen Stuhl, den nennen sie ›das Chaiselongue‹, war in einen Umhang gehüllt aus hundert bunten Fäden gewebt, die bringen übereinander und nebeneinander viele kleine Bilder hervor, und sie sagte mit ihrer Stimme wie Gesang: »Warum steht ihr alle am Eingang?«

Ich antwortete: »Ich versuche meinen Augen zu erklären, daß alles wahr ist, was sie sehen, und meine Augen versuchen mir zu erklären, daß da drinnen zu viel ist zum Sehen und nicht wahr sein kann.«

»Dann befiehl bitte deinen Augen, den Streit zu vertagen, schon damit meine Zeltwächter endlich das Tuch herablassen können«, und da erst merkte ich, daß die beiden das schwere Tuch immer noch hochhielten.

So ging ich ins Zelt hinein, zwei Schritte, und die beiden Mehden hinter mir.

»Komm bitte näher«, sagte sie, »laß dich ansehen!«, und als ich näher bei ihr war: »Stell dich zwischen zwei Spiegel, sieh dich an! Gefällst du dir eigentlich?« richtete sich auf, sah zu, wie ich mich in den Spiegeln neugierig ansah, dann drehte ich mich vor ihren Spiegeln und hörte meinen Vater sagen, immer wieder: ›Du wirst mehr Glück haben mit deiner Schönheit‹, hörte ihre Stimme: »Da hat der Avarall sein neuestes Meisterstück gemacht auf deinem Körper. Dein Körper ist aber auch ein Meisterstück«, und fragte gleich dazu: »Von wem eigentlich?« Sah mich an von oben bis unten mit ihrem frechsten Blick, ich verstand nicht gleich, daß sie nach meinem Vater und meiner Mutter fragte, konnte auch nichts über Vater und Mutter sagen, so gab ich keine Antwort.

Sie sang aber weiter: »Du redest auch anders als die Menschen aus den Autonomen Siedlungen. Du bist doch nicht etwa ein verzauberter Prinz?« ließ sich auf ihr Chaiselongue fallen und befahl den beiden Mehden, daß sie ihr den Pisko richten.

Die holten vier Gläser wie Eisblumen und füllten sie mit einem fast klaren Wasser, gaben mir eins davon, ich roch dran, wie jeder Betonmensch am Wasser riecht, ob es auch Sauberes Wasser ist, erschrak, denn aus dem Glas kam der Gestank vom giftigen Alkohol, der ist verboten für den Betonmenschen.

»Das ist verbotener giftiger Alkohol«, rief ich.

»Das ist kein Gift, sondern der Pisko, aus den Trauben der Anden gekeltert, demselben Koch verdanke ich ihn, aus dessen Töpfen und Schüsseln du heute so ausgiebig gegessen hast, bis du dir die Hose vom Avarall aufknöpfen mußtest, wie man mir sagte«, und zum Beweis, daß man den trinken darf, trank sie ihr Glas leer, und ich sah ihr gespannt zu, ob sie nicht gleich von dem Chaiselongue fällt, und auch die Marie-Luise trank aus ihrem Glas, die Schahanna aber nur einen kleinen Schluck.

»Willst du uns nicht das Spiel mit den fliegenden Karten zeigen?« fragte sie und hielt der Schahanna ihr leeres Glas hin, die füllte es gleich, nahm mir mein Glas weg, und ich zog die Karten aus dem Beutel und ließ sie fliegen.

Alle drei sahen mir zu, lange, dann sagte Re Dajana: »Das machst du sehr schön. Ich habe gehört, daß du auch Xung-Beping deine fliegenden Karten vorgeführt hast, Xung-Beping ist der kleine, wichtige Mann mit dem Büchlein zwischen zwei Knöpfen seiner Jacke, der liebt solche kleinen Gaukeleien, aber nicht, wenn er gerade redet. Er hat dir deinen Streich übelgenommen, mit Recht, und nun wirst du es mit ihm schwer haben«, sah mir wieder nur zu, wie meine

Karten fliegen, und sagte plötzlich so leicht und schnell wie ein leiser Windhauch im Zelt: »Möchtest du so jung bleiben, wie du bist?«

Da verlor ich meine Karten, ich bückte mich und sammelte sie von dem gewebten Moos auf. Ich dachte: Was hat sie mich gefragt? Was muß ich gleich antworten? Ich wußte es nicht, hörte Dirk reden vom Ewigen Leben, in meinem Kopf gingen die Gedanken zu schnell, am Ende kam aus meinem Mund nur: »So wie es immer war, so soll es immer bleiben.«

Sie sagte: »In fünfzig Jahren bist du ein Greis.«

Ich dachte: Fünfzig Jahre! und wollte zählen und rechnen und reden, aber nichts kam heraus, als: »Fünfzig Jahre?«

Sie sagte: »Das geht schnell«, und stand auf von ihrem Chaiselongue, trat nahe zu mir heran, hielt ihren Umhang mit beiden Händen fest geschlossen am Hals, sah mich mit ihrem frechsten Blick an und sagte ganz langsam: »Aber man kann das ändern, vielleicht. Wie würde dir das gefallen, wenn man das ändern könnte?« und alle drei sahen sie mich an, sehr neugierig.

»Jetzt geht es mir mit meinen Ohren so, wie vorhin mit meinen Augen: Die erzählen mir eine Geschichte, die ich nicht verstehe. Das wird wieder einen langen Streit geben!«

Da lachte sie, auch die beiden Mehden lachten, und dann befahl sie ihnen: »Führt ihn in sein Zelt. Dort kann er den Streit zwischen sich und seinen Ohren schlichten. Und morgen steht er oben im Pavillon.«

Draußen war es schon fast dunkel, die Türme standen wie schwarze Riesen um die Opernschlucht herum, ein schwaches Licht aus dem größten Zelt fiel auf einen kleinen Mann, fast noch ein Kind, der sah mich an mit starrem Blick, und ich dachte: Aus seinen Augen wird gleich Feuer kommen. Den habe ich nur zweimal gesehen.

Die Mehden führten mich zu einem kleinen Zelt, drin war ein hohes Weiches Lager bereitet für mich, ich durfte mich aber nicht gleich drauflegen, sondern erst mußte ich alles ausziehen, und sie hängten die Livree auf eine schwarze Puppe und die Hose über ein Gestell und gaben mir einen sehr weichen, sehr warmen Umhang für die Nacht, und als ich mich endlich auf das hohe Weiche Lager legen durfte, da sank ich tief drin ein, erschrak drüber und wollte gleich wieder aufspringen. Aber die Mehden befahlen mir mit »Hopp!«, daß ich drin liegen bleiben muß, legten eine leichte, weiche Decke über mich und gingen.

Lange konnte ich nicht einschlafen, denn immer dachte ich, daß ich zu tief einsinken werde ins hohe Weiche Lager. Später dachte ich: Alles geht verkehrt herum bei den Benefiten. Und endlich schlief ich ein mit dem Gedanken: So will ich nun lernen, wies bei den Benefiten geht.

4. Kapitel

13. Juni 268, Arbeit in der Opernschlucht

Da, wo früher die Große Spinne ihre Gleisfäden zum Gleiskopf versponnen hat, da ist jetzt die Kartenbande, hat Kartenrecht und ist eine schlimme Bande, da geht keiner hin, der nicht sehr nötig Euros braucht für Axt, Säge, Schnappfalle und Salz im Leinsack.

Und von der Kartenbande kamen nun über die gefährliche Kaiserschlucht viele Betonmenschen hinab ins Taunustal mit ihrer Grünen Karte in der Hand, die hielten sie hoch, die Treiber ließen sie durch die Öffnung im Draht wie Brombeergestrüpp, den nennen sie den Stacheldraht. Die waren schon arm geworden vom Gleiszoll, vom Brückenzoll und vom Kartenzoll, und nun war ihre Grüne Karte hier nichts wert, die Treiber sammelten die ein, und führten die müden und hungrigen Menschen zu einem kleinen Langzelt. Die mußten sich nackend ausziehen und wurden im Langzelt mit stinkendem Wasser von oben und unten besprüht und dann mit heißem Wind getrocknet. Ihre Kleider gingen neben dem Zelt durch ein Rohr. Sie zogen sich an, und die Treiber führten sie zu mir hin. Sie sahen mich oben in meinem Pavillon stehen wie einen Benefiten in meiner Livree, und waren wie der Frosch vor der Schlange, standen erstarrt zwischen den Treibern, und wenn ich einen anredete und fragte, woher er kommt, und woher er weiß, daß es Arbeit gibt in der Opernschlucht, da erschrak der nur und blieb stumm.

Endlich fand ich einen, der redete, der sagte zu mir: »Gestern sind drei Helis übers Beton geflogen, alle zum Frankenstein hin. So sind wir gleich zur Friedensbrücke gerudert, und der Bär hat im Beutel gewühlt, und die Grüne Karte, die soll hier nichts wert sein!«

Ich beugte mich hinab zu ihm, hielt ihm eine von meinen grünen Karten hin, weit hinab, daß auch die anderen sie sehen konnten und sagte: »Diese Karten kann man bei mir bekommen. Die sind sehr wertvoll.« Er verstand gleich, rollte einen Zehneuroschein zusammen und legte ihn so in meine

Hand, daß die Treiber es nicht sehen sollen, ich faßte den Schein und ließ ihm die Karte. Und so machten es auch bald andere.

Wollte aber einer mir die Karte aus der Hand reißen, ohne Euros, so hielt ich die gut fest, daß sie zerriß, und der eine zerrissene Karte in der Hand hielt, die anderen lachten drüber, und jeder wußte nun, wie es bei mir geht. Ich gab zuerst nur die grünen Karten weg, über die hatte ja der Mund gesagt: ›Kann man gebrauchen‹, und hielt mir einer nur einen Fünfeuroschein hin, der bekam eine blaue, die hieß ja: ›Nicht zu gebrauchen‹, und der jammerte dann, wenn die Treiber ihn wegstießen zur Öffnung im Stacheldraht. Die wertvollen gelben Karten wollte ich aufheben für solche, die ich gut kenne, die kamen aber nicht. Bald waren alle grünen Karten weg. So versteckte ich meine Euros im Pavillon zwischen Bohlen und unter Tischbeinen und rief laut: »Ich habe keine Karten mehr. Kommt später wieder!« Das war beim höchsten Stand der Sonne.

Nun schoben die Treiber alle zu einem großen Langzelt nahe beim Stacheldraht hin, da mußten sie warten. Ich wollte über die Leiter hinabsteigen, aber sehr schnell und sehr geschickt kletterte der Lernwachmann Mannfried zu mir herauf, der hatte mich ja zuerst entdeckt, sprang über die Tische auf die Bohlen und sagte zu mir: »Kontrolle!«

Ich sah ihn an wie einer, der nichts versteht, er befahl aber: »Los, gib die Euros her!«

»Welche Euros?« fragte ich ihn.

»Alle! Hopp!« Und weil ich stumm und starr vor ihm stand, riß er mir den Beutel aus der Hand, warf die Garnrolle und das Springseil heraus, wühlte drin, fand nicht die wertvolle Kapsel unter den Karten, gab mir den Beutel zurück und drohte: »Gib jetzt die Euros her, verdammter Kram!« und hob seine Empie wie zum Schlag.

Da ging ich zu einem Versteck hin, zog zwei Zehner heraus, hielt sie ihm hin und sagte: »Die gehören aber der Hohen Frau.«

Er riß sie mir aus der Hand und sagte: »Deshalb bringe ich sie ihr ja.«

»Das wollte ich aber selbst machen, denn die Hohe Frau hat es so befohlen.«

Er hörte nicht hin, sah erst auf die beiden Zehner, dann auf mich, dann wieder auf die beiden Zehner und sagte am Ende ohne Verstand: »Das ist doch nicht alles!«

»Leider ja«, jammerte ich so, daß er denken sollte, wie gern ich ihm mehr geben würde.

»... das kann nicht alles sein, verdammter Kram«, murmelte er, daß man's kaum verstand, und wollte rundherum zwischen den Bohlen und unter den Tischen Euros suchen.

Da sagte ich wie einer, der sein Spiel verloren hat: »Also gut«, ging zur Mitte, wo die Stange für das Dachtuch aus den Bohlen herauskommt, bückte mich, als ob ich da Euros versteckt habe, suchte, fand keine, sprang erschrocken auf und rief: »Die sind alle durchgerutscht, die müssen unten liegen!« und wollte von der Leiter.

Er stieß mich aber weg, sprang auf den Tisch, stieg die Leiter hinab, und während er unten zwischen den Bohlen Euros suchte, zog ich schnell alle Euros aus den Verstecken heraus, stopfte sie in meinen Beutel, dazu die Garnrolle und das Springseil, stieg schnell ab, rannte zum Zelt der Schneider, trat ein und sagte zu einem Riesen, der da arbeitete: »Die Troddeln gehen ab«, und hob mein Bein.

Der sagte nur: »Warte«, arbeitete weiter und glättete mit einem dampfenden Eisenschiffchen die Hose von einem Benefiten.

Ich sah den Mannfried kommen, langsam kam der, und kam nicht ins Schneiderzelt herein, so wußte ich, daß ich drinnen sicher bin.

Der Riese hängte die Hose an ein Gestell, strich drüber mit seiner Freude an der geglätteten Hose, trat zu mir und sagte: »Laß mal sehen!«

Ich hob mein Bein wieder, er drückte es herunter, bückte sich, sah sich die Troddeln an, keine ging ab, er holte aber trotzdem Nadel und Faden und arbeitete lange an den Troddeln, und zeigte, wie er's noch besser kann als der Avarall. Und während er unten arbeitete, nahm ich die Garnrolle aus meinem Beutel, wickelte das dicke Garn ab, wickelte alle meine Euros glatt drauf, dazwischen die wertvolle Kapsel vom Flüssel, dann das Garn wieder drauf, sehr gleichmäßig, daß man am Ende nur das Garn sah, und nicht einen Zipfel von einem Euro und nicht eine Beule von der Kapsel. So war's mein Zauberversteck.

Als der Riese fertig war, stand er auf, und alle seine Glieder krachten und knackten dabei, und er sagte: »Jetzt raus mit dir, ich habe zu tun!« Er sah die Garnrolle in meiner Hand, ich hielt sie ihm hin und sagte mit großer Freude: »Die habe ich von Bessi bekommen, fürs Seilspringen«, und er lachte über den dummen Betonmenschen, wie er sich über wertlosen Kram freut. So ist der Mungo, der Schneiderriese.

Draußen trat gleich Mannfried zu mir heran, wütend war er, und sagte wieder: »Kontrolle!« Und dann untersuchte er mich von oben bis unten, ich mußte die Schuhe ausziehen, er sah hinein, hob die Zöpfe hoch, tastete die Jacke und die Hose ab, den Mund mußte ich aufmachen, weit, und er durchsuchte auch meinen Beutel noch einmal genau.

Ich hielt aber immer nur meine Garnrolle fest in der Hand, sah die mit glücklichen Kinderaugen an und sagte, als er nicht mehr wußte, wo er suchen soll: »Die hat mir Bessi geschenkt«, und hielt ihm die hin.

Er knurrte nur: »Hau ab!«

Nun ging ich zum Zelt vom Xung-Beping und sagte zu seinem Mund: »Ich möchte gern Ihren Herrn sprechen.«

»Hat dieser ›mein Herr‹ vielleicht einen Namen?«

Und ich, erstaunt: »Sie sind doch der Zeltwächter und treue Diener dieses Herrn und Benefiten mit dem Büchlein, und Sie wissen noch nicht einmal seinen Namen?«

»Ich soll den Namen meines Herrn nicht kennen?« rief er.

»Eben fragten Sie mich, ob der Herr und wichtige Benefit da drinnen einen Namen hat.«

Da wollte er auf mich losgehen, aber plötzlich hob sich das schwere Zelttuch vor der Öffnung, Xung-Beping hielt's hoch und fragte: »Was ist denn hier los?« dann sah er mich und schimpfte: »Was willst du denn schon wieder?«

»Ich brauche blaue, grüne und gelbe Karten«, antwortete ich mit einer kleinen Verbeugung.

»So, brauchst du?«, und zu seinem Mund: »Komm her!« und ging ins Zelt, sein Mund hinter ihm, drinnen hörte ich ihn wieder mit seinem schnellen Singsang, aber laut und gefährlich, dann das Klatschen einer Ohrfeige, sein Mund kam heraus, hielt sich mit einer Hand die Backe, gab mir mit der anderen einen dicken Haufen blauer, grüner und gelber Karten, stand gleich als Wächter vor dem Zelt seines Herrn und sah niemanden, am wenigsten mich.

Als ich wieder oben auf dem Pavillon stand, führten die Treiber die Betonmenschen zu mir, immer nur zehn, und nur die jungen, kräftigen, gesunden, die anderen jagten sie gleich weg. Endlich kam einer, den ich gut kannte, mit dem machte ich Vertrag: Er bekommt eine gelbe Karte, ohne Euros, dafür muß er zur Friedensbrücke gehen und jedem sagen, wie er von mir Arbeit bekommt für Euros und nicht von der Kartenbande.

Dann gab ich viele grüne und auch einige gelbe Karten weg, für zehn die grünen, für zwanzig die gelben, und wer eine gelbe oder eine grüne Karte hatte, der bekam sein Lagerrecht in dem großen Langzelt nahe beim Stacheldraht und war nun Arbeiter bei Re Dajana Kornegill für fünfzig Euros den Tag und gutes Essen aus dem Zelt der Köche, aber nicht aus den Töpfen für die Benefiten.

Leitern wurden an die Mauern von der Oper gestellt, die Handwerker kletterten hinauf, warfen Seile herab, der Linsenmann kletterte auch hinauf mit seinem schwarzen Kästchen, war oben sehr ängstlich und mußte dann die Steine und die Bögen in seine Linse hereinnehmen, und was er vorn hereinnimmt in seine Linse, das hat er hinter der Linse drin im Kästchen, und das ist dann wahr für immer. So hat es mir der Lernkoch Wilhelm erklärt. Das Mauerwerk wurde gemessen mit langen Stöcken, die nennen sie aber nicht den Meßstock, sondern den Zollstock, als ob man fürs Messen Zoll nimmt. So haben die Super für alles ihre eigenen Worte, für vieles ganz falsche Worte.

Als dann die langen Schatten in die Opernschlucht kamen, wickelte ich alle neuen Euros sehr glatt unter das dicke Garn in mein Zauberversteck und rief laut: »Die langen Schatten kommen. Kommt morgen zu mir!« Gleich schoben die Treiber die Betonmenschen weg vom Pavillon zum großen Langzelt beim Stacheldraht hin, und wer eine gelbe oder eine grüne Karte hatte, der bekam ein Essen und ein Weiches Lager, die anderen aber jagten die Treiber durch die Öffnung im Stacheldraht weg, und die machten sich dann im Taunustal ihre Feuer aus trocknem Holz.

Der Mannfried sprang herauf zu mir, rief wieder: »Kontrolle!«, durchsuchte meinen Beutel wieder, durchsuchte den ganzen Pavillon, durchsuchte mich sehr gründlich, fand nichts, war wütend, riß mir meine Garnrolle aus der Hand, warf sie in weitem Bogen aus dem Pavillon hinaus und sagte in seiner Wut: »Verdammter Kram! Morgen werde ich hier oben stehen und aufpassen!« und klopfte dazu mit beiden Fäusten auf die Tische.

»Ich werde heute abend die Hohe Frau Re Dajana Kornegill fragen, ob ihr das gefällt«, sagte ich.

Drauf wußte er nichts, sah mich nur an, so standen wir beide wie zwei vor dem Kampf, lange, bis er endlich wußte, daß der Kampf schon zu Ende gekämpft war zwischen uns. Er sah sich nach allen Seiten um, ob wir allein seien, trat nahe zu mir und sagte dann leise: »Wir beide können Vertrag machen.«

»Vertrag machen nur Betonmenschen«, antwortete ich.

»Wir Wachmänner haben alle nicht viel. Wir sind geschützt vor dem Rotfleckigen Tod und werden immer satt. Dafür dienen wir dem Super mit unserem Leben.« Und noch näher und noch leiser sagte er: »Die Hohe Frau will dich vielleicht für ihr Bett?«

»Wirklich?« fragte ich.

»Das geht schnell bei ihr. Und wer erst mal bei ihr im Bett liegt, der kann einen Lernwachmann heben, der kann einen Lernhauptmann stürzen. So geht das immer beim Super.«

Die Sonne beugte sich über die Spitzen der höchsten Türme, da gab's ein Licht aus hundert Farben über uns, ich sah Marie-Luise und Schahanna, die kamen langsam zum Pavillon, die redeten zusammen und lachten.

Mannfried sagte leise und schnell: »Alle sagen, daß ich noch zu jung bin zum Aufsteigen, und daß ich noch warten muß.«

Ich sah mir den Mannfried an. Der ist so alt wie ich, ist groß und stark vom guten Essen, hat glattes Haar in der Farbe vom Sand, hat kleine hellblaue Augen, die Empie hängt ihm über der Schulter mit hundert Schüssen drin, die treffen und töten.

Er flüsterte: »Die Mehden holen dich«, und untersuchte mich zum Schein, »hebe mich, solange du im Bett der Hohen

Frau liegst, und wenn sie nach dir einen anderen nimmt, dann schütze ich dich.«

»Wie schützt du mich?« fragte ich ihn.

»Ich schütze dein Leben mit meinem Leben.«

»Das ist viel«, sagte ich.

»Das ist der verdammte Kram.«

»Aus welchem Beton kommst du?« fragte ich ihn.

»Aus dem Ruhrbeton«, antwortete er. »Machen wir Vertrag?«

Da duckte ich mich und hielt ihm meine Hände hin, er verstand gleich, duckte sich auch, hielt mir seine Hände hin, und wir machten Vertrag mit Augen und Händen. Dann sprang er geschickt auf den Tisch, kletterte die Leiter hinab, suchte meine Garnrolle im Gras, fand sie, drückte das Garn, zeigte mit dem Finger auf die Rolle und fragte mich mit seinem Blick, ob das wohl das Versteck ist für meine Euros. Ja, nickte ich, drauf warf er mir die Rolle herauf und ging.

Die Mehden waren schon nahe, befahlen mir mit »Hopp!«, daß ich absteige, und führten mich in ein Zelt, drin stand auch ein großer Kasten aus Buntholz, den nennen sie ›die Wanne‹, drin warmes duftendes Wasser, sie zogen mir die Livree aus und die Schuhe, ich mußte in die Wanne einsteigen, dann ist es das Bad, und ich fragte: »Kommt denn der Doktor nicht?«

Sie lachten beide, und die Schahanna sagte: »Der hat dich ja schon gestern untersucht«, und rollte ihre Augen, »und der hat dich sehr gesund gefunden, ohne eine einzige Krankheit.«

Dann stellten sie sich beide neben die Wanne und arbeiteten mit einem großen Ernst lange und sehr fleißig an meinem Körper, und von beiden Seiten öffneten sie die hundert Zöpfe, die Marie-Luise rief: »Augen zu!« und sie wusch mir das Haar, und ihre Finger gingen durch alle Haare hindurch bis auf die Kopfhaut, das gefiel mir, dann wurde das Haar mit warmem Regen aus einem Schlauch gespült, und dazu wusch die Schahanna mit leichter Hand den Kleinen Fürsten, dann rief sie »Hopp!« und malte dazu mit ihrem Finger einen Kreis in die Luft, ich mußte mich drehen, daß ich auf dem Bauch lag, dann wurde an meinem Rücken gearbeitet, und das Haar wurde noch einmal gewaschen und noch einmal gespült, dann mußte ich mich in der Wanne knien, und mit einer kleinen Schere schnitt Marie-Luise mir die Fingernägel kurz und rund, so ging das lange, immer mit einem großen Ernst dabei. Als ich dann ausgestiegen und getrocknet war, wurden viele duftende Wasser und auch Balsam in die Haut gerieben, eins macht die Haut weich, eins läßt sie duften, und alles zusammen soll den Körper wertvoller machen, wie ich die Schafe wertvoller mache am Bappen mit meinen Späßen und schneller Rede. Am Ende sahen sie mich beide an, ob noch etwas fehlt, es fehlte nichts, so gaben sie mir einen sehr schönen, sehr wertvollen Umhang, wie Re Dajana ihn hatte, den nennen sie ›die Kapa‹, und sie befahlen mir, daß ich vor dem Zelt warte, mich nicht bewege, mich nicht beschmutze, und liefen beide zum größten Zelt hin.

Ich setzte mich trotzdem auf einen Stein und sah mir die Zelte an im Dämmerschein und sah die Zelttücher leuchten von dem Licht innen, da war die Opernschlucht verzaubert, und ich sah die lange Leiter bis zum Himmel hinauf aus meinem Traum, wollte hinaufsehen, sah aber, daß auf jeder Sprosse jemand stand, unten Lernwachmänner, drüber ihre Hauptmänner, drüber viele Köche und Schneider, dann kaum noch zu erkennen, Benefiten mit einem Büchlein vorn zwischen zwei Knöpfen, dann zwei Mehden, und als ich so weit war, gab der Grund unter meinen Füßen etwas nach, etwas polterte unter mir hinab, sehr lange, klatschte tief unten auf Wasser, da wußte ich, ich sitze über einem Schacht aus der Alten Zeit, den nennen wir das Nasse Grab, weil schon so mancher Betonmensch hinabgesunken ist und für immer verschwand. Ich stieß den Fuß auf den Grund, Geröll polterte unten, eine schmale Öffnung war vor mir, noch einmal stieß ich mit dem Fuß auf den Grund, da war die Öffnung schon groß genug für mich, ich sank mit den Füßen hinein, glitt vom Stein ab, ließ mich langsam hinabgleiten, fand wenig Halt, rutschte immer tiefer, lange, verlor dabei meine wertvollen Zeltschuhe aus feinstem Leder, und stand am Ende auf kaltem Stein, hörte das Wasser fließen neben mir, prüfte mit dem Fuß das Wasser, es war eiskalt, aber nicht tief. Ich band meinen Beutel an das Springseil von Bessi, hängte es mir um den Hals, hob meinen Umhang und ging langsam und vorsichtig, Schritt für Schritt durch das eiskalte

Wasser in der Finsternis, ging lange so, wollte weit weg von der Opernschlucht, nach hundert Schritten wurde ich vorsichtig, rutschte aus und versank mit meinem Umhang tief im Wasser, ich schwamm so schnell ich konnte, sah endlich oben einen Stern, der blinkte durch eine Öffnung ins Nasse Grab herab, ich krabbelte aus dem Wasser heraus, zog meinen Umhang hinterher, schüttete das Wasser aus meinem Beutel und kletterte auf einer wackeligen Leiter nach oben, zitterte am ganzen Leib und rannte so schnell ich konnte im Kreis herum. Dann wollte ich meinen Umhang auswringen, aber die Finger waren klamm, so blieb er naß, ich rollte ihn zusammen, irrte lange durch Schluchten und Täler, schlug mir ein Bein blutig an einem Stein, sah plötzlich beim aufgehenden Mond den Mainfluß vor mir, band Beutel und Umhang mit dem Springseil zusammen, stieg hinab zum Wasser, und mit Todesmut hinein, schwamm ans andere Ufer, fand einen Weg zu den Gleisen, sah die Feuer von Betonmenschen, rannte zu einem Feuer hin, hielt den Umhang drüber, ich schlotterte am ganzen Körper und klapperte laut mit den Zähnen, zu laut, denn gleich waren alle wach, die um das Feuer herum lagen in ihren Schlafsäcken.

Da sagte ich zähneklappernd: »Ich bin in den Fluß gefallen und habe alles verloren außer meine Decke, die ist naß und ich friere.«

»Die Stimme kenne ich«, sagte einer noch halb im Schlaf.

Gleich standen mehrere um mich herum, und mir fielen schaurig die blauen Karten ein, die ich verteilt hatte, die hießen ja ›nicht zu gebrauchen‹. Ich machte mich klein und krumm und krank, einer zog einen glimmenden Scheit aus dem Feuer heraus, hielt mir den nahe vors Gesicht, sah lange hin und sagte dann: »Nein, der ist es nicht.«

Ich jammerte: »Ich friere so sehr.«

Einer, der im Schlafsack geblieben war, sagte: »Macht doch Vertrag mit dem, daß er uns das Feuer hochhält bis zum Morgen, dafür darf er sich an unserem Feuer wärmen.«

Und ich dachte: Da ist mir mein Verstand eingefroren, daß ich nicht selbst drauf gekommen bin.

Der Vertrag wurde gleich gemacht, sie krochen alle wieder in ihre Schlafsäcke hinein, ich holte trockenes Holz, warf es aufs Feuer, daß die Flammen bald hochschlugen, wärmte mich dran und wollte den wertvollen Umhang drüber trocknen.

Der trocknete aber nicht, der Morgen war noch weit, so hüllte ich mich fest in den ein, rannte zu den Gleisen und rannte auf den Bohlen entlang, immer ein Atem auf acht Schritte, bis endlich die Sonne zuerst den fernen Silberschimmer zum Himmel schickte, dann den Goldschimmer, zuletzt auch den buntfarbenen Schimmer, da war ich schon sehr warm, und bald drauf war ich heiß und schweißig.

5. Kapitel

14. bis 26. Juni 268, im Beton

Plötzlich hörte ich hinter mir einen Ruderwagen, zwei von der Gleisbande saßen drauf, und einer rief: »Es wollen so viele zum Frankenstein, aber keiner ins Beton. Spring auf ohne Gleiszoll und rudere kräftig mit!«

Zu dritt ruderten wir weiter, aber nicht lange, denn viele Menschen standen bei den Gleisen und riefen und schrien, sie wollen zum Frankenstein und wollten den Ruderwagen anhalten. Zuerst kamen wir durch, später nicht mehr, denn es waren zu viele bei den Gleisen, die sprangen auf, ich sprang ab, stolperte vor Schwäche, einige lachten, und als ich mich wieder hochrappelte, sauste der Wagen schon zum Frankenstein, und ich hörte sie beim Rudern um den Gleiszoll handeln.

Als ich aufs Weiche Lager fiel, erschrak Aurehl sehr, das weiß ich noch, dann muß ich lange geschlafen haben, wachte auf mit heißen Gliedern, schwitzte und fror zugleich und hatte starke Schmerzen im Hals und im Kopf, und ich hörte Aurehl aus der Ferne sagen: »Das ist das Schüttelfieber.« Sie gab mir einen Tee aus Kräutern und Wurzeln gemacht, und sie sah mich genau an, als ich den trank, ob ich den gleich wieder ausspuckte, mußte gleich mehr trinken von dem Tee, immer mehr, daß ich Angst hatte, der schwappt gleich aus meinem Magen heraus, und Aurehl sagte dazu die Zaubersprüche, die kennt sie alle von der Bickelak, und die gehen so: »Roter Tee bleibt drin, nimm Rote Flecken hin, treib sie aus, treib sie aus!« So ging das lange, und ich wußte: Wenn der Tee ausschwappt, dann kommen die Roten Flecken, und dann geht jeder weg von meinem Lager. So hielt ich den Tee fest in meinem Magen, Aurehl blieb bei mir, und die Roten Flecken kamen nicht.

Oft mußte nun die Aurehl mich aufheben, auch in der Nacht, denn zu viel Tee war in meiner Blase, und Aurehl führte mich zu dem langen Gang, der ist am Ende offen, mit einem Balken davor, da punzelte ich, bis meine Blase leer war, und Aurehl führte mich wieder zurück aufs Weiche Lager. So ging das drei Tage und drei Nächte.

Am vierten Tag richtete ich mich auf, saß schwach auf meinem Weichen Lager und sah Aurehl an mit meiner Angst.

Sie sagte: »Es war nur das Schüttelfieber.«

Da ließ ich mich gleich wieder fallen, atmete tief und dachte immer nur: Gerettet! Gerettet! und hörte Aurehl sagen: »Der Kloht hat uns das Wegerecht genommen. Die Rose hat Sauberes Wasser und trocknes Feuerholz vor die Öffnung gestellt, dazu die Schäfersuppe.

Ich sagte:»So rufe nun den Kloht herauf, daß er mich ansieht und uns das Wegerecht wiedergibt.«

Und sie: »Am Tag als du gegangen bist, war ein Gerücht im Beton: Viel Arbeit gibt's für Euros im Taunustal, wo es sich zur Opernschlucht verengt. Viele Männer sind zum Frankenstein gerudert. Aber als du krank gelegen hast, sind alle zurückgekommen. Ein großer Super hat sie alle verjagt mit seinen Treibern und mit Schnellschüssen aus der Empie, und ist danach aufgestiegen im Heli.« Und sie sah mich dabei an mit schräggehaltenem Kopf. Und nach einer Weile: »Soll ich jetzt den Kloht holen?«

»Mach das!« sagte ich und richtete mich auf. Sie kroch zum Loch hin und rief hinab: »Fürst ist gesund! So gebt uns das Wegerecht wieder!«

Bald drauf hörten wir den Kloht heranhumpeln, Aurehl schob die Schließplatte zu Seite, er schwang sein steifes Bein übers Loch und befahl der Aurehl, daß sie ihm meinen ganzen Körper zeigt, ob der keinen roten Fleck hat, und als er keinen roten Fleck fand, hockte er sich auf einen Fellsitz und sagte zu mir: »Ich freue mich, daß ich dich gesund und ohne rote Flecken wiedersehe.«

Drauf zog er eine gelbe Karte aus seinem Beutel, wie ich sie fünf zwanzig Euros weggegeben hatte, hielt sie mir hin und fragte mich: »Ist die von dir gekommen?«

Ich war so schwach, und in meinem Kopf ging es so langsam, keine Geschichte war drin zum Erzählen, und ich sah, daß auch die Aurehl auf eine Geschichte wartet, so dachte ich: Nur anfangen! Denn wer nicht anfängt, kommt nie zum Ende! Und so fing ich also an.

»Die Super sind unberechenbar und sehr gefährlich. Das

weiß jeder. Und Re Dajana Kornegill ist die Unberechenbarste und Gefährlichste von allen.« Und ich sah, wie der Kloht sich hin und her wiegte, und ich dachte: Weiter! Weiter! Aber in meinem Kopf war nur: Flucht durchs Nasse Grab, Schwimmen, Zittern, Schüttelfieber, und ich wußte auch: Draus wird keine Geschichte für Kloht.

Ich zeigte auf die gelbe Karte in seiner Hand und fragte ihn: »Von wem hast du die?«

»Es kam ein großer, starker Mann zur Friedensbrücke mit dieser Karte, der hat gesagt: ›Geht ins Taunustal, wo es sich zur Opernschlucht verengt, geht nicht über den Gleiskopf, wo die Kartenbande Kartenrecht hat, sondern geht den graden Weg durchs Taunustal, dort gibt es dann gute Arbeit für Euros.‹«

Ich sagte: »So hat der kleine Schwächliche, den ich zur Friedensbrücke zurückgeschickt habe, den Vertrag gebrochen, den ich gemacht habe mit ihm?«

Kloht fragte: »Was für ein kleiner Schwächlicher?«

Und ich, die Gedanken kamen schon, aber immer noch zu langsam: »Der, den ich geschickt habe.«

»Du hast einen großen Starken geschickt.«

»Nein! Ich habe einen kleinen Schwächlichen geschickt. Und er muß dann den anderen geschickt haben, und einer erzählt es dem anderen, und am Ende ist alles falsch.«

»Wie sollte es denn richtig sein?« fragte der Kloht.

»Der kleine Schwächliche, den ich geschickt habe, der sollte zu euch sagen: ›Wartet noch! Kommt noch nicht!‹« und ließ mich zurückfallen aufs Weiche Lager, und Aurehl sagte zum Kloht: »Du siehst ja, er ist noch schwach.«

So lag ich dann, lange, richtete mich endlich mühsam auf und sagte: »Drei riesige Helis haben sich herabgesenkt über die Opernschlucht, grade als ich ankam. Da wußte ich: Wieder einmal bin ich zur richtigen Zeit am richtigen Ort. Hundert Benefiten sind herausgeklettert, siebenundzwanzig Köche habe ich gezählt! Weißt du, was ein Koch ist, und weißt du, was der kochen kann?« und redete so weiter von Goldnen Ringen ums rechte Handgelenk, von riesigen Zelten, von Spiegeln, die kannte er nicht, und von Gläsern wie eine Eisblume, sah immer hin zu ihm, ob er sich hin und her wiegt, oder ob er still sitzt, und der saß dann auch still, und in seinen Augen war ein Leuchten. Und endlich hatte ich meinen schnellen Kopf wieder, den muß man ja haben, wenn man im Beton lebt und nicht in die Bande geht und lange leben will, ich sagte noch: »Und mittendrin haben sie einen Pavillon errichtet, dahin mußten alle, und ich wurde draufgestellt, daß ich die Karten verteile, und die gelben Karten waren die wertvollsten.«

»Davon habe ich auch gehört«, sagte der Kloht.

»Es ging um das große Haus, aus Steinen geschichtet, das nennen sie ja ›die Oper‹, da wollen sie wieder laut singen wie in der Alten Zeit. Ich merkte aber bald, daß es einen Streit gab zwischen einem grämlichen Benefiten und seiner Herrin. Der hatte Angst, daß die Mauern einstürzen und seine Herrin begraben, und die wollte die Gefahr nicht sehen.« Und immer schneller redete ich von dem Streit, und sagte am Ende: »So schickte ich den kleinen, Schwächlichen mit der wertvollen gelben Karte zur Friedensbrücke zurück, daß er jeden warnt, daß alle warten, bis ich sehe, wie der Streit ausgeht. Und der hat dann alles verdorben.«

Kloht saß ganz still und sah mich an, und auch Aurehl saß still und sah mich an, und ich dachte: Warum sehen die mich so an? Meine Geschichte ist doch zu Ende. Und dann wußte ichs: Es fehlt ja noch die Flucht! So sagte ich: »Dann sah ich diesen Super an ...«

»... ich denke, es war eine Frau?« fragte Aurehl.

»... ja, eine Frau, aber eben ein Super. Den sah ich also an, und ich sah Augen, wie die von der Raubkatze vorm Sprung, und ich dachte: Die ruft gleich die Himmlischen und läßt Feuerstrahl und Rauchpilz über uns kommen«, und stockte, denn ich merkte gleich: Das wird nie eine Geschichte. So fiel ich zurück aufs Weiche Lager und sagte leise und schwach zu Aurehl: »Stärke mich bitte mit einer Suppe.«

»Das kann ich nicht«, sagte Aurehl, »der Kloht hat mir das Wegerecht genommen, seit du liegst.«

»Mußte ich doch!« sagte Kloht, stand auf, humpelte zu dem Loch und rief hinab: »Er hat keine Flecken!« und befahl der Rose, daß sie mir eine Schäfersuppe heraufbringen soll, die ist aus gesäuerter Schafsmilch, überm Feuer mit geschroteten Körnern gedickt, gesalzen und mit dem Rahm von der Schafsmilch gesüßt.

Ich fragte schwach die Aurehl: »Und was hast du gegessen?«

Und Kloht: »Wir haben ihr Sauberes Wasser, trockenes Feuerholz und die Schäfersuppe vor die Öffnung gestellt, wie es Sitte ist im Beton.«

Ich sagte zum Kloht, den Kopf schwer auf dem Lager vor Schwäche: »Erzähle mir nun bitte, bis die Rose die Suppe heraufbringt: Wie ist es deinen Schafen ergangen, als die Wolfshunde kamen?«

»Lärm ist allemal das Beste gegen die Wolfshunde«, antwortete er, »denn Lärm können die nicht ertragen. So haben wir die Wolfshunde mit viel Lärm vertrieben. Aber sage du mir, wie hast du uns so schnell am Bappen gefunden?«

»Ja, wie habe ich euch so schnell am Bappen gefunden?« fragte ich zurück und wußte nicht weiter. Da hörte ich die Rose kommen. Kloht sagte: »Stärke dich erstmal!« Die Rose machte mit der Suppenschüssel in den Händen einen großen, sicheren Schritt über das Loch, stellte mir die Suppe hin und sagte zu mir: »Die Suppe soll dir Kraft geben.« Und zur Aurehl: »Ruf mich, wenn du über die Leiter steigen willst!« und ging.

Nun schlürfte ich die Suppe mit großem Hunger und sagte zu Kloht: »Aurehl wollte damals den Rauchdarm machen«, und schlürfte, »dazu braucht sie immer viel trocknes Feuerholz. Das habe ich gesammelt. Da sah ich euch alle zusammen weggehen.«

Der Kloht wiegte sich hin und her wie immer, wenn in seinem Kopf die Gedanken hin und her gehen, und sagte dazu: »Du hast Wasser und Feuerholz raufgetragen, das stimmt.«

»Und sah euch alle zusammen weggehen und dachte: Warum gehen die alle zusammen weg? Wollen sie ein verirrtes Lamm einfangen? Dann geht doch jeder in eine andere Richtung. Hat der Hochstein geknurrt? Warum treiben sie dann ihre Schafe nicht aus und lassen Frauen und Kinder drinnen? Und als ich so drüber nachdachte beim Feuerholzsammeln, da sah ich die Wolfshunde kommen, zuerst den Leithund, dann die Meute.«

Kloht saß still und sah mich gespannt an.

Ich sagte: »Und da war's mir klar: Sie gehen alle zusammen zur Bickelak und holen sich Zauberkräuter für den Hammeltrank, daß die Hammel fleißiger springen. Und jetzt kommen die Wolfshunde! So bin ich schnell zum Bappen gerannt, und dort habe ich euch ja auch gefunden. Und so konntet ihr dann die Schafe retten.« Ich ließ mich aufs Lager fallen und sagte noch: »Die Rose hat die Suppe sehr gut gekocht, sie wird mir sicher Kraft geben. Sag ihr das bitte!«

»Das wird sie gerne hören«, sagte der Kloht, wollte schon aufstehen und zur Öffnung humpeln, da erst fiel es ihm wieder ein, und er fragte mich: »Wie ist es aber nun in der Opernschlucht weitergegangen?«

»Es wurde immer schlimmer, und ich dachte: Ich muß selbst gehen und alle warnen und vor dem Unheil schützen. Und bin noch am selben Abend ausgerissen.«

»Durch den Draht wie Brombeergestrüpp?« fragte Kloht und beugte sich vor.

»Durchs Nasse Grab«, sagte ich. Sah den offenen Mund vom Kloht, sah den Schreck in den Augen der Aurehl und dachte: Endlich muß ich nichts mehr erfinden. »Ich mußte alles dortlassen, Beutel, Decke, Bundhose, Fellumhang und sogar meinen Schlafsack. Erst bin ich tief unten in den Schächten aus der Alten Zeit gegangen, dann bin ich ausgerutscht und mußte unten schwimmen, dann durch den Mainfluß, dann auf den Gleisbohlen hierher.«

»Und hast alles dortgelassen?« fragte der Kloht und sah sich um, ob er nichts von meinen Sachen findet.

»Alles«, antwortete ich.

Und Kloht: »Wir müssen diesen kleinen Schmächtigen finden und verprügeln, denn er hat den Vertrag gebrochen. Wie sieht er denn aus? Hast du ihn gekannt?«

»Nein«, antwortete ich, sah auf die gelbe Karte und fragte ihn: »Warum hast du aber die gelbe Karte?«

Und Kloht: »Er war einer, und wir waren viele, so mußte er uns die gelbe Karte geben«, und dann, wütend: »Jetzt ist die ja sowieso nichts mehr wert«, und schnippte die Karte weg. Dann sah er mich an, wie ich da so schwach lag und sagte zu mir: »Wenn einer arm und nackend ist, soll man helfen«, zeigte auf ein schönes Gewebe von Aurehl gemacht, »das will ich dir gern tauschen für eine fast neue Bundhose, dazu einen noch sehr guten Fellumhang und ein Paar Clogs.«

Das war weit unter dem Wert von dem großen schönen

Gewebe, und ich sagte sehr schwach: »Heute nicht, morgen«, und Kloht ging.

Ich muß dann wohl wieder geschlafen haben, erwachte von einem leisen Geräusch, sah Aurehl neben dem Lager hocken, sie hatte die wertvolle Kapa ausgebreitet, sah sich die an und ließ das feine Gewebe durch ihre Finger gehen. Als sie sah, daß ich wach lag, sagte sie zur mir: »Diesen Umhang können wir nicht zum Bappen bringen, der ist zu wertvoll.«

Ich richtete mich auf, suchte die Garnrolle, fand sie nicht und fragte Aurehl: »Habe ich nicht eine Garnrolle mitgebracht?«

Aurehl holte mir gleich die Garnrolle aus ihrem Buntholzkasten für Garn und Nadeln, ich nahm sie fest in meine Hand und sagte zu Aurehl: »Das ist mein Zauberversteck«, und wickelte langsam das Garn ab, bis man die Euros sehen konnte, die fielen aufs Weiche Lager wie Schneeflocken, und auch die wertvolle Kapsel fiel heraus, und dazu sagte ich: »Ich habe noch nicht gezählt.«

Nun wollte Aurehl die Euros zählen, gab's aber bald auf und rief: »Das sind ja über hundert!«

Ich strich die Scheine glatt, legte sie aufeinander, wie ichs beim Karrenhesse gesehen hatte, zählte sie schnell, hielt sie ihr hin und sagte: »Sechshundertsechzig Euros! Das ist sechs mal zehn mal zehn und noch einmal sechs mal zehn dazu. Außerdem die Kapsel, der Beutel und das Springseil.«

Aurehl nahm die Euros und sagte: »Aber Fellumhang, Bundhose, Clogs und Schlafsack sind weg!«

Sie versteckte Euros, Garnrolle und Kapsel, sah sich wieder die Kapa an, lange, und sagte dann: »Sie haben auch von einem Benefiten geredet mit hundert Zöpfen, hoch oben auf Tischen unter einem großen Zelttuch, sah mich an und sagte: »Und der warst du.«

»Ja«, antwortete ich.

»Und dieser Super war eine Frau.«

»Re Dajana Kornegill«, antwortete ich.

»Und diese Re Dajana Kornegill hat eine Probe von deiner Schönheit genommen.«

Am ersten Tag noch nicht«, antwortete ich.

»Und am zweiten Tag bist du ihr ausgerissen.«

»Ja«, antwortete ich.

»Und darüber hat sie ihre Wut bekommen, und nicht über den grämlichen Benefiten.« Aurehl sah mich an, und dann: »Das kann ich gut verstehen«, und warf sich mit ihrer Kraft über mich und umarmte mich sehr fest und kraulte mich und küßte mich lange auf den Hals und auf die Augen und auf den Mund, und so mußte ich endlich nicht mehr reden, sondern nur noch still liegen und genießen.

Wieder muß ich geschlafen haben, ich erwachte davon, daß Aurehl ihren ängstlichen Schritt über das Loch machte, und ich sah, wie sie einen gestückelten Fellumhang, eine Bundhose und Clogs neben das Weiche Lager legte. Ich stand auf, zog alles an, ob es paßt, es paßte, und Aurehl sah zu und sagte: »Ein Schlafsack fehlt und eine Decke. Du hast viel verloren, weil du ihr die Probe nicht gegeben hast.«

»Diese Probe wollte ich ihr nicht geben«, antwortete ich.

Und Aurehl gleich drauf: »Und welche Probe willst du ihr geben?«

»Ich bin noch etwas schwach«, konnte ich darauf nur sagen, »die Worte fallen mir falsch herum aus dem Mund.«

»Das ist neu«, sagte sie und sah mich mit ihren großen Augen ernst an.

Das war am 18. Juni des Jahres 268 der Neuen Zeit.

Ich ging hinaus, denn ich wollte den Dirk suchen, traf den Kloht bei den Weiden und erklärte ihm, wie der kleine Schwächliche aussieht, den es nicht gibt, damit Kloht den fangen und verprügeln kann für einen gebrochenen Vertrag, den es nicht gibt.

Am Bappen sah ich das brüchige Zelt vom Alten Schober, da wußte ich, daß der Leinsack nicht da ist, denn wo der eine ist, ist der andere nie. Der Alte Schober kann lesen und schreiben, von ihm hat es auch der Dirk gelernt. Jeder kann es bei ihm lernen für ein paar Euros, ein altes Fell oder ein Stück Brot. Vom Alten Schober sagt man: Weil er keine Kinder hat, sucht er einen, den will er für sein Kind annehmen, der soll nach seinem Tode das brüchige Zelt errichten auf den Bappen und für ein paar Euros, ein altes Fell oder ein Stück Brot jedem, der es will, das Lesen und Schreiben beibringen. Ich dachte manchmal, ob der Alte Schober nicht den Dirk für sein Kind nehmen will, denn der Dirk saß oft vor seinem Zelt, und wie Dirk, so wollte auch er die Welt verbessern und verändern und wollte auch das Himmelsrecht nicht anerkennen. Aber jeder Betonmensch weiß doch: Das Himmelsrecht kommt am schnellsten zu dem, der es nicht anerkennen will.

Zum Zelt vom Alten Schober ging ich nun, hockte mich zu den anderen, legte fünf Euros in seinen kleinen Beutel und sah Dirk: Der hatte seine Klappmütze tief in die Stirn gedrückt und machte sich klein und war doch der größte von allen, die da hockten, die waren alle schwach und arm, und auch magere Kinder waren dabei.

Der Alte Schober hockte unter seiner Zeltöffnung auf einem schmutzigen Fellsitz uns gegenüber, und grade sagte er: »Wer von euch hatte schon mal Hunger?«

»Ich, ich, ich«, riefen alle.

»Nun sage mir, wie dein Hunger war«, fragte er einen, und der: »Schmerz im Magen, schwach und schwindlig.«

»Und wie war dein Hunger?« fragte der Alte einen anderen, und jeder sagte dann, wie sein Hunger war: Schlecht war ihm, schwindlig war ihm, ein Ziehen in der Kehle, auch der Kopf tat weh.

»Und was macht man gegen den Hunger?« fragte der Alte weiter, und alle riefen durcheinander: »Essen! Essen! Essen!«

Und der Alte Schober: »Das ist der Hunger, den wir stillen, wenn wir essen.« Und einer mit einem blutigen Geschwür an der Nase sagte ihm nach: »Wenn wir essen«, so als ob er von nun an ewig satt sein wird: »Wenn wir essen, wenn wir essen«, immer wieder.

»Ja«, sagte der Alte Schober, »aber es gibt noch einen anderen Hunger. Den stillen wir, wenn wir lernen.« Drauf gab's ringsherum ein Gemurmel.

Der Alte: »Wir lernen: Wir sind Menschen«, und wieder das Gemurmel.

Und der Alte weiter: »Du bist ein Mensch«, und zeigte dazu auf einen langen, dürren Burschen, der gab's zurück: »Ich bin ein Mensch«, und der Alte Schober zum nächsten, der gab's auch zurück, so ging das viele Male hin und her, aber mich sah der Alte nicht an.

Dann ging es anders herum: Einer sagt zum Alten Schober:

»Ich bin ein Mensch«, und drauf der zurück: »Ich bin ein Mensch.«

»Aber du bist schon sehr alt, dir fällt ja schon die Haut runter«, kam nun hinter mir eine Stimme. Aber gleich hob ein Mädchen neben mir ihren Zeigefinger hoch, das wußte schon, wie es richtig weitergeht, das drohte dem hinter mir und sagt: »Ja! Ein alter Mensch. Aber ein Mensch.«

Nun wollte der Alte weiter mit seinen Lehren, zeigte auf den Dirk und sagte: »Dirk ist ein Mensch.« Aber gleich riefen einige zurück: »Und warum geht er dann zum Leinsack rein?«

Der Alte Schober zeigte von einem zum anderen: »Du bist ein anderer Mensch als du, und Dirk ist ein anderer Mensch als du«, und danach, mit einem langen Ton: »Aaaaber ...« Und mit dem gleichen Ton gaben viele Stimmen zurück: »Aaaaber er ist ein Mensch.«

Nun beugte sich der Alte etwas vor, zu mir hin, zeigte auf mich und sagte: »Frank Fürst ist ein Mensch.« Ich dachte, ob ich nicht besser aufstehen soll und von ferne auf Dirk warten, da hörte ich neben mir eine leise Stimme: »Frank Fürst ist ein Angeber«, und die anderen lachten drüber.

Der Alte hob die Hand hoch, daß es still werden soll vor seinem Zelt, und rief: »Ja, ein Angeber. Aber ein Mensch.« Weil sie aber nicht still werden wollten, so rief er laut mit einer scharfen Stimme und sah sie alle an dazu: »Hast du denn schon mal ein Schaf gesehen, das angibt? Frank Fürst ist ein anderer Mensch als du und als du und als du.«

Und als sie endlich wieder ruhiger wurden, hob er den Finger zum Himmel hinauf, war ganz starr und sagte zum Finger: »Der Super ist auch ein Mensch.«

Da hörten sie auf zu atmen, ich sah die Todesangst in ihren Gesichtern, viele wollten sich gern wegschleichen vom Zelt, aber der Alte ließ nicht nach und sagte: »Der Super ist ein Mensch wie du und du und du«, sah sie alle an und flüsterte in die erstarrten Gesichter: »Wollt ihr euch denn vor einem Menschen fürchten? Fürchtest du dich denn vor mir? Fürchtest du dich denn vor dem? Und du vor dem?« Und ich sah, daß er sich vor nichts fürchtet.

Einer vor mir sagte: »Das wollen wir nicht hören«, und gleich drauf riefen viele: »Das wollen wir nicht hören. Wir wollen lieber eine Geschichte hören.« Sie wurden sehr laut, aber trotzdem kam keiner von der Bappenbande, die kamen nie zum Zelt vom Alten Schober. Und auf was sollten die auch hoffen, was sie mitnehmen können, Worte?

Der Alte legte den Kopf in die Hände, daß seine Augen verdeckt wurden, aber der Mund nicht, und sein Mund bewegte sich, lange, da wurden sie still, dann war's ein Flüstern, und jeder wußte: Die Geschichte hat schon längst angefangen, und endlich verstand man ihn.

»... So aß nun jeder Mensch sein Brot und seine Suppe bis er satt war, nicht mehr und nicht weniger. Aber es gab ein kleines Land zwischen drei großen Wassern, und das hieß das Mehrland. Darin lebten sonderbare Menschen. Die wollten mehr essen und mehr trinken, als der Mensch bei sich behalten kann. So fuhren sie über alle drei Wasser hinaus und holten alles in ihr kleines Land herein, was man auf der ganzen Welt finden konnte. Sie rissen alle Früchte von den Bäumen aller Länder, schlachteten alle Schafe und zogen alle Fische aus allen Wassern. Dazu machten sie alle Menschen der ganzen Welt zu ihren Dienern und wollten den ganzen Tag lang nur noch essen, bis alles wieder herauskommt, und trinken, bis es aus den Nasenlöchern läuft, und sogar in der Nacht schliefen sie nicht, sondern aßen und tranken.

Das sah das Weltenauge tief unten und erschrak darüber sehr. Weil aber noch nicht die Zeit war, daß es zu den Menschen heraufgeht, so gab es seine Augen einem Kind, das wußte gleich, was es tun muß, ging durch das Mehrland und redete zu den Menschen: ›Jeder Mensch soll nur so viel nehmen für sich, wie er braucht, denn die Milch von allen Schafen und das Fleisch von allen Tieren und die Früchte von allen Sträuchern sind gezählt und nicht unendlich. Auch die ganze Welt ist nicht unendlich, sondern eine kleine Kugel.‹« Und der Alte formte seine beiden Hände zu einer Kugel, drauf ruhte sein Kopf.

Ich war längst zum Dirk gerutscht und sagte in sein Ohr: »Der Alte erzählt die Geschichten falsch.« Aber Dirk zischte nur, ich soll still sein.

Und der Alte erzählte weiter: »Die Menschen im Mehrland lachten das Kind aus und sagten: ›Nichts ist gezählt, und alles ist unendlich‹, aber einige sagten auch: ›Das Kind hat die

Augen der Welt. Vielleicht hat das Weltenauge es zu uns geschickt, damit es zu uns redet.‹ Die aber wurden noch mehr ausgelacht. Und als das geschah, fing das Weltenauge an zu weinen und weinte so viel, daß die Wasser anschwollen und über die Ufer traten. Und weil die Welt nicht unendlich ist, sondern eine kleine Kugel, so wurde das Land um so viel kleiner, wie die Wasser größer wurden von den Tränen vom Weltenauge. Und weil das Weltenauge immer weiter weinte, so gab's bald wenig Land und viel Wasser, und es wurde den Menschen eng auf der Welt, und es gab ein Gewimmel überall von Menschen, die konnten sich bald nicht mehr lang hinlegen zur Nacht, sondern mußten aufrecht stehen in der Nacht, und wo einer hinging, da war schon einer, und viele Menschen starben, weil sie nicht mehr ruhig schlafen konnten. Da trat ein Rufer vor die Menschen hin und sagte: ›So sehr habt ihr das Weltenauge erschreckt, daß es tief unten weint viele Sommer und viele Winter lang, daß die Wasser anschwellen und über die Ufer treten, und das Land wird eng für euch. Wenn aber das Weltenauge seine letzte Träne über euch geweint hat, und wenn die Menschen genug gelernt haben‹«, da hob der Alte den Kopf und sah zu uns hin, »›dann wird das Weltenauge aus der Erde aufsteigen und zum Himmel aufsehen. Dann gebt dem Weltenauge die Tränen zurück, die es für euch geweint hat, dann wird das Weltenauge euch ansehen, dann sollt ihr zum Himmel aufsehen zu den Himmlischen, denn dann sind die Himmlischen nicht nur die Freunde der Super, sondern die Freunde aller Menschen, und sie kommen nicht mehr auf uns herab mit Feuerstrahl und Rauchpilz, sondern sie geben uns das verlorene Land wieder und langes Leben und Gesundheit und viele Weiden mit fetten Schafen drauf und nehmen den Rotfleckigen Tod von uns und füllen die Wasser mit großen Fischen‹«, und wollte so weiterreden, aber da sprang der Dirk auf, er war bleich und zornig, wie ich ihn nie gesehen hatte, und er schrie gegen den Alten Schober an: »Wann soll das sein? In welcher Zeit soll das sein? Warum soll das nicht heute sein? Ich will die Veränderung heute, ich will nicht morgen am Rotfleckigen Tod sterben!«

Aber das wollten sie nicht hören, bekamen ihre Todesangst, und viele riefen gegen den Dirk: »Wir müssen erst lernen«, und die Frau neben mir hob wieder den Zeigefinger und rief: »Erst wenn wir genug gelernt haben, wird das Weltenauge aufsteigen.«

Und Dirk mit seiner Stimme, die ging weit über den Bappen hinweg zu allen Weiden hin und durchs ganze Beton bis zu den fernsten Hochsteinen, schrie: »Bis dahin bist du längst tot! Wir sollen alle sterben! Aber es gibt Menschen, die sterben nicht, die werden nicht krank, die leben ewig und leben ewig gesund und haben nie Hunger! Und das nicht etwa in der Alten Zeit, und nicht etwa irgendwann, sondern jetzt, heute! Das sind die Super. Die sterben nicht. Die haben das ewige Leben. Die Super beuten uns aus! Die Super machen uns arm! Die Super verderben uns! Die Super lachen, lachen über uns, lachen darüber, daß wir ihnen gehorchen, und daß wir uns vor ihnen fürchten, daß wir denken, sie sind oben im Himmel bei den Himmlischen, und daß sie zur Erde herabsehen. In Wahrheit fürchten sie sich vor uns, denn wir sind mehr und stärker und besser als sie, und wir haben recht!«

Bald konnte keiner mehr Dirks Geschrei verstehen, seine Stimme war wie ein Geheul von hundert Wolfshunden, und der Alte Schober kroch zurück in die Zeltöffnung und rief: »Alle weg! Lauft alle weg!« und scheuchte sie mit seinen Händen davon. So gingen sie auch alle, aber Dirk setzte sich wieder hin, und der Alte sagte zu mir: »Geh du auch und laß uns allein!« und hatte schon fast das Gesicht von dem, der gleich stirbt.

Dirk sagte zu ihm: »Er soll bleiben.«

So saßen wir drei, der Alte fast im Zelt drinnen, wir beide davor, aber weit auseinander und redeten nicht, lange, es war eine Stille am Bappen, und ich dachte: So leise muß es sein, wenn man die Gedanken hören will.

Dann sah Dirk den Alten an und sagte: »Ich war in deinem Schacht.«

Der Alte nickte vor sich hin wie einer, der seinen Verstand verloren hat: »Im Schacht, im Schacht, da wird's gemacht.«

Dirk sagte: »Da gibt es viel zu lesen.«

»Ja, ja«, nickte der Alte für sich, »da gibt es viel zu lesen. Wer lesen kann, der liest.«

Dirk rutschte zu ihm: »Ich habe Hunderte von Zeitungen gelesen, manche weit über hundert Jahre alt.«

Da hörte der Alte auf zu nicken, sah den Dirk an, dann zerfiel sein Gesicht, wurde wie Staub, hatte keine Augen mehr, war kein Gesicht mehr, und aus seinem Körper kam etwas heraus wie: »Was für ein Schacht?«

Dirk rutschte schnell zu mir hin, legte meinen Arm um seine Schulter herum und sagte zum Alten: »Wenn wir diesen Schnelldenker und Spaßmacher«, kniff mich am Ohr, »und kleinen Gauner dazu bekommen, und wenn der erst den richtigen Verstand hat, dann muß es gehen.« Lehnte sich vor zum Alten, »dann müssen wir nicht mehr warten!«

Aber der Alte, ohne Augen, sein Gesicht wie Staub, rutschte schnell in sein Zelt hinein, ließ das Zelttuch herab, und von drinnen hörte man ihn sagen: »Geht weg!«

So standen wir beide auf, gingen zusammen über den Bappen, ich sah nach, ob ich einen Schlafsack finde für mich, fand aber keinen, und plötzlich war Dirk verschwunden. Ich dachte: Jetzt geht er wieder in den Schacht und liest hundert Jahre alte Zeitungen. Die sind also nicht zu Staub zusammengefallen nach einem Tag und einer Nacht, und ich habe nicht gut aufgepaßt und habe ihn verloren, und drüber war ich wütend.

Auch am nächsten Tag ging ich wieder zum Bappen hin, fand keinen Schlafsack, fand den Dirk nicht, ging wieder zum Zelt vom Alten Schober, da war der Dirk auch nicht, ich hockte mich aber davor und hoffte, daß er kommt.

Der Alte Schober hielt seine Lesetafeln hoch. Das geht so: Auf seinen Lesetafeln sind Worte aufgemalt, jeder kennt die Worte, denn der Alte hält immer die selben Lesetafeln hoch, und jeder sagt mit den anderen zusammen die aufgemalten Worte: Der Mann, die Frau, das Kind, übern Hochstein heult der Wind, bei Tage ist uns warm und hell, die finstre Nacht verschlaf nur schnell. Lesen soll gefährlich sein? Wer fällt auf diese Lüge rein? Lesen macht uns froh und heiter, und wer liest, wird auch gescheiter.« Das geht immer sehr lange, Dirk hat so das Lesen gelernt.

Ich blieb lange vor dem Zelt, aber Dirk kam nicht.

Auch am dritten Tag ging ich wieder zum Bappen hin, fand keinen Schlafsack für mich, der Alte Schober war weg, der

Leinsack mit seinem Blechkasten war da, so ist es ja immer auf dem Bappen: Entweder der Leinsack oder der Schober.

Von ferne sah ich den Dirk und dachte: Der fürchtet sich auch vor nichts, aber der sollte sich fürchten! Er kam zu mir und sagte: »Ich brauche dreißig Euros, dringend.«

Ich gab ihm etwas zu schnell die dreißig Euros, er nahm sie und rannte weg. Nun suchte ich ihn überall auf dem Bappen, daß ich sehe, was er eintauscht für die dreißig Euros, aber ich fand ihn nicht. So ging ich zum Leinsack, nicht zu nahe, mit dem Gedanken: So lange der am Bappen bleibt, geht mir der Dirk nicht verloren. Aber der Leinsack blieb, und der Dirk kam nicht. So gab ich's auf.

Ich fand Aurehl am Webstock, sie sah meine Unruhe und fragte: »Wohin willst du gehen?« und sah mich mit ihren großen, ernsten Augen an, da war auch eine Angst drinnen, und das Webschiffchen stand still, und sie sagte: »Geh nicht zum Frankenstein!«

Und da erst wußte ich, daß Dirk rudern will. So ist die Aurehl, daß sie mit ihrem kürzesten Wort sagt, was sie erkennt, daß jeder gleich weiß, was sie erkannt hat, und daß jeder versteht, wie die Welt geht.

Ich sagte: »Ich muß wieder mal den Dirk retten, denn der macht wieder seine Dummheiten. Vor der Nacht bin ich zurück.«

Und Aurehl: »Du bist der Re Dajana Kornegill weggeschwommen durchs Nasse Grab. Sie wird dich fangen und töten.«

»Die ist längst weg.«

»Sie hat hundert Treiber dagelassen. Die werden dich fangen und töten.«

»Ich paß schon auf.«

Und Aurehl: »Die von der Bande suchen auch den Dirk.«

Und ich, zum zweiten Mal, sagte: »Vor der Nacht bin ich zurück«, und wartete drauf, daß sie zu mir kommt, mich umarmt und sagt: ›Was du anfängst, das endet gut‹, aber sie kam nicht, und das war schlimm, denn so hatte ich nicht die richtige Kraft für meine Fahrt, die brauche ich immer von ihr.

Ich ging zu den Gleisen, da, wo die Gleisbande ihre Hütte hat und Gleisrecht, und fragte einen von der Bande: »Ist der Dirk heute gerudert?«

Und der: »Du fragst viel!« da hielt ich ihm fünf Euros hin, er nahm die und sagte: »Dirk ist nicht gerudert.«

So setzte ich mich neben die Gleise und wartete.

Die Sonne war schon lange über ihren höchsten Stand, da kam Dirk mit einem prallvollen Beutel, sah mich und fragte: »Du willst auch rudern?«

»Ja«, antwortete ich.

Es kamen noch zwei, und zu viert ruderten wir auf einem schnellen, leichten Ruderwagen, bis wir zu einer Stelle kamen, nicht weit von der heben sich die Super mit unerträglichem Lärm in den Himmel, ruhelos, so gehen die Betongeschichten. Aber ich wußte längst, die Super fliegen nicht mit ihren großen festen Flügeln, sondern mit dem Jet, und die Stelle nennt man deshalb auch den Jetplatz oder den Airport.

Plötzlich rief Dirk: »Ich habe etwas vergessen!« ließ das Ruder los, und mit einem kräftigen und mutigen Sprung schleuderte er sich aus dem Ruderwagen, fiel auf die Gleise, stand auf und rannte zu einem Gebüsch hin.

Die beiden lachten über ihn, und ich rief: »Lesen und schreiben kann er ja schon, jetzt lernt er fliegen.«

Wieder lachten sie, denn ich war aufgestanden, machte Flügel aus meinen Armen, verlor den Halt und stürzte auf die Gleise, daß die beiden laut lachen sollten über mich, die lachten auch laut, hielten an, fragten, ob es mir schlimm ergangen ist, und ich rieb mir mein zerschundenes Knie, das nicht zerschunden war, und jammerte: »Mit dem Frankenstein wird es heute nichts mehr. Ich rudere zurück.«

Sie schimpften: »Die Große Spinne soll euch beide holen!

Nicht mal rudern könnt ihr!« Aber es half nichts, so schwer das Rudern zu zweit auch ist, sie mußten weiter rudern. Als sie mich nicht mehr sehen konnten, rannte ich hinter Dirk ins Gebüsch, fand ihn nicht, fand nur einen Pfad, suchte einen Stock, mit dem schützt man sich vor der Büffelkuh, rannte mit dem Stock den Pfad entlang, der endete bald, und ich sah vor mir den Jetplatz: Ein riesiger Bappstein für die Blechwagen, dahinter die Langhäuser für die Treiber, die Lagerhäuser für den Geschützten Händler, die hohen Steinhäuser für die Benefiten, sah viele Treiber und Benefiten, und sah auch den Dirk, wie er in ein Lagerhaus hineinging. So ging ich den Pfad ein Stück ins Gebüsch zurück, setzte mich zehn Schritte vom Pfad auf das weiche Moos und wartete. Und als die Sonne sich schon rot färbte, sah ich den Dirk kommen, aber er sah mich nicht, so ist der Dirk, und als er ganz nahe war, sagte ich leise aus dem Gebüsch heraus: »Vorsicht! Schlangen!«

Er blieb stehen, suchte mich, fand mich nicht, fragte: »Frank? Du?«

Und ich, aus dem Gebüsch heraus: »Du hast viele Geheimnisse. Jedes Geheimnis kann sehr wertvoll sein für den Betonmenschen. Man kann Geheimnisse eintauschen für Brot, Käse und Euros. Dreißig Euros habe ich dir schon gegeben für ein gutes Geheimnis.«

Dirk kam zu mir und ich dachte: Der wird sich gleich in einen Ameisenhaufen setzen.

Er sagte: »Es ist viel geschehen in den letzten Tagen«, und setzte sich dicht neben einen Ameisenhaufen. Sein Beutel war leer.

Ich sagte zu ihm: »Dein Beutel war vorhin prallvoll.«

Er antwortete drauf nicht, sondern redete gleich mit seiner Stimme wie aus dem Bauch heraus und einem Glühen in den Augen: »Du bist schlau, du bist geschickt, der Karrenhesse sagt, du bist ein Gauner, und du machst deine Späße mit jedem, und deshalb will er dich bei seinen Karren haben. Auch der Bär will dich haben, damit du ihm mit Vorteil eintauschst, was er sich aus den Beuteln herausnimmt. Du denkst auch schneller und redest schneller, und du hast auch deinen Körper, anders als wir, und geschickte Hände, dazu dein treuherziger Blick aus deinen Augen, bei dem jeder glaubt, was du sagst, außer Aurehl. Aber das alles verschwendest du für nichts. Alles für nichts.«

Ich antwortete ihm: »Damit ernähre ich mich und die Aurehl, und oft auch dich, und ich frage dich: Wie willst du ins Beton zurückrudern ohne Euros? Oder hast du etwa Euros?«

Und schon ging's wieder los: »Ja, ja, du bringst Euros herein, wertloses Papiergeld, aber wir beide zusammen, wir könnten mehr hereinbringen, als wertloses Papiergeld: Wir beide zusammen könnten den Betonmenschen aus der Knechtschaft der Super befreien, denn die Super nehmen uns alles weg und geben uns dafür nichts außer der Todesangst.«

Da sah ich die erste Ameise über seine Hose krabbeln und fragte ihn: »Hast du keine Angst vor Ameisen?«

Er schüttelte die Ameise ab und rief: »Genau das ist es! Du fürchtest dich vor Ameisen, weil sie dich ein bißchen kitzeln. Aber die Schläge, die du täglich von den Super bekommst, die dich vernichten, die willst du nicht sehen. Frank, wir brauchen dich!«

»Wer ist ›wir‹?« fragte ich ihn.

»Wir, das sind jetzt noch wenige, aber bald werden es viele sein.«

»Und was machen die?«

Und Dirk: »Wir wollen die Welt verändern.«

»Ich nicht«, sagte ich.

»Findest du denn die Welt so schön?«

»Ich mache mir schon alles so zurecht, wie ich's gebrauchen kann.«

»Du bist wie ein Blinder«, rief er, »der die Sonne nicht sieht und nicht weiß, was Licht ist. Aber auch der Blinde spürt doch die Wärme der Sonne, wenn sie aufgegangen ist.«

Ich sah, wie die Ameisen längst in seine Hose hineinliefen, und auch auf seinem Arm krabbelten sie schon herum.

Er spürte aber die Ameisen nicht und rief wieder: »Du bist wie ein Tier! Kennst du überhaupt den Unterschied zwischen Mensch und Tier?«

Ich antwortete: »Der Mensch ist viel geschickter als das Tier und hat mehr Verstand. Deshalb schlachtet und ißt der Mensch das Schaf, und nicht das Schaf schlachtet und ißt den Menschen.«

Der Dirk schlug die Hände zusammen und rief: »Du hast ja keine Ahnung! Der Mensch kann die Welt zu seinem Nutzen verändern, das Tier kann das nicht.« Sprang auf, wollte die Ameisen abklopfen, aber die waren schon überall drinnen, so mußte er sich ausziehen, und zusammen machten wir es so, wie der Mensch es immer macht mit dem Tier: Wir töteten die Ameisen.

Danach setzte er sich auf eine andere Stelle, war wieder ganz ruhig und sagte: »In der Welt gibt es genug für alle. In der Geschichte vom Mehrland wollen die Mehrländer alles und nehmen den anderen alles weg.«

Ich sagte: »Der Alte Schober hat die Geschichte falsch erzählt. In der richtigen Geschichte geht kein Kind mit den Weltenaugen zu den Menschen.«

»Der Alte erzählt die Geschichten immer falsch, aber nicht besser, denn es bleibt dabei: Heute ist es so, wie es immer war, und irgendwann soll es dann besser werden. Darüber bin ich wütend. Er aber sagt: nicht so schnell! Nicht so schnell! Als ob ich so viel Zeit hätte. Und dabei haben wir heute etwas viel Schlimmeres als die Mehrländer, nämlich die Super. Denn zu allem Übel stopfen sie unseren Kopf mit diesen Lügen voll, wir dürfen nicht aufsehen nach oben, denn oben sind die Himmlischen mit Feuerstrahl und Rauchpilz, in Wirklichkeit sind da aber die Raketen, die sie noch aus der Alten Zeit haben. Die wollen allein Mensch sein und machen uns zum Tier!«

»So laß uns doch in den Dienst der Super gehen«, sagte ich, »denen treu dienen, daß wir gehoben werden und am Ende selber Super werden. So machen wir beide doch für uns eine gute Veränderung«, und hatte es schwer mit diesem Wort.

Dirk schüttelte den Kopf und rief: »Das ist doch keine Veränderung! Das ist nur Anpassung. So kann man sich höchstens einrichten in dieser ungerechten schrecklichen Welt. Aber doch nichts verändern!«

Und ich: »So kommen die Veränderungen aus dem Schacht?« und sah ihn an.

»Ja, auch«, sagte er.

»Was lernt man im Schacht?« fragte ich ihn und dachte, da lernt man, wie man Geschützter Händler wird, mindestens.

Dirk rutschte zu mir heran, nahe, sah sich nach allen Seiten um, ob da keiner kommt, lauschte auch ins Gebüsch hinein und flüsterte dann zu mir: »Im Schacht ist ein Zeitungsarchiv.«

Ich fragte ihn: »Was ist das?«

Und er, noch leiser: »Das sind alte Zeitungen.«

Da wurde ich wütend und dachte: Für dieses Geheimnis von den alten Zeitungen habe ich schon fünfundvierzig Euros ausgegeben und muß noch zurückrudern, so schrie ich den Dirk an: »Du hast noch nicht mal ein Lagerrecht im Beton, kein Wasserrecht, und niemand wärmt dich in der Nacht, aber du willst die ganze Welt verbessern«, und mit einem Singsang wie die Bickelak: »Mit alten Zeitungen, mit alten Zeitungen.«

Und Dirk: »Aber nur, wer alte Zeitungen liest, weiß, daß es Veränderungen gegeben hat, und sonst keiner im Beton. Und wer weiß, daß es früher Veränderungen gegeben hat, der fürchtet sich nicht vor der Veränderung. Das ist doch der Grund dafür, daß die Bilderzeitung so schnell zerfällt. Aber der Alte Schober kennt ein Mittel von seinem Großvater, daß sie nicht zerfällt, und das ist das Geheimnis, du Schaf!«

Ich sagte: »Ich will keine Veränderung.«

Und Dirk: »Das Wichtigste ist, daß du dich nicht vor der Veränderung fürchtest. So kommen wir beide zusammen. So können wir die Welt zusammen zum Guten verändern.« Und redete lange weiter mit seiner schönen, tiefen Stimme wie aus dem Bauch heraus, aber ich hörte ihm nicht zu, denn ich merkte bald, daß er kein einziges Geheimnis kennt, das mir nützen kann. Und ich sah ja auch, daß er nichts wußte, was ihm selbst nützen kann. Ich gähnte lange und laut, da hörte er endlich auf zu reden und fragte mich: »Hast du noch ein paar Euros für mich zum Rudern?«

Und dann gingen wir beide zusammen den Weg, wie die Kinder ihn gehen, die sich fürchten im Gebüsch vor der wilden Büffelkuh, kamen zu den Gleisen, warteten auf den Ruderwagen, sprangen auf und ruderten an Wäldern, Gebüschen und Hochsteinen vorbei, keins davon hat einen Namen, und keiner von uns gibt ihnen Namen, so war es immer im Beton, und man sagt: Namen sind Verräter.

Danach bin ich dem Dirk nicht mehr gefolgt, ich habe ihn aber noch zweimal am Bappen gesehen.

In diesen Tagen hatte Aurehl lange gearbeitet und in ihr schönes Gewebe bunte Bildchen eingestickt, wie sie es auf meiner wertvollen Kapa gesehen hatte. Sie zeigte es mir, ich lobte es, und sie sagte: »Dafür tausche ich dir gute Felle für einen neuen Fellumhang.«

»Am nötigsten brauche ich einen Schlafsack und eine Dekke«, antwortete ich ihr.

»Im Sommer brauchst du keinen Schlafsack fürs Weiche Lager.«

»Aber ohne Schlafsack kann ich nirgendwo hin.«

Sie sah mich an mit ihren großen Augen und fragte: »Wohin willst du denn?«

Zum Frankenstein, wohin sonst, dachte ich, sagte es aber nicht.

Am Bappen gab's ein großes Staunen über das neue Gewebe von Aurehl. Jeder, der es sah, sagte: »So ein schönes Gewebe habe ich noch nie gesehen«, aber eintauschen wollte es keiner, denn es war zu schön und zu teuer für einen Betonmenschen. Und so sagte ich am Ende zu Aurehl: »Wir versuchen es noch einmal, wenn der Karrenhesse da ist«, und wollte vom Bappen gehen.

Da sah ich meinen Schlafsack, jeder Flicken an der richtigen Stelle. Der hing auf einem Gestell aus Stöcken gemacht, und dabei stand ein Mann, den kannte ich nicht. Ich gab Aurehl ein Zeichen, sie soll auch hinsehen, und sie erkannte den Schlafsack sofort, sie nahm mich bei der Hand und sagte zu mir: »Laß uns weitergehen!«

In diesen Tagen hatte ich Augen und Ohren aufgemacht, ob kein Gerücht zu mir kommt aus dem Frankenstein, es war aber nichts gekommen, und jetzt hing da mein Schlafsack.

Ich riß mich von Aurehls Hand los, ging Schritt um Schritt dahin, und Aurehl hinter mir, immer näher, bis wir beide dicht davor standen.

Ich fragte den Fremden: »Der sieht ja ganz gut aus, von außen, aber was hat der für eine Füllung?«

Er bewegte die Hände schnell und machte den Mund auf und zu wie ein Fisch, so verstand ich, er ist stumm und taub. Ich griff nach meinem Schlafsack, prüfte die Füllung, lange, und machte ein Zeichen zu dem Stummen, das hieß: nicht schlecht. Dann zeigte ich auf das Gewebe von Aurehl und überkreuzte die Hände zum Zeichen, daß ich den Schlafsack gegen das Gewebe tauschen will. Der Stumme schüttelte zehnmal den Kopf, ein Grunzen kam aus seinem Mund, dann machte er mit zwei Fingern das Zeichen für Geld.

Aurehl sagte: »Laß uns gehen!« Und mit ihrer ganzen Kraft zog sie mich weg von dem Stummen. Ich ließ mich ein paar Schritte ziehen, daß er uns nicht hören kann, wenn er doch nicht taub ist, und flüsterte dann: »Einen anderen kann ich nicht bekommen, und den kennen wir und wissen, daß er gut ist. Aber sie flüsterte dagegen: »Sie schickt ihn dir nach mit einem Stummen, der kann nichts verraten, aber er wird ihre Treiber hierher führen.« Und ich wieder: »Wie will sie denn wissen, daß ich den Schlafsack eintausche?« Und Aurehl wußte drauf gleich die richtige Antwort: »Weil sie weiß, daß du einen Schlafsack brauchst.«

Ich dachte noch: Das ist neu, daß einer einen wertvollen Schlafsack hergeben will für Euros, aber da stand ich schon über dem Abgrund, und ich stehe ja gern über dem Abgrund, trat zu dem Stummen und sagte zu dem mit der Handsprache der Stummen: Diesen Schlafsack will ich haben.

Und bald danach waren viele Euros in seiner Hand, ich aber hielt meinen Schlafsack fest in meinen Händen, und Aurehl und ich, wir redeten nicht und gingen zusammen zu unserem Lager über den Schafen.

Drei Tage und drei Nächte blieb ich noch im Beton, und oft sagte Aurehl zu mir in diesen drei Tagen: »Geh nicht zum Frankenstein! Sie wird dich fangen und behalten«, sagte nicht: »Fangen und töten«, und am vierten Tag, beim ersten Lichtschimmer, sagte ich zu Aurehl: »Ich lasse meine Locken bei dir. So wird mich keiner erkennen.«

Aurehl ging zum Gestell, holte das scharfe Messer heraus und schnitt meine Haare ab, Locke für Locke, und mit jeder Locke war es fester und sicherer ausgemacht, daß ich zum Frankenstein rudere. Und am Ende kam sie zu mir heran, umarmte mich fest, preßte ihre Lippen auf meinen Hals und sagte: »Was du anfängst, das endet gut.«

Das war am 27. Juni des Jahres 268 der Neuen Zeit.

6. Kapitel

27. und 28. Juni 268, Schloß Marbach

Mit meinem neuen Beutel, mit meinem alten Schlafsack, ohne Decke und mit einem gestückelten Fellumhang ruderte ich zum Ende der Gleise, machte bei der Friedensbrücke meine Späße mit dem Bär, blieb dann auch in der Mitte der Brücke stehen, wie immer, und beugte mich über den Abgrund, ich breitete meine Arme aus wie Flügel, verlor zum Schein den Halt, daß der Bär dachte, ich falle, und auch richtig erschrak drüber, und rannte zum anderen Ufer hinüber.

Und da stand ich dann und wußte nicht weiter.

Und wie ich so stand und nicht weiter wußte, dachte ich: Nur losgehen! Denn wer nicht losgeht, der kommt nicht an. Und wunderte mich gleich über den neuen Spruch. Und dann ging ich den graden Weg hinauf zum Gleiskopf, da hat ja die Kartenbande ihr Recht.

Ich stand herum mit hundert anderen Betonmenschen und horchte auf die Stimme vom Ausrufer, das ist immer einer von der Kartenbande. Der rief aus junge, gesunde Frauen fürs Treiberbett für eine Nacht, hundert Euros und gutes Essen, und junge, gesunde Burschen fürs Treiberbett für eine Nacht, auch hundert Euros und gutes Essen, und starke Arbeiter zum Jetplatz, drei Tage Jetplatzputzen für fünfzig Euros den Tag und ein Treiberbrot dazu, und man sagt, daß vom Gleiskopf schon so mancher aufgestiegen ist zum Lernwachmann oder zum Lernkoch, aber auch abgestiegen zum frühen Tod.

Meldete sich jemand, so sah sich der Anführer der Kartenbande den gut an, ob er der Richtige ist für die Arbeit, ist er der Richtige, so bezahlt er zehn Euros für die Grüne Karte, die hält er hoch, und mit der wird er zu seiner Arbeit hingebracht.

Und wie ich so stand beim Gleiskopf, da hörte ich den Ausrufer sagen: »Ein junger Mann, klein, geschickt, redegewandt und erfahren im Umgang mit Benefiten zur Bedienung eines hohen Benefiten.« Niemand meldete sich, lange, zum zweiten Mal wurde der ausgerufen und auch zum dritten Mal.

Und da erst meldete ich mich, trat vor, der Anführer der Kartenbande sah mich an, lange, und fragte mich dann: »Wie hoch willst du aufsteigen?« und hielt mir dazu seine Hand hin, daß gleich zehn Euros drin sind oder mehr. Ich hielt ihm zehn Euros hin, als er aber danach griff, war meine Hand leer, und er sah sich meine leere Hand an ohne Verstand.

Ich fragte ihn: »Welcher hohe Benefit soll denn bedient werden?«

Er antwortete: »Zwanzig Euros zu den zehn!« und hielt mir wieder seine Hand hin.

Und ich: »Einer von den Kornegills?« und zeigte ihm dazu dreißig Euros in meiner offenen Hand. Er griff danach, aber wieder war meine Hand leer.

Nun sah er gierig auf meine Hand, als ob da auch gleich hundert Euros drin liegen können, und sagte mit starrem Blick auf meine Hand das Wort: »Bodenreif.«

Den Namen Bodenreif kannte ich von Dirk, der kennt ja alle Super beim Namen. Ich dachte: Bodenreif ist nicht Kornegill, gab ihm dreißig Euros, bekam die Grüne Karte, und die von der Kartenbande führten mich zu einem kleinen Zelt hinterm Gleiskopf, vor dem standen zwei Treiber in ihren grünen Hosen und Jacken, die Empie leicht in der Hand. Ich mußte ihnen meine Grüne Karte geben, Schlafsack und Beutel hinlegen, sie klopften mich ab, durchsuchten Schlafsack und Beutel, einer ging ins Zelt, kam mit seinem Hauptmann heraus, der sah mich an, lange, befahl mir mit »Hopp!« daß ich warten soll, und ging wieder ins Zelt.

Drinnen hörte ich ihn reden mit einem anderen, der antwortete aber nicht, und trotzdem redete der Hauptmann weiter zu dem anderen. Das ging so: »Zu Befehl, Herr Geheimer Rat!« Nichts drauf, dann: »Ist bereits geschehen, Herr Geheimer Rat.« Nichts drauf, dann: »Das Foto! Natürlich, das Foto!« Nichts drauf, dann: »Wird sofort erledigt, Herr Geheimer Rat.«

Der Hauptmann kam aus dem Zelt heraus mit einem Blatt so groß wie zwei Hände, die eine Seite weiß, die andere bunt, das nennen sie ›das Foto‹, sah sich das Foto an, dann mich, wieder das Foto, wieder mich, ging am Ende mit dem Foto in der Hand ins Zelt, redete wieder, lange, kam heraus und fragte mich: »Wie heißt du?«

Ich aber hatte mit meinen Locken auch meinen Namen bei Aurehl gelassen und sagte zu ihm: »Pan, wie mein Vater.«

Er sah mich ratlos an und fragte wieder: »Pan heißt du?«

Und ich: »Ja, Pan, wie mein Vater.«

Zum dritten Mal ging er ins Zelt und redete, und keiner antwortete ihm, und ich stand bei den Treibern und wollte mir ein Spiel ausdenken mit den beiden, aber der Hauptmann kam schon heraus aus dem Zelt, sah mich wieder an von oben bis unten und schrie plötzlich: »Warum hast du keine Locken?«

Ich sagte sehr freundlich: »Ich lasse mir gern welche wachsen, wenn Sie es wünschen.«

Da wollte er auf mich losgehen, ging aber nicht auf mich los, sondern schrie seine Treiber an: »Wo bleibt mein Essen?« und ging ins Zelt.

Seine Treiber bereiteten ihm das Essen aus fünf Töpfen übereinander wie ein Turm, trugen es ihm hinein, und dann aßen auch sie mit großem Hunger, und ich stand dabei und sah zu. Aber als sie satt waren, durfte ich die Reste essen von ihren Tellern.

Und als ich die aß, bimmelte es drinnen im Zelt, ich hörte den Hauptmann sagen zu der Bimmel: »Zu Befehl, Hoher Herr Geheimer Rat«, er kam heraus mit einem anderen Foto und befahl seinen Treibern: »Rollt mir seinen Schlafsack auf!« Die öffneten den Traggurt, rollten meinen Schlafsack auf vor ihrem Hauptmann, der sah aufs Foto in seiner Hand, sah auf den Schlafsack am Boden, wieder aufs Foto, wieder auf den Schlafsack, und ich dachte: Ein Flicken auf dem Schlafsack ist wie ein Name, und alle Flicken zusammen heißen Frank Fürst! Und dachte an Aurehl, wie sie mich wegzieht von dem Stummen, und ein Prickeln ging über meinen Rücken und über meine Arme wie von hundert Ameisen.

Aber der Hauptmann sah mich freundlich an, als hätte ich ihm grade hundert Euros geschenkt, ging in sein Zelt, redete drinnen leise, ich verstand nur: »Zu Befehl, Hoher Herr Geheimer Rat«, und dann war's still.

Die Schatten wurden schon lang, und ich hatte mir immer noch kein gutes Spiel ausgedacht für die Treiber, da bimmelte es wieder im Zelt, der Hauptmann redete weiter, kam heraus, sah mich freundlich an und sagte zu seinen Treibern: »Wir werden abgeholt.«

Bald darauf ging ein Heli herab in unserer Nähe mit unerträglichem Lärm, alle bei der Kartenbande warfen sich auf den Boden mit ihrer Todesangst, aber ich nicht, ich ging mit dem Hauptmann und seinen beiden Treibern zu dem Heli hin, wir kletterten hinauf, setzten uns auf bequeme Stühle, der Heli hob uns hoch und drehte uns in der Luft, daß es mir durch den Magen ging, gleich waren wir über den höchsten Türmen, schwebten zum Mainfluß hin, den Mainfluß entlang zum Rheinfluß, dann den Rheinfluß entlang ins Waldland, dann ins Bergland. Der Treiber neben mir schrie über den Lärm vom Heli: »Das ist alles Bodenreifland, alles!« und machte mit der Hand einen großen Bogen über das ganze Bergland. Ich schrie zurück: »Und wo ist das Kornegilland?« Und er: »In Amerika.«

So flogen wir lange den Rheinfluß entlang, die Berge waren oft höher als wir, und ich sah die Roten Kreise, die machen ja die Bergmenschen für den Libellenmann. Die Sonne glühte rechts vor uns, und als sie schon über den Bergspitzen lag, da bog der Heli von der Sonne weg, hob sich über die Berge, und ging hinab nahe bei einem großen Haus, das steht am Rheinfluß, der heißt hier aber Untersee, und das Haus heißt Schloß Marbach.

Man geht unter Bäumen zu einer runden Treppe, steigt auf zu der Tür aus Glas und Holz gemacht und tritt ein in eine Halle aus Holz und Spiegeln. Dahin führte mich der Hauptmann. Drinnen waren viele Benefiten, die meisten mit dem Goldnen Ring ums rechte Handgelenk mit hundert Diamantsteinen dran, ein Arzt in weißes Tuch gewickelt winkte mich mit »Hopp!« zu sich heran, in seinem Zimmer wurde ich nakkend ausgezogen, der Arzt untersuchte mich so, wie ich es schon vom Flüssel kannte, ich wurde gebadet, gewaschen, geputzt, alle meine Sachen wurden in einen Sack gestopft, und ein Lernarzt sagte zu mir: »Deine Sachen bekommst du gereinigt wieder, wenn deine Arbeit bei uns beendet ist«, und trug den Sack weg.

Im Schneiderzimmer wurde mir eine Jacke und eine Hose angepaßt aus feinstem schwarzen Leder, und Schuhe mit Schnallen vorn, und so führte mich der Hauptmann aller

Schneider bei den Bodenreifs zu einem Benefiten in der Halle, der sah mich an, nickte zu dem Schneider, der gab mir einen Klaps auf den Po und befahl mir mit »Hopp!«, daß ich warten soll.

So stand ich in der Halle aus Holz und Spiegeln, sah mich um, sah mich in hundert Spiegeln, auch die Benefiten, die da kamen und gingen, ich wollte gleich meine Späße machen mit ihnen, aber sie sahen mich nur an von oben bis unten und nicht in meine Augen, so wußte ich nicht, wie's bei ihnen geht. Und immer dachte ich: Was ist anders bei den Bodenreifs als bei den Kornegills? Und endlich wußte ichs: Da war keine einzige Frau im Schloß Marbach und kein Kind, nur Männer, alle jung, alle gesund und sehr schön.

Man führte mich in ein kleines Zimmer, gab mir ein Essen, verschloß die Tür von draußen, und hinter der Fensteröffnung ganz aus riesigem Glas sah ich feste Eisenstäbe dicht nebeneinander. Aus einem Rohr, das ragt aus der Wand heraus, tropfte Sauberes Wasser, ich hielt meine Hand drunter, weil aber so wenig heraustropfte, so stützte ich mich mit der anderen Hand auf das Rohr, da spritzte das Wasser heraus, so viel, daß ich drüber erschrak und ganz naßgespritzt war. Das Rohr nennen sie ›den Wasserhahn‹, ist aber kein Vogel, sondern silbriges Metall, mit dem heben sie das Saubere hoch aus dem tiefsten Grund bis ins höchste Zimmer hinauf.

In dem Zimmer war auch ein hohes Weiches Lager und ein leichter Umhang für die Nacht. Das kannte ich ja schon von der Opernschlucht.

Am Morgen wurde ich wieder in die Halle geführt, die nennen sie ›den Spiegelsaal‹, da mußte ich warten, lange, und mit mir warteten hundert Benefiten. Ich hörte draußen einen Heli herabgehen mit unerträglichem Lärm. Gleich prüfte jeder Benefit sich in den Spiegeln, strich sich übers Haar, legte sich die Locken zurecht, schnippte ein Stäubchen von der Jacke, so kannte ich's ja von den Mehden, wenn der Mensch zum Super geführt werden soll. Dann wurde die Tür aufgerissen, jemand rief, ich soll doch gleich manierlich stehen und ehrerbietiger, ein sehr großer, breiter Mann stand in der Tür in braunen Kniehosen und kurzer Jacke, ein grüner Hut mit dem Jagdwappen der Bodenreifs drauf, ein Super. Alle die schönen Männer knieten nieder vor ihm und senkten den Kopf, der Super trat ein, und hinter ihm ein wunderschöner Mann, auch breit und kräftig, mit einer Mähne aus Locken wie Gold, sehr lang, ich hatte mich auch niedergekniet, hatte aber den Kopf nicht tief genug gebeugt, jemand drückte meinen Kopf tiefer, und die in der Nähe von dem Super knieten, küßten seine Hand. Der Super war Zeppelzett Bodenreif, und der Jüngling mit der goldnen Lockenmähne hinter ihm war Raphael, sein Lieblingsedeling.

Der Super machte mit beiden Händen das Zeichen, sie sollen aufstehen. Alle standen auf, auch ich, er sah sich in der Halle um, wie einer, der etwas sucht, dann fragte er mit einer dünnen, sehr hohen Stimme: »Also, wen habt's da herg'schleppt?«

Da machten sie einen Gang frei von ihm zu mir hin, es wurde sehr still, der Super sah mich neugierig an, lange, dann wendete er seinen Blick weg von mir und sagte zu einem Benefiten neben ihm: »Na schaut's! Sieht doch ganz passabel aus, ich hätt zwar einen mit langem Haar präferiert, aber das wächst nach. Also: Der fängt an.« Und ich wunderte mich, wie zu einem so großen, breiten Mann eine so hohe, dünne Stimme paßt.

Ich mußte dann ins Schneiderzimmer, mußte mich ausziehen. Der Hauptmann der Schneider beim Zeppelzett Bodenreif sah mich an mit viel Verstand, dann holte er feinstes schwarzes Tuch hervor, wickelte es um meine Hüften und steckte es mit einer goldnen Nadel fest, trat zurück, sah sich's an, holte ein Band aus feinstem Leder hervor, wickelte das um meine Hüften über das Tuch, knotete das Lederband vorn zusammen, das war viel zu lang, fiel herab fast bis zum Boden, er trat wieder zurück, sah sich alles an, war zufrieden und sagte zu mir: »Man muß dir einen Gelee geben, damit du keinen Sonnenbrand derwischt«, rieb einen duftenden Balsam auf meine Haut und schickte mich hinaus mit einem Klaps auf meinen Po. Das ist der Justus Burnus, der Hauptmann aller Schneider beim Zeppelzett Bodenreif.

Über eine Treppe hinab führte man mich zum Hauptmann der Köche, ich bekam ein Essen, und während ich das verschlang, arbeiteten mehrere Köche an einem großen Brett, das nennen sie ›das Tablett‹. Drauf wurden viele Gläser gestellt, sie warfen Steine wie Glas hinein, dazu gossen sie Saft von hundert Früchten, das duftete sehr gut, dazu auch Sauberes Wasser und blasiges Wasser wie ein Zaubertrank von der Bickelak, am Ende einige Tropfen von starken Würzwassern, auch den giftigen Alkohol, aber wenig, und jedes Glas hatte nun seinen eigenen Namen, die mußte ich lernen, und weil ich die schnell lernte, so lobten mich die Köche und freuten sich drüber und klatschten alle in die Hände, als ich am Ende zu jedem Glas den richtigen Namen sagte: Bananenmilch, Grenadinemilch, Eggnog, Kakaoflip, Karamelflip, Mirabellcocktail, Mah-Jong mit Ananas oder Kirsche, Koffiebrandy und Friedensengel.

Nun mußte ich das Tablett heben, das war schwer, und sie sahen alle sehr ängstlich zu, dann mußte ich mit dem Tablett durch die Tür hinaus zu einer schmalen Treppe, die führt vom Schloß Marbach herab zum Untersee. Unten, am Ufer, sah ich kleine, bunte Baldachine in der Morgensonne leuchten, und der Untersee glitzerte, das ist ein schönes Land, das Bergland hinterm Untersee, und ich stand mit dem Tablett und staunte es an, lange.

Von hinten tippte mir einer auf die Schulter und sagte leise: »Hopp!« und dazu: »Aber vorsichtig!« Ich ging nun langsam die schmale Treppe hinab, er hinter mir her, und ich fing gleich an, meine Späße mit dem zu machen: Ein falscher Schritt, das Tablett schwankt, ich hebe es hoch, es dreht sich plötzlich auf meiner Hand, es stürzt, der Bursche hinter mir schlägt sich beide Hände vors Gesicht, aber ganz unten fange ich das Tablett auf, daß nicht ein Glas umfällt, aber alle wakkeln. Und unten sagte der Bursche nicht mehr ›Hopp!‹ zu mir, sondern ganz langsam und sehr besorgt: »Geh jetzt bitte zu jedem Benefiten hin und zeige jedem das Tablett.«

Ich sah aber keine Benefiten, sondern nackte Jünglinge mit fettiger Haut, viele mit dem Goldnen Ring am rechten Handgelenk, die lagen auf bequemen Gestellen mit weichen Tüchern drauf.

Der erste, dem ich mein Tablett hinhielt, zeigte auf ein Eggnog, das gab ich ihm, und als er es in der Hand hielt, sah er mich an und rief: »Der Junge hat ja keinen Sonnenschutz! Seine Haut wird verbrennen!«

Ich mußte mein Tablett mit »Hopp!« vorsichtig auf den Boden stellen, er stand auf, trat zu mir heran und rieb ein stinkendes Öl auf den Gelee vom Justus Burnus, und dabei redete er viel vom richtigen und vom falschen Sonnenschutz und vom Faktor, und ließ nichts aus, nicht einmal die Ohren und Zehenspitzen, und erst dann durfte ich weiter.

Der Geruch vom Wasser, der leichte Wellenschlag am Ufer, das Schilf dahinter, und im Schilf die bunten Entenvögel und die langhalsigen mit dem Schopf, die Sonne vom anderen Ufer her, dicht über den Bergen, und ihre Strahlen hundertmal gespiegelt im Wasser, so ging ich mit meinem Tablett von einem Nackten zum anderen, hielt mein Tablett hin und gab jedem das Glas, auf das er zeigte, kam zum vierten Liegegestell von hinten heran, sah nur Füße und dachte, wie kleine Füße ein Mann haben kann, wenn er nicht in Clogs durchs Beton gehen muß, sondern immer nur herumfliegt im Jet, und trat unter den Baldachin aus buntem Tuch, da ging's wie ein Schlag durch meinen ganzen Körper hindurch, denn da lag kein Mann drunter, sondern eine junge, sehr schöne nackte Frau mit öliger Haut wie alle am Strand: Re Dajana Kornegill!

Ich stand mit meinem Tablett über ihr, meine Beine waren festgemacht mit Wurzeln im Boden, und in meinen Ohren war ein lautes Rauschen, daß ich nichts hören konnte, sie lag unter mir lang ausgestreckt auf dem Rücken, lächelte mich an, und endlich hörte ich ihre Stimme wie Gesang: »Du hast dir ja deine schönen Locken abgeschnitten!«, sah hinauf und hinab an mir, »und du heißt jetzt Pan?« und hob dabei ihre Stimme zum Piepston.

Durch das laute Rauschen in meinen Ohren hörte ich nackte Füße auf dem Boden, sehr viele, ich sah die nackten Benefiten, und am Ende trat sogar Zeppelzett Bodenreif dazu, sie stellten sich in einem Kreis um uns herum, waren sehr still, warteten neugierig, sahen alle nur Re Dajana an, bis die endlich sagte: »Ich danke euch allen. Er ist es.«

Gleich redeten sie alle durcheinander, waren fröhlich, klatschten in die Hände, und Re Dajana richtete sich etwas auf, sah sich um nach einem, fand ihn nicht und rief: »Tamasch, wo bist du denn!«

Ein kleiner Mann trat heran, in dunkles, weiches Tuch gekleidet, kein Haar auf dem Kopf, buschige Augenbrauen und eine große Warze am Kinn, mit einem schwarzen Lederkasten am linken Handgelenk angekettet und einem Goldnen Ring mit hundert Diamantensteinen am rechten Handgelenk, der verbeugte sich mit einem Lächeln erst vor Re Dajana, und dann vor Zeppelzett Bodenreif.

»Tamasch, das hast du sehr schön gemacht!« sang sie ihn mit Liebe an, und wieder klatschten alle. »Wir wollen jetzt deinen Bericht hören.«

Tamasch verbeugte sich noch einmal, erst vor ihr, dann vor Zeppelzett Bodenreif, sah sie an und sagte: »Chochä Frau!« sah ihn an mit: »Chochär Chärr!« und dann, immer abwechselnd zu ihm und zu ihr, aber meistens zu ihr: »Unsäreins macht sich auf vielän Fießän vielä Wägä und vielä Miehä. Ärstänteiläs ging ein stummär Maan in die Autonomä Siedälung chienein, dortän chabän die Leitä einä autochthonä Angst vor däm Namän, und dässäntwägän chat man dortän dän Namän nicht, nicht fier dän Ort, nicht fier das Heislein. So suchätä där stummä Mann langä und fragätä nach däm chiebschän Meislein, dänn nicht ganz stumm war där. Zum Zweitän ging einä Kochortä zum scheenän Tal bei där Opär chien und wartätä wachsamlich auf das chiebschä Meislein, und ging einä zweitä Kochortä zum Arbeitsmarktä chien, dänn auch dachiennän kenntä das chiebschä Meislein kommän, allzumalän dortän ausgärufän wurdä ein jungär Mann, klein, gäschickt und rärägäwandt fier einän chonän Bänäfitän. Und allsogleichärweilän ging einä sähr chärzlichä Einladung chien zu däm Chochän Chärrn und großä Bittä«, sagte es mit einer tiefen Verbeugung zum Zeppelzett hin, »är megä zur Freidä fier die Chärrin«, verbeugte sich zu Re Dajana hin, die hatte sich wieder lang auf den Rücken gelegt, hatte ihre Arme unterm Kopf verschränkt und strahlte den Tamasch an, »är megä dän alläerliebstän lockigän Jingling anlockän, daß är nicht värschräckät wird von däm Namän Kornägill. Und nurämalän einär wie unsäreins kann das Meislein, das listigä iebärlistän auf vielän Fießän und vielän Wägän. Dänn!« und dazu hob er seinen Finger und wartete, bis jeder Benefit ihn ansah, »zum Äxämpälummän där Stummä: Findät das Meislein, fiehrät einä Kochortä chien zu däm Ortä, abär das Meislein ist flutschum wäg. Abär!« und wieder hob er seinen Finger, »das Meislein chat sein schlafsäckälä zurickälassän bei där Flucht, davon chabän wir ein Foto gämachät, das Schlafsäckälä nimmät der Stummä mit, und! das Meislein chandält däm Stummän unbädachtärmalän das Schlafsäckälä ab. Gut. Das Meislein kommät prommtämalän zum Arbeitsmarktä chien, chat einän neiän Namän, chat seinä scheenän Lecklein allä värlorän, so stutzät där Chauptmann driebär. Där chat abär das Foto von däm Schlafsäckälä mit jädäm Flickän, das ist sondärmalän einä Visitänkartä vom Meislein, und an däm ärkännt är das Meislein dännochtrotzum. Und so kommät das chiebschä Meislein am vierzähntän Tagä chierchär, chat seinän Namän värlorän, chat seinä Lecklein värlorän, abär kommät.« Verbeugte sich nach allen Seiten, auch zu mir hin, zum dritten Mal klatschten alle die nackten Benefiten, und Re Dajana richtete sich wieder auf und sang zu ihm hin: »Ich danke dir, lieber Tamasch. Das hast du nun wirklich sehr lustig und mit viel Geschmack und sehr überlegt inszeniert. Ich bin fast der Meinung, daß es deine schönste Inszenierung war«, dachte nach mit geschlossenen Augen und sagte dann: »Seit langem jedenfalls«, und ließ sich zurückfallen auf ihr weiches Liegegestell.

Und ich stand vor ihr mit dem schweren Tablett, meine Arme taten mir weh, die Handgelenke und die Schultern, und das Tablett lag schon nicht mehr ruhig auf meinen Händen, sondern zitterten, und die Steine wie Glas klingelten in den Gläsern, da fragte mich Re Dajana: »Und welche Erfrischungen bietest du uns an, Pan?«

Ich kniete mich vor ihr Liegegestell, und mit schwachen Armen hielt ich ihr das Tablett hin, ich wollte schnell die Namen sagen, die verrutschten mir aber im Mund, und ihre Haut war so nahe, daß ich jede Pore sehen konnte und jedes feinste Härchen unterm Nabel bis hinab zum gekräuselten Haarbusch, der ist schwarz bei ihr, ich konnte die Namen nicht zu Ende sagen, sie strahlte mich an und setzte sich auf, da war sie mir noch näher, ihre Schultern, Arme, Achseln, ihre Pietzchen, sie beugte sich über das Tablett, da roch ich ihr Haar, sie hob ihre Hand, da sah ich ihre runden Fingernägel, sie hob ein Glas heraus, roch dran, hielt es hoch, da beugte sich von der anderen Seite der Labiges über ihr Liegegestell, seine sieben Haarwellen von der Stirn bis auf die Schulter herab kamen durcheinander, er nahm das Glas, trank draus einen Schluck, sie sah ihn an, er gab ihr das Glas zurück, und sie trank es in einem Zuge leer.

Dann sagte sie zu den nackten Benefiten um uns herum: »Nehmt euch nun bitte jeder ein Glas, damit ihr euch auch erfrischen könnt.«

Ich wollte mich aufrichten mit letzter Kraft, ich spürte, wie mir das schwere Tablett nach vorn wegrutscht zu Re Dajana hin, da griff ich nach, und mit lautem Geklirr kippte es neben mich, viele von den wertvollen Gläsern zersprangen, glitzerten noch beim Zerspringen in hundert leuchtenden Farben, und der Boden färbte sich braun, gelb und rot. Ich sah die erschrockenen Gesichter in meiner Nähe, ich war wütend, ich machte eine Faust zu dem Tablett, und da hörte ich Re Dajana lachen, immer lauter, immer höher, Tränen kamen ihr in die Augen, die wischte sie beim Lachen mit den Fingern ab, Labiges trat vor mit zwei Dienern, alle in der Livree, und sie lachte immer noch, als der Boden wieder sauber war, und kein kleinstes Glassplitterchen mehr zu sehen war.

Endlich wischte sie sich zum letzten Mal die Tränen aus den Augen und von den Backen und sang zum Zeppelzett hin: »Du siehst es ja selbst, liebster Zeppi, hier kannst du dich nicht mehr erfrischen«, und ließ sich auf ihr Liegegestell fallen. Zeppelzett sagte noch: »Ja, so ein Malheur«, ging, und mit ihm alle Benefiten.

Und ich stand vor ihr, schüttelte meine schmerzenden Arme aus, rollte die Schultern, sie sah mich an dazu und sagte: »Wer hat dir dieses schwarze Tuch umgebunden? Der Burnus? Das ist ohne richtigen Geschmack. Wirf es weg!«

Und weil ich es nicht wegwarf, drehte sie sich zu mir und öffnete die goldne Nadel, das Tuch fiel herab, das lederne Band blieb, da knotete sie's auf, und ich spürte ihre Finger am Nabel. Und als auch das lederne Band unten lag, sagte sie: »So gefällst du mir schon viel besser. Hol dir einen Liegestuhl heran!«

Mit dem hatte ich es schwer, und als er endlich stand und ich mich drauflegte, da klappte er unter mir zusammen, ich erschrak, und sie lachte wieder ihr ganzes Lachen von Anfang bis Ende. Das zweite Mal errichtete ich das Gestell nach ihren Befehlen, legte mich vorsichtig drauf, es hielt. Aber gleich mußte ich wieder aufstehen und den Liegestuhl so lange drehen und wenden, bis er so zu ihrem stand, daß sie mich gut ansehen konnte, da war sie endlich zufrieden.

Sie sagte: »Du hast dir einen schönen Namen ausgedacht, denn Pan ist der Gott der Hirten und der Nymphen in den Grotten, und Pan hat sieben wundersame Flöten, aus Weidenrohr, aus Silberrohr und aus Bambusrohr«, und sah mich an mit starren Augen wie die Raubkatze vorm Sprung: »Aber wo hast du deine schönen Locken gelassen?«

»Verloren im Beton«, antwortete ich.

Sie richtete sich auf, stützte ihr Kinn auf die Hand und sagte: »Im Beton hat dich der Agent vom Tamasch, der sich als Taubstummer ausgab, mit einer kleinen, kräftigen Frau gesehen, ganz in Tücher gehüllt«, ihre Augen gingen über mein Gesicht, »hat die auch einen so schönen Namen wie du?«

»Im Beton sagt man: Namen sind Verräter«, antwortete ich.

»Und wie nennst du diese Frau?« Ihr Blick war starr auf meine Augen gerichtet, und ich hielt ihren Blick aus und antwortete nicht.

»Ich vertrage es nicht, wenn jemand nicht das macht, was ich will«, sagte sie, und weil ich sie nur ansah: »Du machst immer nur das, was du willst, stimmt's?«

»Bis jetzt ja«, antwortete ich.

»Ich mache auch immer das, was ich will«, sagte sie, stand auf, kam mit zwei schnellen Schritten zu meinem Liegestuhl, setzte sich an den Rand, beugte sich zu mir herab, hielt mir ihren Mund hin und sang: »Küß mich, Pan!«

Ich machte meine Augen zu und rührte mich nicht. Ich spürte, wie sie immer näher kam mit ihrem Atem, spürte ihre Lippen, kühl, die preßten sich langsam auf meine Lippen, spürte ihre warme Zunge, die drang ein, langsam, und ich dachte: So ähnlich ist auch der Kuß von Aurehl. Ich machte meine Augen einen Spalt auf, sah aber nicht die Augen von Aurehl, sondern andere, sehr fremde Augen, erschrak darüber, stieß Re Dajana zur Seite, daß sie in den Sand fiel, sprang auf und rannte so schnell ich konnte, immer am Strand entlang. Ich sah die Treiber beim Schilf, nahm Anlauf, daß ich an ihnen vorbeikomme, hörte die Treiber rufen: »Halt!« ich erkannte den Mannfried, von zwei Seiten kamen sie, Mannfried war schneller und fing mich auf im Rennen, daß ich lang hinfiel und mir das Knie verschrammte. Er hob mich auf, erschrak, denn er hatte mich nicht gleich erkannt, ich putzte mir den Sand von den Beinen, der klebte auf der öligen Haut, putzte meinen Bauch und meine Arme.

Einige Benefiten kamen zu uns, hinter ihnen sah ich Re Dajana in einem leichten Umhang in vielen Farben leuchtend und mit Perlen bestickt, sie blieben alle vor mir stehen, und Re Dajana sagte leise: »Komm bitte her zu mir, Pan!« und in ihren Augen war ein Blick aus glühendem Feuer.

Ich ging hin zu ihr, sie hob ihren rechten Arm, holte weit aus und schlug mir mit der flachen Hand eine Ohrfeige, die brannte heiß auf der Backe. Ich preßte Tränen in meine Augen, aber nicht so viel, daß sie herauslaufen konnten und herunterlaufen übers Gesicht, und sagte als ein hilfloses Kind: »Wie soll ich denn wissen, daß Sie das Spiel nicht kennen? Sie kennen doch die ganze Welt!«

»Welches Spiel?« fragte sie mich.

»Das Schäferspiel«, antwortete ich ihr und wischte mir eine Träne aus dem Auge.

Da trugen vier Benefiten einen schweren Stuhl heran, die Armlehnen waren zwei Löwen, mit ihren Köpfen vorn, der stand auf schweren Löwentatzen, den Stuhl nennen sie den Goldnen Löwenthron, drauf hält Re Dajan Gericht. Den stellten die vier Benefiten vor uns hin, daß er grade und fest stand, Re Dajana setzte sich drauf und fragte mich: »Und wie geht das Schäferspiel?« und ich erkannte neben ihr den Xung-Beping mit dem Büchlein in der Hand und den großen Grämlichen mit dem langen Lockenhaar.

Ich antwortete so leise, daß man es kaum verstand: »Wer geküßt wird, jagt davon und will eingejagt werden zum nächsten Kuß«, sah sie an, sah eine Neugier in ihren Augen und sagte lauter: »Aber dazu braucht man freie Jagd, und nicht Treiber, die das Spiel verderben.«

»Du bist gestürzt?« fragte sie und hob ihre Stimme zum Piepston.

Ich sah hinab auf mein verschrammtes Knie, etwas Blut sickerte heraus, »ich stürze nie«, sagte ich, »man hat mir ein Bein gestellt.«

»Wer?« fragte sie.

Ich sah zuerst zu Mannfried hin, dann zu dem anderen Treiber und sagte: »Der da!« Dann zeigte ich auf Mannfried und sagte: »Und der hat mich aufgefangen, daß es nicht noch schlimmer kam.«

»Du mußt die Wunde dem Doktor zeigen«, sagte sie zu mir, und zu Mannfried: »Wie heißt du?« – »Lernwachmann Mannfried.« Und sie: »Hast du mir nicht den Jungen zuerst entdeckt bei der Oper?« – »Ja«, antwortete der Mannfried, und sie: »Wie heißt du also?« – »Lernwachmann Mannfried«, und sie: »Falsch! Denn ich habe dich soeben zum Wachmann gehoben. Wie heißt du also?« Und Mannfried mit einem Blick zu ihr hin, ohne Verstand: »Wachmann Mannfried.«

Nun suchte Re Dajana mit ihren Augen den lederhäutigen Hagannahta, den Hauptmann aller ihrer Treiber, fand ihn und sagte zu ihm: »Hauptmann Hagannahta, präge dir bitte das Gesicht von diesem Knaben gut ein«, und zeigte auf mich, »er darf ums ganze Schloß herumjagen, so viel er will.«

Dann sprang sie auf von ihrem Goldnen Löwenthron, rief: »Wir spielen jetzt das Schäferspiel!« sah mich an mit dem Blick, der hieß: ›Los! Los! Worauf wartest du noch?‹, und keiner wußte mehr, wozu der Goldne Löwenthron da stand, und in ihren Augen war ein anderes Feuer, das glühte nicht, das lockte mich sehr schön, so wischte ich mir die letzte Träne aus dem Auge, ging zu ihr hin als ein Kind, dem man ein Unrecht getan hatte, jetzt aber wird alles wieder gut, wollte ihr einen Kuß auf den Mund geben, traf aber ihren Mund nicht, denn sie rannte schon los, ließ ihren Umhang hinter sich fallen, sprang nackt ins Wasser, tauchte unter, tauchte auf, hob immer einen Arm nach dem anderen, warf ihn mit Kraft aufs Wasser, daß es aufspritzte, kam schnell voran zu einer weißen Wand mitten im Untersee, und als ich endlich im Wasser war und ihr auf meine Art hinterherschwamm, die ist so, wie der Wolfshund schwimmt, sah ich sie vor mir eine Leiter aufsteigen, ich schwamm so schnell ich konnte, stieg ihr nach, sie stand auf weißen Brettern, strahlte mich an, ich lief hin zu ihr und wollte sie auf den Mund küssen, aber sie packte mich mit beiden Händen an den Hüften, riß mich mit Kraft an sich und küßte mich dann mit nassen, kalten Lippen, lange.

Vom fernen Ufer hörten wir lautes Händeklatschen, sie rief: »Volle Fahrt voraus!« ein Brummen kam von unten, ein Schütteln ging durch die weißen Bretter, alles bewegte sich plötzlich, ich erschrak und mußte mich hinhocken, daß ich nicht umkippe, sie lachte laut, klatschte in die Hände und rief: »Los doch! Los! Du mußt wegrennen!«

Ich sah aufs Wasser, das glitt schnell an uns vorbei, so rannte ich über die Bretter, sah ein kleines Haus auf den Brettern, drin stand ein Benefit, ich wollte um das kleine Haus herumrennen, rutschte aus, so konnte sie mich gleich fangen und küssen, ließ mich aber nicht los, sondern sagte zu dem Benefiten in dem kleinen Haus: »Halte nun bitte an, lieber Jack!« das Wasser wurde ruhiger, zwei Benefiten kamen aus einem Loch in den Brettern herauf, brachten uns mit einer Verbeugung weiche Tücher und zwei wertvolle Umhänge, Re Dajana nahm ein Tuch, trocknete mich lange und mit einem großen Ernst, danach mußte ich sie trocknen, und ich spürte unter dem Tuch ihren Körper, wie der sich zu meiner Hand hindrückte, wo die auch grade war, und am Ende wickelten uns die beiden Benefiten in die Umhänge ein.

Nun kam der Benefit aus dem kleinen Haus zu uns, in weiten Hosen mit Silberstreifen an der Naht, Mütze mit einem Schirm über der Stirn, Jacke mit silbernen Knöpfen, alles dunkelblau, den Goldnen Ring ums rechte Handgelenk mit hundert Diamantsteinen dran, und auf seiner Schulter sind fünf silberne Streifen.

Zu dem sagte Re Dajana: »Ich danke dir, Käpt'n Jack. Willst du uns nicht später ein bißchen spazierenfahren, bis zur Mainau hinauf?« und er hob nur die rechte Hand zur Mütze, das heißt bei ihm: ›Das will ich gern‹, und zu den beiden anderen sagte sie: »Bringt bitte Liegestühle und einen großen Sonnenschirm!« die standen auch gleich da, und wir hockten uns drauf, sahen uns an und redeten nicht, bis unser Atem wieder ruhig wurde.

Und wie wir so hockten, stellten die beiden Benefiten ein Tischchen vor uns mit kostbarem Geschirr und vielen Speisen, und ich hörte ein Knattern auf dem Untersee, als ob der Leinsack mit seinem Blechkasten herankommt, sah hin, sah ein Ruderboot, wie es die Fischer beim Mainfluß haben, aber niemand ruderte es, drin saß der Labiges, der stieg zu uns herauf, beugte sich übers Tischchen, kostete von allem, seine sieben Haarwellen kamen durcheinander, mehr als sonst, das machte der Wind über dem Wasser, aber die sieben Wellen legten sich wieder ganz von allein richtig, als er stand und sie ihn ansah.

Sie trank den giftigen Alkohol, ich den Saft von süßen Früchten, wir aßen beide, und immer noch redete sie nicht, und in meinem Kopf gingen die schnellen Gedanken herum, aber plötzlich hörte sie auf zu essen, sah mir beim Essen zu, ich aß so, wie ich's von Bessi gelernt hatte, und sie sagte: »Du mußt ein verzauberter Prinz sein, denn du ißt auch ganz anders als die Menschen aus den Autonomen Siedlungen«, sprang auf, kniete sich vor meinem Liegestuhl hin und bettelte wie ein Kind: »Kannst du mir die Ohrfeige verzeihen, Prinz Pan?«

Ich erschrak drüber, wie da ein mächtiger Super vor mir kniet, ich sagte nur: »Welche Ohrfeige?« Und sie: »Vergessen und vergeben, ja?« – »Ihnen ja«, sagte ich und dachte: Aber mir nicht, und krabbelte aus dem Liegestuhl, damit sie endlich nicht mehr vor mir kniet. Sie fragte: »Mir ja, und dir nicht?« Und ich: »Der Gedanke hätte mir um die kleine Zeit einer Ohrfeige früher kommen müssen.« Sie sah mich an mit den starren Augen der Raubkatze, mit den Augen macht sie jedem Angst, und sie fragte mich langsam: »Welcher Gedanke?« Ich dachte: Dieses Spiel kann schlecht ausgehen für mich, wenn ich ihr sage, wie's war, daß ich mir das Schäferspiel ausdenken mußte, weil ich vor ihrem Kuß weggerannt bin, so sagte ich: »Der Gedanke, daß Sie das Schäferspiel nicht kennen.«

Sie stand auf, sah auf mich herab und sagte nur: »Stimmt.«

Dann setzte sie sich wieder auf ihren Liegestuhl, aß weiter mit Genuß und sagte: »Wie hat dir eigentlich die Inszenierung gefallen? Du mußt mir alles erzählen.«

So setzte ich mich auch wieder und fragte sie: »Was ist eine Inszenierung?«

»Eine wunderschöne Sache!« antwortete sie. »Als du mir ausgerissen bist von der Oper, war ich sehr zornig, ich habe gefaucht und gekratzt und um mich geschlagen.«

Ich sah sie an: »Ich hoffe, daß meinetwegen niemand zu Schaden gekommen ist.«

»Diesmal nicht«, antwortete sie in einem Ton, daß einem die Todesangst durch alle Glieder geht. »Dann habe ich dem Tamasch befohlen, daß er dich zu mir führen soll, und wie er das anstellt, das nenne ich ›die Inszenierung‹. Und du warst die Hauptperson in seiner Inszenierung und wußtest es nicht.« Sie ließ sich zurückfallen auf ihren Liegestuhl und sagte noch: »Aber jetzt bist du ja hier, und ich bin sehr zufrieden darüber, und wenn ich zufrieden bin, müssen alle zufrieden sein, vor allem auch du, und deshalb mußt du mich jetzt küssen«, und lockte mich mit den Augen, daß es mir nicht schwerfiel, ihr den Kuß zu geben, und kniete vor ihr und sagte nach dem Kuß: »So hat dieser Tamasch viel Mühe und Arbeit gehabt mit der Hauptperson«, und redete schnell mit der Stimme vom Tamasch und vergaß kein ›Umdrummän‹, und kein ›Ärstänteiläs‹, das gefiel ihr gut, wieder mußte ich sie küssen, sie sagte: »... und hohe Kosten. Morgen wird er mir die Rechnung vorlegen.«

Nun rechnete ich ihr vor: die Hauptmänner, die Treiber, die Kartenbande, den Heli, den Stummen und rechnete hundert Benefiten dazu, wie die alle herumrennen, daß sie mich fangen, sie lachte drüber, trank ihr Glas leer, gleich goß der Labiges nach, und dann sagte sie: »Einen sehr großen Posten hast du vergessen: Zeppelzett Bodenreif, Höchster der Bodenreifs, mit einer Jetladung voller schöner Jünglinge und Diener, alle aus Italien eingeflogen, extra für diese Inszenierung!«

Ich dachte: Einen Super hat sie herangeholt durch die Luft, daß der ihr helfen soll, mich zu fangen? und fragte sie, wie Kinder fragen: »Der Hohe Herr Zeppelzett Bodenreif ist für mich gekommen?«

»Und kommt auf die Rechnung.« Sah mich an mit ihrem frechsten Blick: »Und ich. Ich komme natürlich nicht auf die Rechnung, die Tamasch mir morgen vorlegen wird, aber auf die, die ich dir vorlegen werde, und zwar noch heute!«

Ich sagte traurig: »Ich bin leider ein ganz armer Mann.«

»Aber ganz und gar nicht!« rief sie dagegen, streckte und reckte sich auf ihrem Liegestuhl und gähnte mit großer Lust, rollte sich auf die Seite und zog die Knie an, wie Kinder, wenn sie einschlafen wollen, sah zum Ufer hin und sagte: »Prinzen sind immer reich.«

Und da erst merkte ich, daß wir uns wieder bewegten im Wasser, und wie im Einschlafen sagte sie noch: »Sein richtiger Name ist Kapitän zur See Jack Forgensen, den Namen mußt du dir gut merken, der Forgensen fährt mich seit hundertzwanzig Jahren sicher über alle Meere. Und heute fährt er uns zur Mainau, das ist eine Insel, auf der habe ich auch ein Schloß von den Bodenreifs gepachtet. Ich habe viele Schlösser auf der ganzen Welt.« Und sagte nichts mehr.

Dann sah ich eine große Insel im Untersee mit einem Schloß drauf, der Forgensen fuhr uns herum um die Insel, daß ich sie mir gut ansehen konnte, und fuhr zurück, da war die Sonne schon über den ganzen Untersee gegangen, und Re Dajana lag immer noch zusammengekauert wie die Kinder liegen, wenn sie schlafen, und der Forgensen erklärte mir seine Bretter und seine weiße Wand, die sind zusammen ›die Yacht‹ der Re Dajana, Hallen, Kombüsen und Bäder, zehn Matrosen und fünf Stewards zu Bedienung und drei Köche, und fuhr langsam ein in den kleinen Hafen unterm Schloß Marbach, legte an und machte fest, so gehen die Worte der Matrosen auf dem Schiff.

Da standen schon die beiden Mehden, Marie-Luise und Schahanna, die zogen mich hinauf, und gleich ging's wieder los mit Baden, Waschen, Kämmen, im Schneiderzimmer war nicht mehr der Justus Burnus, sondern der Avarall Pompolli mit allen seinen Lernschneidern, und langsam und mit kleinsten Bewegungen seiner Hände befahl er, wie sie mich kleiden sollen: Ein weißes Hemd aus dem feinsten Faden gewebt, denn nennen sie ›die Seide‹, das wurde oben mit einem bunten Tuch geschlossen, eine lange, enge Hose mit großen Taschen draufgenäht, eine dunkle Jacke mit einem Knopf, alles leicht, daß man es kaum spürt auf dem Körper, und alles nur für das Fest gemacht, am Abend, und das Fest ist für alle Mehden der Re Dajana und für alle Edlinge vom Zeppelzett Bodenreif.

Als nun die Sonne sich über die Berge hinterm Schloß senkte, da hörte man eine leise Musik, die kam von oben, die beiden Mehden führten mich über eine breite Treppe aus geflecktem Marmorstein hinauf, da waren große Zimmer, hell erleuchtet von hundert Kerzen, die schmauchten nicht, die brannten nicht ab, und in hundert Krügen waren Blumen, die wachsen auf keiner Wiese, die blühen aber immerzu, sogar im Winter, und in hohen Gestellen waren aufgereiht hundert Bücher, aber nicht wie das vom Xung-Beping, sondern groß waren die und dick, draus liest der Benefit hundert Geschichten, und jede ist ein ganzes Leben, und neben den hohen Gestellen, an den Wänden, hingen die Bilder, drauf sind gemalt Kindfrauen, große Raubkatzen, Blumen und Männer in langen Kleidern aus hartem Metall gemacht, und die Köche kamen herauf, voran der immerheitere Hauptmann aller Köche bei Re Dajana, das ist ja der Xung-Tsiping, der Zwillingsbruder von dem kleinen wichtigen Xung-Beping, hinter ihm tanzte herein der Wilhelm, und alle Köche trugen riesige Schalen und Körbe und Tabletts, voll bis zum Rand gefüllt mit Speisen, und die beiden Mehden führten mich durch die Zimmer, im dritten Zimmer standen die mit den Instrumenten, die machen die Musik, drei schöne Frauen und drei schöne Männer, und die Schahanna zeigte auf die und sagte: »Das ist die Harfe, das ist die Huankaratrommel, das ist die Panflöte, die liebt die Herrin besonders«, und blieb bei mir und führte mich und erklärte mir alles.

Im dritten Zimmer stand auch Raphael, der Lieblingsedeling vom Zeppelzett Bodenreif, und die Schahanna flüsterte in mein rechtes Ohr: »Alle sagen, Raphael ist der schönste Mann im ganzen Schloß, außer Prinz Pan«, sah mich an mit ihren Rehaugen, daß ich's ihr gleich glaubte, und ihre Augen gingen über mein ganzes Gesicht.

In einer Ecke, so wenig Licht hinging, stand die Marie-Luise, ein Glanz in ihren Augen, die sahen wie erstarrt ins Helle, und folgte man ihrem Blick, so war man beim Raphael, und nur wenn der sich im Zimmer bewegte, bewegten sich die Augen von der Marie-Luise, so ging das lange, bis die Schahanna die Marie-Luise bei der Hand nahm und schnell durch die breiten, offenen Türen bis ins fünfte Zimmer zog.

Da lag halb, saß halb Re Dajana auf ihrem Chaiselongue, das Glas in der Hand, bei ihr stand der Zeppelzett, groß und mächtig, der sah mich zuerst kommen, rief mit seiner dünnen, hohen Stimme: »So gebt's dem Buben doch ein Glasel in die Hand!«

Gleich hielt ich ein Glas in der Hand, fein eingeschliffen, das glitzerte in hundert Farben, aus dem kroch der eklige Geruch vom giftigen Alkohol in meine Nase, neben mir stand Marie-Luise mit glühenden Augen zum Raphael hin, der war hinter uns ins fünfte Zimmer gekommen, jeder hatte sein

Glas in der Hand, und Re Dajana rief: »Wir trinken alle auf ein langes, gesundes Leben in Jugend und Schönheit!« sah jeden an, zuletzt mich, und alle hoben ihr Glas zum Mund und tranken. Ich wollte mein Glas wegstellen, da kam mir ein schneller Gedanke angeflogen, ich hob das Glas und trank den stinkenden Alkohol mit Ekel aus, schon war mein Glas wieder gefüllt, schon trank ich's wieder aus, spürte schon das Gift im Magen, im ganzen Körper, ein gefährliches Prickeln, ein Zucken, ich trank schnell noch zwei Gläser leer, taumelte, jemand fing mich auf, und mehr weiß ich nicht von diesem Fest.

Das war am 28. Juni des Jahres 268 der Neuen Zeit.

7. Kapitel

29. und 30. Juni 268, Gemalte Briefe und Fest der Hängenden Kleider

Die Benefiten sitzen nicht auf Fellsitzen, sondern auf hohen Stühlen oder bequemen Sesseln und lassen die Beine herunterhängen wie der Karrenhesse. Sie schlafen auch nicht auf dem weichen Lager, sondern im Bett, das ist meist ein viereckiger Kasten auf einem Gestell, oben sehr weich, und in einem Bett hatte ich zum ersten Mal geschlafen in der Opernschlucht im kleinen Zelt, und danach auf Schloß Marbach im kleinen Zimmer mit Eisenstäben hinter den Fenstern. Die Benefiten wärmen sich im Bett auch nicht mit ihrem Schlafsack oder mit dem Fellumhang, sondern mit leichten, weichen Decken und warmen Tüchern, und ihren Kopf legen sie auf kleine Beutel mit weicher Füllung, die nennen sie ›die Kissen‹.

In einem Bett lag ich zwischen Decken und Kissen, wollte gern aufwachen, kam aber nicht heraus aus dem Gifttraum vom Alkohol, der lag wie ein Stein auf meinem ganzen Körper. Auf meiner Stirn lag ein kaltes, nasses Tuch, durch den Augenspalt sah ich Schahanna und hörte sie sagen: »Die Hohe Frau war sehr besorgt um Sie. Aber der Doktor hat sie beruhigt und gesagt, das ist nur der ungewohnte Alkohol. Von heute an bekommen Sie keinen Alkohol mehr.«

Später hörte ich das Wasser, wie es aus dem Wasserhahn herausspritzt und in die Wanne läuft. Ich stand langsam auf, ging schwach durch eine offene Tür in das kleine Zimmer mit der Wanne, die Schahanna half mir beim Einsteigen. Im warmen, duftenden Wasser gings mir gleich besser, ich spülte alle meine Glieder, drehte und reckte mich in der Wanne, und Schahanna stand davor und sah mir zu mit ihren Rehaugen.

»Wo ist denn die Marie-Luise?« fragte ich sie.

»Die Marie-Luise?« Sie setzte sich auf den Rand der Wanne, zog ihre Hand durchs Wasser und sagte zum Wasser: »Die ist krank.«

Und ich: »Gestern hat sie noch sehr gesund ausgesehen mit ihren glühenden Augen zum Raphael hin.«

»Manche Krankheiten kommen schnell«, sagte Schahanna und atmete zweimal laut ein und aus. Und dann: »Würden Sie bitte den Kopf vorbeugen, damit ich Ihnen das Haar waschen kann?« Ich sah sie erstaunt an und fragte: »Ohne ›Hopp!‹?« Und als ich den Kopf vorgebeugt hatte, sagte sie: »Ja, ohne ›Hopp!‹ und von heute an erteilen Sie auch Befehle.«

Als dann das Haar zweimal gewaschen und gespült war, fragte ich sie: »Was für Befehle erteile ich denn?«

»Die Hohe Frau erteilt die Befehle, die immer gültig sind. Sie erteilen von heute an Befehle ...«

»... die nicht immer gültig sind«, sagte ich dazu.

»... sondern nur, wenn sie der Hohen Frau gefallen.«

Und ich: »Befehle, die der Hohen Frau gefallen?« rutschte mit Schwung in die Wanne hinab, daß das Wasser hochspritzte und der Kopf untertauchte, hörte Schahanna schreien: »Die Haare! Die Haare sind doch grade erst gewaschen!« dachte noch: Die sind doch beim Tauchen noch besser gewaschen, das waren sie aber nach ihrer Meinung nicht, so mußten die noch einmal gespült werden, ich hielt den Kopf vorgebeugt und wartete auf das ›Hopp!‹ das kam wieder nicht, so rief ich: »Sag doch endlich ›Hopp!‹«, aber Schahanna antwortete: »Das geht jetzt nicht mehr«, so rief ich laut: »Ich befehle es«, hielt meinen Kopf vorgebeugt und wartete.

Da war's still, nur das Wasser platschte leicht gegen die Wanne, und dann sagte Schahanna leise: »Hopp-Sie!« Gleich hob ich den Kopf, zeigte auf die Duftwasser, rief; »Hopp-du!«, sie rieb mein Haar mit dem Duftwasser ein, rief: »Hopp-Sie!«, so stand ich auf, sie trocknete mich oben herum, ich stieg aus der Wanne heraus, rief: »Hopp-du!« sie trocknete mich unten herum, holte den heißen Wind, den nennen sie ›den Fön‹, und mit »Hopp-Sie!« und »Hopp-du!« ging das Baden zu Ende, wir lachten viel und freuten uns über das neue Spiel, das hatten wir ja beide zusammen erzeugt, wie Vater und Mutter ihr Kind erzeugen.

Draußen stieg ein Heli auf mit unerträglichem Lärm, und Schahanna sagte: »Der Hohe Herr Bodenreif reist ab mit allen seinen Edelingen.«

»Auch mit Raphael?« fragte ich sie.

»Der gehört ja zu ihm.«

»Und nicht zur kranken Marie-Luise?«

Da hielt sie mir schon meine neuen Kleider hin, Kniehose, Jacke und Hut, alles aus festem, dicken Tuch, dazu lange rote Strümpfe und hohe Schnürschuhe und sagte zu den Schuhen: »Wir steigen heute auf die Schiener Berge. Sie möchten bitte im Spiegelsaal warten.«

Als ich angezogen war, sah sie mich an von oben bis unten und ringsherum, ob alles richtig ist, schimpfte auf das unordentliche Haar, setzte mir den Hut so fest auf, daß vom Haar fast nichts zu sehen war, und sagte am Ende mit lautem Schnaufen: »So muß es eben gehen. Aber nehmen Sie bitte den Hut nicht ab!«

Dann führte sie mich durch Gänge und über schmale Treppen hinab zu einer Tür, vor uns der Spiegelsaal, und über die breite Treppe aus geflecktem Marmor sprang ein bleicher Mann, fast noch ein Kind, herab, immer zwei Stufen auf deinen Sprung und mit zu viel Schwung, so stürzte er, stand gleich wieder auf und befahl einem Türsteher laut: »Einen Heli! Sofort!« humpelte zur Glastür, warf die hinter sich zu, daß es laut durch den ganzen Spiegelsaal schepperte, und der Türsteher sah ihm nach mit offenem Mund.

»Den habe ich schon einmal gesehen«, sagte ich hinter der Schahanna, »nahe beim größten Zelt in der Opernschlucht.« Und sie, vor mir in der Tür, sagte in den Spiegelsaal hinein, leise: »Der ist auch sehr geliebt worden, der kleine, zarte Alexeji Amie«, sah mich an mit ihren Rehaugen: »Der ist auch noch fast ein Kind, wie Sie. Aber der ist ein Hochgeborener aus der Familie der Nomenklatter«, und drückte mir dazu mit beiden Händen den Hut fester auf den Kopf.

Und als die Sonne schon hell überm Dunst vom Untersee stand, kam Re Dajana mit dem großen Grämlichen die breite Treppe aus geflecktem Marmorstein langsam herab, sie sah keinen an, auch mich nicht, alle verbeugten sich vor ihr, sie sah es nicht, ging durch die Glastür, alle folgten ihr, und die Türsteher hielten die Glastür auf, bis auch ich mit Schahanna draußen war.

Wir gingen alle auf gewundenen Pfaden langsam hinauf zu den Schiener Bergen, sehr still war es, keiner redete. Vor mir ging die Schahanna, wir kamen an kleinen Hütten vorbei, aus geschichteten Baumstämmen errichtet, Tür und Fenster fest verschlossen, und Schahanna sagte leise zu mir: »In diesen Hütten leben die Bergmenschen. Sie sind hier stupide und aufsässig geworden.«

»Und der Libellenmann?« fragte ich sie. Aber sie kannte das Wort nicht, so erklärte ich ihr, wie der sich mit seinem Heli auf den Roten Kreis herabsenkt und dem Bergmenschen alles nimmt, so gehen ja die Betongeschichten.

Schahanna sagte: »Sie meinen den Tributanten. Den hat die Herrin hier in ihrem Pachtland abgeschafft, denn die Herrin will, daß man sie liebt, und ihr aus Liebe gibt, und nicht durch den Zwang des Tributanten.«

»Aber die Bergmenschen lieben sie nicht«, sagte ich.

»Sie behalten alles und geben nichts, obwohl ihnen der Berg nicht gehört.«

An den Hütten der Bergmenschen vorbei stiegen wir höher hinauf, der Pfad wurde schmal und steiler. Wir kamen in den Wald, ich sah den Hauptmann aller Köche nicht weit vom Pfad, wie der mit großer Umsicht Pilze aus dem feuchten Waldboden herausdrehte, hielt sie hoch, zeigte sie dem Wilhelm, der mußte dann den Pilz erkennen und bei seinem richtigen Namen nennen, und bei den schwarzen und dunkelblauen und winzigen und häßlichen ging's lange um den richtigen Namen zwischen den beiden, um giftig und schmackhaft, um eklig und doch nicht giftig, Xung-Tsiping immer mit seinem Lächeln, wie einer, der das Glück bringt, und erst, wenn alles gesagt war über den Pilz, und sogar in welchen Topf der geht zu welchem Fleisch als feinste Würze, erst dann wurde der behutsam in den Korb gelegt.

Beim zehnten Pilz durchfuhr's uns alle von zwei Schüssen, schnell hintereinander, wenig unter uns, die gingen schaurig durch den Wald, ich sah einen kleinen Hund unter uns durchs Gebüsch springen, der trug einen toten Hasen im Maul, verschwand, und bald drauf stieg der Grämliche den Pfad herauf, den toten Hasen über der einen Schulter, eine lange Empie über der anderen, neben ihm schwanzwedelnd der Hund, der jagt nicht wie der Wolfshund auf eigene Rechnung, sondern jagt nur für seinen Herrn, der Hund ist klein und flink und heißt Bolla.

Xung-Tsiping lächelte den Grämlichen an und sagte zu ihm: »Schonzeit, Herr Tschilgren-Johannsson!«

Der antwortete ihm aber nicht, sondern nahm den Hasen von der Schulter und warf ihn dem Wilhelm hin, daß er ihn tragen soll. Und dann stieg er weiter auf.

An einer offenen Stelle, hoch überm Untersee, fanden wir sie alle, sie saßen auf Decken mit dem Blick zum Wasser, und auch von den Bergen am fernen anderen Ufer sah man die Rauchfahnen aus den Holzhütten der Bergmenschen aufsteigen.

Aus großen Körben wurde Fleisch, Brot, Früchte und Saft verteilt, und sie aßen alle so, wie ich's kannte, mit den Fingern, und leckten die sogar am Ende richtig ab.

Schahanna kam zu mir und sagte leise: »Die Hohe Frau will, daß Sie sich neben sie setzen«, zog mich hoch und führte mich zu Re Dajana hin. Die saß neben dem grämlichen Tschilgren-Johannsson, und vor ihnen, etwas tiefer, auf einem Baumstumpf, saß ein fetter Mann mit einem roten Bart, ganz in braune Wolle gekleidet, das ist der Schloßverwalter Gachler, der redete zu den beiden und fuchtelte dazu mit den Armen herum, als wollte er immerzu hundert Fliegen auf einmal verscheuchen.

»Der Kernpunkt ist«, sagte er grade, »daß diese Leute nie vergessen dürfen, daß sie auf Familienland leben. Die ungeschriebenen Gesetze des Familienlandes gelten auch dann, wenn wir unsererseits Güte walten lassen«, und zupfte sich am Bart. »Durch Ihre Güte, verehrenswerteste Hohe Frau, wurde der Tributant abgeschafft – vorübergehend, möchte ich betonen, denn vergessen wir nicht: dieses schöne Land haben die Kornegills von den Bodenreifs lediglich gepachtet. Der Kernpunkt ist also ...«

Re Dajana sah mich und sagte zu mir: »Setz dich bitte neben mich, Prinz Pan, und höre den ernsten Reden zu!« So setzte ich mich neben sie.

»... der Kernpunkt also ist, wir dürfen dennoch nicht auf unsere Rechte verzichten. Die Siedler müssen uns unseren Anteil an ihrer Jagdbeute, Wild und Fisch, auch Holz und Früchte abgeben. Aber sie bringen uns fast nichts mehr. Und gehe ich auf die Jagd, um in Erwartung Ihrer Hohen Ankunft den Speisezettel mit Wildbret und Fisch zu bereichern, so beschweren diese unverschämten Menschen sich bei mir und behaupten, ich würde mit den Schüssen das Wild verjagen. Aber in Wirklichkeit ist es nur ihr Neid, daß ihnen das Recht auf die Schußwaffe verwehrt ist. Ja, sollen wir ihnen denn auch noch Jagdgewehre in die Hand geben? Davor möge uns der Einundandere bewahren!«

Re Dajana, halb liegend, halb sitzend zwischen dem Grämlichen und mir, sagte zu dem Rotbart: »Und trotz deiner vielen Sorgen hast du mir das schöne Schloß Marbach wohl verwaltet und gut erhalten, lieber Gachler«, sah ihn mit Liebe an, »und dafür danke ich dir.«

Der Gachler verbeugte sich vor ihr und sagte dann: »Man müßte aber viel strenger sein.«

Und Tschilgren-Johannsson sagte mit seinem Gram: »So, wie es ist, ist es ein ewiges Durcheinander. Keiner weiß, was sein Recht und was seine Pflicht ist.«

»Oh, nein!« rief der Gachler, »Rechte und Pflichten der Siedler sind festgeschrieben im Familienland, vergessen wir das nicht!«

»Vad var det jag sa! Aber keiner hält sich dran«, schimpfte der Grämliche, »das Wenigste wäre doch, das Bodenseeland aufzuteilen in unsere Jagdreviere und in die der Siedler. Das nenne ich klaren Tisch machen.«

»Mein lieber Tschilgren«, sagte Re Dajana und sah ihn nicht an, »ich kann die Ballerei nicht leiden, das weißt du genau ...«

»... bist aber ein Feinschmecker ersten Grades«, unterbrach der Tschilgren sie.

Und sie, mit einem Grashalm in der Hand: »Das ist meine Inkonsequenz ...«

»... die wir zwar alle sehr lieben an dir ...«

Und sie, mit einem spöttischen Blick zum Grashalm: »... unter der ihr aber auch oft leiden müßt.« Und zu mir: »Du siehst, daß auch ernste Gespräche geführt werden, sogar überm Untersee, wo er am schönsten ist, und in einer Jahreszeit, wo alles blüht und duftet, der Frieden, die Stille, die Hoffnung auf die Früchte, der Traum vom Leben«, richtete sich plötzlich auf, warf den Grashalm weg und sagte zu mir: »Und jetzt bitte ich dich, daß du uns von den ernsten Dingen ablenkst.«

Ich sah zum Tal hinab, atmete zweimal tief ein und sagte: »Ich stelle mir vor, da hinunter zu fliegen mit leichten Flügeln, wie der Vogel, oder noch besser, ohne Flügel, vom Wind getragen, wie ich hinabschwebe zum Wasser und weiter über das Wasser zu den Bergen am anderen Ufer, wo sich der Rauch kräuselt zum Himmelsschmuck, und ich sehe, wie das Wasser den Sonnenstrahl annimmt als eine Schönheit, und sich dreht und so leicht bewegt, und so hell, und ich will gleich wieder zurückschweben von den Bergen drüben und überm Wasser hingleiten wie eine Möwe beim Fischen, und ich habe den Geruch vom Wasser in der Nase und fürchte mich nicht vor dem Sturz und genieße den Blick hinab«, und da war's dann zu Ende mit meiner Luft, und wer mir das nachspricht in einem Atem, ohne zu ersticken, der muß das lange geübt haben wie ich. Ich holte also tief Luft, hoffte, daß sie lachen, sie saßen aber alle mit gesenktem Kopf, als ob sie gleich weinen wollen, und am tiefsten gesenkt hielt Re Dajana ihren Kopf und sagte leise: »Verlaßt mich bitte alle, außer dem Prinz Pan«, und sie standen alle auf und gingen fort.

Dann hob sie ihren Kopf, sah mich an mit einem Blick, bei dem weiß keiner, ob er sich fürchten soll vor ihr und sagte: »Du solltest uns unterhalten und zerstreuen und von den ernsten Dingen ablenken und nicht ins Unendliche schwafeln.«

»Es kam so über mich«, sagte ich ganz leicht.

»Wenn wir beide ganz allein in einem großen Zimmer sein werden, in dem ein breites Bett steht, für zwei Menschen erfunden, keine Mehden, keine Diener, keine Sekretäre und niemand sonst dabei, dann sollst du die Sonne sein, die ihre Strahlen herabsendet ins Wasser und das Wasser zum Kräuseln bringt und zum Drehen und zur leichten Bewegung.«

»Ja«, sagte ich, »wenn.«

»Willst du nicht, oder was?«

»Ich bin's ja nicht.«

»Was bist du nicht?« Und da war schon ein Zorn in ihrer Stimme.

»Die Sonne«, antwortete ich.

»Pah!« machte sie, stand auf. »Wir steigen jetzt in das Tal hinab, von dem du so schönes Zeug geschwärmt hast.«

Und der Abstieg war wieder still und ernst, besonders bei

den Holzhütten von den Bergmenschen, drin bewegte sich nichts und kein Laut kam heraus.

Ich bekam gleich wieder neue Kleider. Der Avarall wickelte wertvolle Tücher um meinen Körper herum, die wurden geschnitten und genäht, draus wurde eine leichte Bundhose, sehr weit, die wurde von einem Band aus feinstem Leder gehalten, zwei Hände breit, dazu ein Hemd, das mußte unter das Band gesteckt werden. Um meine Stirn ein schmales Band mit Goldfäden, die kratzten mich. Ich ging hinauf über die breite Treppe aus geflecktem Marmorstein, ging durch die fünf Zimmer, überall standen Benefiten und tranken den giftigen Alkohol, aber mir brachte der Wilhelm die süßen und bitteren Säfte aus hundert Früchten, die wachsen das ganze Jahr immer in einem anderen Teil der Welt, und die werden im Jet dahin geflogen, wo grade die Benefiten sind.

Beim Essen und Trinken wurden sie fröhlich und laut, am lautesten der Rotbart Gachler im dritten Zimmer, der redete von seinem Ärger mit den Bergmenschen: »Es war abgemacht, daß sie uns die Wege unterhalten. Aber was machen sie? Sie lassen die Wege absichtlich verwildern und stellen ihre Fallen drauf. Stellen Sie sich doch die Katastrophe vor, wenn die Hohe Frau beim Spaziergang auf eine Falle tritt! Ich habe deshalb angeordnet, daß unsere Wachmänner wenigstens die Wege ums Schloß herum begehbar machen, und jede Falle auf dem Wege ist zu konfiszieren. Aber was passiert?«, und fuchtelte dazu mit der Hand vor dem Kopf von einem Benefiten herum, daß ich dachte, er wird den gleich treffen. Und weil der nicht wissen wollte, was passiert, und sich abwendete, so drehte sich der Gachler zu mir herum, bedrohte mich mit Fuchteln und schrie mich an: »Ja, soll ich Ihnen sagen, was passiert? Unsere Wachmänner räumen die Wege und finden keine einzige Falle! Wo sind die Fallen geblieben, frage ich Sie. Können Sie mir sagen, wo die Fallen geblieben sind? Alle versteckt vor den Wachmännern! Und soll ich Ihnen verraten, was dann passiert?« Aber da war ich schon im vierten Zimmer, und sah im fünften Re Dajana, die saß halb, lag halb auf ihrem Chaiselongue, vor ihr kniete die Marie-Luise, und Re Dajana streichelte sie übers Haar.

Da sah ich gern hin, und da wäre ich gern geblieben, aber

bald drauf trat die Schahanna zu mir und sagte leise: »Hopp-Sie!« mit einer Handbewegung zur Tür hin.

»Hopp-Sie?« fragte ich sie traurig.

»Ja: Hopp-Sie!« antwortete sie und zog mich mit Schwung heraus über Gänge in mein Zimmer, rief: »Sie werden jetzt gebadet«, ging in das kleine Zimmer mit der Wanne, das nennen sie ›das Badezimmer‹, und ließ schon das warme Wasser einlaufen.

Ich dachte: Das Baden gefällt mir ja sehr gut, so wie's die Schahanna macht, aber wird das gut enden, was nach dem Baden kommen soll? Schahanna kam schon zurück, und mit »Hopp-Sie!« mußte ich mich ausziehen, und da kam mir der Gedanke mit dem Knie, denn das tat weh, wenn die Hose über den Schorf gezogen wurde. So jammerte ich, und als die Schahanna die Hose weghing, riß ich den Schorf ab, Blut und Eiter kam heraus, ich hielt der Schahnna mein Knie hin, daß sie erschrak und rief: »Ist das von Ihrem Sturz? Ist das nicht behandelt worden?« und weil ich sie nur ratlos ansah mit viel Schmerz im Gesicht, fragte sie noch: »War der Doktor nicht bei Ihnen?«

Ich schüttelte den Kopf wie einer, dem seine Sonne verloren gegangen ist, umfaßte mein Knie und jammerte weiter, sie sagte: »Und vom Steigen in der groben Kniehose ist alles noch schlimmer geworden, ich hole den Doktor«, und ging.

Ich sprang auf, nahm die Hose vom Gestell und rieb das Hosenknie kräftig an meinem wunden Knie, daß es mir sehr wehtat, die Fussel von der Hose hingen am Blut, mehr Blut trat aus, der Eiter verteilte sich übers ganze Knie, und als die Schahanna mit dem Flüssel zurückkam, sah das Knie wirklich schlimm aus, ich lag auf dem Bett und mußte mich nicht mehr anstrengen beim Jammern.

Mit seinen ruhelosen Augen sah sich's der Flüssel an, lange, ging dann mit seinem Finger leicht über meine Leiste, fragte mich: »Haben Sie keine Fmerzen in der Leistengegend?« ich schüttelte den Kopf, er sagte: »Da haben wir noch mal Glück gehabt«, dann holte er kleine weiße Tücher aus seinem Lederbeutel, goß eine stinkende Flüssigkeit drauf, tupfte damit das Knie ab, daß ich gleich aufschrie vor Schmerz, sagte dazu: »So flimm kann's doch nicht sein!«, machte einen großen Verband ums Knie mit einer Salbe drunter, ich mußte mich umdrehen, ich hörte ihn zur Schahanna sagen: »Ich muß ihm Tetanus geben«, rieb dazu eine kalte Flüssigkeit auf meinen Po, stach eine spitze Nadel rein, daß ich erschrak und zuckte, er rief: »Seien Sie doch ein Mann!« stach noch einmal rein, so lag ich dann still und ließ es über mich gehen.

Ich lag immer noch so, als er schon längst draußen war. Die Schahanna zog mir vorsichtig einen wertvollen Umhang für die Nacht über, sah mich sehr besorgt an und sagte: »Ja. Ich muß nun der Herrin Bescheid sagen«, strich mir sanft übers Gesicht, flüsterte noch: »Gute Besserung!« und ging.

Ich erwachte vom Regen, wie er an die Fensteröffnung aus Glas trommelt, dicke Wolken hingen überm Untersee und über den Bergen am anderen Ufer, ich hörte einen Heli in der Ferne, der kam schnell näher und senkte sich mit unerträglichem Lärm hinterm Schloß herab, ich zog mir die Kleider vom Abend an, ging über die schmale Treppe und durch die kleine Tür in den Spiegelsaal, sah den Schneiderriesen Mungo, der schleppte dicke Tuchrollen durch die weit offene Glastür, hinaus in den Regen, von allen Seiten wurden Kisten durch den Spiegelsaal geschleppt, und durch die offene Glastür hinaus in den Regen, ich hörte die Benefiten vom Jet reden, vom Schiff, von Karrakas und vom Verladen, ich fragte einen, und der sagte: »Es ist uns zu kalt und zu regnerisch hier. Wir reisen ab.« Ich erschrak und dachte: Ich brauche ein gutes Spiel, denn wenn sie abreisen und mich mitnehmen, dann geht mir Aurehl verloren im Beton! Re Dajana muß mich ansehen und anhören!

Zwei Lernärzte trugen ein eisernes Gestell durch den Spiegelsaal, hinter ihnen der Flüssel, und als das eiserne Gestell wackelte beim Tragen, rief er: »Vorsicht doch! Vorsicht!« und seine Augen gingen ruhelos über das Gestell.

Ich ging schnell zu ihm hin und fragte ihn: »Ist die Hohe Frau erkrankt?«

Er sah mich an wie den Mann im Nebel, rief: »Ach, du dummer Menf!« und wollte an mir vorbei. Aber ich hielt ihn fest, sah ihn an mit der Angst von einem Kind, dem seine Mutter verlorengeht, und rief: »Sagen Sie mir bitte: Ist die Hohe Frau erkrankt?« Und er: »Wie kommst du denn darauf?« Und ich: »Sie ist nirgendwo zu sehen! Ist ihr ein Unglück geschehen?«

Er machte sich frei von mir, sah besorgt auf seine Lernärzte und wollte weitergehen, ich rief aber mit zerbrochener Stimme: »Gehen Sie zu ihr? Ich bin sehr besorgt um die Hohe Frau!«

Er rief zu seinen Lernärzten hin: »Eine Regenplane müßt ihr drüber legen! Los!« die Regenplane wurde gebracht, er sah auf die Regenplane, er sah auf mich, er sah meine Not in meinem Gesicht, und plötzlich rannte er zur Marmortreppe hin, stieg schnell auf, daß ich ihn gleich nicht mehr sah, sah aber den grämlichen Tschilgren durch Glastür gehen, dem trat ich in den Weg und sagte schnell: »Ich höre, die Hohe Frau ist erkrankt.« Er erschrak, blieb stehen und fragte mich: »Wie kommst du denn darauf?«

»Eben ist der Doktor Flüssel zu ihr hinaufgerannt!« rief ich mit meiner zerbrochenen Stimme.

Da kehrte er um und sprang die Marmortreppe hinauf mit Kraft, dem Flüssel hinterher, und ich dachte: Dieses Spiel muß gelingen. Und immer wieder: Dieses Spiel muß gelingen!

Der kleine, wichtige Xung-Beping kam in den Spiegelsaal, der schrieb in sein Büchlein und gab die Befehle für die Kisten, der ging sogar hinaus in den Regen, kam gleich wieder herein, gab seine Befehle und sah mich nicht.

Und wie ich so stand, kam der Tschilgren grämlich die Marmortreppe herab, langsam.

Ich fragte besorgt: »Welche Krankheit hat sie? Ist es eine schlimme Krankheit?«

Er trat nahe zu mir heran, sah auf mich herab und sagte: »Du hast mir und dem Doktor Flüssel einen ganz schönen Schrecken eingejagt«, und faßte mich hart am Kinn.

Ich rief: »Dann ist es also keine schlimme Krankheit?« nickte zehnmal und sagte dazu: »Das tut mir gut!«

»Wie auch immer«, antwortete er und sah mich an, »ich bin bereit, dich auszuzahlen. Ich habe genug von deinen Eskapaden: Erst haust du ab, dann besäufst du dich, dann hast du eine Knieverletzung, dauernd schaffst du Verwirrung und Unruhe«, und sah durch die offene Glastür in den Regen.

Ich fragte ihn: »Die Hohe Frau will mich nicht behalten? Und ich darf nicht mitfahren?«

Und er: »Ich sage dir doch: Ich zahle dich aus!« und rechnete, wie der Karrenhesse rechnet, wenn er Nadeln gegen Brot und Käse eintauscht: »Als Strandpage, für das Schäferspiel, und für deine Atemgymnastik auf den Schiener Bergen.«

Ich dachte: Und das Nasse Grab? Und das Fieber? Und Schlafsack, Decke, Bundhose und Fellumhang? Dazu hundert gute Spiele? Und dreihundert Euros wird er mir bieten, und damit soll ich zurück? Und hat nicht mein Vater gesagt, daß ich mein Glück machen werde mit meiner Schönheit? So sagte ich zu ihm: »Der Hohe Herr Zeppelzett Bodenreif hat mich auch noch nicht ausgezahlt, und fürs letzte Mal habe ich auch noch keinen Lohn bekommen«, und wollte so weiterreden.

Da stand die Marie-Luise vor mir, blaß und krank und sagte leise: »Die Hohe Frau schickt Ihnen dieses Kuvert«, und hielt mir ein weißes duftendes Papier hin. Der Tschilgren schlug die Hände überm Kopf zusammen, rief wütend: »Das darf doch nicht wahr sein!« und ging hinaus mit seiner Wut. Ich nahm das Kuvert, drehte es herum, wußte nicht, was man damit machen soll, so sagte die Marie-Luise leise: »Man muß es an der langen Kante vorsichtig aufreißen«, das machte ich, drinnen war wieder weißes, duftendes Papier, in eine Ecke war das Goldne Schlangenwappen gemalt, und drunter lange, wellige Striche, in vielen Reihen: Gemalte Worte, aber nicht so, wie der Alte Schober sie auf seinen Lesetafeln zeigt. Ich hielt der Marie-Luise das Papier hin und sagte: »Lesen Sie mir das bitte vor!«

Sie erschrak, in ihr blasses Gesicht kam die Röte und ging bis zum Hals herab, sie sagte, daß man's kaum verstehen konnte: »Das ist ein Brief! Von der Herrin! Für Sie!«

»Ich kann leider nicht lesen«, sagte ich.

Sie rief leise: »O Schreck!« ging zur Marmortreppe, hüpfte nicht und ging nicht richtig auf den Füßen, daß man denken konnte, sie schwebt, und ich stand wieder im Spiegelsaal herum, und immer noch trugen sie Kisten und Kästen hinaus.

Aber bald drauf sah ich die Marie-Luise wiederkommen,

und wieder dachte ich, sie hüpft nicht, sie geht nicht, sie schwebt. Sie hielt mir ein neues Kuvert hin, ich machte es richtig auf, zog den Brief heraus mit dem Goldnen Schlangenwappen, aber drunter waren nicht die langen, welligen Striche, sondern gemalte Bilder.

Das Schlangenwappen hatte ein großes Auge, von dem ging ein Strich wie ein Blick zu einer Panflöte im Gebüsch, dahinter die Oper. Drunter war wieder das Schlangenwappen gemalt, hatte aber einen Mund, und der küßt die Panflöte. Drunter Schlangenwappen und Panflöte auf zwei Liegestühlen auf der weißen Yacht, beide haben Mund und Augen, und von Auge zu Auge zwei Striche wie zwei Blicke. Drunter ein breiter Fluß, der kann auch ein breites Bett sein, drin das Schlangenwappen, und drüber die Sonne, in die war die Panflöte eingemalt, und die Sonnenstrahlen gehen von der Panflöte herab auf das Schlangenwappen.

Ich sagte zur Marie-Luise: »Bring mir bitte solche Kuverts, weißes Papier und Stifte in vielen Farben«, ich ging in mein Zimmer, und gleich drauf brachte sie mir alles, legte es auf den Tisch, ging ans Fenster und sah zum Untersee hinab.

Ich malte nun alles so wie Re Dajana, aber andersherum: Das Schlangenwappen war nun in der Sonne, die wärmt die Panflöte mit ihren Strahlen, und immer mehr wärmt sie die. Aber unten malte ich noch einen sehr langen Fluß, der teilte sich in zwei Flüsse, und neben dem kleineren malte ich einen Hochstein, drin ein Strichmännlein, wie ich's konnte, mit einem Tuch auf dem Kopf, und aus den Augen von dem Strichmännlein kamen dicke Tränen, die wurden ein Sturzbach am Hochstein, und malte auch Strahlen von der Panflöte zu dem Strichmännlein.

Weil ich nun nicht wußte, wie der Brief ins Kuvert gelegt wird, so zeigte es mir die Marie-Luise, aber sie zeigte es mir mit einem leeren Papier, und beide lachten wir dann drüber, wie das Kuvert mit der ausgestreckten Zunge geleckt wird.

Sie ging, sie kam zurück mit einem neuen Kuvert. Re Dajana hatte wieder die Panflöte in die Sonne hineingemalt, die Sonnenstrahlen wollen herab auf das Schlangenwappen, aber zwischen Panflöte und Schlangenwappen schwebt schräg eine kleine Frau in der Luft mit einem Tuch auf dem Kopf, so können die Sonnenstrahlen nicht zum Schlangenwappen herab, und außerdem hält die kleine Frau noch ihre Hand vor die Sonne, und mit der anderen drückt sie das Schlangenwappen weg, so kommen Schlangenwappen und Panflöte nicht zusammen. Und drunter hatte sie einen Jet gemalt, wie man ihn von unten sieht, drin sitzen Schlangenwappen und Panflöte Hand in Hand, drunter wieder die kleine Frau mit dem Tuch um den Kopf, die hält ein dickes Bündel Euros in der Hand und winkt damit fröhlich hinauf zum Jet.

Ich malte nun zwei Briefe. Auf den ersten auch einen Jet, aber nicht so schön wie sie, im Jet auch wieder das Schlangenwappen und die Panflöte. Die hatte sich aber ein großes scharfes Messer durch den Leib gestoßen und weinte im Sterben. Auf den zweiten Brief malte ich die Welt als einen großen Kreis, drin hundert Strichmännlein, dazu auch die Panflöte, wie sie die kleine Frau mit dem Tuch um den Kopf an die Hand nimmt, und auf die ganze Welt gehen die Sonnenstrahlen herab, und die Sonne ist das Schlangenwappen. Drunter malte ich das Bild noch einmal, da hatte die Panflöte zwei Hände, eine zu der kleinen Frau hin und die andere hoch hinauf zum Schlangenwappen.

Marie-Luise ging mit den Briefen, ich wartete in meinem Zimmer, sah draußen den Regen und dachte an Aurehl, ob das Wasser wieder durchsickert aufs Weiche Lager, und ob sie das Weiche Lager an einer anderen Stelle ausbreitet, oder ob sie das Wasser mit Schüsseln und Krügen auffängt. Die Zeit wurde mir lang, so ging ich in den Spiegelsaal, und da staunte ich sehr: Alles wurde wieder durch die weitoffene Glastür hereingetragen, was vorher hinausgetragen worden war, von unten kam ein Duft, die Köche arbeiteten wieder, der Flüssel holte mich ins Arztzimmer, sah sich mein Knie an, sagte sehr zufrieden: »Fon viel besser!« machte keinen Verband mehr drauf, sondern nur eine Salbe wie flüssiges Weichglas, der Wilhelm suchte mich mit einem riesigen Tablett, tanzte damit vor mir her durch den Spiegelsaal in mein Zimmer, und als ich noch hungrig aß, bat mich schon ein Lernschneider mit einer schönen Verbeugung zu seinem Hauptmann hin, im Schneiderzimmer war's noch sehr unruhig vom Einräumen, sie badeten mich, dann sah mich der Avarall lange an, strich über mein struppiges Haar, zeigte dem Lernschneider mit einer kleinen Bewegung seiner Hand, daß er den Kamm nicht haben will, den der ihm gebracht hat, nähte in ein Band dunkelgrüne Blätter ein und band es mir um die Stirn, sah hinab von der Stirn bis zum Kleinen Fürsten, ging mit leichter Hand über meinen Körper, als ob er ihn bemalen will, sagte: »Helles, leichtes Leintuch, bitte!« das wurde gebracht, das ließ er von der Rolle ablaufen über meinen Körper, sah zu, wie es lief, und ich sah es im Spiegel, und so wie das leichte Leintuch lief, so wurde es erst mit Nadeln geheftet, dann mit feinsten Stichen genäht, da war's keine Hose, kein Kleid, keine Jacke, kein Umhang, sondern sanfte Wellen, die kräuselten und drehten sich bei jeder kleinsten Bewegung, die ich machte, so bewegte ich mich für Avarall vor dem Spiegel, er lächelte, war glücklich und sagte: »Fehlt noch die Panflöte«, und ich: »Ja, wenn ich Musik machen könnte!«, und er: »Üben, üben, üben!«, legte seine Hand leicht um meine Hüfte und schob mich zum Schneiderzimmer hinaus.

Da stand schon die Schahanna, die zog mich mit ihrem Schwung hinauf, erst über die Marmortreppe, dann noch höher, in ein Zimmer, drin leuchteten hundert Kerzen von allen Seiten auf große, nackte Männer aus glattem Stein gemacht, die sahen mich alle an, und einer war der kleine, zarte Alexeji Amie, die Augen aus Perlmuschel, die Pietzchen aus rotem Gold, alle lächelten, und ihre Zähne schimmerten im Licht wie Silber, die wollte ich mir gern ansehen, aber Schahanna zog mich schon weiter, ins nächste Zimmer, hundert Kerzen von allen Seiten, auch von oben, aus riesigen gläsernen Blumensträußen, die nennen sie den Kronleuchter, mitten drin ein großer, runder Tisch, weißes Tuch drauf, kostbares Geschirr, Labiges davor mit zehn Dienern, alle in der Livree mit den Schwalbenschwänzen, die gingen um den Tisch herum, ob alles richtig steht und nichts fehlt, und sie rückten sechs Stühle zurecht, zwei mit niedrigen Lehnen aus Holz, zwei mit hohen Lehnen aus Holz und zwei mit Lehnen, höher als ich, obendrauf auf einem die Panflöte aus Silber, auf dem anderen das Goldne Schlangenwappen von zwei Speeren durchbohrt.

Durch eine unsichtbare Tür kam Re Dajana herein, hinter ihr die Marie-Luise und zwei Lernmehden, und alle Frauen trugen Umhänge bis über die Knie herab, so wie die Betonmenschen sie tragen über der Bundhose, aber im Beton ist der Umhang immer aus Fellen gemacht, hier aus feinstem Tuch, bunt bestickt, in den Farben Grün, Blau und Braun, und der Umhang hängt an dünnen Fäden auf der Schulter, und keine Hose drunter. Aber Re Dajana trug einen Umhang in der Farbe vom Vlies, wenn es noch nicht gebleicht und gefärbt ist, ohne Stickerei, ohne Gold und ohne Diamantstein, daß man denken konnte, sie ist sehr arm. So ist der Avarall: Er macht die Frauen schön mit einem armen Kleid, und das ärmste gibt er Re Dajana, damit sie die Schönste wird von allen.

Sie setzte sich auf den Stuhl mit dem Goldnen Schlangenwappen, auf den mit der Panflöte, links neben ihr, mußte ich mich setzen, Schahanna neben mich. Marie-Luise neben sie, und am Ende setzten sich die beiden Lernmehden schüchtern auf die kleinsten Stühle gegenüber von Re Dajana, da war der Kreis geschlossen.

Xung-Tsiping kam herein, hinter ihm zehn Lernköche, alle mit der Heiterkeit der Köche bei Re Dajana, und Wilhelm als letzter mit seinem Springtanz, jeder hatte die weiße Turmhaube auf dem Kopf, sie trugen vor sich her riesige Platten, sie schnupperten dran, als ob sie gleich selbst das Fleisch, den Fisch und die Frucht in den Mund nehmen wollen, machten einen Rundgang um den Tisch, zeigten uns die Platten, Re Dajana suchte eine aus, der Labiges gab ihr davon, kostete, sie sah ihn an, seine Diener gaben uns davon und dann aßen wir. Das ging so mit allen Platten. Dazu gossen die Diener vom Labiges auch allen den giftigen Alkohol in die Gläser, mir aber brachte der Wilhelm den Saft von hundert Früchten aus jedem Teil der Welt.

Und beim Essen erzählte uns Re Dajana die Geschichte von den wahren Feinschmeckern: »Mein Vater stammt aus Iowa, meine Mutter war eine schöne Kuetschua aus den Anden. Die reichen Nordamerikaner ernährten sich von Pappe, Leder und Matsch, die Kuetschuas hungern sich durch, denn sie sind sehr arm. Weil wir in Iowa lebten, war Pappe, Leder und Matsch mein Essen als Kind. Das gefiel mir nicht, und als ich dann später durch die Welt fuhr und die Familien auf ihren Besitzungen besuchte, habe ich viele Speisen ausprobiert.

Am besten gefiel mir noch die französische Küche bei den Nomenklatter. Aber der französische Koch meinte: Rind muß wie Rind schmecken, Salat wie Salat, Fisch wie Fisch«, sie hielt drei Finger hoch, »und unterscheidet zwischen Kalb und Schwein, Süß- und Salzwasserfisch, und das war mir zu wenig. In den Trümmern der zerstörten Städte kann man mit etwas Glück Kochbücher aus der Alten Zeit finden. Aber die Gerichte aus einem Kochbuch schmecken alle nach Knoblauch, die aus einem anderen alle nach Paprika und Zwiebeln«, und sie schüttelte sich vor Ekel bei dem Gedanken an das Essen aus dem dritten, vierten und fünften Kochbuch. »Endlich fand ich ein Buch aus dem alten Reich der Mitte, kein Kochbuch, ein Märchenbuch, die lese ich immer gern«, und sah erst die Schahanna und dann die Marie-Luise an, »das wißt ihr ja. Ich fand die Geschichte eines armen Reisbauern, der nur eine Hütte aus dünnem Holz und ein Schwein besaß. Eines Tages geriet seine Hütte in Brand, er stand verzweifelt davor, rang die Hände und weinte laut.« Sie hielt ihr Glas dem Wilhelm hin, der tanzte heran, schwenkte den Krug beim Tanzen so geschickt, daß kein Tropfen verschüttet wurde, und goß ihr ein, sie trank, schob eine weiße Astspitze in ihren Mund, die nennen sie ›den Spargel‹, und erzählte weiter: »Da kam ein wundersamer Geruch in seine Nase, er schnupperte, schnupperte«, und sie schnupperte dazu über ihrem Teller, »und seine feine Nase führte ihn auf die richtige Spur: Sein Schwein war nicht verkohlt, sondern im Holzfeuer seiner Hütte gebraten! Aus der Glut zog er den Leckerbissen heraus und begann, ihn genießerisch zu verzehren. Nun kamen seine Nachbarn herbei und wollten ihn wegen seines großen Unglücks beklagen, sahen ihn aber vor seiner verkohlten Hütte sitzen, essend und schmatzend, sie schnupperten, schnupperten den wundersamen Duft, und der gefiel ihnen so gut, daß sie zu ihren armseligen Hütten rannten und sie anzündeten, denn sie wollten auch den Gaumengenuß des holzrauchgeschwängerten Schweinefleischs. Das sind die wahren Feinschmecker, dachte ich, die Menschen aus dem alten Reich der Mitte«, und sie sah ihren Hauptmann aller Köche an mit ihrem Liebesblick.

Und weiter erzählte sie: »Als ich einmal durch das verlorene Reich der Mitte fuhr, fand ich zwei heitere Burschen, Zwillinge, und stellte sie vor meine Tür als Türsteher. Danach beklagte sich mein damaliger Koch immer wieder, daß einer von den beiden ihn bei der Arbeit stört, und eines Tages hieß es sogar, er hätte einen kostbaren Fisch absichtlich verdorben. Ich befahl den Burschen zu mir, der angeblich verdorbene Fisch wurde mir gezeigt, ich schnupperte, schnupperte, ein wundersamer Geruch kam in meine Nase, und nachdem Labiges vorgekostet hatte, aß ich den Fisch auf, denn der war ein wahrhaftiger Leckerbissen. Der Bursche hatte den Fisch, bevor er in den Backofen geschoben wurde, heimlich mit Honig übergossen und mit Mandeln überstreut. Ich fragte ihn: ›Warum hast du das gemacht?‹ Er antwortete: ›Damit es Ihnen besser schmeckt.‹ Ich fragte ihn: ›Aber wie bist du darauf gekommen, ausgerechnet Honig und Mandeln zu nehmen?‹ Und der antwortete: ›Auf Befehl meiner Nase.‹ In dem Moment wußte ich, daß ich ein großes Talent entdeckt hatte, ließ ihn lesen und schreiben lernen, er mußte alle Kochbücher, die ich in der Welt fand, studieren. Ihr kennt ihn alle, er steht hier vor uns, der immer heitere Xung-Tsiping. Und weil er sehr anspruchsvoll war, brauchten wir bald jemanden, der ihm auch die ausgefallendsten Zutaten besorgte, Pilze, Kräuter, Gemüse sogar Bambussprossen und Meeresalgen, und es erwies sich, daß nur einer dazu fähig war: Sein Zwillingsbruder Xung-Beping«, sah wieder den kleinen Koch an und fragte den: »Und erinnerst du dich noch an die Strafe für dein Verbrechen mit dem verdorbenen Fisch?«

»Ja, ja, sehr gut sogar«, antwortete der.

Und sie: »Neunhundertneunundneunzig Gerichte mußte er mir kochen, und keins sollte dem anderen gleichen. Und hast du deine Strafe auch verbüßt?« fragte sie ihn dann wieder.

Und er: »Leider, leider, nicht alles, denn nach dem neunhundertfünfundachtzigsten bekam ich einen Schnupfen, und meine Nase gab mir keine Befehle, acht Tage lang.«

Später gab Re Dajana den Köchen und Dienern einen Wink mit der Hand, alle verbeugten sich vor ihr und gingen durch das Zimmer der steinernen Männer hinaus, zuletzt der Labiges mit einem langen Blick über den Tisch, auf den hatten sie Früchte, Säfte und auch den giftigen Alkohol gestellt. Da saß ich nun mit fünf Frauen, alle lachten sie hundertmal über alles und hundertmal über nichts, am meisten die beiden Lernmehden, alle tranken sie den giftigen Alkohol, am meisten Re Dajana, und sie bekamen eine Glut in die Augen.

Und weil ich still war, so wendete sich Re Dajana zu mir und sagte: »Du verträgst den Alkohol nicht, das ist schade, denn wer den Alkohol mit Verstand trinkt, dem macht er die Sinne frei und lenkt den Menschen zum wahren Leben im Genuß«, und alle Mehden sahen mich an.

Ich sagte: »Der Saft aus den Früchten ist auch ein Genuß.«

Sie nahm eine dunkelrote Kirsche aus einer Schale, steckte sie in den Mund und sagte mit der Kirsche im Mund zu mir: »Eine Kirsche aus meinem Mund ist auch ein Genuß«, und hielt mir ihren Mund hin.

Ich verstand nicht gleich, wie sie es meint, es wurde still im Zimmer, da beugte sie sich zu mir, daß ihr Mund nahe an meinen kam, und mit einem leichten Kuß schob sie die Kirsche in meinen Mund. Nun zerdrückte ich die Kirsche, schmeckte den süßen Saft, schluckte den mit Genuß und verdrehte die Augen dazu wie mein Vater, wenn er Geldstücke von ein oder zwei Euros zum Schein aß, dann tat ich so, als ob ich den Kern zerkaue, verschluckte ihn zum Schein, und die Schahanna rief: »Nicht den Kern verschlucken!« Aber der lag schon in meiner offenen Hand, und niemand wußte, wie er dahin gekommen war.

Sie klatschten alle in die Hände, strahlten mich an mit ihrer Glut in den Augen, und weil ich nicht wußte, wie's weitergeht, rief Re Dajana: »Ja, hast du denn schon genug von der einen Kirsche?«

Ich antwortete: »Von diesen Kirschen kann keiner genug bekommen.«

Und sie: »Dann hol dir doch mehr davon!«

Nun dachte ich, sie wird gleich eine neue Kirsche in den Mund nehmen, sie nahm aber keine, sondern Schahanna, die hielt mir ihren Mund hin, und mit einem leichten Kuß schob sie ihre Kirsche in meinen Mund, dabei sah sie mich neugierig an mit ihren Rehaugen. Ich ging zur Marie-Luise, bettelte mit dem Mund um eine Kirsche, die bekam ich auch aus ihrem Mund, dabei schloß sie die Augen, dann ging ich weiter zu den beiden Lernmehden, holte mir die Kirschen aus ihrem

Mund. Den Kern mußte ich immer zerkauen und schlucken, das verlangten sie, und auch nach der fünften Kirsche wußte keine, wie der am Ende in meine Hand gekommen war.

Re Dajana sagte mit ihrem Katzenblick: »Zum Saft der Kirsche hast du auch einen Hauch vom Alkohol bekommen, war der nun sehr giftig und eklig?« Sie sah meinen Schreck und sagte: »Keine Angst, du fällst nicht davon um, denn du hast den Alkohol ja mit Verstand genommen. Fünfmal! Und für das wahre Leben im Genuß ist fünfmal viel zu wenig!« sie wandte sich zur Schahanna, »habe ich nicht recht?« steckte eine Kirsche in den Mund, und so ging das Kirschenspiel weiter. Sie zählten bis vierzehn, da fragte die Lernmehd neben Marie-Luise: »Und welchen Genuß gibt uns Prinz Pan für die Kirsche?« – »Den Genuß vom Kuß«, rief Marie-Luise, »er gibt so viel wie er nimmt. Das ist immer so beim Genießen: Nehmen und Geben ist eins.«

»Außer bei der Sonne«, sagte ich.

Und Re Dajana, mit ihrem Katzenblick: »Erklärst du mir das bitte?«

»Der Sonne kann man nichts geben«, sagte leise die Schahanna.

»Das hast du schön gesagt.« Re Dajana sah sie an, »du bist auch schön. Und ich will, daß du so bleibst, wie du bist. Willst du das auch?«

Da war's wieder still in dem Zimmer mit den vielen Kerzen von allen Seiten und auch von oben herab, und in die Stille fragte leise die Schahanna: »Bin ich schön? Was ist schön?«

»Das wird dir jetzt gleich Prinz Pan erklären«, sagte Re Dajana zu ihr.

Schahanna sah mich an, und ich sagte zu ihr so, als ob niemand sonst im Zimmer ist, nur sie und ich: »Wenn du mich ansiehst mit deinen Rehaugen, dann ist das schön, und wenn ich dich atmen sehe, dann ist das schön, und wenn dir beim Atmen der Träger von deinem Umhang verrutscht, dann macht mich das neugierig, und ich wünsche mir, daß du den Träger fallen läßt, damit der Umhang fällt, und wenn du auf den fallenden Umhang herabsiehst, dann ist das schön, und plötzlich sehe ich nur noch deine roten Pietzchen und bekomme einen Durst und denke: Wenn ich daraus trinken könnte, das wäre schön, und ich brauchte keinen Saft von keiner Frucht der Welt mehr, und ich denke auch: Wenn ich mich dann sattgetrunken habe aus deinen Pietzchen, dann will ich meinen Kopf zwischen deine Brüste legen und denken: Jetzt werde ich geboren, und das ist schön, dann bin ich neugierig drauf, daß du aufstehst, ob dein Umhang fällt über deine Hüften und über deine Beine, und das ist schön, und wenn du dich dann drehst vor mir, dann kann ich nur noch zusehen und fast nichts mehr sagen, denn das ist schön, und wenn du dich so weiter drehst, dann sehe ich zehn schöne Körper um dich herum, bei jeder Drehung einen neuen, und alle zusammen reden zu mir ein Geheimnis, das darf nur geflüstert werden«, und Schahanna hatte alles so gemacht, wie ich's gesagt hatte, und stand vor uns und sah mich an und fragte mich: »Und wie heißt das Geheimnis?« – »Das darf nur geflüstert werden, sonst ist es ja nicht mehr geheim«, antwortete ich, alle bettelten sie um das Geheimnis, da ging ich zur Schahanna und flüsterte ihr ins Ohr: »Ich liebe und werde geliebt.« Und Schahanna rührte sich nicht und sagte wie ein Atemhauch: »Ich liebe und werde geliebt.«

Das war eine Inszenierung, wie Re Dajana sie sich wünscht, alle klatschten in die Hände, Schahanna verbeugte sich leicht vor uns, und Re Dajana, mit ihrem Liebesblick zu ihr, sagte: »Jetzt hast du es gehört«, und zu mir: »Und nun lobe mir bitte die Marie-Luise!«

Die wurde gleich rot vom Hals bis zu den Ohren und saß auf ihrem Stuhl mit einer Scham, und ich sah nach oben, schloß die Augen und sagte: »Ich denke mir aus, daß die Marie-Luise im Sommer geboren ist, zur Zeit der reifen Früchte. Ich denke mir aus, wie sie als kleines Kind über die Weide läuft, zum Gebüsch hin und hält ihre Hand auf, und die süßen Beeren fallen vom Strauch in ihre Hand. Und ich denke mir aus, wie sie mit den süßen Beeren in der Hand zurückrennt, und sieht den kleinen Jungen, dem will sie die Beeren schenken, der will sie umarmen dafür, der ist aber ungeschickt, die Beeren fallen auf die Weide, sie bücken sich beide und essen zusammen die Beeren von der Weide, und der Träger von ihrem Kleid verrutscht. Aber sie merkt es nicht, und wenn die Beeren alle aufgegessen sind, sagt der Junge zu ihr: ›Dein Träger ist verrutscht‹, und zieht den wieder auf ihre Schulter herauf.« Ich öffnete meine Augen, sah zur Marie-

Luise hin, ihre Röte war verschwunden, sie sah mich an, in ihren Augen war ein Glanz, und wie vorher zur Schahanna, so redete ich jetzt zu ihr so, als wären wir beide allein im Zimmer: »Und jetzt bist du schon herangewachsen zur Frau, und immer noch fallen dir die süßen Beeren in die Hand, wenn du die nur aufhältst«, sie hielt ihre Hände auf, und Re Dajana schüttete rote Beeren hinein, »und würdest gern mit den Beeren in der Hand zu dem Jungen hinrennen, der ist auch schon herangewachsen zum Mann, und jetzt denke ich mir aus, daß ich dieser Mann bin«, ging zu ihr, sie hielt mir ihre Hände mit den Beeren hin, »und bin nicht mehr so ungeschickt wie damals«, sie fütterte mich schon mit den Beeren und aß auch selbst welche, »und ich stelle mir vor, daß ich dich umarmen will«, da stand sie auf, ich umarmte sie, dabei verrutschte ihr Träger, »und diesmal wünsche ich mir, daß dein Umhang herabfällt«, der fiel auch herab, und in ihren Augen sah ich, daß sie es so haben will. Ich trat zur Seite, daß auch die anderen sie sehen konnten, und sagte zur Marie-Luise: »Und ich sehe dich an, und meine Augen gehen auf, und die reden zu mir und sagen: ›Was du siehst, das ist die ganze runde Welt vor uns hingestellt. Wer die nicht sieht, ist blind‹.«

Da war's sehr still im Zimmer, bis Re Dajana leise sagte zur Marie-Luise: »Und Raphael ist ja nicht blind. Deshalb wird er uns Frauen auch nicht verloren bleiben.«

Und Marie-Luise, die konnte kaum sprechen, die hauchte nur: »Hohe Frau, Re Dajana, Höchste der Kornegills, Paschamama und Paschakamak! Schützen Sie mich vor der Zerstörung!«

»Ich werde eure Körper vor der Zerstörung schützen«, sagte Re Dajana. Und zu den beiden Lernmehden, die saßen wie starr mit offenem Mund und sahen sie an, zu denen sagte sie: »Und jetzt zeigt dem Prinzen Pan, daß auch ihr einen Körper habt unter dem hängenden Kleid, den man gern lobt und schützen will.«

So standen die beiden Lernmehden auf, die heißen Domähne und Schellieh, hoben die Träger ungeschickt von den Schultern, ließen den Umhang herabfallen, waren beide noch nicht Frauen, aber keine Kinder mehr, und ich sah sie mir an, und sie waren beide ganz anders als die Kinder im Beton, und ich sagte: »Dort, wo Re Dajana Kornegill ist mit ihren Benefiten, Sekretären, Dienern und Mehden, die sie alle liebt, und die sie wiederlieben, da gibt es nichts, was dem Auge nicht gefällt, sondern nur, was dem Auge guttut, am meisten: Schönheit, Jugend, Gesundheit und Glück, überall. Und die beiden Lernmehden stehen vor uns mit graden Gliedern, sind hochgewachsen wie der Baum auf gutem, festem Grund, und die Sonne schickt ihre Strahlen herab zu ihnen, daß sie dereinst blühen und Früchte bekommen«, und mir demselben Atem: »Und jetzt will ich gern die Hohe Frau loben, als Höchste über den Hohen, als Vollendetste über den Vollendeten, als Schönste aller Schönen.«

Da gingen alle Mehden zu ihr, hoben sie aus ihrem Stuhl, und so wollte sie's auch gern, und ich sah mit Genuß zu, wie vier Frauen, alle im Kerzenschein erleuchtet als schöne Nackte, und alle mit großen Augen zu Re Dajana hin, wie die nun langsam, langsam die Träger an den Armen der Herrin herabsenkten, wie der Umhang fiel, und herauskam ihr Körper, den sieht jeder gern an, und wie sie dann alle vor mir standen, und alle fünf sahen mich an, daß der Kleine Fürst sich streckte unter dem leichten Leintuch vom Avarall, und ich nahm schwarze Trauben vom Tisch und fütterte alle fünf mit den Trauben und sah mir jede an beim Füttern, und sie pflückten mir die Trauben mit ihren Lippen von meinen Fingern, die beiden Lernmehden und die Marie-Luise schlossen ihre Augen fest zu, aber Schahanna und Re Dajana sahen mich an, und ich sagte wie ein Zauberspruch von der Bickelak: »Nun schließt den Kreis, daß er nicht reißt!« und legte meine Hände um die Schultern der Lermehden, zog sie heran, bis ich über die Schultern der Schahanna und der Marie-Luise meine Hände auf den Rücken der Re Dajana legen konnte, und gleich drauf legte jede ihren Arm um jeden, und ich wußte nicht, welche Hand meine Schulter streichelte und welche warm in meinem Nacken lag, so standen wir, lange, warm wurde es, sehr warm, heißer Atem kam in meine Augen, und Re Dajana sagte leise: »Dem Prinzen wird es zu warm werden in seinem Leintuch«, und der Kreis mußte geöffnet werden, damit die Mehden alle zusammen mein Leintuch abwickeln konnten, die feinen Nähte vom Avarall rissen, das Leintuch fiel herab, der Kreis wurde wieder geschlossen, sehr klein, und ich sagte zu Re Dajana: »Die Sonne kann keiner loben. Die scheint oder scheint nicht, die wärmt oder wärmt nicht, wie sie grade will. So nimmt der Mensch ihre Wärme und ihr Licht, und wo ihre Wärme und ihr Licht hingeht, da lebt der Mensch, und wo ihre Wärme und ihr Licht nicht hingeht, da stirbt der Mensch.«

»Stimmt!« sagte Re Dajana zu mir, faßte meine Arme, suchte an den Armen herab meine Hände, zog mich mit Kraft aus dem Kreis heraus und schnell durchs dritte und vierte Zimmer, und alle Mehden kamen hinter uns her. Dann legte sie ihren Arm um meine Schulter, und ich meinen um ihre, und langsam gingen wir ins fünfte Zimmer, da waren auch hundert Kerzen, und ich sah ein großes Bett in den Farben, Grün, Blau und Braun, die Mehden stellten Schalen mit Früchten um das Bett herum und Krüge mit Blumen, rannten zurück, holten auch den Pisko, stellten alles ums Bett, standen endlich still, und wie sonst der Labiges, so prüfte nun die Schahanna, ob auch nichts fehlt, es fehlte nichts, Re Dajana hob die Hand, und mit einem Glanz in ihren Augen gingen die Mehden zurück und löschten die Kerzen in den anderen Zimmern mit Stangen, drauf kleine Löschhauben, und der Geruch vom Wachs kam zu uns herein, und Re Dajana zog mich auf das Bett herab, und vom zweiten Zimmer hörte ich die Mehden, wie sie ihre Kleider aufhoben und leise vom runden Tisch naschten, und der Kleine Fürst fand leicht den Eingang zur Höhle unter dem gekräuselten Haarbusch, und ich sah zwei Körper in vielen Spiegeln ums große Bett herum, wie die eins werden wollten, und weil das nicht gelang, so versuchten sie es immer wieder, und ich hörte ihren lauten Atem und sah sie an, wie sie laut atmete, immer schneller, immer lauter, gleich war's ein einziger Schrei durchs ganze Schloß, und ich erschrak drüber, aber sie sah mich an und sagte mit ihrem Liebesblick: »Prinz Pan ...« hob das Stirnband von meinem Kopf, warf es aus dem Bett, lag still über mir, lange. Weil aber der Kleine Fürst immer noch seinen festen Platz hatte in ihrer Höhle unterm gekräuselten Haarbusch, so führte sie ihn darin herum, daß er sich gut zurechtfindet in der Dunkelheit, und das gefiel dem, so wollte er ihrer Höhle den Spritzer geben, der das schlafende Kind erweckt in ihrem Bauch, ich erschrak und befahl ihn aus der

Höhle heraus, daß sein Spritzer ihren Bauch traf, sie rief: »Was machst du?« und ich: »So habe ich es gelernt!« – »Gelernt? Was?« – und ich: »Wie man das schlafende Kind nicht weckt«, und weil sie es nicht verstand, erklärte ich es ihr. Da sah sie mich an mit einem neuen Blick, nicht Katzenblick, nicht der freche Blick, sondern sehr lieb, kniete sich aufs Bett neben mich, streichelte mich und befahl mir, daß ich mich nicht bewegen darf, aber sie drängte sich an mich mit ihrem ganzen Körper, küßte mich überall hin, wo der Kuß grade traf, weinte, lachte, daß der Kleine Fürst sich bald wieder streckte, sagte immerzu: »Prinz Pan, Prinz Pan«, und in den Spiegeln sah ich wieder die beiden Körper, die eins werden wollen. So tobte sie mit mir, lange, war unter mir, über mir, neben mir, vor mir, ringelte sich zur Schlange zusammen, kniete über mir, die Hände neben meinen Schultern stützten ihren Körper, sah mich von oben an und sagte: »Wie heißt der Gast in meinem Bauch?« – »Das ist der Kleine Fürst«, antwortete ich. »Und hast du die Befehlsgewalt über ihn?« – »Der gehorcht mir aufs Wort«, antwortete ich. – »Dann gib ihm bitte den strengen Befehl, daß er nie wieder ausreißt, nie wieder!« – »Er hat schon den Befehl bekommen«, antwortete ich. – »Gut, sehr gut«, sagte sie, »und sag dem Kleinen Fürsten, daß ich sehr zornig werde, wenn er jemals wieder ausreißt.« – »Er weiß es schon«, antwortete ich.

So ging es die ganze Nacht, sie fütterte mich aus allen Schalen, die die Mehden hingestellt hatten ums große Bett herum, und wollte auch gefüttert werden, und fünfmal weckte sie den Kleinen Fürsten auf mit ihrer Kunst, bis der erste Silberschein durch die Fenster hereinkam.

Am Ende lag ich neben ihr und dachte an Aurehl.

8. Kapitel

1. bis 13. Juli 268, die Mißlungene Inszenierung, Matschju-Pitschju

An diesem Morgen erwachte ich von vielen großen Schritten über das Loch in meiner Lagerhöhle, leise, und ich dachte: Was wollen die von der Bande alle in meiner Lagerhöhle? Und wo ist Aurehl? Und warum läßt sie die alle herein? Und ich hörte das Wasser, wie es als Sturzbach herunterkommt von den Wänden, und rief: »Das Weiche Lager muß woanders ausgebreitet werden!« Und die von der Bande gingen zur Fensteröffnung, rissen die ein, daß die Steine mit dem Lehm und dem Hartglas herunterpolterten, ich hörte den Regen, draußen und drinnen, und mir war kalt. Dann beugte die Rose sich über mich und sagte: »Sie müssen jetzt aufwachen!« ich antwortete ihr: »Ich bin ja längst wach«, und zum Beweis machte ich die Augen weit auf. Ich fragte sie: »Warum sind denn die von der Bande alle hier? Und warum reißen die unsere Fensteröffnung ein? Und wo ist Aurehl?«

»Hopp-Sie!« rief da die Rose mit der Stimme von der Schahanna, ich erschrak sehr und sprang auf, neben mir kniete die Schahanna auf dem großen Bett, sah mich an, und am offenen Fenster stand die Marie-Luise und sah mich an, und die Schalen und alle Blumen waren weggeräumt, und das Wasser lief ein in die Wanne.

Sie führten mich beide in ein großes Zimmer mit Wänden aus Stein, bunt bemalt mit Blumen und Früchten, und eine Sonne, die schickt ihre Strahlen herab auf einen kleinen Mann mit einem Greifvogel und einer Schlange auf seiner Stirn, die Sonnenstrahlen haben goldne Hände und streicheln ihn, und hundert kleine Frauen, alle nackend, halten ihm Schalen mit Früchten und Krüge mit Balsam hin. Und in der Mitte vom Zimmer stand eine große, hohe Wanne aus einem roten Stein gemacht, vier Frauen aus Stein halten die Wanne fest, warmes Wasser lief hinein, drin badeten sie mich, und die Schahanna sagte beim Baden zu mir: »Das ganze Bad hat einmal ein junger, schöner König in der Alten Zeit geschaffen, und der hat auch gern in der Wanne gelegen.« Und beim Haarwaschen sagte sie: »Die Herrin ist sehr früh aufgestanden, sie war sehr fröhlich, sie ist zum Strand herabgesprungen, denn sie wollte durch den Regen laufen.«

Wir hörten schnelle Schritte, Re Dajana stand in der Tür, barfuß, die nassen Haare klebten an ihrem Kopf, sie ließ ihren Umhang fallen, war gleich bei mir in der Wanne und rief: »Mehr heißes Wasser bitte!« und das Wasser stieg und wurde wärmer, die Mehden wollten ihr das Haar waschen, aber sie rief: »Der Regen hat mein Haar gewaschen, seht ihr das nicht!« drehte sich in der Wanne, daß ich erst ihren Mund und gleich drauf ihre Füße küssen mußte, fröstelte wohlig und rief: »Diese Wanne ist viel zu klein. Ich brauche eine größere Wanne. Schahanna, sage das bitte dem Gachler, denn morgen will ich mit euch allen zusammen das Bad nehmen.«

Als wir dann geföhnt und getrocknet waren, und als genug Balsam auf unsere Haut gerieben war, da hob Re Dajana neue Kleider vom einem Gestell und zog sie mir an, mit einem großen Ernst dabei, und die beiden Mehden hielten ihre Kleider bereit, aber sie sah es nicht, denn sie sah nur mich, bis die Marie-Luise sagte: »Ihre Kleider, Hohe Frau!« da ließ sie sich anziehen.

Wir gingen ins dritte Zimmer, Labiges kam mit zwei Dienern, die trugen ein Tischchen herein, drauf standen Tassen, draus trinkt man heißen Sud, schwarz oder braun, süß oder bitter, mit einem starken Duft, das ist ›der Kaffee‹. Dazu ißt man kleine, heiße Brote aus weißem Mehl gebacken, drauf legt man die Butter, das ist fester Rahm, hundert verschiedene Rauchdärme, auch Käse, Eier vom Huhn, Honig von den Bienen, und für Re Dajana erfindet Xung-Tsiping dazu noch jeden Morgen einen neuen Leckerbissen. Und wenn man von dem Tischchen ißt und trinkt, dann ist das ›das Frühstück‹.

Dreimal mußten die Diener vom Labiges ein neues Tischchen bringen, jedesmal kostete er vor, Re Dajana fand immer wieder etwas Neues drauf, das mußte ich gleich kosten, und wenn ich's lobte, dann bekam der Labiges ein Zeichen, das hieß: ›Das will ich morgen wieder haben‹, der verbeugte sich, und damit war's beschlossen.

Und beim Frühstück erzählte Re Dajana die Geschichte vom Baden: »Mein Vater Rubin ist nicht gerade ein Feinschmecker, aber vom Baden versteht er was! Er hat zeit seines Lebens Bäder gesammelt, in allen Ruinen hat er nach Bädern gegraben. Manche Bäder sind so groß, daß er sie läßt wo sie sind und hinfliegt, wenn er gerade Lust auf ein Bad hat. Von ihm habe ich wohl meine Lust aufs Bad. Allerdings lieben wir beide das Bad aus ganz unterschiedlichen Gründen. Für ihn hat das Bad mit der Gesundheit des Körpers zu tun. ›Baden hält jung‹, sagte er, als ob es nicht bessere Mittel gibt, jung zu bleiben. Für mich hat Bad etwas mit der Gesundheit meines Geistes zu tun. ›Baden macht fröhlich‹, habe ich deshalb oft zu ihm gesagt, und wir haben dann beide stundenlang gestritten, bis einer aufgab, meistens er. Und dann mußte er mir eins von seinen Bädern schenken, das war ausgemacht. Das Bad neben dem fünften Zimmer heißt: ›Geliebt vom Leben ist Amun‹, nach seinem Erbauer. Weil er in einem sehr heißen Land lebte, hat er sein Bad tief in die Erde hineingebaut, und wenn er baden wollte, stieg er über viele Treppen hinab, hinter ihm seine Diener, vor allem die vielen Negerinnen, die muß er wohl besonders geliebt haben.«

»Es gibt noch eine andere Überlieferung von diesem ›Bad‹«, sagte der grämliche Tschilgren, der stand in der Tür, »daß es sich nämlich um das Grab eines Pharaonen handelt, und nach dieser Überlieferung ist das, was du, liebe Re, als Wanne benutzt, sein Sarkophag, in dem man seine Mumie bestattet hat. Entschuldige mein Eindringen, es geht um den Gachler, der Mann bringt mich zur Raserei.«

Re Dajana sagte: »Kannst du dir vorstellen, daß ein Mensch so viel Mühe und Arbeit und Geschmack und höchste Kunst für sein Grab aufwendet? Niemals glaube ich das! Denn alle Mühe und alle Arbeit, die der Mensch sich macht, seine ganze Liebe und sein ganzes Vermögen gibt er für sein Leben ...«

»... wenn es so lang ist wie deins, vielleicht. Aber nicht, wenn das Leben kurz ist und immer vom Tode bedroht. So wird es jedenfalls überliefert.«

»Ich mache mir nichts aus Überlieferungen, lieber Tschill, vor allem, wenn sie mir nicht gefallen.«

»Unlogisch«, sagte der Tschilgren, »aber liebenswert, wie alles an dir. Der Gachler will dich zwingen, den Tributanten wiedereinzusetzen.«

Sie sprang auf, daß der Stuhl hinter ihr umfiel, sagte zu ihm: »Komm!«, und sie gingen.

Und wir drei saßen um das Tischchen herum, und Schahanna sagte leise: »Die Sonne scheint oder scheint nicht. Und wo ihre Wärme hingeht, da lebt der Mensch ...«

»... und zum Gachler geht die Sonne nicht?« sagte ich.

Und Schahanna: »Nicht mehr lange.«

Später ging ich durch den Spiegelsaal zur Glastür, ein Türsteher trat zu mir heran und hielt mir einen Umhang für den Regen hin mit einer Mütze dran, dazu auch hohe Regenschuhe. Draußen standen unter den Bäumen und auf den Wegen viele Treiber, alle im grünen Parka, die Empie über der Schulter, an denen ging ich vorbei, und jeder machte eine kleine Verbeugung vor mir. Ich kam auf einen breiten Weg, ging weiter, denn ich wollte herausfinden, wie weit sie mich gehen lassen. Ich dachte: Wenn ich immer am Rheinfluß entlang gehe, und mir Fische aus dem Fluß fange, und mir ein Feuer mache in der Nacht, so muß ich zum Mainfluß kommen ins Beton, und ich zählte in Gedanken alles, was ich brauche für die Reise.

Ich kam zu einem weißen Holzhäuschen, davor standen zwei Lerntreiber, die stellten sich mir mit einer kleinen Verbeugung in den Weg, und einer sagte zu mir: »Gehen Sie bitte nicht weiter, denn hier fängt das Land der Bergmenschen an, da haben Sie keinen Schutz.«

»Ich schütze mich selbst«, sagte ich und wollte an ihnen vorbeigehen.

Da wurden sie beide ganz ängstlich, einer lief in das Häuschen, rief: »Warten Sie bitte!« und der andere sagte: »Es muß gemeldet werden.«

Gleich kam der Lerntreiber aus dem Häuschen zurück, hinter ihm Mannfried, der sagte mit einer Verbeugung zu mir: »Ich muß Sie sehr höflich bitten umzukehren. Die Bergmenschen sind gefährlich, und ein Spaziergang durch ihr Gebiet muß angemeldet sein.«

»Bin ich denn nicht angemeldet?« fragte ich ihn, sah seinen ratlosen Blick, so sagte ich gleich dazu: »Stimmt ja! Ich wollte mich anmelden und hab's vergessen.«

»Da sind Sie ja den ganzen Weg bei diesem Regen vergeblich gegangen. Aber ich kann um die Erlaubnis bitten, daß ich Sie im Steyer-Puch zurückfahre zum Schloß«, ging schnell in das Häuschen hinein, redete drinnen laut, kam schnell heraus, führte mich zu einem Blechwagen, half mir aufsteigen, rannte herum, stieg auch auf, und mit lautem Knattern fuhren wir ab.

Über den Lärm vom Blechwagen sagte er: »Weil ich gehoben worden bin, so muß ich nun vorsichtig sein vor meinen Lernmännern.«

»Ich will mit dir einen neuen Vertrag machen«, sagte ich.

»Und wie soll der gehen?«

»Es kann sein, daß ich bald ins Bergland will und durchs Bergland durch.«

Er bremste den Blechwagen, es war plötzlich sehr still, er sagte: »Dabei kann ich Sie nicht schützen.«

»Du sollst ja nicht mitgehen, du sollst mich durchlassen.«

»Das ist der verdammte Kram«, sagte er, »denn ohne Anmeldung darf keiner am Postenhaus vorbei, auf den wird geschossen, und wer versucht durchs Gebüsch zu gehen, der kommt an den Alarmdraht und fällt um, von der Elektrischen Kraft getroffen.«

Ich sagte: »Auch der beste Treiber mit der besten Empie kann nicht immer treffen.«

Und er: »Aber wenn der Wachmann einen bei der Flucht erwischt, dann wird er gehoben. So geht das immer beim Super.«

»So geht das nicht immer beim Super! Oder bist du etwa gehoben worden, weil du mir ein Bein gestellt hast?«

»Ich habe Sie nicht gleich erkannt!« rief er und wurde sehr klein vor dem großen Rad, mit dem lenkt man den Blechwagen.

»Das war dumm von dir.«

»Das ist doch kein Vertragsbruch!« rief er laut.

»Nein«, sagte ich leise, »aber du bist doch nicht gehoben worden, weil du mir ein Bein gestellt hast, sondern weil ich auf den anderen gezeigt habe, und der ist gestürzt worden.«

»Ja«, sagte der Mannfried, »der hat ein Rotes Kreuz im Büchlein vom Xung-Beping.«

»Weil es eine kleine Schramme gegeben hat an meinem Bein, und weil ich auf ihn gezeigt habe, deshalb hat der ein

Rotes Kreuz im Büchlein. Und jetzt rechne dir bitte aus, wie es dem ergehen wird, der mich nicht nur in den Sand wirft mit einer kleinen Schramme am Bein, sondern der mich mit seiner Empie trifft.« Und sehr leise, wie ein wichtiges Geheimnis sagte ich dazu: »Wenn ich ausreiße, dann doch nicht vor der Herrin, sondern vor einem neidischen Benefiten, und denke dir doch bitte den Zorn der Herrin aus, wenn die Untreue dieses Benefiten erkannt wird, und wenn du mich nicht triffst, dann beschützt du mich ja in Wahrheit vor diesem Benefiten und rettest mich für die Herrin.« Sah ihn an, lange, und er saß ganz still und ganz klein vor dem großen Rad und dann, wieder ganz leise sagte ich: »Und so habe ich mir unseren neuen Vertrag ausgedacht.«

Mannfried kratzte sich überm linken Ohr, als ob die Laus ihn lange beißt, und endlich sagte er: »Verdammter Kram! Aber ich bin ja nicht in allen Postenhäusern zu allen Zeiten.«

»Ich will ja auch nicht durch alle Postenhäuser gehen und nicht zu allen Zeiten«, antwortete ich, »sondern nur durch eins, und die Zeit machen wir aus nach der Sonne, so wie es Sitte ist im Beton.«

Da verstand er endlich den neuen Vertrag, sagte mir nach der Sonne seine Postenhäuser an für drei Tage, und unser Vertrag hieß dann: ›Wenn ich zum Postenhaus komme, dann wird der Mannfried seine Lernmänner zum Alarmdraht schicken, ob der zerbrochen ist, und wenn ich durchgehe, dann wird er einen falschen Schuß machen, daß er mich nicht trifft, und dafür wird er durch mich gehoben werden zum Lernhauptmann unter dem Hagannahta‹, und wir machten den Vertrag mit Augen und Händen, und danach erklärte mir der Mannfried noch den kürzeren Weg zum Rheinfluß durchs Bergland und fuhr mich mit seinem Blechwagen ›Steyer-Puch‹ zum Schloß hin, sprang ab, half mir mit einer Verbeugung herab, und bei der Glastür standen schon die Türsteher und halfen mir aus dem Regenumhang und aus den Regenschuhen heraus.

Auch an diesem Abend, nach dem langen Essen im zweiten Zimmer, trugen die Mehden Krüge, Schalen und Blumen ins fünfte Zimmer und stellten sie ums große Bett herum, aber am dritten Abend wurde viel Platz gebraucht für bunte Bilder, so groß wie zwei Hände, die lagen ums Bett herum verstreut, drauf Kopf und Schulter von jungen Frauen, und Re Dajana sagte dazu: »Ich habe mir neue Mehden gewünscht, deshalb hat man mir diese Fotos geschickt. Sieh sie dir bitte mit mir zusammen an, denn sie sollen dir ja auch gefallen.«

Nun kauerten wir uns beide hin, und rutschten von Bild zu Bild, und immer sahen mich die Frauen aus dem Bild an, manchmal hob sie eins und fragte mich: »Die?« aber ich dachte: Die sehen ja aus, wie die Frauen im Beton! Wie sollen die denn Mehden werden?, und sah ein neues Bild, da ging's wie ein Schlag durch meinen ganzen Körper, ich machte eine kleine, falsche Bewegung, denn aus dem Bild sahen mich schön und ernst und sehr deutlich die riesigen Augen der Aurehl an.

Re Dajana hob das Bild hoch, ging damit zum hellen Kerzenlicht, sah es an, stand ganz still, lange und sagte zu dem Bild: »Das ist also die kleine Frau, mit der dich der Stumme im Beton gesehen hat. Sie ist wunderschön. Vor allem die Augen. Das sind die Augen, die die Welt ansehen wollen.«

Ich atmete tief ein und wollte schnell reden, wie sie's nicht ist und nicht sein kann, aber kein Wort kam aus meinem Mund heraus, da hörte ich Re Dajana sagen: »Sie ist es also!«

Sie wollte mich ansehen, aber ihre Augen waren geblendet vom hellen Kerzenlicht, so sah sie an mir vorbei durch die Wand, durch die Berge. »Ich mache immer das, was ich will«, sagte sie, »wie du. Du willst mir vielleicht wieder ausreißen, zu ihr«, und sie hob das Bild und sah es an, »deshalb hole ich sie zu mir. Wie gefällt dir das?«

»Wo ist sie?« fragte ich.

»Das arme Kind«, antwortete Re Dajana mit Spott, »hat so großen Hunger, daß es Arbeit sucht. Dagegen sollten wir doch etwas tun, findest du nicht?«

»Sie kommt hierher?« fragte ich.

»Aber nur, wenn du jetzt zu mir kommst«, ließ sich aufs Bett fallen mit dem Bild in der Hand, ich legte mich neben sie, sie schlief gleich, aber wenn ich eingeschlafen war, dann weckte sie mich mit ihren Küssen, und wenn ich endlich wach war, drehte sie sich weg von mir. So ging es die ganze Nacht bis zum Morgen.

Im großen Badezimmer stand mitten drin immer noch die

Wanne, in der Amun entweder gebadet hatte oder begraben war, trotzdem mußten die Schahanna und die Marie-Luise auch einsteigen, es wurde sehr eng, sie waren alle sehr fröhlich, planschten, spritzten, jubelten, und erst als Schahanna mir, und zugleich die Marie-Luise ihr das Haar wuschen, wurde es etwas ruhiger.

Vom Bad gingen wir alle durchs fünfte Zimmer hinaus auf einen offenen Vorbau am Schloß. Es regnete nicht mehr, und unter den Wolken sah ich übers breite Wasser zum anderen Ufer hin, wie die Sonne aus dem Dunst der fernen Berge herauskommt und aufsteigt, und auch die dünnen Rauchfahnen aus den Hütten der Bergmenschen sah ich.

Da saßen wir, redeten nicht, aßen und tranken, das ist ja das Frühstück, und das Bild von Aurehl lag vor Re Dajana auf dem Tischchen.

Später kam mit vielen Verbeugungen der Tamasch heraus zu uns, bekam vom Labiges ein Tischchen hingestellt, aß, trank auch viel von dem Kaffee, schwarz und bitter, und Re Dajana hielt ihm das Bild hin und sagte: »Aus den vielen habe ich mir diese Frau ausgesucht. Ich hoffe, sie gefällt dir auch so gut wie mir. Prinz Pan ist auch einverstanden, und jetzt laßt uns eine wunderschöne Inszenierung machen, denn ich möchte diese Frau schon heute hier in Schloß Marbach sehen.«

Tamasch nahm das Bild, sah es sich an, nickte und kratzte sich seine Warze am Kinn, die wackelte dabei, und dann fragte er mich: »Und wie cheißet nunmalän das chiebschä Kind mit dän großän Eiglein?«

»Die Frauen im Beton haben keinen Namen«, sagte Re Dajana, »das müßtest du doch eigentlich am besten wissen, mein lieber Tamasch«, und sah mich an mit ihren Katzenblick.

Und Marie-Luise aß ein weiches Ei, und Schahanna sah von einem zum andern hin, und Tamasch kratzte sich seine Warze.

Und mit ihrem frechsten Blick sagte Re Dajana zu mir: »Wir können uns ja einen schönen Namen ausdenken, wie findest du das, Prinz Pan?«

Und gleich waren sie wieder sehr fröhlich und riefen hundert Namen, ob die mir gefallen, aber ich saß nur da und dachte: Soll das ein Spiel werden, bei dem ich sie wieder verrate? Oder wissen sie den Namen schon längst?

Am Ende schloß Tamasch das Bild in den schwarzen Lederkasten ein, der ist ja immer angekettet an seinem linken Handgelenk, stand auf als ein trauriger, unglücklicher Mann und jammerte: »So muß unsäreins ohnä Namän das chiebschä Kind cholän«, ging schon, sie riefen ihm nach mit ihrem Spott: »Wirst du das auch wirklich schaffen? Wollen wir nicht noch etwas warten, ob dem Prinzen nicht doch noch ein hübscher Name aus dem Mund fällt?«

Aber als sie den Tamasch nicht mehr sahen, ging's gleich weiter mit: »Und wie soll die Inszenierung werden? Und was für eine Rolle bekommt die Schahanna? Und was für eine Rolle bekommt Prinz Pan?«, und redeten endlos über die Inszenierung, die da gemacht werden soll mit Aurel, aber ich dachte: Redet nur! Ich werde Aurehl beschützen, auch beim Super!

Es war eine Stille im Schloß und eine Ruhe, die störte mich, es war zu ruhig für meine Unruhe. Endlich gingen die Lernschneider durchs Schloß und suchten die, die vom Avarall neue Kleider für die Inszenierung bekommen sollten. Ich bekam vom Avarall eine weiße Tuchjacke, eine weiße Turmhaube, wie die Köche sie tragen, und dann mußte ich zum Xung-Tsiping in die Küche, und bei der Arbeit der Köche, die sieht aus wie ein Hüpftanz um die Töpfe, wurde ich ein neuer Lernkoch vom Xung-Tsiping.

Die Sonne stand schon dicht über den Schiener Bergen, da hörten wir einen Heli, und es gab ein Gerenne im ganzen Schloß, und jeder mußte an seinen Platz für die Inszenierung, und ich mußte in der Küche einen riesigen Stoß Teller in beiden Händen halten, stehen und warten. Ich hörte wie der Heli herabging, das Pfeifen vom höchsten bis zum tiefsten Ton, dann Stille, dann Schritte, oben im Spiegelsaal, wieder nur Stille, und kein Koch bewegte sich auch nur einen Schritt, lange, dann laute, schnelle Schritte die Treppe herab zur Küche, Marie-Luise kam bleich in die Küche gerannt, rief: »Prinz Pan, o Schreck, zur Herrin, schnell!« rannte schon wieder hinaus, ich hinter ihr her mit meinen hundert Tellern, über Treppen, Gänge, in ein Zimmer, drinnen Re Dajana,

Tamasch und der große Tschilgren-Grämlich, die Marie-Luise wurde gleich wieder hinausgeschickt.

Tamasch sagte, seine Warze am Kinn war feuerrot: »... und keinär weiß was, und keinär chat was gähehrt, und keinär chat was gäsähän, und unsäreins fragät sich: Wie kommät dänn ein ganzär Mänsch mit Kopf und Chand und Bein und Fuß flutschum durch die Wachän chindurch? Ist vielleicht geflogän durch die Lifte? Chundärtfinfzig schehnä Mädchän stähän vor mir und sähän mich traurigän Blickäs an, abär keinä von dänänall soll ich mitbringän zur Chärrin, ausgämachtämalän die einä, einzigä, schenstä, und die chat man mir fieglich gästohlän!«

Er wollte so weiterreden, aber Re Dajana, mit starren Augen zu ihm, ließ ihn nicht weiterreden: »Wo ist sie?« fragte sie, und weil der Tamasch nur mit seiner feuerroten Warze wackelte, fragte sie noch einmal, viel lauter: »Wo ist sie?«

Da drehte sich der Tamasch wütend um zu mir und schrie mich an: »Vielleicht weiß ja diesär jungä Chärr bässär Bäscheid als unsäreins wie diesä Autochthonän, der Teifäl soll sie allä cholän ...«

Und Re Dajana schrie mich an: »Stell doch bitte endlich diese blödsinnigen Teller weg!«

Langsam, vorsichtig, stellte ich die Teller auf den Boden, daß keiner auch nur wackelte auf dem riesigen Stoß.

Und mit einem Blick, vor dem fürchtet sich jeder, sagte sie leise zum Tamasch: »Du wirst von jetzt an keine Sekunde mehr zum Schlafen, Essen, Trinken kommen, denn ich sehe schon im voraus, wie du mit allen deinen Dienern mit diese ›Autochthonä‹ heranschaffst«, und dann, sehr laut, sehr schrill: »Und ganz gesund will ich sie bei mir sehen!«, ging zur Tür, der Tschilgren hielt sie ihr auf, sie blieb an der Tür stehen und sagte mit ihrem schönsten Liebesblick zum Tamasch: »Und dann darfst du wieder essen und trinken und schlafen.« Und ging, und hinter ihr auch der Tschilgren.

Dem Tamasch stand der Schweiß auf der Stirn, und wenn er sich den abwischte, dann lief gleich zweimal so viel herab, er sah mich an und sagte: »Schweinä-Frässä-Kollärra Krummän-Chundäs-gälbä-Kackä, Pfotzäs-Kurwas-stinkändäs!« und ging.

Und als ich so stand, vor mir der Tellerberg, und als ich

dachte: Was mache ich mit den Tellern? da ging die Tür auf, ganz leise, Tamasch stand in der Tür und sagte: »Ich mechtä mich äntschuldigän fier die Fliechä. Abär es ist nunmalän einästeiläs einä besä Sachä gäschähän, da ist der Mänsch leichtäns ungäziegält«, sah die Teller, hob sie alle auf mit großer Mühe, gab sie mir und führte mich hinab in die Küche, da wurden mir die Teller gleich abgenommen.

Xung-Tsiping kam aus einer Ecke und sagte zu mir: »Morgen brauchen wir viele Fische, der Fisch liebt die Stille und bringt den Frieden ins Haus. Wollen Sie mir helfen? Beim Fischen? Morgen früh? Bei Sonnenaufgang? Unten am Bootssteg? Ja?«

Ich nickte nur, ging in mein Zimmer, blieb da, schlief da mit der weißen Turmhaube auf dem Kopf, aber das merkte ich erst am Morgen, da lag sie neben mir im Bett.

Beim Sonnenaufgang stiegen wir in ein kleines Boot, Xung-Tsiping zeigte mir, wie man das Boot rudert, dann ließ er mich rudern, war zufrieden mit mir, und mitten im Untersee sagte er: »Ziehen Sie die Ruder ein!« Dann zog er einen langen Stecken aus dem Wasser ins Boot, dran war ein Seil. Das zog er auch aus dem Wasser bis man ein Netz sah, drin zappelten viele Fische, er zog das Netz ins Boot. Die kleinen Fische warf er zurück ins Wasser und die großen in einen Trog, drin wartet der Fisch bis er im Topf gebraucht wird, und dann erst wird er erschlagen. Er sah sich die Fische im Trog an, war nicht zufrieden, warf die Angel aus mit dem Haken, ein glitzerndes Lockfischlein aus Metall dran, der Fisch will gierig das Fischlein verschlingen, beißt in den Haken, kommt nicht los und zappelt und verrät sich dem Fischer. So fing er noch einige Fische, war endlich zufrieden und gab mir das Zeichen, daß ich zum Bootssteg zurückrudern soll.

Und als ich ihm den Trog mit den zappelnden Fischen aus dem Boot herausreichte, sagte er: »Wenn die Hohe Frau die große Wut hat, dann muß man sie mit Fischen füttern. Leider, leider, in Matschju-Pitschju kann man nicht fischen, nur angeln«, ging mit dem schweren Trog voran, und ich hinter ihm mit seinem Angelkasten, und in meiner Tasche war schon eine Angelschnur, Haken und Lockfischlein aus seinem Kasten.

Ich ging in mein Zimmer, ein Lernschneider brachte mir warme Kleider, ein Lernkoch trug ein Tischchen herein, und als ich frühstückte, kam die Schahanna, setzte sich zu mir ans Tischchen, aß nicht, trank nicht und sagte: »Fische werden uns nicht den Frieden ins Haus bringen. Die neue Mehd muß her, eher gibt es keinen Frieden«, und sah mich an.

»Wo ist sie denn?« fragte ich sie.

»Ich dachte, Sie wissen das am besten. Die neue Mehd kommt doch auch aus dem Beton.«

»Ich weiß es aber nicht.«

Und sie, mit ihren Rehaugen zu mir: »Das glaube ich Ihnen nicht.«

»Ich weiß es nicht!« rief ich laut.

Da stand sie auf und sagte: »Ich wollte der Herrin helfen und Ihnen. Aber die Herrin hat ihre Wut, und Sie haben Ihre Launen«, ging schon zur Tür, stand an der Tür, sah mich an: »Der Hagannahta beklagt sich darüber, daß Sie so weite Wege ums Schloß herum machen, und daß Sie seine Leute bei den Postenhäusern in Schwierigkeiten bringen. Die Herrin hat ihm geantwortet: ›Verliere mir den Knaben nicht! Das könnte dir großen Ärger bringen.‹«

»Davon, daß ich hier rumsitze und auf den See starre, davon wird die neue Mehd nicht herkommen.«

Sie setzte sich wieder zu mir ans Tischchen: »Sondern wie?«

Und ich, ganz leicht: »Ich müßte ins Beton fahren und herumhorchen.«

»Sie meinen, sie ist im Beton?«

»Nein!« rief ich laut. »Herumhorchen und herausfinden, wo sie ist!«

»Die Herrin läßt Sie aber nicht fahren«, sagte die Schahanna, stand auf und ging.

Ich ging zum Xung-Tsiping hinab in die Küche und fragte ihn: »Was muß ein Lernkoch noch alles können auf dem Wasser und im Wald?«

»Fische haben wir«, antwortete der, »die Pilze verstecken sich im Boden, zu kühl, Jagen ist verboten, leider, leider.«

Und keiner sah, wie ein kleines, scharfes Messer und ein großes Stück Rauchdarm in meiner Tasche verschwand.

Ich ging hinaus, suchte mir ein Versteck, fand eins in einer

Baumhöhle, nicht weit von einem Postenhaus, ich zog meine warme Jacke aus, wickelte das Messer und den Rauchdarm rein, dazu Feuerhölzer und die Angelschnur mit Haken und Lockfischlein. Ich hörte schnelle Schritte, der Wilhelm tanzte heran mit einem großen Korb, ich ging ihm entgegen, er rief: »Ein Glück, daß ich Sie finde! Mein Hauptmann Xung-Tsiping braucht die roten, süßen Walderdbeeren, eine Menge.« Und leise sagte er dazu: »Er will Ihnen eine Freude machen.«

Und dann zeigte er mir, wo die Walderdbeeren wachsen, und zusammen sammelten wir die bis zum Abend.

So vergingen noch zwei Nächte und zwei Tage, dann fehlte nichts mehr in meinem Versteck für meine lange Reise ins Beton, sogar einen Schlafsack hatte ich vom Mannfried bekommen. Es war warm geworden, und am dritten Tag wollte ich gehen, am 7. Juli des Jahres 268 der Neuen Zeit.

An diesem Morgen kam sehr früh die Marie-Luise in mein Zimmer gehüpft und sagte: »Die Herrin erwartet Sie auf der Veranda.«

Re Dajana frühstückte mit Genuß auf dem offenen Vorbau, neben ihr stand der Labiges, und sie sagte zu mir: »Willst du wissen, wie es meiner neuen Mehd ergangen ist?« und hatte gleich ihren Spaß an meinem Schreck. »Sie ist gesund und guter Dinge«, biß in ein kleines heißes Brot, »wollt ihr nicht mit mir frühstücken?«

Labiges rückte mir einen Stuhl zurecht, ich setzte mich nicht und fragte: »Wo ist sie?«

»Ich habe euch zum Frühstück eingeladen«, sagte sie.

Da mußten wir uns setzen, und der Labiges goß uns beiden den heißen Sud ein, braun und süß für die Marie-Luise, schwarz und süß für mich, und Re Dajana aß und trank lange mit Genuß, und endlich sagte sie: »Sie fliegt im Jet durch die ganze Welt mit einem verliebten Flugkapitän vom Willem Pickboota, Mundermann heißt er«, sah mich an dazu wie einer, der grade sein Spiel gewonnen hat, »aber hätte sie noch ein bißchen gewartet, könnte die hier mit uns frühstücken!«

»Wie konnte sie wissen, daß Sie mit ihr frühstücken wollen!« rief ich.

»Jedenfalls fühlt sie sich wohl beim Mundermann, wie man hört.«

»Das ist nicht wahr!« rief ich laut.

Und sie, leise, und mit ihrem Katzenblick: »Bist du etwa eifersüchtig auf den Mundermann?«

Und ich, mit einer Wut: »Nur in der größten Not nimmt sie eine Arbeit beim Super, denn sie fürchtet sich vor dem Super, sie will auch nicht, daß ich Arbeit nehme für Euros beim Super ...«

»... Du hast jetzt dreimal ›Super‹ gesagt, und das ist dreimal zu viel!« warf das Tischchen mit dem ganzen Frühstück um, daß alles auf den Steinen zersplitterte, dran klebte und in Pfützen auslief, stand auf und ging mit schnellen Schritten durch die Tür ins fünfte Zimmer.

Ich sagte zur Marie-Luise: »Wollen wir jetzt endlich frühstücken?«

Und sie, rot vom Hals bis zu den Ohren, und ihre Stimme heiser: »Sie sind unerträglich mit Ihren Launen, und jeder muß sich wundern, wie die Herrin Ihre Launen erträgt«, stand auf und ging auch.

Ich ging in mein Zimmer und redete laut mit den Wänden: »Dieser Flugkapitän, der kann ja verliebt sein, aber Aurehl nicht! Aurehl ist dem Tamasch ausgerissen, und jetzt hat dieser Flugkapitän sie gefangen! Und das alles kommt von dieser Inszenierung! Und warum soll ich jetzt noch ins Beton fliehen. Der Tamasch wird die Aurehl dem Flugkapitän wegnehmen und dann frühstückt sie mit Re Dajana auf der Veranda und ich sitze im Beton! Und redete so weiter mit den Wänden, laut und sehr lange, und hörte die Tür nicht, und nicht die Schritte auf dem Teppich, hörte endlich die schwache Stimme der Marie-Luise hinter mir: »Prinz Pan!« Ich drehte mich um zu ihr, sie legte ihre Hände auf meine Schultern, dann um meinen Hals herum, zog mich heran, legte ihre heiße Backe an meine, blieb so, lange, und von ihren Tränen wurde meine Backe naß und kühl, und sie hauchte: »Prinz Pan! Prinz Pan! Man muß Geduld haben. Ich habe ja auch Geduld. Ich habe ja auch mit den Wänden geredet. Ich habe Raphael auch geschrieben, das war sehr dumm von mir. Wir müssen beide Geduld haben«, löste sich von mir, wollte mich ansehen, aber ihre Augen waren so naß, daß sie lange wischen mußte, lachte mit einer Scham, weil sie mich immer noch nicht sehen konnte und ging hinaus.

Es wurde sehr unruhig im Schloß, ich ging in den Spiegelsaal, die Glastür stand offen, der kleine wichtige Xung-Beping stand da mit seinem Büchlein, und unter seinem Befehl schleppten die Schneider, Lernärzte, Köche und die anderen wichtigen Handwerker bei Re Dajana ihre schweren Kisten und Gestelle durch den Spiegelsaal. Der Flüssel kam an mir vorbei, fragte mich: »Wird dir flecht beim Fliegen?« – »Mir ist jetzt schon schlecht«, antwortete ich, und er ging schon weiter. Der Mund vom Xung-Beping trat zu mir, sagte: »Einsteigen, wir fliegen gleich ab.« Ich blieb aber stehen. Marie-Luise kam zu mir, zog mich durch die offene Glastür hinaus zum Heli, schob mich die Leiter hinauf und hatte keine Ruhe, bis ich im bequemen Sessel saß, setzte sich neben mich und sagte: »Wir können auch ebensogut in Matschju-Pitschju zusammen warten und hoffen.«

Sechs Tage und sechs Nächte war ich im Lärm der Helis, im Brausen der Jets und im Brummen vom Schiff und hatte gehört von Rotterdam und Karrakas und Kusko, und endlich senkte sich ein Heli herab mit uns in eine kleine Mulde zwischen zwei Bergen: Matschju-Pitschju, da habe ich es zum ersten Mal gesehen.

Und als der große Flügel überm Heli sich ausgedreht hatte, da war eine Stille um mich, die kannte ich noch nicht, die ist anders als die Stille im Beton, die geht so weit in die Berge, und man redet auch anders, und man hört den leisesten Ton aus der Ferne, und man atmet auch anders, und man sieht zu den Bergen hinauf und ist still.

Man führte mich über viele Treppen in ein kleines Haus, und ich schlief bald ein. Am Morgen wurde angeklopft, ein Lernschneider trat ein und brachte mir die Kleider, wie jeder in Matschju-Pitschju sie hat: Vor allem die Kapa mit den bunten, kleinen Bildern, dazu die Kniehose, dicke, lange Strümpfe und feste Schuhe, zuletzt die Tschullumütze mit den Ohrenklappen.

Der Lernschneider sagte: »Es hat einen Unfall gegeben, bald nachdem die Helis gelandet waren. Alle Menschen in Matschju-Pitschju sind in großer Trauer.«

»Was für ein Unfall?« fragte ich.

Aber er antwortete nicht, sondern sagte: »Wir sind hier im

Hochgebirge und es kann schnell kalt werden. Deshalb rate ich Ihnen, die Kapa und die Mütze immer mitzunehmen, auch wenn es draußen sehr warm ist«, und nannte mir auch die Namen der Tiere, die ihr Vlies hergegeben hatten für meine Kleider: Vikunja, Alpaka und Lama, aber ich wollte das nicht hören und fragte ihn noch einmal: »Was für ein Unfall?«

»Man wird ihn noch nicht einmal begraben können«, sagte er und ging.

Draußen war ich wie geblendet. Hundert Sonnen strahlten zwischen Wolken durch, schneeweißer Nebel stieg herauf, ein Glitzern überall, ich konnte nicht genug sehen, ich stand und starrte, bewegte mich nicht, sah nur immer wieder hin.

Und da hörte ich ihre Stimme wie einen Gesang: »Das ist mein Matschju-Pitschju.«

Ich sagte: »Da ist Himmel und Erde zusammen«, und da sah ich sie erst, sie stand etwas über mir auf einer Treppe.

»Ja, Himmel und Erde, alles zusammen.« Dann stieg sie herab zu mir und führte mich an der Hand über eine lange Treppe, hinab zum Großen Platz, und dann über viele kurze Treppen an kleinen Häusern vorbei, alle aus Steinen errichtet in der Alten Zeit, so dicht verfugt, daß keiner verrutschen kann, aber die Dächer aus Balken und Stroh, und in den Häusern arbeiten ihre Handwerker, die machen das Gold flüssig und formen es zu Ketten, Ringen, Bändern, das sind die Goldschmiede, und die Elektriker haben ein großes Haus, drin enden die Elektrischen Drähte, die tragen die Elektrische Kraft herauf nach Matschju-Pitschju, die geht zu den Spinnern und Webern und zu den Schneidern, Köchen und Ärzten, und sie zeigte mir auch die Häuser der Indios, das sind auch Bergmenschen, aber die verstecken sich nicht in ihren Häusern, wenn sie kommt, sondern stehen vor der Tür, lachen und zeigen ihre Kinder vor. Sie führte mich auf einen Berg, immer zehn Stufen hoch, dann zehn Schritte, wieder zehn Stufen hoch, und wieder zehn Schritte, das ist der Terrassenberg, auf dem pflanzen die Gärtner die süßen Kartoffeln und den Lauch, dazu die Kräuter und die Gewürze, die heißen Ingwer, Nelken, Muskatnuß, Zimt und Kukuron, alles für den kleinen Xung-Tsiping.

Und dann standen wir auf der höchsten Terrasse und sa-

hen herab über die Gärten auf die Häuser und Treppen von Matschju-Pitschju, die waren so winzig geworden, die Menschen mit ihren Tschullumützen sahen aus wie Ameisen, und dicht neben den Häusern sind auf beiden Seiten die Steilhänge, links hinab zum Urubambafluß, rechts hinab zum Tal der Lamas, und hinter den Häusern steigt sehr steil ein hoher Felsenberg auf, grün, blau und braun, das ist der Berg Huajna, den liebt sie, und weil sie den nicht mitnehmen kann in die Welt, so nimmt sie seine Farben mit.

Wir gingen weiter, ich sah einen Abgrund, ich trat dicht heran, beugte mich über den Abgrund, wie ich mich immer von der Friedensbrücke hinabbeuge zum Mainfluß, sah tief unten den Grund, dunkel und dunstig.

»Geh da weg, Pan!« sagte sie leise.

Ich drehte mich langsam um zu ihr und sah in ihre zu Tode erschrockenen Augen hinein wie vorher in den Abgrund.

»Geh da bitte weg!« sagte sie noch einmal.

»Sagen Sie es bitte dreimal!«

»Bitte komm zu mir, Prinz Pan! Steh da nicht länger!« bettelte sie.

Da erst ging ich zu ihr, und sie fing mich auf mit ihren Armen, als ob ich schon stürze, und als ob sie den Sturz aufhalten kann, und sagte: »Weißt du denn nicht, daß es gestern abend einen Unfall gegeben hat? Alexeji-Amie, der kleine, zarte Alexeji-Amie hat sich vom Felsen ins Urubambatal gestürzt. Mit dem hatte ich viel vor, der sollte mit einer Kornegill in den Goldnen Vertrag gehen, dadurch wollte ich die Nomenklatter mit den Kornegills verbinden, aber jetzt können wir ihn nicht einmal begraben.« Und führte mich den Terrassenberg hinab, und über die lange Treppe an meinem kleinen Haus vorbei wieder steil hinauf zum größten Haus von Matschju-Pitschju, das nennen sie die Akropolis, oben drauf das Goldne Schlangenwappen von zwei Speeren durchbohrt. Und in das Haus hinein führte sie mich, und durch kalte Gänge aus Stein in eine Halle, drin brannten viele Feuer mit einem würzigen Duft und riesige Kerzen überall, in der Mitte ein langer Tisch, und um den herum standen alle ihre Benefiten, alle redeten sie mit einem Ernst von dem toten Alexeji-Amie, und als sie eintrat, wurde es still, und sie sagte leise: »Ich danke euch, daß ihr zur Totenfeier für meinen armen, kleinen Amie gekommen seid«, setzte sich, alle Benefiten setzten sich, Xung-Tsiping kam mit seinen Köchen, Labiges mit seinen Dienern, und aus einem einzigen Topf teilten sie die Bergspeise aus, die heißt Estofado, das ist eine Suppe, in der schwimmen kleine Bälle, aus der Leber vom Kalb gemacht, Bohnen, Lauch, süße Kartoffeln und Kräuter. Nun wurde viel gegessen, und wenn der Topf leer war, stand schon ein neuer da, der wurde auch schnell leer, dazu tranken sie alle den giftigen Alkohol, sie wurden heiter, lachten viel, wurden laut und vergaßen beim Essen und Trinken den toten Alexeji-Amie, anders als bei uns im Beton, da vergißt man den Toten beim Hunger und bei der Not.

Plötzlich stand der Tamasch vor uns, der sah schlimm aus, seine Augen lagen tief in den Augenhöhlen, lange häßliche Bartstoppeln hatte er, plumpste auf einen Stuhl, saß da, atmete schwer und sagte: »Man bittät gietigst, daß man sich sätzän darf.« Es war gleich still in der Halle, nur die Feuer knisterten. Mein Herz schlug wie eine schnelle Trommel, denn der durfte nicht ohne Aurehl kommen, der kam aber ohne Aurehl.

Er sah auf den Tisch und sagte: »Ich bin ein armär Mann, där keinän Hungär mähr kännt. Und chier ißt man gänißlich die Ästofado«, nickte dazu viele Male, »und jetzo ist nunmalän der Jät mit däm Mundärmann in Kusko gälandät. Aber wie ist der Jät gälandät? Als ein unärbätäner Gast, ohne Landäärlaubnis. So chat nun gärächtärmaßän der Chauptmann von dän Rakätän, jänär Galloway, seinä Rakätän abgäfeiert auf dän unärbätänän Gast.«

Re Dajana stand mit einem Ruck auf, ich sah nur den Mund vom Tamasch.

»Abär jänär Galloway hat wundärmalän gliecklichärweisä seinä Rakätän ganz varkahrt gäfeiert, und unsäreins stäht näbänanbei und guckt dumm dareinän, wie där Mänsch alläs falsch macht. Und so chat man dän Mundärmann blutig härausgätragän, und die schenä Frau dazu, die ist gleich umgäfallän, und där Doktor chat uns allä getrestät, die ist insoweit nämlichärweisä ganz gäsund gäbliebän. Abär schlafän muß die schenä Frau.«

Da war's, als ob alle Benefiten zusammen laut ausatmen, und Re Dajana ging zu ihm hin, zog ihn sanft hoch, sagte:

»Komm!« legte ihren Arm um seine Hüften und führte ihn hinaus.

Das war zu der Zeit, als die Sonne hoch über Matschju-Pitschju stand, und als sie sich übers Urubambatal legen wollte, da kam der Befehl: Ein Heli soll die Aurehl und den Flugkapitän Mundermann aus Kusko holen, und der Mundermann ist ein Gefangener der Re Dajana und wird vor das Gericht gestellt.

Ich ging über den Großen Platz und weiter zu der Stelle, wo die Helis herabgehn und aufsteigen unterm Terrassenberg, sah hinauf, wollte durch die Wolken sehen und durch die Berge, stand da, lange, endlich hörte ich dieses Klopfen vom Heli, wenn er sich dreht und beugt, und das Klopfen hieß: Aurehl klopft an im Gebirge! Aurehl kommt ins Gebirge! Gleich drauf sah ich den Heli, lenkte ihn mit meiner ganzen Kraft über den Terrassenberg, daß er nirgendwo anstoßen soll, bis er endlich herabging auf dem kleinen Landeplatz, es wurde still, die Leiter senkte sich, die Tür öffnete sich. Aber gleich kletterte der Doktor Urn in den Heli, seine Lernärzte hinter ihm, dazu viele Treiber, und ich konnte nichts mehr sehen.

Die Lernärzte trugen zwei Liegegestelle heraus, trugen sie über die Treppen, ich ging hinterher, konnte nichts erkennen, sah nur, wie die Lernärzte die Liegegestelle ins Arzthaus hineintrugen, stellte mich vors Arzthaus, wartete, ob einer herauskommt, es kam keiner heraus, so wollte ich an dem Türsteher vorbei ins Arzthaus, der sagte: »Was wollen Sie?« – »Die kleine Frau da drin erwartet mich, und ich muß auch mit dem Arzt reden.« Und er: »Hier darf keiner rein, und zu sprechen ist auch keiner.« So wartete ich weiter. Es wurde dunkel, zwischen den Wolken sah ich schon die Sterne, es wurde kalt, ich fror, keiner kam heraus.

Da ging ich dann langsam zu meinem Kleinen Haus hin durch die Nacht, legte mich aufs Bett, horchte noch lange, ob einer vorbeikommt, aber draußen war nur die Stille, bis in die fernste Ferne, das ist die Stille von Matschju-Pitschju. So schlief ich dann ein.

Das war die Nacht vor dem 14. Juli des Jahres 268 der Neuen Zeit.

9. Kapitel

14. Juli 268, Aurehls Bericht

Wer in Matschju-Pitschju lebt, lebt in den Wolken zwischen Himmel und Erde. Und wer sich auskennt mit den Wolken, der weiß schon am Morgen, wie der Tag werden wird.

Als ich am frühesten Morgen wieder zum Arzthaus ging, da wußte ich noch nicht, wie der Tag werden wird. Die Sonne stieg auf zwischen dem Huajna und dem Terrassenberg, aber man sah sie nicht, nur dieses Licht, das die Augen blendet. Der Huajna war zuerst nur ein Glitzern auf schwarzem Felsgestein. Dann stiegen die weißen Nebel hoch an ihm, als ob sie das Gestein waschen wollen, stiegen auf bis zur Spitze, breiteten sich aus, legten sich nieder auf die Dächer der Häuser, und ich sah das nächste Haus nicht mehr. Und gleich drauf war alles längst wieder ganz anders: Die Nebel waren vergangen, die Sonne strahlte unerträglich hell zwischen zwei Wolken, und eine kleine, schwarze Wolke flog heran, es wurde trübe, ein eiskalter Wind trieb Regenschauer gegen die Mauern der Häuser und über die Treppen, die Dohlenvögel stürzten mit ausgestreckten Flügeln herab, suchten Schutz unter den Dächern und in den Mauervorsprüngen, und der Huajna, eben noch ein naßkalter, glitzernder schwarzer Riese, war plötzlich grün geworden, in der Ferne hatten sich die Wolken gehoben, und ich sah blaue Berge.

Der Türsteher vorm Arzthaus fragte mich: »Sind Sie Prinz Pan?« Ich nickte, und er: »Dann habe ich Befehl, Ihnen zu sagen, Sie möchten in Ihrem Haus bleiben, bis man Sie holt.«

So stellte ich mich vor mein Kleines Haus und dachte:

Vielleicht ist Aurehl längst in der Akropolis. Ich wollte zur Akropolis aufsteigen, aber ich dachte: Vielleicht kommt sie zu mir. Und ich dachte: Wie soll sie zu mir kommen über die steilen Treppen? Man wird sie führen, wie die Rose sie über die Leiter geführt hatte von den Schafen herauf in unsere Lagerhöhle.

Ein Benefit stieg langsam die Stufen herauf, und als er an mir vorbeikam, sagte er: »Huakah!« ging weiter, ich sah ihm nach, er blieb stehen, kam zurück und sagte: »Es ist sicher ganz albern, aber ...« stockte, ein Kind sprang die Treppe herab, rief im Vorbeispringen: »Huakah!« und er rief dem Kind hinterher: »Huakah!«, wischte sich den Schweiß von der Stirn und sagte zu mir: »Was wollte ich sagen?«, wußte es nicht, dann fiel es ihm ein: »Im Gebirge bekommt man leicht einen Sinn fürs Geheimnisvolle, in der Alten Zeit nannte man das ›den Aberglauben‹«, wußte wieder nicht weiter, wischte sich wieder den Schweiß von der Stirn, »kurz und gut: Könnten Sie nicht auch ›Huakah!‹ sagen, wenn ich an Ihnen vorbeigehe?«, ging zurück, ein paar Stufen hinab, stieg wieder auf, sagte: »Huakah!« und ich sagte auch: »Huakah!«, da war er gleich zufrieden, blieb stehen, sah mich an, wie einer, der eben hundert Euros in seinem Beutel gefunden hat, und sagte: »Es ist bestimmt sehr albern, aber es ist nun einmal so, und ging mit: »Huakah!« und ich rief ihm nach: »Huakah!«

Lange stand ich vor meinem Kleinen Haus mit: »Huakah!« zu jedem, der vorbeikam, und mit vielen schnellen Gedanken im Kopf. Die Sonne hatte schon bald ihren höchsten Stand, da sah ich die Marie-Luise kommen, die hüpfte über die Stufen, übersprang eine, stolperte fast, rief: »O Schreck! Huakah!«, und ich rief gleich auch das wichtige Wort, und sie: »Die Hohe Frau erwartet Sie oben«, und zeigte hinauf zur Akropolis. Wir sprangen gleich zusammen hinauf, und auch drinnen mußten wir über viele Treppen steigen, standen endlich in einer Tür zu einem Vorbau so lang wie das Haus, der war aber ein Zimmer und ein Zelt, denn er hatte eine Steinwand zum Haus hin und ein langes Zelttuch zum Berg hin. Die Wand war aus dichtgefügten Steinen, drin eckige Köpfe und eckige Körper eingemeißelt, und über dem Vorbau und bis zum Boden herab hing das bunte Zelttuch mit kleinen Öffnungen wie ein Rad oder wie ein Auge oder wie der schmale Mond, und an einer Stelle war das Zelttuch angehoben, da sah man hinaus auf den Huajna, und durch das Zelttuch schimmerte goldnes Licht, und durch die Öffnungen fiel helles Licht herein wie ein Flimmern von frischem Schnee. Ich stand mit der Marie-Luise an der Tür und erkannte hinter dem Flimmern zwei Frauen an einem Tischchen, beide in warme Kapas gehüllt, die aßen und tranken und redeten leise, und die Marie-Luise gab mir das Zeichen: Dahin soll ich gehen.

Aber ich wartete noch, daß mein Atem ruhiger wird, der wurde aber nicht ruhiger, so ging ich durch das ganze lange Zeltzimmer, am hellen Licht vorbei, erkannte Re Dajana, wie sie der Aurehl schwarzen Kaffee in ihre Tasse eingoß, und zu mir sagte sie: »Lieber Pan, setze dich bitte zu mir, und du, lieber Fürst, setze dich bitte zur Aurehl.«

Ich dachte: Eine Inszenierung! Hoffentlich eine gelungene! Und weil ich nicht wußte, was für eine Rolle ich darin haben soll, holte ich zwei Stühle heran, stellte die nebeinander und setzte mich auf beide zugleich, sah nicht nach links und nicht nach rechts, sagte: »Ich sehe ein Frühstück für drei, jetzt sind wir aber vier!« Und weil man schlecht sitzt auf zwei Stühlen, so rutschte ich ab und warf dabei die Kaffeekanne um, wir sprangen auf, Re Dajana wollte sehr gern laut lachen, hielt sich aber den Mund zu, bimmelte dem Labiges, der kam mit zwei Dienern, stellte uns ein neues Tischchen hin, wieder nur für drei. Wir mußten aufstehen und warten, wir sahen uns nicht an dabei, sondern sahen zum Labiges hin, als ob von dem Hilfe kommen wird. Aber von dem kam nur das neue Tischchen.

Nun wollte sich keiner hinsetzen, so sagte ich: »Ich schlage vor, wir einigen uns drauf, daß wir drei sind.«

»Das ist ein guter Gedanke«, sagte Re Dajana, »aber dann brauchst du einen Namen für zwei«, dachte nach, »wie gefällt dir Pan Inka-Fürst?«

Ich sagte: »Pan Inka-Fürst gefällt mir.«

Wir setzten uns gleich, sie schnitt eins von den kleinen, heißen Broten auf, legte Käse, Nüsse und Honig drauf, gab es der Aurehl und sagte zu mir: »Und jetzt stelle dir vor: Aurehl ist auf der Gangway vom Jet eingeschlafen, das war gestern, kurz vor zwölf. Sie hat in Kusko geschlafen bis unser Heli kam. Sie hat im Heli geschlafen, und du kennst ja den Lärm im Heli, sie hat die Landung in Matschju-Pitschju verschlafen, die Nacht durch und den ganzen Morgen bis vor einer halben Stunde«, hob ein kleines, rundes Glas an einem Kettchen um ihren Hals mit winzigen Lichtkringeln drin, das nennen sie ›die Uhr‹, die zeigt ihnen den richtigen Sonnenstand an, und sagte dazu: »Es ist jetzt genau zwölfuhrzehn.

Sie hatte also vierundzwanzig Stunden geschlafen! Einen Tag und eine Nacht hintereinander! Und weißt du überhaupt, was der schöne Name bedeutet, den du mir so lange verheimlicht hast? Der Strahlenglanz um die aufgehende Sonne herum, das ist die Aureole. Und weil sie mit dem Wagemut einer Dohle zu mir geflogen ist, nenne ich sie Dohle Aurehl.«

Und Aurehl aß das Brot mit ihrem Hunger, den kenne ich ja gut, und sagte beim Kauen: »Aufgewacht bin ich vom Hunger.« Und wir sahen ihr zu, wie sie ißt, Früchte, Fleisch, Käse, Zuckerstücke, Krabben, alles durcheinander, und Re Dajana sagte: »Davor hat sie drei Tage und drei Nächte nicht geschlafen und kaum einen Bissen gegessen. Tamasch war immer knapp hinter dem Mundermann her, das ist dieser Flugkapitän vom Willem Pickboota. Und gestern früh wollte Tamasch den Mundermann in Karrakas abfangen, aber der Mundermann landete nicht in Karrakas, sehr zur Verwunderung der Fluglotsen.«

Und Aurehl aß und sagte: »Da waren schon zehn und sieben Knoten in meiner Schnur.«

»Was für eine Schnur?« fragte Re Dajana. Aurehl hob eine dünne Schnur aus ihrer Kapa heraus, die hing ihr um den Hals, von der wußte ich nichts, und Re Dajana fragte: »Was bedeutet diese Schnur? Was bedeuten diese Knoten?«

»Jeder Knoten in dieser Schnur ist ein Tag und eine Nacht ohne Fürst.«

Nun wollte sich Re Dajana die Schnur ansehen, Aurehl wollte sie über den Kopf streifen, aber die Schnur war dafür viel zu eng geworden durch die Knoten. So ließ Re Dajana die Knoten durch die Finger gleiten und sagte zu Aurehl: »Viele Knoten hättest du nicht mehr machen können.«

»Nein«, sagte Aurehl, nahm eine Handvoll geschälte Nüsse vom Tischchen, schüttete sie in den Mund und sagte beim Kauen: »Zuerst ist Fürst zum Frankenstein gerudert.«

»Gerudert?« fragte Re Dajana.

»Mit dem Ruderwagen«, sagte Aurehl, und weil Re Dajana das nicht verstand, so erklärte ich ihr das Rudern im Ruderwagen.

»Die von der Bande haben viel über dich geredet. Ich habe den ersten und zweiten Knoten gemacht und wollte am Morgen das Saubere Wasser holen aus der Kellerhöhle. die Rose hat mir über die Leiter geholfen. Wie ich aber mit dem vollen Krug heraufkomme, will der Kloht mich nicht vorbeilassen. Er will mit mir in den Langen Vertrag, sagt er, der kurze Vertrag gilt nicht mehr. Ich antworte dem Kloht: ›Das ist gegen das Betonrecht, denn im Beton ist der Vertrag wie Leben und Tod, und wer den Vertrag hält, der lebt, und wer den Vertrag zerstört, zerstört sein Leben.‹ Aber er schreit, er will mir das Wasserrecht nehmen. Die Rose geht dazwischen und bringt mich nach oben, und oben sagt sie: ›Es wird immer schlimmer mit dem Kloht. Er denkt nur noch an dich.‹ Und fragt mich ängstlich: ›Wirst du in den Langen Vertrag gehen mit ihm?‹ – ›Nein‹, sage ich, und die Rose: ›Gut für mich, schlecht für dich.‹ Am nächsten Tag bin ich mit der wertvollen Kapsel zum Bappen gegangen.«

»Was für eine Kapsel?« fragte Re Dajana, und ich erzählte ihr, wie ich dem Flüssel den Streich gespielt habe mit der Kapsel in der Opernschlucht.

»Ich habe nur hundert Euros dafür bekommen«, sagte Aurehl und sah mich an mit ihren großen, ernsten Augen, »du hättest viel mehr bekommen. An dem Tag kam der Regen. Ich habe meinen Schützer gesucht und nicht gefunden, so bin ich zu seiner Tanne gegangen und habe auf ihn gewartet. Er kam erst am späten Abend. ›Ich kann nicht zurück in die Lagerhöhle über den Schafen‹, sage ich zu ihm, ›so mußt du mich schützen unter deiner Tanne.‹ Wir sind zusammen in seinen Schlafsack gekrochen, er hat wieder viel geredet, aber ich habe nicht zugehört.«

»Die ganze Nacht geredet?« fragte ich sie.

Aber sie hörte es nicht. »Und ich habe am Morgen den vierten Knoten in meine Schnur gemacht. An diesem Tag war eine Unruhe im Beton: Ein großer Super gibt den Frauen Arbeit für Euros.«

»Tamasch!« sagte ich; und Re Dajana: »Ja, das war der 1. Juli, da warst du beim Postenhaus und wolltest mir ausreißen.«

»›Was soll das für eine Arbeit werden?‹ fragt mich mein Schützer. Und ich sage ihm: ›Zu meiner Lagerhöhle kann ich nicht, und im Regen unter deiner Tanne warten will ich nicht. So rudere ich mit den Frauen zum Frankenstein.‹ Und beim

Rudern haben wir gesungen: ›Heute rudern die Frauen zum Frankenstein, und im Frankenstein wird alles besser sein.‹ Und mit dem Singsang sind wir auch zur Friedensbrücke gegangen. Der Bär ist schlimm, das weiß jeder, und als der nun die vielen Frauen kommen sah, da hat er den Brückenzoll gleich hoch gemacht, und wir haben nicht mehr gesungen. Aber bei der Kartenbande ging's dann ganz leicht, jede Frau hat eine Grüne Karte bekommen als Erdbeerpflückerin beim Bodenreif für fünfzig Euros den Tag und gutes Essen. Und wir mußten alle in ein Langzelt, drin haben wir aus unserem Beutel gegessen und auch gelacht und gesungen. Dann kam ein kleiner Mann ins Zelt, ohne Haare auf dem Kopf und mit einer Warze am Kinn, der hat uns angesehen. Der redet zu uns mit der Stimme wie eine Krähe: ›Ihr werdet jetzt alle vor die Linse gestellt, nun macht ein freundliches Gesicht und freut euch auf die Arbeit bei Re Dajana.‹

Re Dajana sah Aurehl an mit ihrem Katzenblick, aß alle Reste vom Tischchen, bimmelte dem Labiges, daß er ein neues Tischchen bringt, sah nicht zum Labiges, sondern nur zur Aurehl.

Und die erzählte weiter: »Wieso nicht Bodenreif? Wieso Re Dajana? denke ich, kennt denn ein Benefit den Namen von seinem Herrn nicht?«

»Er hat sich versprochen, dieser Trottel«, sagte Re Dajana mit ihrer Wut und aß schon vom neuen Tischchen.

Aber Aurehl war ganz in ihrer Geschichte drin: »Da wußte ich: Re Dajana will mich fangen! Fürst ist ihr ausgerissen durchs Nasse Grab. Erst hat sie Fürst gejagt und gefangen mit ihren Treibern, und jetzt will sie mich fangen. So machen es die Super.«

Ich sah zu Re Dajana hin, ob sie nicht gleich das Tischchen umwirft, aber die sah nur Aurehl an.

»Und ich dachte: Deshalb hat sie alle Frauen aus dem Beton angelockt und stellt sie vor die Linse. Und dann soll Fürst mich hinter der Linse erkennen und mich verraten. Aber Fürst wird mich nicht verraten. Und dann habe ich gedacht: Und wenn? Der Linsenmann kam, wir mußten uns alle vor die Linse stellen und hineinsehen, wie es der Linsenmann befohlen hat, und ich habe immer nur gedacht: Und wenn? Wir haben ein gutes Essen bekommen, der Regen hat aufgehört, wir sind vors Zelt gegangen und wollten uns hinkauern zum Punzeln. Aber vor dem Zelt standen überall Treiber, so mußten wir uns vor denen hinkauern, und die haben uns ausgelacht. Im Zelt war's warm, die Frauen haben alle geschlafen, aber ich nicht. Und am Morgen habe ich den fünften Knoten in meine Schnur gemacht. Wir haben uns alle vors Zelt gehockt, unser Lied gesungen und gewartet. Die Frauen haben viel geredet, wie man die Erdbeeren pflückt und wie man die ißt, wenn's der Treiber nicht sieht. So reden sie, da kommt ein Heli herab, und alle Frauen rennen schnell ins Zelt, aber ich nicht. Ich sehe mir den Benefiten an, wie der aus dem Heli klettert, der ist groß gewachsen, hat kleine Hände mit dünnen Fingern und sieht mich an.« Und sie nahm wieder eine handvoll geschälte Nüsse vom Tischchen und schüttete die in ihren Mund. »So gehe ich zu dem hin und sage zu ihm, wie ich's von Fürst gelernt habe: ›Hoher Herr, wie wird es nun weitergehen mit uns Erdbeerpflückerinnen im Zelt?‹ – ›Das weiß ich nicht‹, antwortet er, und ich: ›Sind Sie denn nicht der hohe Benefit, der uns abholt zu den Erdbeeren?‹ – ›Damit habe ich nichts zu tun, kleine Frau‹, antwortet er, und ich: ›Wer sind Sie dann?‹ Und ganz steif, mit der Hand an der Mütze, sagt er: ›Kapitän Mundermann, im Dienst beim Hohen Herrn Willem Pickboota. Und du bist die hübscheste Frau, die ich je gesehen habe, und sieht mich mit verliebten Augen an. Ich denke: Pickboota ist nicht Kornegill! Ich muß weg von hier, und warum soll der mich nicht wegschaffen? Und so sage ich zum Mundermann: ›Ein Kapitän sind Sie? Welche Arbeit macht der Kapitän dem Super?‹ Er lacht, er legt die Hand an die Mütze und sagt: ›Der Kapitän gibt dem Super die Flügel, daß er über die Welt fliegen kann. Gehen nicht so die Betongeschichten, kleine, schöne Betonfrau?‹ – ›Ja, ja‹, antworte ich und denke: Wenn er mich nur zum Jetplatz bringt! Und bin ich erst am Jetplatz, dann bin ich auch im Beton!« Und dazu aß Aurehl alles auf, was auf dem Tischchen war, Fleisch, Fisch, Käse, Früchte, Salat, Saures und Süßes, alles zusammen, und sagte beim Kauen und Schlucken: »Ich denke: Schnell muß man reden wie Fürst und nichts vergessen, und frage den Mundermann: ›Ist es wahr, Sie sind im Dienst beim Hohen Herrn Pickboota? Woran erkennt man das?‹ – ›An den Epauletten‹, antwortet er, beugt sich zu mir herab und zeigt mir sein Möwenwappen auf der Schulter. Das kenne ich gut vom Dirk ...«

»Und wer ist Dirk?« fragte Re Dajana. Ich sah Aurehl erschrecken, aber dann sagte sie: »Der kennt alle Wappen«, und war gleich wieder in ihrer Geschichte drin: »Ich sage zum Mundermann: ›Die Kornegills haben oft einen Zorn auf den Betonmenschen. Wie ist das bei den Pickbootas?‹ Und er: ›Das kommt drauf an‹, und sieht mich wieder verliebt an. Ich denke: Worauf es ihm ankommt, das weiß ich schon, aber worauf es mir ankommt, das weiß er noch nicht. Ich sage mit meinem ganzen Mut: ›Was ist aber nun Ihre Arbeit hier, bei der Kartenbande?‹ – ›Ich will mir nur ein hübsches Mädchen aussuchen, und das habe ich jetzt gefunden. Komm mit und sieh dir meine Wohnung am Jetplatz an, da wirst du staunen‹, antwortete er, zieht mich zu seinem Heli hin, will an den Treibern vorbei. Einer stellt sich ihm in den Weg und sagt: ›Die Frauen dürfen nicht raus.‹ Aber der Mundermann schiebt ihn zur Seite, schiebt mich in den Jet, wir fliegen über den Frankenstein zum Jetplatz, er führt mich in seine Wohnung und sagt: ›Warte hier, ich bringe uns beiden ein gutes Essen‹, und geht. Nun will ich heimlich raus aus der Wohnung und ins Beton, aber die Tür war verschlossen.«

Und Re Dajana sagte zu mir: »An diesem Abend habe ich die Fotos auf dem Teppich ausgebreitet, damit du mit mir zusammen eine neue Mehd für mich aussuchst.« Und weil ich nichts drauf sagte: »Erinnerst du dich nicht?«

Und grade als sie das sagte, kam ein Geräusch vom Gebirge her, durch die Zeltplane, zu uns herein, das macht jedem Menschen Angst. Ich sah Re Dajana an, sie horchte ins Gebirge, saß starr, lange, und dann sagte sie: »Das war der Schrei von einem Stein. Und der Schrei heißt: Haltet mich! Ich will nicht stürzen!« horchte hinaus und sagte noch: »Aber niemand kann den Stein halten, so stürzt er eben.«

Aurehl hatte nichts davon gehört, Aurehl war nur in ihrer Geschichte drin und sagte zu uns: »Und er kommt zurück mit einem guten Essen, wie er's versprochen hat, wir essen zusammen, und er legt seine Hände auf mich, wie übers Schaf, das er gleich schlachten will, und will mich auf sein Weiches Lager ziehen. Ich sage aber zu ihm: ›Leider kann man ja mit einem Benefiten keinen Vertrag machen. Und ohne Vertrag lege ich mich nicht zu Ihnen.‹ Drauf hat mich der Mundermann angesehen und gesagt: ›Du weißt, daß ich dich liebe, wie ich noch nie eine Frau geliebt habe!‹ Und ich: ›Wer wahr liebt, der kennt sich aus‹, und er: ›Ich verstehe schon! Du willst Zeit haben für deine Liebe zu mir.‹ Und ich: ›Das ist das Wenigste!‹ Da gab er endlich Ruhe, machte mir ein Lager neben seinem, und am Morgen drauf habe ich den sechsten Knoten gemacht in meine Schnur.«

»Das war am 3. Juli«, sagte Re Dajana, »da habe ich den Tamasch mit dem Foto losgeschickt, und wir haben dich alle geneckt, denn wir waren so fröhlich in der Erwartung einer wunderschönen Inszenierung.«

Und Aurehl sagte: »Am nächsten Morgen war eine Unruhe auf dem Jetzplatz. Helis kamen herab und stiegen auf. Und von Ferne habe ich den kleinen Mann gesehen ohne Haare auf dem Kopf, und habe gedacht: Schon wieder der! Der Mundermann hat mich wieder eingeschlossen und ist lange weggeblieben. Dann ist er zurückgekommen, und ich habe die Angst in seinen Augen gesehen. Er hat sich vor mich hingestellt und hat gesagt: ›Die Frauen hat man alle zurückgeschickt. Und warum? Weil die einzige Frau, die man haben wollte, nicht mehr im Zelt war. Und diese einzige war auch nicht zum Erdbeerpflücken gedacht, sondern für die Hohe Frau Re Dajana. Und die Hohe Frau Re Dajana will eine mit großen Augen haben. Und die bist du!‹ – ›Was will denn die Hohe Frau Re Dajana mit mir anfangen?‹ fragte ich ihn, und er antwortete: ›Das weiß ich doch nicht! Lieben oder auffressen, wie es die Art ist in den Familien‹« und zu Re Dajana sagte Aurehl mit ihrem schräggehaltenen Kopf von der Seite her: »So hat es der Mundermann gesagt. Und dann: ›Gib endlich zu, daß du die Frau bist, die Re Dajana sucht.‹ – ›Wie soll ich wissen, wen Re Dajana sucht?‹ – ›Re Dajana hat große Macht in der ganzen Welt‹, sagt er, ›sogar mein Hoher Herr zittert vor ihr. So wird mir nichts anderes übrig bleiben, als ihr diese Frau auszuliefern, die sie sucht.‹ – ›Nicht so schnell!‹ rufe ich, ›erst will ich noch leben!‹ – ›Das kannst du ja‹, sagt der Mundermann, ›bei mir lebst du sogar sehr gut, ich verwöhne dich‹, und sieht mich mit verliebten Augen an und sagt: ›Du bist die erste Frau in meinem ganzen Leben, die ich wirklich liebe.‹ – ›Was ist das für eine Liebe‹, frage ich ihn,

›wenn Sie mich nicht mal davor schützen, daß ich gefressen werde!‹ Er sagt drauf: ›Ich kann mich ja umhorchen, was sie wirklich vorhat mit dir.‹ So geht das lange hin und her, und ich denke: Draus könnte ein Vertrag werden. Und beim Essen hat er mich wieder verliebt angesehen, und ich habe ihn gefragt: ›Wie machen die Benefiten einen Vertrag?‹ – ›Man schwört.‹ – ›Und wie geht das?‹ Da steht er auf, holt seine Mütze, setzt sie auf, legt zwei Finger an die Mütze und sagt: ›Ich schwöre bei meiner Fliegerehre, daß ich dem Hohen Herrn Pickboota gewissenhaft, treu und verantwortungsbewußt dienen will.‹ – ›Und das ist der Vertrag?‹ frage ich ihn. ›Ja‹, sagt er, und ich: ›So einen geschworenen Vertrag könnern Sie ja auch mit mir machen.‹ Er springt gleich wieder auf: ›Ich schwöre bei meiner Fliegerehre, daß ich dich nicht Re Dajana ausliefern werde, bevor ich nicht herausgefunden habe, was sie mit dir vorhat.‹ – ›Das ist schlecht geschworen für mich‹, sage ich. ›Was soll ich denn sonst noch schwören?‹ fragt er. Da habe ich es ihm vorgesagt: ›Ich schwöre der Aurehl bei meiner Fliegerehre, daß ich gewissenhaft und treu herausfinden will, was Re Dajana mit der Aurehl vorhat, Lieben oder Auffressen, und so lange wird Aurehl mir gehorchen. Danach werde ich getreu und gewissenhaft der Aurehl gehorchen und werde sie zu dem Ort bringen, den sie mir sagt.‹ Und so hat er auch gleich geschworen. Dann hat er mich mit verliebten Augen auf sein Weiches Lager gezogen, und ich habe ihm gehorcht und den siebten Knoten in meine Schnur gemacht.«

Re Dajana bimmelte dem Labiges, daß er ihr den Pisko bringt, den trank sie gleich, und ich dachte: Am besten ich trinke den auch, so falle ich um und muß mir nicht die Geschichte vom Mundermann mit den verliebten Augen anhören, und wie Aurehl dem gehorcht. Aber ich dachte auch: Der Pisko bleibt mir immer noch.

»Jeden Tag kam nun der Befehl, wohin der Mundermann den Hohen Herrn Willem Pickboota fliegen muß: Kairo, Kitwe, Que-Que, Akkra, alles im großen Afrika. Und ich mußte immer mit, in einer abgeschlossenen Kammer ohne Fenster. Man merkt, wie der Jet steigt, dann denkt man: er stürzt, aber er fliegt gradeaus, dann dreht er sich, und man denkt: er kippt um, und so war ich immer froh, wenn ich unter mir den

Pfiff von den Rädern gehört habe, denn da wußte ich: Wir sind gelandet. Jeden Tag habe ich den Mundermann gefragt: ›Was haben Sie nun herausgefunden?‹ – ›Ich weiß es noch nicht‹, und immer nur: ›Ich weiß es noch nicht‹, und immer unfreundlicher. Und in Akkra hatte ich schon zehn und zwei Knoten in meine Schnur gemacht.« Aurehl sah mich an und sagte: »Ich habe viel an dich gedacht. Wenn ich immer viel an dich denke, so habe ich mir gesagt, dann werde ich herausfinden, was ich machen muß. Durch die Tür in der abgeschlossenen Kammer im Jet habe ich Stimmen gehört, ein Mann und zwei Frauen. Ich habe herausgefunden, wie man die Tür von innen aufmachen kann. Und nach Akkra habe ich sie aufgemacht. Erst konnte ich nichts sehen, denn es war so hell plötzlich, dann habe ich ein großes Weiches Lager gesehen, drei nackte Menschen drauf, ein Mann und zwei Frauen, alle klein und verwachsen, mit Fischmaul und Fischaugen. Die sind sehr erschrocken und haben mich mit ihren Fischaugen angesehen.«

»Willem«, sagte Re Dajana, »mit seinen beiden Schwestern, Willemin und Friedemin. Diese Ausgeburten an Häßlichkeit sind überzeugt, daß sie die schönsten Menschen der Welt sind. Willem sieht keine Frau an, außer seinen Schwestern, und sie keinen anderen Mann, außer Willem« Und mit einem Spott: »Und so wollen sie zusammen in siebenundzwanzigtausend feet Höhe Kinder zeugen, damit die Bälger noch schöner werden als sie selbst.«

»Ja«, sagte Aurehl, »die Pickbootas. Und der Hohe Herr Pickboota schreit: ›Mundermann!‹ Der kommt aus seinem Cockpit, und ich wundere mich, wie ein Jet ohne seinen Kapitän allein den richtigen Weg durch die Luft findet. ›Mundermann‹, sagte er, ›was macht die Kleine hier?‹

Der Mundermann sagt nichts, ich sehe seine Angst. Der Hohe Herr sieht mich an: ›Jetzt sag nur, das ist diese Rhein-Main-Autochthone, die Re Dajana haben will!‹ Und Mundermann steht vor dem Bett und sagt nichts. ›Mundermann, Mundermann!‹ sagt der Hohe Herr zu ihm, ›da hast du dich in eine heiße Sache eingelassen.‹ Und Mundermann: ›Ich will sie ihr ja bringen, aber wo finde ich sie?‹ Und eine Schwester vom Willem wirft sich über den und küßt ihn, lacht und sagt: ›Doch nicht etwa in Matschju-Pitschju, im Bett, mit Alexeji-

Amie?‹ Und der Willem unter ihr lacht auch: ›Richtig! Darauf bin ich nicht gekommen! Ja! Dahin bringen wir die Kleine, da kann Re Dajana ihre Freude an Alexeji-Amie und an der Kleinen haben!‹

Re Dajana stand auf, ging mit dem Piskoglas durchs Lange Zeltzimmer, kam zurück, hielt dem Labiges ihr Glas hin, der goß nach, sie trank und sagte zu Aurehl: »Und weiter?«

»Dann hat sich der Hohe Herr unter seiner Schwester herausgewühlt, hat sich aufs Lager gesetzt und zum Mundermann gesagt: ›Mundermann, ich weiß was Besseres: Ich schenke dir die Kleine. Aber bring sie nicht mehr in meinen Jet. Re Dajana hat ihre Spione überall. Und sie ist rachsüchtig.‹ Und dann ruft er: ›Ich weiß noch was Besseres: Du schaffst die Kleine nach Karrakas ins Bordell. Da bekommst du einen guten Preis, und wir sind sie los. Und wenn Re Dajana will, kann sie die Kleine ja immer noch freikaufen‹, läßt sich aufs Lager zurückfallen und lacht und lacht, und ich weiß nicht, warum er lacht. Der Mundermann hat mich erst ernst angesehen. ›Wie soll ich sie denn nach Karrakas schaffen?‹ hat er gefragt. Und der Hohe Herr: ›Mit einem Fracht-Jet. Für Re Dajana ist mir nichts teuer genug. Das müßtest du doch wissen.‹ Nach der Landung hat mich der Mundermann in ein kleines Zimmer geschoben, kein Lager drin und kein Stuhl, aber Eisengitter vorm Fenster. ›Es geht nicht anders‹, sagt er, ›ich muß dich einschließen.‹ Erst bin ich herumgegangen, dann habe ich mich in die Ecke gehockt. Und in meinem Kopf war nur ein Gedanke: Alles falsch! Alles falsch! Schlafen konnte ich nicht, so habe ich die Augen zugemacht, und da war der Dirk in meinen Augen, und ich habe den Dirk gehört, wie er die Welt verbessern will. Fürst muß nicht zum Frankenstein rudern um Arbeit beim Super für wertlose Euros, keiner muß sich mehr vorm Super fürchten, daß er mit Himmelsrecht auf uns herabkommt mit Feuerstrahl und Rauchpilz, die Super haben keine Gewalt mehr über uns. Und ich habe auch einen schönen Traum gehabt von der Welt, wie der Dirk sie verbessert hat. Und in meinem Traum war viel Licht und viel Wärme vom besseren Leben, und das bessere Leben hat uns der Dirk gemacht.«

Re Dajana sah sie an mit ihrem Katzenblick und fragte: »Und wer ist Dirk?«

Und Aurehl: »Dirk ist mein Vater, und mein Vater ist abgestürzt vom Hochstein und war gleich tot.« Ich dachte: Wie die reden kann! Erst verrät sie den Dirk, und dann macht sie ihn tot mit ihrer schnellen Rede! Und einen Toten kann man ja nicht verraten!

»Zweimal, am Morgen, ist eine Frau mit schwarzer Haut gekommen und hat mir Sauberes Wasser gebracht, kein Essen. Ich habe zwei Knoten gemacht und gezählt, da waren es zehn und sechs Knoten. Den ganzen Tag habe ich in der Ecke gehockt und auch die Nacht, konnte nicht schlafen, und wie ich meine Schnur anfasse und zehn und sieben draus machen will, da kommt der Mundermann und sagt: ›Komm heraus, wir fliegen jetzt zur Re Dajana!‹ – ›Sie haben also herausgefunden, warum sie mich haben will?‹ – ›Ja, ja‹, sagt er, ›aber komm nur schnell!‹ – ›Und was haben Sie herausgefunden?‹ frage ich ihn, und er: ›Komm schon endlich, es wird ja alles gut!‹ – ›Wir haben einen geschworenen Vertrag‹, sage ich, ›ja!‹ schreit er, ›deswegen hole ich dich ja aus dem Gefängnis heraus.‹ So bin ich mit ihm gegangen. Es stand aber ein anderer Jet auf dem Platz, der hat nur vorn Fenster, und ich mußte zum Mundermann ins Cockpit. Er hat sich auf den vorderen Stuhl gesetzt, ich mußte mich auf den hinteren Stuhl setzen, und er hat mir gezeigt, wie man sich anschnallt. Dann hat er geredet und geredet, aber ich konnte nichts verstehen. Und es kamen Stimmen wie Spatzengeschrei ins Cockpit herein. Dann hat er den Jet gehoben. Das macht er mit seinen Händen, und der Jet gehorcht ihm immer. Wir sind lange übers Meer geflogen, immer vor der Sonne, und ich habe gesehen, daß die Welt einen gebogenen Himmel hat. Dann hat er gesagt: ›Weißt du, was wir geladen haben? Goldbarren, die bringen wir Re Dajana als Geschenk, damit sie freundlich zu dir ist.‹ – ›Ich habe großen Hunger‹, sage ich, er lacht: ›Dagegen weiß ich Rat.‹ Hinter meinem Sitz war ein Schränkchen. Das hat er aufgeschlossen, hat eingewickelte Brote herausgenommen und mir gegeben. Wir sind lange geflogen, ich habe wieder Hunger bekommen, habe noch ein Brot aus dem Schränkchen genommen, aber die Tür ging nicht zu. Da höre ich eine Stimme im Cockpit. ›Mach die Schranktür zu‹, sagt der Mundermann, ›die klappert‹, und redet dann lange mit der Stimme. Ich habe aber aus allem nur ein Wort verstanden: Karrakas-Tauer. Und die Schranktür ging nicht zu. Mundermann hat dann mit den Händen den Jet herabgesenkt und immer geredet. Und ich sehe, das Meer ist zu Ende, wir senken uns aufs Land herab. Da frage ich ihn: ›Ist das Matschju-Pitschju?‹ – ›Wieso Matschju-Pitschju?‹ fragt er. ›Weil Re Dajana in Matschju-Pitschju ist.‹ – ›Ja‹, sagt er, ›da landen wir.‹ – ›Warum rufen Sie dann dauernd Karrakas-Tauer?‹ – ›Stör mich nicht bei der Arbeit, sonst landen wir überhaupt nicht, sondern machen einen crash!‹ Aber ich habe keine Ruhe gegeben, da wurde er wütend. ›Du hast mir nichts als Ärger gebracht!‹ schreit er, ›jetzt halt den Mund und mach endlich diese verdammte Schranktür zu! Die macht mich noch ganz wahnsinnig!‹ Die will ich zumachen, es geht nicht, und in dem Schränckchen sehe ich eine kleine, kurze Empie. Die habe ich in die Hand genommen, gedreht und gewendet, bis ich dachte: So muß die gehalten werden. Dann habe ich mich hinter den Stuhl vom Mundermann gestellt und ihm die kurze Empie an den Kopf gedrückt. ›Was machst du denn da? Leg das Ding weg!‹ – ›Ich will nach Matschju-Pitschju fliegen, und nicht nach Karrakas-Tauer.‹ – ›Du bist wahnsinnig geworden!‹ schreit er und will mir die Empie aus der Hand reißen, aber ich habe starke Hände. Dann gab es einen Knacks in der Empie, er hat sie gleich losgelassen und gesagt: ›Sei vorsichtig! Sie ist entsichert!‹ und senkt den Jet weiter herab. Ich sage: ›Sie müssen jetzt den Jet heben, sonst schicke ich den Schuß aus der Empie in Ihren Kopf.‹ – ›Dann stürzt der Jet ab, und du stirbst auch.‹ – ›Ich will ja sterben‹, sage ich. Er hat nicht genug Treibstoff, sagt er, in Matschju-Pitschju gibt es keinen Jetplatz, und redet dazu auch mit der Stimme und senkt den Jet weiter herab. Ich drücke mit der Empie seinen Kopf nach vorn, da sagt er: ›Hör gut zu! Ich breche den Landeanflug ab. Aber nimm den Revolver von meinem Kopf weg, das macht mich ganz wahnsinnig!‹ Und ich sehe, wie er den Jet hebt und redet mit Karrakas-Tauer. Ich habe aber den Revolver nicht weggenommen. Er sagt, er berechnet den Treibstoff, wie weit er reicht. ›Es wird gehen‹, sagt er, ›aber knapp. Und jetzt nimm das Ding weg!‹ Aber ich bin stehengeblieben und habe das Ding festgehalten und habe die Augen aufgehalten, lange, das war schwer. Dann sehe ich weiße Türme unter uns. ›Das sind die

Anden‹, sagt der Mundermann. Und mittendrin ist Matschju-Pitschju, da kann er nicht landen. Aber nicht weit weg ist ein Jetplatz, der heißt Kusko. Der gehört Re Dajana, und dort wird er um Landeerlaubnis bitten. Dann kommt eine Stimme ins Cockpit: Kusko-Tauer. Mundermann redet mit der Stimme, dann sagt er zu mir: ›Kusko ist militärisches Sperrgebiet und gibt keine Landeerlaubnis, das hätten die mir in Karrakas sagen können. Jetzt müssen wir weiter nach Lima.‹ – ›Nein!‹ sage ich, ›sage der Stimme von Kusko-Tauer, du bringst Aurehl zu Re Dajana!‹ Er redet wieder mit der Stimme und sagt dann: ›Kusko gibt keine Landeerlaubnis.‹ Da sage ich zu ihm mit meiner stärksten Stimme: ›So landen Sie nun ohne Erlaubnis!‹ Er senkt gleich den Jet tief nach unten, und ich höre die Stimme, und er sagt das Wort: ›Mayday! Mayday!‹ und vorn sind die Lichter vom Jetplatz. Dann sehe ich kleine Blitze am Jetplatz, und gleich danach große Blitze neben uns in der Luft. Es gibt einen Knall im Cockpit, er hält sich das Bein und schreit: ›Mayday! Mayday!‹ und jammert: ›Die Schweine schießen auf uns! Sind denn heute alle verrückt geworden?‹ und ruft: ›Mayday! Mayday!‹ und hat schlimme Schmerzen im Bein. Aber mit seinen Händen hält er den Jet fest, bis er endlich landet und stillsteht. Und dann habe ich das Blut auf seiner Hose gesehen. Viele Männer sind ins Cockpit gekommen und haben den Mundermann rausgetragen. Ich habe die Männer gefragt: ›Ist das der Jetplatz von Re Dajana?‹ – ›Ja‹, höre ich noch und denke: Nun werde ich geliebt oder gefressen. Und aufgewacht bin ich vom Hunger.«

Re Dajana sah Aurehl an mit ihrem Liebesblick und sagte zu ihr: »Das macht dir so schnell keiner nach.« Dann stand sie auf mit ihrem Piskoglas, ging durch das Lange Zeltzimmer, trank und sagte: »Dieser Galloway! Erst schießt er auf ein Flugzeug, das einen Hilferuf sendet, und dann trifft er nicht!« trank ihr Glas aus und sagte: »Der Willem wird mir das büßen.«

Sie stellte sich hinter Aurehls Stuhl, legte ihre Hände auf Aurehls Schulter, beide sahen mich an, und ich sah zwei schöne Frauen vor mir, und sah die Augen, die die Welt ansehen und drüber die Augen, die über der Welt sind.

Ich sah, wie Aurehl auf dem Stuhl einschlafen wollte, aber

Re Dajana bimmelte dem Labiges, daß er die weichsten und wärmsten Decken holt, und dann führte sie Aurehl zu ihrer Chaiselongue hin und legte sie drauf, Aurehl drehte sich gleich auf die Seite, zog ihre Beine an und versteckte ihr Gesicht in den Armen, und Re Dajana deckte sie fest zu, setzte sich auf den Rand vom Chaiselongue und blieb so sitzen wie eine Mutter bei ihrem kranken Kind.

Ich ging mit dem Labiges leise hinaus, stieg die Treppen hinab und ging in Matschju-Pitschju herum wie die Ratte, die ihr Loch nicht findet, und dachte immerzu: Nun ist es heraus, daß sie Aurehl lieben und nicht fressen will. Aber wird Aurehl ihr erlauben, daß sie mich umarmt im Bett? Und wird Re Dajana ihr erlauben, daß Aurehl mich umarmt im Bett? Und ich? Will ich denn beide umarmen? Und wie soll das gehen?

Dann sah ich hundertmal, wie Aurehl den Revolver aus dem Schränkchen im Jet herausnimmt und ihn dem Mundermann an den Kopf hält. Und ich dachte dazu: Ihr Hunger hat sie zu mir geführt.

Zweites Buch

Herbst und Winter

1. Kapitel

15. Juli bis 5. September 268, die dreiunddreißig glücklichen Tage in Matschju-Pitschju

An diesem Morgen kam von draußen ein Lachen in meine Träume, dazu ängstliche Rufe, mit »Vorsicht!« und mit »Langsam!« immer näher. Und als ich endlich ganz wach war, da war es die Marie-Luise und die Aurehl, und die Marie-Luise führte Aurehl über die Stufen herab zu meinem Kleinen Haus. »Ich kann nicht weiter!« hörte ich Aurehl, und: »O Schreck! Ich halte dich!« die Marie-Luise. – »Wie weit noch? – »Noch zehn Stufen!« Ich kniete mich auf mein Bett und öffnete das Fenster, die Marie-Luise rief: »Huakah!« und neben ihr die Aurehl sagte: »So viele Stufen!« Sie kamen zur Tür, ich sprang aus dem Bett und hängte mir die Kapa um, da waren sie schon im Flur, und Aurehl fragte: »Wo bist du?« Ich riß die Zimmertür auf, sagte: »Hier herein!« Aurehl kam ins Zimmer, sah sich um, so hatte sie sich auch in meiner Lagerhöhle umgesehen das erste Mal, und die Marie-Luise sah aus dem Flur zu uns herein, ihre Augen waren naß, dann ging sie und schloß die Tür.

Ich ließ meine Kapa fallen, sprang aufs Bett und zog mir die Decke über, Aurehl hockte sich vors Bett, stützte sich mit den Händen drauf und sagte: »Sie will mich hier behalten«, und sah mich dazu an mit schräggehaltenem Kopf von der Seite her, »ich habe heute nacht auf ihrem großen Weichen Lager geschlafen.«

»Bei den Benefiten heißt das Weiche Lager ›das Bett‹, und in dem Bett habe ich auch schon geschlafen«, sagte ich und gähnte laut.

»Und du willst mit mir und mit ihr zusammen in ihrem großen Bett schlafen?« fragte sie.

»Ja«, antwortete ich und streckte und reckte mich, »in der Nacht.«

Da beugte sie sich vor zu mir und sah mich an mit ihren großen Augen: »Und wenn ihr das nicht gefällt?« und ich horchte ihrer Rede nach, ob ich ›mir‹ oder ›ihr‹ gehört hatte.

Ich sagte aber: »Wir Betonmenschen leben immer vom Tag bis zum Abend und von der Nacht bis zum Morgen. Zu viel gewußt, zu schnell gestorben. Schlachte das Schaf, wenn es fett ist. Willst du das ändern?«

»Wer nichts ändert, dem geht's wie dem Schaf. Das wird erst auf die fette Weide geführt und dann auf dem Bappen geschlachtet.«

Ich sagte: »Bis jetzt habe ich die Schafe zum Bappen geführt!«

Und Aurehl: »Hier ändert sich alles! Hier kann man verändern!«

»Du hast dem Dirk zu lange zugehört, beim Weben und im Schlafsack unter seiner Tanne!«

»Und danach habe ich eine lange Reise gemacht. Die ist durch die Welt gegangen und durch meinen Kopf ...«

»... und durch das Bett vom Mundermann!« rief ich, zog ihr die Schnur aus der Kapa, sah sie mir an, und dann wollte ich Aurehl mit der Schnur herabziehen zu mir und sie umarmen und küssen. Aber Aurehl ist stark, sie wehrte sich, da riß die Schnur, und ich hielt die zerrissene Schnur in der Hand.

Sie sprang auf, sah sich die zerrissene Schnur an und sagte dann, langsam: »Sie will mit mir und mit dir in die Grotten gehen zum sechsarmigen Grottengott.«

»Und ich will dich umarmen und küssen!« rief ich.

»Das will ich auch, das will ich auch!« rief sie. Wir sahen uns an, lange, dann hockte sie sich wieder vors Bett, beugte sich über mich und gab mir einen schnellen Kuß auf den Mund, da war's gleich meine geliebte Wärme, die ging durch meinen ganzen Körper durch. Ich wollte sie heranziehen zu mir, aber sie, mit ihrer Kraft, stemmte sich gegen mich, stand wieder auf und sagte mit schnellem Atem: »Häng dir endlich deinen Umhang um! Sie wartet auf uns!« und wollte mir die zerrissene Schnur wegnehmen. »Mein Umhang heißt Kapa, und die Schnur behalte ich«, sagte ich, aber sie rief dagegen: »Die Schnur gehört mir!«

Da ließ ich die Schnur verschwinden. Sie sprang aufs Bett und durchwühlte alle Kissen und Decken, wir balgten uns im Bett, daß uns beiden sehr heiß wurde, sie fand die Schnur, sprang mit der Schnur aus dem Bett, rannte hinaus, stellte sich draußen vors Fenster, hielt ihren Kopf schräg, sah mich an von der Seite und sagte: »Bringst du mich jetzt da rauf?« und zeigte zur Akropolis.

Es gibt die Grotten in Matschju-Pitschju, dahin führte uns Re Dajana. Von der Akropolis steigt man ab, geht über den Großen Platz zu einem steinernen Eingang wie eine Zeltöffnung, links Felsgestein, rechts dichtgefügte Steine. Da wartete der Labiges mit zwei Dienern auf uns, die gaben uns Lichter in die Hand, Labiges entzündete sie, und wir drei traten ein. Re Dajana führte uns durch lange Gänge und über Treppen, Aurehl hinter ihr und ich hinter Aurehl. Die Wände waren gemeißelt und bemalt, daß man denkt, man geht an Menschen vorbei, die werden gleich lebendig aus dem Stein hervortreten. Dann kamen wir in eine Halle, drin standen viele Menschen aus dem Stein geschlagen, mit feinsten Strichen bemalt, und überall Kerzen, die mußten nun angezündet werden, bis man auch die feinste Augenwimper und das kürzeste Barthaar erkennen konnte, und Re Dajana führte uns in der Halle herum und sagte leise: »Hier habe ich sie alle versammelt: Die Huakah-Dämonen der Kuetschuas, die Marmorgötter der Griechen, die Marienmütter aus dem Hradschin, die Buddhas aus Kamputscha«, und zählte uns alles auf, was sie gesucht hat in der ganzen Welt, gerettet aus der Alten Zeit und hineingestellt hat in die Grotten. Zuletzt führte sie uns in eine Nische, drin saß, aus einem großen Stein geschlagen, zu einem Körper geworden, bemalt mit hundert feinsten Strichen, rot, braun und feucht, der Gott, der aus den Menschen Kinder macht. Zu dem trugen nun die Frauen viele Kerzen hin, entzündeten sie, daß es immer heller wurde bei dem Gott, und daß der immer mehr glänzte. Und dann sahen wir, daß da Mann und Frau zusammen in einem Körper ist, und sechs Arme: Zwei liegen auf den Schenkeln, zwei sind über dem Bauch zusammengefaltet, zwei sind ausgestreckt zu uns. Re Dajana sagte: »Wir müssen das Rauchopfer bringen«, und ihre Stimme ging durch alle Grotten und kam wieder zurück zu uns: »... Rauchopfer bringen.« Aus ihrer Kapa nahm sie Stäbe, entzündete sie, ein Duft und ein Nebel kam aus den Stäben, sie gab auch Aurehl die Stäbe, und beide schwenkten sie die um den Körper aus Stein, und der bewegte sich und lebte vor uns und hatte keine gemalten Striche mehr über den Augen, sondern Wimpern, und hatte keine Glasschalen mehr in den Augenhöhlen, sondern Augen, die sahen uns an, und sein Mund redete zu uns, und ich spürte auf beiden Seiten die Kapas der Frauen an meiner Kapa, und ich hörte eine Stimme, die sagte leise und langsam: »Re Dajana Kornegill und Aureole Dohle Aurehl und Prinz Pan Inka-Fürst! Hört ihr mich?« und die Stimme ging durch alle Grotten und kam zurück zu uns: »... hört ihr mich?« – »Ich bin die Kraft und die Furcht! Aus meinem Schoß heraus geht die doppelte Lust! Werdet Kinder!« Und weil ich nur ratlos zwischen den beiden Frauen stand, so sagte Re Dajana zu mir mit einem Schubs von der Seite: »Na los, du steinerner Jüngling!« Und zu Aurehl: »Wir müssen mehr Rauch machen! Vor allem sein Kopf muß noch gründlicher beräuchert werden!« Und beide schwenkten sie neue Rauchstäbe, daß ich ganz eingenebelt wurde und ganz schwach. Re Dajana trat vor uns hin und rief zu dem Gott: »Ich bringe das Rauchopfer! Ich will dein Kind sein!« drehte sich um zu uns, rief: »Ich mache aus euch Kinder!«, faßte uns beide bei der Kapa, zog uns zusammen, so spürten wir bald unseren Atem und den Geruch unserer Körper, der stieg aus der Kapa heraus als eine schöne Wärme, so blieben wir, lange, und unsere Hände tasteten über die Schulter hinweg und fanden sich selbst, so wurde der Kreis dreimal geschlossen. Die Kerzen brannten aus, wir standen immer noch im Kreis, und beim Geruch vom Wachs der ausgebrannten Kerzen suchten wir den Mund und fanden ihn, und leichte Küsse gingen im Kreis herum. Dann gingen wir durch die Finsternis der Grotten zum Licht bei der zeltförmigen Öffnung aus Stein, gingen wie die Träumer, die nicht wissen, daß sie über den Abgründen sind, gingen wie über dicke Teppiche aus Moos geflochten und waren zusammen im höchsten Zimmer der Akropolis, verschlungen wie die zu dicht gewachsenen Erlen am Bach. Dann sind wir umgefallen aufs große Bett, lagen dicht beisammen, lange, es wurde uns warm, so wickelte uns Re Dajana aus den Kapas heraus, ließ auch ihre Kapa fallen, beugte sich über Aurehl, küßte sie, wurde wiedergeküßt, sie vergaßen mich beim Küssen, und ich lag daneben und sah zu und sah es gern, wie sie sich küßten. Aber gleich erinnerten sie sich an mich, legten sich zu mir und zeigten mir, wie ich sie küssen muß, und wußten immer ein neues Spiel, wollten, daß ich stark werde und machten mich gleich drauf schwach, legten sich beide plötzlich dicht zusammen und bewegten sich nicht, als ob sie horchen, wo die neue Kraft und das neue Spiel herkommen soll, und ich sah da hin und hatte meinen Neid auf die Frauen, wenn aber mein Neid groß genug war, dann sahen sie den, und eine rollte sich zu mir und küßte mich, und die andere holte Trauben und fütterte mich, und wir redeten wie die Kinder reden, die nichts wissen.

Das alles ging aus von dem Gott mit den sechs Armen, zwei für jeden von uns, der hielt uns zusammen als Kinder, dreiunddreißig glückliche Tage und Nächte lang.

Zu den bestimmten Zeiten schloß sich Re Dajana ein in ein Zimmer, das nennen sie ›das Geheimkabinett‹, und bei ihr war nur der Tschilgren-Johannsson und der Fort, das ist ein grauer, knochiger Mann, den hört man selten reden. Dann führte ich die Aurehl hinab zum Großen Platz, wo man die Abgründe nicht sieht, da fürchtet sie sich nicht, da warteten schon die Kinder auf sie: Euphŏrion, der flinke Sohn vom Hauptmann aller Köche bei Re Dajana, Bessi, Jollo, der Schlaks, die winzige Harmŏnia mit dem Zopf so lang wie ihre Kapa und viele andere. Aurehl setzte sich ins Gras und erzählte den Kindern die Betongeschichten, daß die mit großen Augen zuhörten und staunten.

Das ging so: »Ein Winter ist ins Beton gekommen.« – »Was ist das: Ein Winter?« – »Der bringt den Schnee.« – »Und was ist der Schnee?« – »Der liegt auf der Weide, und nichts kann drauf wachsen, kein Grashalm und keine Blume.« – »Das ist ein komisches Land!« rief die winzige Harmŏnia, und Aurehl: »Der kleine Pik hat großen Hunger, denn er hat schon zwei Tage nichts mehr gegessen.« – »Warum hat der kleine Pik nichts gegessen?« – »Er hat nichts gefunden.« – »Wo der ist, da gibt es kein Haus der Köche.« Das wollten die Kinder erst nicht glauben, aber Aurehl sagte zu ihnen mit ihrem Ernst: »Das ist wahr.« Und dann: »So geht nun der kleine Pik hungrig durchs Beton, ob er nichts zu essen findet, findet nichts zu essen, findet aber zwei Zehnereuros. Drüber freut er sich und will damit zum Bappen.« – »Was ist der Bappen?« wollen die Kinder wissen. »Da wird getauscht.« – »Was wird da getauscht?« Und Aurehl singt: »Scharfe Messer, Äxte, Sägen, Rattengift und Salz im Leinsack!« und zieht den Leinsack lang auf einem hohen Ton, drüber müssen die Kinder lachen, und Aurehl erzählt weiter: »Auf dem Weg zum Bappen trifft der kleine Pik den starken Puck, der ist viel stärker als er, der kann aber nur bis zehn zählen.« – »Und wie weit kann der kleine Pik zählen?« – »Bis zwanzig.« Euphòrion ruft: »Ich kann bis hundert zählen! Soll ich?« Und fängt an und zählt schnell, und alle Kinder zählen laut mit, und Aurehl sieht die Kinder an mit ihren großen Augen und staunt sehr. Dann erzählt sie weiter: »Nun zeigt der kleine Pik dem starken Puck seine zwei Zehnereuros und sagt: ›Sieh mal, ich habe zwanzig Euros gefunden. Damit gehe ich zum Bappen und tausche mir dafür ein Treiberbrot ein.‹ Der Puck sagt zum kleinen Pik: ›Du bist ja dumm! Du hast doch nicht zwanzig Euros, sondern zwei Zehner!‹ – ›Das sind zusammen zwanzig‹, sagt stolz der kleine Pik, weil er bis zwanzig zählen kann. Erst streiten sie sich, wer recht hat, dann machen sie einen Vertrag, der heißt, Wenn Pik recht hat, darf er seine Euros behalten, aber wenn Puck recht hat, bekommt er einen Zehner ab. Sie gehen beide zum Bappen, Pik hält die beiden Zehner einem Mann hin, und Puck fragt den Mann: ›Was hält der Kleine hoch?‹ – ›Zwei Zehner‹, antwortete der Mann. ›Ich hab recht!‹ ruft Puck vor Freude, nimmt dem Pik einen Zehner weg und steckt ihn in seinen Beutel. ›Ich hab recht!‹ schreit der kleine Pik, ›denn zehn und zehn ist zwanzig.‹ – ›Hast du denn so viel?‹ lacht der starke Puck den kleinen Pik aus und geht davon. Nun weint der kleine Pik, daß ihm die Tränen herunterkullern, und der Mann fragt ihn: ›Warum weinst du, kleiner Pik?‹ Der kleine Pik erzählt dem Mann die ganze Geschichte von Anfang an. ›So, so‹, sagt der, ›du hast also die beiden Zehner gefunden. Wo hast du die denn gefunden?‹ – ›Da drüben beim Gebüsch‹, antwortet ihm der kleine Pik. ›So, so‹, sagt der Mann wieder. ›Ja, da habe ich sie beide gefunden.‹ – ›Dann sind das meine Zehner‹, sagt der Mann, ›denn die habe ich da drüben im Gebüsch verloren‹, nimmt dem kleinen Pik den anderen Zehner weg und steckt ihn in seinen Beutel. So hat es dem kleinen Pik nicht geholfen, daß er bis zwanzig zählen kann.«

Die Kinder hatten rote Backen und glühende Augen, nach der dritten Geschichte bekamen sie Hunger, da sprang der flinke Euphŏrion hinauf zum Haus der Köche, immer drei Stufen auf einen Sprung, holte die heißen, weißen Brote aus dem Backhaus, und dann aßen sie die alle, und am meisten aß Aurehl.

Ich blieb nie lange auf dem Großen Platz, ich sah mir alles an in Matschju-Pitschju, kannte bald jedes Haus, jeden Stein, jeden Abgrund, und ich stieg auch auf den Huajna, immer am festen Stein entlang, bis zur Spitze. Da saß ich dann oben, sah herab auf die Menschen, wie die als winzige Käfer herumkrabbeln, sah Aurehl mit den Kindern als bunte Glockenblümchen auf dem Großen Platz, und sah auf die Akropolis herab, so klein wie der Garnkasten von Aurehl, und dachte: Ob wohl in diesem Garnkasten grade eine Inszenierung gemacht wird? Und dachte, wie wohl aus diesem Garnkasten die Macht herauskommen soll, damit die Welt so geht, wie Re Dajana sie haben will? Und dachte auch: Ob wohl grade jetzt ein Wink zu den Himmlischen hinausgeht aus diesem Garnkasten, daß ein Himmelsrecht kommen soll über den Betonmenschen mit Feuerstrahl und Rauchpilz?

Wenn aber die bestimmte Zeit herum war, stieg ich ab, ging zu Aurehl und führte sie hinauf in die Akropolis.

Am einundzwanzigsten Tag nach dem Rauchopfer beim sechsarmigen Grottengott hatte Xung-Tsiping den Befehl, daß er das Essen der Veränderung für die Mehden bereitet. Das ist immer eine Estofado aus dem Fleisch der Bergtiere und der Bergfrüchte, dazu das wilde Pfefferkraut, das nennt man auch die Sariette, und den bitteren Salbei durfte er nicht vergessen.

An einem Tisch in der großen Halle der Akropolis, in der war auch die Totenfeier für den Alexeji-Amie gewesen, saßen zu beiden Seiten neben Re Dajana Marie-Luise und Schahanna, dann die beiden Lernmehden Domähne und Schellieh, dann Aurehl und ich. Keiner redete, sie waren alle sehr ernst. Xung-Tsiping schöpfte die Estofado aus dem Topf mit einem geschickten Schwung, daß er immer von allem etwas in die Schöpfkelle bekam, von jedem Fleisch, von jeder Frucht und von jedem Gewürz.

Re Dajana sagte: »Die Estofado habe ich aus meiner Kindheit herübergenommen in mein Leben. Zuerst hat meine Mutter sie gekocht, dann der Koch meines Vaters, der war nicht gut«, sah den kleinen Xung-Tsiping an, »und seit ich dich gefunden habe, lieber Xung-Tsiping, kochst du sie mir und überraschst mich immer wieder mit deinen schönsten Einfällen.« Dann beugte sich der Labiges herab und kostete, dann kostete sie, nickte dem Xung-Tsiping zu und aß mit Genuß. Es war sehr still in der Halle, und außer ihr aß nur Aurehl.

Re Dajana aß ihren Teller leer, Xung-Tsiping kam gleich mit der Schöpfkelle, sie dankte ihm und sagte zur Marie-Luise und zur Schahanna: »Ich habe beschlossen, euch beide einen Mann für den Goldnen Vertrag zu geben, denn ihr sollt nun aufsteigen. Du, Schahanna, sollst den Rilpe Pickboota bekommen. Das ist ein angenehmer und kluger Mann, ganz anders als sein Neffe Willem. Von dir soll er die Kraft und den Mut bekommen, die er brauchen wird, um die Pickbootas aus den Klauen dieses Kretins zu befreien, der nur mit seinen Schwestern Kinder zeugen will, weil ihm sonst keine Frau schön genug ist in seinem Wahn. Und durch dein im Goldnen Vertrag Hochgeborenes Kind mit dem Rilpe sollen die Familien verbunden werden, denn die Familien müssen zusammenhalten und zusammengehalten werden. Und du, Marie-Luise, hast mit deinen Glutaugen selber das Zeichen gegeben, wie du aufsteigen willst: Mit dem Raphael und mit deinem Hochgeborenen Kind im Goldnen Vertrag mit Raphael, denn Zeppelzett kann ja mit seinen Knaben keine Kinder zeugen. Aus der Marie-Luise von den Eckssons wird das Mariele bei den Bodenreifs, das habe ich mir schon immer gewünscht, und aus der Schahanna von den Jamandas wird vielleicht eine Hannamin bei den Pickbootas. Und weil ich euch beide als echte Kornegills erzogen habe, so werden außerdem noch die Kornegills mit den Bodenreifs und mit den Pickbootas verbunden.«

Xung-Tsiping ging leise um den Tisch herum mit der Schöpfkelle, hinter ihm der Wilhelm mit dem Krug, aber die Mehden sahen es nicht, die Schöpfkelle nicht und den Krug nicht, denn da wurden ernste Sachen geredet und wenig gegessen, und das kann der kleine Mann nicht ertragen.

So jammerte er: »Ich werde krank und will nicht länger leben, wenn niemand ißt und trinkt.«

Schahanna löffelte etwas von ihrem Teller, aber die Marie-Luise nahm nicht einmal den Löffel in die Hand. Sie sah Re Dajana an und sagte mit einer Kraft, die kannte keiner bei ihr: »Hohe Frau Re Dajana! Ich will nur Ihnen dienen! Immer und mein Leben lang!«

»Aber das sollst du ja auch!« sagte Re Dajana. »Und das will ich ja auch!«

Und Marie-Luise: »Ich bin noch zu jung für das Spiel der Mächte.«

»Ich muß mich sehr wundern über dich«, sagte Re Dajana mit ihrem Katzenblick, »du selbst hast mir doch mit deinen verliebten Augen den Weg gezeigt, den du gehen willst!«

Und Marie-Luise, die hauchte nicht wie sonst, die redete stark, und die stockte nicht: »Das sind zwei Sachen. Ja, ich habe mich in den Mann verliebt. Aber ich weiß doch, daß der den Hohen Herrn Zeppelzett Bodenreif liebt, und daß aus meiner Liebe nichts werden kann.«

Re Dajana winkte dem Xung-Tsiping, sah gut zu, wie er schöpft, daß nichts von der Estofado fehlt in ihrem Teller, und dann aß sie als einzige. Das ist immer so bei ihr. Wenn andere nicht essen können vor Angst, Not oder Wut, dann hat sie den größten Hunger. Und beim Essen sagte sie langsam zum Teller: »Ich weiß aber, daß der Raphael dich liebt.«

Marie-Luise wurde rot vom Hals bis zu den Ohren. »Und den Zeppelzett nicht?«

»Den auch«, antwortete Re Dajana, hielt dem Willem ihr Glas hin, der machte vor Freude seinen Hüpftanz zu ihr und füllte ihr Glas mit einem Schwung, daß es voll war und kein Tropfen verschüttet wurde.

Aber die Marie-Luise saß auf ihrem Stuhl, bleich und starr, wie aus Stein gemacht.

»Und jetzt zu dir, Schahanna«, sagte Re Dajana, und damit war über die Marie-Luise schon alles beschlossen, »du kennst ja den Rilpe gut. Er ist auch ein sehr ansehnlicher Mann, und er liebt dich. Ich gebe dir Zeit, damit du auch deine Liebe zu ihm entdeckst.« Und damit war auch das beschlossen. »Bis euer Goldner Vertrag fertig ist, mache ich euch zu meinen Lernsekretären unter Tschilgren-Johannsson und Fort.« Und dann, zu den beiden Lernmehden: »Ihr werdet von heute ab lernen, wie man eine tüchtige Mehd bei den Kornegills wird, und die beiden Lernsekretärinnen werden euch dabei helfen. Der Avarall webt euch schon die neuen, sehr kostbaren Kapas, an denen jeder in Matschju-Pitschju erkennt, daß ihr aufgestiegen seid. Und mein bester Goldschmied, der unerreichbare van Twehn, dfer schmiedet schon das Kettchen für euch mit meinem Bild im Medaillon.«

Am fünfundzwanzigsten Tag nach dem Rauchopfer sagte Re Dajana: »Wir machen einen Krankenbesuch beim Mundermann.« Zu dritt gingen wir zum Haus der Ärzte hinab, in ein verriegeltes Zimmer, zwei Treiber davor, drin alles weiß, und in einem weißen Bett lag ein blasser, schöner Mann, sein rechtes Bein in weiße Tücher gewickelt, vor seinem Bett stand die Lernärztin Johanniha, die Tochter vom Schneiderriesen Mungo, zu dem war ich ja ins Schneiderzelt gerannt in der Opernschlucht, daß ich meine Euros in die Garnrolle einwickeln kann. Die Johanniha ist genauso groß wie er, aber dazu sehr dürr. Sie hat ein kleines, zartes Gesicht, und wie sie auf den blassen Mann herabsah von ihrer Höhe, so war es ein schönes Gesicht von der Sorge und von der Liebe zu dem.

»Es gab Komplikationen«, sagte sie mit einer tiefen Verbeugung zu Re Dajana hin, »deshalb ist er noch sehr schwach. Aber jetzt heilt alles gut.« Dann schob sie ihr einen Stuhl vor das Bett, Re Dajana setzte sich, ich stand mit Aurehl hinter ihr, und mir wurde ganz heiß und kalt in den Gliedern, wie da dieser Mann so nahe vor mir lag, und ich dachte immer nur: Mit dem war Aurehl zehnmal zusammen auf dem Weichen Lager!

»Aurehl hat mir berichtet, daß du ein guter Flieger bist«, sagte Re Dajana zu ihm. »Du hast auch nach deiner Verletzung das Flugzeug sicher und mit ruhiger Hand auf die Runway gesetzt, und das, obwohl einige Steuerleitungen beschädigt waren. Angeblich haben die Pickbootas die besten Piloten. Ist das wahr?«

Der Mundermann lag nur still in seinem weißen Bett, sehr blaß, und sah sie an.

»Willem hat bisher weder nach dem Flugzeug gefragt, noch

nach der Ladung, immerhin einige hundert Pounds Barrengold, noch nach dir.«

»Ich konnte noch keine Meldung machen«, sagte der Mundermann, »der Hohe Herr Willem Pickboota weiß ja noch nicht mal, wo ich bin.«

»Er kümmert sich um nichts! Man sollte ihn durch einen tüchtigeren Mann ersetzen! Findest du nicht auch?« Und weil der Mundermann nichts drauf sagte, sondern sie nur ansah, fragte sie ihn: »Kennst du den Rilpe Pickboota?«

»Ich habe meist den Hohen Herrn Willem und seine Schwestern an Bord gehabt.«

»Und Rilpe?«

»Von dem wird gelegentlich geredet.«

»Gutes?« fragte sie weiter.

Da kam dem Mundermann der Schweiß ins Gesicht, die baumlange, dürre Johanniha trat zu ihm mit einem weißen Tuch, tupfte ihm den Schweiß ab und sagte: »Er ist noch sehr schwach.«

Re Dajana stand auf, sagte zu ihr: »Komm bitte!« so mußte sie mit uns zusammen an den Treibern vorbei in einen Gang, die Johanniha war ganz verängstigt und sagte mit herabgebeugtem Kopf zu Re Dajana: »Ich habe den strengen Befehl vom Doktor Urn, ihn nicht allein zu lassen. Ich mache mir Sorgen um ihn, denn er will nicht mehr leben. Er fürchtet, daß man ihn in Kusko vor Gericht stellen wird.«

»Das wird man«, antwortete Re Dajana. »Bis dahin muß du mir ihn ganz gesund pflegen. Denn nach dem Gericht in Kusko brauche ich ihn für eine wichtige Arbeit bei mir.«

Da sprang die Johanniha vor Freude hoch, stieß mit dem Kopf an die Holzdecke, schrie: »Aua!« lachte gleich drauf, rieb sich den Kopf und rannte an den Treibern vorbei ins Zimmer hinein.

Wenn die Sonne übers Urubamatal gegangen war, trafen wir uns immer im Langen Zeltzimmer, die neuen Lernmehden Domähne und Schellieh kamen dazu, Labiges brachte mit seinen Dienern die Tischchen, die Kerzen wurden angezündet, Re Dajana saß halb, lag halb auf ihrem Chaiselongue, Aurehl kauerte davor, stützte sich drauf und gab keine Ruhe, bis Re Dajana ein Buch in dic Hand nahm und draus vorlas.

Aurehl erkannte bald jedes Buch an den Bildern: Das vom Simpel und seinem Knan, das vom Robinson und seinem Freitag, das vom Tom und seinem Huck, das vom alten Meermann und seinem Rochenfisch, und immer brachte sie noch ein neues Buch aus den riesigen Gestellen hinterm Zeltzimmer, das nennen sie ›die Bibliothek‹, und mit vielen Küssen bettelte sie, bis Re Dajana draus vorlas. Gefiel es ihr, so mußte es zu Ende gelesen werden, gefiel es ihr nicht, so holte sie gleich ein neues.

Aber am dreiunddreißigsten Tag nach dem Rauchopfer sagte Aurehl: »Heute haben mich die Kinder zum Haus der Köche gebracht. Ich war auch im Backhaus und habe zugesehen, wie der Kondor Labus die kleinen weißen Brote macht.«

»In der Gluthitze am Backofen?« fragte die Domähne.

»Ja. Und jetzt weiß ich auch, wie er die macht: Aus dem feinsten Mehl vom Weizenkorn, aus Hefe und mit viel Dampf. Und jetzt will ich gern wissen: Was ist das Weizenkorn?«

»Das kommt von den Weizenfeldern«, sagte die Domähne. Und Aurehl fragte gleich weiter: »Was sind die Weizenfelder?« – »Da oben, irgendwo in Iowa, da wird der Weizen angebaut.« Und Aurehl: »Was ist Iowa? Und wie baut man an? Und warum haben wir im Beton die Weizenfelder nicht?« Und die Domähne, die redet erst und denkt später: »Die im Beton, die Autochthonen, die sind zu dumm dazu!« Und Aurehl: »So muß man den Betonmenschen aus seiner Dummheit befreien und muß ihm das Weizenfeld erklären und wie man anbaut!«

Da war's still im Langen Zeltzimmer, Re Dajana trank ihr Piskoglas leer, sah Aurehl an mit ihrem Katzenblick und sagte leise zu ihr: »Das muß man dann wohl.«

»Und auch die Hefe und den Dampf!« rief Aurehl.

Und die Domähne: »Dampf kommt aus dem kochenden Wasser!«

»Ja!« rief Aurehl, »aber wieviel trocknes Feuerholz muß da geholt werden, bis so viel Wasser kocht für so viel Dampf!« – »Dazu nimmt man natürlich die Elektrizität! Die kocht so viel Wasser, wie man will, ohne Holz, ohne Rauch, ohne Mühe!« Und Aurehl: »Woher kommt die Elektrizität?« – »Aus den elektrischen Drähten, vom Urubambatal herauf!« – »Aus den dünnen Drähten kommt so viel Hitze?« – »Das ist eben die Elektrizität!« – »Und wer macht die?« fragte Aurehl. Das wußte die Domähne nicht, ärgerte sich drüber und rief: »Lauter dumme Fragen!«

Re Dajana, auf ihrem Chaiselongue, sagte leise zu ihrem Piskoglas: »Soll ich nicht etwas vorlesen?«

Das war am 16. August des Jahres 268 der Neuen Zeit.

Zwei Tage danach saß ich bei Aurehl am Großen Platz und hörte zu, wie sie den Kindern die Betongeschichten erzählt. Bessi war dabei und auch die Riondel, die hatte ja in der Opernschlucht der Bessi das Goldne Springseil weggenommen, und die paßte nun gut auf, daß Bessi nichts Falsches oder Verbotenes hört. Dann hatten alle Hunger, Euphŏrion stand auf, rief: »Ich hole uns frische, weiße, heiße Brote vom Kondor Labus«, wollte mit drei langen Sprüngen zum Backhaus, kam mit seinem linken Bein in eine Spalte zwischen zwei Stufen, stürzte vornüber, lag mit bösen Schrammen auf den Stufen und wimmerte, und sein linkes Bein war zerbrochen und ganz krumm. Aurehl war als erste bei ihm, sie rief: »Holt grade Stöcke und Schnur!« denn sie wollte das zerbrochene Bein richten und binden. Aber die Riondel verbot es ihr und befahl mir, daß ich zum Haus der Ärzte laufe und einen Doktor herbeihole. Den Flussel fand ich nicht, aber seinen höchsten Lernarzt, den Armin Urn. Der kam gleich mit mir, dazu zwei Lernärzte, die hoben das wimmernde Kind auf ein Liegegestell und trugen es zum Haus der Ärzte. Bessi wollte hinterher, aber die Riondel zog sie fort ins Kinderhaus. Ich führte Aurehl hinauf, sie wollte ins Haus der Ärzte hinein, damit sie den Ping-Ling trösten kann, aber das verbot ihr der Urn. So stellten wir uns vors offene Fenster, sahen den Euphŏrion liegen, hörten ihn wimmern und dachten, der Urn wird ihn trösten. Aber der tröstete ihn nicht, sondern machte ihn mit einer spitzen Nadel wie tot.

»Hol seine Mutter her oder seinen Vater!« rief Aurehl.

Ich rannte los, fand den Xung-Tsiping im Haus der Köche, der kam mit mir, sah hinein zu seinem Kind, schüttelte den Kopf und sagte immerzu: »Will ein Springer sein und kann nicht springen! Leider, leider!« und sah dann mit uns zu, wie der Urn seinem Kind das Bein geschickt graderichtete, und wie er dann das kleine Bein von oben bis unten dick voll mit einem weißen Brei beschmierte, den nennen sie ›den Gips‹.

»Was macht er mit dem Bein?« fragte Aurehl ängstlich.

»Das wird ein Brot«, sagte von drinnen der Urn, »das backe ich dann gleich gar.«

Und der kleine Xung-Tsiping sagte zur Aurehl: »Keine Sorge! Das ist Grünholz! Das wächst leicht zusammen!« Aber damit konnte er sie auch nicht trösten.

Der Urn kam heraus, der ist klein mit viel Fett ringsherum, und seine Backen hängen ihm herab wie große Beutel. Er sagte zu Xung-Tsiping: »Er hat es mal wieder geschafft. Diesmal Wadenbein und Schienbein links. In drei Wochen röntgen wir noch einmal, dann sehen wir weiter.« Und wollte wieder hineingehen.

»Was ist das für ein Brei um sein Bein?« fragte Aurehl.

»Das ist Gips. Der wird hart wie Stein.«

»Und mit diesem Gips ums Bein herum soll er gehen?« fragte Aurehl weiter.

»Zuerst ja. Später schlage ich ihm den Stein vom Bein ab.«

Da sah Aurehl den Urn mit ihren großen Augen zornig an: »Warum reden Sie mit Spott über das große Unglück vom Euphŏrion?«

Der Urn nickte zehnmal mit dem Kopf und antwortete ihr: »Ja, ja, so sind wir Ärzte. Wir heilen zwar fast alles, selbst einen abgesägten Finger nähen wir wieder an«, hob seinen Zeigefinger vor seine Nase, »und sogar an die richtige Stelle! Aber wir machen unsere Späßchen mit den Patienten«, steckte seine Hände in die Taschen: »Vielleicht, damit man uns nicht auf die Schliche kommt.« Und sah Aurehl an wie einer, der das Spiel schon gewonnen hat.

Aber Aurehl fragte: »Werden Sie das zerbrochene Bein vom Euphŏrion heilen, daß er wieder gehen und springen kann?«

»Das hoffe ich«, antwortete er.

»Wird das Bein nicht zu kurz sein, nicht krumm, nicht angeschwollen?«

»Bestimmt nicht«, antwortete er.

»Wenn er aufwacht, will ich ihn trösten, bei seinen Schmerzen.«

»Er wird keine Schmerzen haben«, antwortete ihr der Urn.

Aurehl sah den Urn von der Seite an: »Ist das wahr?«

»Aber ja«, antwortete der.

Und Aurehl: »Sie müssen mir den Gips erklären, denn den will ich mitnehmen ins Beton.«

Aber der Urn eilte davon, rief: »Entschuldigung, aber ich habe zu tun«, und war schon im Haus der Ärzte drinnen wie einer auf der Flucht.

Jeden Abend im höchsten Zimmer der Akropolis lockten mich die beiden schönen Frauen aufs große Bett, dann gingen die Küsse hin und her. Und sie erfanden immer neue Spiele für unsere sechs Arme, und noch lange über den dreiunddreißigsten Tag hinaus half uns der Grottengott bei unseren Spielen.

Wenn dann die Ruhe kam, legte sich Aurehl auf den Rükken, die Hände unterm Kopf verschränkt, sah hinauf zum Baldachin überm Bett in den Farben Grün, Blau und Braun, bunt bestickt wie Orchideen, der hing an silbernen Ketten am Himmel.

Und so lag sie auch am fünfunddreißigsten Tag nach dem Rauchopfer und sagte zum Baldachin über ihr: »Gestern habe ich noch gedacht, wie ich ein Lernkoch beim Kondor Labus werden will, und wie ich dem Betonmenschen das Weizenfeld und den Anbau bringe. Heute denke ich, wie ich ein Lernarzt beim Doktor Urn werden will, und wie ich dem Betonmenschen das gebrochene Bein heile mit dem Gips.« Dann war's still, dann richtete sich Aurehl plötzlich auf und sagte: »Und wer gibt dem Betonmenschen das Mittel gegen den Rotfleckigen Tod?«

Re Dajana hockte neben ihr und sah sie neugierig an.

Und Aurehl: »Dirk sagt, Anselm Cervato ist gleich dreifach gestorben: Erst vom Wahnsinn, weil er dem Betonmenschen das Mittel gegen den Rotfleckigen Tod geben wollte, dann vom Selbstmord, denn was soll ein Wahnsinniger tun, als sich umbringen, und zuletzt noch von den Mördern.«

»Und wie denkst du darüber?« fragte Re Dajana sie.

»Anselm Cervato ist tot! Und wer wird dem Betonmenschen das Mittel gegen den Rotfleckigen Tod geben? Und kann denn einer morden, daß nicht geheilt wird?«

»Jeder kann das, der die Macht dazu hat«, antwortete Re Dajana.

Und Aurehl: »Morden, daß nicht geheilt wird?«

Und Re Dajana: »Ja.«

Und Aurehl: »Meine Mutter hat der Rotfleckige Tod geholt!«

Da warf sich Re Dajana auf sie, bedeckte sie mit ihrem Körper und murmelte, daß man's kaum verstand, wie Zaubersprüche von der Bickelak: »Du sollst lange leben, du sollst immer gesund sein und heil, du sollst immer ein heiles Kind bleiben, meine Aureole, Dohle«, und murmelte so weiter und drückte Aurehl fest mit ihren Armen und ihren Beinen. Und Aurehl unter ihr fragte: »Ist es denn wahr, daß man den Rotfleckigen Tod verjagen kann mit den Mitteln?« Aber Re Dajana hörte es nicht bei ihrem Gemurmel, so fragte Aurehl immer wieder: »Ist es wahr? Kann man den Rotfleckigen Tod verjagen mit den Mitteln?« bis Re Dajana es endlich hörte. Sie richtete sich auf und antwortete: »Warum soll man das Fleckfieber nicht heilen können?«

»Und wie heilt man das?«

»Das mußt du den Flüssel fragen oder den Urn.«

»Ja, das muß ich«, sagte Aurehl, stand auf, zog sich ihre Kapa über, Re Dajana fragte sie: »Wo willst du hin?« – »Zum Urn!« – »Kind, der schläft jetzt sicher schon!«

Und Aurehl, an der Tür: »Der darf jetzt nicht schlafen!«

Da sprang auch Re Dajana aus dem Bett, bimmelte dem Labiges, hängte sich die Kapa um, der Labiges stand gleich an der Tür, wie die Eule, wenn man sie blendet, Re Dajana sagte: »Gib bitte den Befehl, daß man mir den Urn herholt, und bring mir bitte ein Tischchen!« Das Tischchen stand gleich neben dem Bett, der Urn kam später. Der war noch in seinen Träumen drin, gähnte oft, aber es half ihm nichts, er mußte sich mit den beiden schönen Frauen ans Tischchen setzen und mußte auf jede Frage die Antwort geben als höchster Lernarzt bei Re Dajana Kornegill und durfte seine Späßchen nicht machen. Ich hörte viel vom Vorbeugen und von der Anfälligkeit, daß man immer gut essen muß, vorher, und nachher die Impfung und die Antibiotika, und hörte von der Laus, die da krabbelte im Fellumhang und in der Bundhose, und in der Laus krabbelt wieder die Rickettsia Prowazeki, die müssen beide abgeschafft werden. So ging das lange, bis ich einschlief.

Ich träumte von der winzigen Rickettsia, wie die auf meinem Bauch herumkrabbelt. Aber gleich drauf waren es zwei Hände, von jeder Seite eine, und ich fühlte die Wärme von beiden Seiten, sehr nahe. So haben wir oft zu dreien zusammen geschlafen.

Aurehl teilte nun ihren Tag auf für die Kinder am Großen Platz, für das Arzthaus beim Euphòrion und beim Urn und auf das Backhaus beim Kondor Labus. Oft mußte ich sie auch auf den Terrassenberg hinaufführen, da wollte sie mit den Gärtnern vom Xung-Tsiping reden über den Anbau von süßen Kartoffeln. Aber die redeten nur in der Kuetschuasprache. So mußte dann auch der Xung-Tsiping aufsteigen zum Terrassenberg und Aurehl erklären, was sie wissen wollte. Bald kannte jeder in Matschju-Pitschju die Aurehl, wie sie alles wissen will, wie sie sich über die Treppen führen läßt, die Augen nie zu den Treppen herab, sondern immer zum Himmel hinauf, daß ich jedesmal erschrak und dachte: Wird sie nicht das Himmelsrecht auf uns herabziehen? Und oftmals kam zum »Huakah!« dazu das Wort: »Huakah, Aurehl!« oder auch: »Huakah, Dohle Aurehl!«

Wenn ich aber Aurehl nicht führen mußte, ging ich ins Gebirge hinein, erst hinab ins Tal der Lamas, an den Hütten der Lamahirten vorbei, dann über die Bäche und über das Geröll in die Höhe, und oftmals lehnte ich mich an einen weißen Stein, der steigt hoch hinauf, drei Lange Blicke, hielt mich an dem fest als einer, der gehalten werden will, und wußte längst, daß der selber keinen Halt hat, und daß der rutschen wird, wenn seine Zeit kommt. Ich stieg auch auf die Hänge zur Mittagssonne hin, da, wo die größten Orchideen wachsen in hundert Farben, die schnitt ich ab mit meinem Messer fürs Lange Zeltzimmer. Dazu hatte die Schahanna von der Herrin den Befehl, daß sie Aurehl und mir die englische Sprache erklärt mit den Lektionen, jeden Tag zwei, denn die englische Sprache ist die gemeinsame Sprache der Familien, und die müssen wir lernen bis zum Jahrestag der Familien auf Hawaii.

In dieser Zeit wurde in Matschju-Pitschju viel geredet vom Gericht in Kusko und vom Paschamamafest. Das ist immer am 6. September, jedes Jahr. Und eine Woche davor, am 30.

August, versammelten sich die höchsten Diener von Re Dajana in der großen Halle zur Estofado vor dem Gericht. Da kamen viele, die kannte ich nur vom »Huakah!« auf den Treppen vor meinem Kleinen Haus. Jetzt aber sagten die mir ihren Namen und redeten von ihrer wichtigen Arbeit bei der Herrin. Da kamen die Baumeister, die Goldschmiede, die Elektriker und die Weber beim Avarall, und Xung-Tsiping kam mit allen seinen Köchen und Lernköchen, die gingen mit der Schöpfkelle herum um den langen Tisch, an dem können leicht hundert hungrige Menschen sitzen. Neben Re Dajana stand der Labiges und kostete erst, bevor sie aß, und zu ihren beiden Seiten saßen Tschilgren-Johannsson und Fort, dann die neuen Lernsekretäre Schahanna und Marie-Luise, dann Xung-Beping und sein Mund, dann ich und Aurehl, dann alle anderen, aber den Tamasch und den Flüssel sah ich nicht.

Als nun Xung-Tsiping mit der Schöpfkelle bei Aurehl war, da fragte sie ihn: »Warum kommt Ihr Sohn nicht zum Großen Platz?«

Und der, mit seinem heiteren Mund: »Leider, leider! darf nicht springen«, und wollte weitergehen mit der Kelle.

»Und heilt sein gebrochenes Bein auch richtig?« fragte Aurehl.

»Aber ja!« rief der Xung-Tsiping.

»Und heilt es auch grade?« fragte Aurehl weiter.

»Aber ja! Ist ja im Gips!«

»Und Sie haben keine Sorge, daß er humpeln wird?«

»Aber nein!« rief Xung-Tsiping, sah zu den beiden Lernköchen hinter sich, die wollten mit dem großen Topf endlich weitergehen um den langen Tisch herum, und er wollte gern mit der Schöpfkelle hinterher.

»So müssen Sie darüber sehr froh und sehr glücklich sein«, sagte Aurehl.

»Ja! Darüber bin ich sehr froh und sehr glücklich«, sagte der kleine Koch, hatte schon aus dem Topf geschöpft, wollte schon den nächsten Teller füllen mit seiner Kunst.

Und Aurehl: »Ich kenne den Anführer der Schafbande im Beton, der hat sich als Kind sein Bein zerbrochen. Der hat keinen Gips ums Bein herum bekommen, weil man dort den Gips noch nicht kennt. Sein Bein ist krumm und steif, und er humpelt und hat oftmals böse Schmerzen im Bein.«

»Das ist furchtbar!« jammerte der kleine Koch.

»Ja«, sagte Aurehl zu ihm, »das ist furchtbar ungerecht!«

Xung-Tsiping sah sich um nach allen Seiten, ob ihm keiner hilft, und es war schon sehr still geworden in der großen Halle. Aber keiner half ihm. So sagte er zur Aurehl: »Ja, furchtbar ungerecht! Aber hier, bei uns, in Matschju-Pitschju, bei uns ist alles gerecht«, und dachte, daß er's endlich geschafft hat.

Aber Aurehl sah ihn an mit ihren großen Augen und sagte mit einem Vorwurf in der Stimme: »Hier ist alles gerecht? Und im Beton ist alles ungerecht? Dann ist ja die Welt geteilt!«

»Ja, ja«, nickte hilflos der kleine Mann, »die Welt ist geteilt«, und beugte sich über den Topf, daß man denken konnte, er will gleich seinen Kopf in die Estofado stecken.

»Wer hat denn die Welt geteilt?« fragte Aurehl wie die Kinder fragen, die nichts wissen, und es war schon so still in der großen Halle, daß jeder es hören mußte.

Da war der kleine immerheitere Xung-Tsiping am Ende. Und auch der Estofadotopf half ihm nicht weiter, und jeder an dem langen Tisch sah zu Re Dajana hin, wie es weiter gehen wird. Aber die löffelte die heiße Suppe mit Genuß, daß jeder sehen konnte, wie gut ihr die schmeckt, und nichts bewegte sich in der großen Halle außer dem Suppenlöffel der Re Dajana.

Bis Aurehl rief: »Eine geteilte Welt ist eine schlechte Welt!«

Re Dajana wischte sich den Mund ab mit einem weißen Tuch, das nennen sie ›die Serviette‹, hielt dem Wilhelm ihr Piskoglas hin, der hüpfte zu ihr, goß mit seinem Schwung ein, aber sie sah nicht hin wie sich ihr Glas füllte, sondern sah Aurehl an mit ihrem Katzenblick, daß ich dachte: Lieben oder Auffressen kann auch eins sein, und fragte Aurehl: »Kennst du eine bessere?«

»Nein«, antwortete ihr Aurehl, und ich sah die Blicke der Sekretäre, Benefiten, Handwerker, Baumeister, wie die zwischen Aurehl und Re Dajana hin und her gingen, als ob da scharfe Messer durch die Halle fliegen.

Der große Tschilgren mit dem langen, blonden Lockenhaar stand auf und sagte: »Ich hebe mein Glas zum Gruß an alle treuen Diener Re Dajanas, die hier versammelt sind wie jedes Jahr zur letzten Bergspeise in Matschju-Pitschju vor dem Gericht«, hob sein Glas sehr hoch, trank dann draus, und alle machten es ihm nach, nur Re Dajana und Aurehl nicht. Dann sagte der Tschilgren, und zum ersten Mal, seit ich ihn kannte, sah er nicht grämlich aus, und fast war's wie ein Lächeln um seinen Mund: »Und über Recht und Gerechtigkeit in der Welt wird dann in Kusko befunden werden, beim Gericht«, und setzte sich wieder.

Er saß noch nicht richtig auf seinem Stuhl, da stand Aurehl schon und rief: »Ist denn Recht Gerechtigkeit? Im Beton sagt man: Die Banden haben Recht durch ihre Macht, und mit ihrer Macht nehmen sie den Gleiszoll und den Brückenzoll und geben und nehmen Wegerecht, Wasserrecht, Lagerrecht ...«

Aber bevor es noch schlimmer werden konnte, warf ich meinen Teller um, daß es aussah wie eine Ungeschicklichkeit, und daß die Suppe herumspritzte über alle Sekretäre und Benefiten, die sprangen auf, Labiges und seine Diener reinigten ihnen die Kleider und reinigten auch den Tisch und den Boden. Und als dann endlich alle wieder saßen, da wurde nicht mehr über Recht und Gerechtigkeit geredet, sondern über die Estofado. Die war diesmal nur aus süßen Kartoffeln, Lauch und dem klebrigen Sud vom Ochsenschwanz bereitet vom Xung-Tsiping, und jeder in der großen Halle lobte den nun dafür.

Später, im höchsten Zimmer der Akropolis, gab es keine Spiele im Bett, sondern Aurehl legte sich gleich mit dem Rükken drauf, die Hände unterm Kopf verschränkt, Re Dajana hockte auf dem dicken Teppich neben dem Bett, trank ihren Pisko und sagte zu mir: »Ich danke dir für deine Vorsicht.«

Ich antwortete: »Da war ja schon genug geredet worden.«

Und Aurehl: »Nein, Fürst! Da war nicht genug geredet worden!« Und ich: »Die waren ja schon alle zornig!« – »Ja, auf mich«, rief Aurehl, »aber auf die Ungerechtigkeit sollen sie zornig werden. Und auch du sollst endlich auf die Ungerechtigkeit zornig werden!« Aurehl richtete sich auf und sah mich an: »Denn nur durch diesen Zorn kann die Welt verändert werden in eine gerechte Welt!«

»Bei Re Dajana ist die Welt gerecht«, sagte ich.

»Du bringst alles durcheinander!« rief Aurehl. »Bei Re Dajana haben alle ein gutes Leben!«

»Also gut«, gab ich nach, wie man einem plärrenden Kind

nachgibt, »wir werden alle zornig, und dann wird die Welt gerecht.«

»Nicht alle!« sagte Aurehl. »Re Dajana darf nicht zornig werden, denn sie ist die Macht!«

»Kind, was sagst du für Sachen!« jammerte Re Dajana, kroch auf Händen und Füßen zum Bett und stützte sich drauf, und Aurehl kroch zu ihr, hockte sich vor ihr hin und sagte: »Nur die Macht kann gerecht sein«, und richtete sich auf, daß sie über Re Dajana auf dem Bett kniete.

Re Dajana sagte zu ihr hinauf mit großem Spott: »Davon habe ich noch nichts gehört, daß die Macht gerecht ist.«

»Ich auch nicht!« rief Aurehl laut. »Aber wer soll denn sonst gerecht sein? Der schlaue Pik? Der starke Puck? Xung-Tsiping mit seiner Schöpfkelle? Oder Fürst mit seiner List, wenn er zwanzig Nadeln einhandelt für zehn beim Karrenhesse?«

»Das mußt du mir erzählen!« rief Re Dajana, »wie hast du das gemacht?«

Ich wollte die Geschichte gleich erzählen, aber Aurehl war schneller und sagte: »Deshalb muß die Macht gerecht sein.«

Und Re Dajana: »Da muß die Macht aber die Gerechtigkeit lieben.«

»Das als erstes«, sagte Aurehl. »Und als zweites die Veränderung.«

Ich sagte: »Davon will ich nichts hören«, und wollte hinausgehen, aber Re Dajana befahl mir: »Bleib hier, setz dich und höre zu!«

Ich sagte: »Ich konnte dieses Gerede nie anhören. Und du, Aurehl, wolltest es früher auch nicht anhören. Und jetzt will ich erst recht nichts davon hören. Ich will ...« und stockte, denn beide sahen sie mich mit schräggehaltenem Kopf von der Seite an, wie eine.

»Nun?« fragte Re Dajana.

»Ich will bei schönen Frauen liegen, die küssen mich und die küsse ich ...«

Und plötzlich ging's wie ein Singsang, den sie beide schon gelernt haben: »... und bunte Kapas vom Avarall ...« – »... und kleine weiße, heiße Brote vom Labus ...« »... und Estofado vom Xung-Tsiping ...« – »... und Streiche spielen dem Xung-Beping, und Schäferspiele erfinden mit Küssen ...« –

»... und das Zauberversteck in der Garnrolle von der Bessi ...« Da kam der Singsang ins Stocken, denn nun wollte Re Dajana wissen, wie die Geschichte vom Zauberversteck in der Garnrolle geht, so mußte ich sie erzählen, und Aurehl erzählte mit, alle lachten wir drüber, und Re Dajana rief: »Nächstes Jahr im Sommer fahren wir alle drei zusammen übers Meer nach Europa und bauen das Opernhaus im Frankenstein auf, damit man wieder laut darin singen kann!«

Und gleich ging's weiter: »... und singen drin laut das Lied vom schönen Leben vom Pan Inka-Fürst und seinen schönen Frauen, die ihn küssen, und die er küßt ...«, und sangen laut und hüpften um mich herum, da waren sie wieder zwei übermütige Kinder.

2. Kapitel

6. bis 12. September 268, Paschamamafest, Gericht in Kusko, in den Katakomben unterm Sonnenpalast

Am Urubambatal entlang, von Matschju-Pitschju bis Kusko, gehen die Gleise. Und so, wie sich der Urubamba durchs Tal windet und schlängelt, so winden und schlängeln sich mit ihm die Gleise. Drauf wird nicht gerudert wie im Beton, sondern drauf fährt der Diesel. Der ist wie ein flaches Haus auf Rädern, große Fenster ringsherum, vorn sitzt der Eisenbahner in seinen braunen Eisenbahnerkleidern, die weiße Schirmmütze auf dem Kopf, der kennt sich aus mit jeder Windung der Gleise, daß sein Diesel nicht aus den Gleisen springt, und hinter ihm, auf bequemen Stühlen, sitzen alle, die fahren wollen, die müssen nicht rudern, denn der Diesel hat seine eigene Kraft.

Zum Paschamamafest wollen alle Indios von Matschju-Pitschju nach Kusko. So setzen sie sich auf den Diesel mit ihren Kindern und ihren Alten und Ältesten, und am 6. September sind dann nur noch wenige Menschen in Matschju-Pitschju, vor allem die Kinder der Benefiten mit ihren Erziehertanten, einige Hirten und die Wachmänner vom lederhäutigen Hauptmann Hagannahta.

Der stand schon vor der Sonne auf dem Großen Platz mit allen seinen Wachmännern, die hielten Lampen in der Hand, und ein Lernkoch hatte einen Tisch aufgestellt, drauf Gläser mit Milch und schwarze Brote mit dem Butterrahm drauf. Re Dajana, Xung-Beping und sein Mund, der Labiges, Schahanna und Marie-Luise, Schellieh und Domähne, Aurehl und ich, wir waren alle als Bergwanderer gekleidet, dazu die Tschullumütze mit den Ohrenklappen, Re Dajana aber mit hundert schwarzen Zöpfen dran und dem Goldnen Schlangenwappen drauf als löwenmähnige Herrin. Wir tranken alle die Milch und aßen die Brote, und Re Dajana ging dann zum Hagannahta hin, küßte und umarmte ihn und sagte zu ihm: »Du mein Hauptmann Hagannahta! Bei meiner Liebe zu dir bitte ich dich: Schütze mir Matschju-Pitschju, und schütze mir die Kinder!« Und in der Morgenstille im Gebirge war ihre Stimme wie ein Hilferuf, der ging über alle Berge und durch alle Schluchten.

Mit »Huakah!« gingen wir dann über die Treppen und an den Abgründen vorbei zu einem steilen, glitschigen Pfad, Re Dajana nahm ihre Zöpfe mit dem Wappen drauf ab, gab's dem Labiges, und dann führte sie uns hinab ins Urubambatal. Sie blieb oft stehen, drehte sich um, ob sie den Huajna noch sehen kann, die neuen Lernmehden sprangen an ihr vorbei und juchzten, daß es durchs ganze Urubambatal ging, Xung-Beping stieg sehr bedächtig ab, und ich führte Aurehl mit kleinsten Schritten, gab ihr Lianen in die Hand, daß sie sich dranklammern konnte, und als wir unten waren, da schwitzte sie, fächelte sich Luft ins Gesicht und sagte: »Endlich im Tal!« Und der Labiges setzte Re Dajana wieder die Zöpfe mit dem Wappen auf den Kopf.

Von oben hörten wir den Ruf der Wachmänner: »Paschamama! Paschakamak!« der ging lange durchs Urubambatal hin und her, und wir hörten auch die Kinder schreien von oben: »Huakah!« und immer wieder: »Huakah!« und auch wir schrien zurück: »Huakah!«

Unten ist eine feste Brücke aus Eisen über den Urubambafluß, hinüber zu den Gleisen. Da stand schon ein Diesel, davor der Eisenbahner mit der weißen Schirmmütze, auch viele Wachmänner, auch den Mannfried sah ich. Wir kletterten alle in den Diesel, der fuhr ab, die Wachmänner liefen neben den Gleisen her, sprangen auf, wenn es ihnen zu schnell wurde, sprangen ab, wenn der Diesel langsam fuhr.

Im Urubambatal wohnen in festen Häusern aus Stein die treuen Wächter der Re Dajana, die bewachen die Elektrischen Drähte, die tragen ja die Elektrische Kraft nach Matschju-Pitschju. Bei den Wächtern hielt nun der Diesel an, mit »Huakah!« sprangen die Wächter auf, daß der immer voller wurde, da saßen wir dann eng zusammen. Und bei mancher Windung kam plötzlich die Sonne herab zu uns ins Tal, daß alle fröhlich wurden, viel redeten und viel lachten. Es wurden auch die Leckerbissen herumgereicht, jeder Wächter hatte einen anderen für uns bereitet, auch der giftige Alkohol ging herum aus vielen Flaschen und Krügen.

Aurehl aber sah hinaus durchs Fenster auf die Hänge,

drauf pflanzen die Wächter die süßen Kartoffeln, das Gemüse und die Früchte auf Terrassen, leiten das Wasser hin und pflegen und hegen die, und Aurehl sagte zu mir: »Das alles will ich ins Beton bringen.«

Re Dajana küßte und umarmte jeden Wächter, der hereinkam, und immer wieder sagte sie in der Kuetschuasprache: »Ich bitte dich um deine Liebe und um deine Treue zu mir!«

So ging das, lange, und erst als die Sonne schon ihren höchsten Stand hatte, rollte unser Diesel zur Stadt Kusko hin. Die hat Re Dajana aus der Alten Zeit gerettet mit ihren Baumeistern und Handwerkern, drin leben die Kuetschuas, auch ihr Hauptmann ist ein Kuetschua, der heißt Huajna Kapak. Den hatte Re Dajana einst zu sich genommen in ihr großes Bett, so wird gesagt, wegen seiner Schönheit, hat ihn gehoben mit ihrer Macht, und als dann ein anderer ihr noch besser gefiel, hat sie ihn weitergehoben, so wird gesagt, denn immer, wenn ihr einer noch besser gefällt als der letzte, so nimmt sie den in ihr Bett, den vorigen aber hebt sie, damit er ihr treu dient. Und der Huajna Kapak ist ein schöner Mann wie ein Berg, und jedes schöne Mädchen in Kusko gehört ihm.

Als wir nun einfuhren nach Kusko, da standen viele Menschen zu beiden Seiten neben den Gleisen, die hatten Orchideen in der Hand, winkten damit und schrien immerzu: »Paschamama! Paschakamak!« und die Schahanna erklärte mir die Worte mit ›Erdgöttin‹ und ›Weltenschöpfer‹. Am Ende der Gleise stand dann dieser Huajna Kapak mit allen seinen Hauptmännern von Kusko, und als Re Dajana vom Brummer abstieg, legten sie ihre Orchideen auf den Weg, so ging Re Dajana auf Blumen zum Kapak hin, küßte den auf den Mund und umarmte ihn mit ihrer Liebe, danach küßte und umarmte sie alle seine Hauptmänner und redete zu ihnen in der Kuetschuasprache. Die Leckereien wurden wieder herumgereicht, dazu auch wieder der giftige Alkohol, die Instrumente wurden gespielt, Panflöte und Holzflöte, sie zupften die Tscharango und schlugen mit Stöcken auf die Huankara, die Sonne brannte heiß, aber die Luft blieb kühl.

Wir gingen nun durch die engen Straßen der Stadt Kusko, die sind mit Steinen ausgelegt aus der Alten Zeit, auf beiden Seiten standen die Kuetschuas mit Orchideen in den Händen, warfen sie vor uns auf die Steine, so gingen wir auf einem Blumenpfad. Neben Re Dajana ging auf der einen Seite der kleine, wichtige Xung-Beping, hielt sein Büchlein in der linken Hand und den Stift in der rechten, auf der anderen Seite ging der Kapak. Um uns herum waren immer viele kräftige Wachmänner. Kuetschuafrauen stellten sich uns in den Weg, zeigten ihre neugeborenen Kinder vor, in warme bunte Tücher gewickelt, und schrien darum, daß Re Dajana ihren Neugeborenen den Namen gibt. Wir blieben dann alle stehen, Xung-Beping sah zum Kapak hin, ob dem die Frau gefällt, gefiel sie ihm, so nickte der, und Xung-Beping nickte zu Re Dajana hin. Die dachte sich nun einen Namen aus für das Kind, sagte ihn laut, Xung-Beping schrieb den Namen in sein Büchlein ein, Re Dajana legte dem Kind eine Kette um den Hals mit einem Medaillon, drin ein kleines Bild von ihr als löwenmähnige Paschamama, das nennen sie ›das Bildchen‹, das preßten dann die Frauen an ihre Brust und weinten vor Glück, denn das Bildchen zusammen mit dem Namen im Büchlein vom Xung-Beping ist ein wichtiger Vertrag für das Kind, der heißt: Sorge dich um dein Kind und ziehe es groß für mich, dann werde ich deinem Kind eine gute Arbeit geben und es schützen vor Krankheit und Not.

So zogen wir langsam durch die ganze Stadt hindurch, überall war laute Musik. Die Männer sangen die Lieder der Kuetschuas, die sind wie ein schnelles Geschrei, hinter uns gingen alle Menschen der Stadt Kusko, dazu die aus Matschju-Pitschju und die von den Gleisen, es war ein langer Zug mit viel Weinen und Lachen.

Am Ende der Stadt ist der Palast. Der ist dreimal gebaut: Unten die runden, dichtgefügten Mauern vom Sonnentempel aus der Alten Zeit, drüber die graden Mauern vom Santo-Domingo-Tempel, auch aus der Alten Zeit, und wieder drüber der Sonnenpalast, den hat Re Dajana gebaut wie einen Wald, nach oben immer breiter, aus vergoldeten Steinen, daß man sich wundert, wie die fest und sicher auf den alten Mauern stehen können. Und vor dem Palast ist der große Orchideenplatz.

Dahin gingen nun alle Menschen, Re Dajana stand allein über dem Platz auf einer großen Treppe, der Platz leuchtete in hundert Farben von den Kapas und von den Orchideen, und die Menschen schrien immer lauter: »Paschamama! Paschakamak!« bis endlich Re Dajana die Hände hob, es wurde still auf dem riesigen Platz, ganz still, und sie sagte das Wort, auf das alle warteten: »Intihuatana!« Danach schrien sie noch lauter als zuvor, warfen so viele Orchideen in die Luft, daß es aussah, als ob ein Wind aus Blumen über den Platz weht, sie tanzten, schrien, lachten, und hörten nicht auf damit.

Wir aber gingen zum Palasttor, da stand der Tschilgren-Johannsson mit dem Hauptmann der Palastwache, die hatten beide den ganzen Palast durchsucht, ob sich keiner eingeschlichen hat, der nicht drin sein darf. Wir traten ein, mußten durch viele Tore gehen, alle mit geheimen Verschlüssen, die öffnen sich nur dem, der durchgehen darf. Als dann das letzte Tor von innen geschlossen war, hob Re Dajana gleich ihre Tschullumütze mit den hundert Zöpfen und dem Schlangenwappen vom Kopf, gab's dem Labiges, winkte uns noch und ging durch eine dreiteilige Tür, und nahm außer dem Labiges nur die Schahanna und die Marie-Luise mit.

Alle anderen führte der Xung-Beping zu ihren Zimmern hin, auch mir und Aurehl gab er eins, dazwischen ein großes Bad, in dem trafen wir uns. Und weil keiner in sein Zimmer zurück wollte, so blieben wir im Bad, badeten erst lange, bis wir beide müde waren, Aurehl sagte: »In der Wanne können wir nicht schlafen«, so stiegen wir aus, trockneten uns gegenseitig ab und rieben uns die Salben und den Balsam ein, lange, wußten erst beide nicht, wie's weitergeht, aber am Ende sagte Aurehl: »Zwei Betten sind zu viel für uns.« Drauf sprangen wir beide in eins, und bei hundert Küssen wußten wir bald nicht mehr, in welches wir gesprungen waren.

Am Tag drauf begann das Gericht. Da sitzt Re Dajana im Gerichtssaal auf dem Goldnen Löwenthron, hoch über Kusko, und über ihr nur noch das riesige Schlangenwappen auf dem Dach. Das zeigt jedem in der Stadt, daß da oben die Herrin sitzt und Gericht hält, vier Tage lang.

Vor dem Gerichtssaal ist eine große Halle, die nennen sie ›die Halle der guten Vorsätze‹, denn so mancher steht drin und wartet, daß er aufgerufen wird, und hat den guten Vorsatz, daß er beim nächsten Gericht mehr Gutes sagen kann über sich. Viele warten so, gehen im Kreise herum, reden leise und nehmen wenig von den Leckerbissen von dem großen Tablett, das ihnen der Wilhelm hinhält. Vor die dreiteilige Tür zum Gerichtssaal tritt der kleine, wichtige Xung-Beping, jeder in der Halle sieht hin, er sagt leise etwas zu seinem Mund, und der Mund ruft nun laut aus den Namen von dem, der eintreten soll.

In der Halle der guten Vorsätze saß ich mit Aurehl und Schahanna in einer Ecke und hörte genau hin, wer aufgerufen wurde, wie der hineinging und wie der herauskam: Mit dem Glanz vom Glück in seinen Augen, froh und mit leichtem Schritt, oder mit gesenktem Kopf und blaß im Gesicht, und ich merkte mir die Namen und die Gesichter genau.

Der Mund rief laut aus: »Hauptmann Galloway!« Ein Mann ging hin, wie aus Eisen gemacht, mit einem Puppengesicht, als ob er sich nicht bewegt, sondern bewegt wird vom Puppenspieler, und zusammen mit Xung-Beping ging er durch die dreiteilige Tür hinein, aber Xung-Beping kam bald drauf wieder heraus, redete leise zu seinem Mund, der rief aus: »Dohle Aurehl!«, und die mußte auch hineingehen.

Sie blieben nicht lange, ich sah mir den Galloway genau an, ob da Glück oder Unglück in seinem Gesicht ist, aber ich sah in seinem Gesicht nur glatte Puppenhaut, und seine Augen sind wie blaue Steine. Er trat mit Aurehl zu uns, machte eine kleine Verbeugung vor der Schahanna, sagte zu ihr in der englischen Sprache: »Sehr erfreut, Sie hier zu sehen«, und zu Aurehl in der deutschen Sprache, aber so wie Schahanna das Englische spricht, als ob er zu viele Zähne in seinem Puppenmund hat fürs Deutsche: »Wenn ich gewußt hätte, daß eine so charmante junge Dame in der Maschine ist! Aber glücklicherweise gab es ja keinen Volltreffer, wenn Sie wissen, was ich meine«, verzog seinen Mund, daß er breit wurde, so ist das Lachen vom Hauptmann Galloway, und dazu sagte er noch zu ihr: »Ich hoffe sehr, sie besuchen mich bald in meinem Haus in Kusko, das müssen Sie sich unbedingt ansehen«, machte wieder eine kleine Verbeugung vor der Schahanna, eine tiefe vor Aurehl und ging.

Nun wollte ich wissen, was im Gerichtssaal geredet wurde, aber Aurehl sagte nur: »Der Mundermann hat ›Mayday!‹ gerufen und nicht ›Hijacking!‹ das war falsch, denn ich habe ihn ja gezwungen zur Landung.« Sie setzte sich wieder zu uns und sagte noch: »Der Galloway denkt anders als Re Dajana. Er will, daß sie strenger herrscht, denn sonst wird sie alles verlieren.«

»Und du hast ihm deine Gedanken dazu gesagt?« fragte ich sie mit Spott.

Aber Aurehl antwortete ganz ernst: »Nein, heute habe ich mir nur alles gut angehört, was er sagt.«

Am dritten Gerichtstag kam der Mundermann hereingehumpelt, die baumlange Johanniha stützte ihn, sie kamen zu uns, der Mundermann verbeugte sich vor Aurehl und sagte zu ihr: »Ich bitte Sie um Ihre gütige Fürsprache bei der Hohen Frau Re Dajana.« Und mir ging's wieder heiß und kalt durch alle Glieder, wie der Mundermann so nahe bei uns stand.

Bald drauf ließ Xung-Beping laut ausrufen den Mundermann und die Dohle Aurehl.

Ich sah ihnen nach, wie sie beide eintraten, ich spürte die Hand der Schahanna auf meiner Hand, ganz fest, ich hörte die Schahanna sagen: »Die Dohle Aurehl hat Sie um die halbe Welt herum gesucht, und sie wußte nicht einmal, ob sie freundlich aufgenommen werden wird. Und der Mundermann hat ihr dabei geholfen, ob er es nun wirklich wollte oder nicht.«

Ich sagte drauf nur: »Bei Re Dajana wissen die Frauen alles besser!«

Ich sah den Mannfried kommen. Drüber wunderte ich mich. Er blieb gleich am Eingang stehen, sehr ängstlich und sah sich den Boden an, lange. Die dreiteilige Tür wurde geöffnet, Aurehl kam heraus, hinter ihr der Mundermann, zuletzt Xung-Beping. Die Johanniha sah den Mundermann, sah den Glanz vom Glück in seinen Augen, sprang zu ihm hin und fiel ihm um den Hals, erschrak drüber, trat zurück, ging zu Aurehl, umarmte sie, lange, und führte endlich den Mundermann aus der Halle hinaus.

Als Aurehl sich zu uns setzte, fragte ich sie: »Wie wird nun der Mundermann bestraft?«

»Er muß ein Probejahr machen«, antwortete Aurehl.

»Als Lernhirt bei den Lamas?«

»Als Frachtflieger beim MacNeer, das ist der Vater von der kleinen Harmŏnia mit dem langen Zopf«, antwortete Aurehl.

»Da mußt du ja viel Gutes über ihn gesagt haben!« rief ich. Und Aurehl: »Alles was ich wußte. Aber das Schlechte war auch nicht mehr.«

Nicht viel später wurde aufgerufen Pan Inka-Fürst, ich sah zum Mund hin, ob der ein Spiel machen will mit mir, stand nicht gleich auf, der rief aber noch einmal meinen Namen laut aus, so ging ich hin zur dreiteiligen Tür, und Xung-Beping führte mich hinein. Nun sah ich Re Dajana zum ersten Mal, wie sie auf ihrem Goldnen Löwenthron sitzt im Gerichtssaal, die Tellermütze auf dem Kopf mit hundert schwarzen Zöpfen dran, daß ihr Kopf groß wird davon wie der Kopf vom Löwen, so zeigt sie ihre Macht vor, daß sich jeder fürchten soll.

Ich mußte mich vor den Thron stellen, Xung-Beping an ihrer Seite blätterte in seinem Büchlein, lange, und sagte dann zu mir: »Man hat Sie gesehen, mit einem Wachmann, auf dem Pavillon, im Taunustal, im Juni. Und mit demselben Wachmann, am 1. Juli, bei einem Postenhaus beim Schloß Marbach. Was haben Sie zusammen ausgeheckt?« Und ich merkte wieder, wie schwer er es hat beim Reden.

Ich sah den Katzenblick von Re Dajana und sagte zu ihm: »Sie meinen sicher den Wachmann Mannfried?«

Und er: »Den habe ich als Zeugen geladen. Sie können ihn auch anklagen, wenn Sie wollen.«

»Den Mannfried anklagen?« rief ich erschrocken. »Der hat mir doch zweimal geholfen!«

»Womit geholfen?« fragte er.

»Nach dem Befehl der Herrin«, antwortete ich ihm. »Das erste Mal hat er mich gefangengenommen für die Herrin, das zweite Mal hat er mich aufgefangen beim Sturz.«

»Aber was war im Pavillon und beim Postenhaus?«

»Beim Postenhaus ging's wieder nach dem Befehl seines Hauptmanns, daß ich nicht ins Land der Bergmenschen gehen darf.«

»Was wollten Sie denn da?« fragte er sehr streng.

»Giftige Pilze sammeln«, antwortete ich und sah ihn an wie ein Kind, das alles richtig machen will.

»Giftige Pilze sammeln?« fragte er ratlos.

»Ja«, antwortete ich ohne Spott, »für alle, die mich nicht leiden können.«

Re Dajana lachte laut, Tränen kamen ihr in die Augen, die

wischte sie ab mit den Fingern und sagte beim Lachen: »Ich bitte euch! Verschwendet eure Kraft nicht gegeneinander mit Kartenkunststücken und Verhören!« nahm ihren Tellerhut mit dem Schlangenwappen vom Kopf, legte ihn neben den Thron, stieg ab, faßte uns bei den Händen und sagte: »Dient mir lieber beide zusammen mit eurer ganzen Kraft, denn ich werde bald die Hilfe aller meiner Diener sehr nötig brauchen!« umarmte und küßte den Xung-Beping, umarmte und küßte mich, führte unsere Hände zusammen, ich drückte seine winzige Hand bis ich einen leichten Gegendruck spürte. Dann setzte sie sich wieder auf den Löwenthron, zog ihre Schuhe aus, hob ihre Füße, strampelte und fragte den Xung-Beping: »Kommen noch viele?« – »Nein, wenige«, antwortete der, und sie: »Und was machen wir mit diesem Zeugen Mannfried?« und lachte schon wieder Tränen. Er antwortete aber ganz ernst: »Den schicke ich weg.« Und sie: »So schnell? Hat Pan Inka-Fürst nicht eben viel Gutes über ihn gesagt? Sollten wir ihn nicht heben?«

Und weil der kleine, wichtige Mann nichts drauf antwortete, bettelte sie: »Wenigstens ein klein bißchen, zum Lernhauptmann unterm Hagannahta«, und mußte schon wieder laut lachen. Aber der Kleine blieb ernst und schrieb schon ein in sein Büchlein, daß der Mannfried Lernhauptmann geworden ist unterm Hagannahta.

Dann wollte er zur Tür und den Nächsten hereinholen, aber sie rief erschrocken: »Halt! Meine Schuhe! Meine Löwenmähne!« zog sich ihre Schuhe schnell an, setzte sich ihre Tellermütze auf mit den hundert schwarzen Zöpfen dran und dem Schlangenwappen drauf, verbot sich das Lachen, fragte uns: »So richtig?« und war wieder zum Fürchten groß und streng.

Dann sagte sie zum Xung-Beping: »Hol mir jetzt bitte den Nächsten herein!«

Am Abend stand ich am Fenster und sah tief hinab auf die Stadt Kusko. Aurehl saß hinter mir in einem bequemen Stuhl, denn am Fenster fürchtete sie sich, und ich mußte ihr alles erzählen, was ich sehe: »Viele Lichter, viele Türme, viele Häuser, eng beieinander, kleine Menschlein mit Lichtern, die gehen durch die dunklen Straßen. In der Ferne sehe ich eine sehr helle Lichterreihe, wie auf eine lange Schnur gezogen ...«

»... das ist der Jetplatz von Kusko«, sagte Aurehl hinter mir, und gleich drauf hörte ich eine leise Stimme: »... da hat der Galloway dich für mich gerettet, mit seiner Ungeschicklichkeit.«

Ich drehte mich um, Re Dajana stand in der Tür als ein Schatten vor dem Licht im Gang. »Verlaßt mich nicht!« bettelte sie, »nehmt mich zu euch in euer Bett!«, trat ein und gab keine Ruhe, bis wir alle drei zusammen im Bett lagen. Aber bald drauf wußten wir nicht mehr, wie wir uns drehen und wenden sollen in dem schmalen Bett, für einen Schläfer gemacht, und Re Dajana sagte: »In meinem Bett ist es mir zu weit, in eurem Bett ist es mir zu eng. So sind die Gerichtstage!«, kroch aus dem Bett hinaus und sagte noch, leise: »Mit der Dohle könnte ich gut schlafen, heute nacht.«

Und gleich drauf schlichen sie beide aus dem Zimmer.

Am letzten Gerichtstag in Kusko kam ein sehr alter, sehr zarter Mann mit weißem Haar, ging mit leichtem Schritt durch die Halle, wurde gleich aufgerufen als Doktor Joschuha Lederberg, ging durch die dreiteilige Tür hinein, Xung-Beping mit einer tiefen Verbeugung hinter ihm, und Schahanna flüsterte zu uns: »Er ist der älteste Arzt bei der Herrin. Er wird hoch geehrt und geachtet in allen Familien.« Er blieb länger drin, als jeder vor ihm, und als er herauskam, strahlte er mehr, als jeder vor ihm.

Das war am 10. September des Jahres 268, beim letzten Gerichtstag in Kusko.

Am nächsten Morgen stand ich mit Schahanna und Aurehl in der Halle der guten Vorsätze, die Marie-Luise kam dazu, dann Xung-Beping, danach Re Dajana mit dem Tschilgren-Johannsson.

Re Dajana sagte zu uns: »Ich führe euch jetzt in die Katakomben ...«

»... und zeigst diesen jungen Menschen ein übergroßes Vertrauen«, schimpfte der Tschilgren, »und weißt nicht im Entferntesten, ob es gerechtfertigt ist.«

»Kommt jetzt bitte!« sagte sie nur und führte uns durch mehrere eiserne Tore mit Wachmännern davor in den innersten Teil vom Palast bis zu einer Wand, drauf ein kleines Licht. Und als sie das Licht berührte, rutschte die Wand leise zur Seite und wir traten ein in ein kleines Zimmer, das hängt an starken Seilen, die heben und senken das Zimmer, das nennen sie ›den Lift‹. Der senkte uns nun sehr tief hinab zu den Katakomben. Als wir dann aus dem Lift heraustraten, war überall ein Summen, das sind die Pumpen, die holen Luft herab in die Katakomben, damit man dort unten nicht erstickt. Gleich rutschte wieder eine Wand zur Seite, Joschuha Lederberg trat zu uns mit zwei Lernärzten und einem Hauptmann der Wache, ein großer Mann mit einem zerrissenen Gesicht, nur ein Ohr und ein Auge hat er.

Zu dem ging Re Dajana nun hin, küßte und umarmte ihn und sagte zu ihm: »Mein lieber Robert Berkeley! Du hast vor langer Zeit in einer großen Not die Hälfte deines Gesichts für mich hergegeben. Das werde ich dir nie vergessen. Ich bitte dich: Bleib weiter mein Schatzhüter! Hüte unseren Schatz mit deiner ganzen Kraft und deiner Umsicht und Weitsicht!« Umarmte ihn noch einmal und sagte wieder: »Hüte unseren Schatz!«

Dann ging sie langsam zu dem weißhaarigen Lederberg hin, küßte und umarmte den, lange, und sagte zu ihm: »Mein guter, bester, alter Joschuha! Du hast uns das Polyxa erschaffen, und du hast dein Polyxa aus der Alten Zeit herübergerettet für uns. Dafür sind wir dir alle unendlichen Dank schuldig. Und nicht nur alle Kornegills und alle Diener der Kornegills, auch die Höchsten der anderen Familien und ihre Diener, auch die Jammandas und die Pickbootas, die dir so wenig Dank zeigen. Bei den Jammandas soll es sogar Pfuscher geben, die dein unnachahmliches Polyxa nachahmen! Aber es taugt nichts, und es soll sogar gefährlich sein. Deshalb werde ich auf Hawaii mit den Familien ernste Gespräche führen und allen nahelegen, daß du allein wieder das Polyxa für alle bereitest, wie es früher war. Und nur du allein sollst auch die Lehre und die Kunst vom Polyxa an junge, tüchtige Lernärzte weitergeben.« Sah zu den beiden Lernärzten hin und fragte den Joschuha: »Bist du mit den beiden zufrieden?«

»Sie müssen noch viel lernen«, antwortete der, und sie ging nun auch zu den Lernärzten hin, umarmte und küßte sie, daß mir ganz schwach wurde von der unendlichen Küsserei, und sagte zu ihnen: »Ihr habt es ja gehört: Lernen sollt ihr!«, sah sie aber an, als ob sie sagt: Lieben sollt ihr mich!

Dann war nur das Summen in den Katakomben, alle standen wir in einem großen Kreis um Re Dajana herum, bis sie zum Joschuha sagte: »Und jetzt mach bitte deine Untersuchung bei uns allen!«

Sie ging mit ihm zu einer weißen Wand, die schob sich zur Seite, sie verschwanden dahinter und kamen bald drauf wieder zu uns zurück. So ging's auch mit dem Tschilgren, dem Xung-Beping, der Schahanna und der Marie-Luise. Dann nahm der Joschuha die Aurehl sanft am Arm, verschwand mit ihr hinter der Wand, blieb sehr lange und sagte dann zu Re Dajana: »Die Dohle ist noch nicht ganz ausgewachsen. Deshalb stelle ich sie noch ein Jahr zurück.« Winkte mir, so mußte ich mit ihm durch die Wand.

Wir kamen in ein weißes Zimmer, ich mußte mich nackend ausziehen, er stellte mich vor einen langen Pfahl, dran sah er, ob ich nicht zu lang und nicht zu kurz bin, stellte mich auf einen Kasten, da wußte er gleich, ob ich nicht zu leicht und nicht zu schwer bin, legte mich auf einen Tisch, drauf mußte ich atmen, nicht atmen, husten, nicht husten, so wußte er gleich, ob ich atmen und husten kann, er steckte sich auch den Schlauch ins Ohr wie der Flüssel, klopfte auch wie der auf Brust und Rücken, war endlich zufrieden und sagte: »Du bist ein einigermaßen gutgewachsener Jüngling, schätzungsweise achtzehn Jahre alt und hast vier- oder fünfmal in Re Dajanas Bett gelegen. Und nun bildest du dir ein, daß du einen Goldnen Vertrag von ihr bekommst und willst später Herr der Welt werden. Stimmt's?« Legte den Schlauch weg und sagte noch: »Du kannst dich jetzt wieder anziehen.«

Und als ich mich dann anzog, wusch er sich die Hände unterm Wasserhahn, lange, und sagte zum Wasserhahn: »Du weißt nichts! Nichts!«

»Ganz im Gegenteil zu Ihnen«, sagte ich beim Anziehen.

Da kam er zu mir mit einem weißen Tuch, trocknete sich die Hände dran und sagte: »Ja. In der Tat. Der Gegensatz zwischen uns beiden könnte nicht größer sein. Sie wird dir eine Jahresration Polyxa geben. Ich kann sie nicht daran hindern. Polyxa ist eine Abkürzung für Polyexactasen, ein Mittel, das den Alterungsprozeß verlangsamt.« Dann sah er mich mit einem spöttischen Grinsen an: »Wie sich allerdings der Charakter des Menschen dabei entwickelt, darüber kann ich als Arzt, Pharmakologe, Gerontologe, Desoxyribonukleinsäurefachmann und Interferonspezialist ...«

»... fünf«, zählte ich und hielt ihm fünf Finger hoch, er stockte, und ich, mit meinem ganzen Mut, wie ich's bei meinem Vater gelernt hatte, sagte schnell und ohne Stocken: »Arzt, eins, Pharmakologe, zwei, Gerontologe, drei, Desoxyribonukleinsäurefachmann, vier, Interferonspezialist, fünf«, wollte gern dazusagen: Und Angeber, sechs, verbot es mir aber und sah ihn nur neugierig an.

»Du bist mir ein Harlekin und Papagei!« schimpfte er. »Oder was bist du?« Trat plötzlich mit zwei schnellen, leichten Schritten nahe zu mir heran und fragte mich leise: »Wer bist du? Du bist doch kein Autochthoner! Bist du etwa ein Spion?« packte mich an meiner Kapa, schüttelte mich und rief: »Wer bist du wirklich?«

Ich wehrte mich nicht, er ließ mich los, nur das Summen der Pumpen war in dem kleinen Zimmer, und in meinem Kopf war: Polyxa! Re Dajana kann mir des Ewige Leben geben!

»Keine Antwort ist auch eine Antwort«, sagte er dann, »aber ich sage dir: Um gutes, anständiges Polyxa zu machen, hilft keine Spionage, dazu braucht man nämlich mich!« und klopfte sich mit dem Finger an die Brust. »Und ich sage dir noch etwas: Mein Polyxa ist nicht nur für diese degenerierten Popanze und Möchtegern-Größen in den Familien! Mein Polyxa ist für alle da! Damit wir uns richtig verstehen. Aber Re Dajana will das nicht begreifen!« Das sagte er mit zusammengepreßten Zähnen, die Lippen weit auseinander, und ich wunderte mich, wie so ein alter Mann so gute Zähne haben kann. »Und ich bin ihr Gefangener! Ich lebe in einem Gefängnis!« Dann ließ er sich in einen kleinen, harten Stuhl fallen und jammerte: »Wenn sie wenigstens verstehen würde, was es für den Menschen bedeuten kann, ein langes Leben zu haben! Wie herrlich ist doch die Vorstellung, nicht dreißig, fünfzig, siebzig Jahre zu leben, sondern dreihundert, fünfhundert! Was könnte ein Mensch mit einer solchen mosaischen Lebensspanne alles planen, denken, vollbringen!«, stöhnte, stand langsam auf, kam wieder zu mir: »Du wirst eine Jahresration bekommen. Ein Jahr ist nichts. Fünf Jahre

Polyexactasen, das ist schon etwas, aber immer noch viel zu wenig. Denn frühestens nach zehn Jahren fängst du an zu begreifen. Ein Blick in den Spiegel und ein Blick auf einen Gleichaltrigen, dem nicht das Glück beschieden war, zehn Jahresrationen zu bekommen, und du weißt alles! Und wieder zehn Jahre später, und dann fünfzig Jahre später, und dann hundert Jahre später! Und du siehst in den Spiegel und denkst: Bin ich älter geworden? Ja, zweifellos. Aber ganz wenig älter.«

Ich sagte langsam: »Sie sehen aber sehr alt aus.«

»Ja«, antwortete er. »Als ich Polyexactasen erfunden hatte, war ich schon fünfzig. Von da ab habe ich es genommen, über zweihundert Jahre, und jetzt fühle ich mich wie fünfundsiebzig, und älter sehe ich auch nicht aus. Das mußt du zugeben.«

»Im Beton sagt man: Ein Winter kam, und ein Sommer kam, und keiner hat gezählt.«

»Du kommst aus dem Beton!« rief er. »Unglaublich! Aber genauso denkt man auch in den Familien. Und warum? Weil sich keiner verantwortlich fühlt! Und am wenigsten Re Dajana! Sie ist wie eine Eintagsfliege! Die legt ihre winzigen Eier auf ein riesiges Stück Fleisch und fragt nicht viel danach, ob das nicht ein bißchen zu groß ist für den kleinen Zweck! Aber wir sind doch Menschen!« Dann kam er sehr nahe zu mir und flüsterte an meinem Ohr, sehr deutlich, sehr wichtig: »Hör gut zu, mein Junge! Die Dohle, die versteht mehr davon als du. Aber du bist ein heller Kopf. Ihr beide zusammen, ihr könntet mich aus meinem Gefängnis befreien. Wir würden in die Welt hinausgehen und allen Menschen mein Polyexactasen geben. Und die Menschen würden nicht mehr für ihr armseliges, kurzes Leben planen und denken, sondern über die Jahrhunderte, über die Jahrtausende!«

»War das nicht so in der Alten Zeit?« fragte ich ihn.

»Da sind doch die Menschen unsterblich gewesen! Und weil keiner starb, so sind sie zu viele geworden und konnten sich bald nicht mehr lang hinlegen zur Nacht, so eng war es!«

»Und du willst ein intelligenter Mensch sein!« rief er, »und glaubst an diesen Unsinn?« Und zum ersten Mal hörte ich dieses Wort und wollte ihn fragen: ›Was ist das: ‚glauben'?‹, aber er trat sehr nahe an mein Ohr, und sagte, nur noch heißer Atem ohne Ton: »Wenn ihr mich befreien wollt, müßt ihr alle Wege und alle Türen in den Katakomben kennen. Den Plan von den Katakomben hat der Berkeley, mein Kerkermeister. Den müßt ihr töten, sonst bekommt ihr den Plan nicht.«

Ich trat zurück von dem Mann und sagte mit einem Ekel: »Lieben Sie denn die Hohe Frau nicht?«

»Doch, doch, doch, doch, doch, doch, doch«, sagte der Joschuha siebenmal, »sehr sogar«, kam mir nach und flüsterte: »Der Berkeley hört alles! Wir müssen vorsichtig sein! Ich kenne einen geheimen Fluchtweg aus den Katakomben.«

»Und warum fliehen Sie dann nicht?« fragte ich ihn laut.

Da schob er mich mit großer Kraft zur Wand hin, die rutschte zur Seite, er schob mich aus dem Zimmer und sagte zu Re Dajana: »Alle gesund und voll entwickelt, außer der Dohle. Die muß noch etwas wachsen und gedeihen, obwohl sie sonst eigentlich schon sehr weit ist.«

»Zeig mir nun bitte die sieben Kisten«, sagte Re Dajana.

Der Joschuha führte uns durch mehrere Wände hindurch in ein kleines Zimmer, drin war's kälter als im kältesten Winter, und in dem Zimmer standen sieben Kisten. Der Joschuha zeigte auf die Kisten und sagte: »Immer tausend«, und zählte: »Eins, zwei, drei, vier, fünf, sechs, sieben.«

Re Dajana streichelte jede Kiste, zärtlich, wie sie sonst mich streichelt im großen Bett, und sagte zum Xung-Beping: »Die kommen alle aufs Schiff. Die werden uns auf Hawaii zu einer wunderschönen Inszenierung helfen.« Und zum Joschuha sagte sie noch: »Danach, mein geliebter, alter Joschuha, wird es kein falsches Polyxa mehr geben. Danach sollst du allein die Familien mit deinem echten Polyxa glücklich machen. Und nie mehr als siebentausend! Hast du mich gut verstanden?«

»Mein liebes Kind, ich bin ja nicht taub!« sagte der Joschuha zu ihr. »Aber gestern, beim Gericht, da war noch von einer halbjährigen Weltreise die Rede, die der arme, in die Katakomben verbannte Joschuha machen dürfe.«

»Nach dem Jahrestreffen!« sagte Re Dajana, küßte und umarmte den Berkeley, den Joschuha, die beiden Lernärzte vom Joschuha, den Tschilgren-Johannsson, den Xung-Beping, die Marie-Luise, die Schahanna, die Aurehl und zuletzt auch mich und führte uns zurück zum Lift.

Das war am 11. September des Jahres 268 der Neuen Zeit.

3. Kapitel

Vom 12. September bis zum 22. September 268, auf der Sirehne nach El-ej und nach Hawaii

Am nächsten Abend führte Re Dajana Aurehl und mich auf das Dach von ihrem Sonnentempel. Drauf stand ein Heli, in den wurden die sieben Kisten aus den Katakomben geladen, und neben dem Heli stand ein kleiner, sehr dicker Mann, ein rundes Gesicht mit Sommersprossen, sehr kurze Arme mit dicken Fingern, ein großer Ring auf jeden Finger gesteckt, ums rechte Handgelenk den Goldnen Ring mit hundert Diamantsteinen drauf, der kam zu uns mit einer Verbeugung vor Re Dajana; sie sagte zu uns: »Das ist Kapitän MacNeer«, und zu ihm: »Das ist die Dohle Aurehl und das ist Pan Inka-Fürst«, und wieder zu uns: »MacNeer ist der Hauptmann aller meiner Flugkapitäne. Ihm traue ich sogar zu, daß er noch mit abgebrochenen Flügeln fliegt«, nahm den MacNeer an die Hand, hüpfte mit ihm übers Dach vor uns her zum Heli, und wenn der kleine, dicke Mann an ihrer Hand nicht so schnell hüpfen konnte, wie sie wollte, dann rief sie: »Freu dich, hüpf dich, tanz mit mir!«

Dann hob uns der MacNeer mit seinem Heli hoch, über die Berge und flog uns zum Meer, unter uns war es schwarz, und nur in der Ferne war noch ein Leuchten über dem Wasser.

Aus der Finsternis unter uns tauchten viele helle Lichter auf, mittendrin ein rotweißer Landeplatz für den Heli. Re Dajana rief: »Das ist die Sirehne, das schönste Schiff der Welt. Das haben mit die Pickbootas gebaut.« Und gleich drauf senkte der MacNeer seinen Heli auf den winzigen Landeplatz hinab, daß der nicht eine Handbreit falsch drauf stand, und beim Licht der elektrischen Lampen wurden die Kisten herausgehoben aus dem Heli und ins Schiff getragen, dahin, wo sie am sichersten sind.

Ein Schiff ist wie eine Stadt. Aber der Baumeister hat alle Häuser übereinandergeschichtet und zusammengefügt zu einem. Die tauchen tief ein ins Wasser und ragen weit heraus aus dem Wasser, drüber ist das Deck, und auf dem Deck ist noch einmal ein geschichtetes Haus, das nennen sie ›die Brücke‹, drüber das Schlangenwappen, und viele Treppen und Lifte führen hinab und hinauf durchs ganze Schiff, und viele Menschen leben auf dem Schiff, das sind die Matrosen, die stehen alle unter dem Befehl vom Jack Forgensen.

Der hatte alle seine Matrosen auf das Deck befohlen und gab nun das Zeichen für die Schiffsmusik, das sind zwanzig Matrosen mit silbernen und goldnen Rohren, die quietschen und brummen laut, dazu viele Trommelfässer und Räder aus Metall, drauf schlagen sie mit ihrer ganzen Kraft, daß mir die Ohren davon klirrten und schwirrten, so hielt ich sie mir fest zu.

Endlich war's still auf dem Schiff, Re Dajana ging zum Forgensen hin und sagte laut, daß alle Matrosen es hören sollten: »Mein lieber, treuer, einziger Kapitän Jack Forgensen! Du hast mich über alle Meere gefahren auf vielen Schiffen. Und du hast mich auf dem schönsten Schiff der Welt gefahren, auf der Sirehne. Aber auch das schönste Schiff ist nichts, wenn es nicht ankommt. Und so bitte ich dich: Sorge dafür, daß die Sirehne auch diesmal ankommen wird! Zuerst will ich nach El-ej, immer an der Küste entlang, und dann, wenn ich es dir befehlen werde, nach Hawaii. Und so sicher, wie du mich übers Meer fährst mit der Hilfe aller deiner Matrosen, so sicher werde ich dir deinen Lohn geben, für dich und alle deine Matrosen.« Umarmte und küßte ihn, daß beim hellen Schein der Lampen alle Matrosen es sehen konnten.

Nicht weit vom Forgensen stand ein langer, knochendürrer Mann, der hat ein riesiges Gebiß und einen weißen Bart rings ums ganze Gesicht herum, daß man nur Mund, Zähne und Augen sieht, seine Augen bewegen sich immerfort sehr neugierig, und seine Lippen können sein riesiges Gebiß nicht verschließen. Das ist der Zahlmeister Haasbal auf der Sirehne unter dem Forgensen.

Zu dem ging nun Re Dajana hin, umarmte und küßte ihn vor allen Matrosen und sagte zu ihm: »Du mein immertreuer, immerwissender Haasbal! Ich bitte dich: Sei uns Vater und Mutter in deiner Sorge um unser aller Wohl auf dem Schiff, damit uns auf der langen Reise von hier bis nach Hawaii nie etwas fehlt!«

Dann gab sie den Matrosen das Zeichen, die schrien wie

aus einem Mund: »Ahoi! Ahoi! Ahoi!« und verteilten sich übers ganze Schiff, jeder ging an seine Arbeit.

Die Sonne war schon längst tief eingetaucht ins Meer. Trotzdem mußte der MacNeer mit seinem tüchtigsten Lernpiloten noch zweimal zum Jetplatz von Lima und mußte alle Benefiten der Re Dajana auf die Sirehne bringen. Ich stand auf dem Deck und sah zu, wie der MacNeer seinen Heli hob und in der Nacht verschwand. Ein Nebel legte sich übers Schiff, daß keiner mehr den anderen erkennen konnte, aber der MacNeer fand seinen Weg durch die Nacht und durch den Nebel, beide Male.

Wer nun aus dem Heli herauskletterte, den führte der Haasbal gleich zu seinem Zimmer, dazu sagt er aber ›Kabine‹, ›Koje‹ zum Bett und ›Bullauge‹ zu dem kleinen, runden Fenster. Er trug immer einen Haufen weißer Zettel mit sich, die fielen ihm oft aus der Hand, er hob sie wieder auf, las drin, es war aber immer der falsche, so machte er's am Ende ohne Zettel und sagte dazu: »Ich brauche keine Zettel. Ich habe alles im Kopf.«

Als er dann jedem seine Kabine gegeben hatte, und in sein Zahlmeisterhaus gegangen war, da gab's ein großes Gewimmel von hundert Benefiten auf dem Schiff. Ein Lernkoch suchte die Kabine von seinem Hauptmann, zwei Diener vom Labiges suchten zwei andere, die trafen sich, fragten: »Wo hat der Labiges seine Kabine?«, rannten durch die Gänge und suchten und fragten weiter, und jeder tauschte dann so, daß der Lernkoch seine Kabine neben seinem Hauptmann bekam, nicht zu weit vom Haus der Köche, daß der Mund seine Kabine neben Xung-Beping bekam und der Lernschneider neben dem Avarall, und beide nicht zu weit vom Haus der Schneider. Und jeder sagte dann ängstlich: »Wenn nur der Haasbal nichts davon erfährt!« Aber Mungo, der Schneiderriese, sagte dagegen: »Keine Sorge! Er weiß ja von keinem einzigen, wo er ihn einquartiert hat.«

Mit dreifachem Tausch hatte ich endlich eine Kabine neben Aurehl, und wie jeder auf dem Schiff, so machten auch wir Zeichen an die Tür, daß man uns finden kann. Ich malte eine Panflöte an meine Tür und einen schwarzen Vogel an die Tür von Aurehl. Und wieder sagte Aurehl: »Zwei Betten sind zu viel«, und wieder legten wir uns in ein Bett hinein und wußten gleich drauf nicht, in welchem wir lagen, denn die Küsse gingen zu schnell hin und her.

Am nächsten Tag warteten wir dann, daß die Sirehne ausläuft aus dem Hafen von Lima, aber sie lief nicht aus, nicht am Tage und nicht am Abend. Und endlich wußten wir auch, warum: Einer fehlt noch, der Wichtigste für die Reise nach Hawaii: Tamasch.

Der kam erst in der Nacht mit einem Heli. Ich sah ihn herausklettern aus dem Heli beim Schein der Lampen und wußte gleich, daß da etwas falsch gegangen war. Ich rannte zu ihm hin, sein Gesicht war weiß, seine Warze am Kinn war feuerrot, er sagte: »Man bittät darumän ...«, wußte nicht weiter, so fragte ich ihn: »Zur Brücke?« – »Zur Chärrin!« brachte er noch heraus. Ich führte ihn zur Kabine von Re Dajana hin, die Kette von seinem Lederkasten klapperte an seinem linken Handgelenk. Re Dajana stand in der Tür und rief: »Komm bitte endlich herein!« Tamasch fiel in einen bequemen Stuhl und schüttelte immer nur den Kopf, bis sie rief: »Nun rede endlich!«

Und dann redete er: »Där Bäfähl ging ärstmalän aus von där Chochän Frau, daß die Familiän uns kein bissälchän von däm Polyxa mähr pfuschän dirfän. Und unsäreinär soll das bäwärkställigän auf vielän Fießän und friedliech soll äs allämalän zugächän. So gächät där Dollar flutschum in die Tschän von dän Chämikärn bei dän Familiän, und ich sagä dänän: ›So mischä mir fieglich ein Pilvärchän in dein Polyxa chinein, das soll ein charmlosäs Pickälchän machän däm Äcksson und däm Jammanda, und däm Cärvato einä Diarrhö, daß deinäm Chochän Chärrän dein Polyxa nicht mähr mundät.‹ Das leift dann gut nämlichärweisä bei finfän: Pickboota, Jammanda, Cärvato, Äcksson und Bodänreif. Abär bei dän Nomänklattär ist dännochtrotzum kein Chandäl meglich. Und där armä Tamasch, sächändän Augäs, sagät zu seinäm Dienär, där ist ein tichtigär Chämikär: ›Dänkä dir nundrummän aus, wie die Chärrin dreinguckät, wänn die Nomänklattär fürdärchin ihr misärabilligäs Polyxa machän! So machä mir ein charmlosäs Tränängasälein, mit däm värjagäst du mir die Chämikär beim Nomänklattär alläsamtän aus ihrär Fabrik und nimmst daraufchien das teiflischä Dinärmit und zärsprängäst mir flutschum die ganzä chämischä Fabrik.‹ Insoweit machät där auch alläs richtig, und von däm Tränängasälein flichtän allä Chämikär wie gäplanät. Abär einär passät nicht auf, daß är einä Flaschä Äthär umstirzt bei där Eilä, där Äthär värdampft bei däm Bunsänbränär und äntzindät sich allsogleich. Nicht schlimm. Abär: Bei däm Bunsänbrännär stächät einä Flaschä mit däm reiflischän Wassärstoffä. Auch nicht schlimm. Abär: Es fiehrät ein dinnäs Schleichlein von däm Wassärstoffä in die Nächä vom Bunsänbrännär. Immär noch nicht schlimm. Abär: Von där Chitzä värbrännät das Schleichlein und äs knallät, daß alläs Schutt und Aschä wird«, und senkte seine Stimme zum tiefsten Ton: »Das war mir ein Grausän! Keinär kam chäraus. Nur mein treiär Dienär. So wird äs wiedärmalän einän neiän Chaß gäbän von dän Nomänklattär, nämlichärweisä wägän däm Aläxäji Amie und nunmährän wägän dän vielän totän chämikärn.« Und er schüttelte den Kopf, daß ich dachte, er wird nie mehr aufhören damit.

Re Dajana ging zu einem großen Tisch, sagte zu dem Tisch, leise: »Jack?«, und gleich war die Stimme vom Forgensen im Zimmer mit: »Ich höre Sie, Hohe Frau.« Und sie zum Tisch: »Lauf jetzt bitte aus, lieber Jack!« Und die Stimme vom Forgensen: »Ay, ay, Hohe Frau.«

Und zum Tamasch sagte sie noch: »Iß und trink und schlaf dich jetzt aus, lieber Tamasch! Wir fahren nach Hawaii.«

Die Sonne stand schon hoch, der Fahrtwind ging übers Deck, so stellte uns der Wilhelm ein Tischchen an eine windgeschützte Stelle. Schahanna und Aurehl waren beide blaß, aßen und tranken nicht, redeten auch nicht, und plötzlich sprangen sie beide zusammen auf und rannten weg.

Das sah der Haasbal, der kam zu mir und sagte: »Mach dir keine Sorgen, mein Junge, das ist nur die Seekrankheit, die geht vorbei.« Dann setzte er sich ans Tischchen, nahm meine rechte Hand, sah aufs Handgelenk und sagte: »Dir fehlt eine Kleinigkeit«, zog den Ärmel seiner blauen Jacke hoch und zeigte mir seinen Goldnen Ring am Handgelenk mit hundert Diamantsteinen dran.

»Diese Kleinigkeit will ich mir grade verdienen«, sagte ich und sah ihn an mit meinem Kinderblick.

»Und dann?« fragte er.

»Dann bleibe ich lange jung.«

»Keine Spur!« rief der Haasbal. »Dann wirst du langsam alt!«

»Ich lebe lange das wahre Leben im Genuß«, sagte ich.

»Diese Bescheidenheit!« rief er. »Diese unerklärliche Bescheidenheit der Menschen!« Dabei zog er ein kleines Kästchen aus seiner Tasche, öffnete es, nahm mit zwei Fingern ein feines, braunes Pulver heraus, legte es geschickt auf seinen Handrücken zwischen Daumen und Zeigefinger, hob die Hand zur Nase und atmete erst mit dem linken, dann mit dem rechten Nasenloch das Pulver ein. »Ich staune immer wieder, wie unerklärlich bescheiden doch die Menschen sind«, sagte er dann. »Das wahre Leben im Genuß! Klingt ganz nach Re Dajana. Sie hängt einen Genuß an den anderen. Gut. Aber sie könnte doch den Genuß aufhäufen zu einem Berg von Genüssen. Macht sie aber nicht. Deshalb ist ein Tag in ihrem langen Leben wie der andere. Und das nenne ich die unerklärliche Bescheidenheit.« Dann sah er mich an mit seinen neugierigen Augen und fragte: »Kennst du dich aus mit der Alten Zeit?«

»Da waren die Menschen unsterblich«, plapperte ich, »so waren es bald zu viele, die traten sich gegenseitig auf die Füße ...« und wollte so weiterreden.

Aber er unterbrach mich und rief: »Aber nicht doch, mein Junge, es war genau umgekehrt! Die Menschen der Alten Zeit hatten nur ein kurzes Leben! Und deshalb richteten sie sich auch auf ein kurzes Leben ein. Und deshalb vermehrten sie sich auch wie die Karnickel. Und deshalb traten sie sich am Ende gegenseitig auf die Füße. Und deshalb richteten sie sich allesamt zugrunde. Denn ihre Devise war: Heute leb ich, morgen sterb ich! Heute im Genuß leben und nicht dran denken, was morgen wird.«

»Ist das nicht das wahre Leben?« fragte ich ihn.

»Der Mensch der Alten Zeit mußte so leben. Richtig. Wenn nicht, dann war er einfach dumm. Wer pflanzt schon ein Bäumchen, wenn er nicht hoffen kann, es dereinst als Baumriesen mit hohem Gewinn fällen zu können? Roden will der, roden, den ganzen Wald roden! Aber heute? Heute ist es doch anders, ganz anders. Mit dem Polyxa-Segen kann der

Mensch auf ein langes Leben hoffen. Kann etwas in Gang bringen, was sich vielleicht in zweihundert Jahren auszahlt! Sich für ihn selbst auszahlt, verstehst du! Für ihn selbst! In zweihundert Jahren! Das muß man sich einmal vorstellen!« Sah mich an und fragte mich: »Und was macht der Mensch? Er lebt als medizinisches Kuriosum mit dieser unerklärlichen Bescheidenheit! Bedenke das, mein Junge! Bedenke das! Re Dajana, diese wirklich erstaunliche Frau mit einer Lebenserwartung von drei- oder gar vierhundert Jahren, voll sprühendem Lebenswillen und einer exorbitanten Lebensfreude, was macht sie aus ihrem Leben? Ein jämmerliches Herrscherdasein ohne jede Perspektive! Ein bescheidenes Genußdasein ohne wirkliche Befriedigung! Ein langes Leben als medizinisches Kuriosum!«

Ich fragte ihn: »Was ist ein medizinisches Kuriosum?«

»Fünfhundert Jahre leben statt fünfzig«, antwortete er.

»Und was ist die Perspektive?« fragte ich ihn weiter.

»Begreifen, daß man fünfhundert statt fünfzig Jahre lebt.«

Das verstand ich nicht. Aber weil ich dachte, er weiß etwas, was ich nicht weiß, so fragte ich ihn weiter: »Warum soll ein Mensch anders leben, nur weil er ein langes Leben hat?«

Er stemmte seine Ellbogen auf das Tischchen, stützte den Kopf auf die Hände, sah sich erst die Leckereien auf dem Tischchen an, dann mich und sagte: »Denke dir einen Menschen der Alten Zeit. Mit dreißig ist er Arzt geworden. Er doktert herum, so gut er kann. Mit sechzig ist er alt und kränklich und müde. Er setzt sich noch zehn Jahre zur Ruhe und stirbt. Und nun denke dir einen mit dem Polyxa-Segen. Auch er wird mit dreißig Arzt, auch er doktert erst eine Weile herum. Aber mit sechzig ist er frisch und gesund, er weiß eine Menge, und er weiß vor allem, was er alles nicht weiß. Jetzt erst fängt er an, richtig zu lernen, er lernt und forscht zehn oder zwanzig Jahre lang. Er ist immer noch ein gesunder, frischer Mensch. Mit achtzig beginnt er zum zweiten Mal als Arzt zu arbeiten. Aber was für ein Arzt ist er jetzt! Was kann er nicht alles, was weiß er nicht alles! Trotzdem, nach weiteren dreißig Jahren fängt er wieder an zu lernen. Diesmal interessieren ihn die Medikamente. Er wird Pharmazeut und erschafft selbst die Medikamente, die er braucht, und er ist danach immer noch frisch und gesund, obwohl er schon weit über hundert Jahre gelebt hat. Was sind das für Möglichkeiten! Und wie werden sie von diesen degenerierten Privilegierten genutzt?«

Als er das sagte, dachte ich, er muß etwas wissen, was sehr wichtig sein kann für mich. So fragte ich ihn: »Was ist der Privilegierte?«

»Der sich um nichts kümmert, als um sein langes Leben.«

»Und was ist daran so schlimm?« fragte ich ihn.

»Alles! Alles! Alles!« rief er dreimal. »Das ist diese falsche, unerklärliche Bescheidenheit, von der ich die ganze Zeit rede!« Dann lehnte er sich zurück, streckte und reckte sich, sah sich wieder die Leckereien auf dem Tischchen an und sagte dann: »Aber ich sehe schon, ich bin wieder einmal an den Falschen geraten«, nahm ein kleines, heißes Brot vom Tisch, legte Rahm, Fleisch, Käse, Früchte, Fisch drauf, alles übereinander, biß ab, da war nicht mehr viel übrig davon, kaute, schob den Rest in den Mund, schluckte zweimal, leckte seine Finger ab, stand auf und ging.

Drei Tage und vier Nächte fuhr die Sirehne an der Küste entlang, Aurehl blieb blaß und aß nichts, aber Schahanna erholte sich schnell von der Seekrankheit und gab uns weiter die Lektionen: »The sea ist rather rough today. We may expect a stormy passage. Are we near the land?«

Drauf konnte ich schon sagen: »Yes, we are«, und dazu noch fragen: »Do we expect a stormy passage, really?«

Drüber freute sich Schahanna, und wenn Re Dajana ihren Rundgang übers ganze Schiff machte, dann blieb sie bei uns stehen, wir mußten unsere Lektion aufsagen als einen Singsang, aber Aurehl blieb meistens etwas hinter mir zurück.

Einmal setzte sich der Tamasch zu uns, er sah wieder gesund aus und schüttelte nicht mehr den Kopf, er hörte zu, sah auf den Mund der Schahanna, wollte es ihr nachmachen, gab es aber bald auf und sagte: »Man chat mir ärklärät: Wänn du deitschäs ›o‹ sprächän willäst, machä deinän Mund wie zum Kussä: ›o!‹ Undämalän: Wänn du deitschäs ›e‹ sprächän willäst, machä deinän Mund lang zum Lächäln: ›e!‹ Nunmährän chabän wir allsogleich das Änglischä vor uns. Da ist nun fieglich alläs wiedär ganzä schä andärä Probläm. Soll ich Zungä zwischän Zähnä sträckän fier ›Thä see is rathär rough‹, so chabä ich Angst, daß ich meinä Zungä abbeißä.« Und redete so weiter, daß ich nicht mehr hinhören wollte, aber plötzlich hörte ich ihn sagen: »Nach däm Bäfähl där Chärrin soll nunmalän där zweitä Akt gämacht wärdän von där Inszänierung fier das Polyxa.«

Ich fragte ihn: »Und wie soll der gehen?«

Er zeigte auf die Brücke und sagte dazu: »Das gächät vom Gächeimkabinättä aus.«

Gleich mußte ich mit ihm zur Brücke, er führte mich in ein kleines Zimmer, drin war ein Schrank aus Eisen und mehrere Tische und Stühle, wir setzten uns, und er sagte: »Äs gächät alsomalän um dän zweitän Akt fier das neiä Monopol där Chärrin.«

»Was ist ein Monopol?« fragte ich ihn.

»Jädä Familiä chat ein Monopol. Und an däm Monopol darf keinär rickän und riehrän. Äcksson Ärdöl, Cärvato Maschinän, Jammanda Äläktrischä Gärätä, Pickboota Värkähr, Bodänreif Waffän, Nomänklattär Bodänschätzä und Kornägill Dollar«, ging zu dem Eisenschrank, öffnete ihn mit einem langen Schlüssel, nahm einen Stapel Blätter heraus, hielt ihn mir hin und fragte mich: »Chabän Sie schon einmal dän Dollar gäsächän in solchäm Stapäl?« Ich nahm den Stapel, sah ihn mir genau an und hörte ihn sagen: »Zähndollarscheinä, allä ächt, die druckät uns Annäst Fill Kornägill, dännumdrummän chat där unsär Dollarmonopol.«

»Und was ist der zweite Akt?« fragte ich ihn weiter.

Und er: »Allämalän där värknotätä.« Und erklärte mir, wie er als ersten Akt den Familien ihr Polyxa verdorben hat, daß es Pickel macht und Durchfall, und wie durch ein Unglück die Polyxafabrik der Nomenklatter zersprengt wurde. Und Re Dajana wird nun die Familien glücklich machen mit ihrem unverdorbenen Polyxa, das ist der dritte Akt. Und im vierten Akt werden aber die Familien wieder eigenes Polyxa machen wollen, damit sie im fünften Akt nicht drauf angewiesen sind, ob Re Dajana sie liebt oder nicht liebt. Und endete: »Und dässäntwägän fählät unsäreinäm där zweitä Akt, worinnän man klieglichärart dän Familiän die Freidä nähmät am eigänän Polyxa, dann kann äs dän viertän und finftän Akt nicht gäbän.«

Der Fort trat ein, setzte sich und sagte: »Nun?«

Und Tamasch: »Äs gächät nunmalän um dän zweitän Akt.«

Und Fort: »Den Monopolgedanken solide untermauern, das ist alles.«

»Ärklärä ich gäradä däm jungän Chärrän.«

Und dann redeten sie lange drüber, welche böse Krankheit man den Familien in das Polyxa hineinmischen muß, und dachten nach, vor welcher Krankheit sich Jurie Nomenklatter am meisten fürchtet und vor welcher sich Georg Ecksson am meisten fürchtet, waren schon beim schlimmen Speigift angekommen, aber das sagte der Tamasch: »Nichtamalän! Das wird der Chärrin nicht gäfallän!« Der Fort sah's gleich ein, und sie saßen beide ratlos auf ihren Stühlen.

Ich sagte zum Tamasch: »Ich kenne die Krankheit, vor der sich jeder Benefit am meisten fürchtet, und die Re Dajana erlauben wird.«

Und Fort: »Welche?«

»... man muß nichts einmischen ins Polyxa«, antwortete ich, »sondern etwas ausmischen: Das Wichtigste.«

»Was dännän ausmischän?« fragte der Tamasch.

»Das Polyxa!« antwortete ich, »daß es dem Benefiten schmeckt wie Polyxa, aber es ist kein Polyxa.«

Erst war's still, dann sagte der Fort: »Sie meinen ein Placebo, Zucker ohne Wirkstoff«, schüttelte den Kopf und sagte noch: »Davon läßt sich keiner abschrecken«, und lächelte mich freundlich an.

Ich sagte: »Vom Doktor Lederberg weiß ich, daß man lange nichts merkt«, sah sie beide an, ob sie es immer noch nicht verstehen, und weil sie es immer noch nicht verstanden, so sagte ich noch: »Und wie soll den Benefiten nicht die Freude an ihrem eigenen Polyxa vergehen, wenn sie immer denken müssen: Ist es Polyxa? Oder ist es Zucker?«

Da hatten sie's endlich verstanden, sprangen auf, gingen in Kreisen durch das Geheimkabinett, Tamasch schlug sich mit der flachen Hand auf die Glatze, daß es klatschte, und sagte zehnmal: »Abär natierlich!« rannte plötzlich aus dem Zimmer, rannte über den Gang, kam zurückgerannt, rief herein: »Sie missän äntschuldigän die Eilä!«, rannte wieder durch den Gang, zum Lift, und rief immer noch: »Abär natierlich!« Und der Fort sagte noch: »Oder so«, und ging auch.

Ich hielt dreiundzwanzig Zehndollarscheine in der Hand, zweihundertdreißig Dollar! Ich sah mich auf dem Bappen beim Karrenhesse. Ich sah mich, wie ich einen davon aus meinem Beutel ziehe und dem Karrenhesse zeige. Ich sah sein Gesicht, wie er auf den Zehndollarschein starrt, wie er ihn zwischen die Finger nimmt und reibt, wie er mich ansieht, ob ich's wirklich bin, und wieder auf den Dollar, ob er echt ist, aber er kann es nicht wissen, denn er hat noch nie einen Zehndollarschein gesehen.

Dann steckte ich die zweihundertdreißig Dollar in meine Tasche, ging zu dem offenen Eisenschrank und sah hinein. Drin lagen wohl hundert Stapel Zehndollarscheine, und sogar Hundertdollarscheine, immer in Stapeln mit buntem Papier umwickelt, und ich fing an sie zu zählen, kam bis acht mal tausend, hörte auf und dachte: Das muß ich nicht aus dem Schrank herausnehmen. Das fällt in meine Hand, wenn es so weit ist.

Nach der vierten Nacht auf der Sirehne wurden wir von einer lauten Musik geweckt, die kam weit übers Meer zu uns in die Kabine herein. Das war ein Brummen, ein Heulen und ein Pfeifen aus allen Richtungen. Ich sah, daß die Sirehne nahe beim Land war, und ich sah viele große Schiffe. Schahanna klopfte laut und rief durch die Tür: »Aufstehen! Anziehen! Aufs Deck! Wir laufen in El-ej ein! Die Schiffe der Familien begrüßen uns!«

So standen wir gleich auf dem Deck und sahen zu, wie die Sirehne in den Hafen von El-ej einlief, und das Brummen, Heulen und Pfeifen kam von den anderen Schiffen, drauf die Wappen der Familien.

Kleine Boote wurden herabgelassen von den Schiffen, Lernkapitäne und Matrosen drauf, und wer zu einem anderen Schiff wollte, kletterte hinab, wurde hinübergefahren und kletterte wieder hinauf. Weil nun die meisten zur Sirehne wollten, so gab's bald ein Gewimmel auf der Sirehne von Sekretären, Benefiten, Hohen und Höchsten aller Familien, Männer und Frauen im Goldnen Vertrag, ihre Kinder, ihre Mehden und Edelinge. Ich saß mit Schahanna und Aurehl an einer schattigen Stelle auf dem Deck, vor uns ein Tischchen mit den kleinen, heißen Broten und dem schwarzen Kaffeesud, ich sah sie mir alle an, wie sie herumgingen auf dem Deck in ihren kostbaren Kleidern, mit Goldringen und bemaltem Gesicht, Diamantsteine im Haar und in ihren Kleidern, die Kinder in leichten Hemden, weiß wie Schnee, alle gesund, alle fröhlich, alle laut, und zwischen ihnen immer Re Dajana in einem Umhang in den Farben Grün, Blau und Braun, so leicht wie ein Spinnennetz, das Goldne Schlangenwappen der Kornegills über der Tellermütze. Alle redeten sie in der englischen Sprache, die verstand ich noch nicht gut, so war das meiste für mich nur ein endloses Geplapper. Aber Schahanna half mir mit vielen neuen Worten, daß ich immer mehr verstehen konnte.

Lange redete Re Dajana mit zwei Männern und drei Frauen, alle jung, alle sehr fröhlich, dann winkte sie uns, daß wir dazu kommen sollen, und als wir bei ihnen standen, sagte sie: »Ich mache euch jetzt einfach alle miteinander bekannt. Das ist die Dohle Aurehl, die ist zu mir ins Gebirge geflogen, so waghalsig, wie nur die Dohle fliegt. Das ist Pan Inka-Fürst, mein neuer Lernberater. Und das ist Schahanna, meine neue Lernsekretärin.« Dann zeigte sie auf die drei Frauen: »Das ist Helen, meine Großmutter väterlicherseits. Das sind meine beiden großen Töchter Tessa und Jessi«, und zu den beiden Männern hin: »Das ist mein Vater Rubin. Das ist mein kleiner Bruder Reamund.« Und ich sah mir die Frauen an und konnte Großmutter und Tochter nicht unterscheiden, denn alle sahen sie gleich jung aus, und so war es auch mit Vater und Bruder.

Danach redeten sie alle durcheinander, das meiste im Englischen. Ich hörte Re Dajana sagen: »Und sie lernen auch schon fleißig Englisch, und beim Joschuha war ich auch schon mit ihnen.«

Da trat die eine der drei jungen Frauen, die sie ihre Großmutter Helen genannt hatte, nahe zu mir heran und fragte mich in der deutschen Sprache: »Wie geht es dem Doktor Lederberg?«

Ich beugte mich vor zu ihr und flüsterte: »Der Doktor Lederberg plant grade seine Flucht.«

Sie rief erschrocken: »Nein! Schon wieder! Tessa! Jessi! Habt ihr das gehört?«

Die beiden traten auch nahe zu mir heran, und die Tessa,

auch mit einem ängstlichen Blick, fragte mich in der deutschen Sprache: »Ist das wahr? Der alte Joschuha?«

»Ja, leider«, sagte ich ganz ernst zu ihr.

Und die Tessa zu ihrer Urgroßmutter: »Der wievielte Fluchtplan ist das eigentlich?«

Und die, ganz ernst: »Laß mich rechnen!« rechnete lange im Englischen und sagte dann in der deutschen Sprache: »Wenn ich keinen vergessen habe, dann ist es sein dreizehnter.« Und die Tessa: »Dreizehn Fluchtversuche! Und zwölf nicht gelungen!« Und ich: »So muß der dreizehnte gelingen! Ich habe ihm auch Mut gemacht und ihm meine Hilfe angeboten.« Und die Urgroßmutter Helen mit Entsetzen: »Warum haben Sie das getan?« Ich beugte mich vor zu ihr und flüsterte: »Er ist ja so unglücklich!«

Beide lachten sie laut, aber Jessi, die andere Tochter von Re Dajana, die sieht ihrer Mutter sehr ähnlich, die lachte nicht und redete nicht, die sah mich immerzu mit verliebten Augen an.

Drei Tage ging das so im Hafen von El-ej, nie gab's Ruhe auf der Sirehne, auch in der Nacht nicht. Alle waren immer sehr fröhlich und redeten viel, aber der fröhlichste und glücklichste von allen war Xung-Tsiping, der war mit allen seinen Lernköchen überall auf dem Schiff, Tag und Nacht, und nie gingen ihm die Schüsseln aus. Ich sah aber, daß auch die Höchsten der anderen Familien ihre Vorkoster hatten, wie Re Dajana den Labiges.

Schahanna gab uns viele englische Lektionen. Ich konnte schon sagen: »My grandfather's father has just married the second daughter of my daughter's child.« Drüber mußte die Schahanna laut lachen, aber Aurehl stand auf und sagte: »Ich schaffe es nicht. Lern du das Englische ohne mich«, ging langsam übers Deck, gleich rannte ein Lernkoch hinter ihr mit frischen, heißen, weißen Broten, sie aß zwei, ging weiter, ein hochgewachsener Benefit machte eine tiefe Verbeugung vor ihr, sie redeten miteinander, Aurehl immer ernst, so viel der sie auch zum Lachen bringen wollte, und wie sie so zwischen all den Benefiten stand in ihrer Kapa, dachte ich: Von allen Frauen auf dem Schiff ist sie die Schönste.

Auch die Schahanna sah ihr nach, lange, und wollte keine

Lektion mehr machen. Aber plötzlich drückte sie meine Hand so stark, daß es mir weh tat, und flüsterte: »Dort kommt Rilpe!«

Den sah ich mir gut an, wie er mit kleinen Schritten zu uns kam, ein schmales Gesicht, kleiner Mund, blaue Augen, etwas tief in den Augenhöhlen, jung, wie alle, und ich wunderte mich, wie der zusammen mit der Schahanna der Höchste bei den Pickbootas werden soll.

»Wollen Sie sich nicht zu uns setzen?« fragte die Schahanna ihn, als er vor uns stand.

Rilpe machte eine kleine Verbeugung zu mir, eine tiefe Verbeugung zur Schahanna und sagte: »Ich bin so frei«, setzte sich auf den Stuhl der Aurehl, rieb seine Hände, als ob er sich waschen will, und sagte zu mir: »Nach allem, was ich weiß, müssen Sie Pan Inka-Fürst sein.«

Ich zeigte auf ihn: »Und Sie müssen der Hohe Herr Rilpe Pickboota sein.«

»Der Hohe Herr bei den Pickbootas ist mein Neffe Willem, ja«, antwortete er.

»Und nach allem, was ich weiß, soll sich das bald ändern.«

»Davon weiß ich nichts!« rief der Rilpe, und ich sah den Schreck in seinem Gesicht.

»Das verstehe ich nicht«, sagte ich ratlos, »erst neulich hat Schahanna zu mir in der englischen Sprache gesagt: ›In each family has to be a chief. And the chief in my family will be the man I love.‹«

Schahanna sprang wütend auf und rief: »Das ist ein ganz falsches Englisch! Ein so falsches Englisch habe ich Ihnen nie beigebracht!« und rannte schnell weg, Rilpe sprang auch auf, sagte: »Entschuldigen Sie mich bitte«, und lief ihr hinterher.

Bald drauf sah ich ihn mit Schahanna zusammenstehen, nicht im Gewimmel, sie redeten miteinander, erst sah es aus, wie ein Streit, aber nicht lange, da lachten sie, und er sah sie verliebt an.

Endlich, am vierten Tag im Hafen von El-ej, gab's Ruhe auf der Sirehne. Alle Schiffe fuhren ab ins große Merr, das nennen sie ›den Pazific‹, und auch die Sirehne sollte abfahren, als Letzte.

Wir saßen in leichten Umhängen auf dicken Teppichen im

höchsten Haus auf der Brücke, drüber nur noch das Schlangenwappen, Re Dajana auf ihrem Chaiselongue, und die beiden Lernmehden plapperten alles aus, was sie gesehen und gehört hatten im Hafen von El-ej. Wenn die Schellieh nun von einem Mann erzählte mit hundert glitzernden Diamantsteinen am Goldnen Ring, dann wußte die Domähne gleich von einem mit zweihundert, und die Schellieh überbot mit einem wichtigen mandeläugigen Benefiten von den Jammandas, der wollte noch am selben Tag mit ihr in den Goldnen Vertrag, und die Domäne ging drüber mit einem von den Pickbootas, der hatte ihr tausend Dollar in Feingold versprochen für das Geheimnis, wen Re Dajana in der letzten Nacht in ihr großes Bett genommen hatte. »Hast du die tausend Dollar genommen?« fragte Re Dajana sie. Domähne lachte laut und rief: »Hätte ich gern, wenn ich das Geheimnis gewußt hätte!« Dann wollte Re Dajana genau wissen, wer von den Jammandas der Schellieh den Goldenen Vertrag angeboten hatte, und wer von den Pickbootas so neugierig war auf das Geheimnis, aber die beiden wußten es nicht, lachten viel, und Re Dajana lachte mit ihnen.

Bis die Schellieh fragte: »Was ist der Goldne Ring?«

Da wurde es still.

»Der Goldne Ring ist ein goldner Ring«, sagte die Domähne.

Die Schellieh fragte: »Nicht ein Geheimzeichen?«

»Was für ein Geheimzeichen?«

Und Schellieh: »Für Reichtum an Gold, Palästen, Familienland, Dienern ...« und wußte nicht weiter.

Da hörte man leise die Stimme der Aurehl, die stand in der Nähe vom Fenster und sah hinaus auf die zerbrochenen Türme von El-ej: »Ein Zeichen für langes Leben und ewige Jugend.«

»Ist das wahr?« fragte die Schellieh.

Und weil Aurehl ihr nicht antwortete, fragte sie Re Dajana noch einmal: »Ist das wahr?«

Die saß halb, lag halb auf ihrem Chaiselongue, trank ihren Pisko und sagte nur: »Wenn Aurehl es sagt.«

»Und was sind dann die Diamanten?« fragte die Schellieh.

»Die Jahresringe vom Polyxa«, antwortete ihr vom Fenster die Aurehl.

»Und was ist Polyxa?« fragte weiter die Schellieh.

»Das ist ein Stück Zucker«, antwortete ihr Aurehl, »das hat der Doktor Joschuha Lederberg in der Alten Zeit erschaffen.«

Und die Schellieh: »Hat er Ihnen das gesagt?

Die Domähne lachte die beiden aus und rief im Lachen: »Wenn das stimmt, dann muß der ja schon mindestens 268 Jahre alt sein!« Dann sah sie zu Re Dajana, wie die ihren Pisko trank und nicht lachte, so fragte sie die: »Stimmt das?«

Und Re Dajana sagte wieder nur: »Wenn Aurehl es sagt.«

»Kann denn ein Mensch so alt werden?« rief die Domähne.

»Wenn er das Stück Zucker vom Doktor Joschuha Lederberg bekommt, ja«, antwortete ihr Aurehl.

»Ich will das auch haben, aber nur, wenn ich ganz gesund und ohne Falten bleibe!« rief die Domähne.

Und wieder hörte man Aurehls Stimme vom Fenster her: »Wer ist denn krank und faltig bei den Familien und ihren Dienern?«

Und die Schellieh, leise: »Keiner.«

So war's dann endlich eine Wahrheit für die beiden Lernmehden, daß ein Mensch alt wird und doch jung und gesund und ohne Falten bleibt, wenn er die Zuckerkapsel vom Joschuha bekommt über die Jahre.

Die Domähne wollte nun wissen, von wem man das Polyxa bekommt, und was einer machen muß, damit er's bekommt. Und wieder antwortete ihr nicht Re Dajana, sondern Aurehl: »Man bekommt es nicht vom Doktor Lederberg«, sah mit ihren großen Augen Re Dajana an, lange, »sondern von Re Dajana.« Die hatte schon ihren Katzenblick und machte nur: »So?« Und Aurehl, mit gradem Kopf und nicht von der Seite her, sagte: »Re Dajana gibt es dem, der ihr in Liebe treu dient.«

Nun schrien die beiden Lernmehden durcheinander, wie treu sie Re Dajana in Liebe dienen wollen, damit sie ihr Polyxa bekommen und alt werden und doch jung bleiben, am lautesten schrie die Domähne, beide knieten vor dem Chaiselongue, umarmten und küßten Re Dajana, bettelten, wußten immer etwas Neues, wie sie ihr in Liebe dienen wollen, bis endlich Re Dajana beide Hände hob wie zum Schutz und sagte: »Wartet es ab, bis eure Zeit gekommen ist.«

Da waren sie beide still, und in ihren Augen war der Glanz vom Glück.

Draußen war es schon dunkel, der Labiges hatte die Kerzen angezündet und zusammen mit seinen Dienern ein Tischchen hingestellt, sich drüber gebeugt und von allem gekostet, und seine sieben Wellen hatten sich schon wieder richtig über seinen Kopf gelegt bis zur Schulter herab. Da hörte man die Stimme der Aurehl vom Fenster: »Ich werde das Stück Zucker vom Doktor Joschuha Lederberg nicht nehmen, bis jeder Mensch auf der Welt es hat.«

Die Lernmehden sahen sie an wie den Mann im Nebel. Re Dajana gab ihnen den Wink, daß sie uns allein lassen sollen, und als sie mit einer Verbeugung vor ihr gegangen waren, stand sie auf, stellte sich zu Aurehl ans Fenster und sah mit ihr zusammen hinaus in die Nacht. Dann hörte ich sie leise sagen: »Siehst du auch die vielen Lichter? Oder sehe ich sie nur? Man sagt, daß in mancher Nacht die Lichter von El-ej leuchten wie in der Alten Zeit, und jedes Licht kommt von einem verstorbenen Menschen. Mein Großvater Annest sagt, Los Angeles soll einmal die schönste Stadt der Welt gewesen sein. Wollen wir beide zusammen nicht Los Angeles wieder aufbauen?« Weil aber Aurehl nicht antwortete, so sagte sie zu mir: »Komm, Prinz Pan, wirf deinen Umhang ab und leg dich zwischen mich und die Dohle und trenne uns beide auseinander. Vielleicht ist das heute gut für die Dohle und für mich.«

Ich legte mich aufs große Bett, und Aurehl und Re Dajana legten sich auf beide Seiten, weit weg von mir, ich wollte sie beide heranziehen zu mir, aber sie lagen wie schwere Steine, die keiner bewegen kann, so gab ich's auf und schlief ein. Als ich aber am Morgen erwachte, lagen sie beide eng umarmt beisammen, hatten sich eine leichte Decke übergeworfen, daß man denken konnte, da ist nur ein Körper drunter.

Und die Sirehne war schon weit draußen im Meer.

An diesem Tag rief mich der Tamasch in sein Geheimkabinett und sagte zu mir: »Ich choffä sähr, daß Sie bei dän Zweichundärtdreißig Dollar kein Falschgäld gäfundän chabän«, holte einen Stapel Dollarscheine aus seinem Schrank, zählte sie mir vor, bis es zusammen mit den zweihundertdreißig siebenhundert waren, und sagte dann: »Das ist nunmalän das Gächalt von einäm Lärnbäratär fier einän Monat.«

Die Tür wurde geöffnet, Re Dajana trat ein und fragte den Tamasch: »Wie ist nun die Inszenierung auf Hawaii geplant?«

»Wie ausgädacht, so dann gämacht«, antwortete Tamasch.

»Und Pan Inka-Fürst hat dir dabei tüchtig geholfen?« fragte sie weiter und hatte ihren Katzenblick.

»Abär natierlich!« rief er. »Hilfä ist immär netig.«

»Und wie hat er dir geholfen?«

»Da chat äs gägäbän vielärlei gutä Gädankän fier dän zweitän Akt. Abär dännochtrotzum: Ein gutär Gädankä chat fieglich gäfählät.«

»Und den hat dir Pan Inka-Fürst gegeben?« fragte sie weiter, daß dem kleinen Mann der Schweiß auf die Stirn kam.

»Unsäreins macht sich auf vielän Wägän vielä Miehä ...«, und wollte so weiterreden, wie sie es sonst gern hört, aber sie unterbrach ihn und fragte: »Ist er also seine siebenhundert Dollar pro Monat wert?«

»Gärächtärmaßän, fieglich, insoweit, ausgämachtämalän, nundrumän«, preßte seine gespreizten Finger gegeneinander, als ob die kämpfen, sah sie an, sah ihren Katzenblick und sagte am Ende: »Ja.«

Das war am 21. September des Jahres 268, und die Sirehne fuhr zwei Tage und zwei Nächte durch den Pazific.

4. Kapitel

23. September bis 2. Oktober 268, Jahrestreffen der Familien auf Hawaii

Hilo, der Hafen von Hawaii, ist von der Sturmflut zerstört. Deshalb können die großen Schiffe nicht einfahren und bleiben draußen im Meer. Die meisten Benefiten, Handwerker und Diener von Re Dajana mußten in kleine Boote herabklettern, die brachten sie nach Hilo, aber sie, ihre Sekretäre und wichtigsten Diener, dazu auch mich und Aurehl hob der MacNeer mit seinem Heli hoch und trug uns mit den kleinsten Bewegungen seiner kurzen Finger übers Meer und über die ganze Insel hinweg, auch über den höchsten Berg und seinen riesigen Feuerofen drinnen, nach Kailua am anderen Ende der Insel. In Kailua ist es nie zu kalt und nie zu warm, ein milder Wind weht von den höchsten Bergen herab, und wenn die Sonne sich übers Meer beugt, kommt ein erfrischender Regen, jeden Tag.

In Kailua hat Annest Fill Kornegill seinen Palast errichtet, hundert Langhäuser aus dunklem Holz, mit spitzen Dächern drauf, jedes zwischen riesigen Bäumen, die nennen sie ›die Palmen‹, und alles sieht aus, als wär's nicht vom Baumeister errichtet mit seiner Kunst, sondern als wär's gewachsen mit den Palmen zusammen.

MacNeer landete zwischen zwei Langhäusern, ein Sekretär vom Annest Fill führte uns in eine lange Halle, unten Korallenstein und silberne Rohre, draus spritzt kühles Sauberes Wasser, Muschelstein mit Bastmatten drauf zum Sitzen, überall große Tonschalen mit Orchideen, aber anders als die Orchideen im Gebirge, denn hier sind sie vom Züchter gemacht mit seiner Kunst, daß immer größere, immer schönere, immer buntere Orchideen aus seiner Zucht herauskommen. Und das Dach ist aus Holz und Schilf, leicht gebaut, mit vielen kleinen Öffnungen. Mildes Licht kommt herab und ein kühler Luftzug, aber der Regen nicht, und an beiden Enden führt ein Gang zu den Zimmern. Das ist die Orchideenhalle.

In die Orchideenhalle traten nun ein viele Dienerinnen vom Annest Fill, alle groß, mit brauner Haut und schwarzgeringeltem Haar, ein leichtes Tuch viermal um die Hüfte gewickelt, das nennen sie ›den Taparock‹, und keinen Umhang drüber, so waren sie fast nackend und froren trotzdem nicht in Kailua. Die trugen vor sich her große Platten, drauf die Früchte des Meeres und die Früchte der Insel zwischen Eis gelegt, damit alles kühl und frisch bleibt, die stellten sich in einer langen Reihe vor uns hin, und ein sehr alter Koch mit rosaroter Haut und weißem Lockenhaar auf dem Handrükken ging von einer zur anderen, nahm von jeder Platte einen Happen, aß den mit Genuß, da war's ganz still in der Halle, nur das Wasser hörte man, wie es aus den silbernen Rohren spritzt, jeder sah den Koch an, ob der nicht umfällt von den Happen, der blieb aber stehen, und mit einer Verbeugung vor Re Dajana gab er den Dienerinnen den Befehl, daß sie mit den Platten zu uns kommen. Das ist der Hauptmann aller Köche beim Annest Fill, heißt Hannes Wegscheider, und ist mit ihm zusammen aus der Alten Zeit herübergekommen zu uns.

Weil es keinen großen Tisch gab in der Halle, so setzten wir uns zwischen die Springwasser und Orchideen auf die weichen Bastmatten, die Dienerinnen vom Annest Fill legten uns auf kleine Teller, was wir haben wollten. Jeder bekam ein volles Glas, Re Dajana den Pisko, ich aber den Saft der Ananasfrucht.

Als nun jeder mit Genuß aß, da hörte man lautes Schimpfen von draußen, dann in der Halle, dann sah ich einen riesigen, hageren Mann mit großen blauen Augen, der kam mit langen Schritten auf dem Korallenstein zu uns, Re Dajana sprang auf, rannte ihm entgegen, hing sich ihm an den Hals wie ein Kind, daß der Alte gleich noch lauter schimpfte, denn sie riß ihn fast um mit ihrem Schwung, dann redete er laut in der englischen Sprache zu ihr, und weil ich wenig davon verstand, so übersetzte es mir die Schahanna: Wo sie sich wieder herumgetrieben hat, was für Listen und Launen wieder im Spiel sind. Aber sie hing nur an ihm wie ein Kind, streichelte und küßte ihn, bis er am Ende still war. Dann setzten sie sich auf zwei Muschelsteine gegenüber, daß sie sich ansehen konnten, er aß wie einer, der zehn Tage nichts gegessen hat, redete, schimpfte, lachte, alles zusammen, ließ sich vom Hannes Wegscheider ›den Brandy‹ einfüllen, so nennt er den giftigen Alkohol, trank ihn, sah nur Re Dajana an, die lobte ihn, wie frisch und wie gesund er aussieht, drüber freute er sich, sah aber nicht frisch und nicht gesund aus, sondern sehr gebrechlich, und ich sah auch zwei Ärzte in der Halle, die standen hinter ihm, daß er sie nicht sehen sollte.

Mit seinem ausgestreckten Finger zeigte er auf alle, die da saßen, Tamasch, Fort, Xung-Beping und sein Mund und rief: »Was sind das für komische Galgenvögel? Hast du die etwa alle mitgebracht?«

»Alles tüchtige Giftmischer«, antwortete Re Dajana.

»Und warum sind die nicht hinter Schloß und Riegel, verdammt noch mal?«

»Wer soll mir sonst Gift mischen?«

»Mußt du denn alle umbringen?« schrie er, »kannst du nicht ein paar übrig lassen, wie jeder anständige, ehrliche, steinreiche Mensch?«

Und dann entdeckte er Aurehl. Er sah sie an, lange, und fragte sie in der englischen Sprache: »Wie heißt du denn, Kindchen?«

Weil aber Aurehl ihn nicht verstand, so antwortete Re Dajana: »Das ist die Dohle Aurehl.«

Und der Alte, mit seinen Augen immer bei Aurehl: »Die frißt einen ja auf mit ihren großen Augen!«

Aurehl sah zwischen den beiden hin und her, wenn sie redeten, Re Dajana winkte sie heran, und als sie vor dem Alten stand, sagte Re Dajana zu ihr: »Er ist mein Großvater.«

Aurehl staunte den Alten an wie den Mann im Nebel und sagte: »Einen richtigen alten Großvater habe ich mir immer gewünscht.«

»Was sagt sie?« schrie in der englischen Sprache der Annest Fill, Re Dajana übersetzte es ihm, und er schimpfte: »Warum, verdammt, spricht sie nicht Englisch, wie jeder anständige Mensch?«

Und Re Dajana: »Ich habe es gern, wenn sie Deutsch spricht.«

»Ein deutsches Kind!« schrie er. »Doch nicht etwa von den Bodenreifs? Hat doch tatsächlich einer von den verdammten Tunten ein Kind zustande gebracht? Na, Glückwunsch! Ist ja ganz gut gelungen, trotz der zu großen Augen«, und hielt dem Wegscheider sein leeres Glas hin. Der goß gleich ein, er trank es leer und rief zu Aurehl: »Küß mich auf die Stirn! Dann bin ich dein langersehnter richtiger alter Großvater.« Re Dajana übersetzte es ihr, Aurehl beugte sich zu ihm herab und küßte ihn zuerst auf die Stirn, dann auf die Augen. Als sie sich aber wieder aufrichtete, da sank er zusammen auf seinem Sitz aus Muschelstein, Aurehl schrie auf, die beiden Ärzte rannten hin, einer hielt ihn, einer stach eine spitze Nadel in seine Ellenbeuge und preßte einen Saft hinein, dann legten sie ihn zusammen auf ein Liegegestell und trugen ihn sanft und vorsichtig hinaus. Aurehl stand wie erstarrt und sah ihnen nach. Der Fort ging hinterher, kam bald zurück und sagte: »Es ist einer seiner Schwächeanfälle. Die häufen sich in letzter Zeit.«

Und keiner redete mehr, und keiner aß mehr, und keiner trank mehr in der Orchideenhalle, nur Re Dajana aß mit Heißhunger Fisch, Krebs, Ananas, Kaviar, alles zusammen, so ist es ja immer bei ihr: Wenn keiner essen kann, hat sie den größten Hunger.

Später stand ich in meinem Zimmer am Fenster und sah hinaus auf die Palmen zwischen den Langhäusern. Es wurde angeklopft, die Marie-Luise stand vor der Tür, neben ihr ein Hawaiischer Mann mit freundlichem Blick, braune Haut und schwarzes Lockenhaar, Marie-Luise trat ein und sagte zu mir: »Ich bringe Ihnen Ihren Türsteher. Er heißt Wajaloa. Er spricht deutsch.«

Ich sah mir den Wajaloa an und sagte zur Marie-Luise: »Wozu brauche ich einen Türsteher?«

Und sie: »Auf Befehl vom Tamasch.«

Und der Waljaloa: »Ich kenne mich gut aus, bei allen Familien, vom Höchsten bis zum Niedrigsten«, und wollte so weiterreden, aber die Marie-Luise rief: »Hopp!« und zeigte mit der Hand: Verschwinde! So schloß er sofort die Tür von draußen.

Gleich drauf holte sie einen dicken Brief aus ihrem Umhang, faltete ihn auseinander, hielt ihn mir hin und sagte dazu schnell: »Das alles hat mir heute Raphael geschrieben. Sechs Seiten!« faltete den Brief wieder zusammen, hielt mir ihn wieder hin und sagte: »Verstecken Sie mir bitte den Brief! Raphael hat ihn heimlich geschrieben, Zeppelzett Bodenreif darf davon nichts erfahren! Und deshalb ist Raphael auch nicht auf die Sirehne gekommen in El-ej, und deshalb hat er mir bis heute auch noch nicht geantwortet auf meine Briefe. Jetzt endlich verstehe ich alles. O Schreck!« Dann trat sie näher heran zu mir und sagte leise: »Es wird wohl große Veränderungen geben?« Und weil ich nicht antwortete, »ich habe Angst, wie alles werden soll. Ich weiß ja, daß ich aufsteigen muß! Ich will ja auch aufsteigen! Aber wie soll eine Frau bei den Bodenreifs aufsteigen? Wie soll das alles werden? Lieber will ich bei der Hohen Frau bleiben und warten, bis sie mir einen Mann gibt, der nicht verboten ist«, und redete so weiter, immer schnell und immer hastig, und am Ende beugte sie sich zu mir vor und sagte leise: »Raphael will, daß ich mich heimlich mit ihm treffe.«

»Das geht nicht«, sagte ich streng, »Re Dajana muß es wissen, sonst bist du nicht geschützt. Auch der Brief muß von Re Dajana geschützt werden.«

»Ja«, hauchte sie, versteckte den Brief in ihrem Umhang, wollte zur Tür gehen, verfing sich mit ihrem Schuh im Teppich, fiel lang hin, stand gleich wieder auf, und mit Tränen und Lachen zusammen sagte sie: »O Schreck! Ich kann nicht mal über einen Teppich gehen!«

Nach ihr wollten viele Benefiten zu mir, immer kam der Wajaloa herein, sagte mir Namen und Familie an, wußte auch sonst über jeden etwas zu sagen und gab mir auch guten Rat, welchen ich vorlassen soll und welchen nicht. Wen ich nun vorließ, der brachte mir ein Geschenk: Eine goldne Kette, einen kostbaren Umhang, eine Uhr, einen Geldbeutel aus Chinaseide, und jeder wollte dafür ein Geheimnis eintauschen. Ich behielt die Geschenke und redete so lange von den Bergen, von den Abgründen und Schluchten und vom richtigen und falschen Klettern und Springen im Gebirge, bis sie es aufgaben. Und schon am ersten Tag auf Hawaii hatte ich fürs schnelle Reden vom Gebirge so viel eingetauscht, wie mein Vater in seinem ganzen Leben nicht im Zelt auf dem Bappen.

Am Abend hielt der Wajaloa die Tür weit auf und ließ Aurehl herein. Er hatte sie mir nicht gemeldet, so gut kennt der sich aus. Als er dann die Tür von draußen zugezogen hatte, sagte Aurehl: »Ich war die ganze Zeit bei ihm. Es geht ihm schon wieder besser. Er redet viel im Englischen und lacht und schimpft, weil ich ihn nicht verstehe. Und dann erklärt er mir die englischen Worte. Jetzt habe ich einen richtigen Großvater. Er kennt auch den Weizen gut. Dazu sagt er ›huit‹, und zum Weizenmehl sagt er ›huieten flaur‹. Sein Vater hat schon den Weizen angebaut in Iowa als er noch ein Kind war, da hießen sie noch nicht Kornegill, sondern Cargill, das war in der Alten Zeit, da haben die Cargills den Weizen allen Menschen in der ganzen Welt verkauft. Und sein Vater hat ihn an die Hand genommen und herumgeführt über die Weizenfelder«, und redete noch lange von Annest Fill und vom Weizen.

Als sie endlich fertig war, fragte ich sie: »Hast du auch wirklich nichts vergessen?«

Aber sie hörte meinen Spott nicht. »Seine Augen sind sehr jung«, sagte sie noch.

Dann standen wir beide am Fenster und sahen hinaus auf die Palmen, der Himmel war dunkelblau, die Sterne leuchteten sehr hell, und Aurehl sah zu den Sternen hinauf und sagte leise: »Vielleicht bitte ich ihn, daß er mich nach Iowa hinführt und mir den Weizen erklärt.«

Am dritten Tag meldete mir der Wajaloa als ersten den Rilpe und sagte dazu: »Er ist der Bruder der verstorbenen Frederike. Die war Höchste bei den Pickbootas bis zu ihrem Tode durch einen Jetunfall. Ihr Bruder Rilpe wollte ihr nicht nachfolgen, da wurde dann Frederikes Sohn Willem Höchster bei den Pickbootas. Der ist aber nicht sehr gesund«, und lachte mich freundlich an.

»Führ mir den Rilpe bitte herein«, befahl ich ihm.

Er hielt dem Rilpe die Tür auf mit einer tiefen Verbeugung, der kam herein mit seinen kleinen Schritten, ich bot ihm einen bequemen Stuhl an mit hohen Armlehnen, den nennen sie ›den Sessel‹, und fragte ihn, ob er eine Erfrischung will, wie es Sitte ist bei den Benefiten. Er wollte Fruchtsaft, den goß ich ihm ein, er trank aber nicht, sondern hielt sein Glas in der Hand und redete vom blauen Himmel über Hawaii und von den bunten Papageienvögeln. Das nennen sie ›die Konversation‹, die ist wie ein langer Handel um den Gleiszoll, aber keiner bezahlt, und keiner rudert los.

Endlich sagte der Rilpe: »Auf dem Schiff in El-ej gab es ein ärgerliches Mißverständnis. Das tut mir leid, ja ...«

Ich sah ihn ernst und neugierig an, Rilpe sagte: »Verzeihen Sie, ich habe eben den Faden verloren ...«

»Ich helfe Ihnen gern beim Suchen!« rief ich und sah mich im ganzen Zimmer um nach einem Faden.

»Suchen Sie etwas?« fragte er.

»Ja, den Faden«, antwortete ich.

»Welchen Faden?« fragte er.

»Den Sie verloren haben«, antwortete ich.

Und er, ratlos: »Ich habe keinen Faden ...«, unterbrach sich, hob den Zeigefinger gegen mich und drohte mir mit einem schüchternen Lächeln: »Jetzt verstehe ich! Schahanna hat mich vor Ihren Spielen gewarnt.«

Ich gab mein Spiel auf. Denn wo man nichts verlieren kann, gibt es auch nichts zu gewinnen. Ich sah ihn mir an, wie er mit seinem schmalen Gesicht und den tief liegenden Augen im Sessel saß, das Glas in der Hand, und ich dachte: Und den will Re Dajana zum Höchsten bei den Pickbootas machen?

Und ohne Spott und ohne Spiel sagte ich zu ihm: »Über den Hohen Herrn Willem Pickboota wird oft nicht gut geredet.«

»Man tut ihm großes Unrecht damit!« rief er. »Willem hat eine Schilddrüsenunterfunktion, genau wie seine beiden Schwestern. Dafür kann er nichts. Und so, wie er ist, hat ihn meine Schwester Frederike erzogen, ja. Dafür kann er auch nichts.«

»Man nimmt ihm übel, daß er nur mit seinen Schwestern Kinder erzeugen will, und nicht mit einer Frau aus einer anderen Familie. Denn durch die Kinder sollen ja die Familien verbunden werden.«

»Willem kann gar nicht anders«, sagte er, »alles, was nicht aus seiner Familie kommt, ist ihm ein Greuel. Und Schuld daran ist allein Re Dajana. Re Dajana hat meine Schwester Frederike gezwungen, in einen Goldenen Vertrag mit einem Mann zu gehen, den sie gehaßt hat. Und Frederike hat sich dafür gerächt, indem sie ihre Kinder mit einem unüberwindlichen Haß gegen die Familien erzogen hat, und besonders gegen die Kornegills. So erklärt sich auch seine Furcht vor fremden Frauen. Und dann gab es diesen unerklärlichen Jetunfall, bei dem meine Schwester Frederike ums Leben kam. Ja.«

»Danach hätten Sie doch Höchster bei den Pickbootas werden müssen«, sagte ich langsam.

»Ach, hören Sie auf damit!« rief er zornig, »darüber will ich nicht reden! Es war wie ein Schock für mich, was Sie im Hafen von El-ej gesagt haben, ja, denn ich bin nicht geschaffen für den Machtkampf. Wenn Willem Re Dajana in ihrem unersättlichen Machtkampf im Wege steht, dann soll sie ihn doch umbringen, wie sie meine Schwester Frederike umgebracht hat, wie sie ihre eigene Mutter umgebracht hat, wie sie Anselm Cervato umgebracht hat, und wie sie wahrscheinlich auch meine Freundin Tina umgebracht hat. Und soll ich Ihnen sagen, warum sie Tina umgebracht hat? Weil Tina aus dem Beton kam, und weil sie verhindern wollte, daß ich mit einem Betonmädchen in den Goldenen Vertrag gehe.« Und er trank einen kleinen Schluck aus seinem Glas, den ersten. »Aber mich soll sie aus dem Spiel lassen, diese Re Dajana! Ich will mit ihren Machenschaften nichts zu tun haben! Ja!«

Ich erschrak, wie dieser freundliche Mann von Re Dajana redete als einer Mörderin, und sagte zu ihm: »Vielleicht haben Sie Ihrer Schwester Frederike zu lange zugehört, denn es stimmt nicht, was Sie sagen. Re Dajana hat bessere Mittel als den Mord. Sie hebt den, den sie nicht mehr braucht«, und dachte dazu: Es kann nicht anders sein, denn ich will es nicht anders.

Rilpe rief mit Spott: »Ach du liebe Unschuld! Dann ist diese Re Dajana ja ein wahres Wunder an Güte und Freundlichkeit!«

»Und dazu an Klugheit und Umsicht. Denn wenn Sie mit Schahanna aufsteigen zum Höchsten bei den Pickbootas, dann muß Ihr Neffe Willem doch nicht ermordet werden! Re Dajana wird glücklich sein, daß es endlich Kinder gibt bei den Pickbootas! Und Willem wird glücklich sein, daß er nicht mehr Kinder erzeugen soll für die Familien!«

Da atmete der Rilpe dreimal tief ein und stieß die Luft dreimal laut aus, sah mich an, lange, und sagte am Ende: »So habe ich das alles noch nicht gesehen. Ich werde darüber nachdenken, ja.« Er hielt sein Glas in der Hand, als ob er gleich draus trinken will, trank aber nicht, und dann beugte er sich vor zu mir und sagte: »Im ganzen Palast werden Pläne geschmiedet und Verträge ausgekungelt. Das weiß ich. Und ich sehe, daß es dabei heiß hergeht. Aber ich weiß nicht, was da gekungelt wird. Angeblich geht es um ein neues Monopol, daß diese Re Dajana den Familien abtrotzen will. Aber was soll das für ein Monopol werden, frage ich mich.«

»Was ist mit Polyxa?« fragte ich ihn.

»Polyxa eignet sich nicht zum Monopol«, sagte er, »außerdem haben es alle.«

»Ich habe aber gehört, daß das Polyxa bei den Eckssons und bei den Jammandas Pickel machen soll ...«

»Solche Nebenwirkungen kommen schon mal vor«, sagte er.

»... und daß das Polyxa bei den Cervatos eine böse Diarrhoe machen soll. Und bei den Nomenklatter soll sogar die ganze Polyxa-Fabrik in Schutt und Asche gegangen sein.« Ich sah den Rilpe an, wie er sehr klein war in seinem Sessel, in seinen tiefliegenden Augen sah ich die Todesangst. »Ich habe auch gehört, daß man Polyxa aus Zucker machen kann. Und keiner merkt es. Und es hat keine Nebenwirkung! Aber es hat auch keine Wirkung!« Ich sah, wie dem Rilpe der Schweiß ausbrach und sagte noch: »Vielleicht ist es besser, die Familien machen Vertrag, daß nur noch der Joschuha Lederberg ihnen das Polyxa macht. Der hat es ja auch erfunden, und der macht ja auch das beste Polyxa.«

Er stellte sein Glas auf den Tisch, stand langsam auf und sagte: »Ich gehe. Mir ist nicht gut«, und wollte zur Tür gehen.

Ich stand schnell auf, ging hinter ihm her und sagte: »Ich habe ein gutes Mittel, daß es Ihnen gleich besser geht.«

Er blieb stehen und sah mich an, blaß und schweißig.

»Wenn Ihre Freundin Tina aus dem Beton war, dann müssen Sie sich doch auskennen, wie man einen Betonvertrag macht.« Und weil er nichts drauf sagte: »Ich komme auch aus dem Beton.«

»Sie? Aus dem Beton? Aus welchem?«

»Rhein-Main-Beton«, antwortete ich ihm.

Er faßte mich an der Schulter, rief: »Ist das wahr? Tina auch!« Und gleich ging's ganz anders mit uns beiden, ich fragte ihn: »Wollen wir Vertrag machen?« Und er: »Wie soll der gehen?« Und ich: »Ich sorge dafür, daß Sie das gute Polyxa vom Joschuha Lederberg für sich und alle Pickbootas bekommen. Dafür helfen Sie mir in der Not mit einem Jet oder einem Schiff.« Und wir machten den Vertrag mit Augen und Händen, er wischte sich den Schweiß von der Stirn und ging mit kleinen Schritten hinaus.

So ging es noch fünf Tage in Kailua. Re Dajana war mit den Höchsten der Familien im verschlossenen Geheimkabinett, drinnen war's oft laut, und die Tür wurde geknallt, Tamasch sagte zu mir: »Zwarnun schmäckät dän Hechstän das Äpfälchän nicht, das man ihnän zum Friehstick reichät, abär reinbeißän missän sie.«

Aurehl war den ganzen Tag bei Annest Fill, am Abend trafen wir uns am Meer, sie malte mit ihrem Fuß Bilder in den Sand, und wenn die Welle kam und das Bild wegwischte, sah sie gut zu, malte gleich ein neues Bild in den Sand und sagte zur Welle: »Komm nur! Ich male trotzdem weiter meine Bilder!« Und weil Re Dajana uns nicht in ihr großes Bett rief, so umarmten wir uns in meinem Bett, aber wenn sie von Annest Fill reden wollte, legte ich meine Hand auf ihren Mund, und sie küßte sie gleich und war still.

Am neunten Tag riß der Wajaloa die Tür weit auf mit einer sehr tiefen Verbeugung, herein kam Re Dajana, ließ sich in den Sessel fallen, hob ihre Beine, wippte mit den Füßen, daß ihre Schuhe weit durchs Zimmer flogen, ließ die Füße schlapp auf den Teppich fallen und bettelte: »Küß mich, Pan Inka-Fürst! Küß mich bitte!«

So ging ich zu ihr hin, beugte mich zu ihr hinab, küßte sie, sie schloß die Augen und rührte sich nicht, lange, dann sagte sie mit geschlossenen Augen: »Der Vertrag ist von allen unterschrieben«, zog ein weißes Papier aus ihrem Umhang und hielt es mir hin, »morgen ist der Festakt in der großen Halle. Am Abend ist der Ball. Und übermorgen fahren wir zurück nach Matschju-Pitschju. Da gehöre ich hin.« Machte ihre Augen auf und sah mich an mit ihrem frechsten Blick: »Da wird hoffentlich wieder mehr und besser geküßt.« Und weil ich nichts drauf antwortete, bettelte sie: »Nun sag doch endlich etwas!«

Ich stellte mich vor sie hin, hielt das weiße Papier vor meine Augen und tat so, als ob ich lese: »Das wichtige Polyexactasen soll von heute ab nur noch von dem gemacht werden, der es erfunden hat, und der es am besten machen kann, von dem Arzt, Pharmakologen, Gerontologen, Desoxyribonukleinsäurefachmann und Interferonspezialisten, Doktor Joschuha Lederberg«, bewegte auch meine Augen schnell hin und her über das Papier. »Nie wieder soll dem Hohen Herrn Georg Ecksson ein Pickelchen aus dem Popo herauswachsen, daß er sich nicht setzen kann ohne ›Oh!‹ und ›Au!‹, und nie wieder soll die böse Diarrhoe auch nur den letzten Diener bei den Cervatos schwach machen, und Zucker soll Zucker bleiben, und Polyxa Polyxa. Und so müssen auch die bestimmt werden, die die kleine, zarte Hand der Re Dajana schwer machen mit ihren Dollars, daß sie das Polyxa bekommen vom Doktor: Zeppelzett Bodenreif für alle Bodenreifs, Rilpe Pickboota für alle Pickbootas ...« und kam nicht weiter, denn sie lachte laut, rief: »Hör auf!« und hatte Tränen in den Augen. Und als sie ausgelacht hatte, sagte sie: »Es ist schade um dein Redetalent«, und hielt mir die Hand hin, daß ich ihr das weiße Papier zurückgebe. »Aber du mußt lesen lernen. Es hilft nichts: Du mußt!«

»Das werde ich nie!« rief ich.

Aber sie hörte es nicht, sah mich mit zusammengekniffenen Augen an und fragte: »Hast du eben gesagt ›Willem‹ oder ›Rilpe‹? Du hast doch ›Rilpe‹ gesagt, stimmt's?«

»Ja«, antwortete ich.

Und sie: »Ein guter Gedanke!« richtete sich auf, langsam und schwer, daß ich wieder sah, wie schwach und wie schlapp sie ist, sagte noch: »Das war eine anstrengende Woche!« stemmte sich mit den Händen hoch, bis sie endlich stand, dann schlurfte sie zu ihrem ersten Schuh, steckte ihren anderen Fuß hinein, schleppte sich mühsam bis zur Tür, sagte: »Einen Kuß, bitte!« den gab ich ihr, und sie ging.

Am 2. Oktober, als die Sonne schon hoch stand über Kailua, gingen alle Hochgeborenen der Familien, ihre Sekretäre, Benefiten, Handwerker und Diener in ihre kostbarsten Kleidern zu einem riesigen Langhaus zwischen Palmen, aus schwerem, dunklem Holz errichtet, drin eine große Halle. Drüber ist ein spitzes, leichtes Schilfdach mit vielen Öffnungen, die geben der Halle ein mildes Licht überallhin, und dünne Balken stützen das Dach, die sind gekerbt und fein eingeschnitzt, die werfen ihren Schatten auf den Boden aus weißem Holz, so ist der wie ein großer Gemalter Brief.

Siebenmal hundert Stühle waren aufgestellt in einem großen Kreis um einen Hügel aus Teppichen herum, und die großen Dienerinnen vom Annest Fill, mit schwarzgeringeltem Haar, ein Stirnband aus Perlen drin, den Taparock viermal um den Leib gewickelt, die führten jeden zu seinem bestimmten Stuhl hin, jeden bei seiner Familie. Auf dem Teppichhügel standen sieben Stühle mit hohen Rückenlehnen, drauf die sieben Wappen der Familien.

Als nun jeder auf seinem zugeteilten Stuhl saß, da öffnete sich eine hohe Tür am Ende der Halle, und mit langsamen Schritten traten die Höchsten der Familien ein, voran Annest Fill, der wurde von Re Dajana gestützt und schimpfte laut mit ihr, daß sie ihn stützt, hinter ihnen Georg Ecksson, ein Riese mit breiten Schultern und Händen wie Schaufeln, dann Jurie Nomenklatter, mit einem leichten Schritt, wie kleine Frauen ihn oft haben, dann Willem Pickboota, wirklich sehr häßlich mit dem Mund wie ein Fischmaul, dann Jokondo Jammanda, klein und mit einem breiten Gesicht, dann Zeppelzett Bodenreif, der winkte gleich zu seinen Edelingen hin, zuletzt Eliadonna Cervato, fast so groß wie die Johanniha, aber dazu noch breit und kräftig, ganz in schwarzes Tuch gewickelt zum Zeichen, daß sie ihren geliebten Anselm verloren hat im Warschawa-Beton. Alle trugen sie das Wappen ihrer Familie auf dem Kopf als eine Mütze aus Gold, aber das Wappen der Kornegills war ein anderes: Nicht mehr eine gewundene Schlange, von zwei Speeren durchbohrt, sondern eine Schlange, die sich viermal um einen Stab ringelt.

Die Höchsten der Familien gingen nun alle langsam hinauf auf den Teppichhügel, Annest Fill setzte sich auf den Stuhl in der Mitte, die anderen zu beiden Seiten neben ihn, und Re Dajana kniete sich neben Annest Fill nieder und umfaßte sein Bein mit ihren Armen.

Ich saß bei den Benefiten der Kornegills, links neben mir die Schahanna, rechts Aurehl, und neben Aurehl die Marie-Luise. Für alle Frauen bei den Kornegills hatte der Avarall lange, weiße Kleider genäht mit Bändern in den Farben Grün, Blau und Braun, und für die Männer dunkle Umhänge, mit silbernen Fäden bestickt. Ich sah aber, daß die Schneider der Familien sehr verschiedene Kleider genäht hatten: Gelbe Overalls mit Perlenschnüren drauf den Jamandas, lange Jakken und enge Hosen, wie Tamasch sie trägt, für die Nomenklatter, und alle Cervatos waren schwarz verhüllt wie ihre Eliadonna.

Vor dem Stuhl vom Annest Fill stand ein gebogenes Rohr aus Metall wie der Hals von einer Gans, das nennen sie ›das Meik‹, das trägt auch die leiseste Stimme bis in die hinterste Ecke der Halle, laut und deutlich. Und in das Meik hinein rief nun Annest Fill in der englischen Sprache: »Willkommen, ihr Geldfälscher, Ölpanscher und Giftmischer aus der ganzen Welt!«, und weil seine Stimme nicht so klar war, wie er wollte, so räusperte er sich ins Meik hinein, da ging's wie ein Donnergrollen durch die riesige Halle, daß alle erst erschraken und dann lachten und klatschten. Schahanna übersetzte mir alles leise, nahe bei meinem Ohr, und genauso machte es die Marie-Luise mit Aurehl.

Als es wieder still war in der Halle, rief Annest Fill ins Meik: »Wollt ihr Hurenböcke und Halsabschneider schon wieder Polyxa haben?«

»Jaaa!« ging ein langer, lauter Schrei durch die ganze Halle, und er zog eine kleine Flasche aus seiner Tasche, trank draus einen großen Schluck, daß jeder es durchs Meik hörte, wischte sich den Mund ab, stellte die kleine Flasche neben seinen Stuhl und rief: »Aber erst mal ist das junge Gemüse dran, das da schon ganz fickrig auf die Goldnen Handschellen wartet.«

Gleich öffnete sich wieder die große Tür am Ende der Halle, und herein traten in einem langen Zug viele winzige Kinder mit brauner Haut und schwarzem Lockenhaar, alle in weißen Hemdchen und einem großen Kranz aus bunten Orchideen auf dem Kopf, jedes Kind trug ein kleines Tablett, drauf immer ein Goldner Ring mit einem Diamantstein drin. Sie kamen mit Gesang zum Teppichhügel, stellten sich in einem Kreis darum mit einer schönen, tiefen Verbeugung zu den Höchsten hin, dann drehten sie sich alle auf einmal um zu uns und hielten ihre Tabletts weit vor sich, daß jeder genau den Goldnen Ring drauf sehen konnte.

Re Dajana gab dem Alten einen Zettel, er entfaltete ihn vor

dem Meik, daß durch die Halle ein Splittern und ein Krachen ging wie von einem morschen Baum, wenn er umstürzt, und las von dem Zettel viele Namen ab, las auch laut und deutlich: »Schahanna, Marie-Luise, Pan Inka-Fürst.« Wer aufgerufen war, mußte nun langsam hingehen zu einem Kind, das hielt ihm das Tablett hin mit dem Goldnen Ring drauf.

Dann hoben die Kinder alle zusammen den Goldnen Ring vom Tablett, hielten ihn hoch, daß der Diamantstein zwischen den Schatten der gekerbten Balken glitzerte, und streiften uns den Goldnen Ring übers rechte Handgelenk. Als ich nun das kühle Gold schwer auf meinem Handgelenk spürte, da ging ein Prickeln durch meinen ganzen Körper bis zu den Zehenspitzen hinab, und aus großer Ferne hörte ich die Stimme vom Annest Fill: »Wer den Goldnen Ring trägt, der muß ein tapferer Soldat für die Familien sein. Und hütet euch vor den Weltverbesserern und Weltbeglückern!

Hoch leben die Familien! Bodenreif! Cervato! Ecksson! Jammanda! Nomenklatter! Pickboota! Kornegill!«

Die Linsenmänner rannten um uns herum, und ich dachte: Morgen liest der Leinsack dem Kloht und seiner ganzen Bande vor: ›Friedensfest der Großen Sieben. Gestern, am Tage des Friedensfestes, erneuerten die Großen Sieben feierlich den Großen Vertrag des Friedens in der Welt, den man auch ›den Weltfrieden‹ nenne.‹ Und ich sah die großen Augen vom Kloht und von der Rose, wie sie hinhören zum Leinsack, und ich sah in ihren Augen auch die Angst, was wohl diesmal herauskommen wird vom Friedensfest auf Hawaii für den Betonmenschen, und war schon wieder in einem neuen Traum und preßte meine Fingernägel in die Hand, ob mir nicht gleich eine große Helle auf die Augen kommt mitten im allerschönsten Traum, und ob das nicht die Helle der Morgensonne ist am Bappen, und mein Vater ist mit seinem Zelt verschwunden. Aber so viel ich auch meine Fingernägel hineinpreßte in meine Hand, die Halle blieb, und mein Goldner Ring am rechten Handgelenk blieb.

Dann mußten wir alle zurückgehen zu unseren Stühlen, und dazu sangen die Kinder alle zusammen das Lied vom Goldnen Ring, das nennen sie auch ›das Treuelied‹, und wenn wir uns dann durch die Stuhlreihen schoben, da wurde viel geklatscht und laut gerufen: »Glückwunsch!«, und Tamasch rief laut zu mir: »Glückwunsch, Pan Inka-Fürst!« Ich hob meinen rechten Arm hoch, zeigte jedem den Goldnen Ring und ließ ihn tanzen und springen, und alle von den Kornegills sahen hin zu mir, nur Aurehl nicht, die sah mit ihren großen Augen hinauf zur Decke, da flogen winzige Vögel herum mit lautem Gezwitscher.

Das Lied vom Goldnen Ring, auch ›das Treuelied‹ genannt

Nun stand Re Dajana langsam auf, küßte ihren Großvater auf den Mund, drehte sich um zu uns, sah uns alle an mit ihrem Liebesblick und sagte ins Meik hinein: »Durch den Vertrag, den wir gestern mit unserer Unterschrift besiegelt haben, verpflichten sich die Kornegills allen Familien das echte Polyxa unseres altehrwürdigen Doktor Joschuha Lederberg zu geben, damit die Zukunft jeder von uns Polyxa in reiner Form, ohne Nebenwirkung und in ausreichender Menge zur Verfügung hat.«

Mit einem Wink von ihrer Hand rannten alle Kinder zum Ende der Halle hin und schoben mit großem Geschrei sieben Wagen heran, daß ihre weißen Hemdchen verrutschten. Auf jedem Wagen war eine von den sieben Kisten drauf.

Dann sagte Re Dajana: »Ich versichere euch, daß ich euch das echte Polyxa genauso gern geben will, wie du, Georg, mir das Öl der Eckssons gibst, wie du, Jokondo, mir die elektrischen Maschinen der Jammandas gibst, und so, wie ihr alle mir helft mit euren Bodenschätzen, eurem Wissen und euren Erzeugnissen.« Und immer sah sie den mit Liebe an, zu dem sie redete. »Von heute an soll jeder, der das echte Polyxa nachmacht oder fälscht, oder nachgemachtes oder gefälschtes Polyxa verkauft oder kauft, verschenkt oder verteilt, bestraft werden nach dem Grundvertrag der Familien. Jeder ist verpflichtet, den Fälscher, den Nachahmer, den falschen Käufer oder Verkäufer beim Namen zu nennen, damit wir ihn bestrafen können nach unserem gemeinsamen Grundvertrag vom 2. Oktober des Jahres 1 der Neuen Zeit, dessen 268-ten Jahrestag wir heute begehen. Ich wünsche mir auch, daß mit dem neuen Monopol wieder mehr Männer und Frauen ermuntert werden, einen Goldnen Vertrag über die eigene Familie hinweg zu schließen. Denn die stärkste Kraft der Familien und ihre dauerhafteste Verbindung sind und bleiben ihre gemeinsamen Kinder.« Dann ging sie zu jedem Höchsten hin, gab jedem ihren Kuß und ihre Umarmung und kniete sich wieder nieder vor ihrem Großvater.

Nun gingen die Sekretäre der Familien zu den Kisten, öffneten die und nahmen Schachteln heraus. Gleich wurde es sehr unruhig, und der höchste Sekretär bei den Jammandas, Hirokasu Akimoto, trat vor den Stuhl vom Annest Fill, machte eine Verbeugung vor ihm bis zu den Knien hinab und sagte: »Ehrenwerter Hoher Herr Annest Fill!«, wartete, bis es ganz still war in der Halle, und dann: »Es steht im Vertrag nichts darüber, daß das neue Polyxa numeriert sein soll.« Und hielt ihm eine Schachtel hin.

Annest Fill sah sich die Schachtel an und schimpfte: »Du bist mir schon ein spitzfindiger Paragraphenreiter! Hast du mir schon ein einziges Mal irgendeine von deinen Scheiß-Elektromaschinen angedreht, auf der keine Nummer drauf war? Siehst du. Und du willst mir vorwerfen, daß dieses wunderbare, großartige, echte Polyxa eine Nummer hat!«

Aber der kleine, wichtige Hirokasu gab keine Ruhe und sagte zu allen Höchsten: »Die Nummern müssen weg!« Der Sekretär bei den Bodenreifs rief zum Hirokasu: »Im Gegenteil, Verehrtester: Die Nummern garantieren die Echtheit!« Und Hirokasu: »Die Nummern stehen nicht im Vertrag!« Und der Sekretär bei den Bodenreifs: »Sie gehören aber zum Vertrag.« So stritten sie eine Weile, keiner gab nach, bis man plötzlich einen lauten Ruf hörte: »Attrappen!« und gleich drauf wieder: »Attrappen!«, wie ein Schrei. Dann wurde es totenstill in der Halle, und mit einer schwachen Stimme sagte Willem Pickboota: »Ich bin sehr gespannt, wie man uns diese Ungeheuerlichkeit plausibel machen will.«

Jurie Nomenklatter stand auf, zornrot, ging zum Meik, faßte es mit beiden Händen an, daß es wie ein schwerer Donner durch die ganze Halle ging, und wollte zornig reden zu den Familien.

Aber vor seinem ersten Wort sank Annest Fill zusammen auf seinem Stuhl wie ein Toter, seine Ärzte rannten zu ihm, hoben ihn auf ein Liegegestell, alle standen auf und sahen zu, wie Annest Fill mit Umsicht und sehr sanft hinausgetragen wurde, Jurie Nomenklatter hielt noch immer das Meik fest, aber Zeppelzett ging zu ihm, stand als ein Riese neben ihm und sagte mit seiner hohen, dünnen Stimme ins Meik: »Wir wollen alle hoffen, daß es nur ein Schwächeanfall ist. Ich schlage vor, die Versammlung zu unterbrechen.«

Und da erst ließ Jurie Nomenklatter das Meik los.

Still gingen wir alle aus der Halle, jeder zu seinem Langhaus hin, und ich fragte mich, ob wohl auch der Schwächeanfall vom Annest Fill zur Inszenierung gehört. Ich ging nicht in mein Zimmer, sondern setzte mich auf einen Muschelstein in der Orchideenhalle neben das silberne Rohr, aus dem das kühle Wasser herausspritzt, und sah gut zu allen Türen hin, ob Aurehl kommt. Sie kam aber nicht.

Als die Sonne schon weit überm Meer stand, kam Rilpe in die Orchideenhalle, sah sich um, kam mit seinen kleinen Schritten zu mir und sagte: »Es geht ihm schon wieder besser. Aurehl ist bei ihm. Schahanna läßt Sie grüßen.« Er setzte sich neben mich mit: »Sie erlauben doch?« und dann: »Waren Sie etwa eingeweiht in diese Narrenposse?« Und weil ich's nicht verstand: »Wußten Sie, daß sie uns Attrappen mitbringt?«

»Was sind Attrappen?« fragte ich ihn.

Und er: »Leere Schachteln.« Sah mich an: »Sie wußten also auch nichts davon?«

»Nein«, antwortete ich.

»Und was wird jetzt aus unserem Vertrag?« fragte er. Und ich dachte: Leere Schachteln hebt sie aus den Katakomben und bringt sie aufs Schiff und läßt sie hüten wie einen Schatz!

Ich sagte zum Rilpe: »Sie muß ja auch volle Schachteln haben.«

»Ja!« rief der Rilpe, »in Kusko, ja! Dort dürfen wir uns unser Polyxa abholen wie Kinder, die sich eine Süßigkeit abholen. Wenn es nach Jurie Nomenklatter gegangen wäre, wäre ihr Vertrag zu Papierschnipseln zerfetzt worden. Und nur der Besonnenheit von Juries Sekretär und dem Einlenken von Willem ist es zu verdanken, daß es nicht zum Eklat gekommen ist. Und Willem hat erst eingelenkt, nachdem er sich mit mir beraten hat, und nachdem ich ihm geschworen habe, daß zumindest wir Pickbootas unser Polyxa bekommen werden, ja. Und deshalb frage ich Sie noch einmal: Was wird aus unserem Vertrag?«

»Ein Vertrag ist wie leben und sterben«, plapperte ich wie ein Kind, »wer den Vertrag hält, der lebt ...«

»... und wer kein Polyxa bekommt, stirbt schnell!« rief er.

»Und sehe ich aus wie einer, der den Vertrag bricht?« rief ich dagegen.

Da wurde er ruhiger und sagte: »Ich habe Willem auch gesagt, daß das Polyxa über mich an die Pickbootas gehen soll. Er war sofort einverstanden.«

»Und?« fragte ich ihn.

»Ich weiß schon, was sie von mir hören wollen«, sagte er, »aber ich kämpfe nicht gegen Willem. Immerhin ist er der Sohn meiner verstorbenen Schwester. Und immerhin sucht er meinen Rat! Das ist doch schon etwas!«

Zeppelzett trat zu uns. Rilpe stand schnell auf, machte eine tiefe Verbeugung vor ihm, da war er sehr klein vor dem großen Mann. Und mit seiner hohen, dünnen Stimme sagte Zeppelzett zu ihm: »Bitt Sie! Lassen's doch nicht inkommodieren!«

Rilpe sah auf seine Uhr am linken Handgelenk, tat so, als ob er erschrickt, rief: »Sie müssen mich entschuldigen! Ich werde längst erwartet! Ja!« und ging mit kleinen, schnellen Schritten aus der Halle. So ist es Sitte bei den Familien: Keiner darf einfach weggehen, immer muß er erst auf seine Uhr sehen und erschrecken.

Zeppelzett setzte sich zu mir, beide spielten wir mit dem Wasser, und er sagte: »Bist fast nicht wiederzuerkennen mit deinen Locken. Dein Haar war aber auch viel zu kurz damals in Marbach. Weißt noch?«

»Zum Winter lasse ich es mir lang wachsen«, sagte ich und hielt die Hände an meine Hüften: »So lang.«

»Bist ein fescher Bursch! Aber leider für uns Männer verloren«, sagte er und spielte eine Weile mit dem Wasser. »Schad, daß wir Mannsbilder kein Kind machen können, was meinst?«

»Ja, wirklich schade. Denn die Kinder sind und bleiben eben die stärkste Kraft der Familien, wie die Hohe Frau Re Dajana vorhin gesagt hat.«

»Ja, das hat's wirklich schön g'sagt«, und er fing das hochspringende Wasser mit beiden Händen auf. »Reda ist überhaupt eine b'sondere Frau. Schön und g'scheit, verführerisch und gebildet. Wo ist das sonst alles zusammen in einer Person? Hoffentlich hat sie sich diesmal nicht übernommen, na ja. Und du liebst halt die Weibsbilder. Hab ich recht? Mußt nix sagen.«

»Aber Sie gefallen mir auch«, sagte ich.

»Mußt keine Komplimente machen, Lausbub! Weißt, der Raphael, der hat sich in diese mollerte Person unsterblich verliebt. Rührend, so eine Romanze von zwei schönen Menschen! Ja, was wollt ich sagen? Ach ja, der Raphael. Weißt, der Raphael, den mag ich halt sehr, der ist halt ein prachtvolles Mannsbild mit seiner Löwenmähne. Deshalb habe ich ihm auch diesen barocken Namen gegeben: Raphael! Wie findst' den Namen ›Ra-pha-el‹.« Er sagte den Namen langsam wie einen Zauberspruch von der Bickelak. »Nun ist es aber so, daß Reda mir bös ist, weil ich ihr keine Kinder in die Welt setz. Ist ja auch wirklich schad drum. Und grad heut hab ich mir ausgedacht, daß ich dem Raphael und dieser Mollerten, die heißt, glaub ich Marie-Luise, daß ich den beiden einen Goldnen Vertrag gebe, damit ich der Reda eine kleine Freud mache.«

Beide legten wir die Hand aufs aufspringende Wasser, daß es nicht hochspringen konnte, wie es wollte, sondern sich unter unseren Händen ausbreitete wie ein Baldachin, und dazu sagte Zeppelzett: »Und weil ich den Raphael wirklich sehr mag, hab ich mir einen Goldnen Vertrag à trois ausgedacht, daß also der Raphael mit dieser Marie-Luise, und trotzdem der Raphael und ich, verstehst? Schau, der Willem von den Pickbootas, der hat ja schon lange einen Vertrag zu dritt mit seiner Willemin und seiner Friedemin. Da haben wir doch schon den Präzedenzfall! Und ich hab ja nur den einen Wunsch, daß die Reda a bissel zufrieden ist.«

»Und die Marie-Luise soll die Zibbe werden in diesem Vertrag?« fragte ich ihn.

Zeppelzett nahm seine Hand vom Wasser, sah mich an von der Seite und fragte zurück: »Was ist das?«

»Das Schaf, das die Lämmer wirft«, antwortete ich ihm.

»Aber geh!« sagte der Zeppelzett mit einem Vorwurf in der Stimme, »das hast' net charmant g'sagt!«

Ich sah Aurehl, wie sie schnell durch die Orchideenhalle ging. Ich stand auf, tat, als ob ich auf meine Uhr sehe, schüttelte den Kopf und rief erschrocken: »Schon so spät!«

Da lachte er laut und sagte: »Ein Komödiant bist auch, Lausbub, und ein vortrefflicher! Aber lauf nur hinterher«, und zeigte auf Aurehl, »ist schon recht.« Dann nahm er mich an den Händen, zog mich heran zu sich und sagte leise: »Vielleicht fragst die Dohle. Ich hab g'hört, sie soll mit der Reda ganz gut auskommen«, und zwinkerte mir zu.

Ich rannte in den Gang, hinter Aurehl her und rief: »Aurehl!« Sie blieb stehen, horchte auf meine Stimme, sah sich um, erkannte mich erst nicht, sagte dann: »Komm!«, nahm mich an der Hand und führte mich durch den Gang an den Türstehern vorbei bis zu ihrer Tür. Neben der stand ein großer, weicher Sessel, und neben dem Sessel saß auf einem Teppich eine große, dunkelbraune, schwarzgelockte Frau, mit einem Stirnband aus weißen Perlen im Haar, ein besticktes, leichtes Tuch als Taparock um ihren Leib gewickelt, die sprang auf und öffnete uns die Tür.

Aurehl umarmte sie und fragte sie: »Warum sitzt du nicht auf dem Sessel, meine Wahulla?« Dann zeigte sie auf mich: »Das ist Fürst«, und die Wahulla nickte nur, ließ uns eintreten und zog die Tür von draußen zu.

Grade da wurde es dunkel und der Regen kam über Kailua. Wir gingen zum Fenster und sahen hinaus, wie der Regen sich erst oben auf die Palmblätter legte und dann in dikken Tropfen herabkam, und mit dem Regen kam die Kühle zu uns.

Ich sagte: »Vor kurzem waren wir noch arme Betonmenschen, und jetzt haben wir beide schon einen eigenen Türsteher.«

Aurehl antwortete: »Ich lasse die Wahulla nicht stehen, sondern gebe ihr einen Sessel.«

»Dann wird sie sehr traurig sein, wenn du ihr heute zum letzten Mal einen Sessel gibst«, sagte ich und setzte mich.

»Nein«, antwortete Aurehl, »sie freut sich drauf, daß ich morgen mit ihr und Annest Fill nach Iowa fahre.«

Da ging ein Schreck durch meinen Körper, ich spürte die Haare an Armen und Beinen, wie sie sich aufrichteten, ich konnte mich nicht bewegen und dachte: Bin ich erfroren und erstarrt, und keiner hört mich mehr, ob ich rede oder schreie?

Aurehl kam schnell zu mir, kniete sich vor meinen Sessel, stützte sich mit ihren Händen auf meine Knie, sah mich an und sagte leise: »Es muß sein.«

Ich wollte lange reden, schnell und ohne Atem, und ich dachte: Nur nicht aufhören mit reden. Und sie muß mich hören, wenn ich rede! Und sie kann nicht weggehen, so lange ich rede! Aber aus meinem Mund kam nicht ein Wort heraus. Dann war plötzlich eine Stille im Zimmer. Ich dachte: Jetzt bin ich tot. Aber gleich drauf wußte ich: Der Regen hat aufgehört. Und auf meinen Knien fühlte ich die Wärme von Aurehls Händen. Draußen wurde es wieder hell, die Vögel wurden laut, da dachte ich: Der Regen war nur ein Traum, ich bin endlich wach, Aurehl wird sich gleich vorbeugen zu mir und mich küssen und wird sagen: ›Heute abend, nach dem Ball, gehen wir beide zu Re Dajana, und morgen liegen wir alle drei zusammen in ihrem großen Bett‹, und Aurehl beugte sich wirklich vor zu mir, küßte mich wirklich und sagte: »Heute abend liegen wir zum letzten Mal im großen Bett von Re Dajana, bis ich zurückkomme aus Iowa.«

Ich sprang auf, daß Aurehl rückwärts auf den Teppich fiel, stand über ihr und schrie laut: »Ich habe dir Webstock und Spinnrad gerettet! Ich habe dich geschützt vor dem Onkel, daß du nicht klettern mußtest! Ich habe dich lange gefüttert, bis du kräftig geworden bist! Ich habe dich vor dem Kloht geschützt, daß er dich nicht in den Langen Vertrag zwingen konnte als zweite Frau unter der Rose!« und schrie so weiter in meiner Wut, bis die Tür aufging, die Wahulla stand in der Tür, ich sah, daß die stark ist, mich packen kann und aus dem Zimmer vertreiben. Da war ich endlich still, und sie schloß die Tür wieder.

Aurehl stand auf und sagte zu mir: »Du hast in allem recht. Aber es muß sein.«

Ich rief: »Das will ich nicht hören!« und hielt mir die Ohren zu.

Aber trotzdem hörte ich Aurehl sagen: »Wenn du zum Frankenstein gerudert bist und Euros hereingeholt hast von den Super, dann bin ich zu dir hingegangen und habe dich fest umarmt und habe nahe bei deinem Hals gesagt: ›Was du anfängst, das endet gut.‹ Und heute bitte ich dich darum, daß du zu mir kommst und mich umarmst und in meinen Hals das Wort hineinsagst.«

»Das war doch ganz anders!« rief ich. »Da bin ich gegangen, damit ich mich und dich ernähren kann!«

»Und morgen gehe ich nach Iowa, damit ich alle Betonmenschen ernähren kann«, antwortete sie, kam nahe zu mir, hielt mir ihren Hals hin, daß ich ihr das Wort sage. So preßte ich meinen Mund auf ihren Hals, lange, wußte das Wort nicht, bis sie es sagte, immer wieder. Da plapperte ich es ihr nach: »Was du anfängst, das endet gut.«

Das Wort was gesagt, aber Aurehl ging nicht. Ich dachte: Das ist falsch! Wenn das Wort gesagt ist, muß sie gehen! Weil sie aber nicht ging, so wollte ich hinaus, war gleich bei der Tür, die sprang auf, Marie-Luise stürmte herein, umarmte Aurehl und sagte ohne Atem: »Ich komme von Raphael!«, ließ sich in den Sessel fallen, zog die Schultern hoch, legte die Arme um ihre Schultern, so umarmte sie sich selbst, und sagte wieder: »Ich komme von Raphael! Wir waren am Meer!« und schloß die Augen. Aurehl kniete sich vor den Sessel, wie sie eben noch vor mir gekniet hatte, und mit geschlossenen Augen sagte die Marie-Luise: »Ein Diener von ihm hat aufgepaßt, bis der Rat der Höchsten zu Ende war. Dann kam er und sagte, daß der Hohe Herr mit Pan Inka-Fürst in der Orchideenhalle sitzt. Wir haben überhaupt nicht geredet. Er hat mich nur angesehen und ich ihn. Dann kam der Regen. Wir wurden klitschnaß, unsere Kleider klebten an der Haut. Drüber mußten wir lachen. Nach dem Regen hat Raphael sich ausgezogen und seine Kleider ausgewrungen. Ich bin sehr erschrocken, wie er so nackt vor mir stand. Ich dachte: Wenn nur nicht sein Diener kommt! Er sagte: ›Zieh dein Kleid aus, damit ich es dir auswringen kann.‹ – ›Das kann ich nicht!‹ rief ich, ›denn es hat keine Träger!‹ Das konnte er natürlich nicht verstehen. Deshalb habe ich ihm die Geschichte von den verrutschten Trägern erzählt, so wie Pan Inka-Fürst sie mir in Marbach erzählt hat. Darüber mußten wir dann beide wieder lachen, und ich dachte: Endlich reden wir! Aber wie lange?« Dann machte sie die Augen auf, sah Aurehl an, lachte und sagte im Lachen zu ihr: »Hätte ich ein Kleid mit Trägern gehabt, dann hätte ich die Träger gehoben und das Kleid heruntergezogen. Ich habe gedacht: Ist denn nur ein Mann schön zum Ansehen?«, wurde rot vom Hals bis zu den Ohren und blieb stumm, so fragte die Aurehl sie: »Hat er dein Kleid nun ausgewrungen oder nicht?«

»Ja«, hauchte die Marie-Luise.

Und Aurehl zu mir: »Ich will wissen, was der Hohe Herr Bodenreif zu dir gesagt hat in der Orchideenhalle«, und zur Marie-Luise: »Und du mußt es anhören!«

Ich sagte: »Zeppelzett hat viel geredet über meine Locken. Er hat gejammert drüber, wie ich für die Männer verloren bin, und wir haben beide unsere Hände über das aufspringende Wasser gehalten.«

»Und über Marie-Luise?« fragte Aurehl.

»Ach ja!« rief ich wie einer, der sich erinnert. »Die will er zur Zibbe machen.«

»Was heißt das?« fragte Marie-Luise.

Und ich: »Das ist die Kindanschafferin bei den Männern, die selber keine Kinder erzeugen können.«

Da sagte die Marie-Luise mit fester Stimme: »Raphael liebt mich.«

»Ja«, antwortete ich mit Spott, »so lange ich mit Zeppelzett beim springenden Wasser sitze!«

Aber die Marie-Luise sagte wieder: »Raphael liebt mich!«

»Warum hat er dann seinem Diener befohlen, daß der aufpaßt auf Zeppelzett?«

»Aus Vorsicht und aus Klugheit!« antwortete die Marie-Luise.

»Aber nicht vorsichtig und nicht klug genug«, rief ich, »denn als der Regen kam, da habe ich schon längst bei Aurehl gesessen!«

Drauf fiel der Marie-Luise nur ihr Wort ein: »O Schreck!«, und dann versteckte sie ihr Gesicht rasch hinter ihren Händen.

»Ja, ›O Schreck!‹« rief ich mit ihrer Stimme, »und daran kannst du sehen, wie es weitergehen wird mit dir und Raphael!«

Aurehl zeigte mit dem Finger auf mich und sagte zur Marie-Luise: »Er ist ein Mann. Und ein Mann denkt, daß nur er weiß, wie die Welt geht. Aber eine Frau kann genauso viel schaffen wie ein Mann. Und die Marie-Luise erst recht.«

Ich sagte: »Zeppelzett will von Re Dajana einen Goldnen Vertrag haben mit Raphael und mit Marie-Luise. Den nennt er den ›Goldnen Vertrag à trois‹. Und die Marie-Luise soll die Zibbe werden in diesem Vertrag.«

Nun mußten wir uns in einen Kreis setzen auf den Teppich, und Aurehl sagte zu uns: »Vorsicht und Klugheit allein hilft der Marie-Luise nicht. Der Hohe Herr Zeppelzett muß wissen, daß Raphael die Marie-Luise liebt.« – »Das weiß er ja«, sagte ich. – »O Schreck!« rief die Marie-Luise, und Aurehl fragte: »Woher weiß er das?« – »Von mir nicht«, antwortete ich, und Aurehl: »Also vom Raphael!«

Da ging die Sonne auf in den Augen der Marie-Luise, Aurehl sagte zu ihr: »Jetzt weißt du es endlich!« und dann wurde noch viel geredet über den Goldnen Vertrag à trois, und ich dachte: Sie wollen so schlau sein, wie einer, der zu viel Fuchsmilch getrunken hat! Aber in Wahrheit haben sie von der Schafsmilch getrunken!

Als dann die Sonne schon groß und rot nahe über dem

Meer stand, kam die Wahulla herein und rief: »Der Ball! Wir müssen uns anziehen zum Ball!«

Da gab's ein Gerenne hin und her, das elektrische Licht wurde angeschaltet, Marie-Luise wollte erst in ihr Zimmer, dann mußte aber die Wahulla die Kleider der Marie-Luise aus ihrem Zimmer holen, dann zogen sie sich alle aus und machten die Anprobe. Die geht: Anziehen, ausziehen, anziehen, ausziehen, immer vor dem Spiegel stehen, und wenn eine mit dem nächsten Kleid vor dem Spiegel steht, müssen die anderen ›Ah!‹ und ›Oh!‹ rufen, und ein Kleid war zu weiß, und eins zu schwarz, und die Wahulla wollte, daß ihr Leib nicht so mächtig ist unter dem Kleid, aber Aurehl rief hinter ihr: »So wie du bist, so bist du am schönsten! Und verstecke dich nicht hinter deinem Kleid!« Dann hielt sie der Marie-Luise ein leichtes Kleid an, fast nur aus Trägern und Bändern gemacht, das mußte sie anziehen, sie sah sich an im Spiegel und rief entsetzt: »Darin bin ich ja fast nackend!« Und Aurehl rief dagegen: »Für Kailua immer noch zu warm!« Dann fragte sie die Wahulla: »Wie machst du dir den Taparock?« Die Wahulla zeigte es ihr, dann wickelte Aurehl sich den selber um, aber so, daß er ihre Brust nicht versteckte, stellte sich vor den Spiegel und rief: »So gehe ich auf den Ball!« Dann wickelte sie der Marie-Luise den Taparock genauso um, stellte sie vor den Spiegel und rief: »Und so gehst du auf den Ball!« Die Marie-Luise bedeckte aber ihre Brust mit den Händen und sagte: »Ich friere!« Aurehl sah sie an und sagte: »Du frierst nicht, du schämst dich! Und das ist falsch!« Marie-Luise antwortete: »Meine Brust ist zu groß!« Und Aurehl fragte sie: »Und meine ist zu klein?« Aber Marie-Luise gab nicht nach, so holte Aurehl bunte Tücher aus ihrem Schrank, hing eins um ihre Schulter und verknotete es vor der Brust, und so machte sie es auch bei der Wahulla und bei der Marie-Luise.

Dann erinnerten sie sich an mich, stellten sich vor mich hin, hakten sich ein, lachten mich an und bettelten, ich soll sie alle loben.

Ich sagte: »Grade habe ich gelernt, daß eine Frau genauso viel schafft wie ein Mann. So mache ich mir auch keine falschen Sorgen mehr um euch, daß ihr dem Mann nicht gefallen werdet«, rannte los und rief noch: »Gefallt euch doch selbst!« und war schon im Gang.

Da gab's ein großes Geschrei, sie rannten alle hinter mir her durch den Gang und wollten mich fangen, aber ich war schneller, war schon durch die Orchideenhalle, war schon unter den Palmen, sie immer mit Geschrei hinter mir, ich versteckte mich hinter der Tür der großen Halle, sie suchten mich, gaben's auf, wollten eintreten, ich hörte eine Stimme: »Der Ball ist abgesagt. Tut mir leid.« – »O Schreck! Warum?« hörte ich die Marie-Luise fragen beim schnellen Atmen. Aber sie bekam keine Antwort.

Ich kam aus meinem Versteck heraus, trat zu den Frauen hin, sah sie mir an in ihren Taparöcken, mit ihrem Tuch um die Schulter und vor der Brust geknotet. Ich sagte mit der Stimme vom Avarall: »Sehr ungewöhnlich!«, zupfte am Taparock, legte und drehte und knotete die Tücher mit den kleinen Bewegungen vom Avarall, sagte noch: »Leider nicht von mir!« Sie wollten gern drüber lachen, aber die Marie-Luise heulte laut los und rannte weg, daß alle erschraken, und Aurehl rannte hinter ihr her. Und wie ich ratlos mit der Wahulla vor der Tür der großen Halle stand, kam die Schellieh zu uns und sagte zu mir: »Die Hohe Frau bittet Sie in ihr Zimmer«, und führte mich durch die Palmgärten zum Zimmer der Re Dajana.

Sie aß gerade ein Tischchen leer mit ihrem Heißhunger. Sie fragte mich: »Wann hat sie es dir gesagt?« Ich wollte antworten: Ein Türsteher vor der großen Halle hat es uns gesagt. Aber sie fragte schon weiter: »Und warum sagst du es mir nicht?« So wußte ich, daß sie nicht nach dem Ball fragt, sondern nach Aurehl, und ich antwortete: »Heute, beim Regen hat sie es mir gesagt.« – »Aber du mußt es doch längst gewußt haben!« Und ich: »Gewußt ist nicht gesagt!« Und sie: »Stimmt. Ich hätte es auch wissen müssen«, und aß und aß, daß ich's nicht mit ansehen wollte. Dann sagte sie: »Weißt du es schon? Die Nomenklatter sind abgereist. Und die Jammandas. Sie gönnen mir meinen Triumph nicht. Der Ball findet nicht statt.« Und dann: »Wo ist die Dohle?«

Ich antwortete: »Sie tröstet die Marie-Luise, weil die ihren Raphael nicht mehr umarmen kann beim Ball.«

»Und wer tröstet mich?« jammerte sie wie ein Kind, stand auf, kam nahe zu mir, sah mich an mit ihrem Liebesblick und flüsterte: »Denk nur nicht, daß die Dohle dir mehr fehlen wird als mir! Aber was sollen wir machen? Sie ist eben falsch erzogen. Sie ist eigenwillig und dickschädlig wie ein Elefant! Und schuld daran bist du.« Und küßte mich lange, und klammerte sich an mich wie einer, der ertrinkt.

Dann bimmelte sie dem Labiges, befahl ihm, daß er die Dohle suchen läßt im ganzen Palast, und setzte sich wieder ans Tischchen.

Als Aurehl kam, sprang Re Dajan auf, stellte mich zur Aurehl, sah uns beide an, sagte langsam: »Meine beiden schönen Königskinder!«, wickelte Aurehl aus ihrem Taparock, knotete ihr Tuch auf, warf es weg, knöpfte meinen dunklen Umhang auf, zog ihn mir aus und warf ihn weg, zog mir auch meine Hose aus, bis wir nackend vor ihr standen, befahl: »Gebt euch bitte beide die Hand!« sah uns wieder an, sagte wieder: »Meine beiden schönen Königskinder! Verlaßt mich bitte nicht!«, warf sich auf ihr großes Bett und weinte laut, daß wir sie beide trösten mußten mit Küssen und mit Umarmungen, bettelte, daß wir sie ausziehen, das gefiel ihr dann gut, und gleich drauf war der sechsarmige Grottengott bei uns und half uns, daß wir seine Kinder wurden, und keiner redete mehr.

Als aber unser Atem wieder ruhig ging, sagte Re Dajana plötzlich zu mir: »Prinz Pan! Bist du nicht mein neuer Lernberater für viel Geld?«, und sah mich an mit ihrem Katzenblick. »Und sorgst du dich denn nicht um mich, wenn du hörst, daß die Nomenklatter und die Jammandas schon abgefahren sind?« Dann packte sie mich, rüttelte und schüttelte mich, daß mir Angst wurde vor ihrer Kraft, und dazu rief sie: »Sie wollen mich auf der Sirehne überfallen! Sie wollen mich auf der Sirehne überfallen!«, ließ mich plötzlich los, sprang auf und rannte im Zimmer herum wie die Ratte, die ihr Loch nicht findet, lange, und sagte am Ende: »Der Forgensen muß her!«

Ich sagte zu ihr: »Wenn es wahr ist, was Sie denken, dann kann der Forgensen Ihnen nicht helfen.«

Und sie, mit ihrem größten Spott: »Aber du!«

»Nein«, sagte ich langsam, »ich auch nicht. Aber der MacNeer!«

Sie verstand es nicht gleich, sah mich weiter an mit ihrem Katzenblick, aber dann sprang sie aufs Bett und drückte und preßte mich und lachte, daß ihr die Tränen ins Gesicht kamen, und rief: »Das ist neu! Aber das ist gut! Und das gefällt mir!« Und erklärte uns beiden, wie sie nie übers Meer fliegt mit dem Jet, sondern ängstlich im Schiff fährt, und wie sie nun durch meinen guten Rat mit dem Jet fliegen wird übers Meer, daß der Jurie Nomenklatter endlich einsehen muß, daß man Re Dajana nicht fangen kann.

Der MacNeer mußte kommen und bekam den Befehl, daß er den Kurs berechnen soll nach Kusko, und daß er sich einen Jet aussucht vom Annest Fill für den Flug übers Meer. Der MacNeer ging, Re Dajana zog uns beide zu sich heran und redete zu uns, wie die Kinder reden, lange, und immer ging's um ›den Triumph‹ über die Nomenklatter, wenn die sie auf der Sirehne fangen wollen, sie ist aber schon hoch oben in den Lüften, und keiner kann sie fangen.

Ich fragte sie: »Was ist das: ›der Triumph‹?«

Und sie, in ihrem Glück: »Das Schönste, was es auf der Welt gibt!«, rutschte zur Aurehl hin, küßte sie, sah sie zärtlich an und sagte noch: »Außer dem Kuß der Königskinder.«

Und hatte alles vergessen: Daß Aurehl nach Iowa fährt mit dem Alten, daß der Jurie Nomenklatter seinen Zorn hat auf sie, daß die Jammandas abgefahren sind vor dem Ball, und daß es dem Forgensen schlimm ergehen kann, wenn die Nomenklatter auf der Sirehne Re Dajana fangen wollen. Sie schlief dann bald ein neben Aurehl und kuschelte sich noch im tiefen Schlaf an sie heran.

5. Kapitel

3. bis 27. Oktober 268, Fest des Goldnen Vertrages à trois

Dieser Morgen war wie ein Nebel in meinem Kopf. Und ich wollte nicht, daß der Nebel sich hebt. Ich dachte immer nur: Schlafen will ich! Denn wer schläft, weiß nichts. Ich hörte den Xung-Tsiping sagen: »Fisch war befohlen.« Und ich roch auch den Fisch, wie Xung-Tsiping ihn bereitet. Aber gleich drauf dachte ich: Wer schläft darf auch nichts riechen! Ich hörte neben mir Re Dajana, wie sie sagte: »Werde doch bitte endlich wach! Ich brauch deinen Rat!«, und dachte: Mich fragt sie nicht, sondern einen anderen. Dann hörte ich den Xung-Tsiping, wie er jammerte: »Ich will nicht länger leben, wenn es der Herrin nicht schmeckt!«, und dachte: Soll er doch sterben! Jeder stirbt, und ich bin schon lange tot! Und dann hörte ich den MacNeer, wie er sagt: »Wir sind auf 28tausend feet. Fernsicht fünfzig Meilen. Wollen Sie sich das nicht vorn im Cockpit ansehen?« Und hörte Re Dajana: »Ja, Geh du ins Cockpit! Vielleicht wirst du davon wach!«, und sie rüttelte mich, daß ich meine Augen aufmachen mußte.

Der MacNeer führte mich in sein Cockpit, ich erschrak vor dem lauten Rauschen und Brausen, er sah's und sagte: »Die Luft staut sich vor den Scheiben«, und setzte sich in seinen Kapitänssessel. Ich mußte mich in einen Sessel hinter ihm setzen, er drehte sich zu mir um und erklärte mir das ganze Cockpit. Aber ich hörte nicht zu, sah immer nur durch die Scheiben aufs Meer, und weil ich den Anfang und das Ende vom Meer nicht sah, so fragte ich den MacNeer: »Warum kann ich den Anfang und das Ende vom Meer nicht sehen?« – »Dazu müßten wir viel höher fliegen«, antwortete er. Und ich: »Dann will ich, daß wir jetzt höher fliegen.« Da drehte sich sein Lernpilot um zu mir, lachte und sagte: »Aufsteigen kann jeder. Aber ›runterkommen‹ das ist die Kunst!« Ich sagte zu dem Lernpiloten: »Diese Kunst lerne ich erst, wenn ich nicht mehr aufsteigen will.« Sie lachten beide, und der MacNeer gab's auf und erklärte mir das Cockpit nicht mehr.

Ich ging zurück zu Re Dajana und sagte: »Ich bin jetzt wach.«

»Setz dich bitte«, sagte sie zu mir, »und hör gut zu! Ich lese dir einen Brief vor, den ich heute früh bekommen habe«, entfaltete ihn und las vor: »›Allerhöchste Frau! Höchste der Kornegills! Bin ein Geschützter Händler im autonomen Rhein-Main-Beton und allen Großen Sieben treu ergeben. Wie es meine Pflicht ist, passe ich gut auf, ob nicht Unruhestifter und Aufrührer herumgehen. So begegnete ich einem Burschen, der mir verriet, daß er einen geheimen Ort kennt, wo alte Zeitungen aufbewahrt werden. Dieser Bursche nennt sich Dirk Mandel und kann lesen und schreiben. Fast wäre er mir verlorengegangen, weil eine Schafbande ihn aufspürte in meinem Wohnwagen, wollten ihn zu Tode prügeln durch Betonrecht. Aber mit einer klugen List hat ein Freund ihn gerettet. Dieser Dirk Mandel ist ein enger Vertrauter eines alten Mannes, angeblich Märchenerzähler, in Wahrheit ein Aufhetzer mit einer neuen Lehre vom Weltenauge, ein sehr gefährlicher Mann. Dieser Mann hat es tatsächlich geschafft, unsere Zeitung haltbar zu machen, und sammelt sie von Kind an, und auch sein Vater und sein Großvater hat schon eifrig gesammelt. Wie kann das nur möglich sein? Es ist aber leider wahr. Und den Beweis hat mir dieser Dirk Mandel selbst gebracht! Schon am 18. Juni d. J. eine Tasche voller alter Zeitungen, worin man lesen kann, wie sich alles verändert hat mit der Zeit, und nicht zum Besten, denn früher ist so etwas nicht vorgekommen. Nun wollte er aber auf das Ganze. So tat ich zu ihm wie ein Vertrauter, der noch nicht ganz vertraut. Bis er mir zum letzten Beweis eine Zeitung brachte mit dem Datum ›Im Sommer 113 N.Z.‹, worin man lesen kann, daß der Mensch nicht mehr umherstreunen darf wie der Wolfshund, und wie nun alles Land Familienland wird, außer den Autonomen Siedlungen. Wenn das herauskommt! Dann sieht jeder Betonmensch, daß es die Veränderungen gegeben hat! Und seit drei Tagen weiß ich auch ungefähr den Hochstein, wo die verbotenen Zeitungen versteckt sind. Bin hin zu meinem Hauptmann. Aber der sagt: Es ist nicht genau genug. Die Unruhe ist aber groß und die Unsicherheit. Schon werden Geschützte Händler mit Knüppeln geschlagen und nicht geschützt! Mein Hauptmann sagt, daß ich meine Not nach Hawaii schreiben soll zum Friedensfest der Großen Sieben. Und wenn der Befehl kommt, dann wird er die Raketen mit Himmelsrecht übers Beton gehen lassen, daß wieder Ordnung, Frieden und Ruhe wird. Randolph-Xerxes, genannt Leinsack, in den Baracken der Geschützten Händler am Rhein-Main-Airport, am 24. September 268 N.Z.‹«

Re Dajana legte den Brief zur Seite und fragte mich: »Hat die Aurehl nicht von einem Dirk erzählt? Ich denke, der ist tot?«

Und ich: »Es gibt viele, die Dirk heißen.«

Da lachte sie und sagte im Lachen: »Und nehmen wir an, es ist der eine, den du kennst. Bist du dann der Freund, der ihn mit einer klugen List gerettet hat?« Und weil ich drauf nicht antwortete, bettelte sie: »Erzähl mir die Geschichte! Bitte!«

So erzählte ich ihr nun die Geschichte, wie Dirk am Bappen mit dem Leinsack lange geredet hat, wie ich im Zelt von der Bickelak war, wie ich unterm Blechkasten vom Leinsack lag, wie Dirk sich vollfraß, bis seine Posaune durchs ganze Beton ging, wie ich die von der Bande kommen hörte, und wie ich mich erst wegschlich und dann fünfmal atmete und zehn Schritte rannte als wären's hundert, und wie die von der Bande dann selber die Wolfshunde wurden mit ihrem Geschrei bei den Schafen. Darüber lachte sie, bis ihr die Tränen kamen, und ich sah viele im Jet, die drehten sich um zu ihr und waren froh, daß sie endlich lachte.

Zu uns kam einer, den kannte ich schon vom Haus der Elektriker in Matschju-Pitschju: Schmales Gesicht, hohe Stirn, in die fallen seine Locken hinein in drei Farben, buschige Augenbrauen, der trägt immer eine leichte, lange Jacke aus feinster weißer Seide, goldne Ketten um den Hals und um die Hüften, das ist Jeff Siemers, der Hauptmann aller Elektriker bei Re Dajana. Mit einer sehr schönen, leichten Verbeugung reichte er ihr einen Brief und sagte dazu: »Ein Eiltelex, geheim. Kam eben über Satellit«, und ging.

Re Dajana entfaltete den Brief, ihre Augen gingen schnell drüber hin und her, und sie las: »›An den Geheimen Rat Tamasch! Eilt sehr! Dringend! Geheim! Hochverehrter Herr Tamasch! In Erledigung Ihrer Eilanfrage betreffend den Geschützten Händler Randoph-Xerxes, genannt Leinsack, wohnhaft in den Baracken der Geschützten Händler am Rhein-Main-Airport, teile ich Ihnen folgendes mit: Obiger führt ein unstetes Leben, von Knabenprostitution bis zu dubiosen Spitzeldiensten und wird seit kurzem observiert mit dem Verdacht, konspirative Verbindungen im Rhein-Main-Beton zu unterhalten. In der Hoffnung, Ihnen damit gedient zu haben: Eckhardt, Hauptmann der Geheimgruppe Friedliches Europa.‹«

Ich sah aber, daß dieser Brief nicht mit den gewellten Linien geschrieben war, sondern mit winzigen Kringeln, wie die Lichtkringel auf den Uhren.

Re Dajana sah mich an und sagte: »Du siehst aus wie einer, der etwas verloren hat und nicht weiß, wo er es suchen soll.«

»Es ist andersherum«, antwortete ich, »es ist etwas da, was nicht da sein kann.« Und weil sie mich ratlos ansah: »Dieser Brief!«

»Was ist an dem so rätselhaft?« fragte sie mich.

»Wie ist der in den Jet gekommen?« fragte ich zurück.

»Der ist vom Satelliten gekommen«, sagte sie und zeigte nach oben, »der schwebt da oben am Himmel als unser treuer Bote.«

»... und läßt Briefe herabfallen auf den Jet im Flug?« fragte ich sie.

Sie antwortete: »Nein doch, nur den Text, oder wie du sagen würdest: Was drin steht im Brief«, und wollte mir Telex und Satellit erklären. Aber ich verstand es nicht, und sie wußte es auch nicht richtig, so gaben wir's beide auf.

Dann fiel's ihr wieder ein, sie fragte mich: »Und was machen wir mit diesem Dirk und seinen Zeitungen?«

Ich antwortete: »Dirk redet viel, weiß wenig, und keiner hört ihm zu«, und erzählte ihr die Geschichte, wie Dirk mir die Verbesserung der Welt erklärt und sich dabei von den Ameisen auffressen läßt.

Darüber lachte sie laut und lange und fragte danach: »Und der Eckhardt muß nicht wegen ihm die Raketen mit Himmelsrecht über das ganze Beton gehen lassen?«

»Nein«, antwortete ich, »über den Dirk gehen ja schon die Ameisen mit Ameisenrecht.«

Am Jetplatz von Kusko standen zehn schwarze Blechwagen bereit für uns, in die muß man sich tief hineinbücken, und mit Lärm und Gestank brachten die auf einem sehr glatten Bappstein zum Sonnenpalast hin.

Und im Gerichtssaal erwartete uns Tschilgren-Johannsson.

Als er mich sah, schimpfte er: »Schlechte Zeiten, wenn die ehrlichen und treuen, langgedienten Ratgeber so knapp werden, daß man schon Kinder in den geheimen Rat nimmt!«

Re Dajana setzte sich neben den Goldnen Löwenthron auf die Stufen, strampelte ihre Schuhe weg, sah ihn an mit ihrem Liebesblick und sagte zu ihm: »Aber lieber Tschill! Der Junge muß doch lernen, wie wir alle zusammen unsere Probleme ...«

»... unter den Teppich kehren«, unterbrach sie der Tschilgren. »Warum schiebst du mich nach Kusko ab? Weil du verhindern willst, daß irgend jemand dich zu einer vernünftigen Politik zwingt! Aber du läßt dich von Stümpern beraten!« beugte sich zu ihr hinab und sagte sehr besorgt: »In den Familien braut sich etwas zusammen. Was hast du in Hawaii ausgeheckt?«

Re Dajana lächelte ihn an: »Ich habe den Kornegills das Polyxa-Monopol verschafft.«

Tschilgren schlug die Hände zusammen und rief: »Es ist also wahr! Jetzt wundere ich mich über nichts mehr! Vad var det jag sa! Und hier in Kusko geht alles drunter und drüber! Und das alles nur deshalb, weil du mir den Goldnen Vertrag verwehrst!«

»Was geht in Kusko ›drunter und drüber‹?« fragte sie ihn.

»Weder der Galloway noch der Kapak erkennen mich als deinen Stellvertreter an, und jeder kocht seinen eigenen Brei!«

»Das kannst du leicht ändern«, sagte sie.

»Wie denn?« schrie er. »Laß uns doch offen reden! Unter Vertrag willst du mich bringen! Gut ja! Das hättest du ja auch fast geschafft, wenn deine Mutter, mit der du mich verkuppelt hast, nicht vor der Zeit gestorben wäre.«

»Du weißt, lieber Tschill, daß du jede Frau der Kornegills haben kannst«, rief Re Dajana.

»Nein!« schrie er, und seine Stimme war wie ein Krähenschrei.

Re Dajana stand auf, ging zu ihm und wollte ihn umarmen, er trat aber zurück und hielt seine Hände wie Stacheln vor sich. Sie sagte mit Liebe: »Du weißt, daß du mir immer der Nächste bist. Aber bei deiner Eifersucht wäre ein Goldner

Vertrag mit dir ein goldner Käfig für mich. Und dafür bin ich nicht geschaffen.«

Und Tschilgren: »Ja, du brauchst nur ein Spielzeug für dein Bett.«

»Als Kind habe ich mit Puppen im Bett gespielt«, antwortete sie, »aber ein Mensch in meinem Bett ist keine Puppe und infolgedessen auch kein Spielzeug.«

Und der Tschilgren sagte leise: »Das hast du nie begriffen! Nie!«, sah mich an mit seinem Gram: »Bis zum heutigen Tage!«

»Laß den Jungen aus dem Spiel!« schrie sie.

Er hob die Hand, als ob er sich wehren will gegen ihr Geschrei, und ich sah mir seine Hand an: Lange, dünne Finger, viele gekreuzte Linien und eine Röte an der Handkante.

»Ich wünschte, daß du dich bei dem Jungen entschuldigst«, sagte sie weiter, »aber selbst das bringst du nicht fertig. Und jetzt will ich wissen, was in Kusko drunter und drüber geht«, und setzte sich wieder auf die Stufen unterm Löwenthron.

»Während du auf Hawaii deinen Spieltrieb befriedigt hast, habe ich über die Sicherheit von Kusko nachgedacht. Kusko muß eine Festung werden. Und dazu reichen die paar Flugzeugabwehrraketen am Flughafen nicht aus. Auch am Kukso herum müssen Abwehrraketen stehen. Und genau das habe ich auch dem Galloway gesagt. Und der, der antwortet in seiner smarten Art: Dazu müßte man erst einmal den Kapak auswechseln, denn einem militärischen Laien könnte man ja schließlich keine Raketenwaffen anvertrauen. Ich erklärte ihm, daß der Kapak ja nur für die innere Ordnung der Stadt Kusko verantwortlich ist, und daß ich, als Höchster über Kusko, für die Sicherheit von Kusko verantwortlich bin. Da machte er sich über mich lustig. Ich hätte in Kusko weder Amt noch Verantwortung, sondern nur eine, wie er sich ausgedrückt hat, fragwürdige Würde. Da war ich mit meiner Geduld zu Ende. Ich schrie: ›Ich beurlaube Sie für vierundzwanzig Stunden von Ihrem Posten und setze den Lernhauptmann Krottenauer als Ihren Vertreter ein!‹ Er lachte mich aus, und der Krottenauer, der daneben stand, sagte zu mir: ›Ich bekomme meine Befehle von Hauptmann Galloway.‹ Ich schrie: ›Hauptmann Galloway ist für vierundzwanzig Stunden beurlaubt!‹ – ›Von wem?‹ fragte der Krottenauer frech. ›Von mir!‹ schrie ich. Da sagte der Galloway: ›Okay, tun wir mal so, als sei ich beurlaubt.‹ Aber er weigere sich, sagte er weiter, seinen Freund und Kameraden Krottenauer in diese Sache hineinzuziehen und sagte: ›Den Befehl, mich zu vertreten, gebe ich Krottenauer nicht! und da er nicht bereit ist, Befehle von Ihnen anzunehmen, bleibt Kusko eben für vierundzwanzig Stunden ohne jede Verteidigung.‹«

»Und?« fragte Re Dajana, »blieb Kusko ohne Verteidigung?«

»Wie soll ich das wissen?« rief der Tschilgren. »Ich weiß nur, daß es so nicht weitergeht.«

»Und wie soll es nach deiner Meinung weitergehen?« fragte sie ihn weiter.

»Keine Ahnung«, rief er, und mit Spott: »Vielleicht weiß es der Junge. Ja! Laß uns doch von dem Jungen beraten!«

Ich fragte den Grämlichen: »Wie viele Raketen braucht man für Kusko?«

»Eine Menge!« rief er, so wie man sagt: ›Frag nicht so dumm!‹

»Weniger oder mehr als für den Jetplatz?« fragte ich weiter.

»Mindestens genauso viele.«

»Dann müssen die Raketen für die Stadt einen eigenen Hauptmann bekommen«, sagte ich.

Da schrie er: »Noch einen Affen mehr, der hier herumkommandieren soll?«

»Einen, den man hebt, damit er Ihnen gehorcht«, sagte ich.

»Und wer soll der neue Affe sein?«

»Der Krottenauer!« antwortete ich ihm.

»Der Krottenauer?« äffte er mich nach, »der ist doch seinem Galloway so treu ergeben, daß er ohne ihn keinen Finger rührt!«

Aber Re Dajana, auf der Stufe unterm Löwenthron, sagte leise: »Das ändert sich schnell, wenn man ihn hebt«, und bimmelte dem Labiges, daß er ihr den Pisko bringt. Als sie den dann mit Genuß trank, da war's längst entschieden, daß der Krottenauer der neue Hauptmann der Raketen der Stadt Kusko wird. Der Tschilgren-Johannsson stapfte durch den Gerichtssaal und warf die dreiflüglige Tür hinter sich zu, daß sie noch lange zitterte.

Sie sah ihm nach und sagte: »Er ist eben ein schwedischer Mann, stolz und störrisch.«

In Matschju-Pitschju ging's so: »Huakah! Wo ist Aurehl?« fragten mich die Kinder, wenn ich am Großen Platz vorbei kam. »Hoffentlich kommt Aurehl bald zurück! Sie muß doch sehen, wie gut mein Bein heilt!« sagte Euphörion, der Sohn vom Xung-Tsiping und zeigte mir sein Bein. Der Gips war abgeschlagen, das Bein war sehr dünn, aber grade. »Ein Buch für Aurehl«, sagte der Kondor Labus, »›Das Dampfbacken von Weizengebäck‹«, und hielt mir ein großes, schweres Buch hin, als ich am Backhaus vorbeikam. »Huakah! Wo ist die neue Lernärztin?« fragte mich der Doktor Urn beim Arzthaus, und mit »Huakah! Dohle?« sahen die Indiofrauen aus den Fenstern heraus, wenn ich an ihren Häusern vorbeiging.

Und weil ich das nicht immerzu hören wollte, so ging ich schon am frühesten Morgen in die Berge, immer weiter, immer höher, immer steiler, machte mir selbst einen Pfad, wenn der Bach den alten weggerissen hatte, und gegen den Rat der Marie-Luise kam ich oft erst in der halben Nacht zurück.

Am 10. Oktober war ich ins Tal der Lamas abgestiegen, war schon über zehn Bäche gesprungen und hatte schon über zehn Abgründen gestanden, da hörte ich eine Stimme, die rief nach mir: »Pan Inka-Fürst! Pan Inka-Fürst!« So blieb ich stehen, suchte und fand die Marie-Luise, wie sie unter einem hohen Sturzbach stand und mit den Händen als Trichter vorm Mund nach mir rief. Ich sprang zu ihr hin, der Schweiß rannte ihr übers Gesicht, sie sagte mit schnellem Atem: »Unser Polyxa ist gekommen!« – »Wie hast du mich gefunden?« fragte ich sie. »Das ist ganz einfach«, antwortete sie, »erst ins Tal der Lamas und dann immer hinter Ihrer Stimme her.« – »Hinter meiner Stimme?« fragte ich sie. – »Ja!« rief sie und lachte mich an. Ich fragte sie: »Mit wem soll ich denn reden im Gebirge?« Und sie: »Mit dem Gebirge!«

Und dann sagte sie mit meiner Stimme, so gut sie es konnte: »›Hier komme ich nicht durch, du dummer Stein! Was liegst du so falsch herum auf meinem Weg? Ich will hier durch, also muß es auch gehen! Und du, weißer Stein da oben, beuge dich nicht so neugierig vor, sonst stürzt du, und niemand wird dich halten!«

Da wußte ich es dann selbst. Ich fragte die Marie-Luise: »Bist du mir schon oft hinterhergeschlichen, daß du so gut weißt, wie man mich findet?«

»Ich weiß doch so gut, wie es Ihnen geht, weil ich so gut weiß, wie es mir geht«, antwortete sie, hing sich mit ihren Armen an meinen Hals, preßte sich an mich, und ihr Schweiß lief bald in meine Kapa hinein.

So standen wir lange neben dem Sturzbach, der war laut und besprühte uns beide mit kühlem Wasser, bis sie rief: »O Schreck! Schahanna wartet auf uns!« löste sich, faßte mich an den Händen, sah mich an, ein feuchter Glanz war in ihren Augen, sie schüttelte meine Hände und sagte: »So kommen Sie endlich!«

Und wie sie so vor mir stand, wollte ich sie gern umarmen und küssen, und ich versuchte es auch, aber sie stieß mich mit ihren Händen zurück. Ich rief: »Eben hast du mich umarmt, da mußte ich stillstehen. Jetzt will ich dich umarmen, da stößt du mich zurück!«

»Das ist doch etwas ganz anderes!« rief sie. »Ich wollte doch nur meine Not an Ihre Not anhängen!«

»Und was wollte ich?«

Sie sprang weg von mir, hüpfte über einen riesigen Stein als wär's nur ein Maulwurfshaufen, hob die Hand, schrie: »Schahanna wartet!« und war schon an drei Abgründen vorbei, ehe ich losrannte. Ich dachte mir: Die hol ich ein! Aber ich holte sie nicht ein bis zum Tal der Lamas, und auch nicht bis zu meinem Kleinen Haus.

Da stand schon die Schahanna, rief: »Huakah!« Wir traten ein, sie legte drei Schachteln Polyxa auf den Tisch und sagte: »Unsre erste Jahresration!« Dann öffnete sie eine Schachtel, nahm einen kleinen weißen Zettel heraus und sagte: »Hört jetzt gut zu, damit wir nichts falsch machen!« Und dann las sie vor, was auf den Zettel geschrieben war: »›Polyexactasen fördert den Aufbau von Enzymen, die die Zellkopie überwachen. Chromosomenbrüche und andere Fehler in der DNA werden dadurch auch bei zunehmendem Alter repariert bzw. verhindert. Bei richtiger und fortgesetzter Einnahme von Polyexactasen wird der Alterungsprozeß im Verhältnis eins zu zehn verlangsamt. Verträglichkeit: Polyexactasen wird von den meisten Menschen gut vertragen. In seltenen Fällen kommt es zu Müdigkeit, gelegentlich auch zu leichten Schlafstörungen. Kontraindikation: Polyexactasen darf nicht vor Eintritt der körperlichen Reife eingenommen werden. Bei

Erstempfängern muß unter allen Umständen eine ärztliche Untersuchung erfolgen. Dosis: Eine Kapsel pro Woche. Die Kapsel unzerkaut mit etwas Wasser hinunterschlucken.‹«

Ich holte drei Gläser, goß Sauberes Quellwasser aus einem Krug ein, wir stellten uns alle drei um den Tisch herum, nahmen die Kapsel in den Mund, tranken vom Quellwasser, schluckten die Kapsel und sahen uns an, ob nicht gleich eine Zauberei durch unseren ganzen Körper geht. Dann lachten wir alle drei, und die Schahanna rief: »Wißt ihr übrigens, daß Rilpe dreiundneunzig Jahre alt ist?« Ich tat ganz erschrocken: »Schahanna!« rief ich, »du wirst doch nicht etwa mit diesem Greis in den Goldnen Vertrag gehen?« Und sie: »Werden Sie erst mal so alt, dann denken Sie anders drüber!« – »Mit oder ohne Polyxa?« fragte ich, und sie lachte: »Ich hoffe doch: mit!« Dann fragte sie die Marie-Luise: »Und wie ist es mit Raphael?« Die antwortete: »Er hat einen Goldnen Ring mit vier Steinen.« – »Und?« – »Er sagt, er hat noch nichts gemerkt!« Und Schahanna: »Rilpe läßt grüßen. Er ist sehr gespannt, wie teuer er das neue Polyxa bezahlen muß. Wenn er sich danach noch einen Heli leisten kann, besucht er uns in Matschju-Pitschju.«

»Seit wann braucht ein Super einen Heli zum Herumfliegen?« fragte ich sie und schlug die Arme wie Flügel herab. Alle drei lachten wir wie die Kinder lachen, lange, bis ich die beiden fragte: »Spürt ihr denn keine Wirkung von der Kapsel?«

Da horchte Schahanna in ihren Kopf hinein und sagte dann langsam: »Ja! Jetzt merke ich es! Ich spüre, daß ich abgeklärt und weise werde, weit über mein jugendliches Alter hinaus!«, und sah dabei aus, als ob sie mit dem Mond redet.

»Das mußt du unbedingt dem Joschuha sagen!« rief ich, »denn von dieser geheimnisvollen Wirkung seiner Zauberkapsel weiß er noch nichts.«

Wenn ich am späten Abend aus der Finsternis ins Lange Zeltzimmer trat, sah mich Re Dajana mit einem neuen Blick an: Nicht Katzenblick, nicht Liebesblick, sondern ein Blick, der durch mich durch und durch hundert Wände geht, weit in die Welt hinein, und es war oft sehr still im Langen Zeltzimmer.

Anders war's am 14. Oktober. Da hielt sie einen Brief hoch, als ich eintrat, schwenkte ihn herum, rief: »Von der Dohle! Soll ich vorlesen?« – »Wie denn? Sie kann doch nicht schreiben?« wunderte ich mich, und Re Dajana: »Aber ihre getreue Wahulla. Hör gut zu!«

Und las vor: »›Ein Brief der Dohle Aurehl, den sie mir, ihrer treuen Wahulla diktiert hat am 14. Oktober, 8 p.m. central time, im Farmhaus des Hohen Herrn Annest Fill, Austin, Iowa: Ich liebe euch. Ich sehne mich nach euch. Jeden Tag fahre ich mit meinem Großvater auf die Weizenfelder. Die sind jetzt schwarz und kahl, denn der Weizen ist längst geschlagen und gedroschen. Die Wintersaat ist schon ausgebracht, aber man kann noch nichts sehen. Das Keimblatt soll aber bald herauskommen. Ich lerne jeden Tag mehr. Der Akker wird mit dem Terralift gelockert und gut durchlüftet. Der Farmer will den Weizen anders, als der Weizen selber will. Deshalb muß er gezwungen werden mit der Züchtung. Das will ich euch alles erzählen, wenn ich wieder bei euch bin. Und so, wie der Betonmensch von mir den Weizen bekommen soll, so denke ich auch oft an die Zeit, wo wir alle zusammen im großen Bett über der Akropolis gelegen haben, warm und weich, aber nicht zu warm, denn auch die Nachtkühle vom Gebirge war bei uns, ... und jetzt weiß ich nicht, wie die Wörter weitergehen müssen. Aber die Wahulla hat mir alles vorgelesen, denn was sie aufschreibt, geht nicht verloren, und jetzt weiß ich wieder weiter: ... so will ich wieder mit euch beisammenliegen und die zu dicht gewachsenen Erlen am Bach, die haben starke Arme und feste Beine und halten sich fest umeinander.‹«

Re Dajana faltete den Brief zusammen, ich fragte sie: »Und nichts steht davon drin, wann sie kommt?«

Sie sah mich an mit ihrem Katzenblick, hielt mir den Brief hin und sagte dazu nur: »Lies doch selbst!«

Am 18. Oktober beim ersten Lichtschimmer zwischen dem Huajna und dem Terrassenberg, aber man sieht die Sonne noch nicht, nur dieses Leuchten, da ging ich wieder von der Akropolis hinab über die Treppen, über den Großen Platz und weiter, hinab zum Tal der Lamas. Unten war der Nebel so dicht, daß ich bei den Lamas blieb und warten wollte, bis die Nebel aufsteigen, und bis ich den Huajna oben glitzern sehe, denn ich kannte mich schon aus im Gebirge. Der Nebel stieg, ich wollte gehen, da hörte ich drei große Helis über mir mit unerträglichem Lärm und erschrak drüber, wie der Betonmensch erschrickt unter den Helis. Danach hörte ich eine schwache Stimme mit: »O Schreck! So habe ich mir das gedacht!«, und sah die Marie-Luise, wie sie in großen Sprüngen zu mir kam, und im Springen rief sie schon: »Der Hohe Herr Bodenreif landet gerade! Und Sie wandern durchs Gebirge!« Und der Nebel stieg, und der feuchte Boden glänzte, und in ihren Augen war der Glanz vom Glück, den kannte ich gut.

Dann war sie bei mir, atmete dreimal tief, daß sie ruhig reden konnte und sagte: »Ich weiß, daß Sie mir helfen werden«, und erklärte mir, wie ich ihr helfen soll: Ich muß den Zeppelzett weit ins Gebirge hinein führen, daß er spät zurückkommt nach Matschju-Pitschju und den Raphael vergißt in den Bergen. So hat sie sichs ausgedacht, und anders wird sie den Raphael nicht umarmen können, und nur mit mir wird er gehen, und Aurehl ist ja noch in Iowa.

Und noch am gleichen Morgen gingen wir los. Er in einer kurzen grünen Jacke, die Bundhosen schon unterm Knie gebunden, lange, dicke Strümpfe und feste Schuhe, sein Jagdgewehr am Riemen über die Schulter gehängt, und ich in einer Kapa, so eine könnte man im Beton nicht gegen hundert Schafe eintauschen. Ich zeigte ihm die Abgründe um Matschju-Pitschju herum, dann stiegen wir ein ins Gebirge. Wir redeten wenig, nur was nötig ist, wenn einer den Weg nicht kennt. Das gefiel ihm, und als wir uns zur Rast setzten, lobte er mich deshalb und sagte dann: »Du mußt wissen, ich hab dir auf Hawaii deine uncharmante Art übel genommen, wie du über die Dinge geredet hast. Aber wenn ich dich so anschau, im Gebirge, mein ich, wie du über den Abgründen stehst ... Du bist doch absolut schwindelfrei, hab ich recht?« klatschte in die Hände, daß es zehnmal zurückkam zu uns, und sagte dazu: »Genau wie ich! So gefällst du mir halt, und so verzeih ich dir auch deinen Vorwitz auf Hawaii. Hast mich auch nachdenklich gemacht, Lausbub. Noja, packen wir's halt!« und stand auf.

Ich ging gleich voran und wollte ihm den Pfad zeigen, wie

er weitergeht, da sagte er noch: »Und jetzt möcht ich noch allzugern wissen, warum die Dohle mit dem alten Herrn zugeht.«

Da stolperte ich über ein Gestrüpp, fiel lang hin und verschrammte mir meine Hände, daß sie gleich blutig waren. Zeppelzett sah sich meine Hände an, ging zum Bach, tunkte ein sauberes Tuch ein, tupfte damit meine Hände vorsichtig ab, saugte das Blut aus den Schrammen, sah mich besorgt an, ob ich sonst überall heil bin, und sagte am Ende: »Weißt, damals in Marbach, da mußt ich der Reda den Willen tun und dir den Streich spielen und dich fangen für sie. Hast es ja auch nicht bereuen müssen bis heut, oder?« Und gleich dazu sagte er: »Versuch grad mal, ob du dich aufrichten kannst.« Und als ich dann langsam aufstand und meine kostbare Kapa putzte, sagte er noch: »Man soll halt im Gebirge nicht so viel reden.« Und ich dachte dazu: Über tausend Steine bin ich nicht gestolpert, aber über ein einziges Wort gleich so, daß mir die Hände bluten!

Wir trafen uns nun jeden Morgen beim Sonnenaufgang am Großen Platz, am dritten Tag kam er ohne sein Jagdgewehr und sagte: »Heut wird's ein klarer Tag, da will ich mit dir auf den Huajna steigen, denn ich glaub, von da droben hat man einen guten Fernblick, was meinst?«

Ich wunderte mich, wie er erraten will, daß es ein klarer Tag werden soll, denn als wir uns trafen, war es kalt, naß und dunkel, und schwere Wolken rasten über den Himmel. So war auch der Aufstieg sehr schwer, nasser Nebel stieg an uns vorbei, daß wir den Pfad oft nicht drei Schritt weit sehen konnten, und nur ein einziges Mal kam wie Blitz ein Sonnenstrahl zu uns. Aber als wir auf dem Gipfel waren, stiegen die Nebel schnell hoch, die Wolken rissen auseinander, die Sonne kam durch und trocknete mit dem Gipfelwind zusammen unsere Kleider und unseren Schweiß. Wir setzten uns zusammen dicht nebeneinander auf einen Stein und hatten einen guten Fernblick, wie er's vorausgesagt hatte. Und damit wir nicht abrutschten vom Stein, faßten wir uns beide um die Schulter herum. Ich zeigte ihm alle Berge, die ich schon bestiegen hatte, und erklärte ihm die Pfade durchs Gebirge. Er redete viel von den Alpen, wie die anders sind als die Anden, aber auch ähnlich, wie das Wort, drückte mich dabei zart und rief dazu: »Hab ich's nicht g'sagt: Ein klarer Tag wird's!« Und ohne Übergang, so redet er ja immer, sagte er: »Und zu dir, als meinem Freund und Bergkameraden, sag ich eins: Ich red nicht mit den Sekretären über den Goldnen Vertrag, weder mit meinem Herrn von Villingen, noch mit dem Herrn Fort, denn so ein komplizierter Vertrag, den kann man nicht in Paragraphen fassen, der muß g'lebt werden, was meinst?« Wollte aber keine Antwort hören von mir und sagte gleich dazu: »Und ich sag mir halt auch: Wenn ich schon ein Kind haben soll, warum dann nicht von dem, der mir am meisten g'fällt. Hab ich recht?« Und wieder ohne Übergang: »Und mit der Reda kenn ich mich auch nicht mehr aus. Hat sie den Jurie Nomenklatter so verschrecken müssen? Sie kennt doch den hitzigen Burschen!«

Wir sahen, wie sich eine kleine Wolke übers Urubambatal legte, abregnete und dann in kleinen Fetzen aufstieg, wir sahen bald drauf eine zweite Wolke unten und eine dritte, die stieg sehr schnell hoch und wickelte den ganzen Huajna ein in ihre Nässe, bis auch wir klitschnaß waren. Da lachte der Zeppelzett und sagte: »Du siehst es ja! Ich bin ein perfekter Wetterprophet.«

Und stiegen wir langsam den glitschigen, gefährlichen Steig hinab nach Matschju-Pitschju.

Immer, wenn er sein Gewehr mit einem Schwung von der Schulter nahm, hielt ich mir meine Ohren zu, und so manche Beute habe ich ihm verscheucht, weil ich aus Angst vor dem Schuß wegrannte. Nach dem Schuß mußte ich sein Gewehr halten, und er sprang leicht wie ein Kind über die Abgründe zu seiner Beute hin, hielt sie mir stolz hoch, daß ich ihn loben soll, und dann lachte er über mich, wie ich sein Gewehr so ängstlich weit von mir halte.

Am Tag vor dem Goldnen Vertrag hatte er einen großen Hasen geschossen. Den trug er mit seinem Jägerstolz auf der Schulter, und ich trug sein Gewehr. Wir waren schon auf dem Terrassenberg, aber von der steilen Seite her, wo sonst keiner geht. Gleich drauf sahen wir den Turm Torreón und die Spitze der Akropolis, dann die Strohdächer, dann auch schon die Treppen, und auf der graden Treppe zwei Menschen, eng umarmt, die stiegen langsam auf: Marie-Luise und Raphael. Zeppelzett blieb stehen wie an Wurzeln festgemacht, sah hinab, lange, hob mit einem starken Schwung den schweren Hasen von der Schulter, schleuderte ihn in den Steilhang, daß der kugelte und hüpfte, tief hinab, bis ich ihn nicht mehr sehen konnte. Dann sagte Zeppelzett: »Schamlos!«

Ich sah erst in den Abgrund hinab, dann sah ich zu ihm hin und fragte ihn: »Soll ich Ihnen den Hasen heraufholen?« – »Welchen Hasen?« fragte er, und ich: »Ist Ihnen nicht wohl?« – »Nein!« schrie er und starrte immer noch auf die beiden. »Siehst du denn nicht, wie die rumscharwenzeln in aller Öffentlichkeit?« – »Was meinen Sie?« fragte ich, und er: »Das ist eine Indezenz sondergleichen! Schamlos ist das! Muß ich mir das gefallen lassen von dem Lausejungen?« Und zu mir: »Was schaust mich an wie ein Mondkalb, he?« packte mich an der Kapa, daß ich dachte, er will mich gleich dem Hasen hinterher in den Steilhang schleudern. Ich habe aber einen festen Stand im Gebirge, so hielt ich mich und rief immer wieder: »Wir sind doch Freunde und Bergkameraden! Wollen wir denn nicht Freunde und Bergkameraden bleiben?« bis er mich losließ, mich ansah und verwundert sagte: »So kenn ich dich nicht! Was gibt's denn?«

»Wie heißt der Goldne Vertrag à trois?« fragte ich ihn.

»Welcher Goldne Vertrag?« sagte er ohne Verstand.

Ich rief: »Sie werden gleich stürzen!«

Da umarmte er mich, rief: »Du bist mein Freund, ja, du bist mein Bergkamerad, und ich liebe dich!« umarmte und küßte mich, weinte, jammerte, brachte uns beide in große Gefahr am Steilhang, ließ sich plötzlich fallen, daß er keinen Stand mehr hatte und langsam rutschte, und bettelte: »Küß mich! Liebe mich! Sei mein geliebter Freund!« und achtete nicht drauf, daß er rutscht. So hielt ich ihn fest, daß er nicht weiterrutschen kann, und so hingen wir beide am Steilhang, lange, bis er sagte: »Jetzt bin ich doch wahrhaftig abgerutscht und hab mich verschrammt, wie du neulich«, rappelte sich hoch, zusammen krabbelten wir vorsichtig aus dem Steilhang heraus, er zeigte mir seine Hände, die waren blutig, so wusch ich sie ihm, wie er meine gewaschen hatte, und saugte ihm auch das Blut aus den Wunden.

Dann fragte er erstaunt: »Wo ist denn der Hase geblieben?«

»Den haben Sie dem Gebirge wiedergegeben«, antwortete ich und zeigte in den Abgrund hinein.

»Tja!« machte er und beugte sich leicht über den Abgrund, »wenn ich's nicht besser wüßt, würd ich denken, du bist hundertvierunddreißig Jahre alt, und ich achtzehn.«

Ich sah ihn an mit meinem Kinderblick und fragte erstaunt: »Wie alt sind Sie?«

Und er: »Geh! Verstell dich nicht, Lausbub!«

Und dann stiegen wir zusammen über die Terrassen nach Matschju-Pitschju ab.

Das Fest des Goldnen Vertrages von den dreien war ein Fest für die Schneider und für die Köche. Justus Burnus, der Hauptmann aller Schneider beim Zeppelzett, der hatte mir ja in Marbach das feinste Tuch um meine Hüften gewickelt und mit einer goldnen Nadel festgesteckt, der war mit Zeppelzett zusammen nach Matschju-Pitschju gekommen und hatte hundert Kleider für all die schönen Edelinge vom Zeppelzett genäht, der war müde und elend geworden davon und saß nun auf dem Großen Platz in seinem Stuhl, nahe beim Festzelt und wollte nichts essen und nichts trinken und schlief mittendrin immer wieder ein auf seinem Stuhl. Und der Avarall Pompolli, der hatte nicht weniger Kleider genäht für die Benefiten bei Re Dajana, der ging herum und wollte hören, daß seine Kleider schöner und besser sind, als die vom Justus Burnus, und die vielen Benefiten auf dem Großen Platz, die gingen herum und fragten: Wer macht die schönsten Kleider? Der Justus oder der Avarall? Und genauso war's mit den Köchen. Stellte der Xung-Tsiping einen riesigen, langen Tisch auf den Festplatz mit gebackenem Fleisch wilder Tiere, Auerhähne, Truthähne, Fasanenhähne, kleine Bären, alles auf Weinblätter gelegt, so kam gleich drauf der Justus mit vier Lernköchen, die trugen einen Tisch herbei, drauf die Hälfte von einem Rind, drum herum nur Spieße und Schüsseln mit hundert Soßen, und wer nach einem scharfen Messer fragte, dem zeigte er, wie man aus dem riesigen Fleischberg kleinste Stücke herausholen kann ohne Messer, denn der Fleischberg war schon zerschnitten und zerteilt und dann wieder mit größter Kunst so zusammengesetzt, daß man den Schnitt und die Teilung nicht sehen konnte. Und gleich kam der nächste Tisch heran, wieder vom Xung-Tsiping bereitet, mit tausend kleinsten Broten, drauf hatte er Fisch, Wurst, Fleisch, Käse, Gurken, Früchte, Salatblätter, Oliven, Sherries, Eier, Gemüse und dicken Rahm zu kleinen Häusern geformt, keins war dem andern gleich, und jedes schmeckte wie eine neue, unbekannte Speise. Die nennt er die Sakojnski, die hat er aus einem Buch gelernt, aus der Alten Zeit. Und so ging's weiter, alle Benefiten tranken auch den giftigen Alkohol und wurden laut, bis die Sonne schon über den Urubambafluß gegangen war mit Glutleuchten und schwarzem Brand.

Dann erst stieg der Fort zusammen mit dem von Villingen, der ist der höchste Sekretär bei den Bodenreifs, und dem Nobility, der ist der höchste Sekretär bei den Eckssons, auf eine Terrasse überm Platz, sie hoben die Hände, und als es ganz still war, zogen sie alle drei ein weißes Papier aus ihrer Tasche, und der von Villingen las draus vor, und alle sahen zu ihm hin und hörten gut zu.

»Mit der Erlaubnis der Höchsten der Familien der Bodenreifs und der Eckssons verlesen wir nun den Goldnen Vertrag, zu dessen feierlichem Begehen wir alle heute zusammengetroffen sind. Ich als Bevollmächtigter der Bodenreifs, und mein verehrter und hochangesehener Kollege, der Sekretär Jochuim Nobility als Bevollmächtigter der Eckssons.« Sah den an, der nickte, und las weiter: »Verbunden werden im Goldnen Vertrag: Der Hohe Herr Zeppelzett Bodenreif mit seinem geliebten Bräutigam Raphael Bodenreif aus der Familie der Bodenreifs und ihre gemeinsame Braut, Marie-Luise Bodenreif aus der Familie der Eckssons. Erfüllt ist der Goldne Vertrag, wenn aus der innigen Verbindung der drei das Kind hervorgeht, nach uraltem Gesetz, wie es die Familien in ihrem Grundvertrag beschlossen haben.« Dann las der von Villingen vor die Geschenke, die durch den Vertrag verbürgt sind: Viel europäisches Familienland für die Marie-Luise, dazu von Re Dajana das Colorado-Land, sehr viel Familienland in Amerika und in Skandinavien für den Raphael, und alle Familien schenken allen dreien etwas von ihren Schätzen, die sind groß, und ganz Italien für den Knaben, und das ganze Griechenland für das Mädchen danach, und umgekehrt dem Mädchen, wenn es zuerst herauskommt aus der Verbindung der drei, Italien, und dem Knaben danach

Griechenland und die Türkei dazu. Und am Ende sagten die drei Sekretäre zusammen wie aus einem Munde: »Möge die Verbindung glücklich und dauerhaft sein und mit Ernst und Pflichtbewußtsein erfüllt werden, damit sie lange hält und dem Fortbestand und dem Wohle der Familien dient.«

Als sie das alles verlesen hatten, da war die Sonne schon weit hinterm Urubambatal und weit hinter den fernsten Bergen. Lichter wurden gebracht auf den Festplatz, Zeppelzett holte sich seinen Raphael heran und legte den Arm um seine Schulter, Re Dajana führte die Marie-Luise zu ihm hin, daß er den anderen Arm um die Schulter der Marie-Luise legen mußte, und bei den Blitzen der Linsenmänner gingen die drei langsam über den Platz, stiegen die Grade Treppe hinauf zu den Häusern über den Grotten, Diener mit Lichtern in der Hand erleuchteten die Stufen und den Eingang zum größten Haus. Zeppelzett ging hinein mit Raphael und Marie-Luise, so wie Re Dajana mit mir und Aurehl in die Grotten eingetreten war. Aber der sechsarmige Grottengott war nicht bei ihnen, sondern unter ihnen, und jeder Benefit auf dem Festplatz wußte genau, wie es weitergehen wird mit den Dreien: Raphael wird ins Bett springen zum Zeppelzett, und die Marie-Luise wird bei der Nacht zurückspringen über die Treppen, über den leeren Festplatz und über die Treppen auf der anderen Seite hinauf zur Akropolis.

Ich sah mich gut um auf dem Platz. Von allen Familien waren Sekretäre und Benefiten gekommen, sogar von den Nomenklatter und von den Jammandas, die wollten nun gutes Wetter machen für ihren Einkauf in Kusko, dahin war der wichtige Xung-Beping befohlen worden von Re Dajana, daß er für das neue Polyxa viel einhandeln soll, aber so viel ich mich auch umsah, von den Bodenreif-Frauen sah ich keine einzige auf dem Festplatz.

Es war auch der Galloway gekommen mit seiner geliebten Bonny, die nennt er auch ›Honey‹, ich aber nenne sie ›Frau Honig‹. Die kamen beide zu mir, dabei stolperte sie fast über ein Grasbüschel, er fing sie aber geschickt auf, und als die Konversation fertig war, sagte der Galloway zu mir: »Was ist mit Miß Aurehl? Ich kann sie nirgendwo entdecken.«

Ich antwortete: »Dazu müßten Sie einen langen Blick haben, denn Aurehl ist in Iowa.«

Frau Honig lachte drüber und wollte mich ansehen, sah mich aber wohl nicht gut genug, denn sie trat näher zu mir heran, und der Galloway fragte: »Und Sie lassen diese bezaubernde junge Dame einfach fahren?«

»Aurehl fährt immer dahin, wo sie will«, antwortete ich. »Denken Sie doch nur daran, wie sie nach Kusko wollte. Sogar mit Ihren Raketen konnten Sie es Aurehl nicht verbieten.«

Da verzog der Galloway seinen Puppenmund zum Puppenlachen und sagte: »Frauen können sehr eigenwillig sein, das ist wahr«, sein Mund wurde wieder schmal, das Lachen vom Galloway war zu Ende, und er sagte noch: »Besuchen Sie uns doch einfach mal, wenn Sie nichts Besseres vorhaben, und sehen Sie sich unser Haus an.«

Ich sagte: »Das will ich gern machen.«

Er ging schon weiter und rief noch: »Vorher bitte anrufen!«

Als mich dann noch andere Benefiten mit ihrem Spott nach Aurehl fragten, antwortete ich: »Sie läßt sich ihre Augen operieren. Die sind zu groß geworden.«

Die Nacht kam, es wurde kalt und feucht, die Benefiten gingen mit Lärm in ihre Häuser, aber ich blieb auf dem Großen Platz, setzte mich auf einen Stein und wartete. Endlich hörte ich den Sprungschritt, an dem erkannte ich sie gleich. Und als sie an mir vorbeihuschen wollte, sagte ich leise: »Marie-Luise!« Sie blieb stehen, sah sich um, sah mich als Schatten auf dem Stein, rief: »O Schreck! Sie?«

Ich sagte zu ihr: »Weißt du noch, wie ihr mich gebadet habt für die Herrin im Taunustal, wo es sich zur Opernschlucht hin verengt? Da habe ich auch auf einem Stein gesessen und gewartet.«

»Und als wir Sie abholen wollten, waren Sie verschwunden, und neben dem Stein war ein Loch im Boden. Die Herrin hat geschrien und uns beide an den Haaren gezogen und geohrfeigt. Dann mußten wir den Hagannahta zu ihr holen. ›Wie konnte das passieren?‹ schrie sie immer wieder, ›wie konnte er durch die Absperrung durch?‹ Keiner hat geschlafen in dieser Nacht, jeden hat sie beschuldigt. So ist sie. Dabei will sie ja nur, daß man sie liebt.«

Wir redeten beide nicht, lange, dann fragte sie mich: »Und wie sind Sie an den Wachen vorbeigekommen, damals?«

Ich sprang ab von meinem Stein und antwortete: »Ich bin unter den Wachen durchgegangen«, wollte gern ihr Gesicht sehen, sah aber nur ihren Schatten, »durchs Nasse Grab.«

»O Schreck, wie?« fragte sie.

Da habe ich es ihr verraten, daß sie sehr staunen mußte, und am Ende sagte sie: »Und das alles, um zu Aurehl zurückzukommen! Zu wem könnte ich durch die Erde fliehen?«

Und wieder redeten wir nicht, lange.

Dann sagte sie: »Der Diener vom Raphael hat euch gestern zu spät gesehen. Raphael ist weggerannt und hat mich auf den Treppen stehen lassen. Ich habe gedacht: Ich will ein Kind sein und mit anderen Kindern spielen, und ich will nie wieder verliebt sein, denn das bringt nur Unglück und Leiden. Ich will auch den ganzen Körper um mich herum nicht mehr, denn der bringt das Unglück. Ich habe zur Herrin gesagt: ›Ich gehe nicht in das Spiel der Mächte!‹ Sie hat die Wachen auf mich gehetzt und mich festhalten lassen und hat geschrien und gebettelt, ich soll sie lieben. Dann hat sie mich in ihr großes Bett gezogen.« Und sagte lange nichts. Und dann: »Es ist beschlossen, daß wir nicht gleich nach Italien fahren, sondern erst in vier Wochen, vielleicht kann der Flüssel dann schon ›ja‹ sagen. So kann ich noch bei der Herrin bleiben«, faßte mich bei den Händen, warm und fest, »und bei Ihnen. Werden Sie mir helfen? Ich denke mir, der Hohe Herr ist in Sie verliebt«, sagte nichts mehr, und ich wußte, daß sie über und über rot war im Gesicht, vom Hals bis zu den Ohren.

Ich fragte sie: »Was ist ›ja‹ und ›nein‹ beim Flüssel?«

Und sie: »In vier Wochen kann er vielleicht schon den Test machen, ob ich schwanger bin«, zog meine Hände zu sich heran, preßte sie an ihren Hals und fragte mich: »Ist das Gebirge für vier Wochen groß genug?«

Ich antwortete: »Und wenn nicht, werde ich's dem Zeppelzett groß machen, für dich.«

Sie hob meine Hände an ihren Mund und küßte sie naß und heiß. Aber als ich ihren Leib an mich pressen wollte, stieß sie mich weg mit ihrer Kraft und rannte über den Großen Platz zur langen Treppe hin. Ich hörte noch auf Sprungschritt, dann ging ich langsam zu meinem Kleinen Haus.

6. Kapitel

28. Oktober bis 17. November 268, Kunumis, die übersprungene Nacht

Ich hatte Zeppelzett immer nur einen Tag weit ins Gebirge hineingeführt, und vor der Nacht waren wir zurück. Nun wollte er weiter. So mußten wir Brot, Käse und Lutschzucker mitnehmen, den Spirituskocher, Topf und Becher, alles mußte in den Rucksack gepackt werden, dazu noch hundert andere Sachen: Verband und Medizin, Alkohol und Dollarschein, Bürsten und Papier, Schuhöl und Hautöl, Tourenbuch und Stift, die kleine und die große Schere durfte nicht fehlen, und das Fernglas für beide Augen, so war der Rucksack voll und sehr schwer, und drüber wird noch ›das Biwak‹ geschnallt, das ist ein kleines, leichtes Zelt. Der Rucksack wird aber nicht am Schulterriemen getragen, wie der Beutel im Beton, sondern mit zwei Schulterriemen und einem Hüftriemen am Rücken, so trägt er sich besser, und Zeppelzett nahm ihn mir auch manchmal ab, wenn wir steil aufstiegen.

Einmal rasteten wir bei dichtem Nebel unter einem riesigen Stein, und Zeppelzett erklärte mir grade, wie man unter einem solchen Stein vor dem Steinschlag geschützt ist. Ich sah am Himmel ein Glitzern wie von einem nassen Felsen, dann sah ich ein Stück vom blauen Himmel, dazu eine feuchtglitzernde Felswand, mit Lianen bewachsen, der Nebel stieg, und wir sahen beide weiter unten einen Geröllhaufen, staubig und ohne jedes Grün, zersplitterte Hölzer staken heraus, drei Lamas lagerten neben dem Geröllhaufen und sahen in die Ferne nach ihrer Art. Und ein alter Indiomann hockte vor dem Geröllhaufen, starrte drauf, sah uns nicht und sah die Sonne nicht, wie sie alles hell und klar erleuchtete: Den steilen Geröllhang, und in der Ferne den glitzernden Felsen, drei Lange Blicke hoch. Und hinter ihm hockten zwei kleine Kinder auf dem Geröll.

Wir gingen beide zu dem alten Indiomann hin, Zeppelzett faßte ihn an der Schulter und redete zu ihm, aber er rührte sich nicht. Ich stieg auf den staubigen Geröllhaufen und wußte bald, daß unter dem eine Hütte verschüttet sein muß, wollte das Geröll wegräumen, damit die Hütte drunter frei wird, aber da stand der Alte auf, drohte mir mit den Fäusten und sah mich böse an, so ließ ich's. Nun hielt Zeppelzett dem Alten einige wertvolle Dollarscheine hin, der Alte nahm sie nicht, so legte er sie neben ihn. Ein Windstoß fegte sie weg, der Alte rührte sich nicht, saß nur vor dem Geröllhaufen, hörte nichts, sah nichts außer dem Geröll. So holte Zeppelzett neue Dollarscheine aus dem Rucksack und wollte sie dem größeren Kind in die Kapa stecken, aber das Kind sprang weg, so gab er's auf. Endlich gingen wir zurück zu unserem geschützten Rastplatz, Zeppelzett schrieb die Stelle in sein Tourenbuch ein, und wir konnten nun erkennen, wie alles gekommen war: Hoch über der verschütteten Hütte war kahles Gestein, von da war der Steinschlag abgegangen und hatte die ungeschützte Hütte zertrümmert. Zeppelzett sagte dazu noch: »Weißt, wenn man im Geschütt eine Hütte errichtet, muß man sie vor dem Steinschlag schützen. Hätte der Alte seine Hütte hier, unter diesem Brocken gebaut, dann wäre der Steinschlag im hohen Bogen drüber gegangen. Was der Raphael wohl treibt?«

Ich sagte: »Was wird aus den Kindern, wenn der Alte immer nur ins Geröll starrt?«

»Recht hast!« sagte er, »mein Geld können die nicht essen. Da müssen wir uns halt was G'scheites ausdenken«, legte alles Brot und allen Käse aus unserem Rucksack auf den Rastplatz, so als hätten wir's da vergessen, und dann gingen wir auf dem kürzesten Weg nach Matschju-Pitschju zurück, und gingen sehr schnell, denn noch am selben Tag sollte ein Heli beladen werden mit allem, was für eine neue Hütte gebraucht wird, der sollte hinfliegen und alles beim Alten abladen. Aber der MacNeer sagte: »Landen kann ich nicht im Geröll, und wenn ich das Bauholz absetze, wird es vielleicht wegrutschen. Außerdem wird sich der alte Mann vor dem Heli und vor dem Staub fürchten, den er aufwirbelt, wird mit den Kindern fliehen, und seine Lamas werden sich im Gebirge verirren oder abstürzen.« So bat den Zeppelzett den Fort um fünfzig kräftige Kuetschuas als Träger, und von den Handwerkern bekam er für die neue Hütte alles, was ein Indio braucht. Das war ihm aber nicht genug, und so gingen dann am nächsten Morgen die fünfzig Kuetschuas hinter mir her, alle schwer bepackt mit Holz für die Hütte, Tür und Fenster, Bettgestell und warme Decken, und sogar bequeme Sessel, Stühle, Teppiche und Öllampen mußten dabei sein. So mußten wir langsam gehen und oftmals rasten, und die Kuetschuas wechselten sich ab beim Tragen der schwersten Lasten.

Als wir endlich zu der Stelle kamen, war die Sonne schon hinter den Bergen, der Alte saß immer noch vor dem Geröll, sah nicht hin zu uns, und auch den Lärm von fünfzig Kuetschuas hörte er nicht, wie die ihre Lasten alle unter dem riesigen Stein abluden, denn dahin sollte die neue Hütte gebaut werden nach dem Befehl vom Zeppelzett.

Die Kuetschuas hatten schon ihre Feuer gemacht für die Nacht, und es war endlich still geworden im Gebirge, da hörten wir von ferne Kinderstimmen, die gingen so: »Hiju! Haju! Hoja!«, und wir sahen, wie die Kinder vom Alten seine Lamas zurücktrieben zu dem Geröllhaufen hin, unter dem die alte Hütte verschüttet war. Die Kinder sahen sich sehr neugierig an, was da alles angeschleppt worden war durchs Gebirge, und redeten auch mit den Kuetschuas in ihrer Sprache. Und einer übersetzte uns alles ins Englische: Kunumis heißt der Alte, seine Frau liegt begraben unter den Trümmern, und er sitzt nun davor und trauert um seine tote Frau. Zeppelzett nannte die Kinder Hansi und Greti, und die drei Lamas hießen nun Hiju, Hoja und Haju, so wie die Kinder sie mit ihren Rufen getrieben hatten.

Zur Nacht rollten sich alle Kuetschuas und auch die Kinder in ihre warmen Kapas ums Feuer, Zeppelzett und ich, wir krochen aber ins Biwakzelt, geschützt unter dem großen Stein, der sollte später die neue Hütte vom Kunumis schützen und danach mich. Aber das wußte der Stein damals noch nicht.

Zeppelzett sagte: »Eng ist's im Biwak, aber geschützt ist man vorm Wetter.« Und als ich nichts drauf sagte: »Ich, an deiner Stelle, ich würd mir die Dohle schon zurückholen. Denn ich, an meiner Stelle, weißt, ich mag halt nicht unnütz leiden.«

»Ich leide ja nicht!« rief ich, und fast kamen mir die Tränen dabei.

Er sah mich an von der Seite beim Biwaklicht: »So?«

»Ich bin auch nicht eifersüchtig. Ich beneide Aurehl!«

»Was sagst?«

»Ja. Sie kann mehr als ich.«

Er sah mich mit großen Augen erstaunt an, dachte angestrengt nach, und mit seiner höchsten Stimme fragte er: »Und was kann sie mehr als du?« und wartete gespannt auf meine Antwort.

Ich ließ ihn warten, ich wollte drauf nicht antworten. Aber er drängte mich mit: »No! Sag's mir! Versteck dich nicht!«

So gab ich's auf und sagte leise: »Ich denke mir, sie liebt alle Menschen.«

Da lehnte er sich zurück, weit, als hätte ich den Rotfleckigen Tod auf der Haut, sah mich mit zusammengekniffenen Augen an und fragte: »Was sagst da? Ist das wahr?« beugte sich vor zu mir und sagte wie ein Geheimnis von der Bickelak: »Dann ist die ja eine g'fährliche Person!« Und weil ich ihn nur ratlos ansah: »Denk doch mal drüber nach, mein Bub! Denk doch mal dran, was der Alte g'sagt hat auf Hawaii beim Fest: ›Und hütet euch vor den Weltverbesserern und Weltbeglückern! Denn die bringen das Unglück in die Welt!‹ Und was ist das für eine neue Art von Weltbeglückung! Wenn eine alle Menschen liebt! Und ausgerechnet die ist zum Alten gefahren? Noja, wies das Schicksal eben will. Den einen trifft's so, den andern so. Schlaf gut, mein Bergprinz!«

Viele Kuetschuas wissen, wie man eine Hütte baut, denn sie haben es von ihren Vätern gelernt, und einige haben dazu noch die Baukunst von den Handwerkern bei Re Dajana gelernt. So war schon beim höchsten Stand der Sonne der Unterbau aus flachen Steinen geschichtet, und das Tragholz war draufgelegt und gerichtet worden. Mit Säge, Axt und Hammer wurde viel Lärm gemacht, bis jedes Holz paßte und eingefügt war, aber das Dach war bis zur Nacht nicht gedeckt. Alle sprangen sie dann mit viel Geschrei um die neue Hütte herum, und einige hatten auch ihre Sikuflöte mitgebracht, sogar die schwere Huankaratrommel hatte einer hergeschleppt, so kam zum Geschrei ihr Geflöte und Getrommel, davor sollten die bösen Berghuakas ausreißen für immer, daß keine Not geht in die Hütte, und die guten Berghuakas sollen das Geröll festhalten über der Hütte, daß kein Steinschlag herabgeht. Die Kinder sprangen auch mit herum, schrien am lautesten, und als sie müde waren, setzten sie sich auf die Knie vom Zeppelzett, ließen sich gern drauf schaukeln und hatten keine Angst mehr vor ihm. Aber Kunumis sah und hörte nichts davon, saß vor dem Geröllhaufen und trauerte um seine tote Frau.

Am andern Tag wurde dann auch das Dach gedeckt, und alle Orchideen, die sie finden konnten, wurden draufgesteckt. Die Kinder machten ein helles Feuer auf der neuen Feuerstelle, aus Steinen geschichtet, der Rauch zog ab durch die Ritzen, die wurden mit Moos gedichtet, bis der Rauch endlich nur noch durch den Rauchabzug ging. Dann rannten die Kinder zu ihrem Vater, nahmen ihn an der Hand und führten ihn zu uns. Er sah sich die neue Hütte an, lange, ging auch einmal herum, die Kinder führten ihn hinein, und bald drauf kam er mit einem Krug heraus, drin das bißchen Milch, das die Kinder seinen Lamas abgemolken hatten, er hob den Krug, trank einen kleinen Schluck draus, und dann ging er zu jedem hin, und jeder mußte einen kleinen Schluck Milch trinken. Und weil er dabei nicht redete, und weil auch sonst niemand redete, so war's sehr still im Gebirge.

Am nächsten Morgen führte ich dann alle zurück nach Matschju-Pitschju, das war am 8. November des Jahres 268 der Neuen Zeit.

Die Kuetschuas sangen laut ihren Kalujos, den nennt man auch ›den Weggesang‹, so wurden wir schon von weitem gehört in Matschju-Pitschju, und an den Treppen überm Tal der Lamas standen viele Kuetschua-Frauen, die winkten und riefen laut: »Huakah!« und auch die Lernmehd Domähne stand da und schrie, daß man es über dem Gesang und über dem ›Huakah!‹ hören sollte: »Pan Inka-Fürst! Pan Inka-Fürst!« kam mir mit schnellen Schritten entgegen, und nahe bei mir sagte sie ohne Atem: »Ein Brief von der Dohle!«, daß der Zeppelzett es hörte und die Augenbrauen hochzog.

Und ohne ein Wort zum Zeppelzett rannte ich hinauf zur Akropolis.

Im Langen Zeltzimmer ging's gleich: »Hast du noch keinen Vorleser?« – »Nein!« – »Soll ich vorlesen?« – »Ja!« – »Erst einen Kuß, bitte!« und endlich las sie dann vor.

»›Der zweite Brief der Dohle Aurehl, den sie mir, ihrer

treuen Wahulla diktiert hat am 7. November, 10 a. m., central time, im Farmhaus des Hohen Herrn Annest Fill, Austin, Iowa: Ich liebe euch. Ich sehne mich nach euch. Ich will sehr bald zu euch hinfahren, damit ich euch beide fest umarmen kann, und euch bitten, daß auch ihr mich fest umarmt mit Liebe. Es ist nun beschlossen, daß ich ins Beton fahre zur Saatzeit, denn ich will dem Betonmenschen den Weizen bringen. Dazu muß aber noch viel getan werden. Ein Arzt muß mitkommen und ein Wachhauptmann. Beide müssen sie meinem Großvater gefallen und mir, und beide müssen sie das Deutsche so sprechen, wie man es im Beton spricht. Die sind schwer zu finden. Wir nehmen auch vieles mit außer dem Saatkorn. Dazu braucht man den Etat. Den will mir mein Großvater geben als Dollarschein. Sein kluger Koch, der Hannes Wegscheider, sagt aber: Der Dollarschein ist im Beton nichts wert, man muß den Euro nehmen. Das will aber mein Großvater nicht hören, so zanken sie sich beide drum. Ich denke, am Ende werden sie es beide schon richtig herausfinden. Ich will auch gerne wieder mit euch zusammenliegen und denke viel an die Erlen am Bach, wie dicht sie zusammenstehen, und denke auch viel an den sechsarmigen Grottengott.‹«

Sieben Tage lang ging ich mit Zeppelzett durchs Gebirge. Er kannte sich längst so gut aus wie ich, sein erstes Tourenbuch war schon vollgeschrieben. Dreimal waren wir beim Kunumis. Jedesmal gab er uns die Milch von seinen Lamas, blieb aber stumm, und jedesmal mußte Zeppelzett die Kinder auf seinen Knien schaukeln. Die lachten dazu und plapperten ihm viele Worte nach, drüber freute er sich, und dann sagten sie ihm die Worte in der Kuetschuasprache. Wenn ihm aber ein Kuetschuawort falsch über die Zunge ging, dann lachten sie laut, und eins sprang immer auf danach, rannte eine Runde um ihn herum und setzte sich wieder auf sein Knie.

Am 15. November kam der dritte Brief von Aurehl: Der Hauptmann aller Flugkapitäne beim Annest Fill wird sie am 18. November von Iowa nach Kusko bringen, und sie bittet Re Dajana darum, daß sie ihr den MacNeer nach Kusko schickt am 18., damit er sie nach Matschju-Pitschju bringt mit seiner sicheren Hand.

Da war ein lauter Jubelschrei im Langen Zeltzimmer, Re Dajana tanzte mit den Mehden einen schnellen Springtanz, fast so gut wie Wilhelm, und sogar der Labiges wurde von den Frauen mitgerissen, der tanzte sehr ungeschickt, und ich tanzte auch nicht sehr gut, denn ich mußte immerzu denken: Noch zwei lange Tage und drei lange Nächte!

Später sagte ich zu Re Dajana: »Der Hauptmann Galloway hat mich eingeladen, damit ich mir sein Haus ansehen kann.«

Sie antwortete mit ihrem Spott: »An seinem Haus gibt es wirklich nichts anzusehen, das ist wie eine riesige Bienenwabe. Er wird dir erklären, was ich alles falsch mache, und daß du deinen Einfluß geltend machen sollst, damit ich in Zukunft alles richtig mache. Aber geh nur hin und hör dir seine Klagen an!«

»Vorher soll ich anrufen«, sagte ich. »Wie macht man das?«

Da lachte sie erst ihr langes Lachen von Anfang bis Ende mit Tränen und in vielen hohen und tiefen Tönen, hielt sich plötzlich die Hand vor den Mund, so macht es ja auch die Bessi, sah mich ganz ernst an und rief: »Was für ein Chaos muß in deinem Kopf herrschen!«

»Was ist ›ein Chaos‹?« fragte ich sie.

Aber sie hörte nicht drauf und redete weiter mit einem Ernst: »Was muß alles an Halbverstandenem und Unverstandenem in deinem Kopf durcheinandergehen! Und wie schnell mußt du lernen und behalten und verstehen, was du grade erst gelernt hast!« Sah mich an, lange, und dann mit ihrem Spott: »Manchmal lernst du mir fast zu schnell!«

»Und wie ruft man an?« fragte ich sie.

»Er meint das Telefon ...«, wollte schon wieder lachen, verbot sich's aber und sagte: »Geh zum Siemers! Er wird es dir erklären.«

Und mit einer Angst ging ich hinab zum Haus der Elektriker, trat ein, hinter einer Scheibe saß ein Wachmann und fragte mich übers Meik, daß es durch die Scheibe durchging: »Was wünschen Sie?« – »Ich will anrufen.« »Name?« – »Pan Inka-Fürst.« Da sprang er auf und sagte: »Diese Tür bitte!« Und eine Tür sprang auf, dahinter zwei Wachmänner, die führten mich durch zwei weitere Türen in ein kleines, sehr hell erleuchtetes Zimmer, drin saß der Siemers an einem langen, schmalen Tisch, stand gleich auf, daß seine goldnen Ketten um Hals und Hüften klapperten und glitzerten, und sagte zu mir: »Das lasse ich mir nicht nehmen, Sie mit dem Telefon vertraut zu machen. Mit wem wollen Sie sprechen?«

»Ich will den Hauptmann Galloway anrufen«, sagte ich.

»Einen Augenblick«, sagte er, hob ein Stück Buntholz ans Ohr, wie der Schulterknochen vom Schaf geformt, das hing mit einer Schnur an einem Buntholzkasten, drauf zwölf Buntholzsteinchen mit Nummernkringeln, fünf davon drückte er leicht mit seinem Finger, horchte in den Knochen hinein, redete schnell in der englischen Sprache, daß ich's nicht verstehen konnte, hielt mir den Knochen hin, sagte: »Sie können jetzt sprechen«, und da wußte ich endlich: Das ist das Telefon, und wußte auch, daß ich das schon oft gesehen hatte, und wußte auch, daß das Telefon zwei Teile hat, den Kasten und den Knochen.

Ich nahm den Knochen in die Hand, den nennen sie ›den Hörer‹, wußte nicht, wie ich ihn halten soll, drehte ihn herum, bis die Schnur ganz verdreht war, und hörte dauernd ein Piepsen und Quietschen. Als nun der Siemers meine Not sah, kam er schnell um den Tisch herum zu mir und legte mir das Ding richtig ans rechte Ohr, gleich war das Piepsen und Quietschen unerträglich laut, wie tausend Grillen auf der Weide, so nahm ich das Ding schnell weg vom Ohr und hielt es dem Siemers hin. Der sagte aber: »Sie können jetzt sprechen. Sprechen Sie!« Ich rief so laut ich konnte: »Ich will den Hauptmann Galloway anrufen. Der ist in Kusko beim Jetplatz«, denn ich dachte: So weit anrufen muß laut angerufen werden. Der Siemers sagte: »Aber nicht so laut!« Da sagte ich noch einmal leise: »Ich will den Hauptmann Galloway anrufen ...« – »Am Apparat«, piepste es, »nett, Sie zu hören.« Und da erst erkannte ich seine Stimme aus dem Piepsen heraus. Ich sah mich nach dem Siemers um, daß er mir weiterhilft, aber der war verschwunden. So sagte ich leise in den Hörer: »Sie haben mich eingeladen, daß ich mir Ihr Haus ansehen soll«, und wunderte mich sehr, daß gleich zurückkam, als hätte ich wirklich zu ihm geredet: »Freut mich sehr, daß Sie meine Einladung annehmen wollen.« Und ich gewöhnte mich schnell dran, daß das Piepsen und Quietschen in meinem rechten Ohr die Stimme vom Galloway sein soll. »Wann paßt es Ihnen?« fragte er, und endlich waren auch die schnellen Gedanken wieder in meinem Kopf, so sagte ich: »Ich richte mich gern nach Ihnen, denn Sie haben sicherlich eine Menge Arbeit am Tag und in der Nacht.« – »Am Tag und in der Nacht! Whow! Aber ehrlich gesagt, am Tag bin ich noch mehr beschäftigt als in der Nacht, wenn Sie wissen, was ich meine.« Dann war's still im Hörer, dann hörte ich den Galloway piepsen: »Was halten Sie von morgen vormittag? Um acht geht ein Kurierheli nach Matschju-Pitschju, um neunuhrdreißig geht er zurück. Steigen Sie einfach ein. Einverstanden? Neunuhrdreißig?« – »Ja«, antwortete ich. – »Okay, dann bis morgen«, piepste es noch, dann war plötzlich eine riesige Hummel in meinem Ohr und gleich drauf ein Ton wie von hundert Ruderwagen, als ob sie zusammen von den Gleisen springen wollen in den Abgrund, wo die Große Spinne wartet, so warf ich den Hörer weit weg ins Zimmer, daß er an der Wand zersplitterte. Gleich drauf trat Siemers ein, fragte: »Haben Sie Ihr Gespräch beendet?«, sah den zersplitterten Hörer in der Ecke, sammelte die Splitter ein, warf sie in den Abfalleimer, sagte dann: »Grüßen Sie bitte Re Dajana von mir. Und wenn Sie wollen, lege ich Ihnen ein Telefon in Ihr Haus.«

Als ich dann über die Treppen ging, merkte ich, daß ich am ganzen Körper schwitzte, als wär ich grade auf den Huajna gestiegen, hatte aber doch nur den Galloway angerufen.

Ich ging die Treppen anders als sonst: Zwei Stufen langsam für zwei lange Tage, drei Stufen noch langsamer für drei lange Nächte und dann drei Stufen mit einem Sprung als Freudenhüpfer. Die Marie-Luise sah es von oben, wunderte sich und fragte mich danach. Dann lachten wir zusammen, aber als ich ihr sagte, daß ich am andern Tag zum Galloway fahre, rief sie: »O Schreck! Was mache ich morgen mit dem Zeppelzett?« Ich fragte sie: »Was ist Neunuhrdreißig?« – »Schon Tag, noch nicht Mittag«, antwortete sie, und ich: »Um Neunuhrdreißig holt mich der Kurierheli vom Galloway.« Und sie: »Und bis dahin führen Sie Zeppelzett durchs Gebirge und ich Raphael durch Matschju-Pitschju!«

Am frühesten Morgen stieg ich schon mit Zeppelzett ab ins Tal der Lamas. Da war der Lichtzauber um uns herum, der verzauberte mich, so rannte ich erst voran, dann zurück zu ihm, wie die Kinder es machen, hängte mich an seinen Hals, daß er fast umfiel, juchzte laut, bis er rief: »Bist denn närrisch g'worden?« Aber ich rannte schon wieder voran und rief dazu: »Aurehl kommt! Aurehl kommt!«

Wir blieben bei den Lamahirten und sahen zu, wie sie die süßen Kartoffeln mit einem Stock unters Feuer schoben und später knusprig und duftend herauszogen, wie sie das kostbare Salz draufstreuten und pusteten, bis die Kartoffel abgekühlt war, wir aßen davon mit Genuß, lachten viel, und ich hüpfte auch weiter herum, bis ich den Heli hörte, wie der mit unerträglichem Lärm über Matschju-Pitschju herabging. Zeppelzett zog seine Uhr aus seiner grünen Jacke, sah drauf und sagte zu mir: »Ab mit dir, Bergprinz, und spute dich!« So sprang ich schnell hinauf, er blieb aber bei den Hirten, und oben stand der Diener vom Raphael und paßte besser auf.

Beim Landeplatz sah mich der Flugkapitän, fragte mich: »Sind Sie Pan Inka-Fürst?« und als ich nickte: »Dann sind Sie mein Passagier zum Airport Kusko«, und mit seinem Arm lud er mich ein, daß ich hinaufklettere und einsteigen soll in seinen Heli. Die Groundcrew-Männer kamen mit einer Kiste, luden sie ein, und gleich drauf flogen wir schon über den Terrassenberg, dann immer überm Urubambatal, aber nicht alle Windungen, so war's ein kurzer Flug bis zum Jetplatz Kusko.

Und als es dann endlich still war im Heli, sah ich mir den Jetplatz an und dachte: Auf den ist Aurehl herabgegangen im Jet vom Mundermann und angekommen gegen die Raketen vom Galloway, und auf den wird sie wieder herabkommen am Tag nach dem nächsten Tag, und diesmal wird keine Rakete gegen sie gehen!

Ein Hauptmann der Wache vom Galloway stand schon unter der Treppe und führte mich mit langen Schritten zu einem niedrigen Haus aus Betonstein, mit winzigen Fenstern. Vor einem Busch wie aus Papier geschnitten sah ich Frau Honig stehen, die breitete ihre Arme aus zu mir hin und rief: »Willkommen! Mein Bester! Darf ich Sie hineingeleiten in unser kleines, bescheidenes Domizil? Kommen Sie nur! Keine falsche Bescheidenheit! Bei uns ist alles ganz einfach und natürlich!« faßte mich unterm Arm und zog mich durch lange Gänge an hundert Türen vorbei, und an jeder Tür ein Wachmann in rotblauer Livree, überall Blumen, wie aus Papier gemacht, und am Ende standen wir in einem großen Zimmer mit vielen Türen und vielen Wachen, und Frau Honig sagte zu mir: »Hier herein! Jimmi wartet schon ungeduldig auf Sie.« Ein Wachmann riß eine dicke, gepolsterte Tür auf, sie wollte mich in Jimmis Zimmer führen, stolperte aber über die Türschwelle, daß ich sie halten mußte, so führte ich sie dann hinein.

Galloway saß hinter einem riesigen Tisch mit sieben Telefonen, stand auf, als wir eintraten, sagte: »Willkommen, mein Bester! Was trinken Sie?« und öffnete einen Schrank, drin hundert Flaschen voll mit giftigem Alkohol.

»Ich trinke keinen Alkohol«, sagte ich, und Frau Honig: »Gut so! Nehmen Sie Milch?« – »Gern«, antwortete ich, und Galloway sagte dazu: »Bonny, my Honey, braucht viel Kalorien, sonst wird sie so dürr wie eine Bohnenstange«, goß sich Whisky ein, den nennt er ›den Tschiff‹, hob sein Glas mit: »Cheerio!« trank es leer und sagte dann: »Wirklich schade, daß Sie die bezaubernde junge Dame Aurehl nicht mitbringen konnten. Ich habe Bonny schon so viel von ihr vorgeschwärmt, daß sie ganz eifersüchtig geworden ist.« Und ich merkte, daß er die deutschen Worte so sagt, wie Schahanna die englischen, so, als hätte er zu viele Zähne im Mund.

»Sie ist immer noch in Iowa?« fragte Frau Honig mich.

»Ja«, antwortete ich, »aber wir erwarten sie schon in zwei Tagen in Matschju-Pitschju.« Und zum Galloway: »Ich hoffe, Sie werden diesmal nicht wieder mit Raketen auf sie schießen.«

»Oh!« stöhnte der Galloway, »erinnern Sie mich nicht an diese scheußliche Geschichte!«

Und sie sagte dazu: »Sehen Sie, mein Freund, so ist das mit den Soldaten: Ein Soldat hat seine Befehle. Und Jimmi ist Soldat.« Und zu ihm sagte sie: »Willst du unserem Gast nicht endlich Platz anbieten?«

»Erst will ich mir Ihr ganzes Haus ansehen«, sagte ich, »und wenn es hundert Zimmer sind.«

»Nun, hundert ist vielleicht etwas zu hoch gegriffen«, sagte Frau Honig, »aber viel fehlt nicht.«

Galloway lachte sein Puppenlachen, rief: »Wir können ja zählen!« ging voran, ich hinter ihm, hinter mir Frau Honig, und sie zeigten mir ihr ganzes Haus, alles kleine, viereckige

Zimmer, eins wies andere. In jedem Zimmer rief ich laut: »Wie schön! Wie schön! Und so schön bunt!«, und Frau Honig lächelte glücklich und sagte: »Ja, Jimmi! Wenn wir doch öfter einen Gast hätten, der die viele Mühe würdigen kann, die eine liebende Frau aufbringt, um das Heim ihres Mannes zu schmücken und zu zieren!« Und als wir endlich durch waren, sagte sie noch: »Wissen Sie, Jimmi ist vernarrt in unser Haus!«

Vor der dickgepolsterten Tür zu seinem Zimmer sagte Galloway zu ihr: »Honey, Darling, lauf jetzt und kümmere dich um die Milch für unseren Gast und um den Lunch! Den haben wir uns redlich verdient, okay?« Das hörte sich aber an wie: Wenn du nicht gleich losgehst, dann feuere ich alle meine Raketen auf dich ab!

Frau Honig ging, er führte mich durch die dick gepolsterte Tür, bot mir einen Sessel an, setzte sich hinter seinen Tisch, goß sich einen Tschiff ein und sagte: »Honey ist geschwätzig, neugierig und schrecklich dumm, wie alle Frauen, mit einer Ausnahme: Re Dajana. Re Dajana ist für mich die einzige Frau auf der Welt, die ich als Gesprächspartner akzeptiere. Denn Re Dajana hat nicht nur ihren vielgerühmten und vielgeschmähten weiblichen Charme, sondern sie hat Geist, wenn Sie wissen, was ich meine.« Er sah mich an mit seinen Augen wie blaue Steine. »Und nun sagen Sie mir Ihre Meinung über das Ding, das sie gedreht hat, ich meine Polyxa.« Und trank seinen Tschiff, den zweiten.

»Sie meinen das neue Monopol«, sagte ich.

»Hören Sie, mein Bester, ich habe mir angewöhnt, über alles offen zu reden, wie man sagt: Fäkts. Und da muß ich Ihnen leider sagen, daß dieses Polyxa nie ein neues Monopol wird. Und ich wette eins zu tausend, daß die Jammandas längst wieder ihr eigenes Polyxa köcheln.«

»Das ist gegen den Vertrag!« rief ich, »das dürfen sie nicht! Und das echte Polyxa ist ja auch numeriert!«

»Gut so! Weiter so!« sagte er. »Verteidigen Sie Re Dajana! Ich will der Letzte sein, der sie nicht bewundert, wenn ihr dieser Coup gelänge. Und ich bewundere sie schon allein deshalb, wie sie alle ihre Mittel eingesetzt haben muß, um den Männern auf Hawaii diesen perfekten Vertrag abzuluchsen.«

»Vorher hat sie den anderen Familien das Polyxa verdorben«, rief ich.

»... und den Nomenklatter hat sie sogar ihre Polyxafabrik in die Luft gejagt. Alle Achtung! Aber Sie bringen da etwas durcheinander, mein Bester. Ja, mit ihrem weiblichen Charme, mit ihrem Sexappeal, mit ihren Intrigen und Kabalen schafft sie alles, was sie sich in ihren schönen Kopf setzt. Das ist die eine Sache. Die andere ist, ob das, was sie sich in den Kopf setzt, auch immer der Aufrechterhaltung der Ordnung unserer Welt dient.« Er goß sich sein Glas voll, trank es leer und sagte dann: »Und sehen Sie: Eben darüber, dachte ich mir, könnte man mit Ihnen reden. Ich müßte mich schon sehr täuschen.«

»Ich höre zu«, sagte ich.

»Der Coup mit dem Polyxa ist ein Schuß nach hinten, wenn Sie wissen, was ich meine. Doppelt sogar: Erstens klappt die Sache nicht, zweitens gibt es eine Menge böses Blut bei den Familien. Und das können wir im Augenblick am wenigsten gebrauchen. Wir haben nämlich genug andere Probleme. Dabei gehört es zu den besten Eigenschaften Re Dajanas, eine Sache, die sie einmal angefangen hat, auch zu Ende zu bringen. Nur leider setzt sie sich auch für eine spleenige, oder sogar für eine gefährliche Idee ein, wenn sie von dem kommt, in den sie gerade verliebt ist. Und Re Dajana verliebt sich oft. Deshalb ist es unsere Pflicht, dafür zu sorgen, daß sie nicht unter den Einfluß gefährlicher Ideen gerät, die sie dann gegen ihre eigenen Interessen durchsetzt. Können Sie mir folgen?«

»Das kann man ja leicht verhindern«, sagte ich mit meinem schönsten Kinderblick, »man braucht nur dafür sorgen, daß sie sich in den Richtigen verliebt.«

Er sah mich an mit seinen blauen Steinaugen, nahm die Flasche in die Hand, hob sie übers Glas, wollte eingießen, kippte die Flasche immer weiter, aber kein Tropfen floß ins Glas, denn die Flasche war leer. So sagte ich zu ihm: »Das will ich gern lernen ...«

»Was?«

»... aus der leeren Flasche eingießen.«

Da sah er endlich die Flasche an, machte seinen Mund breit, daß man denken sollte, er lacht, legte einen Finger auf ein rotes Buntholzsteinchen, das nennen sie ›die Sprechtaste‹, und rief: »Ordonnanz!« Ein Wachmann in rotblauer Livree trat ein, Galloway befahl ihm, neuen Tschiff zu bringen, und redete nicht, bis eine neue Flasche Tschiff auf dem Tisch stand. Er goß ein, trank das Glas leer und sagte dann: »Alles schön und gut, aber leider verliebt sich Re Dajana nicht immer in den Richtigen. Und wer könnte sie daran hindern?«

»Schade!« sagte ich und sah sehr besorgt aus.

»Nun, bei Ihnen sind wir ja glücklicherweise gut dran, denn ich kann mir nicht vorstellen, daß Sie Re Dajana falsch beeinflussen werden.«

»Und wie muß sie richtig beeinflußt werden?« fragte ich ganz ernst.

»Ich will Ihnen ein Beispiel geben, ein ganz aktuelles. In einigen Autonomen Siedlungen Europas wird wieder einmal der Aufruhr geprobt, wenn Sie wissen, was ich meine. Irgendein Spinner hat angeblich unsere Zeitungen präpariert und seit langem gesammelt. Ein Zeitungsarchiv!«

Ich fragte den Galloway: »Was ist das, ein Zeitungsarchiv?«

»Der Anfang vom Ende«, sagte er. »Wir haben viele Jahre gebraucht, um bei den Autochthonen das Geschichtsbewußtsein auszulöschen. Dazu war es nötig, sie davon zu überzeugen, daß es für sie nichts besseres gibt, als alles so zu lassen, wie es ist, und daß jede Veränderung gefährlich ist. Das war ein hartes Stück Arbeit, glauben Sie mir! Wir haben von Zeit zu Zeit auch etwas nachgeholfen, damit den Leutchen die Gefährlichkeit von Veränderungen deutlich vor Augen steht. Wir nennen diese Nachhilfe ›das Himmelsrecht‹. Aber Sie stammen ja selbst aus einer Autonomen Siedlung, da wissen Sie ja Bescheid. Und nun haben wir ein Zeitungsarchiv! Eine Zeitung, die älter als ein paar Wochen ist, beweist doch jedem Dummkopf, daß es dauernd Veränderungen gibt!«

»Was ist das Geschichtsbewußtsein?« fragte ich ihn.

»Ja, was ist das Geschichtsbewußtsein? – Die Vorstellung, die ein Mensch von sich selber hat, von seinen Fähigkeiten, seinen Möglichkeiten. Sehen Sie, früher gab es die Auffassung, daß alle Menschen von Geburt her gleich sind, infolgedessen auch gleiche Rechte und gleiche Ansprüche ans Leben haben. Eine sehr gefährliche Auffassung! Und was daraus wurde, haben wir ja gesehen: Die intelligenten und fleißigen Menschen haben die dummen und faulen miternährt und durchgeschleppt, und je fauler und je dümmer ein Mensch war, desto höhere Ansprüche stellte er. Das war das ›Geschichtsbewußtsein‹ dieser Leute.«

Frau Honig trat ein mit einem Tablett, stellte es auf ein Tischchen, sagte: »Der Lunch«, und hörte zu.

»Heute wissen wir, daß es keinen Sinn hat, solche Leute mitzuschleppen und mitzupäppeln. Und deshalb ist es auch besser und auch menschlicher, solchen Leuten von vornherein ihr Geschichtsbewußtsein zu nehmen, und wenn es sein muß, mit etwas ›Himmelsrecht‹.«

»Jimmi meint es immer gut«, sagte Frau Honig, »mit jedem. Jimmi ist immer ein guter Kamerad und hat ein offenes Ohr für jeden Kummer und für jede Not. Und sein höchstes Ziel ist das Wohl der Kornegills.«

»Das ist der Punkt«, sagte Galloway, stand auf, ging zu dem Tischchen hin, und beide aßen sie kleine Häppchen. Ich aber sah sie neugierig an, wie Re Dajana den Labiges ansieht, wenn er vorkostet. »Wenn früher auch nur die kleinste Unregelmäßigkeit in einer Autonomen Siedlung vorkam, haben wir zugeschlagen ...«

Frau Honig unterbrach ihn und fragte mich: »Haben Sie denn keinen Appetit?«

»Erst, wenn schon ein anderer gegessen hat und nicht umfällt«, antwortete ich.

Da lachten sie beide laut und lange, und dann sagte der Galloway: »Wenn Sie danach gehen, haben Sie keine große Überlebenschance, mein Bester. Denn es gibt eine Reihe einfachster Methoden, dieses idiotische Ritual zu unterlaufen, wie Sie sich leicht denken können. Aus diesem Grunde bereitet Bonny mir das Essen. Sie konnte es natürlich ebenso leicht vergiften, wie jeder Koch. Aber warum sollte sie?«

So trank ich ein Glas Milch und aß auch von den Häppchen, aber wenig, und vorher sah ich sie mir gut an. Dann wollte der Galloway, daß ich seinen Tschiff koste, als ich aber wieder ablehnte, sagte Frau Honig: »Gut so! Alkohol kann leicht zur Sucht werden. Und keiner ist davor sicher.« Dazu sah sie den Galloway mit hochgezogenen Augenbrauen an.

»Aber für jemanden, der ihn mit Verstand trinkt, ist er eine sehr belebende Stimulanz, wenn Sie wissen, was ich meine«, sagte der Galloway dazu und setzte sich wieder hinter seinen großen Tisch mit den sieben Telefonen.

Bonny sagte: »Ich hatte dich vorhin unterbrochen. Du sagtest grade …«

»… ich weiß, was ich gesagt habe, Honey. Bei Unregelmäßigkeiten in den Autonomen Siedlungen haben wir früher gleich zugeschlagen …«

»… Wissen Sie«, unterbrach ihn Frau Honig, »Re Dajana ist einfach zu gutmütig und zu launisch, leider.«

»Wolltest du nicht das Tablett hinaustragen?« fragte der Galloway sie.

Aber sie war nicht mehr aufzuhalten: »Ihre Launen sind das Unerfreulichste an ihr. Stellen Sie sich folgendes vor: Seit unzähligen Jahren wacht Jimmi über Kusko. Er ist der Beschützer von Kusko. Und sein bester und treuester Gehilfe war die ganze Zeit der Krottenauer. Ein besseres Gespann können Sie sich nicht denken. Krottenauer liebt und verehrt Jimmi, und sein Befehl ist ihm heilig. Als nun Re Dajana auf Hawaii war, gab es hier einen lächerlichen Zwischenfall mit diesem Tschilgren-Johannsson, Sie kennen ihn sicher. Und was macht Re Dajana? Sie entzweit die beiden Unzertrennlichen, und noch dazu in einer infamen Art. Denn was macht sie: Sie schwächt Jimmis Position, indem sie Krottenauer …«

»… Hol dich ein, Honey!« rief der Galloway, »sonst stolperst du noch über deinen eigenen Mund!«

»Aber das will ich gern hören!« rief ich dagegen. »Was hat Re Dajana mit diesem Krottenauer gemacht?«

»Schnee vom vorigen Jahr!« sagte der Galloway, stand auf, ging zur Tür, öffnete sie und sagte zu Frau Honig: »Stolpere nicht mit dem Tablett!« Und endlich ging sie.

Als die Tür zu war, goß er sich einen Tschiff ein, den fünften, trank ihn und sagte: »Bonny irrt sich. Am 4. Oktober bekam der Krottenauer seine Ernennungsurkunde zum ›Hauptmann der Raketen der Stadt Kusko‹. Er zeigte sie mir lachend und sagte: ›Uns bringt keiner auseinander!‹ Das war vor sechs Wochen. Und gestern bekam ich das.« Er hielt mir einen Brief hin und sagte dazu: »Hierin legt der Krottenauer die ›Abgrenzung der Kompetenzen der Verteidigung der Stadt Kusko‹ fest. Was ist geschehen? Ganz einfach: Unter dem schlechten Einfluß Tschilgren-Johannssons hat Re Dajana ein neues Pöstchen geschaffen, damit zugleich mir einen Rivalen, der alles daransetzen wird, mich zu schwächen und damit die Verteidigung Kuskos zu schwächen. Und, sehen Sie, mein Bester, dagegen müssen wir angehen. Fangen wir doch gleich mal an! Sie kommen doch aus dem Rhein-Main-Beton. Kennen Sie vielleicht zufällig einen gewissen Dirk Mandel?«

»Woher soll ich kommen?« fragte ich ihn sehr erstaunt und kannte das Wort nicht, »aus dem Rahjn ...?«

»... aus dem Rhein-Main-Beton«, wiederholte er. »Also? Was ist mit diesem Dirk Mandel?«

»Wer soll das sein?« fragte ich ihn ratlos.

Da lachte er sein Galloway-Lachen und sagte dazu: »Okay, okay! Schon gut, mein Bester! Es hätte uns vielleicht die Arbeit erleichtert. Trotzdem habe ich guten Grund zu der Annahme, daß man mit Ihnen gut zusammenarbeiten kann.«

»Und mit Alexeji Amie nicht?« fragte ich ihn.

»Wie kommen Sie darauf? Der Junge wäre uns schon recht gewesen, schon weil er ein Nomenklatter war, mit denen zur Zeit nichts läuft. Aber dann kamen Sie uns dazwischen.«

»Und deshalb wurde er umgebracht?« fragte ich ihn.

»Aber nicht doch, mein Bester! Der Junge hat sich aus verschmähter Liebe in den Tod gestürzt.«

»Und darüber waren Sie sehr unglücklich?« fragte ich weiter.

»Nicht nur ich. Die Beziehungen zwischen Kornegill und Nomenklatter gingen rapide auf Null. Und dann läßt Re Dajana zu allem Überfluß noch deren Polyxafabrik in die Luft sprengen! Ich weiß, Sie haben mit der Sache nichts zu tun. Dieser Coup wurde noch vor Ihrer Zeit geboren.«

»Und wie muß ich nun Re Dajana richtig beeinflussen?« fragte ich ihn.

Er goß sich einen Tschiff ein, den sechsten, trank ihn aus und sagte: »Wie soll ich Ihnen das am besten erklären? Sicher haben Sie schon einmal ein Kind gehütet. Paßt man eine Sekunde nicht auf, schrammt es sich, verbrennt es sich die Finger, fällt es in einen Graben. Und genauso ist es leider mit den meisten Hochgeborenen: Sie sind wie kleine Kinder, verwöhnt, unachtsam, leichtsinnig und treuherzig. Sie können es sich ja auch leisten, denn sie haben ja ihre Diener, die auf sie aufpassen. Nehmen wir Hauptmann Eckhardt, den Begründer und Leiter der Geheimgruppe Friedliches Europa. Diesem Hauptmann Eckhardt, der übrigens ein guter Freund von mir ist, verdanken wir, daß es in Mitteleuropa so lange ruhig geblieben ist, daß dort die BEZEU, die Bildzeitung für Europa, eifrig vorgelesen wird, durch die wir die Leute in unserem Sinne beeinflussen, und daß so lange niemand auf dumme Gedanken gekommen ist. Oder nehmen wir die Gruppe OHAS unter der Leitung von Hauptmann Löblich, dem Platzkommandanten von Düsseldorf Airport. Mit seiner perfekten Handelsorganisation erreicht er nicht nur, daß wir für den Ramsch, den wir den Leuten verkaufen, billige und willige Arbeitskräfte bekommen. Seine Geschützten Händler stellen gleichzeitig ein ideales Spitzelsystem dar, das uns ständig mit wertvollen Informationen versorgt. Zum Beispiel auch über diesen Dirk Mandel, den Sie angeblich nicht kennen. Und wie wichtig es ist, daß wir treuen Diener gut aufpassen, sehen Sie am Beispiel Anselm Cervatos. Glauben Sie mir, niemand, der noch einen Funken Verstand hat, ist über sein tragisches Ableben besonders unglücklich! Anselm Cervato genoß ein sehr hohes Ansehen bei den Autochthonen. Und nach seinem Tode wurde sein Name zur Legende. Und wissen Sie, warum? Nun, ganz einfach: Weil über seinen Tod berichtet wurde! Ich war dagegen. Aber Eliadonna Cervato, seine Witwe, bestand darauf. Sie ist überzeugt davon, daß er von uns ermordet wurde. Das ist alles kindisch! Wenigstens ist es mir dann gelungen, die Mordversion etwas abzuschwächen, indem ich ihr die Version eines Selbstmordes in einem Anfall von Wahnsinn hinzufügte. Wie ich schon sagte: Die Hochgeborenen sind Kinder, und wir müssen auf die aufpassen. Das ist ja auch unsere Pflicht.«

Nun dachte ich: Gleich wird er sagen, ich muß Re Dajana beeinflussen, daß sie ein Himmelsrecht über den Dirk gehen läßt, und ich bekam meine Angst, das ist selten.

Aber er sagte: »Mit dem Dirk Mandel und seinen Zeitungen muß Hauptmann Eckhardt fertig werden. Und er wird es auch, auf seine Weise. Auch für Sie habe ich eine wichtige Aufgabe. Es geht um diese junge Dame Aurehl. Wenn die Berichte stimmen, die ich aus Iowa bekomme, dann hat diese bezaubernde junge Dame nicht mehr und nicht weniger im

Sinn, als die Einführung von Ackerbau und Viehzucht im Rhein-Main-Beton.« Er sah mich an. »Und das müssen Sie verhindern.«

»Warum?« fragte ich ihn und dachte mir aus, was Aurehl dazu sagen wird.

»Ich bin Soldat«, antwortete er. »Der Soldat fragt nicht ›warum‹? Der Soldat weiß, daß seine Sache gut ist, und wird nie an seiner Sache zweifeln. Der Soldat ist seiner Sache treu ergeben, bis zum Tod. Und meine Sache als Soldat ist die Aufrechterhaltung der Ordnung unserer Welt im Dienste der Kornegills.« Er stand auf und sah mich wieder an. »Sie sind ja nicht auf den Kopf gefallen ...«

Frau Honig kam herein und sagte zu ihm: »Jimmi, Zeit zum Training!«

Galloway rief: »Schon so spät?«, ging schon und sagte noch zu mir: »Und denken Sie dran: Kinderhüten!«

Und als er draußen war, sagte Frau Honig zu mir: »Sie müssen entschuldigen, aber Jimmi braucht das tägliche Training. Denn bei dem vielen Alkohol, den er trinkt, würde er sonst schnell Speck ansetzen und seine Spannkraft verlieren. Trinken Sie noch ein Glas Milch mit mir?«

»Was ist ›das Training‹?« fragte ich sie.

»Wollen Sie zusehen? Kommen Sie ruhig!« Sie führte mich durch viele Gänge zu einer Tür nach draußen, an der standen zwei Wachmänner in der rotblauen Livree, und einer von ihnen war Mannfried. Er sah mich freundlich an, und ich dachte schon, Frau Honig wird sich drüber wundern, aber damals wußte ich noch nicht, wie wenig sie sieht von der Welt, das nennen sie ›die Kurzsichtigkeit‹.

Die Sonne brannte heiß, aber die Luft war kühl, so fror ich bald, so sehr die Sonne auf meiner Haut brannte, und sah zu, wie der Galloway erst rennen, dann springen mußte, dann schwere Kugeln werfen, und immer war einer mit der Uhr und mit dem Meßband dabei, und immer war die Uhr schneller als das Gerenne vom Galloway, und das Meßband länger als sein Gespringe, und er war bald naßgeschwitzt. Der Mann mit der Uhr und dem Meßband, den nennen sie ›den Trainer‹, schüttelte den Kopf drüber, daß der Galloway immer hinter der Uhr und hinter dem Meßband war. So dachte ich: Bis ich noch mehr friere, will ich lieber mitrennen und mitspringen, rannte und sprang gleich drauf, daß mir warm davon wurde, der Trainer hielt mir die Uhr hin und sagte: »Eine gute Zeit sind Sie gelaufen! Kompliment!«, und Frau Honig sagte dazu: »Ja, Milch ist eben besser als Whisky.«

Als der Heli dann herabging auf Matschju-Pitschju, dachte ich: einer von den zwei langen Tagen ist herum, aber der Abend noch nicht. Und ich wollte gleich in die Berge gehen. Aber die Lernmehden warteten am Landeplatz auf mich und hatten den strengen Befehl, daß sie mich hinaufbringen in die Akropolis, ins Lange Zeltzimmer. Die Domähne sagte, den Mund immer vorneweg: »Xung-Beping ist einen Tag früher gekommen. Und sein Bruder hatte die Estofado fürs Wiedersehen nicht fertig. Im Kochhaus ist es zugegangen wie im Bienenstock. Alle Familien haben das neue Polyxa gekauft. Und Xung-Beping hat zehn große Kisten voll Gold mitgebracht«, und redete so weiter. Aber die Schellieh war still und sprang vor mir die Treppen hinauf mit leichten Füßen, das sah ich mir gern an.

Im Langen Zeltzimmer waren versammelt bei Re Dajana die Marie-Luise, die Schahanna, der Fort und zwei seiner höchsten Diener und Xung-Beping mit seinem Mund. Der Labiges kam dazu mit seinen Dienern, die stellten Tischchen mit Leckereien auf, aber keiner aß davon, und so viel der kleine, wichtige Mann auch geneckt wurde und gelockt, er verrriet nichts und lächelte nur glücklich, das kannte ich noch nicht bei ihm, bis endlich sein Zwillingsbruder eintrat, hinter ihm der Wilhelm und zwei Lernköche mit dem großen Estofadotopf. Und weil es keinen großen Tisch gab im Langen Zeltzimmer, so wurde die Estofado in kleine Schüsseln ausgeteilt und herumgereicht, dazu der kostbare Löffel aus feinstem Porzellan. Labiges beugte sich über die Schüssel der Re Dajana, und alle sahen wir auf seine sieben Haarwellen, als er vorkostete, bis die sich wieder in die richtige Ordnung legten. Dann aßen wir die Estofado fürs Wiedersehen, in der erkennt man alles, was man lange vermißt hat, sogar was man schon vergessen hat, und jedes Kraut, jede Frucht, jeder Pilz aus dem ganzen Gebirge schwimmt drin.

Re Dajana hielt ihr Glas hoch, daß der Wilhelm mit seinem Springtanz herankam und es füllte, sie trank draus und fragte den Xung-Beping: »Und hast du den Preis auch nicht zu hoch gemacht?« daß alle im Langen Zeltzimmer laut lachten. Xung-Beping wiegte den Kopf, als ob er sagen wollte: ›Ja‹ und ›nein‹ und ›nein‹ und ›ja‹, und Re Dajana fragte ihn ganz ernst: »Und waren alle zufrieden mit dir?« Und wieder wurde nur gelacht, dann fragte sie: »Und warst du auch nachgiebig bei den armen, armen Familien?«

»Ja doch!« antwortete der kleine Mann im Lachen. »Ich habe den Preis manchmal sogar freiwillig angehoben!« Und ich dachte: Seit wann kann er ›Preis‹ und ›freiwillig‹ sagen mit dem schnellen Zungenschlag wie der Spechtvogel, wenn er an den Baum klopft? Er sagte: »Ich lese jetzt die Liste mit allem vor, was ich von den Familien eingehandelt habe für unser neues Polyxa, und zwar auf der Basis von eintausendzweihundertfünfzig Dollar pro Schachtel.« Und dann las er endlos vor: Gold und Diamantstein, Öl und Bodenschatz, Schiff und Jet, Tuch und Leder, Elfenbein, Holz und Metall, und zu jedem sagte er auch den Wert in Dollar. Und als er endlich fertig war, wurde laut geklatscht und gejubelt, daß der kleine Mann sich drüber freuen konnte.

»Und wie viele Schachteln hast du verkauft?« fragte Re Dajana ihn dann.

»Sechstausend«, antwortete er mit dem Lächeln des Glücklichen, »und tausend habe ich für die Kornegills behalten, also so, wie es ausgemacht war.«

Re Dajana sprang auf, ging zu ihm hin, umarmte ihn glücklich und küßte ihn lange, und danach wurde noch viel gelacht und lange geredet über den glücklichen Handel mit dem neuen Polyxa.

Später zogen mich die beiden Lernmehden zum Bad, waren sehr fleißig beim Haarwaschen, Spülen, Trocknen und Salben, manchmal noch etwas ungeschickt, und die Domähne sagte: »Heute ist ein glücklicher Tag für die Herrin, da müssen auch Sie glücklich sein.« Aber die Schellieh legte ihr den Finger auf den Mund.

Im höchsten Zimmer der Akropolis saß Re Dajana mit angezogenen Knien auf dem großen Bett, in einem Umhang aus feinstem Seidenstoff, das Piskoglas in der Hand, sie sah mich an und fragte mich: »Und wie hat dir nun das Haus vom Galloway gefallen?«

»Nach der Rechnung der Frau Honig sind es noch nicht mal hundert Zimmer. Darüber war ich natürlich sehr enttäuscht.«

»Wer ist Frau Honig?« fragte sie mich.

»Galloway nennt sie Bonny, Honey und Darling, mir gefällt aber Frau Honig besser.«

»Und was gefällt dir an ›Frau Honig‹ so gut?« fragte sie.

»Am meisten der Name«, antwortete ich, dachte lange nach, und dann fiel's mir noch ein: »Und wie sie ihren Jimmi liebt als einen treu ergebenen Soldaten für die Aufrechterhaltung der Ordnung unserer Welt im Dienste der Kornegills.« Und mit der Stimme von Frau Honig sagte ich dazu: »Ein Soldat hat seine Befehle.«

Re Dajana lachte und fragte mich: »Und du? Hast du auch deine Befehle bekommen als Soldat vom Galloway?«

»Ja«, antwortete ich und stellte mich vor sie hin wie die rotblauen Wachen vom Galloway sich vor ihn hinstellen, wenn er vorbeigeht.

»Und wie lauten die Befehle?« fragte sie.

»Zuerst müssen alle Blumen und Bäume rundherum abgeschnitten werden, daß sie aussehen wie Soldaten, dann müssen in alle Zimmer der Akropolis die gleichen Stühle, Tische und Teppiche hinein, daß ein Zimmer wie's andere aussieht, damit nicht der Anführer zum Autochthonen sagen kann: ›Geh ins grüne Zimmer mit den blauen Sesseln, da findest du Re Dajana, von der verlange das Geschichtsbewußtsein zurück zusammen mit der gefährlichen Gleichheit und den Veränderungen‹, und zuletzt muß über die siebentausend Schachteln Polyxa nachgedacht werden.«

Sie legte sich halb und stützte sich mit dem Ellenbogen auf, daß ihr Umhang verrutschte, sie sah mich mit ihrem frechsten Blick an, lange, und sagte dann: »Komm zu mir, Pan Inka-Fürst!«

So ging ich zum Bett hin, wie die Wachmänner vom Galloway gehen mit ihrem Soldatenschritt, und blieb vor dem Bett stehen. Sie sagte: »Komm näher, bitte!« Und ich stieg als ein Soldat aufs Bett, kam gleich ins Wanken und fiel neben ihr hin.

»Warum muß über die siebentausend Schachteln Polyxa nachgedacht werden?« fragte sie mich.

»Diese Zahl ...«, sagte ich und stockte.

»Was ist mit der Zahl?«

»Wie kann denn beim Rechnen mit so vielen Schachteln eine so einfache Zahl herauskommen ...« und stockte wieder.

Sie drehte sich weg von mir, daß ihr Umhang sich auf ihrem Rücken spannte, da sehe ich immer gern hin, sie legte ihren Kopf in ein Kissen und sagte ins Kissen hinein: »Du willst mich gegen Xung-Beping aufhetzen, weil er dich beim Gericht in Kusko angeklagt hat. Stimmt's?«

Ich strich nun ganz leicht mit den Fingerkuppen über ihren Umhang, daß ich ihre warme Haut drunter spürte, und zog Linien und Kreise auf ihrem Rücken, sie rührte sich nicht, aber wie durch Zauberei war ihr Rücken gleich näher an meinen Händen. Ich sagte: »Wenn er nur drei Schachteln vom Polyxa in seinen Geheimbeutel legt, dann sind das schon drei Schachteln gegen das neue Monopol.«

Da drehte sie sich mit einem einzigen Ruck um zu mir, sprang aus dem Bett wie eine Raupe, wenn man sie berührt, schleuderte ihr Glas gegen die Wand, daß es in hundert Splitter zersprang, und fauchte mich an wie eine Raubkatze: »Geh jetzt! Ich danke dir für deine Berechnungen.«

Weil ich aber nicht ging, so ließ sie sich in einen Sessel fallen, hielt mir ein neues Glas hin, daß ich ihr den Pisko eingieße, aber als ich ihr den eingegossen hatte, trank sie ihn nicht, sondern sagte: »Es war ein so schöner, so glücklicher, fröhlicher Abend. Und jetzt hast du ihn mir verdorben. Geh jetzt bitte!«

Ich ging in mein Kleines Haus, schlief bald ein und träumte, wie ich im Jet sitze, im Cockpit, aber nicht vorn. Vor mir sitzt der kleine, dicke MacNeer, die Harmõnia sitzt ihm auf dem Schoß, so kommt er mit seinen kurzen Armen nicht an das Lenkrad heran, aber der Jet kennt ja seinen richtigen Weg durch die Luft zum Airport Kusko. Der Jet weiß aber nicht, daß der Galloway schon bei seinen Raketen steht, und neben mir steht Aurehl und zeigt mir die Lichtblitze vorn, die kleinen erst, dann die großen, sie sagt: »So lenke doch den Jet von den Lichtblitzen weg! Die töten uns!« aber wie soll ich den Jet lenken, wenn der MacNeer die Harmõnia auf seinen Knien schaukelt und dazu laut lacht, daß sein Lachen durch den ganzen Jet geht, wie ein Echo, hundertmal? So will ich gegen sein Lachen anschreien, aber auf meiner Schulter spüre ich einen Mund, so kalt wie Schnee, und ich höre eine Stimme, die sagt leise: »Ich habe über alles nachgedacht. Deshalb konnte ich nicht schlafen. Und als ich alles zu Ende gedacht hatte, konnte ich erst recht nicht schlafen, denn mein Bett war mir viel zu groß.« Und da erst wußte ich, daß Re Dajana zu mir redet. Sie küßte mich auf die Schulter und auf den Hals und auch auf meine Augen, und schlief schon beim letzten Kusse ganz tief, lag mit ihrem Kopf auf meiner Brust, ihre Beine verschränkten sich in meine, und ich dachte: Eben hatte sie noch eine weiche Haut, und jetzt hat sie schon ein Fell wie ein Alpaka. Dann durchwühlte ich das Fell mit meinen Händen, denn ich dachte: Auch ein Alpaka muß unter dem Fell seine Haut haben, auch den Nabel und die Zitzen, und suchte die, die sollten aber beim Suchen eine weiche Frauenbrust werden. Da hörte ich das Alpaka reden und wunderte mich, wie ein Alpaka reden kann. Ich verstand aber nur immer: »Es ist so warm, so warm!« Trotzdem antwortete ich dem Alpaka: »Streif dein Fell ab, denn das macht dir die Hitze!« Aber dann dachte ich gleich, wie der Rainer den Schafen das Fell abzieht am Bappen, und wie ich das Schaf festhalte an den Hinterläufen, daß er's schafft. Und gleich dazu dachte ich: Dabei fließt Blut! Und als ich's dachte, spürte ich schon das warme Blut in meinen Händen. Aber das Alpaka redete weiter zu mir und sagte: »So ist es schon besser. Mach bitte noch das Fenster auf!« Da war ich wach, das Blut an meinen Händen war Schweiß, Re Dajana lag neben mir, ihre arme Kapa war vorn geöffnet, sie kniete sich hoch, so konnte ich ihr nun die Kapa ganz abstreifen von ihrem Körper, der war voller Schweiß von oben bis unten, und sie sagte noch einmal: »Mach bitte das Fenster auf, damit die frische Luft zu uns kommt!«

Da war ich endlich ganz wach. So geht's mir ja immer nach dem Traum. Wach bin ich, denk ich, träum aber nur, daß ich wach bin, träume, daß ich erwache, wieder bin ich im Traum, und endlich bin ich dann ganz wach. Ich kniete mich aufs Bett und drückte das Fenster nach draußen, ein blasser Lichtschimmer war schon in der Luft, aber noch nicht der Lichtzauber, ich legte mich wieder neben sie, sie strampelte die warme Decke aus dem Bett, legte ihren Kopf an meine Brust und sagte: »So weich, so weich!« Und dann: »Deine Haare sind gewachsen! Und deine Locken kommen!« Und sie stützte sich auf, daß sie meine Haare besser ansehen kann. Dann wollte sie in meinen Locken herumwühlen, dazu brauchte sie aber ihre Hände frei, so wollte sie sich neben mich knien, aber dafür war das Bett zu schmal, und endlich kam sie drauf, daß sie sich über mich kniet. Und dann wühlte sie lange in meinen Haaren herum und redete viel dazu, erst so, wie sie zum Kapak geredet hatte in der Kuetschuasprache, so verstand ich's nicht, redete aber auch in vielen anderen Sprachen zu mir, wie sie's ja oft macht. Dazu preßte sie mit ihren Schenkeln meine Hüften, und im fahlen Nebellicht, schon fast beim Lichtzauber draußen, schimmerte ihr Körper über mir wie aus silbrigem Metall gemacht, aber Metall von einer Art, das sich biegt und wiegt, so dachte ich gleich, ich bin schon wieder im Traum. Und ich dachte, ich träume, daß der Kleine Fürst mir anschwoll, und daß der einen schnellen Besuch machen wollte, wußte aber gleich drauf, daß ich das nicht träume, denn sie erschrak drüber und war plötzlich still und rührte sich nicht, wie einer, der horcht und nichts hört. So kniete sie dann über mir, lange, bis der Kleine Fürst sich wieder zusammenfalten wollte. Wieder war's, als ob sie horcht, dann rief sie plötzlich: »He! Willst du mich denn verlassen, bevor du zu mir gekommen bist?« So war's dann ein Vertrag, daß der Kleine Fürst den Besuch macht, der sah sich dann auch gut um in der dunklen Höhle unter ihrem gekräuselten Haarbusch, und nach dem letzten schnellen Atmen und Murmeln und Hauchen, und nach dem letzten Kuß lag sie lange still über mir, den schweren Kopf auf meinem Hals, ihre Hände auf meinen Ohren, ihre Knie an meinen Hüften, ihre Füße auf meinen Schenkeln. Von draußen kam der Lichtzauber herein, Wind, Regen, Nebel und Sonne, alles zusammen, und plötzlich richtete sie sich auf und rief: »Sie werden mich suchen!«, sprang auf, hängte sich ihre Kapa um und wollte hinausrennen. Aber an der Tür lachte sie schon und sagte: »... und müssen mich finden!« ließ ihre Kapa auf den Teppich fallen, stand vor meinem Bett, reckte und streckte sich als eine schöne Frau, die der Mann gern ansieht von oben bis unten, und am Ende blieben meine Augen bei dem gekräuselten Haarbusch, und ich dachte: so wie der aufsteigt unterm Bauch, fast bis zum Nabel hin, und sich breitet nach beiden Seiten, so hat mir mein Vater den Rauchpilz erklärt, der aus dem Himmelsrecht kommt zusammen mit dem Feuerstrahl. Und dann legte sie sich wieder zu mir ins Bett, hob die Decke über uns, daß wir uns drunter wärmen konnten, redete nicht, hatte einen Arm unter meiner Schulter, und die Hand preßte meinen Rücken. So geht's im schmalen Bett, wenn zwei drin liegen.

Später saßen wir beide, in warme Kapas gehüllt, auf den Stufen vor der Tür und sahen uns die Wolken an, wie sie schnell herabkamen und schnell aufstiegen, und wer vorbeikam, sagte zuerst: »Huakah!«, erschrak, blieb stehen, und mit einer tiefen Verbeugung zu ihr noch einmal: »Huakah! Hohe Frau!« Wir saßen aber nicht lange so, da kamen viele Männer herab über die Treppen, voran der Labiges, hinter ihm seine Diener mit dem Tischchen, danach Diener mit Stühlen, dann welche mit dem Teppich, der Teppich wurde ausgebreitet vor meinem Kleinen Haus, drauf wurden die Stühle gestellt und das Tischchen, Labiges beugte sich drüber und kostete von allem, und alle seine Diener standen drum herum und sahen zu.

Und dann sagte der Labiges zu Re Dajana: »Man hat Sie vermißt.«

Das war am 17. November des Jahres 268, da habe ich den Labiges zum ersten Mal reden gehört.

Domähne und Schellieh kamen herabgesprungen, die Domähne rief: »Erst haben wir gewartet, ob Sie bimmeln, dann kam der Labiges und wartete mit uns, dann kam der Fort und wollte einfach hineingehen, hat es aber doch nicht gewagt, und dann kam der Hauptmann Hagannahta, und der sagte zu uns allen: ›Die Hohe Frau Re Dajana sitzt auf den Stufen vor dem Haus von Pan Inka-Fürst.‹ Der Wachmann hat sie zwar gehen gesehen, hat es aber vergessen, der Ablösung weiterzusagen, und deshalb war der Hagannahta auch so wütend.« Und plapperte so weiter.

Später kam auch noch der Zeppelzett dazu, der Labiges wollte ihm gleich ein Tischchen holen, er sagte aber: »Das muß einer g'sehn haben! Frühstück auf den Treppen!« machte seine Verbeugung vor Re Dajana, die sagte: »Du willst mir den Jungen ausspannen, gib's zu!« Und er: »Und du hast mir ihn ausgespannt. Warst halt schneller.«

Und noch lange redeten die Menschen in Matschju-Pitschju von diesem Morgen am 17. November und nannten ihn den Morgen, an dem die Herrin fehlte.

Als ich dann später mit Zeppelzett zum Großen Platz abstieg, sah ich viele Menschen vor ihren Häusern stehen, und auch auf allen Treppen standen sie. Und Zeppelzett sagte mit Spott: »Die stehen da, als wäre ihnen der Heilige Geist erschienen.«

Wir gingen zum Kunumis. Er bereitete uns in einem wertvollen Topf aus dem Haus der Köche die Estofado, die ist schwarz vom Rauchfleisch und bitter, weil ihm die süße Kartoffel fehlt, und dazu tranken wir die gesäuerte Milch von seinen Lamas.

Ich sagte zum Zeppelzelt: »Zwei lange Tage sind nun vorüber und zwei lange Nächte. Eine Nacht fehlt mir noch, die ist mir zu viel, die will ich überspringen.«

»Und wie stellst du dir das vor, die Nacht überspringen?« fragte er mich.

»Im Gebirge«, antwortete ich.

Und er: »Was ihr jungen Leut' euch immerzu ausdenkt!« nahm den Rucksack auf und sagte noch: »Da muß ich halt allein zurück«, und ging.

Aber nicht weit von der Hütte sah er sich um nach mir und rief: »Sei g'scheit, und spring nicht zu hoch und vor allem nicht zu tief!«

Ich ging durchs Gebirge, als wär's nicht die Nacht, sondern immer noch der lange Tag, so wollte ich die Nacht überspringen. Aber ich wurde schnell müde, kauerte mich an einen Stein, da fror ich bald sehr, daß ich schlotterte am ganzen Körper. Ich wollte zurück zur Hütte, die fand ich nicht in der Finsternis, ich sah einen Abgrund nicht, stürzte ab, fing mich im Lianengestrüpp, blieb so, lange, und wußte nicht, wie ich herauskomme aus dem Abgrund. Und dann fror ich nicht, sondern bekam Angst. Und ich dachte: »Nie habe ich Angst gehabt über dem Abgrund. Aber jetzt liege ich unten, im Abgrund, und jetzt habe ich Angst. Und warum? Habe ich mir denn das Bein zerbrochen beim Sturz oder den Arm? Und bewegte Beine und Arme zum hundertsten Mal, ob die zerbrochen sind oder zerschunden. Die waren aber heil und gesund. Und dann wußte ich plötzlich, was meine Angst ist: Daß ich nicht am Landeplatz stehe, wenn der Heli herabkommt mit Aurehl! So kletterte ich dann langsam und sehr vorsichtig hoch, suchte mit kleinsten Schritten einen Pfad, fand einen und krabbelte auf Händen und Füßen den Pfad entlang, bis ich ihn wiedererkannte an den Köteln der Lamas, und kroch an den Köteln entlang, bis ich endlich die neue Hütte als einen Schatten gegen den Himmel sah. Da sprang ich dann auf und rannte übers Geröll, daß es polterte. Vor der Hütte machte ich mir ein Feuer und wärmte mich dran, denn jetzt, wo die Angst weg war, fror ich wieder.

Beim ersten Lichtschimmer kamen die Kinder heraus, trieben die Lamas auf die Weide, kamen zurück und setzten sich zu mir ans Feuer, Rauch ging aus dem Rauchabzug, Kunumis kam heraus mit einer Schüssel, draus löffelten wir heißen Sauerrahm mit Schrot gedickt, er ging gleich zur verschütteten Hütte und hockte sich davor und sah dahin, wo seine Frau gestorben war unter den Steinen.

7. Kapitel

18. bis 23. November 268, Vertrag mit Heide-Maria

Ich sprang den Pfad entlang nach Matschju-Pitschju, der Nebel hob sich, ich stieg auf, ich hüpfte zum Landeplatz, und erst am Landeplatz wußte ich, daß ich falsch gerechnet hatte: Aurehl muß ja erst noch fliegen! Plötzlich war ich sehr müde. Ich setzte mich auf einen Stein nahe beim Landeplatz mit einem dicken Moosteppich drauf, ich legte meinen Kopf auf die Knie, zog mir die Kapa über den Kopf, schlief gleich ein. Ich träumte nicht, ich hörte aber deutlich, wie der Huajna zerbrach mit unerträglichem Gepolter. Gut so! dachte ich. So kann der MacNeer nicht dranstoßen mit seinem Heli. Dann hörte ich Aurehl reden und dachte: Wie kann ich Aurehl reden hören, wenn sie fliegt? Die Kapa wurde mir vom Kopf gezogen, zwei Arme legten sich um meinen Hals, die kannte ich gut, ich machte die Augen auf im Traum, vor mir kniete Aurehl und sagte: »Fürst! Wach auf!« Ich dachte aber: Warum soll ich aufwachen, bevor der Heli herabgeht mit Aurehl? Dann sah ich einen Mann mit rotem Lockenhaar, der stand neben vier riesigen Kisten, dann sah ich Träger, die wollten die Kisten wegtragen, aber der Rotlockige ließ sie nicht heran an die Kisten. Dann sagte Aurehl: »Das ist der Hauptmann Kriss«, und der Rotlockige winkte zu uns herüber. Weiter sagte Aurehl: »Das ist der Doktor Longley«, und zeigte auf einen kleinen, leichten Mann mit Frauenhänden und langen Fingern, die bewegten sich immerzu, spreizten sich, berührten sich, schnippten und rieben sich, der winkte uns auch zu, und Aurehl rief zu ihm hin: »Und dieser Schläfer ist Pan Inka-Fürst.« Sie ging zu dem rotlockigen Hauptmann Kriss, redete mit dem leise, und gleich drauf erlaubte er den Trägern, daß sie die Kisten wegtragen, und ich sah, daß er auch an den Händen und unterm Hals dichtes, rotes Lockenhaar hat, und sein Gesicht ist voller Sommersprossen. Dann erkannte ich die Wahulla neben mir, die sagte sehr freundlich: »Wollen Sie nicht endlich aufwachen?« Ich sagte zu ihr: »Ich träume so schön«, und wollte aufstehen und zu Aurehl hingehen, daß ich sie umarme und küsse im Traum. Aber da spürte ich alle meine Glieder, die waren steif und taub und kitzelten, und ich sah Aurehl, wie sie mit den Trägern redet und mit dem Longley, es ging um seine Taschen und seine Koffer, und endlich wußte ich, daß ich schon lange wach bin. Ich löste alle meine Glieder vom Stein, reckte und streckte mich und ging los zu Aurehl. Die war so blaß und so bleich, und ihre Augen waren noch größer als sonst. Sie sah mich kommen und sagte zu mir: »Führe uns nun bitte hinauf zur Akropolis.«

So ging ich vorneweg mit dem rotlockigen Kriss und dem Leichtmann Longley, und hinter uns führte die Wahulla Aurehl über die Treppen. Als wir aber schon über den Großen Platz gingen, hörte ich schnelle Schritte hinter mir, Aurehl kam angerannt, fiel mir um den Hals, drückte und preßte mich lange, hing an mir, drehte mich, lachte, küßte mich, wo es grade traf, und ich spürte ihre Wärme durch die Kapa durch.

Und da wußte ich endlich, endlich: Aurehl ist angekommen! Und war wieder meine geliebte Wärme.

Dann erst sah ich die Kinder, die standen um uns herum und wollten auch gedrückt und herumgewirbelt werden von Aurehl, und wurden auch herumgewirbelt, und sprangen hinter uns die lange Treppe hinauf zur Akropolis, und vor der Akropolis stand neben dem Wachmann der Labiges, der Xung-Tsiping und die Marie-Luise. Die sprang uns entgegen, umarmte die Aurehl und zog sie mit ihrer Kraft hinauf, Xung-Tsiping sagte mit seinem heitersten Gesicht: »Huakah, Langerwartete!« und trat zur Seite, der Wachmann riß die Tür auf, und in den Augen vom Labiges sah ich einen Glanz, den kannte ich nicht bei ihm.

Dann standen wir vor dem Langen Zeltzimmer, das Zelttuch war ganz herabgelassen, und hundert Kerzen leuchteten wie Gold, Aurehl trat ein, blieb stehen, sah sich um, lange, wunderte sich über das Zelttuch, über das Dämmerlicht, über die Blumentischchen. Aber dann erkannte sie Re Dajana, die saß auf ihrem Chaiselongue, Aurehl rannte los, warf sich mit ihrem ganzen Schwung über Re Dajana, lag über ihr, und jeder dachte: Die bleiben beide immer so.

Langsam traten wir nun ein und warteten, endlich richtete

sich Aurehl auf, da saß sie der Re Dajana auf dem Schoß, die Arme fest um ihre Schultern geschlungen, sah zur Wahulla hin und sagte: »Das ist meine Wahulla«, und so machte sie's auch mit dem Hauptmann Kriss und dem Doktor Longley.

»Und wer ist der Jüngling mit den schönen Locken?« fragte Re Dajana sie mit ihrem Spott.

Aber Aurehl antwortete ihr mit einem Kuß auf den Mund.

Gleich drauf saßen wir alle an zwei Tischchen, Xung-Tsiping teilte die Estofado aus, Wilhelm hüpfte herum, goß Pisko und Saft ein, wir löffelten alle die Estofado und lobten sie, aber Aurehl hielt nur den Löffel in der Hand, wunderte sich wieder über das Lange Zeltzimmer, sah sich die Wand an aus dichtgefügten Steinen wie eckige Köpfe, sah sich wieder die Leuchter an, die Teppiche, und immer wieder das Zelttuch. Der Xung-Tsiping jammerte schon über sein großes Unglück, daß Aurehl nicht ißt, da rief sie: »Jetzt weiß ich, was falsch ist!«

Und keiner aß mehr, und jeder sah Aurehl an.

Und die sagte: »Das Zelttuch ist falsch! Das Zelttuch ist nicht angehoben!«

Drauf ging der Labiges ohne Befehl von Re Dajana mit zwei Dienern hin und hob das Zelttuch an der richtigen Stelle auf die richtige Höhe, so wie's gehoben war, als Aurehl zum ersten Mal im Langen Zeltzimmer gesessen hatte am Tischchen mit Re Dajana nach ihrer langen Reise bis zum siebzehnten Knoten in ihrer Schnur um den Hals. Und endlich löffelte auch Aurehl die Estofado mit ihrem Heißhunger, so wie ich's von ihr kannte, und Xung-Tsiping stand gleich mit zwei Lernköchen und mit dem großen Topf hinter ihrem Stuhl und war glücklich.

Später, im höchsten Zimmer unterm Dach der Akropolis, war auch die Marie-Luise bei uns, ihre Augen glänzten mehr als sonst, wir hockten alle vier auf dem dicken Teppich, um uns herum die Blumen, die Schalen mit Früchten, die Krüge mit Saft und Pisko, und Aurehl aß von allen Früchten und sagte mit vollem Mund: »Fürst hat tief geschlafen, als wir landeten, so:« und zeigte, wie ich geschlafen hatte mit dem Kopf auf den Knien auf dem Stein.

»Irgendwann muß er ja schlafen«, sagte Re Dajana. »In der Nacht ist er durchs Gebirge gesprungen.«

»Ich war bei der neuen Hütte vom Kunumis«, sagte ich, »von seinen Kindern habe ich schon viele Kuetschua-Worte gelernt.«

»Wer ist Kunumis? Warum hat er eine neue Hütte?« fragte Aurehl, so mußte ich's ihr erzählen, und drauf sagte sie: »Ich will auch die Sprachen lernen.«

Und Re Dajana, beim Pisko, fragte sie: »Und wie redet ihr beide, der Annest Fill und du?«

»Bei ihm kann ich alle englischen Worte von der Schahanna«, sagte Aurehl mit vollem Mund, »wenn ich eins falsch sage, lacht er laut, aber ich erschrecke nicht, denn er lacht mich ja nicht aus.«

»Das ist eben die Liebe«, sagte ich.

Und Re Dajana, als hätte sie's nicht gehört: »Und jetzt will ich alles über den Weizen wissen.«

Aurehl redete nun lange vom Weizenfeld und vom Ackerbau, vom Dünger, dem richtigen und dem falschen, vom Winterweizen und vom Sommerweizen, vom richtigen Tag der Saat und vom richtigen Tag der Ernte, dazu auch viel vom Terralift, wie der den Boden lockert und durchlüftet, vom Wind und vom Regen, aber ich hörte bald nicht mehr zu und gähnte laut. Anders Re Dajana und Marie-Luise, die wollten immer mehr wissen vom Weizen und vom Annest Fill. Ich dachte aber nur noch an die Schnur, die Aurehl einst getragen hatte mit siebzehn Knoten um ihren Hals, und ich dachte: Aus siebenundvierzig Nächten hätten siebenundvierzig Knoten werden müssen, vom 3. Oktober bis zum 18. November! Diese Schnur wäre dann wohl sehr eng geworden um ihren Hals! Aber Aurehl hatte keine Schnur um den Hals, so oft ich auch hinsah. Und so dicht wir hockten in einem Kreis, so weit weg hörte ich Re Dajana sagen: »Und wann willst du abfahren?« Und hörte Aurehl plötzlich sehr nahe antworten: »Rechtzeitig für die Aussaat vom Sommerweizen.« – »Und den Kriss und den Longley nimmst du mit?« – »Und die Wahulla«, antwortete Aurehl.

Dann war's still in der Runde, lange, dann sah Re Dajana die Marie-Luise an und sagte zu ihr: »Und du warst beim Flüssel?«

Die hielt ihr Kinn mit ihren Fingerspitzen und sagte: »Es ist nun sicher, daß wir abfahren können nach Italien.«

»Seit wann?« rief Re Dajana. –»Seit heute«, antwortete die Marie-Luise, und Re Dajana krabbelte zu ihr hin, sie umarmten und küßten sich, daß es aussah wie zwei Kinder, wenn sie sich balgen, dann lagen sie still auf dem Teppich, Re Dajana rechnete lange mit den Fingern und redete dazu in der Kuetschuasprache, und am Ende sagte sie wie einen Zauberspruch von der Bickelak: »Die Marie-Luise wird am 17. Juli ihr Kind vom Raphael bekommen.« Und zur Marie-Luise: »Stimmt's?«

»Ja«, antwortete die, »so hat auch der Flüssel gerechnet.«

Nun wurde wieder viel geredet über das Kind der Marie-Luise, über das richtige und das falsche Nähren, über das italienische Klima und über den richtigen Wundpuder. Da wollte ich nicht hinhören, aber wie aus großer Ferne hörte ich Re Dajana sagen: »Und nun erzähl uns du, bitte, wie Zeppelzett die Kinder vom Kunumis getauft hat, und wie er sie auf seinen Knien schaukelt.«

Das erzählte ich, Marie-Luise sah mich an wie den Mann im Nebel, und wenn ich nicht mehr weiter wußte, so zwang mich Re Dajana mit ihren Fragen: »Und die Kinder sind vor ihm nicht ausgerissen?« – »Nein, nur herumgerannt um ihn, wenn er das Kuetschuawort falsch gesagt hat.« – »Warum sind sie um ihn herumgerannt?« – »Weil Kinder eben gerne herumrennen!« rief ich. Und Marie-Luise: »Und die Greti ist wirklich ein Mädchen?« – »Woran soll ich das erkennen?« fragte ich wütend zurück. Und Aurehl: »Daß sie sich hockt wie ein Mädchen.« – »Ja!« rief ich, »Greti hockt sich und Hansi streckt sich!« Und Marie-Luise: »Und Zeppelzett nimmt das Mädchen genauso wie den Jungen auf seine Knie?« – »Ja!« rief ich. – »Und schaukelt das Mädchen genausogut auf seinen Knien?« – »Ja!« rief ich wieder. Und dazu sagte ich sehr laut: »Und sie singen auch alle zusammen den Singsang von der Eum und der Sünd«, und sang den mit hoher, lauter Stimme, wie Zeppelzett den singt. Drüber lachten sie alle drei, so gab ich gleich noch eins dazu und plapperte mit der Stimme der Greti und mit der Stimme vom Hansi, schrie: »Hiji! Haju! Hoja!« lange, schnell und ohne Atem, bis die Aurehl leise sagte: »Erzähl uns nur, was wahr ist!«

Da war's wieder still in der Runde, aber ich sah das Glück in den Augen der Marie-Luise, und sie sagte sehr leise, fast schon wie ein Hauch, daß wir's kaum verstehen konnten: »Pan Inka-Fürst hat mir sehr viel geholfen.« Und dann: »O Schreck!«

Re Dajana sah sie an mit ihrem Katzenblick und fragte sie: »Warum ›O Schreck‹?«

»Ich mußte grade dran denken, wie er mit dem Hohen Herrn Zeppelzett zu früh zurückkam aus dem Gebirge.«

Und dann mußte sie erzählen, wie Raphael plötzlich die lange Treppe hinaufrannte, wie sie auf der Treppe sind, ratlos, lange, wie sie dann in die Akropolis gegangen war, ins Lange Zeltzimmer, und wie sie zu Re Dajana das Wort gesagt hatte: Ich geh nicht in das Spiel der Mächte. Aber weiter ließ Re Dajana sie nicht kommen und sagte: »Und dann habe ich sie in mein Bett genommen und getröstet.«

Ja, dachte ich, so geht's immer bei Re Dajana: Was ihr nicht gefällt, das wird unter den Teppich gekehrt.

Und die Marie-Luise sagte, als wäre da kein Geschrei gewesen und keine Wachen, die sie festgehalten haben: »Danach war ich am Tag beim Raphael und in der Nacht hier«, und klopfte mit ihrem Finger auf den Teppich.

Aurehl sagte: »Es ist gut, wenn die Frauen zusammenliegen und sich umarmen. Denn dabei sieht sich die Frau selber an. Bei der Umarmung vom Mann sieht sie immer nur den Mann. Marie-Luise, du liebst den Raphael. Aber du liebst auch mich und Re Dajana. Und Re Dajana liebt mich und dich. Aber sie liebt auch Fürst.« Und ich dachte: Außerdem liebt sie noch den Kapak, den MacNeer, den Xung-Tsiping, den Tschilgren, den Fort, den Tamasch, den Jack Forgensen, den Galloway, den Joschuha, den Hagannahta, den Berkeley, den Xung-Beping, und zählte weiter die Namen, aber da hörte ich wieder Aurehl, wie sie sagte: »Der Mann ist die eine Hälfte vom Menschen, und die Frau ist die andere Hälfte vom Menschen.«

»Und die Frau ist die bessere Hälfte?« fragte Re Dajana.

»Eine Hälfte liebt die andere«, antwortete Aurehl, »so wird ein Ganzes draus.«

Ich sagte: »Dann wird bei mir nie ein Ganzes draus, denn ich liebe immer die andere Hälfte. Schade um mich!«

»Ja, wirklich schade um dich!« spottete Re Dajana, und nach einer Weile: »Aber weil du ja selbst die andere Hälfte sein willst, als Narziß, brauchst du dich ja nur selbst zu lieben.«

Und weil ich das nicht verstand, und weil ich sie nur ratlos ansah, so sagte sie noch: »Dein Pech sind deine schönen Locken und deine heißen Augen und dein Kußmund und deine weiche Schlafzimmerstimme! Damit lockst du alle an, Männer und Frauen!«

Da hatte ich endlich wieder meinen Mut zurück zur schnellen Rede und rief: »Das ist alles ganz falsch! Denn immer, wenn ich einen Anfang mache und lerne, wie ich mich selbst lieben kann, kommt eine Frau oder ein Mann dazwischen und stört mich beim Lernen.«

Drauf fielen sie alle drei über mich her, mit Scherz und Spott dabei, den Zeppelzett habe ich verliebt gemacht und alle seine Edelinge außer dem Raphael, und alle Frauen in Matschju-Pitschju habe ich verliebt gemacht, so ging das lange, und am Ende sagte Re Dajana: »Und du wunderst dich, daß dich heute nacht gleich drei Frauen stören! Du solltest dich aber mehr wundern, daß nicht auch noch zehn Männer an der Tür stehen und anklopfen!« Und dann sah sie mich an mit ihrem frechsten Blick und sagte noch: »Wenn du eine von uns wegschickst, dann kommen gleich drei andere!« Und zur Marie-Luise: »Stimmt's?«

Nun erfanden sie ein Spiel, daß wir uns bunte Schleifen ins Haar binden, jeder eine Farbe, und die rote mußte von der Marie-Luise kommen zum Zeichen für den Abschied. Dann banden sie auch Schleifen um den Hals und um die Handgelenke, dann wurden die Umhänge abgeworfen, und sie fanden schnell heraus, daß mir noch eine Schleife von jeder fehlt um den Kleinen Fürsten herum, sonst ist der schlecht dran. Der streckte sich dann aber beim Binden. Darüber erschraken sie sehr und fragten sich, was für eine gefährliche Krankheit wohl in dem ist, daß er sich so streckt, und wußten es dann gleich: Der darf nicht mit bunten Schleifen gebunden werden! Danach erfanden sie das Spiel mit dem Reisekuß. Der darf nie dahin gehen, wo schon ein Kuß war, weil sonst das Schiff in den Sturm kommt. Dann war's ihnen zu warm, so warfen sie alle Decken aus dem Bett und lagen still auf dem Rücken. Dann war's ihnen zu kühl, so hoben sie die Decken mit den Füßen und legten sich dicht zusammen drunter.

Wollte ich mich aber dranlegen an eine, so zog die andere an der Decke, daß sie für mich nicht reichte. Und weil ich nicht immer draußen liegen wollte, so rollte ich mich am Ende in eine eigene Decke zum Schlaf zusammen.

Bald danach war ich im Traum vorm Einschlafen, da hörte ich sie leise reden: »Und hat er dir verliebte Augen gemacht?« – »Schon in der Orchideenhalle, als er gesagt hat: ›Die frißt einen ja auf mit ihren Augen!‹« – »Das hast du verstanden?« – »Verstanden nicht, aber gehört.« – »Und in Iowa?« – »Wenn wir zusammen beim Holzfeuer saßen, dann habe ich mir oft seinen Mund angesehen. Sein Mund ist jung. Und ich habe gedacht: Ich will und muß ihn küssen! Und einmal habe ich mich auf seinen Schoß gesetzt und ihn geküßt. Er hat gesagt: ›Kind, was machst du?‹ Es hat ihm aber gefallen. Und dann wollte er mein Kind sein. Ich habe ihm aber gezeigt, daß er einen Kopf größer ist als ich.«

Wohin kann ich mich verkriechen? dachte ich, daß ich nichts mehr davon hören muß? Weil ich sie aber auch unter der dicksten Decke reden hörte, so dachte ich mir aus, daß ich im Traum rede. Zuerst bewegte ich nur die Lippen, dann kamen leise Töne aus meinem Mund heraus, dann endlich Worte: »Vater! Geh nicht fort! Vater! Ich verbrenne in der Sonne! Vater! Ich bin doch dein Kind!« Und noch lauter: »Vater! Du brauchst mich doch, daß ich dir den Hasen aus der Schnappfalle hole!«

Aurehl war gleich still. Dann horchten sie alle drei. Dann flüsterten sie. Dann zogen sie mir meine Decke weg, dann spürte ich ihre große Decke warm über mir und gleich drauf einen warmen Körper auf beiden Seiten, wurde auch gedrückt und geschoben und drückte mich gleich dran und schob und zog mit. Still liegen mußte ich aber, daß mir mein böser Traum vergeht, und der verging mir dann auch gleich. Aber ein anderer Traum kam mir, daß ich noch stärker gedrückt und gepreßt werden mußte, und ich dachte: Links liegt eine, und rechts liegt eine, aber wo ist die dritte? Und im Traum sagte ich: »Sie reden alle von der Liebe, aber keiner küßt mich.« Gleich drauf wurde ich geküßt, von links und von rechts und spürte auch über mir einen Körper und Küsse von oben. Ich fragte weiter im Traum nach meinen heißen Augen und nach meinen Locken und meiner Schlafzimmerstimme, und immer waren es drei, die drauf antworteten in großer Sorge um mich mit Küssen auf die Augen und auf den Mund, und ich merkte auch, daß die Küsse nicht nur zu mir hingingen, von all dem wurde es mir heiß, sehr heiß.

Endlich erwachte ich aus einem langen, schweren Traum, erschrak sehr, wie gleich drei Frauen um mich waren, zwei zu beiden Seiten, eine über mir. Und beim Schimmer der Kerzen erkannte ich dann Aurehl auf der linken Seite und die Marie-Luise auf der rechten, und Re Dajana über mir, und wunderte mich, wie ich Aurehl nicht erkannt hatte von ihren Küssen. Alle drei sahen mich sehr besorgt an, hätten doch aber wissen müssen, daß ich mein Spiel gemacht hatte mit ihnen. Weil ich nun dachte, sie wollen es so haben, so spielte ich's zu Ende, bis ich dann wirklich einschlief.

Als ich am Morgen erwachte, lag ich allein im großen Bett.

Am Tag drauf, das war der 20. November, kam ein Diener vom Zeppelzett zu meinem Kleinen Haus, der brachte mir ein Jagdgewehr in einer Ledertasche und sagte mit einer schönen Verbeugung: »Auf Befehl vom Hohen Herrn Bodenreif«, und ging. Zuerst nahm ich das Gewehr vorsichtig aus der Ledertasche heraus und stellte es in die hinterste Ecke, dann öffnete ich die kleinen Taschen, fand Patronen, Reinigungsöl, Rohrbesen, einen Beutel mit zehn roten Diamantsteinen, die nennen sie ›den Rubin‹, und drunter, klein zusammengefaltet, einen Brief. Ich öffnete ihn, sah mir die gewellten Linien an, drei weiße Bögen lang, und dachte: Was soll das für eine große Kunst sein, wie man aus der gewellten Linie die Worte macht, daß ich die nicht lernen kann? Aber gleich erschrak ich drüber und hörte schon den Singsang beim Zelt vom Alten Schober ›Der Mann, die Frau, das Kind, überm Hochstein heult der Wind, Lesen soll gefährlich sein? Wer fällt auf diesen Schwindel rein?‹ Ich hörte meinen Vater mir drohen, daß Himmelsrecht mit Feuerstrahl und Rauchpilz herabkommen wird auf mich und auf ihn, wenn ich zu viel beim Alten Schober stehe.

Da war's dann endlich beschlossen, daß ich einen Vorleser haben muß. Ich fragte die Riondel, die sagte: »Das wird schwer, sehr schwer!« Ich fragte den Siemers, der sagte: »Sehr verantwortungsvolle Angelegenheit!« Ich fragte den

Xung-Tsiping, der sagte: »Nur nichts überstürzen!« Ich ging zum Xung-Beping, der hat sein Haus hoch überm Tal der Lamas, der sagte: »Bei Ihrer Intelligenz würde ich es selbst lernen!« Und am Ende ging ich zur Schahanna, die wohnte noch bei den Mehden. Sie sagte: »Das muß ein Katholischer sein, einer von der Ehrwürdigen Mutter Verena«, dachte nach und sagte: »Und ich weiß auch schon wer: Schnukkel!«

»Schnuckel?« fragte ich.

»Ja, das ist ein guter Rat. Gehen Sie zur Ehrwürdigen Mutter!« Sie machte das Zeichen mit der Hand und sagte dazu: »Hopp-Sie!«

»Zur Ehrwürdigen Mutter?« fragte ich sie.

»Die Mutter vom Hohen Herrn Bodenreif«, antwortete sie, »sie wohnt in einem Langhaus, noch unter den Häusern der Indios.«

Neben der Tür vom Langhaus der Ehrwürdigen Mutter hing an einer dicken Schnur ein Griff aus glitzerndem Metall, dran muß man ziehen, drinnen bimmelt es laut, und von einer Türsteherin wird man hineingelassen. Ich mußte lange warten, wurde ins hinterste Zimmer geführt, da stand eine Frau wie ein Zelt, in weißes Tuch gewickelt, den Kopf in einem kleinen Haus auf ihren Schultern versteckt, mit einem winzigen Fenster vorn, und wer genau hinsieht, erkennt Mund, Nase und Augen in diesem Fenster.

Die Frau in ihrem Zelt und in ihrem Haus sagte zu mir: »Ich bin die Ehrwürdige Mutter Verena. Wer sind Sie, und was wollen Sie von mir?«

»Ich bin der Benefit Pan Inka-Fürst bei den Kornegills, Lernberater beim hohen Geheimen Rat Tamasch.«

Sie sah mich an aus dem Fenster vorn. »So jung und schon einen so langen Titel! Ist das nicht etwas hoffärtig?« Und weil ich nichts drauf wußte, so fragte sie mich: »Aber Sie sind nicht im Dienst bei Re Dajana?«

»Bei dem hohen Geheimen Rat Tamasch«, antwortete ich.

»Und was machen Sie für diesen Herrn?«

»Wichtige Briefe schreiben und lesen«, antwortete ich.

»Bei mir würde man etwas schlichter ›Schreiber‹ oder ›Bürogehilfe‹ dazu sagen. Was wollen Sie also von mir?«

»Meine Augen sind sehr schlecht«, antwortete ich.

»Benutzen Sie eine Brille! Diese Re Dajana soll doch die besten Ärzte haben, hört man.«

Und ich, mit Leid in der Stimme: »Auch der beste Arzt kann mir nicht helfen.«

Da war sie gleich sehr besorgt und sagte: »Das tut mir leid für Sie. Aber geben Sie die Hoffnung nicht auf: Gott hilft.«

Ich wollte schon fragen: ›Wer ist Gott?‹, aber ich dachte, besser nicht, sonst kommt noch mein Schwindel heraus, so sagte ich: »Aber bis mir Gott hilft, brauche ich einen Vorleser, der mir hilft.«

Meine Antwort gefiel ihr, sie lächelte aus dem winzigen Fenster heraus und sagte: »Wenn Ihr Dienstherr ein Geheimer Rat ist, dann sind es ja wohl auch geheime Briefe, die durch Ihre Hände gehen?«

»Ja«, antwortete ich, »sehr geheime Briefe.«

»Dann brauchen Sie jemanden, zu dem Sie unbedingtes Vertrauen haben können, und das kann nur ein katholischer Mensch sein, und da sind Sie bei mir an der richtigen Stelle.« Sie setzte sich, sagte zu mir: »Setzen Sie sich bitte«, zog an einer langen Schnur, draußen bimmelte laut eine Glocke, die Türsteherin kam herein, die Verena befahl ihr: »Schwester Pförtnerin, bringen Sie Schnuckel!«

Die führte gleich drauf eine kleine, schmächtige Kindfrau herein, in graues Leinen gewickelt bis zu den Füßen hinab, braunes Haar zu zwei Zöpfen geflochten, braune Haut und dunkle Augen mit langen Wimpern, einen sehr kleinen Mund, der ist mehr rund als breit. Die mußte nun zur Verena hin, die faßte sie an der Hand und sagte zu ihr: »Dieser junge Herr ist ein wichtiger Diener bei einem Geheimen Rat der Kornegills. Er braucht eine Hilfe zum Lesen und Schreiben, denn seine Augen sind sehr schlecht. Überlege es dir gut und reiflich, bis du dich endgültig entscheidest!« Und zu mir sagte sie: »Sie heißt Heide-Maria, weil sie lange eine Heidin war, bevor sie getauft wurde. Wir nennen sie aber ›Schnuckel‹, weil sie so einen Schnuckelmund hat«, und sah sie von der Seite an. »Nicht wahr, Schnuckelchen?« Und wieder zu mir: »Sie ist fünfzehn Jahre alt und hat eine grundkatholische Erziehung. Sie beherrscht in Wort und Schrift das Hochdeutsche, das Englische, akzentfrei, und das Italienische.« Und wieder zu ihr: »Sage nun selbst, ob du dich würdig fühlst, diese schwere Verantwortung auf deinen schmalen Schultern zu tragen.«

»Ja, ich glaube, ja«, hauchte Schnuckel und sah mich dabei an, und dann zur Verena: »Ich glaube, sehr gern, Ehrwürdige Mutter.«

Die ließ Schnuckel los und sagte: »Dann will ich mit Gottes Hilfe den Vertrag aufsetzen. Sie bekommt natürlich ein Zimmer, zu dem Männer keinen Zutritt haben, am besten in einem reinen Frauenhaus. Ihr Gehalt ist an mich zu zahlen, so lange sie noch nicht mündig ist. Für alles Nötige, vor allem Kleidung und Essen, komme ich auf. Sollte sie den Wunsch äußern, eine Ehe zu schließen, so muß meine Einwilligung eingeholt werden.« Dann schrieb sie den Vertrag, stockte aber bald und sagte zu mir: »Ein Problem ist noch das Gehalt. Was ist Ihre Meinung? Sagen wir: Zweihundertfünfzig Dollar pro Monat?«

Ich sagte: »Zweihundertfünfzig Dollar pro Monat ist richtig.«

»Sie kennen sich aus, das merkt man gleich!« lobte die Verena mich und schrieb den Vertrag zu Ende. Dann schob sie mir den Bogen hin und sagte: »Unterschreiben Sie bitte hier«, und zeigte mir die Stelle, wo ich unterschreiben soll.

Ich dachte: So stolpert der Mensch, der den ganzen Tag durchs dichteste Gebüsch geht, über einen Grashalm auf der Weide!, und spürte dieses Prickeln durch den ganzen Körper aufsteigen, und als es dann im Kopf war, sagte ich: »Verträge darf ich nicht unterschreiben. Das darf nur mein hoher Dienstherr, der Geheime Rat Tamasch.«

»Spricht für Sie, daß Sie Ordnung lieben«, sagte die Verena und lächelte mich freundlich an aus ihrem weißen Haus, »ich bin auch für Ordnung.« Dann faltete sie den Vertrag, streckte ihn in ein Kuvert, gab's mir und sagte noch: »Bringen Sie mir noch heute den unterschriebenen Vertrag zurück, dann kann Schnuckel gleich hier bleiben«, und zur Heide-Marie: »Nicht wahr, mein Kind?«

Weil der Tamasch damals nicht in Matschju-Pitschju war, so ging ich zum Xung-Beping ins Haus, hoch überm Tal der Lamas. Der unterschrieb den Vertrag und sagte zu mir: »Geben Sie ihr nichts Geheimes, bis Sie das Cleaning vom Siemers haben.« – »Was ist ›das Cleaning‹?« fragte ich ihn.

Und er: »Man versucht dem Menschen etwas Böses anzuhängen. Und wenn das nicht gelingt, ist er clean.« Dann steckte er den Vertrag in ein neues Kuvert, und das brachte ich zum Langhaus der Ehrwürdigen Mutter.

Am Tag drauf stand ich mit Aurehl und Schahanna am Landeplatz und winkte dem Zeppelzett und der Marie-Luise zu, als sie in den großen Heli kletterten, den ersten von dreien, und wir winkten auch den vielen Edelingen zu, die in den zweiten Heli kletterten, und auch der Ehrwürdigen Mutter winkten wir zu, als sie mit ihren Frauen in den dritten kletterte, aber die Frauen der Bodenreifs winkten nicht zurück.

Und als dann der dritte Heli sich gehoben hatte mit unerträglichem Lärm und viel Staub unter sich und sich gedreht hatte in der Luft mit Flügelklopfen, da trat die Heide-Maria zu uns, sah die Schahanna nicht und die Aurehl nicht, knickte ihr linkes Knie ein vor mir, daß es aussah, als ob der Hase sein Kötel verscharrt, und sagte zu mir: »Würden Sie mir nun bitte zeigen, wo ich arbeiten soll?«

Ich führte sie zu meinem Kleinen Haus, sie sah sichs an und sagte: »Na, meinetwegen. Und wie ist die Arbeitszeit?«

»Ich rufe dich, wenn ich dich brauche«, antwortete ich.

Da machte sie ihren Mund ganz rund, warf ihren Kopf herum und rief erstaunt: »Keine geregelte Arbeitszeit?« Und als ich nicht wußte, was die geregelte Arbeitszeit ist, so sagte sie mit geschlossenem Mund: »Naja, typisch Kornegill. Aber dann müssen Sie ja wissen, wo ich wohne«, und führte mich zu einem Langhaus am Abgrund zum Urubamba hin mit kleinen Zimmern für die Küchenfrauen und Putzerinnen, sie zeigte mir ihr Zimmer, drin stand ein Bett, ein harter Stuhl und eine Kiste mit einem Schloß, und an der Wand über ihrem Bett hingen zwei gekreuzte Brettchen, drauf war ein kleiner, aus Holz geschnitzter nackter Mann mit drei Nägeln angenagelt, zwei durch seine Hände, einer durch beide Füße durch, und herablaufendes Blut war draufgemalt. Und ich erinnerte mich, daß auch im Zimmer der Verena so ein angenagelter nackter Mann gehangen hatte. Ich fürchtete mich davor, ein Ekel kam in meine Gurgel, aber ich konnte nicht wegsehen von dem angenagelten Nackten auf den gekreuzten Brettchen.

Ich sagte zur Heide-Marie: »So sehr hassen die Frauen bei der Ehrwürdigen Mutter die Männer, daß sie das Abbild vom Mann blutend an die Wand nageln!«

»Wie reden Sie über den Erlöser!« rief die Heide-Marie, fiel auf die Knie vor ihrem Bett, die Augen zu dem Angenagelten gehoben, tppte mit zwei Fingern ihrer rechten Hand erst an die Stirn, dann ans Brustbein, dann an die linke und an die rechte Schulter und murmelte dazu: »Herr, erlöse mich! Herr, vergib mir meine Sünden! Herr, vergib diesem heidnischen Sünder seine schweren Verfehlungen!« und murmelte so weiter, daß ich dachte: Erst nagelt sie sich die Männer mit viel gemaltem Blut übers Bett, und dann bettelt sie die angenagelten, blutigen Männer an! Und ich dachte auch, ob wohl der Rat der Schahanna so gut war.

Ich sagte in ihr Gemurmel hinein: »Komme bitte in mein Kleines Haus, wenn die Sonne sich über den Urubamba senkt«, und zeigte ihr die Richtung, »denn du sollst mir einen wichtigen Brief vorlesen.«

Sie stand gleich auf und fragte mich: »Haben Sie denn keine Uhr?«

»Nein«, antwortete ich.

»Merkwürdige Sitten bei den Kornegills«, sagte sie noch, als ich ging.

Sie kam viel zu früh, sie sah sich drinnen um und fragte mich: »Wo soll ich denn hier arbeiten?« – »Setz dich bitte auf diesen Stuhl«, antwortete ich, und sie, mit dem Blick auf mein Bett: »Ein Bett in einem Arbeitszimmer!« und setzte sich nicht. Ich sagte: »Aber kein nackter, blutender Mann drüber angenagelt!«

Sie sagte laut: »Ich bitte Sie ums eins: Keine Gotteslästerungen in meiner Gegenwart! Das ist das Mindeste.« Dann setzte sie sich auf den Stuhl und fragte mich: »Was soll ich also vorlesen?«

»Einen wichtigen Brief«, antwortete ich und legte den Brief vom Zeppelzett auf den Tisch. Sie nahm ihn und wollte das Kuvert öffnen, ich riß es ihr aber aus der Hand und sagte: »Wie soll ich wissen, daß dieser Brief mein Brief bleibt, auch wenn du ihn mir vorgelesen hast?«

Da hob sie ihre rechte Hand, die ausgestreckten Finger zu mir hin und sagte: »Beim Kreuz Jesu! Ich will tot umfallen, wenn ich etwas Unrechtes tue! Ich kenne das heilige Recht des Briefgeheimnisses. Wer das Briefgeheimnis bricht, begeht eine Todsünde!« nickte dreimal, »eine Todsünde!«

Ich sah mir die Kindfrau an und dachte: Was redet die? Was sind das für Worte? Sie nickte aber weiter und sagte beim Nicken: »Eine einzige Ausnahme kenne ich«, hob den Zeigefinger hoch, drohte mir mit dem und sagte dazu: »Wenn in dem Brief ein schweres Verbrechen geoffenbart wird. Dann darf ich es sogar nicht verschweigen. Und wenn es erst geplant wird, dann muß ich es verhindern.«

Ich ging zur Tür, öffnete sie und sagte: »Dann kann ich dich nicht gebrauchen als Vorleser«, und wartete drauf, daß sie geht.

Sie blieb aber sitzen, machte ihren Mund ganz rund, warf ihren Kopf herum und fragte: »Warum?«

»Ich besorge dir einen Heli«, sagte ich, »daß du schnell hinter deiner Ehrwürdigen Mutter herfliegen kannst.«

Sie sprang auf, ging zwei Schritte zurück und rief: »Nein!«

Ich sagte mit meiner tiefsten Stimme: »Und ich dachte, ich hab endlich einen Vorleser, bei meinen schlechten Augen!«

»Den haben Sie ja!« rief sie und schlug sich mit der Faust auf die Brust: »Mich!«

»Ein Vorleser muß vorlesen und schweigen«, sagte ich. »Wenn ein Vorleser schon von einer ›Ausnahme‹ redet, dann wird er die auch finden, wenn er will. Er sagt: Da ist ein Verbrechen in dem Brief. Und dann darf er zu jedem drüber reden.« Und ich setzte mich an den Tisch, stützte meine Ellenbogen drauf und legte meinen Kopf auf die Hände.

Sie setzte sich zu mir und redete zu mir wie man zu einem störrischen Kind redet: »Die Ehrwürdige Mutter Verena kennt jedes Verbrechen und jede Sünde. Und sie hat auch gute Beispiele dafür. So im vierten Gebot, Abteilung für Untergebene, das bin ich ja: Ich darf nicht widerspenstig oder unpünktlich sein und nichts unnötig ausplaudern. Oder siebentes Gebot: Ich darf nicht unbefugt fremde Briefe lesen, der Ehre und dem guten Ruf eines anderen schaden oder Feindschaft und Unfrieden durch Geschwätzigkeit stiften. Aber! Achtes Gebot: Niemand darf einem anderen Böses wünschen oder gar den Tod! Und wenn ich davon Kenntnis habe, muß ich es verhindern! Sie sehen, ich weiß immer, was ich darf, was ich nicht darf, was ich muß und was verboten ist, sogar dann, wenn ich es nicht verstehe, denn Gottes Ratschluß ist ja manchmal unerforschlich.«

»Da weißt du ja schon eine Menge«, sagte ich. »Aber das Wichtigste weißt du nicht.« Und sah sie an, ob sie's doch weiß. Sie machte aber nur ihren Mund rund und wartete, so sagte ich: »Das Wichtigste ist immer der Vertrag. Und das größte Verbrechen ist der Vertragsbruch. Ein Vertrag ist wie Leben und Sterben: Wer den Vertrag hält, lebt, und wer den Vertrag zerstört, zerstört sein Leben.«

»Davon hat die Ehrwürdige Mutter nichts gesagt.«

»Dann hat sie es vergessen.«

Sie hob den Kopf mit einem Ruck. So sagte ich schnell dazu: »Oder du hast es vergessen. Ich werde es dir erklären. Im Vertragsbruch ist jedes Verbrechen drin: Unnötig ausplaudern und fremde Briefe lesen ohne Erlaubnis, dem andern schaden in jeder Art, auch mit der Dummheit schaden, wenn die Umsicht fehlt und die richtige Einsicht, sogar beim Mord hilft man, den man gar nicht will, und ist es nicht auch so mit dem Ratschluß Gottes, wenn man den nicht richtig erforscht?« Sie sah mich starr an, so ging ich gleich weiter und sagte mit dem strengsten Ton: »So mußt du nun erkennen, daß der Vertragsbruch das größte Verbrechen ist von allen, die die Ehrwürdige Mutter kennt. Und grade den hast du vergessen! Ich will aber mit einem Vorleser einen Vertrag machen, der soll heißen: Du sollst mir alles getreu und wahr vorlesen, um was ich dich bitte. Du sollst mir auch den Brief wahr und getreu schreiben, den ich dir ansage. Dafür will ich dir jede Hilfe geben, die du brauchst, auch den Schutz vor dem Verbrechen, so wie bisher die Ehrwürdige Mutter dir Rat und Hilfe gegeben hat. Wenn aber ein nur einziges Wort davon zu einem einzigen anderen Menschen kommt, durch Untreue, unnützes Ausplaudern, Geschwätzigkeit oder Dummheit, so hast du den Vertrag gebrochen und niemand schützt dich mehr vor dem Unglück und vor dem Verbrechen, und du mußt zurück zur Ehrwürdigen Mutter. Auch von unserem Vertrag darfst du zu niemandem ein einziges Wort reden, sonst ist der schon dadurch gebrochen. Hast du alles verstanden?«

Sie weinte, daß ihr die Tränen wie zwei Sturzbächlein herabsprangen von den Backen, und sie hauchte: »Ja.«

Und ich: »Dann geh jetzt in dein Zimmer und komme morgen wieder, wenn die Nebel gestiegen sind. Dann sollst du mir sagen, ob du diesen Vertrag mit mir machen willst.« Und nahm den Brief vom Tisch.

Am Tag drauf saß sie schon auf der Treppe vor meinem Kleinen Haus, als ich von der Akropolis herabkam. Sie fror in ihrem grauen Leintuch und sagte zitternd: »Ich bitte Sie, daß wir die Arbeitszeit nach der Uhr ausmachen.«

»Du willst also den Vertrag mit mir machen?« fragte ich sie und führte sie ins warme Zimmer hinein.

»Ja«, hauchte sie, zog aus ihrem Leintuch einen Brief hervor, hielt ihn mir hin und sagte: »Ich habe schon unterschrieben.«

»Was ist das?« fragte ich sie entsetzt.

»Der Vertrag«, antwortete sie. Ich riß ihr den Brief aus der Hand, zerfetzte ihn in hundert Stücke und verbrannte sie in einer kostbaren Obstschale zu Asche. Dazu rief ich: »Auch von Dummheit habe ich geredet! Auch von fehlender Umsicht! Auch Dummheit und fehlende Umsicht ist ein Vertragsbruch!«

Sie war zu Tode erschrocken, sie schlug ihre Hände zusammen und preßte ihre Finger so fest ineinander, daß sie ganz rot wurden davon.

Ich fragte sie: »Wer hat diesen Brief gesehen? Hast du ihn irgendwo liegen lassen? Hat dir jemand geholfen? Hast du ihn mehrmals geschrieben?«

»Nein! Nein! Nein!« rief sie immer nur, und die Tränen kamen ihr schon wieder, »ich habe den Vertrag allein geschrieben, niemand hat es gesehen, ich habe ihn gleich in meinem Leintuch versteckt, bin hierher gekommen und habe auf Sie gewartet. So war es doch, bitte, bitte, kein Vertragsbruch!«

»Nein«, antwortete ich streng, »denn wir haben ja noch nicht Vertrag gemacht. Und ich weiß auch nicht, ob ich Vertrag mache mit dir.«

Sie sah mich an wie eine, die gleich sterben wird.

Ich zählte im Kopf langsam bis hundert, dann sagte ich mit viel Atem dazwischen: »Vielleicht geht es doch.«

Da fiel sie vor mir auf die Knie, preßte ihr Gesicht in meine Kapa und jammerte: »Ich will und kann nicht zur Ehrwürdigen Mutter zurück. Nie! Niemals! Sie haßt mich, denn ich bin ein Kind der Sünde.«

»Steh bitte auf«, sagte ich, »und erkläre mir, wer die Sünde ist, die dich geboren hat, wegen der die Ehrwürdige Mutter dich so haßt.«

»Mein Vater ist die Sünde«, antwortete sie, »denn er hat mich nicht im Schoß der Ehrwürdigen Mutter gezeugt, wie es seine Pflicht war, sondern im Schoß einer anderen.«

»Und die heißt Sünde?« fragte ich sie.

»Das war die Sünde!« rief sie. »Mein Vater hat gesündigt!« und stand endlich auf. Dann wollte sie es mir erklären: »Mein Vater hat mit der Ehrwürdigen Mutter Verena den heiligen Ehebund geschlossen, den nennen die heidnischen Familien den ›Goldnen Vertrag‹.«

Da verstand ich sie endlich und sagte: »So bist du die Halbschwester vom Hohen Herrn Zeppelzett!«

Und sie: »Machen Sie jetzt den Vertrag mit mir?«

»Ja«, antwortete ich. »Wir machen jetzt den Vertrag mit Augen und Händen«, sagte ihr den vor, sie sagte ihn nach, dann sah ich sie an und hielt ihr meine offenen Hände hin, daß sie erst nicht wußte, wie es gehen soll, ich hob aber ihre Hände, bis sich unsere Hände berührten, das verstand sie gleich, dann tippte sie aber wieder mit den zwei Fingern erst an die Stirn, dann ans Brustbein, dann an beide Schultern und sagte dazu: »Beim Kreuz Jesu! Ich will tot umfallen, wenn ich den Vertrag breche.« Und gleich drauf fragte sie mich: »Aber wie wollen Sie mich nun nennen? Schnuckel gefällt mir nicht, denn ich bin ja kein Kind mehr.«

»Sondern?« fragte ich sie mit Spott.

Aber sie ist keine, die sich verspotten läßt. Sie sagte mit einem Stolz: »Ich habe schon lange meine Periode. Und ich habe richtige Frauenbrüste. Ich könnte schon ein Kind austragen.«

Ich sah mir die Kindfrau an, wie sie vor mir stand mit ihrem kleinen, runden Mund, ihren dunklen Augen und ihrer braunen Haut, das braune Haar zu zwei Zöpfen geflochten, daß man die Form ihres Kopfes unterm gespannten Haar erkannte, und dachte: Die ist also eine Halbschwester vom

Zeppelzett! Die ist nicht im Beton geboren und gewachsen, sondern im Reichtum der Familien! Und eben hat sie noch ihre Kindertränen getrocknet, und jetzt redet sie schon vom Kindersäugen!

Ich sagte zu ihr: »Mir gefällt Heide-Maria nicht. Heide könnte mir gefallen.«

Sie machte ihren Mund ganz rund und sagte im Nachdenken: »Ich bin zwar kein Heide mehr durch die Heilige Taufe, aber wenn selbst die Ehrwürdige Mutter mir diesen Namen mitgegeben hat, dann kann daran nichts Falsches oder Sündiges sein.«

Ich sagte drauf: »So haben wir beide den Vertrag gemacht, und so gibt es keine Sünde mehr zwischen uns ...« stockte aber, weil sie mich mit so großer Angst ansah.

»... Bester Herr Benefit«, sagte sie langsam und jedes Wort war wie ein Stein, der ihr im Wege lag. »Ich bitte Sie um eins: Keine Sünde darf zwischen uns sein, niemals! Das wäre mein Tod. Die Ehrwürdige Mutter sorgt sich zwar um den Bestand der Familie der Bodenreifs, weil der Hohe Herr Zeppelzett die Frauen verachtet, aber gerade deshalb sammelt sie Frauen um sich, die den Heiligen Ehebund schließen wollen und danach das Kind empfangen wollen in ihrem Schoß und in der Gnade des Herrn, es ernähren und groß ziehen wollen, damit die Familie der Bodenreifs nicht untergeht durch die Sünde der Unzucht. Und so will auch ich eines Tages den Bodenreifs ein Kind in die Wiege legen, und es kann auch ein Kind von einem Mann der Kornegills sein, warum nicht? Und das ist ja auch der Grund, warum die Ehrwürdige Mutter mich hier, bei den Kornegills läßt, trotz allem. Aber niemals, niemals in der Sünde!«

Als ich das hörte, dachte ich wieder, ob wohl die Schahanna sich den Rat wirklich so gut ausgedacht hat, daß sie mir die Heide zur Vorleserin machen will. Ich sagte aber zur Heide: »Der Vertrag ist gemacht. Jetzt lies mir bitte als Probe diesen wichtigen Brief vor«, und legte wieder den Brief vom Zeppelzett auf den Tisch.

Sie nahm das Kuvert, rief: »Das ist ja die Schrift vom Hohen Herrn!« Und ich: »Der hat mir ja auch den Brief geschrieben!« Sie öffnete das Kuvert, sagte: »Achso!«, entfaltete die drei weißen Bögen und las vor: »›Geliebter Freund, wahrer

Freund, einziger treuer Freund!‹«, gab mir den Brief zurück und sagte: »das lese ich nicht.«

»Lies bitte vor!« rief ich zornig.

Und sie: »Ich lese nichts von Unzucht und Sünde vor!«

»Aber getreu und wahr!« rief ich dagegen, »denn so heißt unser Vertrag«, und dachte dazu: Was für Worte! Wie redet sie! Aber dann erzählte ich ihr, wie ich mit Zeppelzett durchs Gebirge gegangen war, erzählte vom Kunumis und seiner verschütteten Hütte, und wie Zeppelzett die Kinder vom Kunumis auf seinen Knien geschaukelt hat als ein wahrer Vater. So wurde die Heide endlich zutraulich, wie der Vogel, dem man neunundneunzig mal das Futter hinstreut, damit man ihn beim hundertsten Mal fangen kann mit der Hand. Und ich sah genau, wie in ihrem Kopf aus der Wahrheit der Ehrwürdigen Mutter meine Wahrheit wurde, bis sie dann endlich den Brief wieder in die Hand nahm und weiter vorlas.

»›Von deiner Entführung nach Schloß Marbach bis zu unseren Gebirgsgängen ist es ein langer Weg. Wir hatten es oft schwer miteinander, denn die Verhältnisse sind nicht so, wie der Dichter sagt. Aber bei unseren Touren durch die Anden, wo du mir ein vorbildlicher, zuverlässiger und nie irrender Bergführer und Bergkamerad warst, sind wir Freunde geworden, wie selten zwei Männer Freunde werden.‹« Und sie konnte nicht weiterlesen, denn die Tränen liefen ihr herab über die Backen, so kann nur die Heide weinen. In der rechten Hand hielt sie den Brief, und mit der linken wischte sie sich die Tränen ab, bis sie endlich weiter lesen konnte: »›Du hast dir dann große Verdienste um meinen Vertrag à trois gemacht, darüber mag ich nicht gern reden. Denn derweil du mir vom Gebirge vorgeschwärmt hast, hast du in Wahrheit die leibliche Vereinigung der beiden raphaelischen Menschen im Kopf gehabt.‹ Solches vozulesen, fällt mir schwer«, sagte sie.

»Solche Worte sind aber die Wahrheit der Menschen«, tröstete ich sie.

Und sie, ohne Tränen: »Dieser Vertrag ist schwer zu halten!«, stöhnte dreimal, nickte und las weiter: »›Aber so wird ja das Kind entstehen, das wir Bodenreif so nötig brauchen. Und so hast du mir einen großen Freundesdienst getan, wenn auch gegen meinen Willen‹«, und ich verstand nichts mehr von ihrem Gelese, denn es war bald mehr ein Geheule.

Ich sagte zur Heide: »Liebe Heide! Vorgelesen will ich den Brief haben, nicht vorgeheult!«

Und sie: »Aber er ist so schön!«

Und ich: »Er ist ja auch von deinem Bruder!«

»Halbbruder!« sagte sie drauf und las weiter: »›Ich schenke dir ein Jagdgewehr. Schieße damit deiner Herrin das Wild zu ihrem Gaumenschmaus! Aber schieße nicht das trächtige Wild, nicht das säugende und saugende, nicht das magere Wild und nicht das Stammwild! Dieses Jagdgewehr ist aber nur ein Sinnbild für Waffen. Du weißt ja sicher, daß wir Bodenreifs das Waffenmonopol haben. Und die roten Steinchen sind ein Sinnbild für Geld. Sollte also der Fall eintreten, den ich deinetwegen nicht erhoffe, aber man kann ja nie wissen, so weißt du, an wen du dich wendest. Schicke einfach ein Telex an mich als mein getreuer Bergkamerad. Mein Bergprinz! Und noch ein letztes Wort: Traue nicht den Frauen, die meine Mutter großgezogen hat in ihrem katholischen Wahn.‹«

Und als die Heide das gelesen hatte, legte sie den Brief auf den Tisch und sagte dazu: »Und so lege ich diesen Brief auf den Tisch, breche den Vertrag und sterbe.«

»Nicht so schnell!« rief ich. »Das Sterben ist schwer und anstrengend!« und dachte dazu: »Und am schwersten ist, sich vorlesen lassen!

»Ja, ja«, hauchte die Heide, »ich bin eben eine Gerutschte.«

»Was ist das nun wieder?« fragte ich sie.

»Wer gerutscht ist, ist gerutscht«, antwortete sie, und mehr kam nicht aus ihr heraus. So dachte ich an den Stein, der stürzt, und wie Re Dajana ins Gebirge horcht mit einer Angst, und starr sitzt sie auf ihrem Chaiselongue und sagt: ›Haltet den Stein fest, damit er nicht rutscht! Aber niemand hält ihn fest, so rutscht er eben.‹ Und ich dachte noch: Hat die Heide gesagt ›rutscht‹? oder hat sie gesagt ›stürzt‹? und wußte es nicht mehr.

Ich sagte zur Heide: »Lies mir jetzt bitte den Brief zu Ende!«

»›... in ihrem katholischen Wahn. Besser wäre es, wenn du dich ermannst und lesen und schreiben lernst, wie jeder halbwegs gescheite Mensch. Und gescheit bist du doch alleweil. Hab ich recht? Dein Freund und Bergkamerad Zeppelzett Bodenreif.‹«

Draufl legte die Heide den Brief sanft auf den Tisch, machte ihren Mund rund, warf ihren Kopf herum, so kann nur sie ihren Kopf herumwerfen, und sagte: »Bei einem Analphabeten bin ich also Vorleser geworden!«

»Was ist ein Analphabet?« fragte ich sie.

»Einer, der nicht lesen kann.«

Ich sagte dazu: »Aber mit einem Vertrag auf leben und nicht leben.«

Und sie: »Ich bin ja nicht begriffsstutzig!«

Das war am 23. November des Jahres 268 der Neuen Zeit.

8. Kapitel

24. November bis 7. Dezember 268, die neuen Betongeschichten, Vertrag mit Galloway

In dieser Zeit ging alles falsch herum in Matschju-Pitschju: Tamasch kam, der sollte aber nicht kommen, sondern aufpassen auf die Ordnung der Welt in Europa. Der sagte zu Re Dajana im Geheimkabinett: »So vielä Chauptmännär wir chabän in Eiropa, so vielä Värsagär chabän wir in Eiropa!«

Und Tschilgren-Johannsson war in Liebe eingeladen worden, der sollte sich die Jessi gut ansehen, die zweite Tochter der Re Dajana, die hatte ja die Schönheit von ihrer Mutter. Die war gekommen, aber der Tschilgren nicht. Der hatte einen Brief geschrieben.

Und den Brief hatte der Labiges auf ein Tischchen im Langen Zeltzimmer gelegt und vergessen. Und erst, als Re Dajana ihn schon das dritte Mal nach dem Tschilgren gefragt hatte, ob der nicht angekommen ist, erst da erinnerte sich der Labiges an den Brief auf dem Tischchen, holte ihn und sagte: »Den habe ich ganz vergessen.«

Und Re Dajana warf nicht das Tischchen um, schrie nicht und schleuderte nicht das Glas an die Wand, sondern sie drohte dem Labiges sanft mit dem Finger und sagte dazu: »Labiges, Labiges! Du wirst doch nicht etwa alt und vergeßlich?«

Und in ganz Matschju-Pitschju ging das Wort um: Wenn die Dohle bei der Herrin ist, ist sie sanft wie ein Lamm. Aber wie wird sie sein, wenn die Dohle nicht bei ihr ist?

Als dann Re Dajana den Brief vom Tschilgren öffnete, stand schon ein Tischchen vor ihr, der Labiges kostete vor, aber sie sah es nicht, sondern aß es leer beim Lesen, und ich dachte: Daß sie nicht so rund wird wie die Marie-Luise, das kommt, weil sie nur ißt, wenn das Haus brennt oder der Berg einstürzt.

Das Tischchen war leergegessen, der Brief war gelesen, aber sie steckte ihn nicht weg, sondern sah mich an und fragte mich: »Und bist du denn nicht neugierig? Und willst du denn nicht hören, wie man von Re Dajana Kornegill Abschied nimmt?« Und weil ich nichts drauf wußte: »Hör gut zu!«

Und las vor: »›Hohe Frau! Verehrteste Frau unter allen Frauen! Sie haben nun den Rat Ihres derzeitigen Geliebten befolgt und den Krottenauer zum Hauptmann der Raketen der Stadt Kusko ernannt.‹« Sie sah mich an: »Fast achtzig Jahre hat dieser schwedische Mensch mich geduzt!« und las weiter: »›Seitdem herrscht hier ein merkwürdiger Frieden: Der Frieden von vier Schwachen gegen vier Schwache, ganz nach Ihrem Sinn! Damit es aber auch immer und endgültig so bleibt, will ich auf immer auf den rechtmäßigen Eintritt in Ihre Familie verzichten. Sie haben meine aufrichtige und innige Werbung um Sie in den Wind geschlagen. Wie eine Heiratsvermittlerin haben Sie versucht, mir Frauen anzudienen. Als letzten Versuch Ihre Tochter Jessi, die zweifellos viele äußere Ähnlichkeiten mit Ihnen hat. Jessi ist sicher auch eine schöne Frau, wie Sie. Aber Jessi fehlt eins: Das, was Sie ausmacht. Ich werde mir in Kusko einen Viertelpalast als Viertelherrscher über Kusko errichten. Ich werde versuchen, Ihnen Kusko zu halten, mit meiner ganzen Kraft und mit meinem Leben. Das bin ich Ihnen schuldig. Ob es aber möglich sein wird bei dieser unglückseligen Konstellation, das scheint mir doch sehr fraglich. Hohe Frau! Einzige Frau! Ich bin oft ungerecht gegen Sie gewesen, ich habe mein Temperament oft nicht gezügelt. Das bereue ich aus tiefstem Herzen. Ihr Sie ewig verehrender Odmar Tschilgren-Johannsson, Viertelherrscher in Kusko.‹« Sie sagte noch: »Er ist eben ein schwedischer Mann, stolz und störrisch«, faltete den Brief zusammen, steckte ihn in ihre Kapa, dachte nach und sagte: »So werde ich eben zuerst den Goldnen Vertrag für Schahanna und Rilpe in Angriff neben.« Und dann: »Wo steckt die Schahanna eigentlich?«

Wenn der Morgen kam und mit ihm der Lichtzauber, so zog's mich gleich ins Gebirge, ich ging zum Haus der Köche, ließ mir den Rucksack füllen mit hundert Leckereien, ging zur neuen Hütte vom Kunumis, Hansi und Greti sprangen mir entgegen durchs Geröll, und alles, was im Rucksack war, gehörte ihnen. Und Kunumis hockte nicht mehr vor dem Geröllhaufen, sondern war längst bei seinen Schnappfallen über den tiefsten Abgründen.

Zurück ging ich immer über den Terrassenberg. Da war Aurehl mit der Wahulla, dem Kriss und dem Longley. Zehn Träger hatten alles heraufgeschleppt, was man für den Weizen braucht: Saatkorn und Terralift, Egge und drei Sorten Dünger in Säcken, Walze und Drillmaschine. Sie arbeiteten alle schwer, am meisten Aurehl und Wahulla, am wenigsten der Longley, der hatte immer mit seinen langen Fingern zu tun, schnippen, aneinanderreiben, langziehen und spreizen, und er redete auch viel. Wenn sie dann müde waren, führte ich die Aurehl über die Stufen nach Matschju-Pitschju hinab, ich sah auf die Stufen, daß ich keinen falschen Tritt mache, aber Aurehl sah nach oben, so konnte man denken, daß da eine Blinde geführt wird. Auf dem großen Platz sprangen ihr schon die Kinder entgegen, die wollten von ihr die Betongeschichten hören, bis zum Abend. Da wartete ich dann oft auf sie, daß ich sie zur Akropolis hinaufführe, und hörte zu.

»Erzähle uns bitte eine Geschichte vom kleinen Pik und vom starken Puck!« bettelten die Kinder. »Welche?« fragte Aurehl. – »Die, wo der kleine Pik schon lesen kann.«

Da setzte sich Aurehl zu den Kindern, die waren gleich ganz still und sahen sie an, und Aurehl erzählte:

»Der kleine Pik hatte einmal eine Zeitung und las darin. Das sah der starke Puck, der ärgerte sich, daß Pik lesen kann und er nicht. Er lief hin und riß dem kleinen Pik die Zeitung aus der Hand. Der kleine Pik schrie: ›Das ist meine Zeitung!‹ Aber der starke Puck lachte ihn aus und sagte: ›Was gibst du mir, wenn ich dir die Zeitung wiedergebe?‹ – ›Ich habe schon zwei Euros dafür bezahlt‹, ruft der kleine Pik und will dem starken Puck die Zeitung aus der Hand reißen. Aber der ist ja viel stärker und hält sie gut fest. Das wird ihm aber bald langweilig, so eine Zeitung festhalten und nicht lesen können, so fragt er den kleinen Pik: ›Was ist an der Zeitung so wichtig, daß du sie haben willst?‹ – ›Sie gehört mir!‹ schreit der Pik, und der Puck lacht ihn aus und sagt: ›Aber du hast sie nicht!‹ So streiten sie sich lange, bis der starke Puck sagt: ›Wenn wir noch lange drüber streiten, dann zerfällt die Zeitung. So sage mir, was so wichtig ist an der Zeitung, und ich gebe sie dir zurück.‹ Der kleine Pik hört auf zu weinen, wischt sich die Tränen ab und sagt: ›Die Zeitung ist sehr wichtig. Wer sie lesen kann, der kennt sich aus. Du kannst sie aber nicht lesen, deshalb kennst du dich auch nicht aus.‹ Und der Puck dagegen: ›Und du hast sie nicht, so kannst du sie auch nicht lesen!‹ – ›Gut‹, sagt endlich der kleine Pik, ›gib mir zwei Euros, dann lese ich dir vor.‹ – ›Einen Euro gebe ich dir.‹ – ›Nein, zwei.‹ Und wieder streiten sie sich. Aber Puck hat Angst, daß die Zeitung zerfällt, und Pik kann nicht mehr draus vorlesen, und er kennt sich nicht aus, und so gibt er nach. Und mit zwei Euros in der einen Hand, die Zeitung in der anderen, so liest der kleine Pik nun vor, und der starke Puck hört gut zu. Aber schon bald sagt er: ›Das selbe war schon gestern in der Zeitung.‹ – ›Ja!‹ lacht der kleine Pik, ›jeden Tag das selbe.‹ – ›Wie soll man sich da auskennen, wenn jeden Tag das selbe drinsteht?‹ schimpft der starke Puck. Aber der kleine Pik ist schnell weggerannt mit den beiden Euros und ruft noch: ›Du kennst dich eben nicht aus, sonst hättest du mir ja nicht zwei Euros gegeben!‹«

»Du erzählst die Geschichte ja ganz falsch!« rief die winzige Harmŏnia mit ihrem Zopf so lang wie die Kapa, »der kleine Pik hat doch von dem Schatz gelesen! Weißt du das denn nicht mehr? Und er ist zum Vierten Hochstein beim Ulmenbach gegangen. Und keiner weiß von dem Schatz, nur wer lesen kann. Und sie gehen dann auch beide zusammen hin …«

»Ganz falsch!« rief die Bessi dazwischen. »Es war so: …« und sie erzählte nun die Geschichte so, wie auch ich sie kannte: »Der kleine Pik hat die Zeitung gekauft und will sie lesen, der starke Puck nimmt sie ihm weg, der kleine Pik weint, sie streiten sich, bis der starke Puck Angst bekommt, daß die Zeitung zerfällt, bezahlt die zwei Euros, und nun muß der kleine Pik ihm das Geheimnis vorlesen. Wer lesen kann, der soll zur richtigen Zeit zum Vierten Hochstein beim Ulmenbach hingehen, und die richtige Zeit ist …« die Bessi dachte nach, »… wenn die Sonne hinter allen Hochsteinen versinken will. Und dort wird er einen Schatz finden. Wenn aber Pik dann zur richtigen Zeit ankommt, ist Puck schon da und vertreibt jeden, der hin will, mit großen Steinen. Es sind aber bald so viele, die den Schatz finden wollen, daß sogar der starke Puck ausreißen muß. Die anderen rennen alle zu der Stelle, denn sie wollen ja den Schatz finden. Aber da hebt sich die Sonne noch einmal schaurig über den letzten Hochstein als eine riesige Feuerflamme über den ganzen Himmel und verbrennt alle, die den Schatz finden wollen. Nur den Pik verbrennt sie nicht, denn der ist gleich in den Bach gefallen aus Angst, und der Bach hat ihn weggetrieben von der schaurigen Stelle und legt ihn ans weiche Ufer ins Gras.«

»Ja, ja!« riefen die Kinder, »so hast du uns die Geschichte erzählt!«

Und Aurehl sieht die Kinder an mit ihren großen Augen und sagt: »Ja, aber die Geschichten verändern sich.«

»Nein! Nein! Nein!« riefen alle Kinder, »die Geschichten dürfen sich nicht verändern! Die Geschichten sind ja wahr und richtig!«

»Was wahr und richtig ist, das verändert sich«, antwortete Aurehl.

Da sagte wieder die kleine Harmŏnia: »Liebste, beste Aurehl! Mach, daß die Geschichten sich nicht verändern! Denn das tut ja weh!«

Aurehl rannte zu dem Kind hin, hob es hoch, umarmte und drückte es an sich und schwenkte es herum, daß es juchzen mußte, und sagte am Ende: »Du bist Harmŏnia?« – »Ja.« – »Und dein Vater ist der ...« – »... MacNeer von den Eckssons.« – »Und deine Mutter?« – »die Euphĕmia von den Kornegills«, und war stolz drauf, daß sie das alles weiß. Aurehl fragte sie weiter: »Und bist du schon lange hier oben in den Bergen?« – »Ja, lange!« – »Und hast du schon oft auf die Wolken gesehen, auf den Nebel, wie er steigt, auf den Regen gehört, wie er auf die Steine platscht, und auf den Wind, wie er um die Dächer heult?« – »Ja«, antwortete die Harmŏnia, »auf den Himmel muß man ja sehen, denn von dem kommt das Wetter, und dann weiß ich doch, ob mein Vater fliegen wird oder nicht.« Und Aurehl: »Das Wetter ist doch jeden Tag anders im Gebirge.« – »Ja, jeden Tag. Wenn die Nebel steigen und die Wolken hinterm Huajna wegziehen, dann fliegt mein Vater, sonst nicht.« – »Aber du weißt doch: Das Wetter ist jeden Tag anders!« – »Ja.«

Da setzte Aurehl das Kind auf den Boden und sagte: »Und so, wie sich das Wetter ändert, so ändern sich auch die Geschichten.«

Die kleine Harmònia sah zum Himmel auf, sah sich die Wolken an und suchte die Sonne, dann sah sie Aurehl ängstlich an, dann wieder den Himmel, dann rief sie zum Himmel: »Böse Wolken! Böser Wind!«

»Was ist denn böse an den Wolken und am Wind?« fragte Aurehl sie.

»Alles!« rief die Kleine, rannte davon, und ihr langer Zopf flog hinter ihr her.

Aurehl setzte sich wieder auf ihren Stein zwischen die Kinder, aber ein großer Junge schob die anderen Kinder weg, umarmte Aurehl mit seinen langen Ärmchen und sagte: »Ärgere dich nicht! Sie ist noch klein und dumm. Und jetzt erzähl uns bitte die Geschichte, in der sich Pik und Puck um die beiden Zehner streiten, ob die zusammen zwei Zehner oder zwanzig Euros sind«, und rieb sich die Hände vor Freude auf die Geschichte.

Aurehl fragte ihn: »Und wenn die sich auch verändert hat?«

»Die kann sich doch gar nicht verändern!« rief der Junge. »Denk doch nach! Zehn und zehn ist nun mal zwanzig für immer und ewig!«

»Aber Puck könnte über zehn zählen lernen!« sagte Aurehl.

»Wer soll ihm das beibringen?« fragte der große Junge.

»Ich«, antwortete Aurehl.

»Aber Aurehl!« rief der große Junge, »den Puck gibt's nur in deiner Geschichte!«

»Ich mache ihn wahr«, sagte Aurehl.

»Geschichten sind doch nur Geschichten!« rief der große Junge in seiner Not.

»Aber wenn man die Geschichten verändert, kann Wahrheit draus werden«, sagte Aurehl.

Und so stritten sie sich noch lange weiter.

Als ich dann die Aurehl zur Akropolis hinaufführte, sagte ich zu ihr: »Du machst die Kinder verrückt!«

»Falsch!« sagte sie. »Ihre Eltern haben sie verbogen, und ich biege sie grade.«

»Die Kinder fürchten sich vor deinen neuen Geschichten!«

»Ja«, sagte sie, »zuerst fürchten sie sich. Aber später nicht mehr.«

Ich blieb stehen und sagte: »Aurehl, das verstehe ich nicht!«

Sie sah mich an, nicht von der Seite, und sie hielt auch ihren Kopf nicht schräg: »Du verstehst nichts, nichts!«

Da war's wieder wie ein Schlag ins Gesicht, dahin wo's weh tut, wie damals auf dem Bappstein, in der Nacht im Beton, da hatte ja der Dirk das Wort zu mir gesagt, und damals hatte ich ihn gepackt und wollte ihn würgen dafür, aber der Dirk ist stark und hatte meine Hände von seinem Hals weggedrückt wie nichts, und dann wollte ich ihn mit meinem Knie in den Bauch treten, aber er hat mein Knie runtergeschlagen, daß ich vornüberfallen mußte auf den Bappstein, und meine Clogs waren weg. Und Dirk hat sie mir wiedergegeben. Aber jetzt stand Aurehl vor mir, sah mich an mit ihren großen Augen, und ich dachte: So wird das Weltenauge den Betonmenschen ansehen, wenn es einst aufsteigt! Und ich hörte die Stimme vom Alten Schober, wie er sagte: ›Dann sollt ihr dem Weltenauge die Tränen zurückgeben, die es für euch geweint hat! Dann wird das Weltenauge euch ansehen! Dann sollt ihr zum Himmel aufsehen zu den Himmlischen, denn dann sind die Himmlischen nicht mehr die Freunde der Super!‹ und hörte den Alten so weiterreden, bis Aurehl mich fragte: »Wie siehst du mich denn an?«

Und dann führte ich sie die letzten Stufen zur Akropolis hinauf.

Am 1. Dezember kam die Heide zu mir. Sie hatte eine kostbare Kapa umgehängt, vom Avarall gemacht, dazu eine Tschullumütze und leichte Bergschuhe. Sie warf einen Brief auf den Tisch und sagte: »Der Mann wollte, daß ich mich vor ihm ausziehe!«

»Welcher Mann?« fragte ich.

»Dieser kleine Bartzwirbler im Schneiderhaus! Der sieht einen an, als ob man schon nackend ist, wenn man hineingeht!«

Ich sagte: »Den Avarall Pompolli meinst du also. Und nun frage ich dich: Wie soll ein Schneider einen Menschen anziehen, der schon angezogen ist?«

»Ein Schneider soll den Menschen nicht anziehen, sondern ihm Kleider machen!« sagte sie drauf.

»Kleider machen kann jeder«, antwortete ich.

»Eben drum!« sagte sie. »Warum dann nicht erst recht ein Schneider?«

Da gab ich's auf und fragte sie: »Willst du mir nicht diesen Brief vorlesen?«

»Sie wissen noch nicht alles«, sagte sie. »Es fing damit an, daß ein Diener mich zum Geheimen Rat Tamasch befahl. Und weil ich ja weiß, daß dieser Geheime Rat Tamasch Ihr hoher Dienstherr ist, so ging ich hin, denn ich dachte, er wird mir geheime Briefe für Sie geben. Aber was denken Sie, was der von mir wollte? Aushorchen wollte der mich! Was ich Ihnen alles vorlese, wie viel ich davon behalte, wem ich das weitererzähle, ob ich Briefe von Ihnen abschreibe und sie später an die Ehrwürdige Mutter schicke und so weiter. Stellen Sie sich das vor! So ein Schuft ist das! Und ausgerechnet der ist Ihr hoher Dienstherr! Aber über meine Lippen ist kein Wort gekommen.«

»Auch nichts von unserem Vertrag?« fragte ich sie.

»Erst recht nicht!« antwortete sie und warf den Kopf herum, daß ihr Zopf um die Tschullumütze herumflog. »Als er sah, daß er aus mir nichts herausbekommt, schickte er mich zu diesem Pompolli. Und als er begriff, daß ich mich nicht vor ihm ausziehen werde, sagte er: ›Ich will es so versuchen. Aber beklagen Sie sich nicht, wenn Pan Inka-Fürst mit Ihrer Kleidung unzufrieden ist.‹« Sie sah mich an, drehte sich einmal herum und fragte: »Nun?«

»Gelungen«, sagte ich.

Sie zog ihre Kapa aus, drunter trug sie ein ungefärbtes weites Hemd, das steckte in einer Bundhose, sie nahm auch die Tschullumütze ab und fragte mich noch einmal: »Zufrieden?«

»Ja«, sagte ich, »und jetzt lies bitte den Brief vor!«

»›Dear old fellow‹«, las sie vor und sagte dazu: »Diese Schrift macht mir Angst!«, las aber weiter: »›Ich höre, daß die bezaubernde junge Dame Aurehl nach Matschju-Pitschju zurückgekehrt ist und nehme die Gelegenheit wahr, meine Einladung an Sie beide zu erneuern. Ihr Jimmi Galloway, Hauptmann der Raketen vom Airport Kusko.‹«

»So schreibe bitte dem Galloway einen wichtigen Brief«, befahl ich ihr. »Geehrter Hauptmann Galloway! Ich habe Aurehl so lange von Ihrem großen, schönen Haus erzählt, bis sie endlich ganz neugierig geworden ist. So will sie's sich nun sehr gern ansehen. Sagen Sie mir nur den Tag durchs Telefon an, und wir kommen. Pan Inka-Fürst.«

Sie schrieb's und fragte und redete nichts dazu, schrieb's aber viel langsamer, als ich rede, darüber wunderte ich mich.

Am 4. Dezember kam vom Siemers das Cleaning für die Heide-Maria, und am 6. Dezember piepste mir der Galloway ins rechte Ohr: Ich soll gleich am nächsten Tag mit der Aurehl zu ihm kommen, weil er aber keinen Heli für uns hat, so sollen wir Re Dajana um einen Heli bitten.

Die sagte zu mir nur: »Schon wieder zum Galloway?«, und wußte nichts von meinem Spiel, das ich mit dem Galloway spielen wollte, und kein anderer wußte es, am wenigsten die Aurehl.

Beim Kusko-Airport stand in einem langen gelben Kleid Frau Honig vor dem Busch wie aus Papier geschnitten, sie kniff die Augen zusammen, als ich kam und sagte sehr erstaunt: »Sie kommen ohne Aurehl? Das wird Jimmi aber gar nicht gefallen!«, und ging schon los. Und später, in den langen Gängen, sagte sie noch: »Ich muß mich entschuldigen für den unfreundlichen Empfang. Aber ich kenne Jimmi. Ihm lag sehr viel daran, daß Sie diese junge Dame mitbringen.«

Als ich dann beim Galloway drin war, knallte er die dick gepolsterte Tür zu und rief zornig: »Es kann Ihnen doch schwerlich entgangen sein, wie sehr mir an einer Aussprache mit dieser jungen Dame Aurehl liegt. Warum bringen Sie sie dann nicht mit?«

Ich antwortete als ein greinendes Kind: »Hundert mal hat sich mich gebettelt, daß ich ihr Ihr Haus zeige. Und als der Heli am Landeplatz stand, wollte sie nicht hineinklettern.«

Er goß sich einen Tschiff ein, trank ihn aus und sagte dann: »Okay, okay. Die Geschichte nehme ich Ihnen sogar ab. Sie hat den Alten auf Hawaii und in Iowa um den kleinen Finger gewickelt, und der Trottel gibt ihr Geld, Personal und Vollmachten, mit denen sie ihm und uns allen das Grab schaufeln kann, wenn Sie wissen, was ich meine«, und goß sich den zweiten Tschiff ein und trank ihn. »Und Sie, der einzige Mensch, der etwas dagegen unternehmen kann, und der noch dazu von mir genauestens instruiert ist, Sie spielen die Rolle des fidelen Wandersmanns in diesem abgefackten Spiel!

Und obendrein lassen Sie sich von einer eingeschleusten Drei-Groschen-Spionin, dieser ›Ehrwürdigen‹ Hurenmutter noch nach Strich und Faden aushorchen! Dieses ›Schnuckelchen‹ trägt doch jedes Wort von Ihnen brühwarm an die falsche Adresse weiter!« und goß sich seinen dritten Tschiff ein. »Und jetzt sind Sie dran!«

Er setzte sich hinter seinen großen Tisch mit den sieben Telefonen und bot mir einen Stuhl davor an.

Ich setzte mich und sagte: »Schnuckel heißt jetzt Heide, und Heide hat das Cleaning vom Siemers.«

»Na großartig!« sagte er drauf, »da kann uns ja nichts mehr passieren!« Und weil ich nichts drauf wußte: »Und was ist mit Ihnen? Warum unternehmen Sie nichts? Habe ich Sie so sehr unterschätzt? Was haben Sie eigentlich für eine Position im Bett Re Dajanas, daß Sie diesem Weiberspuk nicht mit einem klaren Männerwort ein Ende bereiten?« Er trank seinen dritten Tschiff, kam um den Tisch herum zu mir, hielt mir seine Hände hin und sagte: »Lassen Sie uns gemeinsam als Männer handeln!«

Ich blieb aber sitzen, sah mir seine ausgestreckte Hand an und dachte: Wo ist der Puppenspieler, der seine Hand führt, daß sie puppensteif an seinem Arm hängt?

Ich sagte aber zu ihm: »Ich weiß noch so wenig.«

Da ließ er seine Hand sinken, ging wieder um den Tisch herum und sagte dann: »Habe verstanden. Der Fuchs sieht sich erst gut um, bevor er seinen Bau verläßt«, und goß sich seinen vierten Tschiff ein. »Okay, fragen Sie! Was wollen Sie wissen?«

»Die Hochgeborenen sind also Kinder«, sagte ich langsam, »der Hauptmann Eckhardt paßt auf sie auf, und der Hauptmann Löblich paßt auf sie auf, und Sie passen auf sie auf. Und wer sonst noch?«

»Gut gefragt, mein Bester«, antwortete er, »ich will es Ihnen gern sagen: Treue Diener aus allen Familien. Wir nennen uns der ›Siebenerrat‹.«

»Also sieben treue Diener, aus jeder Familie einer?«

Und er: »Nur ein Name! Die Menschen wollen für alles einen Namen.«

Und ich, wieder langsam: »Dann sind die aber doch die wahren Super!«

Und er: »Einige im Siebenerrat wollen es so.«

»Sie aber nicht!« sagte ich drauf, »denn Sie sind ja ein Soldat im Dienste der Kornegills!«

»Richtig geraten«, antwortete er, »raten Sie weiter!«

». . . und wollen, daß der ganze Siebenerrat einen Höchsten über sich anerkennt, damit nicht einer aus dem Siebenerrat Höchster werden will über alle . . .«

». . . weil dann ein Machtkampf ausbrechen würde, wie man ihn sich mörderischer nicht vorstellen kann. Sie haben vollkommen recht.« Und er trank seinen vierten Tschiff. »Und jetzt kommt das Problem: Lange Zeit verkörperte der Alte auf Hawaii diesen ›Höchsten‹, wie Sie ihn nennen. Aber er ist alt geworden, und eine knappe Mehrheit im Siebenerrat will Re Dajana als seinen Nachfolger aufbauen, wenn Sie wissen, was ich meine. Re Dajana hat Charisma, sie kann überzeugen. Und von ihr erhofft man sich, daß sie am besten weiß, wie man die Ordnung unserer Welt aufrechterhält: Mit den langerprobten Mitteln, mit Unterdrückung und Terror, mit der Erhaltung des Analphabetentums, mit konsequenter Manipulation der Geschichte, mit dem Zustand der Rechtlosigkeit in den Autonomen Siedlungen, mit der Erhaltung von Mangel und Not, und nicht zuletzt mit der Vorenthaltung der medizinischen Versorgung und jeglicher Know-hows, das zur Verbesserung der ökonomischen Lage der Autochthonen führen könnte.«

Das sagte er so schnell, daß ich meinen Kopf mit beiden Händen festhalten mußte, damit mir nichts davon gleich wieder herausfällt, so hatte ich's von meinem Vater gelernt.

»Aber da plant diese bezaubernde junge Dame Aurehl, oder soll ich sagen: dieses pubertierende Kind, die Einführung des Ackerbaus bei den Autochthonen, und damit das Ende unserer Weltordnung, und sie macht das nicht etwa gegen Re Dajana, nein, o boy, sie macht das nach allem, was ich höre, unter der liebevollen mütterlichen Obhut Re Dajanas, als ob die nicht schnell genug unseren Untergang herbeiführen wollte – und auch Ihren Untergang, mein Bester!« Er trank seinen fünften Tschiff. »Und ich will Ihnen noch etwas verraten: Im Siebenerrat gibt es Stimmen, die diesen Wahnsinnsplan unter allen Umständen vereiteln wollen, auch ohne Einwilligung und Wissen Re Dajanas. Und das muß erst recht verhindert werden. Denn das wäre das Chaos.« Er sah mich an. »Die Sache ist doch so einfach: Ein klares Männerwort von Ihnen, diese Aurehl läßt ihren Plan fallen, und die Weltordnung ist gerettet.« Er kam wieder zu mir herum, hielt mir wieder die ausgestreckte Puppenhand hin, sagt: »Also?«

Und ich dachte: Warum soll ich nicht einschlagen in seine Hand? Draus wird nie ein Vertrag! So stand ich auch auf, legte meine rechte Hand in seine und sagte dazu: »Sie haben in allem recht.«

»Mit diesem Handschlag retten wir beide die Welt!« rief er laut aus und schüttelte lange meine Hand. Drauf goß er sich seinen sechsten Tschiff ein, ich ging, und so weiß ich nicht, ob er den auch ausgetrunken hat.

Das war am 7. Dezember des Jahres 268 der Neuen Zeit.

Am Abend, im Langen Zeltzimmer, las uns Re Dajana einen Brief vor an Aurehl, vom Alten aus Iowa: »›Mein geliebtes Baby! Dein Wunsch ist mir Befehl. Ich habe gleich, als dein Brief kam, den Bradley, diesen Schuft, du kennst ihn ja, mit seinen Saufkumpanen in die Werkstatt neben dem Geräteschuppen eingesperrt, und dort bleiben sie so lange, und ohne eine einzige Unze Brandy, bis sie mir einen ehrlichen, anständigen Terralift unter zwei Stones Gewicht gebaut haben, so wie du ihn brauchst, damit du ihn selbst leicht tragen kannst, und das andere entsprechend. Und du wirst sehen: Sie schaffen es! Und wenn auch nur darum, daß sie wieder ihren Brandy bekommen! Überlege dir aber alles nochmals gut! Ob du, geliebtes Baby, nicht besser erst zur Wintersaat, im nächsten Oktober rüberschipperst. Denn der Winterweizen ist nun einmal besser für das europäische Klima. Das sagt dir jeder. Dein auf ewig! Annest Fill Kornegill. – P.S. Am besten schipperst du gleich nach dem Familientreffen auf Hawaii rüber, da kommst du genau richtig zur Wintersaat hin.‹«

Re Dajana faltete den Brief zusammen, gab ihn Aurehl und fragte sie: »Und was denkst du darüber?«

»Er redet zu mir wie zu einem Kind. Das Kind vertröstet man, bis es alles vergessen hat.«

Und Re Dajana: »Du fährst also zur Sommersaat?«

Und Aurehl: »Ich bitte darum: Ja!«

Und damit war's beschlossen, daß Aurehl fährt. Und weil

man über das, was beschlossen ist, nicht redet, so fragte Re Dajana mich: »Und wie ging es dir beim Galloway? Willst du uns nicht endlich verraten, was wir nach seiner Meinung falsch machen?«

»Er leidet drunter, wenn die Frauen reden«, antwortete ich, »und am meisten leidet er, wenn sie dann auch noch recht behalten wollen.«

»Darüber seid ihr euch ja sicher schnell einig geworden«, sagte Re Dajana mit Spott.

»Darüber ja«, antwortete ich, »aber nicht darüber, wie die Welt richtig gehen soll«, und dachte dazu: Sage ich mehr drüber, dann geht gleich wieder ihr Singsang los vom Recht und von der Gerechtigkeit. Und weil ich den nicht hören wollte, so fragte ich: »Fragt mich denn niemand nach der Frau Honig?« und ging durchs Lange Zeltzimmer als kurzsichtige Frau Honig, die über den Teppich stolpert, und sagte dazu mit ihrer Stimme: »Sehen Sie, so ist das mit dem Teppich. Ein Teppich hat seine Befehle, und weil ich die nicht kenne, so stolpere ich drüber«, und fiel dann lang hin.

Drüber lachte Re Dajana und sagte im Lachen: »Gut getroffen, die lange Bonny! Man hat sie oft als Bohnenstange verspottet. Aber ohne sie wäre der Galloway heute noch der kleine Lernhauptmann mit den stahlblauen Augen.« Und plötzlich sagte sie: »Warum hast du nicht Aurehl mitgenommen? Aurehl muß mit ihm reden!«

»Nein!« rief ich viel zu laut, erschrak über meine laute Stimme, sah den Schreck in den Gesichtern der beiden Frauen, wollte mich verbessern und sagte: »Er will ja nicht reden mit Aurehl ...«, und wußte gleich, daß ich mich verschlechtert hatte. So geht's einem, wenn der Mund vor der Angst herrennt.

Re Dajana fragte mich leise: »Und was will er sonst mit Aurehl?«

Ich dachte: Weiß sie das wirklich nicht? Ist es denn möglich, daß sie das nicht weiß? Und hörte sie sagen: »Also los, sag es uns!«

Da verstand ich den Tschilgren, wie er in seiner Wut schreit: ›Alles unter den Teppich kehren!‹ Denn was unter dem Teppich ist, das sieht man nicht, aber es ist doch da! Und ich dachte: Weil ich nun der Aurehl kein Vater mehr bin, dem sie gehorcht, und weil Re Dajana ihr keine umsichtige Mutter ist, weil ich aber Aurehl erhalten will für mich, so muß ich sie schützen vor dem Galloway und vor dem Siebenerrat! Und dazu muß ich dem Galloway eine starke Inszenierung machen! Und bei der Inszenierung wird mir keiner helfen!

Und da hatte ich endlich meinen Mund eingeholt und sagte zu Re Dajana: »Es kann ja dem Galloway gegen seine Soldatenehre gegangen sein, daß er Aurehl nicht getroffen hat mit seinen Raketen«, und plapperte drauflos von der guten Sache, für die er kämpft und an der er nie zweifelt, immer schneller redete ich davon und ging über zu einem Singsang, der hieß: »Gute Sache, Treue, kämpfen, Galloway, Soldat«, bis sie beide lachten drüber und mich küßten und umarmten und nach den Lernmehden bimmelten, daß die uns baden und salben fürs schönste Spiel im großen Bett der Re Dajana.

Und hatten beide alles vergessen, den Weizen, die Sorgen und den Galloway.

Und als sie beide schon im tiefsten Schlaf waren, da hörte ich immer noch den Galloway reden.

9. Kapitel

8. bis 24. Dezember, die neuen Ackergeräte, Mannfried und Ajoareh

Am Morgen rief ich gleich die Heide zu mir und befahl ihr: »Schreib bitte auf, was ich dir ansage!« und sagte ihr an alle Worte vom Galloway aus seinem Zimmer hinter der dick gepolsterten Tür. Sie schrieb aber sehr langsam, so mußte ich ihr die Worte immer wieder sagen. Der erste Bogen war bald vollgeschrieben, sie mußte einen zweiten und sogar einen dritten nehmen. Sie stöhnte und bettelte: »Nicht so schnell! Meine Hand tut mir weh!«, und schüttelte ihre rechte Hand aus. Ich sagte: »Nimm doch die andere Hand!«, aber sie sah mich nur an und sagte: »Typisch Analphabet!«, und so oft ich sie nach den fremden Worten fragte: ›Manipulation‹, ›Charisma‹, ›Terror‹, ›Know-how‹, ›ökonomisch‹, so oft antwortete sie: »Alles Teufelsworte!«

Am Ende nahm sie den Stift in den Mund, kaute dran und fragte mich: »Wissen Sie überhaupt, was ›Galloway‹ bedeutet? Gallowslook heitß Galgengesicht, Gallowsbird ist der Galgenvogel und Gallowsway, das ist der Galgenweg.«

»Und was ist der Galgen?« fragte ich sie.

Und die Heide: »An dem wird der Verbrecher aufgehängt mit einem Strick, bis er tot ist.«

Am 14. Dezember kamen die neuen, leichteren Ackergeräte an, die wurden gleich auf den Terrassenberg hinaufgetragen, und Aurehl bereitete mit der Wahulla zusammen einen neuen Acker für das Weizenkorn.

Und am 22. Dezember brachte die Heide mir ein Telex vom Galloway und las vor: »›Lieber Freund und Kamerad! Besuchen Sie mich bitte morgen! Ein Heli steht um zehn Uhr zu Ihrer Verfügung. Es ist sehr dringend. Ihr Jimmi.‹«

Am Abend, im Langen Zeltzimmer, las Re Dajana vor aus einem Buch, das war in der ganzen Welt gesucht worden für Aurehl und war gefunden worden im Schloß Sanssouci im Brandenburg-Berlin-Beton, ein großes Buch mit gemalten

Bildern, das hieß: Das Leben auf dem Lande. »›Der Boden ernährt die Pflanzen‹«, las Re Dajana vor, »›die Pflanzen füttern die Tiere, die Tiere düngen das Land, der Dünger ernährt das Land, der Boden ernährt die Pflanzen, nichts darf verschwendet werden.‹« So ging das lange, und ich hörte bald nicht mehr hin. Aber plötzlich hörte ich Re Dajana sagen: »Und morgen fliegst du schon wieder zum Galloway?« Aber gleich drauf las sie schon wieder weiter vor.

Und später, im höchsten Zimmer der Akropolis, als ich wach lag und dachte, die beiden Frauen schlafen schon, da flüsterte Aurehl in mein Ohr: »Du hast deine Unruhe?« – »Ja«, flüsterte ich zurück. – »Und wohin geht die?« – »Über alle Abgründe. – »Und zuerst?« – »Über den Abgrund Galloway.« Dann umarmte sie mich fest mit ihrer ganzen Kraft, sagte aber das Wort nicht ›Was du anfängst, das endet gut‹, so lange ich auch drauf wartete. Und im Schlaf träumte ich, daß ich das Wort vergessen habe, und sie muß es mir sagen, sonst gilt es nicht.

Als ich vor seinem großen Tisch mit den sieben Telefonen saß, sagte Galloway zu mir: »In Matschju-Pitschju sind vor einer Woche landwirtschaftliche Geräte eingetroffen, speziell für die Autonomen Siedlungen. Auf den Pflanzungen bei Matschju-Pitschju wird die Einführung des Ackerbaus in den AuSies geprobt. Sie wissen, daß im Siebenerrat einige Leute dieses ungeheuerliche Vorhaben auch ohne Einwilligung Re Dajanas verhindern wollen. Wir beide haben vor kurzem mit Handschlag unser Männerwort besiegelt. Sie sind dran.«

»Ich habe noch nicht den richtigen Gedanken gefunden, wie ich die Reise der Aurehl verhindere«, sagte ich.

Er schrie: »Sie darf nicht fahren! Haben Sie mich verstanden?« Und dann sehr ruhig: »Ich habe gehört, daß diese junge Dame Aurehl kaum einen Schritt durch Matschju-Pitschju machen kann, ohne sich zu Tode zu fürchten, vor einem Sturz. Eine Phobie, ein Trauma vielleicht.« Er beugte sich vor zu mir: »Wie leicht kann eine so gefährdete Person wirklich abstürzen. Fragen Sie doch den Doktor Urn oder den Flüssel!«, und goß sich einen Tschiff ein und trank ihn.

Ich stand auf, ging mit drei schnellen Schritten zur Tür und sagte zum Galloway: »So muß ich schnell zurück nach Matschju-Pitschju, damit ich Aurehl vor diesem Sturz schützen kann.«

Er blieb aber sitzen, legte seine Hände flach auf den Tisch und sagte: »Bleiben Sie noch! Wir müssen uns verständigen!«

»Aurehl soll ermordet werden!« rief ich.

»Mord?« sagte er. »Solche Worte passen nicht hierher.«

Ich rief aber immer wieder: »Aurehl soll ermordet werden!« rüttelte an der Tür, die war verschlossen, und sagte dann mit meiner stärksten Stimme: »Ich befehle Ihnen, daß Sie mich rauslassen!«

»Mein Bester«, sagte er ganz ruhig, »Sie kennen die Spielregeln noch nicht.«

»Das ist mein Spiel!« rief ich ohne Verstand.

»Whow!« machte er nur und sagte: »Dann fangen Sie doch mal an!« und saß starr wie eine Puppe hinter seinem Tisch, die Hände flach draufgelegt, nur ein Backenmuskel zuckte.

Ich ging zum Tisch, warf eines seiner sieben Telefone mit meiner ganzen Kraft gegen die Fensterscheibe, die zersprang aber nicht, sondern das Telefon. Ich schrie so laut ich konnte: »Lassen Sie mich raus!« Ich warf das zweite Telefon gegen die Scheibe, die hielt, das Telefon zersprang mit lautem Geklingel, ich schrie dazu: »Lassen Sie mich raus!« griff das dritte Telefon mit der rechten Hand, das vierte mit der linken, schug abwechselnd das linke und das rechte gegen die Scheibe, schrie dazu immer nur: »Lassen Sie mich raus!«, bis die Scheibe endlich zersprang, ich hörte den Galloway sagen: »Schnell, einen Arzt!«, ich sah ihn telefonieren, ich riß ihm das Telefon aus der Hand und warf es wieder gegen das Fenster, die zweite Scheibe zersprang, ich rannte zum Fenster und wollte hinausspringen, aber zwei starke Wachmänner packten mich, rissen an den kostbaren Kleidern vom Avarall, ich schrie: »Loslassen! Finger weg!«, aber sie zerrten mich über die Gänge und über Treppen bis zu einem kleinen Zimmer, schoben mich hinein und verschlossen es von außen. Drinnen schrie ich weiter.

Ein Arzt kam herein, hinter ihm standen die beiden Wachmänner, ich hörte auf zu schreien, er sah mich an und sagte: »Das Beste für Sie wäre eine Beruhigungsspritze.« – »Ich brauche keine Beruhigungsspritze«, antwortete ich, »ich muß hier raus!« – »Ja, ja, das können Sie ja auch gleich, wenn

Sie sich etwas beruhigt haben«, sagte er, hatte schon eine spitze Nadel in der Hand und packte mich am Arm. Ich wehrte mich, er sagte: »Also gut, es ist nicht die Art des Hauses Galloway, seine Gäste gewaltsam ruhigzustellen. Ich kann Sie aber in Ihrem Zustand nicht gehen lassen«, schob die Wachmänner hinaus, ging und verschloß die Tür.

Bald drauf kam ein Koch und stellte mir eine kostbare Schale mit Früchten, Brot und Käse hin und sagte dazu: »Mit den besten Wünschen für Ihre baldige Genesung von Frau Bonny«, ging und verschloß die Tür.

Ich dachte: Ein Spiel mit dem Galloway ist eben schwerer zu machen als eins mit dem Onkel oder mit dem Karrenhesse. Ich sah mir das Zimmer an. Es war wie das Zimmer im Haus der Ärzte, in dem der Mundermann gelegen hatte, es hatte aber kein Fenster, so wußte ich bald nicht mehr, wo die Sonne am Himmel steht, und ich dachte, daß es gut für mich wäre, wenn ich mir von der Heide die Uhr erklären lasse, setzte mich aufs Bett und aß die Früchte, das Brot und den Käse aus der kostbaren Schale. Und gleich drauf wurde ich sehr müde.

Dann hörte ich eine schrille Musik aus schwerem Metall gemacht, die kam vom Ruderwagen, der lief zu schnell über die Gleise, kreischte und sprang aus dem Gleis, und die Große Spinne wartete schon. Wir waren alle aus dem Ruderwagen gefallen, lagen nun drunter und stöhnten. Nur der Mannfried war noch ganz gesund. Der schimpfte immerzu: »Das ist der verdammte Kram!«, kam nahe zu mir, sagte: »Los! Aufwachen! Verdammter Kram! Wir müssen ihm das Zeug ausziehen! Das darf nicht schmutzig werden!« Ich sah mir den Mannfried an, wie der mich heben wollte, er gab's aber bald auf. Ich sah einen Wachmann neben mir liegen, dem zog der Mannfried seine rotblaue Livree aus und alle seine Kleider. Ich sah den schönen Körper dieses Wachmannes, aber Blut war dran, und ich dachte: Warum läuft diesem schönen nackten Mann sein Blut so rot, so rot aus dem Kopf? Der Mannfried packte mich, riß mir meine schönen, kostbaren Kleider herunter, alle vom Avarall selbst gemacht. Ich fragte ihn: »Mannfried, warum zerreißt du mir meine schönen, kostbaren Kleider?« Aber er zerrte weiter dran und schimpfte: »Los! Aufwachen! Helfen Sie mir doch!«, und gab keine Ruhe, so half ich ihm dann, bis ich auch ganz ausgezogen war und wollte nun weiterschlafen. Aber Mannfried war immer noch nicht zufrieden und wollte nun, daß ich mir die rotblauen Kleider von dem blutigen Mann neben mir anziehe, und weil er mich so sehr drum bettelte, so half ich ihm dabei und dachte: Das alles für die Große Spinne! Der gehören wir ja nun. Aber der Mannfried war immer noch nicht zufrieden, er rief: »Aufstehen, Wachmann Pollig! Unser Urlaub fängt an!« zog mich durch lange Gänge, schleppte mich über steile Treppen, sagte immerzu: »Aufwachen, verdammter Kram!«, bis wir in einem hellen Zimmer standen, da saß ein blauroter Hauptmann hinter seinem Tisch, und Mannfried sagte zu dem sehr laut: »Lernhauptmann Mannfried vom inneren Wachdienst mit Wachmann Pollig meldet sich ab zum Nachturlaub.« Der Hauptmann antwortete: »Mensch, Mannfried, seit wann so förmlich? Haut bloß ab, ihr beiden, sonst kommt ihr noch in die Urlaubssperre! Dem Chef ist nämlich einer mit'm Stiefel auf'n hohlen Zahn getreten.«

Der Mannfried zog mich aus dem hellen Zimmer, kalte Luft war plötzlich an meiner Haut, die tat mir gut, ein schneller Gedanke ging durch meinen Kopf, ich fragte den Mannfried: »Ist es schon dunkel?«, aber antwortete nicht und zog mich immer weiter fort, bis ich dann selbst sah, daß es dunkel ist. Ich sagte zum Mannfried: »Der MacNeer, der fliegt auch in der Nacht, wenn es sein muß.« Dann saßen wir in einem großen Blechwagen, viele Treiber drin, alle ohne Empie. »Warum haben die alle keine Empie?« fragte ich den Mannfried. Der hielt mir den Mund zu und sagte leise in mein Ohr: »Schlafen Sie sich aus!« – »Ruf den Siemers«, befahl ich ihm, »daß der mir einen Heli schickt! Ich muß schnell zurück nach Matschju-Pitschju!« – »Mach ich gleich«, antwortete der Mannfried, »mach ich doch gleich, aber erst mal schlafen!« Und so schlief ich dann auch.

Dann gingen wir wieder in der Kälte, und Mannfried sagte zu mir: »Der Doktor hat Sie in den Schlaf gespritzt«, sticht, und tat so, als ob er sich eine spitze Nadel in den Arm sticht, so hatte es ja der Urn beim Euphörion gemacht. Da ging zum zweiten Mal ein schneller Gedanke durch meinen Kopf, und ich sagte zum Mannfried: »So war es nicht! Der Doktor hat mir die kostbare Schale gegeben mit Früchten, Brot und

Käse!« Der Mannfried kratzte sich überm linken Ohr und sagte: »Hier herein!« – »Zum Telefon?« fragte ich ihn, und er: »Ja doch!«

Dann saßen wir auf bequemen Stühlen, ich roch den Pisko aus seinem Mund, ich sah sein Haar wie Sand am Mainfluß. Ich sagte: »Mannfried, ich darf jetzt nicht mehr träumen. Ich bin jetzt ganz wach.« Aber er verstand mich nicht, denn es war sehr laut um uns herum, wie beim Alten Schober, wenn sie alle durcheinanderschreien. Mannfried hielt mir ein Glas hin und sagte: »Trinken Sie das! Das wird Sie wach machen!« – »Was ist das?« fragte ich ihn. Und er: »Treiberwasser.« So trank ich das Glas leer und dachte: Dieses Wasser ist trübe und stinkt wie der giftige Alkohol. Ich sagte zum Mannfried: »Hast du schon mal Sauberes Wasser getrunken, das so stinkt?« Darüber freute er sich, klopfte mir auf die Schulter und rief: »Wachmann Pollig macht Witze!« Ich fragte ihn: »Wer ist Wachmann Pollig?« Er zeigte auf mich: »Du!« Dann zeigte er auf sich: »Und ich bin dein Lernhauptmann Mannfried. Und du mußt ›Sie‹ zu mir sagen, und ich muß ›du‹ zu Ihnen sagen. Alles klar?« Ich dachte: Wie redet der? und befahl ihm: »Führ mich bitte zum Telefon!«

Er stand auf, führte mich über steile Treppen in ein kleines Zimmer, da mußte ich mich wieder setzen, und er sagte zu mir: »Wir müssen die Nacht in Kusko bleiben. Keiner darf aus Kusko raus. Befehl vom Hauptmann Galloway.«

Ich sagte zu ihm: »Wo ist das Telefon?« Und er: »Ich hole Ihnen jetzt das Telefon«, ging, kam mit einer Indiofrau zurück und sagte zu mir: »Sieh sie dir an! Sie ist die teuerste in ganz Kusko. Sieh sie dir also an!« Und zu der Indiofrau: »Na los doch, verdammter Kram!«, und zog ihr die Kapa weg, daß sie gleich nackend vor mir stand. Der Mannfried sagte noch: »Sie heißt Ajoareh, sie gehört dir.«

Die nackte Indiofrau stemmte sich mit beiden Händen auf einem Fuß gegen die Wand, sah mich an wie das Schaf auf dem Bappen, wenn man es gleich mit dem Schurmesser schält und mit dem Schlachtmesser in den Hals sticht. Ich dachte: Seit wann soll ich das Schaf sein? Und sagte zum Mannfried: »Lernhauptmann Mannfried! Sag der Frau, daß ich nicht das Schaf bin!«

»Der Lernhauptmann ist bei seinem Mädchen«, sagte die

Indiofrau Ajoareh, »er hat schon für dich bezahlt. Gefalle ich dir etwa nicht?« Ich dachte: Der Mannfried kennt sich nicht gut aus mit dem Telefon, so muß ich es selbst suchen gehen, und stand auf. Sie führte mich aber zum Bett hin, und ich sagte dabei: »Ich kann so schlecht atmen. In diesem Zimmer ist zu wenig Luft.« Ich fiel aufs Bett, sie ging schnell zum Fenster, öffnete es und sagte: »Die schlechte Luft hier drin kommt von dem vielen Alkohol, den du getrunken hast.« – »Ich trinke nie den giftigen Alkohol!« sagte ich. Sie lachte dazu, setzte sich neben mich auf das Bett, zog ihre Beine an, stützte ihren Kopf auf die Knie und fragte mich: »Besser so?« – »Ich habe die falschen Früchte gegessen beim Galloway«, sagte ich, »aber jetzt bin ich schon wieder ganz wach. Der Lernhauptmann Mannfried wollte mich zum Telefon bringen. Aber er kennt sich nicht gut aus. Kennst du dich besser aus mit dem Telefon?« – »Du bist mir schon einer!« sagte sie. »Du brauchst ein Telefon dazu?« – »Ja!« rief ich und dachte: Endlich versteht mich einer! »Ich muß Matschju-Pitschju anrufen!«

Da sprang sie auf und schimpfte: »Red nicht von Matschju-Pitschju! Nicht bei mir! Die Paschamama hat meiner Mutter das Bildchen nicht gegeben. Deshalb bin ich arm und ohne Schutz. Verstehst du das nicht, du Träumer? Weil meine Mutter zu dumm war, hat sie das Bildchen nicht bekommen, und ich habe keinen Namen von der Paschamama bekommen!«

Ich bettelte sie: »Hol mir bitte den Mannfried her, denn ich muß mit dem Mannfried zurück nach Matschju-Pitschju!« Und weil sie mich nicht anhörte, so sagte ich es immer wieder und immer lauter. Sie hockte sich über mich, rüttelte mich an den Schultern und sagte: »Mach keinen Lärm! Überall gehen die Treiber herum. Die suchen einen, der ausgerissen ist«, und rüttelte mich weiter, bis ich es aufgab und still wurde. Plötzlich hob sie meine rechte Hand hoch, zog den Goldnen Ring aus der blauroten Livree, sah sich den an, sah mich an, dann wieder den Goldnen Ring, dann sprang sie auf und sagte zu mir: »Du bist doch kein Treiber! Nie sind Sie ein Treiber!«

Ich sagte ganz leise: »Bring mich bitte zum Mannfried!«

Da war sie plötzlich sehr schnell, hüllte sich in eine dünne

Kapa, zog mich hoch, sagte: »Kommen Sie!« führte mich zu einer Tür, klopfte an, redete in der Kuetschuasprache, klopfte wieder an, eine kleine Indiofrau machte auf, nur einen Spalt, die Ajoareh stieß aber die Tür auf, stieß die kleine Indiofrau weg, trat ein, ich hinter ihr, die kleine Indiofrau schimpfte laut und rannte hinaus, die Ajoareh aber schloß die Tür und stellte sich mit dem Rücken davor.

Der Mannfried lag nackend auf dem Bett und fragte mich: »Gehorcht sie dir nicht, Wachmann Pollig?« – »Mannfried!« sagte ich streng, »wir müssen nach Matschju-Pitschju!« – »Das ist der verdammte Kram!« schimpfte er, »daß Sie nichts verstehen! Keiner kommt heute raus aus Kusko!« und ich sah, wie die Augen der Ajoareh hin und her gingen von ihm zu mir.

Sie sagte leise: »Ihr werdet also gesucht!«

Der Mannfried zog sich schnell an, machte mit der Hand das Zeichen ›Raus!‹ zur Ajoareh und rief dazu: »Hopp!« Sie blieb aber an der Tür stehen, da zog er sein Messer heraus und ging auf sie los. Ich rief: »Mannfried, steck das Messer weg!« – »Sie muß raus!« rief er dagegen, und ich: »Steck das Messer weg!«, so steckte er's endlich weg und sah mich ratlos an.

Anders die Ajoareh. Die sagte zu mir: »Ich bringe Sie nach Matschju-Pitschju«, biß sich auf die Lippen, sah mich starr an, daß ich dachte: Ihre Augen brennen ja! »Aber dafür will ich das Bildchen haben!«

Der Mannfried lachte sie aus und sagte: »Das Bildchen kriegen die Mütter fürs Kindchen, wenn sie's der Paschamama vorzeigen.«

»Und du bist dem Galloway ausgerissen!« antwortete sie ihm, »und es wird dir schlecht gehen, wenn ich dich nicht aus Kusko rausbringe. Ich will aber Vertrag mit dir machen, der heißt: Ich bringe euch beide nach Matschju-Pitschju, und dort muß dieser junger Herr mir das Bildchen herschaffen, denn er ist ein Benefit bei der Paschamama.«

»Und die Treiber?« fragte ich sie.

Und sie: »Erst der Vertrag!«

So sagte ich zum Mannfried: »Mach du nun den Vertrag mit ihr!«

Und sie machten den Vertrag mit Augen und Händen, und

dann sagte sie: »Mein Vater arbeitet bei den Gleisen. Ich hole jetzt Eisenbahner-Kleider«, ging hinaus, verschloß die Tür von außen, und wir setzten uns auf das Bett und hatten nicht einen Atem lang Angst, daß sie nicht zurückkommt. So gehen die Betonverträge.

Sie kam als Eisenbahner, wir zogen unsere rotblaue Livree aus, sie hielt uns die braunen Eisenbahner-Kleider an, ob sie passen, sie sah an uns hinauf und herab wie ein Schneider, der sich auskennt, alles ging so schnell bei ihr. Sie setzte mir eine schmutzige Eisenbahnermütze auf, versteckte meine Haare drunter, ihre Augen gingen hinauf und herab, bis zu den Schuhen, sie war zufrieden. Und dann gingen wir als drei Eisenbahner durch die Straßen von Kusko, zu den Gleisen hin, die blauroten Treiber vom Galloway sahen uns und die Treiber vom Kapak und vom Tschilgren, sie sagten: »Vorsicht! Zwei sind ausgerissen! Sie sind bewaffnet!« Wir kamen zu einem Langhaus aus Stein, Ajoareh öffnete eine riesige Tür, drin standen zwei Brummer und ein Ruderwagen, kleiner und leichter als die Ruderwagen im Beton. Den schoben wir hinaus und hoben ihn aufs Gleis, und Mannfried schob und hob am meisten. Der Ruderwagen rollte gleich los, wir rannten mit und sprangen auf, wir mußten nicht rudern, denn weil der Urubamba von Kusko hinabfließt nach Matschju-Pitschju, so gehen auch die Gleise hinab. Weil aber die Gleise auch nicht verbogen und nicht zersprungen sind wie im Beton, so sauste der Ruderwagen drüber hin, und die Ajoareh kannte sich gut aus, und wenn eine Windung kam, so drückten und zogen wir gegen das Ruder nach ihrem Befehl. In ihrer Eisenbahnertasche hatte sie eine Flasche Pisko und eine Flasche Sauberes Wasser. Sie trank mit Mannfried den Pisko und ich das Wasser, und manchmal rief sie laut: »Hoja! Haju!« wie die Kinder vom Kunumis rufen, wenn sie die Lamas treiben, und ihre Stimme ging durchs ganze Urubambatal.

Immer, wenn ich eine Brücke sah, rief ich: »Die Brücke!« sie lachte mich aber aus und rief: »Noch hundert Brücken bis Matschju-Pitschju!« Und gleich gings wieder: »Hoja! Haju!«

Plötzlich bewegte sich ein Licht vor uns, als ob da ein großer Leuchtkäfer vor uns herumfliegt, sehr hell, die Ajoareh stemmte sich stark gegen das Ruder, wir mit ihr, zwei Gleiswächter sprangen heran und hielten den Ruderwagen an. Sie redeten mit der Ajoareh in der Kuetschuasprache, lange, wollten auch, daß wir mit ihnen den Pisko trinken, aber endlich gaben sie dem Ruderwagen einen Schubs, daß er gleich weiterrollte, und Ajoareh sagte: »Sie haben die Nachtwache bei den Gleisen. Ich habe zu ihnen gesagt: Paßt gut auf! Zwei Treiber sind dem Galloway ausgerissen! Daß die nicht die Draisine nehmen!« und lachte und lachte in hundert Tönen, so habe ich nie einen Menschen lachen hören.

Noch dreimal hielten uns die Gleiswächter ihre Lampe entgegen, daß wir anhalten mußten, redeten mit der Ajoareh, hielten uns die Piskoflasche hin, und Ajoareh trat mir auf den Fuß, daß ich auch trinken muß, so hielt ich die Flasche an den Mund, als ob ich trinke, bis die Gleiswächter zufrieden waren. Weiter ging's, so schnell und so leicht, und oft hörten wir das Wasser vom Urubamba wie es über die Steine springt.

Erst als die Sonne ihren fahlen Lichtschimmer übers Urubambatal schickte, und bald drauf oben die Steilhänge hell wurden, kamen wir zu der richtigen Brücke. Wir sprangen ab, schoben den Ruderwagen auf ein Gestell aus Holz neben den Gleisen, rannten zum Pfad und stiegen auf. Weil wir aber keine Bergschuhe hatten, so war's bald mehr ein Krabbeln und Kriechen und Rutschen auf Händen und Füßen.

Naß vom Schweiß und naß vom Steilhang traten wir ein in mein Kleines Haus. Ich befahl ihnen, daß sie ihre schmutzigen Schuhe und ihre nassen Eisenbahnerkleider im Flur abwerfen, im Zimmer war die Wärme von den Elektrischen Drähten, ich kleidete sie in kostbare Kapas aus meinem Schrank, gleich stand vor mir nicht mehr die Indiofrau Ajoareh, sondern eine schöne, reiche Benefitin, aber der Mannfried sah aus wie ein falsch gekleideter Wachmann. Die Ajoareh suchte nun die Feuerstelle, fand sie nicht und fragte mich ratlos: »Wo trocknen wir unsre Kleider? Wo koche ich uns einen heißen Sud?« Drauf wußte ich keine Antwort, aber sie fand die Stelle in meinem Zimmer, die von den Elektrischen Drähten heiß gemacht wird und legte die Eisenbahnerkleider drauf, daß sie trocknen.

Ich sprang in mein Bett, kroch unter die Decke und sagte zu den beiden: »Mein Bett ist zu schmal für drei«, so legten sie sich auf den dicken Teppich und rollten sich gut ein in die kostbaren Kapas.

Ich sagte zum Mannfried: »Sage mir jetzt bitte, wie du mich herausgeholt hast?«

»Da war ein Geschrei. ›Verdammter Kram‹, denke ich, ich hab Nachturlaub mit dem Pollig zusammen. Daß da bloß nicht einer dem Chef mit dem Stiefel in den hohlen Zahn getreten hat! Dann ade, Nachturlaub! Ich hör mir das Geschrei an, ich denke: ›Den kenne ich!‹ Der Doktor kommt vorbei, ich sage zu dem: ›Wer schreit denn da wie'n abgestochenes Schwein?‹ – ›Kümmre dich um deinen Kram!‹ sagt der. Ich ihm nach: Krankenzimmer elf, das ohne Fenster. Ich denke mir: ›Mach ich eben den Nachturlaub nicht mit dem Pollig, sondern mit dem aus Nummer elf. Schnappe mir den Pollig, sage zu dem: ›Nummer elf wird umgelegt‹, geh mit ihm runter, sag zum Posten: ›Nummer elf wird umgelegt‹, der schließt auf, mit dem Pollig schiebe ich das Bett raus und in ein Klo, schließ ab, sage zum Pollig: ›Ich will mit einem andern auf Nachturlaub. Gibst du mir deine Klamotten?‹ Aber er wollte nicht. Hab ihm eine übergezogen, verdammter Kram.«

Ich fragte den Mannfried: »Wie bist du denn zum Galloway gekommen?«

»Besser wäre ich bei Hagannahta geblieben, bei dem weiß jeder, wie es geht. Aber der Hagannahta hat die Wut auf mich, dem bin ich zu schnell aufgestiegen. Hat mich dann zum Galloway kommandiert. Wenn der Pollig tot ist, bin ich dran.«

Ich sagte zum Mannfried: »Wir beide haben ja Vertrag.«

»Ja«, sagte er noch, »aber besser wär's, er lebt.« Und gleich drauf hörte ich ihn atmen, wie die Schläfer atmen.

Anders die Ajoareh. Die sah mich an mit starren Glutaugen, daß ich dachte: Die brennen ja! Ich sah auch ihre Schönheit, ihre Haare wie schwarze Wolle, ihre Stirn wie aus dem Stein geschlagen, ihre lange Nase bis in die Stirn hinauf, ihren Mund wie Schwalbenflügel, und eine kleine Falte am Kinn. Aber vor ihren Glutaugen versteckte ich mich unter der warmen Decke.

Dann sah ich die Sonne aufsteigen. Und so schnell stieg sie! Ich dachte: Die Sonne steigt zu schnell! Der Tag kommt zu schnell! Die Mörder sind längst da! Der rothaarige Hauptmann Kriss und der Langfinger Longley! Ich sprang auf, ich rannte hinauf zur Akropolis. Aber Aurehl stürzte schon. Den ganzen, endlosen Steilhang hinab zum Urubambatal! So sprang ich nun vor ihr den Steilhang hinab, immer einen Schritt unter ihr. Dazu rief ich immerzu: ›Ich fang dich unten auf! Ich fang dich unten auf! Unten habe ich einen guten Stand!‹ Und endlos, endlos sprang ich unter ihr her, sie immer über mir, ich immer einen Schritt unter ihr, und ich dachte, Wann sind wir endlich unten, daß ich sie auffangen kann?

Drittes Buch

Ein neues Jahr

1. Kapitel

25. Dezember 268 bis 14. März 269, Kunststücke mit Xung-Beping, Inszenierung für Galloway

Wie ich nun immer tiefer sprang unter Aurehl, und wie Aurehl immer besser schwebte über mir, und wir waren immer noch nicht auf dem Grund vom Urubambatal, da wurde ich von starken Händen gepackt und gerüttelt und geschüttelt, ich wachte auf, der Mannfried war über mir und schimpfte: »Aufwachen! Aufwachen! Verdammter Kram!« und hinter ihm stand die Ajoareh, und beide sahen sie mich ängstlich an.

Mannfried sagte: »Draußen ist eine Mehd, die klopft und ruft und will herein.«

Da war ich gleich hellwach und dachte: Nur kein falsches Wort!

Ich befahl den beiden, daß sie meine kostbaren Kapas abwerfen und die Eisenbahnerkleider anziehen, dann öffnete ich das Fenster, es war heller Tag, draußen stand die Schellieh und sagte: »Die Herrin ist sehr besorgt um Sie. Warum wachen Sie nicht auf?«

»Wo ist Aurehl?« fragte ich die Schellieh. – »Bei der Herrin.« Und ich: »Gesund?« – »Ja, gesund. Aber auch besorgt«, und wollte wissen, wie's weitergeht. Sie sah den Mannfried und die Ajoareh hinter mir stehen, als Eisenbahner, sie sagte: »Mit dem Brummer sind Sie gekommen!« – »Ja«, antwortete ich, »eben erst.« – »Ich springe hinauf und sage es der Herrin und Aurehl!« und rannte schon los.

Ich stand auf, ging ins Bad, warf meine Kapa ab, rief den Mannfried herein und befahl ihm: »Rechne bitte aus, wie viele Treiber du brauchst unten am Urubamba und auch im Tal der Lamas zum Schutz von Matschju-Pitschju, daß niemand heimlich heraufkommen kann.« Und die Ajoareh rief ich herein ins Bad und fragte sie: »Hast du das Baden gelernt mit Haarwaschen, nicht zu heiß, nicht zu kalt?« Die zog nur ihre Eisenbahnerjacke aus und sagte: »Was ich will, das kann ich«, wußte erst nicht, wie's geht, aber unter meinem Befehl lernte sie's schnell.

Der Mannfried sagte langsam: »So habe ich es beim Hagannahta gelernt: Eine Rolle Stacheldraht und zehn Mann auf hundert Schritt. Dazu die Ablösung für die Nacht, dazu je ein Lernhauptmann, und das auf beiden Seiten ...«, und rechnete lange, und weil er's nicht zusammenbekam, so schimpfte er: »Das ist der verdammte Kram mit den Benefiten!«

Ich war schon unterm ersten Spülwasser, rechnete auch, rechnete schnell und sagte zum Mannfried: »Stacheldraht ist nicht erlaubt in Matschju-Pitschju. Wie rechnet der Hagannahta ohne Stacheldraht?« Und als ich ihn das fragte, da kannte sich die Ajoareh mit dem Baden schon so gut aus wie die Lernmehden.

Der Mannfried sagte langsam: »Ohne Stacheldraht ist es besser und schlechter. Besser: Denn der Alarmdraht ist eine Falle, die sieht weder der Eindringling, noch der Flüchtling. Und schlechter ...«

»... Alarmdraht muß besser sein«, sagte ich, »weil Stacheldraht verboten ist.« Und zu Ajoareh: »Leg mir nun bitte das kleine Tuch um den Kopf und hol mir das große Tuch für meinen Leib!«

Der Mannfried sagte: »Mit einem festen Alarmdraht in Schienbeinhöhe braucht man fünf Mann auf hundert Schritt«, rechnete wieder lange, ich stand schon auf in der Wanne, die Ajoareh brachte schon das große Badetuch, da erschraken wir alle drei von einem Schrei im höchsten Ton, der kam von der Tür, da stand die Heide. Sie starrte uns drei mit weitoffenen Augen an, ich sagte zu ihr: »Gut, daß du kommst!« Und zur Ajoareh: »Wickle mich nun bitte in das große Badetuch!«

»Babylon«, sagte die Heide wie einen Zauberspruch der Bickelak.

Den verstand ich nicht, aber ich befahl ihr: »Setz dich bitte schon an den Tisch! Ich sage dir gleich einen wichtigen Brief an für den Galloway.«

Sie blieb aber an der Tür stehen und hielt sich die Augen zu. Die Ajoareh hatte mich schon eingewickelt ins große Badetuch, und ich erklärte ihr nun das sanfte Trockenrubbeln.

Der Mannfried hatte endlich ausgerechnet: Hundert Mann fürs Urubambatal und fürs Tal der Lamas, acht Lernhauptmänner, Alarmdraht mit Alarmsirene, die macht den elektrischen Lärm, die Heide wollte mit verdeckten Augen wegrennen, stolperte aber über den Teppich, fiel lang hin, weinte laut und rief im Weinen, daß man's schlecht verstand: »Ein Unglück kommt nach dem anderen!«

Ich erschrak und rief: »Was für ein Unglück?«

»Haben Sie es denn nicht gehört?« weinte sie weiter, »Männer sind heute nacht mit Laternen über die Treppen gegangen! Ich konnte überhaupt nicht schlafen! Die Elektrizität war weg aus ganz Matschju-Pitschju! Und das in der Heiligen Christnacht! Und jetzt: Babylon!«

Ich warf das große Badetuch ab, erklärte der Ajoareh den Balsam für meine Haut und den Fön für mein Haar, die salbte mich besser als die Lernmehden, die Heide rief vom Zimmer: »Ich warte auf den Brief!« und weinte nicht mehr, und beim Singsang vom Fön wußte ich dann, daß die unteren Wachen Aurehl nicht schützen können, wenn der Mörder schon oben ist und nur auf den Befehl wartet vom Siebenerrat, und auch, wenn die Elektrizität weg ist und den elektrischen Lärm nicht macht, grade dann, wenn der Mörder kommt, ist Aurehl nicht geschützt.

So zog ich mich schnell an, befahl dem Mannfried und der Ajoareh, daß sie in meinem Kleinen Haus bleiben müssen, und der Heide, daß sie im Frauenhaus wartet.

Im Langen Zeltzimmer saßen sie beide auf dem Chaiselongue, ich ging hin, kniete mich davor, beide küßten sie mich, und dann fragte Re Dajana mich: »Wo warst du? Wir haben uns Sorgen gemacht.«

Und da knurrte mein Magen.

Beide hörten sie's, Aurehl sah mich erstaunt an, und Re Dajana sagte zu mir: »Dein Magen knurrt?« und hob ihre Stimme zum höchsten Piepston, »das ist neu.«

»Ich habe seit gestern mittag nichts mehr gegessen«, antwortete ich und dachte: Und mehr verrate ich nicht von der Wahrheit! Die behalte ich für mich, daß ich den Galloway damit zwingen kann, wenn ich's brauche.

Ich sagte: »Ich kann keinen Happen essen bei den Sorgen.«

»Sorgen?« fragte Re Dajana, »und was hast du für Sorgen?« – »Die kommen vom Galloway.« – »Und worum sorgt der sich?« fragte sie weiter, und ich: »Um Sie.« – »Um mich? Das tut mir gut. Und weshalb?« – »Er sorgt sich darum, daß die Jammandas und die Nomenklatter das neue Polyxa-Monopol nicht anerkennen wollen ...« und stockte.

»Und?« fragte sie und bimmelte dem Labiges.

»... und um Aurehl, wenn sie ins Beton fährt mit dem Weizenkorn.«

Der Labiges brachte ein Tischchen, sie aß davon mit ihrem Hunger, und fragte: »Und weiter?«

Ich sagte: »Er will deshalb fünfhundert Wachmänner nach Matschju-Pitschju schicken. Die sollen von unten schützen.«

»Fünfhundert Wachmänner!« rief sie entsetzt. »Was wird das für eine Unruhe geben!«

»Die sollen ja nicht hier oben wachen«, sagte ich und sah mir die Aurehl an, ob sie erschrickt und ängstlich ist, oder ob sie mein Spiel mitspielt, aber die sah mich nur an mit ihren großen Augen, als ob sie vorm Zelt von meinem Vater hockt als dürres, knochiges Kind. So sagte ich weiter: »Unten sollen die wachen, am Urubamba und auch im Tal der Lamas.«

»Aber fünfhundert!« rief Re Dajana wieder. »Das sind ja mehr, als wir im Sonnentempel in Kusko haben!«

»Ich habe mit dem Galloway lange geredet«, sagte ich, »und am Ende kamen wir beide drauf, daß hundert genug sind, wenn man einen tüchtigen Hauptmann für sie findet. Der Galloway wollte einen Stacheldraht ringsherum ...«

»Niemals!« rief Re Dajana. »Niemals erlaub ich einen Stacheldraht um Matschju-Pitschju! Das wäre das Letzte!«

»... und es hat lange gedauert, bis ich ihm den ausreden konnte«, sagte ich.

Und sie: »Dafür danke ich dir, mein lieber Pan«, und zu Aurehl sagte sie: »Ist er nicht ein tüchtiger und umsichtiger Lernberater?«

Aber die antwortete nicht, sondern sah mich nur an, sehr neugierig, sie hielt eine kleine, dunkelblaue Traube in der Hand, und das Tischchen war schon leergegessen.

»So soll es nun nur einen Alarmdraht geben«, sagte ich, »den sieht man nicht. Und die Langhäuser für die Wachen will er unten aufstellen, so nehmen die Wachmänner uns nicht die Stille von Matschju-Pitschju.«

»Aber Drähte!« rief sie, »darüber kann man stolpern!«

Und ich: »Stolpern soll man sogar! Sonst haben die Drähte ja keinen Nutzen!«

»Aber im Gebirge!«

Und ich: »Grade im Gebirge!«

Sie stöhnte noch dreimal laut, sagte dann: »Also gut«, stand auf, umarmte und küßte mich, »komm! Wir schreiben gleich den Brief an den Galloway.« Aber dann fiel's ihr noch ein: »Und der Hagannahta? Soll der oben und unten sein?«

»Der Galloway hat mir seinen besten Lernhauptmann mitgegeben«, sagte ich, »der soll sich alles ansehen.«

»Und der gefällt dir genauso gut wie dem Galloway?« fragte sie weiter.

»Genauso gut«, antwortete ich.

»Und wie heißt der?«

»Mannfried«, antwortete ich.

»Mannfried?« fragte sie. »Ging es nicht auch beim Gericht in Kusko um diesen Mannfried?«

»Ja«, antwortete ich.

Da sah sie mich an mit ihrem Katzenblick. »Und ist da nichts gegen Xung-Beping im Spiel?«

»Nichts«, antwortete ich.

»Gut«, sagte sie und wollte nun mit mir ins Geheimkabinett gehen und den Brief schreiben an den Galloway und ihm danken für seine Sorge und seine Treue.

Ich sagte aber langsam, als ob es mir grade einfällt: »So sind Sie dann besser geschützt in Matschju-Pitschju. Aber wie ist Aurehl geschützt, wenn sie ins Beton fährt mit dem Weizenkorn?«

Drauf wußte sie nichts. Aber ich, mir fiel es grade ein: »Besser wär's, man bittet den Hauptmann Galloway hierher und redet mit ihm drüber.«

»Ja! Das ist gut!« rief sie sehr fröhlich und klatschte in die Hände. »Viel besser als ein Brief!«

Ich dachte: Jetzt! Jetzt sage ich es, daß Aurehl nicht ins Beton gehen darf mit dem Weizenkorn!

Aber schon hörte ich sie fragen: »Und wie bist du hierher gekommen?«

Da mußte ich nun drauf antworten, wie es für einen Heli zu spät war, wie er mir ein Zimmer geben wollte für die Nacht, wie ich aber keine Ruhe hatte und mit dem Brummer fahren wollte, wie dann der Brummer verboten war und wie Mannfried Rat wußte mit den Eisenbahnern, wie wir dann mit der Tochter vom Eisenbahner gerudert sind, die ganze Nacht, und wie ich dann den Morgen verschlafen habe in meinem Kleinen Haus.

»Eine ungewöhnliche Reise für einen Benefiten und Lernberater«, sagte Re Dajana.

»Und das Ungewöhnlichste ist die Geschichte, die mir die Tochter vom Eisenbahner erzählt hat beim Rudern.«

»Was für eine Geschichte?« fragte sie.

»Die Geschichte von einem schlimmen Streich, den man ihrer Mutter gespielt hat. So hat sie dann das Bildchen nicht bekommen.«

Da hatte sie gleich wieder ihren Katzenblick und sagte: »Es geht also doch gegen den Xung-Beping!«

»Es geht gegen den Kapak!«, sagte ich, »denn den hat die Mutter dieser Eisenbahnertochter nicht freundlich genug umarmt in seinem Bett.«

»Nicht so schnell!« rief sie, »ich gebe den Frauen in Kusko das Bildchen doch nicht danach, wie freundlich sie den Kapak umarmen, sondern danach, wie treu sie ihre Kinder zum Dienst für mich erziehen!«

Ich hatte meine Wut, daß ich das einzige, wichtige Wort nicht sagen konnte, ich rief gegen Re Dajana: »Und diese Tochter vom Eisenbahner ist am treuesten erzogen, und grade sie hat das Bildchen nicht!«

»Ich will wissen, ob das stimmt«, sagte sie. »Geh bitte noch heute zum Xung-Beping und frage ihn, ob sie in seinem Büchlein steht, und danach bringe sie mir her!«

Zu dem mußte ich nun hin. Aber auf den Treppen dachte ich immer nur: Ein guter Gedanke fehlt mir! Ein guter Gedanke! wie ich's mache, daß die Aurehl nicht fährt mit dem Weizenkorn! Denn die Fahrt endet schlimm!

Xung-Beping saß am Fenster, winkte mich heran, daß ich mich zu ihm setze, und ich mußte mit ihm hinabsehen ins dunkelgrüne Tal der Lamas, er erklärte mir alle Tiere, die da unten bei den Hirten weideten, nach ihrer Art und ihrem Nutzen für den Menschen, Fleisch, Milch, Käse und Fell, und endlich fragte er mich dann: »Was kann ich für Sie tun?«

Mir sagen, wie ich Aurehl schützen kann vor den Mördern, wollte ich gern antworten, mußte aber sagen: »Ich brauche das Bildchen der Paschamama für eine wichtige Indiofrau aus Kusko.«

»Das bekommt sie für ihr Kindchen, wenn sie es beim Paschamamafest am 6. September der Herrin hinhält.

»Sie hat aber kein Kindchen ...«

»... dann muß man ihr erklären, wie man ein Kindchen bekommt«, unterbrach er mich mit einem sanften Lächeln.

»... sie braucht das Bildchen für sich selbst!«

»Hat sie es verloren?« fragte er mich, »dann muß ihr Name in meinem Büchlein stehen«, und zog das Büchlein aus seiner Kapa. »Wie heißt sie?«

»Ajoareh.«

Er blätterte langsam in seinem Büchlein, las darin, lange, klappte es am Ende zu und sagte zu mir: »Diesen Namen kann ich nicht finden. Ihre Mutter hat sicher etwas falsch gemacht ...«

»... und jetzt soll diese Ajoareh für den Fehler ihrer Mutter leiden?« unterbrach ich ihn zornig.

Er sagte aber nur: »Ich kann Ihnen leider nicht helfen.«

»Es ist aber eine sehr wichtige Indiofrau«, versuchte ich es noch einmal, »und ich brauche das Bildchen für sie sehr dringend!«

Da stand der kleine wichtige Mann auf, sagte: »Es tut mir sehr leid, ich kann Ihnen nicht helfen«, und wollte mich zur Tür geleiten, wie's bei den Benefiten Sitte ist.

›Schlechtes Spiel, verlorenes Spiel‹, ging's mir noch durch den Kopf, da stand ich schon, da kam er schon heran und wollte an mir vorbei, damit er mir die Tür öffnet, da schnellte mein Fuß vor, daß er drüber stolpern und lang hinfallen mußte, wenn ich ihn nicht auffange, ich fing ihn aber auf, redete dazu viel und schnell, und als er sich noch fürs Auffangen bedankte, da war sein Büchlein schon in meiner Kapa drin, gut versteckt, und ohne sein Büchlein geleitete er mich hinaus.

›Niemals zwei Spiele vermischen!‹ hörte ich meinen Vater sagen, ›und immer erst ein Spiel zum guten Ende bringen, bevor ein anderes beginnt!‹ Ich sah mir die vielen Menschen an, wie sie über die Treppen gingen, auf und ab, ich dachte:

Jeder kann der Mörder sein, den der Galloway für die Aurehl schickt! Aurehl war auf dem Großen Platz bei den Kindern. Wer hat sie hinabgeführt über die Treppen? dachte ich! Hat der Hauptmann Kriss und Doktor Longley überhaupt das Cleaning vom Siemers?, und dann: Sogar die Ajoareh kann der Mörder sein! Und ich springe ohne Verstand über die Treppen von Matschju-Pitschju und will ihr erst noch das Bildchen geben! Aber der Vertrag! dachte ich gleich drauf. Und dann: Vertrag hat der Mannfried mit ihr gemacht! Und dann: Aber ich habe Vertrag mit Mannfried!

Und als ich diesen letzten Gedanken hatte, stand ich vorm Langhaus der Heide, wußte erst nicht, warum, trat aber trotzdem ein, und ich redete schon zur Heide, da wußte ich's erst: Niemals zwei Spiele vermischen! Immer erst eins zum guten Ende bringen!

Und befahl der Heide: »Schreib mir bitte einen wichtigen geheimen Brief an den Galloway!« – »Hier?« fragte sie. – »Ja, hier.« – »Aber wo?« fragte sie und sah sich im ganzen Zimmer um. – »Auf der Kiste«, sagte ich.

Sie machte ihren Mund rund, kniete sich vor die Kiste und sagte: »Ich höre.«

»Sehr wichtiger Hauptmann Galloway!« sagte ich ihr den Brief an, »Freund, Kamerad und guter Ratgeber! Immer, wenn Sie von der Gefahr geredet haben für die Ordnung unserer Welt, habe ich Ihnen gut zugehört. Ich will ja auch die Ordnung dieser Welt. Und immer war ich in der Hoffnung, daß die Aurehl nicht ins Beton fahren kann mit dem Weizen, denn nach meinem Willen sollte sie ein Kind bekommen, zum Sommer hin. Die Ärzte sagten mal ›ja‹, mal ›nein‹, wie die Ärzte es machen, wenn sie's selbst nicht besser wissen, so behielt ich's für mich. Aber nun ist es sicher, daß sie das Kind bekommen wird. Und das weiß ich seit dem Tag, als ich zuletzt in ihrem schönen großen Haus war ...«

»Ist das wahr?« rief die Heide mit glänzenden Augen, »die Verkündigung am Tag der Geburt des Herrn!«

»Was für eine Verkündigung? Was für eine Geburt? Und seit wann werden nicht Kinder, sondern gleich Herren geboren?«

»Der Herr Jesus Christus!« rief sie, und gleich ging's los: Wie der Herr Jesus Christus am 24. Dezember geboren wird, die Geschichte ist sehr lang, denn dieser Herr wird jedes Jahr aufs neue geboren, und immer am gleichen Tag. Die Geschichte ist auch sehr schön, aber trotzdem unterbrach ich die Heide, zeigte auf den Brief und sagte dazu: »Dieser Brief ist sehr wichtig!«

Und sagte ihr weiter an den Brief: »So haben wir nun beide eine große Sorge weniger, denn schwanger wird die Aurehl nicht ins Beton fahren ...«

»... Pfui und Schande über einen Mann«, rief die Heide, »der eine Jungfrau nicht aus Liebe und aus Freude auf das Kind schwängert, sondern aus kalter Berechnung! Was müssen das für Küsse sein!«

Da half nun nichts, ich mußte ihr von meiner großen Liebe zu Aurehl erzählen als ein Mann, der sich nichts mehr wünscht, als ein Kind von ihr, bis ihr die Tränen herabliefen, und sie sagte: »Ja ja, aber im Brief steht es anders!«

»Der Brief ist ja auch nicht für dich, sondern für den Galloway«, sagte ich, »und zu dem darf man nicht von der Liebe reden.«

Sie fragte noch: »Und wann wird das Kind kommen?«

Aber ich antwortete ihr nicht, sondern sagte ihr den Brief zu Ende an: »... Lassen Sie uns zusammen die Ordnung der Welt schützen und erhalten für die Herrin!« und befahl der Heide, daß sie den Brief gleich zum Siemers bringt.

Auf den Treppen dachte ich: Das war das erste Spiel! Mit dem habe ich vier Wochen Ruhe vor den Mördern! Und bis dahin werde ich mir eine starke Inszenierung ausdenken für den Galloway, daß er mir die Aurehl schützen muß im Beton, gegen den ganzen Siebenerrat und gegen alle Raketen! Oder ich stelle selber der Aurehl den Fuß vor, daß sie gut stürzt und ins Haus der Ärzte getragen wird und nicht ins Beton gehen kann.

Ich trug der Ajoareh und dem Mannfried ein gutes Essen in mein Kleines Haus und befahl den beiden, daß sie drinbleiben müssen über die Nacht, die Ajoareh darf in meinem Bett schlafen, der Mannfried im Flur, sie wird das Bildchen bekommen am andern Tag, und er wird ein wichtiger Hauptmann werden unter meinem Befehl.

Dann zog ich das Büchlein vom Xung-Beping aus meiner Kapa, suchte ein leeres Blatt und malte eine Taube drauf, die trug in ihrem Schnabel ein Bildchen und flog damit in das Büchlein hinein. Ich verschloß es in einem dicken Kuvert, ging damit zur Heide und befahl ihr, daß sie's dem Xung-Beping ins Haus bringt.

Und dann wartete ich in meinem Kleinen Haus.

Nach einer Weile klopfte der Mund an und sagte mit einer sehr tiefen Verbeugung: »Mein Herr bittet Sie dringend um Ihren Besuch.«

»Irrst du dich auch nicht?« fragte ich ihn, »denn ich bin doch grade von deinem Herrn gekommen!«

»Nein, nein!« bettelte er, »ganz bestimmt nicht! Er wird mich ohrfeigen, wenn Sie nicht bald kommen!«

Da hatte ich keinen Zorn mehr auf ihn, und ging gleich mit ihm mit.

Xung-Beping stand in seinem Zimmer, hielt mir sein Büchlein hin und sagte: »Stellen Sie sich vor! Mein Büchlein hat Beine bekommen, und eine Taube ist hineingeflogen. Ist das Zauberei?« und steckte sein Büchlein in seine Kapa.

»Zauberei gibt es nicht«, antwortete ich.

Und er: »Aber Kunststücke mit Karten«, und machte mit den Händen die Bewegung, wie ich sie im Taunustal gemacht hatte, da, wo es sich zur Opernschlucht hin verengt. Und dann sagte er: »Wollen Sie mir nicht zeigen, wie man einem Büchlein Beine macht?«

Und gleich ging's ganz anders in seinem Zimmer. Erst stellte ich ihm den Fuß vor, ließ ihn stolpern, fing ihn auf und redete dazu viel, das machten wir zehnmal, daß er's lernt. Dann mußte ich gehen, er seinen Fuß vorstellen, daß ich stolpere, und er mußte mich auffangen, auch zehnmal, und dann kam das Schwerste dran: Beim Auffangen die Hand an die richtige Stelle der Kapa legen und mit einem leichten, schnellen Griff das Büchlein aus der Kapa ziehen. Er wunderte sich jedesmal, wenn es dann in seiner Kapa fehlte und in meiner Kapa steckte, dann wollte er es versuchen, aber entweder legte er die Hand an die falsche Stelle, oder er kitzelte mich, daß ich lachen mußte, oder er zog mir das Büchlein mit solcher Kraft heraus, daß ich drüber aufschrie. Wir wurden beide heiß vom Gehen, Fußstellen, Stolpern, Auffangen, Buch-Herausziehen und Wegstecken, wir lachten beide sehr viel, und als er dann dachte, daß er's kann, rief er seinen

Mund herein, steckte dem sein Büchlein vorn in die Kapa, trat zurück und befahl ihm, daß er zu ihm kommen soll. Der wunderte sich, ging aber los, Xung-Beping stellte ihm den Fuß vor, sein Mund stolperte, und gleich drauf lagen sie beide zusammen auf dem Teppich. Der Mund sprang schnell auf, mit Angst im Gesicht, rieb sich Arme und Hüften und wartete auf die Ohrfeige, bekam aber keine Ohrfeige, sondern den Befehl, daß er noch einmal mit dem Büchlein losgeht. Und gleich drauf lagen sie wieder beide auf dem Teppich. Nun steckte Xung-Beping seinem Mund zum dritten Mal sein Büchlein in die Kapa, befahl ihm aber, daß er diesmal zu mir hingehen soll. Ich ließ ihn stolpern, fing ihn geschickt auf, zog ihm dabei das Büchlein aus der Kapa, redete auch viel dazu, und danach sagte Xung-Beping zu ihm: »Es ist genug. Gib mir bitte mein Büchlein wieder!«

Der Mund griff nach dem Büchlein, griff noch einmal, wurde weiß vor Schreck, griff überall hin, wollte reden und konnte nicht reden, sah seinen Herrn lachen, hüpfen, sich auf die Schenkel schlagen, lange, bis der dann endlich rief: »Lassen wir den armen Mann nicht länger an seinem Verstand zweifeln! Geben Sie mir das Büchlein, und erklären Sie auch ihm das schöne Kunststück!«

Nun griff ich nach dem Büchlein, griff noch einmal, machte alles so, wie's eben noch der Mund gemacht hatte, sah mich um, sah auf die beiden, wie sie mit offenem Mund dastanden, bis ich endlich das Büchlein auf der Fensterbank wiederfand und es dem kleinen wichtigen Mann zurückgab.

Später saßen wir wieder am Fenster, Xung-Beping sagte zu mir: »Sie haben mir eine heitere Stunde in meinem sonst so eintönigen Leben geschenkt. Dafür danke ich Ihnen. Und jetzt sagen Sie mir, warum Ihnen das Bildchen für diese Ajoareh so wichtig ist.«

»Sie hat mir aus einer Not geholfen«, sagte ich, »dafür habe ich ihr das Bildchen versprochen.«

»Mit Vertrag?« fragte er mich.

»Ja«, antwortete ich.

»Das war sehr leichtsinnig«, sagte er. Und dann: »Wir werden ihr eine gute Arbeit geben. Das ist genauso gut wie das Bildchen.«

»Sie will aber das Bildchen!« rief ich.

»Oh, oh, oh!« machte er da und sah sehr besorgt aus. Dann sah er hinab ins Tal der Lamas, lange, dann sah er mich an und sagte: »Wenn Sie es schaffen, daß Re Dajana ihr das Bildchen umhängt, dann will ich mich dazustellen, in meinem Büchlein blättern und der Taube noch eine Schwanzfeder dazumalen. Zufrieden?« und lächelte mich an.

Lüge im Vertrag ist wie die Ratte im Beutel! ging's durch meinen Kopf. Aber nur ganz kurz.

Am Abend, im höchsten Zimmer der Akropolis, ließ ich mich schlapp aufs große Bett fallen, die beiden schönen Frauen fütterten mich und sahen mich an mit Liebe und Dank für die Sorge und für die Arbeit, die ich mir mache zu ihrem Schutz, die eine dachte es, die andere wußte es besser.

Als ich am Tag drauf mit Xung-Beping vor Re Dajana stand, da hatte die Ajoareh ihre Eisenbahnerkleider sauber geputzt und war nun eine wichtige Eisenbahnerin vor der Herrin.

Die saß in einem bequemen Sessel und fragte die Ajoareh: »Wie heißt du?«

»Ajoareh.«

»Und wer hat dir diesen schönen alten Kuetschuanamen gegeben?« fragte Re Dajana sie weiter.

»Meine Mutter.«

»Das hat sie gut gemacht«, sagte Re Dajana.

Sie sahen sich beide an, Katzenauge und Flammenauge, daß ich dachte: Die werden sich gleich kratzen und brennen.

»Und was hat deine Mutter sonst noch Gutes für dich gemacht?« fragte Re Dajana weiter.

»Die Paschamama hat nicht genug Augen«, sagte leise die Ajoareh, »daß sie alles sehen kann.«

»Die Paschamama sieht alles!« rief Re Dajana dagegen.

Und die Ajoareh, leise: »Die Paschamama sieht nicht den Huajna Kapak, wie er die Frauen in Kusko zwingt.«

»Wie redest du über den Huajna Kapak!« rief Re Dajana zornig. Und gleich drauf ging's schnell hin und her in der Kuetschuasprache, daß ich's nicht verstand, lange, dann war's still, und dann fragte Re Dajana sie: »Und du? Wirst du dich zum Huajna ins Bett legen, damit du von der Paschamama das Bildchen bekommst?«

»Niemals!« rief die Ajoareh, und ihre Augen brannten wie Feuerflammen, »ich gehorche nur der Paschamama!«

»Und willst der Paschamama ein treuer Diener sein?« fragte Re Dajana sie weiter.

»Das will ich, ja!« rief die Ajoareh, »aber dazu will ich das Bildchen!«

Wieder sahen die beiden sich an, Katzenauge und Flammenauge, und dann fragte Re Dajana den Xung-Beping: »Geht das?«

Der kleine Mann nickte, Re Dajana hielt ihm die Hand hin, daß er ihr das Bildchen gibt, sah aber immer Ajoareh an, und als das Bildchen in ihrer Hand lag, sagte sie zur Ajoareh: »Ich will dir das Bildchen geben.«

Die sah von ihr zum Xung-Beping und wieder zurück zu ihr, daß ich dachte: Die sieht und hört nicht nur, was man sehen und hören kann mit Augen und Ohren, die kennt auch die Gedanken der Menschen, die sie im Kopf verstecken wollen vor ihr.

Sie sagte: »Die Paschamama muß mir das Bildchen geben!«

»Ich bin die Paschamama!« rief Re Dajana dagegen.

Und die Ajoareh rief zurück: »Nein!« Und dann malte sie mit ihren Händen über ihrem Kopf Löwenmähne und Schlangenwappen.

Re Dajana verstand's gleich, der Labiges mußte alles herbringen, mußte ihr den Tellerhut mit Löwenmähne und Schlangenwappen auf den Kopf setzen, sie stand auf und stand nun groß und mächtig vor uns. Die Ajoareh erschrak, fiel nieder auf die Knie und rief immerzu: »Paschamama! Paschakamak! Paschamama! Paschakamak!« Re Dajana hängte ihr das Bildchen um den Hals, Ajoareh packte es mit beiden Händen, preßte es gegen die Brust, küßte es und rief wieder: »Paschamama! Paschakamak!«, lange.

Dann sah sie zum Xung-Beping hin und sagte: »Dieser wichtige Mann dort muß das Zeichen dazu machen in sein Büchlein!«

Der zog sein Büchlein aus seiner Kapa, blätterte drin und malte dann der Taube die Schwanzfeder dazu, wie wir's ausgemacht hatten.

Aber Ajoareh war immer noch nicht zufrieden, sah wieder

hin und her zwischen Xung-Beping und Re Dajana und sagte am Ende leise: »Der Name! Der Name fehlt noch!«

Und Re Dajana, als Erdgöttin und Weltenschöpfer, mit Löwenmähne und Schlangenwappen, sagte wie einen Zauberspruch der Bickelak: »A-jo-a-reh!«

Ich sah, daß die Ajoareh immer noch nicht zufrieden war. Sie wollte in unsere Köpfe hineinsehen, sie suchte die Ratte im Beutel, aber sie fand sie nicht, so gab sie's auf.

Noch am selben Tag las mir die Heide die Antwort vom Galloway vor: »›Freund und Kamerad! Ich kann Ihnen nicht sagen, wie sehr ich mich über diese Nachricht gefreut habe! Daran kann man wieder einmal sehen, daß der Soldat mit vielen Waffen kämpft, es kommt nur auf den Erfolg an. Der Siebenerrat ist verständigt, machen Sie weiter so! P.S. Ich bin bereit, mich vor Re Dajana wegen meines Übergriffs gegen Sie zu verantworten, und auch die Konsequenzen auf mich zu nehmen. Ich hoffe, daß Sie mir dazu baldmöglichst Gelegenheit geben werden. Mit kameradschaftlichem Gruß, Ihr Jimmi Galloway.‹«

Der Ajoareh gab ich ein Zimmer im Frauenhaus, den Mannfried brachte ich mit zwei fetten Lamas zum Kunumis, daß er dort seine Zeit abwartet und nicht dem Hagannahta übern Weg läuft. Und wenn Re Dajana mich fragte: »Wann laden wir den Galloway ein, damit wir ihm die vielen Wachen ausreden und über Aurehls Reise reden?« antwortete ich: »Nicht so schnell. Er soll erst drüber nachdenken.«

Aber am 29. Januar war meine Inszenierung für den Galloway fertig ausgedacht, und ich bat Re Dajana, daß sie ihm die Einladung schickt.

Galloway kam am 1. Februar. Xung-Beping, Fort, Tamasch und viele andere wichtige Diener der Re Dajana erwarteten ihn schon beim Landeplatz und geleiteten ihn mit vielen Verbeugungen über die Treppen zur Akropolis. In der großen Halle umarmte und küßte Re Dajana ihn, und bei der Estofado und beim giftigen Alkohol wurden sie alle laut und fröhlich.

Aber nicht der Galloway. Der saß neben mir wie einer, dem die Zunge am Gaumen klebt, soviel ich auch die Konversation mit ihm machte, bis er dann endlich sagte: »Ich würde es gern hinter mich bringen, wenn Sie wissen, was ich meine.« – »Was meinen Sie?« fragte ich ihn. Und er: »Okay: Also meinen Übergriff gegen Sie. Ich will mich dafür verantworten.« – »Wovon reden Sie?« fragte ich ihn. Und er: »Daß ich Sie in meinem Haus gewaltsam festgehalten habe. Daß mein Arzt Ihnen eine offenbar viel zu große Dosis eines Beruhigungsmittels verabreicht hat. Übrigens: Nicht mit Gewalt! Sie haben schließlich das präparierte Obst freiwillig gegessen ...« und wollte so weiterreden.

Ich unterbrach ihn aber und sagte: »Ich weiß wirklich nicht, wovon Sie reden.«

»Machen Sie es mir doch nicht unnötig schwer!« sagte er, »ich sage Ihnen ja: Ich will mich für das Unrecht, das ich Ihnen angetan habe, verantworten, als Offizier.«

»Aber mein lieber Hauptmann!« rief ich ratlos, »erinnern Sie sich denn nicht, wie wir beide den ganzen Tag bis in den Abend über unsre Sorgen geredet haben und über unsere Ängste, wie die Nomenklatter und die Jammandas Re Dajana das neue Monopol nicht gönnen, und wie einige Familien die Reise der Aurehl ins Beton nicht gern sehen, wie wir Re Dajana und Aurehl schützen können? Dann war's zu spät für einen Heli, dann wollte ich mit dem Brummer nach Matschju-Pitschju«, und erzählte weiter die Geschichte, so wie ich sie auch Re Dajana erzählt hatte.

Der Galloway sah mich an wie den Mann im Nebel, dann hielt er mir beide Hände hin, sagte: »Das ist wahre Kameradschaft! Danke!« Ich mußte einschlagen, er schüttelte meine Hände und plapperte dazu: »Sie gefallen mir immer besser! Ich muß Ihnen doch nicht verraten, wie gewaltig mir das imponiert hat, wie Sie rausgekommen sind! Ich weiß, wie recht ich damals hatte, als ich Ihnen meine Offiziershand bot.«

Ich ließ ihn ausreden. Um uns herum war's schon so laut geworden, daß niemand ihn verstand.

Und dann sagte ich nahe an seinem Ohr: »Es gibt aber noch eine andere Erinnerung an diesen Tag. Die ist beim Lernhauptmann Mannfried. Der ist hoch angesehen bei Re Dajana und von mir gut versteckt.«

Und er, auch nahe an meinem Ohr: »Und die dritte Erinnerung ist beim Pollig. Wenn der gegen Mannfried aussagt, da kommt einiges zusammen!«

Ich dachte: Der Pollig lebt also! Gut für den Mannfried! Und dem Galloway sagte ich ins Ohr: »Mit dem Mannfried habe ich Vertrag, nach Betonart, wenn Sie wissen, was ich meine.«

Er sagte: »Ich gehe jetzt zu Re Dajana hin und bekenne ihr meinen Übergriff gegen Sie«, und wollte schon aufstehen.

Ich legte aber meine Hand auf seinen Arm und sagte nahe an seinem Ohr: »Dafür können Sie sich nicht verantworten, denn diesen Übergriff hat es nicht gegeben. Sondern dafür müssen Sie sich verantworten, daß Sie mir gleich bekennen werden, daß es einen Mordplan gibt gegen die Aurehl, schon lange, und den haben Sie mir bisher nicht gesagt, und durch Zufall habe ich's herausgefunden.«

»Sie sind verrückt!« sagte er.

»Grade haben Sie's mir bekannt«, sagte ich nahe an seinem Ohr, »und vor Schreck lege ich meinen Löffel so hastig und so laut weg, daß viele es hören und sehen müssen, vor allem Re Dajana, die sehr oft zu mir hinsieht«, und legte meinen Löffel hastig und laut weg.

»Sie sind verrückt!« sagte er wieder, blieb aber sitzen.

»Wenn Sie aber Aurehl schützen«, sagte ich weiter nahe an seinem Ohr, »dann kommt kein Mörder dagegen an. Und so will ich's haben.« Und saß neben ihm, stumm und starr, und aß keinen Happen mehr.

Später befahl Re Dajana den Galloway, den Fort und mich in ihr Geheimkabinett, sie saß in einem bequemen Sessel, wir standen vor ihr, und sie fragte mich: »Hat dir denn die Estofado nicht geschmeckt, lieber Pan?«

»Die Estofado ja«, antwortete ich, »aber zu den Sorgen paßt sie nicht.«

»Und wie wollt ihr uns Frauen nun schützen?« fragte sie mich weiter.

Ich antwortete: »Wir wollen es zusammen herausfinden.«

Und sie, zum Galloway: »Du kennst dich ja mit den Familien sehr gut aus. Sag mir nun offen und frei: Was muß ich machen, damit sie mich wie bisher lieben und anerkennen?«

Man sah's ihm an, daß schwere Steine von ihm abfielen, und er antwortete: »Da ist zunächst das neue Monopol. Das wird von zwei Familien nicht anerkannt«, und wollte ihr's erklären.

Sie unterbrach ihn aber und sagte zu ihm: »Ich weiß, du willst diese schrecklichen Wachen hierher schicken, diese Stolperdrähte und Alarmsirenen«, und bettelte: »Tu mir das bitte nicht an, lieber Galloway!«

Weil der nun nicht wußte, wovon sie redet, so sah er sie nur ratlos an und antwortete nicht.

Aber Re Dajana verstand es so, wie sie es verstehen wollte und rief erleichtert: »Alos? Einverstanden?«

Und weil er nichts drauf wußte, sagte sie: »Und jetzt weiter, zu Aurehls Reise.«

»Die wird ja nun erst mal verschoben«, sagte er, sah den Katzenblick der Re Dajana und hörte sie auf dem höchsten Piepston fragen: »Verschoben?«

Er wollte gern sagen: ›Weil doch die junge Dame Aurehl schwanger ist!‹, wagte es aber nicht bei ihrem Blick und sah sich um in der Runde wie einer, der erstaunt fragte: ›Weiß es denn noch keiner?‹

»Was meint er?« fragte drauf Re Dajana mich.

Aber ich wußte es ja auch nicht.

Der Galloway sagte: »Hohe Frau! Wenn diese Reise nicht verschoben wird, dann sehe ich große Gefahr für die junge Dame Aurehl voraus. Deshalb muß sie ...«

Und Re Dajana, zu mir: »... Darüber habt ihr also geredet, als du dann den Löffel so hastig und so laut weggelegt hast, daß ich einen Schreck bekam.«

Ich antwortete aber drauf nicht, sondern sah sie nur an mit gesenktem Kopf.

Sie stand auf, kam zu mir, umarmte und küßte mich, ging zum Galloway, umarmte und küßte den mit ihrer ganzen Liebe und rief dazu: »Galloway! Galloway! Du verstehst mich! Und dafür danke ich dir! Und dafür liebe ich dich!« und umarmte und drückte ihn noch fester.

Weil aber der Galloway nicht so glücklich aussah, wie sie sich's ausdachte, so fragte sie ihn: »Nun?«

»Hohe Frau!« sagte er, »diese Reise wird in einigen Familien nicht gern gesehen ...«

»... deshalb fährt sie auch nicht irgendwohin, sondern in mein Pachtland bei den Bodenreifs. Und deshalb will ich ja auch, daß du sie mir schützt!«

Ich sah, wie die schnellen Gedanken in seinem Kopf herumgingen, aber sein Kopf war nicht schnell genug, so kam aus seinem Mund nur heraus: »Ja, Hohe Frau ...«

Re Dajana faßte ihn bei den Schultern und sagte: »Du wirst sie mir schützen, Galloway! Du schaffst es!«

»Ja, Hohe Frau«, kam's wieder aus ihm heraus, und dann, als würde er alle Steine wieder aufheben, die er vorher so leicht abgeworfen hatte: »Ja, ich werde die junge Dame Aurehl schützen.«

Noch eine Umarmung, noch ein Kuß, und dann bettelte Re Dajana ihn: »Und mich wirst du ohne diese schrecklichen Drähte und Wachen schützen?«

»Ja, Hohe Frau«, sagte er zum dritten Mal.

Und mit einem letzten Kuß wollte Re Dajana gehen.

Ich sagte aber, als fiel's mir grad ein: »Man sollte einen Höchsten Sekretär für die Sicherheit bei Re Dajana schaffen.«

Und der Fort, den hört man selten reden, der sagte: »Das neue Monopol schafft Neid. Die geplante Reise schafft Angst vor Veränderungen.« Er zeigte auf mich: »Er hat recht.«

So setzte sich Re Dajana wieder in ihren bequemen Sessel, sah uns alle an und sagte dann zu mir: »Und dieser Höchste Sekretär für die Sicherheit, der wirst du.«

Keiner sagte etwas dagegen, so war's beschlossen, den Galloway fragte sie noch: »Und bist du bereit, meinem neuen Sekretär bei seiner schweren Arbeit zu helfen, so gut du kannst?«, der sagte nur: »Ja, Hohe Frau«, sie stand auf, befahl uns: »Und macht mir bitte beide zusammen einen guten Plan, wie ihr mich und Aurehl schützt«, und ging schon zur Tür, und der Fort hielt ihr schon die Tür auf, da fiel's ihr ein: »Den Siemers bitte ich noch heute, daß er dir Telefon und Telex mit meinem Siegel in dein Haus legt, damit jeder weiß, daß alles was du machst und befiehlst, von mir kommt.«

Und ging, und mit ihr der Fort.

Der Galloway ließ sich in einen Sessel fallen, machte »Whow«, sah die Wand an, lange, sagte zur Wand: »Zufrieden, Kamerad?« hielt mir die Hand hin und sagte wieder zur Wand: »Einen Whisky, bitte!«

Ich bimmelte dem Labiges, gleich hatte der Galloway seinen Tschiff, goß sich den ersten ein und trank ihn, goß sich den zweiten ein und sagte: »Okay. Ich werde diese junge Dame Aurehl beschützen, mit meiner ganzen Kraft, denn darauf hat Re Dajana mein Soldatenwort. Aber ich mache es gegen meine Überzeugung und gegen besseres Wissen«, trank seinen zweiten Tschiff und goß sich den dritten ein.

Nach dem dritten Tschiff sagte er: »Sie haben ja ganz schön losgelegt, alle Achtung!«

Und nach dem vierten: »Sie haben was drauf, das muß anerkannt werden!«

Dann trank er zwei hintereinander und sagte danach: »Wissen Sie eigentlich, daß Sie mich erpreßt haben? Und dazu noch mit einer leeren Drohung.«

»Ich will ja nur keine Angst haben müssen, daß Aurehl stolpert und stürzt«, sagte ich, »wie Sie's mir angedroht haben.«

»Aber mein Bester!« rief er, »damit wollte ich Sie doch nur anheizen, damit Sie endlich etwas gegen diese Reise unternehmen!« und goß sich seinen siebten Tschiff ein.

Ich sah ihn lange an, ob das wahr ist, was er sagt, aber in seinem Puppengesicht sieht man nicht die Lüge und nicht die Wahrheit, sondern nur die Puppe.

Später brachte ich den Galloway zum Landeplatz hin und winkte, als er hinaufkletterte. Dann ging ich zum Siemers, ins Haus der Elektriker. Dem hing eine lange, schwere Silberkette um die Hüften herum, dran Bommeln aus hundert Perlen, und bunte Diamantsteine, ringsherum.

Ich sagte zum Siemers: »Sie tragen die schönsten Ketten in Matschju-Pitschju.«

»Danke für das Kompliment«, antwortete er, »aber ich muß es weitergeben an den wohl genialsten Goldschmied, den es gibt, meinen Freund van Twehn.«

»Der van Twehn muß schon ein sehr guter Freund sein«, sagte ich, »wenn er Ihnen sogar noch schönere Ketten macht als der Herrin.«

Da erschrak er und fragte mich besorgt: »Ist Re Dajana etwa gekränkt darüber?«

»Aber nein«, lachte ich ihn freundlich an, »Re Dajana weiß am besten, wie wichtig Ihre Arbeit ist für sie und für uns alle.«

»Mag sein«, antwortete er, »sie ist vor allem sehr eintönig, und mein Schmuck ist meine einzige Abwechslung. Aber jetzt zu Ihnen: Sie bekommen eine gesiegelte Leitung, damit

Sie keine unerbetenen Zuhörer haben«, und erklärte mir das gesiegelte Telefon als ein Vogelgezwitscher für jeden anderen, und nur für mich sind's richtige Worte. Und einen Schlüssel brauche ich dazu, der öffnet und schließt das Siegel.

Ich sagte: »Ich bitte Sie auch um den Weg zum Satelliten, daß auch Briefe hinaufgetragen werden und um die ganze Welt, und auch herabkommen zu mir.«

»Schön, wie Sie das ausdrücken!« rief er. »Wir Techniker sehen das alles so schrecklich unpoetisch. Für uns handelt es sich ja immer nur um elektrische Impulse.« Und die Perlen und die bunten Diamantsteine funkelten um seine Hüften herum, wenn er sich bewegte.

Am Ende sagte er noch: »Gleich morgen schicke ich Ihnen zwei Lernelektriker. Die verlegen Telefon und Telex in Ihr Haus.«

Danach war ich so leicht und so froh, und ich dachte: ›Was ich anfange, das endet gut!‹, sogar, wenn Aurehl das Wort nicht sagt! Ich stieg auf zum Gipfel vom Huajna, ich legte mich neben einen Stein, der schützte mich vorm Gipfelwind. Und dann sah ich mir den Himmel an und die Wolken, wie sie drüber zogen, bis die Sonne rot und groß wurde hinterm Urubambatal. Sie malte mit ihren Strahlen den Himmel an, erst mit dem hellgelben Gold, dann mit dem roten, dann auch mit dem trüben Gold, malte auch mit den staubigen Farben, lange, viele geheime Zeichen malte sie, wie die im Büchlein vom Xung-Beping, runde und krumme Bilder, große, riesige Bilder, über den ganzen Himmel, deutlich, wie: Schiffe, Schlange, Ring, Rad, und gleich drauf ganz undeutlich, wie wehendes Haar oder Gestrüpp, und dann vermischte sie alles zu einer weltweiten Pfütze, naß und glitschig, und gleich drauf fahl wie verdorrtes Gras, und plötzlich schoß ein Feuerrad heraus, wie es die Kinder hoch oben auf den Hochsteinen herumdrehen, wenn der Sommer nicht ins Beton kommen will, und ich sah hinauf und wunderte mich, wie die Sonne den Himmel so schnell ummalen kann, und plötzlich erschrak ich und dachte: Seit wann sehe ich in den Himmel hinauf als Betonmensch? Und dann wußte ich's: Seit ich durchs Nasse Grab gegangen war und durch den Schacht aus der Alten Zeit den Sternenhimmel gesehen hatte, hoch über mir. Und ich dachte: So kommen auch schon zu mir die Veränderungen! Und ich fürchtete mich sehr. Und als ich dann hinabsah, da war's schon dunkel unten. Meine Freude war dahin, vorsichtig stieg ich ab und ging gleich ins Lange Zeltzimmer.

Das Zelttuch war ganz herabgelassen, gegen die Stechmücken, Re Dajana saß zusammen mit Aurehl auf dem Chaiselongue, sie hatten ihre Arme umeinander geschlungen, sie sahen mich kommen, Re Dajana fragte mich: »Warum läßt du uns so lange allein? Wo warst du so lange?«

»Auf dem Huajna«, antwortete ich und hockte mich vor die beiden schönen Frauen hin.

»Aber so lange!« jammerte Re Dajana und zog Aurehl noch näher zu sich heran, wie eine Mutter, wenn sie ihr Kind schützen will vor der Kälte.

»Ich habe mir den Sonnenuntergang angesehen«, sagte ich.

Und Re Dajana: »Du? Als Betonmensch?« und hob ihre Stimme zum höchsten Piepston.

»Ja«, antwortete ich, »das sind die Veränderungen.«

Am Tag drauf, als die Lernelektriker fertig waren mit ihrer Arbeit, kam der Siemers in mein Kleines Haus und sah nach, ob alles richtig ist. Er gab mir ein kleines Kästchen, außen Silber mit dem Äskulapstab drauf, innen Samtstoff, und ein Büchlein drin und ein Schlüssel. »Ein kleines Geschenk vom van Twehn und mir«, sagte er dazu und erklärte der Heide und mir Telefon und Telex. »Jeder Brief von Ihnen ist gesiegelt mit dem Zusatz: ›Im Namen und im Auftrag von Re Dajana Kornegill, Höchste der Kornegills‹, und sah mich an mit einem Blick, daß ich an das Wort vom Tschilgren denken mußte im Taunustal: ›Demütig und ehrerbietig‹ soll ich stehen vor der Herrin.

Ich dachte: Verstehe ich jetzt endlich, was der grämliche Tschilgren gemeint hat? Und ist das der Blick vom Siemers zu mir? Aber ich dachte auch: Alles Benefitenworte! Furcht hat der Siemers vor mir! Und ich machte aus ›ehrerbietig‹ und ›Furcht‹ das neue Wort ›Ehrfurcht‹ für den Blick vom Siemers.

Nun mußte die Heide sich vor den Telex setzen und zur Probe einen Brief hineingeben. Zuerst muß der Schlüssel reingesteckt und umgedreht werden, drauf gibt's ein Flimmern und Leuchten auf einem krummen Glas, das nennt der Siemers ›den Monitor‹, Lichtkringel flimmerten drauf herum, und er sagte zur Heide: »Was du eingibst, erscheint auf dem Monitor, du kannst es aber noch korrigieren.« Und unter seinem Befehl drückte nun die Heide die vielen Buntholzsteinchen, die nennt er ›die Tasten‹. Am Ende befahl er ihr: »Und jetzt die Siegeltaste!« Und als die Heide die nur leicht berührt hatte, da hüpften schon hundert neue Lichtkringel auf dem Monitor herum, und sie las mit Ehrfurcht: »Im Namen und im Auftrag von Re Dajana Kornegill, Höchste der Kornegills.‹« – »An wen soll der Brief gehen?« fragte der Siemers mich. Und ich sagte der Heide an: »An den Hohen Herrn Zeppelzett Bodenreif«, und redete von den Bergen und vom Kunumis, und die Heide drückte die Tasten und die Lichtkringel hüpften oben herum, bis der Siemers sagte: »Bitte immer nur das Wichtigste!« – »Für den Hohen Herrn ist mir nichts unwichtig«, antwortete ich und sagte der Heide weiter an: »... Es kann sein, daß Aurehl bald zum Rhein-Main-Airport fliegt, ins Pachtland der Hohen Frau Re Dajana. Ist der denn sicher?« Und am Ende dankte ich ihm noch für das Jagdgewehr mit Brief und Beutel. Der Siemers sagte zur Heide: »Und jetzt noch Gruß, Absender, Ort und Zeit«, und fragte sie: »Hast du auch alles verstanden?« Und die warf den Kopf herum und sagte zu ihm: »Ich bin ja nicht begriffsstutzig!«

Als dann der Siemers mit einer schönen Verbeugung gegangen war, gab ich der Heide das Büchlein aus dem wertvollen Kästchen vom van Twehn und befahl der Heide, daß sie mir vorliest, was drin steht. Sie blätterte drin und sagte: »Namen und Nummern.« – »Was für Namen? Was für Nummern?« fragte ich sie. Und sie: »Die Namen aller Benefiten und die Nummern ihrer Telefone.« – »Was für Nummern?« fragte ich sie wieder, und sie: »31001 für den Hohen Herrn Bodenreif und 21001 für die Hohe Frau Re Dajana Kornegill«, und sagte mir weiter die Namen und Nummern an. Und weil ich's immer noch nicht verstand, so zeigte sie auf das Telefon und sagte: »Die Nummern aus dem Büchlein drückt man ins Telefon!« Ich sah ins Büchlein hinein, ich sah aufs Telefon, erkannte die gleichen Kringel und hatte schon die Nummern gelernt. Aber die Namen nicht. So befahl ich der Heide, daß sie auf einen großen weißen Bogen die Nummern schreibt für uns beide, für sich auch den Namen und für mich ein Zeichen zum Namen: Ein Jagdgewehr zum Zeppelzett, ein Kindchen zur Marie-Luise, einen Jet zum Rilpe und einen umgeknickten Mann zum Hirokasu Akimoto von den Jammandas. Zum Galloway wollten wir eine Rakete malen, weil wir aber beide nicht wußten, wie eine Rakete aussieht, so malten wir ihm eine Stechmücke dazu.

Und dann spielten wir das Telefonspiel.

Zuerst drückte ich die Nummern der Marie-Luise. Erst war ihre Lernmehd als ein Gezirpe an meinem rechten Ohr, dann schrie die Marie-Luise: »Pan Inka-Fürst! Sie?«, und wir redeten vom Taunustal, vom Schloß Marbach, von Hawaii und von Raphael, lange, bis wir nichts mehr wußten. Dann drückte ich die Nummern vom Lederberg, zu dem sagte ich: »Brauchen Sie nicht eine tüchtige Lernpharmazeutin?« – »... die alles, was ich sage, brühwarm an Sie weitergibt?« fragte er zurück. Und ich: »Sie hört sogar die Gedanken.« – »Auch die richtigen?« fragte er weiter. Und ich: »Grade die!« Dann war's still, dann sagte er: »Gut, ich will es mit ihr versuchen. Wie heißt sie?« – »Ajoareh.« Dann hatte ich die Stimme vom Rilpe an meinem rechten Ohr, der war in Dakar und ließ Gold einladen in seinen Jet. Zu dem sagte ich: »Gold ist nichts gegen die Schahanna.« – »Das weiß ich«, antwortete der, und ich: »Es kann sein, daß ich einen Jet brauchen werde.« Und er: »Telex genügt.«

Dann bimmelte das Telefon sehr laut, daß wir beide drüber erschraken, der Siemers piepste in mein rechtes Ohr: »Bitte, mein lieber Pan Inka-Fürst, bitte halten Sie sich zurück mit dem Telefon! Wir haben so wenig Leitungen in Matschju-Pitschju.« So mußten wir mit dem schönen Spiel aufhören.

Als ich am Tag drauf zu meinem Kleinen Haus hinabging, saß schon die Heide auf der Treppe, sie zeigte ins Haus hinein und sagte: »Der Telex rattert.«

Wir traten ein, der Telex ratterte, aber wir sahen ihn nicht gleich, denn er war zugedeckt mit Papier. Die Heide hob das oberste Papier auf, las: »An den Hauptmann Galloway«, nahm das nächste, las: »An die Hohe Frau Re Dajana«, warf das Papier weg und rief: »Der Telex ist kaputt!«

»Was ist ›Kaputt‹?« fragte ich sie. »Der Telex!« – »Was ist ›der Telex‹?« fragte ich weiter, und sie: »Kaputt!«

Ich sagte zu ihr: »Entweder ist das der Telex oder der Kaputt.« Und sie: »Der Telex ist aber kaputt!« Und ich, laut: »Der Telex ist der Telex!« und sie, noch lauter: »Und kaputt ist kaputt!«

Da war ich erst still, und dann sagte ich zur Heide, langsam: »Erkläre mir nun bitte: Was ist ›Kaputt‹?«

Und sie, genauso langsam: »Der Telex.«

Und ich: »So ist also Kaputt ein anderes Wort für Telex?«

Und sie: »Nein. Das eine Wort ist: Telex, und das andere Wort ist: Der Telex ist kaputt. Denn der Telex rattert Ihnen einen Brief an Re Dajana herein, und das darf er nicht!«

Ich sagte: »So heißt er also Telex, wenn er richtig rattert, und Kaputt, wenn er falsch rattert?«

»Nein!« rief sie laut. »Er ist kaputt, wenn er einen falschen Brief hereinrattert!«

Da gab ich's auf und sagte zu ihr: »Wir fragen den Siemers.«

Der piepste dann in mein rechtes Ohr: »Da waltet ein Mißverständnis. Als Siegelträger erhalten Sie Kopien von allen Briefen Ihrer Diener, auch solche an Re Dajana. Es ehrt Ihre Vorleserin, wenn sie sich dagegen sträubt, solche Briefe zu lesen, aber es hat seine Richtigkeit.«

Ich fragte ihn: »Und was ist nun ›Kaputt‹?«

Und er: »Machen Sie sich darum keine Sorgen.«

Es kam ein Telex vom Zeppelzett hereingerattert, das hieß: »Mein lieber Bub! Ich muß dich ein bissel aufklären. Der Rhein-Main-Airport gehört nicht zu Redas Pachtland, was aber die Sicherheit anbelangt, so untersteht sie dem von ihr berufenen Hauptmann Eckhardt. Weil aber dein Wunsch mir allemal Befehl ist, so schicke ich noch heute meinen Hauptmann Hillinger mit fünfundzwanzig Mann dorthin. Dein Befehl an den Hillinger ist wie mein eigener. P.S. Um die Marie-Luise mußt du dich nicht besorgen, der geht's gut, und ich freu mich heut schon auf das Kindchen, Mädel oder Bub, ist mir alles gleich.«

Das war am 6. Februar des Jahres 269, und am 7. kam hereingerattert: »Soeben am Rhein-Main-Airport mit fünfundzwanzig Mann eingetroffen. Erwarte Ihre Befehle. Hauptmann Hillinger.« Dem antwortete ich: »Machen Sie bitte das Haus der Benefiten sicher für eine hohe Dienerin der Re Dajana Kornegill.« Am 8. ratterte er zurück: »Habe Kompetenzstreitigkeiten mit Hauptmann Eckhardt. Erbitte Vollmachten.« – »Was ist ›Kompetenz‹?« fragte ich die Heide. – »Der Streit«, antwortete sie. – »Und was ist die ›Vollmacht‹?« fragte ich weiter, und sie: »Der Streit mit voller Macht.« – »Den sollen sie beide haben!« sagte ich und ließ die Heide dem Eckhardt schreiben: »Helfen Sie bitte dem Hauptmann Hillinger bei seiner schweren Arbeit. Wie er das Haus der Benefiten sicher macht, ist alles nach meinem Befehl.« Und dem Hillinger: »Helfen Sie bitte dem Hauptmann Eckhardt bei seiner schweren Arbeit. Wie er das Haus der Benefiten sicher macht, ist alles nach meinem Befehl.«

Am 10. Februar ratterte dann der Hillinger: »Alles fest im Griff. Melde mich von heute an täglich.«

Am 18. Februar machte der Xung-Beping den Vertrag für die Ajoareh, daß sie Lernpharmazeutin wird beim Joschuha Lederberg, und daß sie mir den Bericht geben muß, wie's in den Katakomben geht, jeden zehnten Tag.

Am 21. Februar landete Willem Pickboota mit seinen beiden Schwestern Willemin und Friedemin und allen wichtigen Dienern der Pickbootas auf dem kleinen Landeplatz. Rilpe sagte zu mir: »Ich habe mich mit Willem geeinigt, ja. Willem bleibt dem Namen nach Höchster der Pickbootas bis zu seinem Tode, aber alle Pflichten und Rechte gehen schon jetzt an mich«, sah mich an, ob ich mit ihm zufrieden bin, ich war zufrieden und sagte noch: »Ich bitte Sie um einen Jet mit Treibern. Der soll nahe beim Rhein-Main-Beton auf meinen Befehl warten.«

Schon am Tag drauf kam hereingerattert: »Auf Befehl von Rilpe Pickboota, amtierender Höchster der Pickbootas, stehe ich mit meinem Jet und einer erweiterten, bewaffneten Crew von fünfundzwanzig Mann zu Ihrer Verfügung.

Reiterbohm, Hauptmann der Flugkapitäne bei den Pickbootas, am Airport Düsseldorf.«

Am 28. Februar wurde der Goldne Vertrag für Rilpe und Schahanna gemacht, und noch am gleichen Tag flogen alle Pickbootas ab.

Jeden Tag kam vom Hillinger: »Alles fest im Griff«, vom

Eckhardt kam seine Wut auf den Hillinger, und dazu kamen hundert Briefe von hundert Hauptmännern aus ganz Europa, und immer ging's um die Ordnung der Welt.

Die Heide spannte Schnüre an die freie Wand in meinem Zimmer und hängte jedes Telex dran. Oft stand sie davor und sagte: »Ganz Europa hängt an dieser kleinen Wand!«

Am Tag vor der Fahrt führte die Wahulla Aurehl an meinem Kleinen Haus vorbei. Sie sah herein, sah die Wand mit den Telexen und fragte mich: »Was ist das?« – »Das ist ganz Europa«, antwortete ich. – »Ich sehe nur Zettel«, sagte sie. Und ich: »Drauf steht, wie es in Europa geht.« – »So viele Zettel Sorgen machst du dir um mich?« staunte sie. Und ich: »Ihr wollt ja beide, daß ich euch schütze!« – »Aber Zettel?« fragte sie, »können Zettel schützen?« Und ich: »Das ist erst der Anfang!«

Es kam die letzte Nacht vor ihrer Fahrt. Wir waren zusammen im höchsten Zimmer der Akropolis. Aurehl lag auf dem Rücken, die Hände unterm Kopf verschränkt. Sie sah hinauf zum Baldachin überm Bett in den Farben Grün, Blau und Braun, bunt bestickt wie Orchideen. Re Dajana hockte neben ihr und sagte: »Und du sagst deiner Wahulla jeden Tag einen Brief an? Und wenn dir etwas fehlt, schicke ich es dir sofort. Und schreib mir sofort, wenn der Doktor oder der Hauptmann dir nicht gehorcht. Und du mußt jeden Tag dreimal richtig essen«, und redete so weiter zu ihr, lange. Man konnte aber nicht erkennen, ob Aurehl ihr zuhört.

2. Kapitel

15. März bis 14. April 269, Aurehls Reise ins Rhein-Main-Beton

Am 15. März, am frühesten Morgen, stand oben vor der Akropolis Re Dajana als löwenmähnige Paschamama, und neben ihr stand Aurehl. Tief unten, auf dem großen Platz, standen dreißig Wachmänner in drei Reihen, und auf allen Treppen standen die Menschen von Matschju-Pitschju. Re Dajana sagte laut, daß man es in ganz Matschju-Pitschju hören konnte: »Wer dieser meiner wichtigen Diernerin neben mir in Treue dienen will mit seinem Leben bis zum Tod, der trete vor!«

Die dreißig Wachmänner unten traten alle zusammen einen Schritt vor, und jeder mußte nun den Treueschwur sagen: »Herrin! Paschamama! Paschakamak! Höchste der Kornegills! Mächtigste aller Mächtigen! Weise und Gütige! Hältst Gericht in Kusko beim Paschamamafest! Dir will ich dienen mit meinem Leben bis zum Tod, und jedem deiner Diener nach deinem Befehl. Gelobt und gehoben will ich werden für meine Treue! Verstoßen und vernichtet will ich werden für Untreue und Ungehorsam!« Das ging so, lange, und wer den Schwur nicht laut genug sagte oder stockte, der mußte ihn noch einmal sagen, bis Re Dajana zufrieden war. Erst dann sah sie ihn an von oben mit ihrem Liebesblick und warf ihm das schwere Schulterstück herab aus Silberdraht geflochten vom van Twehn, die Schlange, die sich um den Äskulapstab wickelt. Der Wachmann mußte es geschickt auffangen, sonst war's ein schlechtes Vorzeichen für ihn, und mußte es dann auf die Schulter seiner Kapa stecken.

Als dann schon die Sonne hervortrat zwischen schwarzen Wolken, sangen alle Wachmänner das Treuelied, dreimal, sehr laut, und ihre silbernen Schulterstücke glitzerten beim Lichtzauber.

Dann rief Re Dajana: »Und nun gebe ich euch euern neuen Hauptmann, der euch führt, und dem ihr gehorcht: Hauptmann Mannfried.«

Den hatte ich in der Nacht vom Kunumis zurückgeholt, der

Treuelied

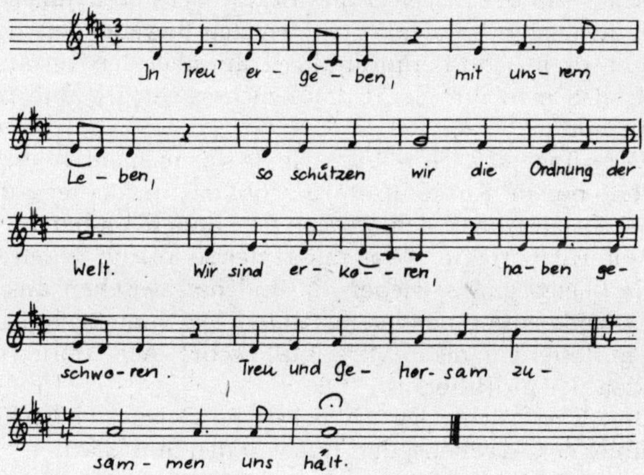

trat aus einer Mauernische unter der Akropolis hervor, stellte sich vor seine Wachmänner, sagte den Treueschwur laut und ohne Stocken, Re Dajana warf ihm das Schulterstück der Hauptmanner hinab, er fing es leicht und sicher auf, und sie befahl ihm: »Führe nun deine Männer zum Landeplatz der Helis! Das ist mein letzter Befehl an dich. Der nächste Befehl und jeder weitere kommt von dieser meiner wichtigen Dienerin neben mir«, und zeigte auf Aurehl.

Danach führte ich Aurehl über die Treppen hinab zum großen Platz, da standen jetzt die Kinder mit Kränzen aus hundert Orchideen geflochten, die hängten sie ihr um und schrien: »Huakah, Aurehl!«, dann führte ich sie weiter zum Landeplatz, da wartete schon Mannfried mit seinen Wachmännern auf ihren Befehl, sie sagte zum Mannfried: »Fahr bitte mit mir!« und Tamasch, Kriss, Longley und die Wahulla warteten auch auf sie, dazu der neue Koch Wilhelm, zwei

Lernköche, drei Schneider, zwei Elektriker und ein Lernarzt, und alle schrien sie: »Huakah, Dohle Aurehl!«

Drei Helis standen bereit, alle kletterten sie nun hinein, und im dritten Heli, für Aurehl, Tamasch, Wahulla, Kriss und Longley, saß der MacNeer im Cockpit, der hob dann seinen Heli als letzten hoch mit den kleinsten Bewegungen seiner Finger, drehte ihn herum und zog ihn über den Terrassenberg, daß man ihn gleich drauf nicht mehr sah und nicht mehr hörte.

Sechs Tage saß ich mit der Heide vor meinem Telex, der ratterte herein: Kusko, Karrakas, Sirehne, und ratterte dann am sechsten Abend den Morgen von Rotterdam herein, daß ich die Heide fragte: »Was rattert der so falsche Zeiten herein?« Gleich ging's wieder hin und her zwischen uns, bis wir's beide zusammen herausfanden: Die Sonne geht früher auf in Rotterdam als in Matschju-Pitschju. Aber warum, das fanden wir nicht heraus.

Und fünf Nächte lag ich neben Re Dajana im höchsten Zimmer der Akropolis, und was von den fünf Nächten blieb, das war: Aurehl fehlt!

Aber mitten in der sechsten Nacht brachte der Labiges uns ein Telex: »Sind soeben glücklich am Rhein-Main-Airport gelandet. Tamasch, 20. März, 8.30 Uhr MEZ.« Da stand ich auf und ging im Zimmer herum und wollte gern den giftigen Pisko trinken, daß ich alles vergesse. Re Dajana sah mir zu, lange, dann sagte sie: »Also gut, Fürst ist bei ihr, aber du, Pan, du bist doch bei mir?«

Am Tag drauf saß ich wieder mit der Heide vor dem Telex, aber erst als die Sonne schon ihren höchsten Stand hatte, ratterte der den Brief herein, auf den wir warteten. Die Heide wollte ihn mir vorlesen, ich riß ihn ihr aber aus der Hand, sprang zur Akropolis hinauf ins Lange Zeltzimmer und wollte Re Dajana den Brief geben. Aber die saß halb, lag halb auf ihrem Chaiselongue, hielt den gleichen Brief in der Hand, mit den Lernmehden hockte ich mich vor die Chaiselongue, und Re Dajana las vor: »›Der erste Bericht der Dohle Aurehl, den sie mir, ihrer treuen Wahulla gegeben hat am 20. März, 18 Uhr MEZ, im Haus der Benefiten am Rhein-Main-Airport: Ich liebe euch. Ich sehne mich nach euch. Der Jack Forgensen hat die Sirehne richtig übers Meer gefahren, und der MacNeer hat seinen Jet richtig durch die Luft gelenkt, so sind wir angekommen. Morgen früh will ich ins Beton rudern. Ich will mein Zelt auf dem Bappen errichten, auf dem Fürst oft geredet und getauscht hat, und ich will mich vor den Betonmenschen hinstellen und ihm den Ackerbau mit dem Weizenkorn zeigen. Erst die Bilder. Die hat mir der Doktor Longley auf zehn große Tafeln gemalt: Wie der Boden bereitet wird, wie gesät wird, wie der Keimling herauskommt, wie er schoßt und bestockt, wie die Ähre geschoben wird, wie sie blüht, wie das Weizenkorn die Vollreife hat, wie der Halm geschnitten wird, wie gedroschen wird und wie man schrotet. Der Hauptmann Kriss wollte mich im Blechkasten vom Geschützten Händler hinfahren über den Bappstein, und zehn Wachmänner drin. Ich habe zu ihm gesagt: ‚Das erlaube ich nicht‘, und habe lange mit ihm geredet, bis er's verstanden hat. Weil er mich aber nicht allein rudern lassen will mit der Wahulla, so haben wir ihm auch den Fellumhang, die Bundhose, die Clogs, Decke, Beutel und Schlafsack gegeben, aber die Empie haben wir ihm weggenommen. Der Doktor Longley ist sehr traurig, daß ich ihn nicht mitnehme. Ich habe zu ihm gesagt: ‚Erst der Weizen, dann die Medizin!‘ Das hat er dann verstanden. Ich bin froh, daß wir den Tamasch bei uns haben. Heute früh standen wir alle vor dem großen Haus der Benefiten und froren. Keiner konnte uns den Schlüssel geben, der Eckhardt nicht und der Hillinger auch nicht, denn die haben die Kompetenzen. Aber der Tamasch wußte gleich Rat und hat uns den Feuerwehrschlüssel gebracht. Und endlich waren wir alle glücklich drin in der Wärme. Und am glücklichsten war meine Wahulla. Alles ist jetzt so nahe. So kommt eine Angst über mich, ob alles werden wird, wie ich es mir ausgedacht habe in vielen Tagen und Nächten. Und eine Unruhe. War so die Unruhe vom Fürst, wenn er zum Frankenstein rudern wollte? Ich rudere aber andersherum! Ich liebe euch. Ich sehne mich nach euch.‹« Und danach kam noch von der Wahulla: »›Die Dohle ist gesund. Jeder hat seinen Befehl und kennt sich aus bei ihr.‹«

Re Dajana küßte den Brief und legte ihn in eine kostbare Mappe aus feinstem Leder, in die kamen dann alle Briefe der Aurehl, auch die Berichte vom Kriss, auch der schlimme.

Der zweite Brief kam zwei Tage später, wieder beim höchsten Stand der Sonne.

Re Dajana las: »›Der zweite Bericht der Dohle Aurehl, den sie mir, ihrer treuen Wahulla, gegeben hat am 21. März, 19.30 Uhr MEZ, im Zelt auf dem Marktplatz: Ich liebe euch beide. Ich sehne mich nach euch. Lange mußten wir auf einen Ruderwagen warten. Der Hauptmann wurde mürrisch, denn er weiß noch nicht, wie die Zeit im Beton nicht nach seiner Uhr geht, sondern nach dem Ruderwagen: Ob er kommt, oder ob er nicht kommt. Endlich kommt einer vom Frankenstein her, drauf zwei junge Männer, die kannte ich nicht, und einer von der Gleisbande. Nun handle ich um den Gleiszoll, bei zweimal zehn Euros für uns drei werden wir einig. Und der Hauptmann will mir hinaufhelfen! Drüber wundern sich die drei oben, so klettere ich schnell allein hinauf, die Wahulla hinter mir, die weiß immer gleich, wie's geht. Aber der Hauptmann rutscht aus und stürzt und schrammt sich die Hände blutig. Drüber lachen die drei. Der Hauptmann putzt sich, steigt langsam auf und will mit den dreien laut reden, so wie der Benefit mit dem Betonmenschen redet. Da habe ich ihm die Nase zugehalten, daß er's läßt. Er lernt aber schnell. Nahe bei unserem Hochstein haben wir angehalten. Ich bin abgesprungen. Ich stehe und stehe und sehe mir alles an. Ich denke: Hier habe ich gelebt! Zehn und sieben Jahre! wenn der Doktor Lederberg richtig gerechnet hat! Alles feucht, von den Hochsteinen läuft das Wasser. Ein kalter Nebel überall. Ich sehe alles wie in einem Traum, aber es ist doch wahr! Ich will aufwachen, ich kann nicht aufwachen. Bis die Wahulla mich leise fragt: ‚Hier hast du gelebt, mit Fürst?' Da war ich gleich wach, und ich führe die beiden zum Bappen. Der Hauptmann gibt den Euro her für die Bappenbande, und wir errichten das Zelt. Die von der Bappenbande haben mich gleich erkannt. Die fragen mich dann aus, und ich frage sie nach dem Onkel. Von dem wissen sie aber nichts. Sie sagen: ‚Es wird nicht mehr so viel gelacht auf dem Bappen seit Frank Fürst nicht mehr die Schafe auftreibt.' Der Karrenhesse ist nicht da, die Bickelak nicht, und der Alte Schober nicht. Dann habe ich getauscht und gekauft, wie ich's kenne, und der Hauptmann immer neben mir und hat seine Angst um mich. Ich habe ein Treiberbrot eingehandelt und einen Schafskäse. Und wie ich davon essen will, sagt er, wie einen strengen Befehl: Er muß erst vorkosten! Es schmeckt ihm nicht, aber er fällt nicht um, so dürfen wir dann essen. Wir essen uns satt, aber er bleibt hungrig. Dann wurde die Luft so klar, der Pappenstein trokken, fast warm wurde es! Keiner wollte mehr tauschen, aber sehen und hören wollten sie. So habe ich die Tafeln vom Longley aufgewickelt und auf Stangen gehängt. Sie kommen und sie wundern sich, was draus werden soll, nicht viele. Ich bin zur ersten Tafel gegangen und habe die erklärt. Dann zur zweiten. Aber meine Stimme ist zu schwach und zu zittrig gewesen. Ich habe immer gedacht: Warum ist Fürst nicht hier! Der kann rufen und schnell reden, laut und ohne Zittern, daß viele kommen und zuhören und drüber lachen! Und dann sage ich: ‚Und wenn nun der Boden gut zubereitet ist, dann steckt man das Weizenkorn in den Boden hinein', und erschrecke. Denn sie lachen mich alle laut aus, über meine Dummheit, daß ich das wertvolle Weizenkorn nicht zwischen den Mahlsteinen zerquetsche und ein gutes Brot draus backe und das Brot esse, sondern in den Boden hineinstecken will, und die Vögel picken es heraus! Und gern hätte ich mitgelacht! Ja, das ist wirklich eine ganz große Dummheit im Beton! Die Wahulla und ich, wir liegen jetzt in unseren Schlafsäcken, und der Hauptmann sitzt vor dem Zelt und wacht über uns. Und die Wahulla schreibt beim Kerzenlicht auf, was ich ihr ansage. Den Dirk habe ich auch nicht gesehen, den ganzen Tag nicht. Schlafen will ich noch nicht, denn ich will mir für morgen etwas Besseres ausdenken. Ich liebe euch. Ich sehne mich nach euch. Ich denke mir meinen Plan für morgen mit euch zusammen aus, das hilft.‹« Und dazu hatte die Wahulla geschrieben: »22. März, 7.30 MEZ, die Dohle ist gesund, die Nacht im Schlafsack hat sie gut überstanden. Sie ist so frisch und so fröhlich wie immer.«

Der dritte Brief kam zu uns am 22. März in der Nacht, war aber geschrieben um 8 Uhr früh, im Haus der Benefiten am Rhein-Main-Airport: »Ich liebe euch. Ich sehne mich nach euch. Heute früh sind mehrere Frauen zu mir gekommen, mit denen war ich einstmals zum Frankenstein gerudert gegen das Wort vom Dirk. Die fragen mich dann aus, so sage ich: ›Ein alter, weiser Mann hat mir verraten, wie man den Acker macht, und wie man aus wenig guter Saat hundertmal reiche Ernte herausholt.‹ Aber die Frauen wissen es schon besser und sagen: ›Für die reiche Ernte braucht man nicht die Saat, sondern man wartet ab die Zeit der reifen Früchte, die sammelt man ein, und dann hat man genug für den Winter.‹ Ich sage laut dagegen: ›Wer hat denn genug für den Winter gehabt von euch?‹ – ›Wärst besser beim Frank geblieben‹, rufen die Frauen noch lauter, ›der hat doch gut gesorgt für dich! Der Webstuhl ist schon weg und das Spinnrad. Jetzt kannst du nicht mal spinnen und weben!‹ Und eine Frau schreit: ›Bist du nicht damals mit einem Benefiten gegangen aus dem Langzelt?‹ Dann kam der Kloht angehumpelt und hat die Frauen verjagt mit seiner Bande. Ist nahe zu mir herangekommen, daß der Hauptmann dabei stand wie der Donner beim Blitz. Der Kloht sagt zu mir: ›Einen Weizen mit der Saat und dem Keimling und dem Schoßling, den brauchen wir nicht. Vor allem brauchen wir keine umgegrabenen Weiden, denn von dem Sand drunter werden meine Schafe nicht satt. So geh jetzt oder ich jage dich!‹ Und die von der Bappenbande haben mir auch keinen Schutz mehr gegeben. So haben wir unser Zelt zusammengefaltet und sind zurückgerudert. Die Nacht konnte ich nicht schlafen und habe immerzu gedacht: Die Frauen haben recht, und der Kloht hat recht! Ich habe alles falsch gemacht! Ich liebe euch. Ich sehne mich nach euch. Ich bitte euch: Helft mir mit euren Gedanken, wie ich's besser mache.« Und dazu hatte die Wahulla geschrieben: ›Die Dohle ist gesund. Die Kost im Beton bekommt ihr gut. Der Doktor Longley hat aber den Befehl gegeben, daß sie vom Wilhelm eine starke Diät bekommt.«

Am Tag drauf kam wieder bald nach dem höchsten Stand der Sonne der vierte Brief, auch aus dem Haus der Benefiten am Rhein-Main-Airport. Und wieder las Re Dajana das Wort: »›Ich liebe euch. Ich sehne mich nach euch.‹« Und dann: »›Zu meinem Bappen kann ich nicht mehr gehen. So will ich zu den Fischern beim Mainfluß. Ich habe auch einen neuen Gedanken, der heißt: Nicht reden, sondern machen! Ich will einen Spaten nehmen und einen Rechen, keinen Terralift, der ist zu schwer, dazu das Samenkorn und die zwei wichtigen Dünger. Weil wir bei den Fischern kein Brot eintauschen können, so bin ich zum Wilhelm gegangen und habe ihm gezeigt, wie der Betonmensch das Brot bäckt. Erst hat er's nicht verstanden, dann haben wir viel gelacht zusammen beim Backen. Morgen rudern wir ins Beton zu den Fischern. Ich bitte euch um eure Liebe, daß es besser geht.« Und dazu hat die Wahulla geschrieben: »Die Dohle ist gesund und sehr fröhlich. Jeder dient ihr gern, denn sie ist immer gerecht und geduldig. Auch mit dem, der lange braucht. Den sieht sie mit ihren großen Augen an, dann versteht es auch der Letzte.«

Dann kam zwei Tage kein Bericht. Ich starrte mit der Heide zusammen auf den Telex, vom Hillinger kam: »Alles fest im Griff«, vom Reiterbohm: »Aufgetankt und startklar«, und viel kam herein von den Geheimgruppen, die die Ordnung schützen und den Frieden in Europa.

Ich ging zum Siemers hin, der trug ein Stirnband aus Silber und Gold gemacht, mit bunten Steinen drin, ich sagte zu ihm: »Jetzt verstehe ich endlich, wie wichtig Ihre Arbeit für die Herrin ist«, und gab ihm drei Rubinsteine aus meinem Geheimversteck, so groß wie drei süße Kirschen. Er küßte meine Hand vor Freude und redete viel über die Rubinsteine, aber was ich von ihm hoffte, das konnte er mir nicht geben.

Erst am dritten Tag kam der Labiges ins Lange Zeltzimmer mit dem Schritt und mit dem Blick, auf den wir warteten, und gleich zwei Briefe brachte er, den fünften und sechsten, beide vom Zelt bei den Fischern, nahe am Mainfluß. Und Re Dajana saß halb und lag halb auf ihrem Chaiselongue, die beiden Lernmehden standen davor, ich kauerte davor, sie hielt das Piskoglas in der einen Hand, in der anderen den Brief und las vor: »›Der fünfte Bericht der Dohle Aurehl, den sie mir, ihrer treuen Wahulla, gegeben hat im Zelt beim Mainfluß am 25. März, 21 Uhr MEZ: Ich sage euch mit Sehnsucht meine Liebe. Ich sage euch mein Glück, denn es war ein glücklicher Tag. Wir haben einen guten, leichten Boden gefunden. Die Wahulla und ich, wir haben beide umgegraben, die wilden Pflanzen ausgerissen, gedüngt und geglättet, daß wir naßgeschwitzt waren. Aber der Hauptmann hat nicht mitgemacht, weil er über uns wachen muß, so sagt er, ich denke aber, er fürchtet sich vor den Schwielen. Die Sonne steigt, zwei Frauen kommen zu uns, von den Fischern, und fragen uns: ‚Was macht ihr denn da?‘ Ich antworte bei der Arbeit und in meinem Schweiß: ‚Wir graben den Boden um.‘ – ‚Warum macht ihr das?‘ fragt eine, und ich antworte: ‚Der Boden soll locker und krumig werden für die Saat.' – ‚Was ist denn die Saat?' fragt sie. Ich nehme eine Handvoll Weizenkörner aus dem kleinen Sack zum Kosten, nicht aus dem großen Sack zur Saat, denn das Saatkorn darf man nicht essen. Beide Frauen stecken sich nun ein paar Körner in den Mund, weichen sie auf im Mund, kauen und schmecken und sagen am Ende: ‚Das sind gute Körner. Die wollen wir dir gern eintauschen.' Ich sage aber: ‚Das ist ja die Saat! Die wertvolle Saat!' Noch mehr Frauen sind gekommen und zwei Männer, und haben sich den Acker angesehen und sich drüber gewundert. Der eine Mann hat gefragt: ‚Was suchst du denn im Boden drin, daß du ihn zerwühlst?' – ‚Ich suche nichts, ich grabe den Boden um, damit er locker und krumig wird.' Und wieder: ‚Warum machst du das?' – ‚Für die Saat', antworte ich und gebe jedem eine Handvoll Weizenkörner aus dem kleinen Sack. Jeder steckt sich ein paar in den Mund, weicht sie auf, kaut und schmeckt. Ich aber binde mir ein Tuch um den Hals, vor meinem Bauch wird es ein Beutel. Die Wahulla schüttet den Saatweizen aus dem großen Sack hinein, und ich gehe mit kleinen, langsamen Schritten über den Acker, halte den Tuchbeutel mit der linken Hand, und mit der rechten Hand streue ich die Saat aus, wie der Großvater vom Annest Fill es gemacht hat, in der Alten Zeit, als er noch Gargill hieß und die Sämaschine nicht hatte. Das haben sich alle angesehen mit großen Augen und waren ganz still und kauten nur. ‚Deine Körner haben einen guten Geschmack', sagte eine Frau, ‚warum verstreust du die in den Boden?' Und ich, beim Säen: ‚Von diesen Körnern will ich aus meinem Acker hundertmal reiche Ernte herausholen.' Drüber wundern sie sich, sagen aber nichts, kauen und schmecken und sehen zu. Dann bin ich mit dem Rechen über den Acker gegangen, dann habe ich meine Clogs neben den Acker gestellt und bin barfuß drüber gegangen und habe den Boden festgetreten, aber nicht zu fest. Die Wahulla hat ein Feuer gemacht, wir haben uns ums Feuer gesetzt, der Hauptmann hat unser Brot geschnitten und ausgeteilt, davon haben auch alle gekostet, dann sind alle gegangen bis auf zwei verständige Frauen. Die fragen und fragen, bis sie alles wissen, die lachen laut und freuen sich und denken sich schon aus, wie es dann sein wird mit der hundertfachen Ernte, und dann kosten sie wieder aus dem kleinen Sack, und die Sonne geht schon ihren Weg übern Tag. Dann fragt mich die eine: ,Woher kommt nun dieser wertvolle Saatweizen?' – ,Von einem alten, weisen Mann', antworte ich, ,der hat mir den eingetauscht für einen guten Fellumhang. Dazu hat er gesagt als einen Zauberspruch: Wer den aufißt, wird nicht satt davon. Aber wer den einsät in den Ackerboden, der wird hundertmal reiche Ernte davon haben und satt werden im langen Winter.' Der Spruch hat den Frauen gut gefallen. Und wir haben beim Feuerschein gesessen bis in die Nacht, und alle haben wir oftmals zum Acker hingesehen, ob nicht der Keimling herauskommt und schoßt und stockt und die Ähre schiebt. Aber Halm und Ähre kamen nicht heraus, so viel wir auch hingesehen haben. Und am meisten habe ich hingesehen. Und ich weiß es doch am besten!‹« Und dazu hatte die Wahulla noch geschrieben: »Die Dohle arbeitet für zwei und wird nie müde. Sie ist gesund und immer fröhlich, sie friert nicht, weder tags im Fellumhang, noch nachts im Schlafsack im Zelt. Der Hauptmann will nicht zu uns ins Zelt hereinkriechen, weil er gelernt hat, daß Mann und Frau nicht nahe zusammenschlafen dürfen. Wir lachen darüber, aber er tut uns auch leid.«

Zum sechsten Brief kauerten sich dann auch die Lernmehden neben mich vors Chaiselongue, nur der Labiges stand noch. Re Dajana las mit dem Piskoglas in der Hand: »›Heute früh haben sich mehrere Frauen zu uns gesetzt und haben nach dem kleinen Acker gesehen, ob nichts herauskommt. Auch mehrere Männer sind gekommen. Wenn die aber zu nahe an mich herantreten, dann steht der Hauptmann schon da wie der Donner beim Blitz. Alle kosten sie die Körner aus dem kleinen Sack, alle sagen sie: ,Die Körner haben einen guten Geschmack. Wie soll nun der Handel gehen?' Ich antworte: ,Ich tausche euch das Saatkorn ein für Dörrfisch.' – ,Das Saatkorn kann man ja nicht essen!' ruft eine Frau dagegen. – ,Bringt aber hundertfache Ernte für den langen Winter', sage ich zu ihr, und ein Mann ruft: ,Ja, für den Winter! Aber meinen Dörrfisch willst du heute haben! Und was esse ich heute?' Ich sage zu dem: ,Ich kann auch warten auf deinen Dörrfisch. Ich habe noch genug Körner.' Da sehen sie sich alle an, einer sagt: ,Krummer Tausch!', und gleich rufen sie alle: ,Krummer Tausch!' Aber eine verständige Frau ruft dagegen:

‚Mancher Tausch sieht krumm aus und wird doch grade. Laßt uns doch Vertrag machen mit ihr, daß sie uns den Akkerbau zeigt mit dem Saatkorn!' – ‚Was soll das für ein Vertrag werden!' schreien andre, ‚soll sie uns doch ihre Körner bringen, die man essen kann! Dafür will ich ihr gern von meinem Dörrfisch geben.' Und schreien und schreien, daß dem Hauptmann Angst wird um mich. Ich setze mich aber mit der Wahulla vors Zelt, wir schneiden das Brot und essen. Endlich haben sie zu Ende geschrien, setzen sich zu uns, und einer sagt: ‚Der Zauberspruch von dem alten, weisen Mann gefällt uns gut. Wir wollen auch gern hundertmal reiche Ernte haben und satt werden davon wie du. Bring uns von den Körnern, die man essen kann, so wissen wir, ob es wahr ist mit der reichen Ernte. Dafür schützen wir deinen Acker und stellen Wachen hin, am Tag und in der Nacht.' Und so haben wir auch den Vertrag gemacht mit Augen und Händen. Die Nacht bleiben wir noch hier.‹« Und dazu hatte die Wahulla geschrieben: »27. März, in der Frühe. Die Nacht hatten wir Frost, alles ist weiß überzogen wie vom Zuckerguß. Die Dohle ist gesund. Wir wollen jetzt zum Jetplatz zurückrudern.«

Am gleichen Tag kam auch der erste Bericht vom Tamasch, aus dem Haus der Benefiten beim Rhein-Main-Airport. »Vielgeehrte Hohe Frau! Der Mensch denkt und Gott lenkt, so sprach oftemalen mein seliger Vater zu mir, wenn es nicht ging, wie es gehen sollte. Nun muß ich aber sagen und beschwören, daß die junge Herrin Aurehl denkt und lenkt zugleichermalen, wiewohlen sie doch kein Gott ist und sehr jung noch, aber von der Art gemacht, daß einjeder ihr gern dient und gehorcht. Denn ein jeder dient und gehorcht ja dem gern, der sein Ziel immer vor dem sehenden Auge hat, denn da weiß einjeder gleich auch, wofür er dient und gehorcht. So geschah es gleich am 20. März, als wir angekommen waren, daß die junge Herrin Aurehl dem Hauptmann Kriss alle seine Pläne ausreden mußte. Seine Pläne waren nämlichermaßen die gewesen, daß er mit hundert Mann bewaffnet ins Beton hineinwollte, als ob es in den Krieg geht. Und nun hat die junge Herrin Aurehl fünf Stunden, und das schwöre ich Ihnen: Wahrhaftig fünf Stunden mit Geduld und Liebe zu dem Hauptmann geredet und hat ihm Mann für

Mann ausgeredet. Am Ende blieb nur er allein, und er mußte ein Betonmensch werden mit der Felljacke, die hat ihn gekratzt, er wollte weiches Flanell drunter, das hat sie ihm auch ausgeredet, und als der Hauptmann dannen vor uns hintrat als ein Betonmensch, da hat sie ihn ausgelacht, daß der Arme seinen Schrecken weghatte. Wir aber denken allesamten: Was lacht sie über den Hauptmann? Denn wir sehen es nicht, nur sie sieht es gleich: Die Empie über der Felljacke! Darmalenabernun der Hauptmann so erschrocken vor ihr steht, so geht sie zu ihm hin, umarmt ihn und sagt zu ihm: ›Lieber Hauptmann Kriss! Leg doch bitte deine Empie weg! Die hat doch nur der Treiber!‹ Und muß nun wieder langezu reden mit dem Hauptmann, bis er endlich die Empie weglegt. Und hatte sie so ein Gefühl, oder wie wußte sie es? Jedenfallens sagt sie noch: ›Und verstecke nichts in deinem Beutelchen, was nicht drin sein darf!‹ Und der Hauptmann macht's Beutelchen auf und legt hinaus den Revolver, die Handgranate, die Leuchtrakete und das Walkie-Talkie, und fühlt sich so nackichtig und ungeschützt für die Fahrt zu den Autochthonen, daß sie ihm gut zureden muß, damit er sich nicht fürchtet. Nun konnte man denken: Wer wird wen schützen? Er sie, oder sie ihn? Aber wer einen Blick hat, der weiß schon alles. Nun ist ja die erste Fahrt nicht geglückt, aber die zweite wohl ja. Und allesamten haben wir in der Halle gesessen und zugehört mit großen Kinderäuglein, denn sie kann auch sehr schön erzählen. Und jeder hier will ihr helfen bei dem hohen Ziel von ihrer Liebe zu den Autochthonen, und jeder hier glaubt und hofft mit ihr zusammen. Heute ist sie allein in ihrem Zimmer, keiner darf eintreten, nur die Wahulla, die bringt ihr auch die Kraftdiät, erfunden vom Doktor Longley, gekochet vom Wilhelm, auch Mittel drinnen gegen die Seuchen, das darf sie aber nichtemalen wissen, denn sie nimmt die Mittel nicht, weil der Autochthone sie nicht hat, so sagt sie. Ihre Berichte, aufgeschrieben von der Wahulla, habe ich immer soforten in den Telex gegeben, sechse an der Zahl bis heute.«

Auch vom Eckhardt kam ein Telex. Re Dajana sagte zu mir: »Erledigst du das für mich?« So holte ich die Heide in mein Kleines Haus, und die mußte nun vorlesen: »›Über alles in der Welt geehrte Hohe Frau! Heute habe ich nichts von Aufruhr, Widerstand oder Gewalt gegen uns zu melden, sondern von einer neuen Form der Unterwanderung und inneren Aufweichung geheiligter Prinzipien. Mit einem Wort: Es sind gewisse ,Veränderungen', die wir sehr ernst nehmen sollten. Dürfen die Autochthonen wirklich ungestraft alte Zeitungen lesen und erfahren, daß nicht immer alles so war, wie es heute ist? Sollen sie wahrhaftig Aufklärung, Schutz und Mittel erhalten, durch die sie zu ungehemmter Vermehrung ermuntert werden? Kann das in unserem Interesse liegen? Und vor allem: Helfen wir diesen Menschen damit überhaupt? Es wird in letzter Zeit davon geredet, daß Sie, über alles in der Welt geehrte Hohe Frau, Ihre schützende Hand über solche Aktivitäten halten sollen. Ich halte das für ausgeschlossen. Ich bitte Sie aber mit meinem ganzen Respekt vor Ihrer Höchsten Autorität um Aufklärung hierüber. Ihr untertänigster, ergebener und wahrhaftiger Diener, Hauptmann Eckhardt, Geheimgruppe Friedliches Europa.‹«

Die Heide hängte den Brief vom Eckhardt an die Wand und stöhnte dazu laut: »Jesus Christus! Warum habe ich mir nur eine so schwere Arbeit ausgesucht!« Und weil der Telex ratterte: »Noch so einen Brief lese ich heute nicht vor!«

Es war ein Telex vom Hillinger, das gefiel uns beiden gut: »Alles fest im Griff. Der alte Eckhardt sitzt im Schmollwinkel. So haben die Kompetenzstreitigkeiten erst mal ein Ende.«

Den siebenten Brief hatte die Aurehl der Wahulla am 28. März gegeben, noch im Haus der Benefiten am Jetplatz: »Ich habe mir nun zwei Tage und eine lange Nacht ausgedacht, wie's weitergehen soll. Morgen fahre ich wieder zu den Fischern beim Mainfluß hin. Ich nehme den Longley mit, so sind's zwei Hände mehr, die Weizenkörner hineintragen können.«

Danach kam zwölf Tage und zwölf Nächte kein Brief von der Aurehl. Vom Hillinger kam jeden Tag: »Alles fest im Griff«, daß ich bald dachte: Was greift der eigentlich? Und vom Reiterbohm kam jeden Tag: »Aufgetankt und startklar.« Dazu das Gejammer vom Eckhardt und von vielen anderen Hauptmännern in Europa, das hieß immer: Wie soll alles noch werden, wenn das Himmelsrecht nicht herabgeht übers Beton gegen Aufruhr und Veränderung?

Am 4. April kam vom Tamasch: Er hat einem tüchtigen Helikapitän den Befehl gegeben, daß er mit ihm den Mainfluß entlang fliegt. Er hat zwei Zelte gesehen und den Rauch von einem Feuer dabei, viele Menschen drumherum, aber ob das die Zelte von Aurehl sind, das hat er nicht erkannt.

Übern langen Tag saß ich vor meinem Telex und ließ mir von der Heide die Geschichten vom Herrn Jesus Christus erzählen, die haben mir gut gefallen. Am besten die, wo er sein Spiel macht mit den Jüngeren: Übers Wasser gehen, Brot vermehren, und sterben und gleich drauf wieder ganz gesund sein.

Und am langen Abend saß ich mit Re Dajana und den Lernmehden im Langen Zeltzimmer, und Re Dajana las uns vor das Buch vom Gulliver und seinen zwei Königen, wie die den Krieg ums Hühnerei machen, ob das von der runden Seite oder von der spitzen Seite aufgeschlagen wird. Und ich dachte: So ging's also in der Alten Zeit! Und obwohl sie sich totgeschlagen haben ums Hühnerei, ob das von der spitzen Seite oder von der runden Seite aufgeschlagen wird, so waren sie immer noch zu viele!

Und in der langen Nacht lag ich im höchsten Zimmer der Akropolis neben Re Dajana, und beim verschlossenen Fenster war's uns zu warm, so drehten wir uns auseinander, und beim offenen Fenster war's uns zu kühl, so rollten wir uns zusammen, und rollten uns um und um.

In der zwölften Nacht wurde angeklopft, eintrat der Labiges mit einem roten Telex, und weil er mich wach sah, so gab er's mir. Re Dajana war im tiefsten Schlaf, ich warf mich über sie und küßte sie, bis sie den Kuß endlich spürte. »Endlich küßt du mich!« sagte sie noch halb im Schlaf, »das ist schön! Komm!« Ich sagte leise: »Ein Telex!« Und sie: »Von der Dohle?« und hob ihre Stimme zum Piepston. – » Ein rotes Telex«, sagte ich. Und sie: »Ein rotes Telex? Warum schickt sie ein rotes Telex?« und lag still. Aber plötzlich schob sie mich weg mit ihrer Kraft, setzte sich auf, sah sich um im Zimmer, sah endlich das rote Telex in meiner Hand, riß es mir weg, sprang aus dem Bett, hielt das Telex unter die Lampe, ihre Augen gingen drüber, sie fragte mich: »Woher hast du das?« – »Labiges hat es gebracht.« Und sie: »Von Tamasch!« und las schnell: »›11. April, 8.35 MEZ. An Re Dajana, persönlich, geheim! Es ist heute in der Nacht ein schlimmes Unglück geschehen. Es haben aufrührerische Elemente gewütet im Waffendepot beim Rhein-Main-Airport. Genau war es 5.54 Uhr, kurz nach Sonnenaufgang. Ohne einen einzigen Wächter zu töten, ist man eingedrungen, hat man Waffen und Munition geraubt, wie viel, war noch nicht bekannt, hat man auch Wachmänner mitgenommen, und man weiß nichtemalen: Haben die vielleicht die Türen und Toren aufgemachet? Und sind die freiwillig mitgegangen? Auch hat man zwei Benefiten mitgenommen, die aber gewißlich nicht bei ihrem Willen. Obsonders kein einziger Schuß die Stille der Nacht gestört hat, so war ich doch bereits um 5.59 geweckt und habe gleichdrauf den Hauptmann Hillinger aus dem tiefsten Schlaf geholt. Der war schon um 6.05 mit mir zusammen im ausgeräuberten Waffendepot drinnen. Und wie wir zählen, so finden wir heraus: Insgesamten 24 Empies M 16 A 2 fehlen, 5 Pistolen neun Millimeter Parabellum, 4000 Schuß Munition für die M 16 A 2 und 500 Schuß Munition für die neun Millimeter Parabellum. Dannen auch Taschen, Gurte, Reinigungsöl und so weiter, so daß unsereins sagt: Da waren die Kenner am Werke! Die wußten schon, was man braucht, wenn der Mensch sich bewaffnet! Es kam dannendrauf hinzu der Hauptmann Eckhardt, auch aus dem Schlaf geholt, der sagt uns: Das alles hat er schon längstens befürchtet und gewußt. Und ich frage ihn: Warum hat er nichts dagegen getan, wenn er alles gewußt hat? Denn wer in die Zukunft blicket, der kann das Unheil verhüten. Nun nunmehr hört man die allerschrecklichste Botschaft aus dem Beton heraus: Daß nämlicherweise die aufrührerischen Räuber sich verschanzt haben mitsamten ihren Waffen und Wachmännern und Benefiten, und daß sie dorten sich also eine Festung gemacht haben und des Willens sind, auf den Tod diese Festung zu halten, bis möglicherweise ihre schlimmen Forderungen erfüllt werden. Das ist nunmalen der böse Stand der Dinge um 8.55 Uhr MEZ. Ich bitte inständig, daß man den Satelliten freihalten möge für die nächsten Meldungen, und ich hoffe sehr, daß keine neuen Hiobsbotschaften herausgehen müssen.‹«

Re Dajana hängte sich ihre Kapa um und ging an den Wachen vorbei in ihr Geheimkabinett, ich hinter ihr her, auch nur mit der Kapa, sie telefonierte mit dem Siemers, daß er den Satelliten freimacht, da war's vier Uhr in der Nacht bei uns, und bald neun in der Früh bei Aurehl, aber schon der neue Tag.

Als erstes kam ins Geheimkabinett ein Telex vom Eckhardt: »Was ich seit langem befürchtet habe, ist nun heute im Morgengrauen eingetreten: Eine Horde skrupelloser Banditen ist in das streng bewachte Waffendepot eingedrungen und hat nach der Überwältigung des Wachpersonals sich in den Besitz von zahlreichen Waffen gesetzt, mit denen diese zum Letzten entschlossenen Banditen uns erpressen wollen, zu wessen Behuf sie dann auch zwei Benefiten zu ihren Geiseln gemacht haben. Es handelt sich um die Herren Morasch, Andi und Heuermann, Sepp, beide aus der Nähe des Hohen Herrn Bodenreif, die sich in Sachen homosexueller Liebschaft bei den Wachen des Hauptmann Hillinger auf dem Gelände herumgetrieben haben, wovon noch des Genaueren zu berichten sein wird. Inzwischen ist bekannt geworden, daß die Banditen sich in einer Ruine eingenistet haben, die sie festungsartig ausbauen und danach ihre Forderungen zwecks Freigabe der besagten Benefiten stellen wollen. Ich bin der Auffassung, daß der von mir sehr geschätzte Geheime Rat Tamasch bei dieser Lage der Dinge doch wohl überfordert sein dürfte, und deshalb bitte ich Sie, über alles in der Welt geehrte Hohe Frau, um alle nötigen Vollmachten. Vorsorglich habe ich Kontakt zu allen benachbarten Hauptmännern aufgenommen. Diese sind bereit, mir binnen sechs Stunden fünfhundert Mann, alle schwer bewaffnet, dazu mobile Raketenwerfer zu überstellen, damit wir die Stärke der Familien demonstrativ zur Schau stellen können. Sobald Ihre hochgeschätzten Vollmachten hier eingegangen sind, mache ich mich anheischig, das Banditennest binnen kürzestem auszuräuchern. Aber bereits jetzo begebe ich mich an die vorderste Front, wie wir Soldaten sagen, damit alles Weitere ohne Verzug vonstatten gehen kann. Hauptmann Eckhardt, untertänigster Diener aller Familien und treuer Soldat auf dem Vorposten Europa.«

Danach kam ein zweites Telex vom Tamasch: »Leider, leider gibt es die Kompetenzen und den vermaledeiten Kompetenzenstreit. So ist es nunmalen meine vornehmste Kompetenz, daß ich die junge Herrin Aurehl schützen soll vor jedwedem Ungemache und jedweder Not. Und es ist die Kompetenz des Herrn Hauptmann Eckhardt, daß er jedwede Unregelmäßigkeit in den hiesigen Autonomen Siedlungen mit seiner militärischen Art regulieren soll. Und nunmalen ist die junge Herrin Aurehl ausgemachtemalen da, wo die Kompetenz des Herrn Hauptmann Eckhardt am kompetentesten werden soll, wie man hört. So ist der Schutz der jungen Herrin Aurehl eine, und die Ordnung dorten eine andere Kompetenz. Und logischerart muß ich die junge Herrin Aurehl herausholen, bevor der Hauptmann Eckhardt hineingeht. Denn so wie der Hauptmann Eckhardt mit seinen Truppen hineingeht, daß das ganze Beton wackelt, so muß ich hineingehen, daß kein einzigliches Steinchen wackelt. Und darummen so bitte ich inständiglichst, man möge dem Herrn Hauptmann Eckhardt vierundzwanzig Stunden Schlaf verordnen vor dem Sturm, so könnte ich vierundzwanzig Stunden die junge Herrin Aurehl suchen und sodannen freudiglich vermelden: Die junge Herrin Aurehl ist außerhalb der Kompetenzen.«

Re Dajana hob das Telex an ihren Mund, küßte es und sagte: »So ist er! Mein Tamasch!«

Ich sagte: »Der Eckhardt darf nicht ins Beton!«

»So?« piepste sie, »darf nicht?« kam nahe zu mir heran, ihre Hände gingen über mein Haar, als ob sie's glattstreichen will, und dann sagte sie: »Ein Aufruhr gegen mich darf aber auch nicht sein!« Und war mit ihren Händen an meinem Hals, und ihre Daumen waren unter meinem Kinn. Plötzlich rief sie: »Du bekommst ja einen Bart!«, sah sich erst den Bart an, sah mir dann in die Augen und sagte: »Sieh mich nicht so streng an! Deshalb gefällt mir ja der Brief vom Tamasch! Denn er will erst die Dohle retten und dann den Aufruhr bekämpfen.«

Danach bimmelte sie dem Labiges, der brachte ein Tischchen, sie aß es leer, bimmelte um ein zweites Tischchen, befahl dem Siemers herauf ins Geheimkabinett, und der saß noch nicht richtig vor ihrem Telex, da sagte sie schon an: »Mein lieber Hauptmann Eckhardt! Ich habe dich einst ›meinen getreuen Eckehardt‹ genannt. Ich frage dich: Wie soll ich dich heute nennen, wenn in deiner unmittelbaren Nähe so etwas geschehen kann? Ich will dir aber eine Chance geben, damit du dir deinen alten Ehrennamen wiederverdienen kannst. Mein erster Befehl: Schlaf dich eine Nacht und einen Tag aus, damit du wach und frisch wirst für die wichtige Arbeit, die ich dir geben werde! Ich erlaube dir aber schon jetzt, daß du die fünfhundert Mann von deinen benachbarten Hauptmännern, auch die mobilen Raketenwerfer zum Rhein-Main-Airport heranholst. Mache die Männer mit schwerem Training müde, denn auch sie müssen eine Nacht und einen Tag lang ausschlafen! Danach bekommst du meine weiteren Befehle.« Und ich wunderte mich, wie schnell der Siemers die Tasten drücken kann, viel schneller als die Heide.

Re Dajana aß schnell das zweite Tischchen leer, trank aber keinen Pisko.

Ich sagte zu ihr: »Auch der Hillinger muß seinen Befehl haben.« – »Wer ist der Hillinger?« fragte sie, und ich: »Den hat mir Zeppelzett geschenkt mit fünfundzwanzig Mann.«

Dem schrieb sie: »Du bürgst mir mit deinem Leben dafür, daß Hauptmann Eckhardt nicht einen einzigen Schritt ins Rhein-Main-Beton hineingeht, bevor nicht der Tamasch die Dohle Aurehl herausgeholt hat und beide unversehrt vor dir stehen«, sah mich an, fragte: »Bist du nun zufrieden, du bärtiges Kind?«, gab dem Siemers ihren Kuß, streckte und reckte sich, der erste Lichtschimmer kam, der Lichtzauber kam.

Ich saß mit der Heide vor meinem Telex, die Sonne ging herum vom Tal der Lamas zum Urubambatal. Ich ging wieder hinauf ins Geheimkabinett, der Fort und der Xung-Beping war drinnen, und beide machten sie ›nein‹ mit ihrem Kopf, als ich eintrat. Re Dajana rannte herum in der Akropolis und aß Tischchen für Tischchen leer, keiner redete. Ich sah hinaus zum Himmel, da gingen schon die Sterne ihren Weg, und hundertmal machte der Fort eine Runde ums Geheimkabinett. Aber erst als die Sterne schon blaß und grau wurden beim fahlen Lichtschimmer, da ratterte endlich der Telex herein, und der Fort las es laut vor: »Es ist mir gelungen, die junge Herrin Aurehl herauszuholen aus den Kompetenzen. Tamasch, 12. April, 8.55 Uhr MEZ, im Haus der Benefiten am Rhein-Main-Airport.«

»Luft!« rief Re Dajana, der Fort riß das Fenster auf, die kalte Morgenluft kam herein wie ein Eissturm, alle zogen wir die

Kapa hoch bis über die Ohren, nur Re Dajana nicht, die stand am offenen Fenster, als ob gleich Aurehl hereinfliegen wird. »Sie werden sich verkühlen!« sagte der Fort, aber sie antwortete ihm: »Mein lieber Fort: Mir ist ganz heiß!« Aber plötzlich zitterte sie vor Kälte, und gleich drauf ratterte der Telex.

Sie ging schnell hin, sah nach, rief: »Von der Dohle!« Der Telex ratterte sehr lange, sie sagte: »Fünf Briefe von der Dohle!«, riß das Papier aus dem Telex, zog mich hinauf ins höchste Zimmer, befahl mir, daß ich mich zu ihr aufs große Bett lege und sie wärme, und dann las sie vor:

»›Achter Brief vom 29. März, im Zelt bei den Fischern am Mainfluß. Wir haben schwer getragen, Weizen zum Essen, und Saatweizen, Schrotbrote, vom Wilhelm gebacken, und zwei Zelte, eins für die Frauen, eins für die Männer, denn so will es der Hauptmann. Dazu noch alles, was der Longley braucht. Die Fischer haben die Wache gehalten beim Acker, es ist warm, wir sitzen neben dem Acker und warten und hoffen.‹«

»›Neunter Brief vom 3. April. Nach der Rechnung vom Hauptmann sind wir morgen eine Woche hier. Der Longley sagt, wir bekommen heute nacht den Vollmond und es wird kalt werden. Neben dem Acker stehen Brombeerbüsche und Haselnußsträucher, die setzen schon Triebe an. Jeden Tag kommen die Frauen der Fischer zu uns. Alle warten wir auf das Keimblatt. Wir haben viel Weizen gegen Dörrfisch getauscht, die Fischer haben geschrotet und gebacken, alle sagen sie, das Weizenkorn hatte einen guten Geschmack. Der Doktor Longley wagt sich am Tag noch nicht aus dem Zelt heraus, hört aber von drinnen gut zu. Wenn dann die Fischer gegangen sind, sitzen wir ums Feuer herum, alle vier, und ich erzähle ihnen die Betongeschichten, da hören sie alle gut zu und lernen.‹« Und immer kam noch von der Wahulla: »Die Dohle Aurehl ist gesund.«

Der zehnte Brief war vom 5. April. »›Gestern früh war ein Glitzern auf unserem Acker. Und wie wir genau hinsehen, so sind es die Tautropfen auf den Keimblättern! Von da ab haben wir keine Ruhe mehr! Viele Männer und Frauen stehen um den Acker herum, alle reden sie und schreien, und manch einer sagt: Er sieht das Keimblatt hochwachsen! Der Hauptmann redet schon richtig wie ein Betonmensch. Kommen

Neue dazu, so stellt er sich vor den Acker hin und redet mit lauter Stimme: ‚Eine kleine Handvoll Körner versenken wir in den Boden. Nicht ein Spatz wird davon satt. Der Halm kommt, die Ähre kommt, wir ernten und schroten. Wieviel, denkst du, schroten wir? Fünf Hände voll oder zehn? Nein! Zehn mal zehn Hände voll schroten wir! Und kein Spatzenbrot backen wir draus, sondern hundert so große Brote', und er zeigt mit den Händen ein Brot, so groß, wie die Fischer ihren größten Fisch zeigen. Und redet so weiter, bis die Menschen stöhnen und schreien. Dann hebt er die Hände hoch, daß sie still sind, und die sehen ihn mit großen Augen an und mit offenem Mund, und dann sagt er zu ihnen ganz leise: ‚Und wer nun klug ist, und wer vorausdenkt, der hebt eine Handvoll von den Körnern gut auf für die nächste Saat. Und ein Sommer kommt, und er sät, und ein Winter kommt, und wieder hat er hundert so große Brote.' Wie er so redet, da hören wir einen Heli, der fliegt über uns hinweg, alle sehen herab zur Erde, aber der Hauptmann nicht! Der sieht zum Heli hinauf! Drüber wundern sich die Fischer, und einer schimpft: ‚Willst du das Himmelsrecht herabziehen auf uns mit deinen Augen?' Bei meinem Schreck weiß ich erst nicht, wie's weitergeht, und denke nur: Fürst! Der weiß immer, wie's weitergeht! Und bei dem Gedanken weiß ich es dann auch: Schnell gehe ich zum Hauptmann, mit beiden Händen walke ich seinen Hals, und laut sage ich dazu: ‚Er hat wieder seine Starre!' Und der Hauptmann versteht's gleich drauf, hält den Kopf noch starr nach oben, aber beim Walken senkt er ihn dann herab zur Erde. So lernt er schnell und versteht, wie viel man lernen muß im Beton. Der Longley wagt sich schon zu den Fischern hin. Er geht herum, redet wenig, sieht aber viel, und er sagt zu mir: ‚Gesund sind die wenigsten. Und bei dem Leben, das sie führen, wundere ich mich, daß sie überhaupt leben.' Er kann nicht so heilen, wie er will.‹«

»›Elfter Brief vom 8. April. Ich denke immer, was ich der Wahulla sage für euch, das ist dann auch gleich bei euch. Aber heute hat sie mir's erklärt, und so weiß ich jetzt: Neun Tage wißt ihr nichts von mir! Habt ihr deshalb den Heli geschickt? Und wißt ihr nun vom Heli, daß ich beim Acker sitze mit vielen Fischern? Als der Hauptmann heute wieder über den Ackerbau geredet hat, da hat eine alte Frau ihn gefragt:

,Warum weiß das keiner im Beton?' Ich wußte keine Antwort drauf, der Longley und die Wahulla auch nicht. Aber der Hauptmann. Der geht zum Haselnußstrauch hin, hebt einen Zweig, an dem hängen schon die Kätzchen, hält den Zweig der Frau hin und fragt sie: ,Was wächst daraus?' – ,Die Haselnuß', antwortet die Frau, wie man sagt: So eine dumme Frage! Der Hauptmann tut erstaunt und fragt die Frau weiter: ,Woher weißt du das denn?' – ,Das weiß ich doch! Das weiß doch jeder!' – ,Und woher weißt du das?' – ,Das ist doch jeden Sommer immer so!' Drauf läßt der Hauptmann den Zweig los, zeigt mit dem Finger auf die alte Frau und sagt zu der: ,Und warum wunderst du dich über den Weizen, daß er wächst?' Alle lachen, am lautesten die alte Frau, und der Hauptmann sagt noch: ,Jeder Betonmensch weiß das. So kann es auch jeder selber machen. Man tauscht das Saatkorn bei uns ein, man bereitet den Acker, man sät.' Der Longley hat einem winzigen Kind sein totes Ohr zum Leben gebracht, vier Tage hat es gedauert. Davor hat das Kind immer nur geschrien, Tag und Nacht. Aber am fünften Tag ist das Kind plötzlich still, dreht den Kopf zur Mutter hin und horcht, was die sagt. Die Mutter lacht und klatscht in die Hände in ihrem Glück. Und schon hat der Longley einen Namen im Beton: heißt der Fingermann, weil er seine Finger immerzu bewegt. Ich mußte aber lange mit ihm reden, daß er der Mutter fürs Heilen eintauscht: Ein altes Fell, Dörrfisch und Euros dazu, so wie die Bickelak tauscht.‹«

Und der zwölfte Brief war vom 11. April: »›Erst muß ich euch sagen, daß meine Liebe zu euch hingeht, über alles Land und über alle Wasser und über alle Berge. Aber ihr findet nichts im Telex, denn er kann nichts rausgeben, was nicht hineingerattert wird. Die Wahulla sagt: ,Wenn doch der Hauptmann sein Walkie-Talkie im Beutel hätte! Dann könnte mein Brief durch die Luft zum Jetplatz hinfliegen.' Ich sage aber dagegen: ,Und wenn ein Fischer in seinen Beutel hineinsieht?' Im hellen Mondschein schlafen wir alle schlecht. Es ist auch eine Unruhe im Beton, schon so lange, wie der Weizen keimt. Die Fischer reden davon, wie manche gleich alles haben wollen, ohne Arbeit und ohne Mühe, so wie es beim Super ist. Und auch davon reden sie, daß einige die Empies herausholen wollen vom Jetzplatz und zerbrechen, daß kein

Treiber mehr den Betonmenschen bedrohen und zwingen kann mit seiner Empie. Das wäre ja sehr schön. Aber kann man denn eine Empie zerbrechen? Die ist doch aus hartem Metall gemacht! Ich denke mir: Die Empie kann keiner zerbrechen! Und ich denke mir auch: Wenn keiner die Empie zerbrechen kann, auch der Betonmensch nicht, wenn er sie vom Jetzplatz herausholt, was wird der mit der Empie machen? Wird der sie endlich vergraben? Oder behält er sie? Und wenn er sie behält, was wird er mit der Empie machen? Wird er mit der Empie den Betonmenschen bedrohen, der keine Empie hat, und ihn zwingen, wie der Treiber? Ich wünsche mir so sehr, daß die Fischer viele kleine Äcker um meinen Acker herum machen, denn der Boden ist gut für den Weizen. Aber sie sitzen immer nur um meinen Acker herum und warten auf die Ähre. Und abends sitzen wir dann ums Feuer herum und denken uns aus, was der Hauptmann noch alles sagen soll. Und der sieht mich dann oft mit verliebten Augen an.‹«

Danach schlief ich mit Re Dajana eng zusammengerollt im großen Bett, bis der Labiges uns weckte mit einem Telex, da war's schon heller Tag.

»›Nunmehro hat man die Katze aus dem Sacke gelassen‹«, las sie vor und gähnte dazu: »Vom Tamasch. ›In Gestalt eines der Wachmänner, die man uns gestohlen hatte bei dem Überfall. Der bringt uns nunmalen die Forderungen der aufrührerischen Elemente, so dumm und so dreist, daß unsereins nur den Kopf schütteln kann. ‚Wir fordern gleiches Recht für alle Menschen. Wir fordern das Ende der Herrschaft der Super über den Betonmenschen. Wir fordern das Ende des Elends und der Armut, denn die Welt ist reich an allem, was der Mensch braucht zu seinem Glück, und es ist genug da für alle Menschen.' Und darunter hat der Mensch auch seinen Namen geschrieben, denn schreiben kann er: Dirk Mandel.‹«

Wir gingen ins Geheimkabinett, der Telex ratterte, sie riß den Bogen heraus, sagte erstaunt: »Von Aurehl!« und las im Stehen: »›Alle sagen, der Dirk war der Anführer von denen, die gestern früh im Waffenlager waren und die Empies herausgeholt haben. Sie sagen, er hat zwei Benefiten mitgenommen. Und sie sagen: Die wird er töten, wenn man ihm nicht die bessere Welt gibt, wie er sie will. Dann ist ein Treiber zu uns gekommen, der kann mir den Weg zeigen zu dem Hochstein, in dem er gefangen war. Er sagt: Einer hat ihn hergeschickt mit einer tiefen Stimme, wie aus dem Bauch heraus, und der hat auch einen Kopf, wie einen vierkantigen Stein. So wird es wohl wahr sein, was alle sagen. Ich will nun zu dem Hochstein hin, und wenn Dirk drin ist, so will ich mit ihm reden, wie wir beide zusammen dem Betonmenschen besser helfen als mit der Empie. Aber der Tamasch sagt: Ich darf nicht hingehen. Darum bitte ich nun euch, daß der Tamasch den richtigen Befehl bekommt, denn ich will und muß hin zum Dirk. Sie sagen auch, daß der Hauptmann Eckhardt mit fünfhundert Treibern zum Dirk hin will. Das darf er nicht, denn mit seinen Treibern wird er den Dirk töten, auch alle, die bei ihm sind, auch die Benefiten.‹«

Und gleich drauf kam hereingerattert vom Hillinger: »Erbitte klare Befehle! Eckhardt hat aufsitzen lassen und will mit fünfhundert Mann plus Raketenwerfern ausrücken und das Aufrührernest ausräuchern. Die junge Herrin Aurehl verlangt von mir, den Eckhardt zurückzuhalten. Und Hauptmann Mannfried hat das Haus der Benefiten abgeriegelt, sodaß niemand ein und aus gehen kann. Der Geheime Rat Tamasch will zwischen allen vermitteln. Hier gibt es aber nichts mehr zu vermitteln, hier helfen nur klare Befehle.«

Re Dajana stand erst ratlos vor dem Telex, dann ließ sie sich schlapp in ihren Sessel fallen, drin saß sie, lange, aber dann rief sie plötzlich zornig: »Und du? Hast du auch den Verstand verloren?« und sah mich an mit ihrem Katzenblick.

Ich sagte zu ihr langsam: »Der Dirk, der hat ja nun eine ganze Menge: Empies, Taschen, Gurte, Reinigungsöl. Aber Brot hat er nicht, Feuerholz hat er nicht und warme Decken hat er nicht.«

»Ist das wahr!« rief sie, sprang auf, kam nahe zu mir, packte mich an den Schultern: »Weißt du das ganz genau?«

»Ja«, antwortete ich, »denn ich kenne den Dirk.«

Sie preßte mich mit ihrer ganzen Kraft an sich, sie lachte und stieß mich weg, sie befahl den Siemers herauf, sie sagte zu ihm: »Lieber Siemers, schreibe mir bitte vier Telexe gleichlautend: An den Eckhardt, an den Hillinger, an Tamasch und an Mannfried.« Und der saß noch nicht richtig vor dem Telex, da sagte sie schon an: »Meine lieben Getreuen! Der Beschluß ist gefaßt. Wir werden den Dirk umzingeln, wir werden ihn aber nicht angreifen, weder mit unseren Männern, noch mit unseren Raketen. Denn er hat keinen Proviant und kann sich nicht lange halten. Laßt niemanden zu ihm hinein! Wer herauskommt, wird gefangengenommen und später vor mein Gericht gestellt. Das ist der strenge Befehl der Re Dajana Kornegill, Höchste der Kornegills.«

Beide dachten wir nun, daß wir's geschafft haben. Wir waren sehr müde und wollten gern schlafen.

Es ging aber anders, als wir dachten: Den ganzen Tag kam ein Telex nach dem andern, alle von Aurehl: Sie will und muß zum Dirk hin! Und in jedem Telex wußte sie wieder einen besseren Grund dafür, daß sie hin muß.

Nach jedem Telex sagte ich zu Re Dajana: Aurehl darf nicht ins Beton, und Re Dajana muß ihr einen strengen Befehl schicken. Aber die sagte nur: »Sie wird es aufgeben«, denn sie kannte Aurehl nicht so gut wie ich.

Nach dem zehnten Telex sagte sie: »Ich rufe sie jetzt an«, und drückte schon die Buntholzsteinchen, die nennt sie ›die Tasten‹. Da hatte ich meinen Schreck weg, aber es war nur der Tamasch, mit dem sie redete.

Sie hielt den Hörer am Ohr, sie sagte: »Tamasch! Lieber Tamasch! Wenn ich dich nicht hätte!« Sie horchte hinein in den Hörer, lange, und dann: »Deshalb rufe ich an. Hole sie mir jetzt bitte ans Telefon!«, wartete, horchte, rief: »Aurehl! Bist du gesund?«, horchte, lange, sagte: »Nein, Aurehl! Das erlaube ich nicht! Das ist viel zu gefährlich! Außerdem habe ich ja schon den Befehl gegeben ...«, stockte, horchte, sagte: »Fürst will mit dir darüber reden ...«, stockte wieder, wollte reden, bekam aber nur heraus: »Aurehl! Hör mich an!« und dann: »Ja«, und: »Ja«, und hielt den Hörer fest ans Ohr gepreßt.

Und da wußte ich schon, wie's gehen wird.

Am Ende sagte sie noch: »Also gut. Mach nun alles so, wie du es beschlossen hast. Ich werde dem Eckhardt, dem Tamasch und dem Hillinger meine Befehle dazu geben, und paß gut auf dich auf, meine Dohle! Und mach alles richtig und gut!« und legte den Hörer auf.

Zu mir sagte sie noch: »Mit dir wollte sie nicht sprechen.«

Dann sagte sie dem Siemers die neuen Befehle an für den

Telex: Aurehl geht ins Beton mit der Wahulla, dem Kriss, dem Longley und dem Tamasch. Der Eckhardt muß seine fünfhundert Treiber zurückbefehlen auf tausend Meter vom belagerten Hochstein, »bis Aurehls Mission beendet ist«.

Das war am 12. April des Jahres 269 der Neuen Zeit, als die Sonne schon weit überm Urubambatal stand.

Am Tag drauf waren versammelt im Langen Zeltzimmer der Fort, der Xung-Beping mit seinem Mund, Xung-Tsiping, die beiden Lernmehden und ich, alle standen wir um Re Dajana herum, die saß kerzengrade auf ihrem Chaiselongue, der Labiges stand mit zwei Dienern an der Tür, es war sehr still, und alle warteten wir auf den Siemers.

Der kam bald nach dem höchsten Sonnenstand und gab Re Dajana zehn weiße Bögen, sie faltete sie auseinander und las:

»›Bericht des Hauptmann Kriss vom 13. April, 22 Uhr MEZ, im Rhein-Main-Beton. Nachdem gestern abend gegen 23 Uhr endlich die Befehle eingetroffen waren, bat uns die Dohle zu sich und sagte: ‚Ich bitte euch um eure Hilfe, daß alles so geht, wie ich es mir ausgedacht habe. Der Dirk muß gerettet werden. Auch alle, die bei ihm sind, auch die beiden Benefiten vom Bodenreif. Es darf nicht geschossen werden im Beton, und keine einzige Schramme darf es geben. Dazu muß der Eckhardt seine Treiber weit von dem Hochstein wegstellen, so hat es ja auch Re Dajana befohlen.' Danach gab es ein langes und unnützes Palaver darüber, wie wir zu dem bewußten Hochstein gelangen sollen. Tamasch wollte einen Heli, den hat sie ihm natürlich ausgeredet, der Hillinger wollte, daß wir in einem Mannschaftswagen fahren, und der Mannfried faselte etwas von ‚sich durchschießen'. Sie verbot aber Waffen aller Art, nur ein Funkgerät wurde erlaubt, und zwar auf Tamaschs, Hillingers und meine inständigen Bitten. Über dieses Funkgerät gebe ich nun diesen ersten Bericht, in der Hoffnung, daß er am Airport aufgefangen und via Satellit weitergeleitet wird. Im Morgengrauen machten wir uns auf den Weg. Wir gingen ca. zwei Stunden in ziemlich raschem Tempo hinter der Dohle her, und ich war erstaunt, wie gut sie sich in dieser wegelosen Einöde zurechtfindet, die wir nun alle ‚das Beton' nennen. Gegen 8 Uhr trafen wir auf die Posten um Eckhardt, die uns den Weg versperrten. Tamasch zeigte den Befehl mit dem Siegel von höchster Seite vor, die Posten holten ihren Hauptmann, einen unangenehmen Burschen, der das Schriftstück an sich nahm und uns befahl, ihm zu folgen. Er brachte uns wortlos in ein kleines Wäldchen, zum Stabszelt vom Eckhardt, der kurz herauskam und sagte: ‚Machen Sie, was Sie wollen! Ich habe damit nichts zu tun', und uns stehen ließ. Ich sagte zu einer Ordonnanz: ‚Auf höchsten Befehl müssen alle Truppen auf tausend Meter vom belagerten Haus zurückgenommen werden!' Die Ordonnanz brummte etwas von: ‚Ist mir auch bekannt', und verschwand, es war aber erkennbar, daß die Mannschaften vom Eckhardt bereits Befehl hatten, sich zurückzuziehen. Endlich konnten wir vor, aus dem Wäldchen heraus in offenes Weideland, nur hier und da ein kniehoher Busch, und in der Ferne, im Dunst, sehr unheimlich, das vielleicht dreißig- oder vierziggeschossige, vollkommen verwitterte Ungetüm, in dessen unteren, teilweise noch erhaltenen, oder notdürftig hergerichteten Etagen heute die armseligen Behausungen der Betonmenschen sind. Bei einer Distanz von ca. vierhundert Metern wurden wir von einer Stimme aus dem Hochstein aufgefordert: ‚Stehenbleiben! Sonst wird geschossen!' Ich muß noch erwähnen, daß wir alle unsere übliche Kleidung trugen, der kühlen Jahreszeit angepaßt, nur die Dohle trug die Kleidung der Autochthonen. Wir blieben stehen, die Dohle sah uns sehr ernst an und sagte: ‚Wartet bitte hier auf mich!' Sie selbst ging weiter vor, bis etwa auf zweihundertfünfzig Meter. Die Spannung war groß, unbewaffnet, wie wir waren, hätten wir ihr nicht einmal Feuerschutz zum Rückzug geben können. Sie wurde aber nicht behelligt, blieb stehen, formte die Hände zum Trichter und rief zum Hochstein hin: ‚Hier steht Aurehl. Ich will mit Dirk reden.' Dann setzte sie sich auf den feuchten Boden, nicht weit von ihr hoppelte ein Hase herum und suchte die jungen Gräser, die schon überall hervorsprießen. Das war ein Bild des Friedens im Morgenlicht mit den langen Schatten. So saß sie wohl eine Viertelstunde lang ganz still. Danach stand sie auf und rief wieder durch die zum Trichter geformten Hände: ‚Hier steht Aurehl. Dirk, erkennst du mich nicht?' Und setzte sich wieder auf den feuchten Boden. Da hielt es die Wahulla nicht mehr, sie wollte allen Ernstes mit einer Decke zur Dohle vorgehen. Wir hatten große Mühe, sie zurückzuhalten. Den Ausschlag gab das Argument, daß die Dohle ja ihre eigene Decke benützen würde, falls sie friert. Wieder verging eine Viertelstunde, und zum dritten Mal stand Aurehl auf und rief: ‚Hier steht Aurehl. Ich will mit Dirk reden. Ich habe wichtige Worte für Dirk und für alle, die bei ihm sind.' Und das schallte so wohlklingend und hoffnungsvoll über die Weite, und die verwitterten Gemäuer gaben ein ebenso wohlklingendes Echo zurück. Endlich wurde ein Kopf in einer Öffnung sichtbar, wir hörten die Stimme eines Mannes: ‚Dirk kann dich nicht erkennen, ob du's bist. Er will ein Zeichen haben von dir, daran er dich erkennt.' Die Dohle antwortete ohne zu überlegen: ‚Es gab eine Laura, die wurde durch Dirk zu einer Aura und zu einer Aureole, und wurde durch Frank Fürst zur Aurehl.' Der Kopf verschwand, und die Dohle setzte sich wieder. Plötzlich sahen wir alle einen großen Kopf wie einen Quaderstein in der gleichen Öffnung, wir wußten gleich: Das muß Dirk sein! Er rief mit einer vollen, schönen Baßstimme: ‚Wer schickt dich zu mir?' Aurehl stand auf und rief zurück: ‚Ich komme nach meinem Willen. Ich habe wichtige Worte für dich. Willst du die nicht anhören?' – ‚Geh zurück, von wo du kommst, und sage dort meine Forderungen an! Die heißen: Gleiches Recht für alle Menschen. Das Ende der Herrschaft der Super über den Betonmenschen. Das Ende des Elends und der Armut, denn die Welt ist reich an allem, was der Mensch braucht zu seinem Glück, und es ist genug da für alle Menschen.' Die Dohle rief fast noch schöner zurück: ‚Das alles soll so werden, wie du es dir ausgedacht hast. Und nicht erst in einer fernen Zeit. Aber es soll nicht mit den Empies gemacht werden.' Ich sah mich mehrfach um, um mich zu vergewissern, daß die Truppen vom Eckhardt nicht heimlich vorrücken, denn Dirks Kopf bot eine gute Zielscheibe für einen Scharfschützen. Andererseits hoffte ich, daß der schöne Dialog der beiden jungen Menschen bis zu Eckhardts Männern dringt. Dirk rief zurück: ‚Alles nur leere Worte! Nur mit der Gewalt der Waffen können wir die Super zwingen! Deshalb werden wir überall die Waffendepots der Super erstürmen, und auch Geiseln nehmen.' Die Dohle antwortete: ‚Deine Waffen und deine Geiseln geben dem Betonmenschen keine Gerechtigkeit und keine Gesundheit! Und sie machen ihn auch nicht satt!' Dirk schrie zurück, aber seine Stimme blieb trotzdem sehr eindrucksvoll: ‚Nur die Waffen geben uns die Macht über die Super! Und die Geiseln! Bei mir sind auch einige Treiber, die nicht länger beim Super bleiben wollen. Die können aber gut schießen. Deshalb wird jeder Angriff gegen uns vergeblich sein.' – ‚Niemand greift dich an! Willst du mich denn nicht anhören, so wie ich dich früher angehört habe?' – ‚Es ist nicht die Zeit zum Reden und Reden anhören, sondern es ist die Zeit zum Handeln! Geh zurück und sag meine Forderungen an! Sag meine Forderungen auch den tausend Treibern, die die Super um uns herumgestellt haben! Und sag den tausend Treibern: Sie sind auf der falschen Seite! Denn auf meiner Seite ist das Recht und die Wahrheit, und die falsche Seite verliert immer! Wir werden mit unseren Waffen siegen und mit unserer Wahrheit!' Die Dohle rief zurück: ‚Dirk, hör mich doch an! Ich habe einen guten Plan, wie der Betonmensch gesund und satt wird.' – ‚Und ich habe einen besseren: Die Erfüllung meiner Forderungen! Wir wollen aber nicht lange warten, denn wer zu lange wartet, der stirbt beim Warten.' Da rief die Dohle zu unserem Erstaunen: ‚So antworte mir jetzt auf meine Fragen! Sind alle gesund, die bei dir sind, auch die Geiseln?' – ‚Wir sind alle gesund', kam die Antwort zurück. ‚Habt ihr genug Felle und Decken?' – ‚Man hat uns ja alles genommen, so müssen wir frieren, bis wir es uns holen.' – ‚Werdet ihr auch alle satt von dem, was ihr drinnen habt?' – ‚Wenn man unsere Forderungen schnell erfüllt, dann haben wir alles, was der Mensch braucht zu seinem Glück.' – ‚Stell doch erst kleine Forderungen auf warme Felle und Decken, Brot und Käse!' – ‚Eher wollen wir alle verhungern und erfrieren!' schrie er zurück. Aber das nahm keiner ernst, am wenigsten die Dohle. Sie rief: ‚Ich weiß etwas Besseres: Ich rede mit dem Treiberhauptmann, daß er mir drei Schafe gibt, dazu Decken, Felle, Brot und Käse. In die Decken wickle ich das Brot und den Käse, die Decken binde ich den Schafen um, und so treibe ich sie zu deinem Hochstein hin.' Dirks Kopf verschwand, die Dohle setzte sich wieder, was die Wahulla nur händeringend ansehen konnte, aber ganz unnötig, denn der Boden war längst trocken von der warmen Sonne. Es zogen aber Regenwolken auf, und ein kalter, steifer Wind ließ uns erschauern. Grade überlegte ich, wie die beiden sich wohl bei Regen und Wind verständigen wollen, da sahen wir den Dirk wieder auftauchen. Er rief: ‚Hör mir gut zu, Aurehl! Wir werden auf keine einzige Forderung verzichten. Aber wir nehmen das Angebot an. Wir wollen aber zusehen, was in die Decken eingewickelt wird. Wir werden dann drei Tage warten und werden dann eine Geisel töten, wenn bis dahin unsere Forderungen nicht erfüllt sind.' Und er verschwand. Die Dohle kam zu uns gerannt, fiel der Wahulla in die Arme und weinte. Und dann begann der Regen, sogar Graupel und Hagel kamen herab. Wir gingen nun zu dem Wäldchen zurück und begannen in Eile, unsere Zelte aufzustellen. Die Dohle zog sich mit der Wahulla ins Frauenzelt zurück, kam aber bald in warme Decken gehüllt heraus und befahl dem Tamasch, bei der nächsten Schafbande drei Schafe einzuhandeln, und vom Eckhardt Decken, Schlafsäcke und Proviant für Dirk zu fordern. Das war um 10 Uhr. Gegen 14 Uhr näherte sich ein Haufen Wachmänner unseren Zelten. Sie führten einen Schafhirten mit einer Anzahl von Schafen mit sich, und dahinter kam strahlend und stolz Tamasch. Die Wachmänner lieferten 20 Decken und 20 Schlafsäcke bei uns ab, sowie mehrere Kartons mit Militärproviant. Der Schafhirt begann mit einem endlosen, lautstarken Lamento, Aurehl hörte sich seine Klagen an und sagte mit einem Zorn, den ich ihr nicht zugetraut hätte, zum Tamasch: ‚Tamasch! Konntest du nicht ehrlich einhandeln?' Der Schafhirt erkannte blitzschnell seine einmalige Chance, sagte zur Dohle mit Blick auf seine Schafe: ‚Alles trächtige Zibben! Die tauschen wir nicht.' Die Dohle ließ sich aber nichts vormachen, untersuchte die Tiere und sagte bei zweien: ‚Stimmt', und bei einem: ‚Hast deinen Hammel nicht richtig springen lassen!' Dann ging es schnell hin und her zwischen der Dohle und dem Schafhirt, bis sie sich endlich einig wurden. Der Preis schien mir gepfeffert: Die Hälfte aller Decken und Schlafsäcke, die wir grade von Eckhardts Männer bekommen hatten, unser Brotmesser, unsere einzige Schere, und Tamasch mußte noch 500 Euros hinblättern, wobei ich den Eindruck hatte, daß es nur deshalb bei den 500 blieb, weil unser Hirt Schwierigkeiten mit dem Zählen hatte. Die Dohle begründete dann den ungünstigen Handel damit, daß es auf den Sommer zugeht, und daß infolgedessen warme Decken einen schlechteren Preis erzielen, als Schafe, die man bald fettzumachen hofft. Es war dann schon recht spät, als wir in gebührendem Abstand vor der Hochhausruine anlangten und die Dohle, nachdem sie mit Dirk Kontakt aufgenommen hatte, begann, die Schafe kunstgerecht zu bepacken. Wir bewunderten ihre Geschicklichkeit im Umgang mit diesen recht scheuen Tieren, vor allem, wie sie die Schafe als blökende Ungetüme mit bis zum Boden herabhängendem Gepäck zu dem düsteren Hochstein hintrieb, bis sie einen Einschlupf fanden und darin verschwanden. Gegen 19 Uhr waren wir alle wieder in dem besagten Wäldchen, und dem tüchtigen und nimmermüden Tamasch gelang es sogar, uns allen eine warme Mahlzeit aus Eckhardts Stabsfeldküche zu besorgen. Gesättigt und in guter Hoffnung auf einen erfolgreichen Ausgang unserer Mission, will ich meinen Bericht nun dem Äther anvertrauen.‹«

Alle klatschten sie nun in die Hände, als wär's eine wunderschöne Inszenierung gewesen, alle redeten sie laut durcheinander, und jeder wußte ganz genau, wie alles gut enden wird, nur der Fort sagte: »Der erste Tag ist gut verlaufen. Hoffen wir auf den zweiten.«

Und der sonst immer heitere Xung-Tsiping trat zu mir mit ernstem Gesicht und sagte: »Morgen brauchen wir vielleicht viele Fische. Der Fisch liebt ja die Stille und bringt den Frieden ins Haus.« Ich sah ihn mir an und sagte: »Ich will aber nicht, daß morgen Fische gebraucht werden!« Und er: »Besser ist besser. Morgen früh? Bei Sonnenaufgang?«

Mit langen Gummistiefeln standen wir dann am nächsten Morgen im reißenden Wasser vom Urubamba, hielten die Angeln hinein, zogen eine Menge Fische heraus am Haken und warfen sie in den Eimer mit einem Drahtgitter als Boden, so bleiben die Fische im fließenden Wasser. Dreimal rutschte ich aus auf den glitschigen Steinen, war naß von oben bis unten, wir lachten zusammen, und beim Lichtzauber stiegen wir dann auf nach Matschju-Pitschju.

Und zur selben Zeit, wie am Tag zuvor, warteten wir dann wieder auf den Siemers. Der kam aber erst viel später, und alle sahen wir ihn an, ob wir an seinem Gesicht erkennen, wie der Bericht ist, den er bringt vom Kriss, aber beim Siemers ist der Bericht nie im Gesicht, sondern in seinem Telex trägt er ihn herein.

Re Dajana saß halb, lag halb auf ihrem Chaiselongue, in der einen Hand hielt sie das Piskoglas, in der andern das Telex, acht weiße Bögen.

Sie las vor: »›Bericht des Hauptmann Kriss vom 14. April, 24 Uhr MEZ. Gestern waren wir noch so voller Hoffnungen und haben lange am Feuer gesessen und geredet, und sogar ein paar Scherzworte fielen. Aber heute ist alles verloren. Die Dohle sitzt vor ihrem Zelt, wie erstarrt, und keiner von uns wagt, sie anzusprechen. Doch ich will von Anfang an berichten, so gut ich kann.‹«

Ohne Bimmeln stand ein Tischchen vor Re Dajana, sie gab das Telex dem Fort und aß das Tischchen leer, und der Fort las weiter vor: »›Mit steifen Gliedern krochen wir heute früh aus unseren Schlafsäcken. Bei einem zünftigen Feuer wurde gefrühstückt, dann zogen wir los. Dicke Schneeflocken legten sich auf unsere Kleider, tauten aber sofort. Die Dohle ging gleich auf zweihundertfünfzig Meter an die bewußte Ruine heran und rief laut den Dirk, der sich aber nicht blicken ließ, sondern einer seiner Getreuen. ‚Was willst du?' rief er. – ‚Ich will mit dem Dirk reden.' – ‚Was denn?' – ‚Ich rede nur mit dem Dirk!' Und damit setzte sie sich auf ein weiches Fell, das sie auf die inständigen Bitten der Wahulla mitgenommen hatte. Das war nun wieder ein schönes Bild: Die Dohle auf der weißgesprenkelten Weide, von dicken Schneeflocken umweht, in ihrem malerischen Fellumhang und dem dunklen Tuch auf dem Kopf. Sie blieb lange sitzen, es hörte auf zu schneien, eine fahle Sonne beleuchtete die Szene, die Dohle stand auf und rief: ‚Ist denn der Dirk nicht gesund, daß er nicht mit mir reden will?' Sie bekam aber keine Antwort. Ich hatte das unbestimmte Gefühl, daß es zwischen Dirk und seinen Getreuen zu einer Auseinandersetzung gekommen war, ob das Gespräch mit der Dohle fortgesetzt werden soll. Nach mehreren eindrucksvollen Appellen der Dohle sahen wir schließlich den quadersteinförmigen Kopf Dirks, diesmal in einer anderen Öffnung, aus der Rauch herauskam, und wir schlossen daraus, daß sich die Belagerten dort eine Feuerstelle gemacht hatten. Dirk rief mit seiner schönen, sonoren Stimme: ‚Was bringst du Neues?' – ‚Ich will mit dir reden.' – Werden meine Forderungen erfüllt?' – ‚Ich will mit dir über das Ende der Not im Beton reden.' – ‚Du brauchst bloß sagen, daß meine Forderungen erfüllt werden. Mehr ist nicht nötig für das Ende aller Not im Beton.' Und die Dohle rief daraufhin den erstaunlichen Satz zu ihm: ‚Die Not im Beton ist größer und länger als alle deine Forderungen!' Dann wechselten sie die im Beton üblichen Redensarten, wobei es darauf ankommt, wer immer noch eine Redensart mehr parat hat. Dirk rief: ‚Man muß einen kurzen Anfang machen, sonst gibt's ein langes Ende!' Und die Dohle: ‚Jeder Anfang ist gut, nur nicht der Anfang vom Ende!' Das ging so vier- oder fünfmal hin und her, dann rief Dirk: ‚Das sind alles dumme, alte Betonsprüche! Die habe ich längst vergessen!' Und die Dohle: ‚Du sagst sie aber auf wie einer, der nichts anderes weiß!' Und Dirk: ‚Früher wußtest du besser, wie die Welt geht! Aber du hast alles verlernt!' Und die Dohle: ‚Andersherum wird's ein Faden: Von dir habe ich gelernt, wie die Welt so falsch herum geht. Und heute weiß ich, wie sie richtig herum gehen muß!' Und Dirk: ‚Die Welt geht immer richtig herum! Nur der Super will sie umdrehen, aber er schafft es nicht!' Und Aurehl: ‚Falsch herum und richtig herum ist auch nur ein Wort!' Und als sie das gerufen hatte, sahen wir zu unserem größten Entsetzen, daß sie mit festem Schritt langsam auf die Ruine zuging. Dirk schrie: ‚Aurehl! Bleib stehen! Wir lassen niemanden zu uns! Auch dich nicht! Geh zu deinen Benefiten zurück!', aber sie ging unaufhaltsam weiter. Dirk schrie: ‚Aurehl! Hör mir zu! Wir wissen genau, daß der Hauptmann der Treiber dich zwingt! Bleib stehen! Kehr um! Sie werden auf dich schießen!' Ich war mir inzwischen sicher, daß unter den Belagerten ein Kampf tobt, und daß allein Dirk verhinderte, daß seine Getreuen in ihrem Wahn auf die Dohle schossen. Sie ging unbeirrt weiter zu der Stelle, wo gestern die bepackten Schafe einen Einschlupf gefunden hatten und verschwand darin. Wir waren wie vom Donner gerührt! Das hatte niemand erwartet! Lange sahen und hörten wir nichts von der Dohle. Es wurde warm, und die Weiden vor uns dampften in der Aprilsonne, ein Bild des Friedens! Gegen 12 Uhr zeigte sich endlich die Dohle in einer großen ehemaligen Fensteröffnung, richtete sich hoch auf, so daß man sie auch in großer Ferne gut sehen konnte, und rief durch die zum Trichter geformten Hände: ‚Hört mir bitte gut zu! Ich bin freiwillig eine Geisel vom Dirk geworden. Niemand zwingt mich.

Niemand darf uns angreifen. So wartet nun, bis ich wieder zu euch rede!' Daraufhin retirierte ich hinter Wahullas Rücken, damit die Belagerten nicht erkennen konnten, was ich vorhabe: Ich zog die Antenne meines Funkgerätes aus und versuchte mit dem Eckhardt Kontakt aufzunehmen, was mir allerdings erst nach mehreren Versuchen gelang. Ich erwischte zunächst eine Ordonnanz und teilte ihr mit, daß sich die Dohle zwecks weiterer Sondierungen in die belagerte Ruine begeben hat. Der Mann antwortete, er sei bestens im Bilde, und ich ermahnte ihn, alles zu unterlassen, was zu einer Verschlechterung und Verunklarung der Lage führen könnte. Der Mann lachte nur und erwiderte: Jeder hätte ja schließlich seine Befehle! und wörtlich: ‚Bevor die Mission dieser Frau nicht beendet ist, rücken wir nicht vor.' Ich antwortete: ‚Nur die Dohle Aurehl selbst kann entscheiden, wann ihre Mission beendet ist!' Dieser Mensch sagte jedoch mit einer Kälte, die ich nie vergessen werde: ‚Darüber kann man unterschiedlicher Meinung sein. Wenn die junge Dame von den Geiselnehmern überwältigt und gefangengenommen sein sollte, dann muß man deren Mission wohl oder übel als beendet ansehen.' Ich sagte wörtlich: ‚Die Dohle Aurehl ist weder überwältigt worden, noch gefangengenommen, sie hat sich freiwillig zur Fortsetzung der Gespräche in die belagerte Ruine begeben!' – ‚Das wird sich ja bald erweisen', erwiderte der Mann. Da hielt es mich nicht mehr, ich schrie ihn an: ‚Sind Sie denn von allen guten Geistern verlassen! Was reden Sie für einen Unsinn! Ich wiederhole. Sie halten Ihre Truppen im Hintergrund und unterlassen alles, was auch nur zu einer geringsten Verschärfung der Lage führen könnte!' Aber der Mensch antwortete nur, ich soll aus der Leitung gehen, die Leitung würde für Hauptmann Eckhardt gebraucht. Daraufhin wurden wir getrennt. Ich beriet mich sofort mit Tamasch, und wir einigten uns schnell darauf, daß er persönlich Kontakt mit Eckhardt aufnimmt, während ich mit Longley und der Wahulla vor der Ruine bleibe. Zu diesem Zeitpunkt, etwa 12.45 Uhr, dachte noch niemand von uns im Ernst daran, daß Eckhardt tatsächlich zu irgendeiner Eigenmächtigkeit fähig sein könnte, zumal uns die Befehle klar und unmißverständlich schienen. Tamasch ging also in Richtung Wäldchen, und wir warteten voller Sorgen und Zweifel. Gegen 15 Uhr, der

Himmel war inzwischen fast wolkenlos, und in der Ferne tauchten die hügligen Konturen des Taunus auf, sahen wir zu unserem Entsetzen vorrückende Truppen, die sich unter Ausnutzung jeder Deckung bis auf unsere Höhe heranarbeiteten. Ich schrie den nächstbesten Mann an, umzukehren, aber vergeblich, die Männer hatten Befehl, bis auf vierhundert Meter vorzurücken. Ich rannte nun von Mann zu Mann und wollte jeden einzeln zurückdrängen, wußte aber doch zugleich selbst am besten, wie unsinnig das ist. Plötzlich sah ich die Blicke der Männer wie gebannt auf den Hochstein gerichtet, sah selbst hin und erkannte die Dohle hoch aufgerichtet in der Fensteröffnung, als wäre sie schwindelfrei. Mehrfach machte sie mit den Armen die Gebärde: Hört mir zu! bis tatsächlich eine unheimliche Stille eintrat, und man in dieser Stille weithin ihre Stimme hören konnte: ‚Hört mir alle gut zu! Eure Hauptmänner haben euch einen falschen Befehl gegeben. Hier drinnen wird über den Frieden geredet, und dabei stören eure Empies sehr. So geht nun alle wieder zurück, bis der Frieden gemacht ist.' Und zu meiner größten Verblüffung gingen die Männer tatsächlich zögernd ein paar Schritte zurück. Die Offiziere versuchten fluchend, sie zum Stehen zu bringen, aber vergeblich, und dem Funk entnahm ich, daß die Dohle sich auch auf der anderen Seite den vorrückenden Truppen gezeigt hatte, mit gleichem Erfolg. Der Eckhardt tobte per Funk, die Offiziere schrien ihre Männer an, vergeblich, die Linie der Männer kam ins Wanken, die Ordnung war schnell dahin, an manchen Stellen hatten sich die Männer fast bis zu dem Wäldchen zurückgezogen. Bei aller Verworrenheit der Lage wagten wir doch schon wieder auf einen glücklichen Ausgang zu hoffen, als das Unfaßbare geschah. Um 15.49 hörte ich dreimal das Fauchen eines Raketengeschosses über uns, alle drei Raketen schlugen ein, und zwar sehr weit oben, wir sahen die Stichflammen, wir sahen die gewaltigen Mauern bersten, danach hörten wir die Explosionen und das Poltern der großen Betonmassen. Eine ungeheure Staubwolke verbarg den Hochstein und die ganze Umgebung, einzelne Steinbrocken und Splitter verirrten sich bis zu uns hin, ich sah viele Männer in Panik zurückweichen, die Wahulla warf sich zu Boden und schützte ihren Kopf mit den Händen, und der Doktor, mit dem Blick zu dem in Rauch eingehüllten Hochstein, öffnete sehr ruhig seine Tasche und prüfte seine Gerätschaften. Ich dachte, warum macht er das? Aus diesem Inferno kommt kein Mensch lebendig heraus! Die Staubwolke lichtete sich langsam, zuerst sah man den oberen Teil des Gebäudes als zerfetztes Gerippe, darunter gewaltige Betonmassen, die auf die unteren Geschosse gestürzt waren, und dann, nach einer schier unendlichen Zeit, lichtete sich die Staubwolke auch unten, und plötzlich, wie eine Erscheinung aus einer anderen Welt, tritt die Dohle Aurehl aus einem Mauerspalt heraus, geht mit starrem, nach oben gerichtetem Blick und festen Schritten über die Trümmer, taumelt nicht, und wankt nicht, und blutet nicht, und hat nicht die kleinste Schramme. Sie kommt zu uns, sieht über uns hinweg und sagt: ‚So holt nun bitte den Dirk heraus!' setzt sich mit dem Blick zur Ruine auf den Boden, der Doktor, statt sie zu untersuchen, murmelt: ‚Heilige Jungfrau! Dohle Aurehl!', und die Wahulla legt ihr eine Decke über die Schulter. Erst jetzt bemerke ich, daß zahlreiche Männer in unserer Nähe sind, ich sehe in ihre Gesichter, und ich sehe Augen, die auf die Dohle Aurehl wie auf eine Erscheinung aus einer anderen, besseren Welt gerichtet sind, ich höre ein Murmeln von vielen Stimmen, das ich zuerst nicht verstehen kann, aber immer deutlicher wird: ‚Das Weltenauge ist aufgestiegen aus der Erde und sieht zum Himmel auf. Gebt nun dem Weltenauge die Tränen zurück, die es geweint hat für uns. Die Himmlischen wenden sich ab von den Super und wenden sich hin zu allen Menschen und geben uns wieder zurück das Land und das ewige Leben.' Bis daraus ein eigenartiger, rhythmischer Gesang wird mit dem Refrain: ‚Das Weltenauge ist aufgestiegen aus der Erde und sieht zum Himmel auf.' So müssen die lateinischen Mönchsgesänge in der Alten Zeit geklungen haben! Endlich löse ich mich von der eindrucksvollen Szenerie und frage einen Offizier in der Nähe: ‚Wollen Sie nicht einen Bergungstrupp bilden?' Er ist sofort bereit, wir machen uns bekannt, es ist Hauptmann Frenkel, ein Name, den man sich merken sollte. Er ist von seinem Standort Düsseldorf für die hiesige Strafaktion abkommandiert worden, er bildet sofort einen Bergungstrupp, der Doktor und ich erklären uns bereit mitzugehen, und unter Frenkels umsichtiger Führung dringen wir in die zer-

trümmerten, katakombenartigen Räume ein, schwärmen aus und holen nacheinander elf tote Kampfgenossen vom Dirk heraus, sieben Schwerverletzte, ebenfalls schwerverletzt einen der beiden Wachmänner, die mit Dirk gegangen waren, aber den anderen Wachmann und die beiden Geiseln finden wir nicht. Zuletzt finden wir Dirk. Er ist offenbar in einen Schacht gestürzt, ein schwerer Betonbrocken hat ihm das Becken und beide Beine zertrümmert. Wir legen die Verletzten und die Toten in eine Reihe, der Doktor geht von einem zum andern, Sanitäter kommen endlich mit Verbänden und Bahren, so daß der Doktor die Verletzten wenigstens notdürftig versorgen kann. Aurehl, beim Anblick Dirks, dessen Unterleib gnädig eine Decke verbirgt, stürzt zu ihm hin und will sich auf ihn werfen, der Doktor kann es grade noch verhindern, sie versteht es zuerst nicht, bis sie dem Dirk in die Augen sieht und weiß, daß er unter Qualen stirbt. Dann, wie ein gewaltiger Trauerkondukt, werden die Verletzten und die Toten zu unseren Zelten getragen, neben Dirks Bahre geht die Dohle Aurehl, dahinter Hauptmann Frenkel, der Doktor, die Wahulla und ich, und hinter uns wohl an die hundert Männer vom Eckhardt. Frenkel hatte schon für die Transportfähigen einen Heli zur Überführung zum Rhein-Main-Airport geordert, die Dohle weicht nicht eine Sekunde lang von Dirks Bahre, sie spricht zu ihm, seine Lippen bewegen sich, sie beugt sich zu ihm herab, als könnte sie ihn verstehen. Als er starb, zog sie ihm die Augenlider herab und setzte sich dann vor ihr Zelt, wo sie immer noch vollkommen reglos sitzt. Trauer und Zorn sind die widersprüchlichen Gefühle, die uns beherrschen. Der Doktor ist bei den Sterbenden, um ihnen den Tod zu erleichtern, die Suche nach den beiden Geiseln und noch weiteren Kampfgenossen Dirks, sowie nach dem zweiten Wachmann kann erst morgen wiederaufgenommen werden. Tamasch ist gerade zu uns gestoßen. Er berichtet, daß es ihm bis zuletzt nicht gelungen war, bis zum Eckhardt vorzudringen und ihn von seiner Wahnsinnstat abzuhalten. Morgen, nach Beendigung der Bergungsversuche, wollen wir zum Airport zurückkehren.‹«

Und als der Fort das gelesen hatte, war es sehr still im Langen Zeltzimmer, lange.

3. Kapitel

15. April bis 2. Juni 269, Gericht im Waffendepot, Schloß Marbach

Es kamen viele Telexe hereingerattert in mein Kleines Haus. Die Heide sagte mir an, wer's geschickt hat und hängte es ungelesen an die Wand. Nur ein Telex vom Galloway ließ ich mir vorlesen.

Das hieß: »Mein lieber Freund Pan Inka-Früst! Ich hoffe, Sie haben in den letzten Tagen etwas gelernt: Daß nämlich unsere Welt weder mit eiskalter Berechnung, noch mit schönen Utopien im Lot gehalten werden kann, sondern nur durch tägliches, sorgsames Abwägen aller Faktoren. Seien Sie sicher, daß ich in den letzten Tagen mit Ihnen gehofft und gebangt habe, zumal ich wirklich ein Unrecht gutmachen wollte. Daß dann alles ganz anders kam, bestätigt meine These. Weder konnte ich Eckhardts Ausrutscher verhindern, der die junge Dame Aurehl in Lebensgefahr brachte, noch habe ich etwas mit ihrer ›wunderbaren Rettung‹ zu tun. Sie sehen aber, daß die schwärmerischen Weltverbesserungsideen und die Eigenwilligkeiten der jungen Dame Aurehl unvorhersehbare Gefahren heraufbeschwören, nicht nur für sie selbst, sondern auch für die Autorität Re Dajanas. Für diesmal ist ja alles noch mal recht glimpflich verlaufen, wenn man vom Tode Ihres ehemaligen Freundes Dirk Mandel absieht, aber neue Gefahren lauern schon. Ich erwähne nur, daß die junge Dame Aurehl, zugegebenerweise unschuldig, das Aufleben der gefährlichen Legenden um das sogenannte Weltenauge verursacht. Nun, für ihre Ackerbau-und-Viehzucht-Pläne ist der richtige Zeitpunkt erstmal verstrichen, und der Schock, den sie erlitten haben soll, wird ein übriges bewirken. Wir haben also Zeit gewonnen. Lassen Sie uns diese Zeit gemeinsam nutzen, vergessen wir unsere Fehde, halten wir uns an unseren mit Handschlag besiegelten Vertrag vom 7. Dezember vorigen Jahres. In aufrichtiger Kameradschaft, Ihr Hauptmann Galloway.«

Am Tag drauf rief der Tamasch an und schrie in mein rechtes Ohr mit einer Krähenstimme: »Nunmährän ist där Äckchardt samt seinän Chauptmännärn immärchien reimietig gäwordän. So will där nunmalän sich vor das Gericht ställän. Und so mechtän wir wissän, wo man Gäricht chaltän wird.«

»Hier, in Matschju-Pitschju«, sagte ich in den Hörer hinein.

Und er: »Nunmalän wird abär die Jungä Chärrin gäbrauchät als Zeigin«, und stockte. »... Und die muß ärstänteiläs den Dirk Mandäl bägrabän, undä muß zweitänteiläs dän Akkärbau fierdärchien bätreibän.«

»Nein!« rief ich so laut, daß es auch wirklich bis nach Europa gehen soll.

Und er: »Sagä ich auch: Nein! Aäbr äs chat där Chochä Chärr Annäst Fiel aus Iowa gäschickät neiä Kistän und Kästän fier dän Ackärbau, und danunmaleinäs där Weizän nicht mähr kann zur Friehjahräszeit ausgäsäät wärdän, so soll nunmährän einä Kurzfrucht ausgäsäät wärdän, fiers Ärstä, undän fiers Zweitä muß dannän im Chärbst där Wintärweizän ausgäsäät wärdän.«

Da bekam ich meine Wut und schrie: »Warum sagen Sie das nicht Re Dajana!«

»Weil die Chärrin wird zu mir sagän mit däm schenstän Gäfletä: ›Tamosch, liebär Tamosch, so bringä mir bittä die Dohlä nach Matschju-Pitschju!‹ Und was machä ich armär Teifäl dannänmalän? Kennän Sie mir das einflistärn in mein Ohr?«

»Sie bringen sie eben her!« rief ich in den Hörer.

»Allä, allä, bringä ich: Dän Äckchardt, dän Kriss, dän Longley, allä Chauptmännär vom Äckchardt mitsamtäm seinän gäsamtän Kochortän! Abär die Jungä Chärrin? Wäm gähorchät dänn die? Etwaän Ihnän?«

Ich preßte den Hörer an mein rechtes Ohr, daß ich ihn verstehe mit seiner Krähenstimme, ich fragte ihn: »Hat Ihnen der Hauptmann Kriss auch von diesem Singsang erzählt?«

»Chat är, chat är! Alläsamtän kännän wir die Bätongäschichtän von Pikie und Puckie und Wältänaugä, das weinät und steigät auf und blickät zum Chimmäl.«

Und ich: »Wenn Aurehl ins Beton geht, dann werden alle Betonmenschen vom Weltenauge singen.«

»Abär das weiß ich doch!« schrie der Tamasch in mein rechtes Ohr. »Die singän ja bäreits jätzo immärzu!«

»Das wird Aurehl aber nicht gefallen«, sagte ich ganz langsam.

Da war's erst still im Hörer, dann war ein Pfeifen drin, dann sagte der Tamasch, auch langsam: »Värstächä, värstächä! So missän wir där Jungän Chärrin das Bäton nichtämalän aus däm Kopfä schlagän, sondärn missän wir immärzu fleißiglich von däm häßlichän Singäsangä rädän ...«

»... und den auch singen!« sagte ich dazu.

Und der Tamasch war gleich fröhlich, sang den Singsang vom Weltenauge durchs Telefon mit Krähen und Schnarren, und sagte am Ende: »So wird äs allsogleichän gämachät!«

Es vergingen aber noch zwei Tage und zwei Nächte, bis vom Kriss kam: »Es ist nun ausgemacht, daß die Dohle Aurehl vorerst nicht zu ihrem Acker zurückkehrt. Den Ausschlag gab, daß seit den tragischen Ereignissen am 14. April eine sonderbare Unruhe im Beton herrscht, die auf die wunderbare Rettung der Dohle aus dem Inferno des Raketenangriffs zurückzugehen scheint. Nach einer weitverbreiteten Betongeschichte warten die Betonmenschen auf eine Art Erlöserfigur, die durch zwei Merkmale gekennzeichnet ist: Auffallend große Augen und der Blick zum Himmel, der den Erlösungsprozeß einleitet. Der Blick zum Himmel ist den Betonmenschen verboten, man sagt, er ziehe das Himmelsrecht herab, das von den Himmlischen kommt. Diese Himmlischen sind Götter, die, anders, als die Götter in den Religionen der Alten Zeit, nicht Kontrollfunktionen für richtiges und falsches Verhalten innehaben, und dementsprechend belohnen und bestrafen, sondern reine Strafgötter, die eine gnadenlose Diktatur ausüben, die man hinnehmen muß, und die weder begründet noch erklärt wird. Es würde in diesem Zusammenhang zu weit führen, die Einzelheiten dieser Betongeschichten zu beschreiben, für mich, der ich mich jahrzehntelang mit Völkerkunde der Alten Zeit befaßt habe, sind diese Geschichten absolutes Neuland. Verzeihen Sie, Hohe Frau, diese Abschweifung! Jedenfalls haben die auffallend großen Augen der Dohle Aurehl im Zusammenhang mit ihrem aufwärtsgerichteten Blick beim Verlassen des zerstörten Gebäudes, in dem man sofort den ›Blick zu den Himmlischen‹ gesehen haben will, dazu geführt, in ihr das Weltenauge, also den Erlöser zu sehen. Als ihr das klar wurde, war auch ihre

Entscheidung gefallen, denn es widerstrebt ihrem ganz und gar aufrichtigen und klaren Naturell, sich zu einer charismatischen Erlöserfigur stempeln zu lassen. Aus dem gleichen Grund ist sie nun auch damit einverstanden, den Leichnam ihres väterlichen Jugendfreundes Dirk Mandel und die Leichname seiner Weggefährten in einem Wäldchen nahe beim Airport zu bestatten. Die hiesige Gegend wird nämlich von den meisten Betonmenschen ängstlich gemieden, und deshalb wird Dirks Begräbnis im Beton wenig Beachtung finden, was natürlich in unser aller Sinn ist. Und was diese sonderbare Unruhe im Beton anbelangt, so setze ich auf die praktischen Erfahrungen Ihres Beraters Tamasch, der sagt: Die Unruhe wird schließlich von der Not erstickt. Vor vier Wochen hätte ich ein solches grauenhaftes Wort nicht aufnehmen, oder gar weitergeben können, heute, wo ich diese Betonwelt mit den Augen der Dohle Aurehl zu sehen gelernt habe, weiß ich, daß dieses Wort die grauenhafte Wahrheit dieser Menschen ist. Die Dohle Aurehl hält sich meist in ihrer Suite auf, nur die Wahulla darf zu ihr.«

Als die Heide das vorgelesen hatte, sagte sie: »Ich will auch dahin, zu diesen Betonmenschen. Die Dohle Aurehl wird ihnen das tägliche Brot geben, und ich werde ihnen den wahren Glauben an Jesus Christus, den Herrn wiedergeben«, sagte es aber nicht als das Kind, über das ich sonst lächle.

Am 19. April las uns allen Re Dajana im Langen Zeltzimmer den ersten Brief von der Aurehl vor, nach dem Tod vom Dirk: »›Nun habe ich meinen zweiten Vater verloren. Heruntergefallen vom Hochstein ist der erste, und ich habe daneben gestanden, und er hat mich nicht mehr gesehen. Den zweiten haben die Mauern erschlagen, die sind heruntergefallen auf ihn, und wieder habe ich danebengestanden, und er hat mich noch lange angesehen, hat aber nicht mehr geredet. Das Begräbnis mußte ich alleine machen, denn die Bickelak kommt nicht hierher. Ich habe das Grab fruchtbar gemacht mit Buchecker, Maiskolben, Sonnenblumenkern und Haselnuß, alles vom Wilhelm, denn ich habe ja nichts eingesammelt zur Zeit der reifen Früchte. Dazu habe ich auch eine Handvoll vom wertvollen Saatweizen gegeben. Vom Saatweizen habe ich viel geredet zum Dirk, als ich bei ihm drin war, in seinem Hochstein. Aber erst waren die mit den Empies.

Und dann kamen die Treiber vom Eckhardt heran, so mußte ich zu denen reden. Danach hat mich der Dirk zu einem Schacht hingeführt und hat gesagt: ‚In diesem Schacht ist die Wahrheit.' Und weil ich es nicht gleich verstanden habe, so sagt er noch: ‚Drin sind alte Zeitungen, draus lernt man, daß es die Veränderungen gegeben hat.' – ‚Die Veränderung will ich ja auch!' sage ich zu ihm ganz glücklich und umarme ihn in meinem Glück, ‚deshalb will ich ja den Weizen ins Beton bringen!' Aber er hört mir nicht zu. Er fragt mich: ‚Hat dich der Super gezwungen?' – ‚Nein! Nein! Nein!' schreie ich dreimal, ‚ich habe doch meinen kleinen Acker am Mainfluß, nahe bei den Fischern! Und in meinem Acker ist doch die wertvolle Saat drinnen! Und die soll doch hundertmal reiche Ernte bringen! Und von der Ernte hebe ich dann wieder die Saat auf', und rede so weiter, bis er's endlich versteht. Und ist sehr still, so kenne ich den Dirk noch nicht, so still! Aber dann sagt er: Ich mache alles verkehrt herum, erst muß das Recht ins Beton kommen und das Ende der Herrschaft der Super über den Betonmenschen, und die Gleichheit, und dann erst darf der Acker kommen. Denn sonst geht alles die verkehrte Reihe herum, und sagt: ‚Steig nun mit mir hinab in diesen Schacht der Wahrheit!' Und er führt mich über die Leitern hinab und zeigt mir seine Zeitungen und blättert darin und liest mir vor, wie es immerzu anders und anders war, hundert Jahre lang! Aber keiner weiß es, denn die Zeitung zerfällt ja! Liest der Betonmensch nun eine Zeitung, so steht drin: ‚So wie es immer war, so soll es immer bleiben!' Und liest der Betonmensch die nächste Zeitung, so soll's auch wieder so bleiben. Aber hat der Betonmensch zwei Zeitungen aus zwei Zeiten, so wird's ihm eine Lüge, daß alles immer so war: Es hat in den zwei Zeiten die Veränderung gegeben! Und wie wir reden, so kommt ein helles, schönes Licht zu uns herab in den Schacht, dazu weißer Staub, und ich kann den Dirk nicht mehr sehen, höre ihn aber husten, und muß auch husten, und höre ihn: ‚Wir müssen schnell raus!' und renne und finde einen Weg über die Steine und denke immerzu: So viele Steine! So viele Steine! Und gehe zum Hauptmann hin und will ihn fragen: ‚Wo kommen denn die vielen Steine her?' Und denke mir: Der Hauptmann weiß es auch nicht. Und ich sehe den Dirk nicht kommen. So befehle ich dem Hauptmann, daß er mir den Dirk herausholt. Aber er hört mich nicht. So will ich zur Wahulla sagen, daß der Hauptmann mir den Dirk herausholen soll, aber ich kann nicht reden. So setze ich mich zur Wahulla, denn ich denke: Bei ihr werde ich wieder reden können.‹« Und dazu hatte die Wahulla geschrieben: »Die Dohle hat mir diesen Brief heute schon mehrere Male angesagt und immer an der selben Stelle abgebrochen. Der Doktor Longley sagt, es ist der Schock. An eine Reise der Dohle ist im Moment überhaupt nicht zu denken. Sie ißt fast nichts und ist nicht ansprechbar.«

Als Re Dajana diesen Brief vorgelesen hatte mit einem ernsten Ton, da war's wieder sehr still im Langen Zeltzimmer, bis sie dann sagte: »Morgen fliegen wir nach Frankfurt.«

Bald drauf gab's ein Gerenne in ganz Matschju-Pitschju, jeder hatte seinen Befehl, Schneider, Koch und Elektriker, und weil der MacNeer noch in Frankfurt war, so mußte er erst nach Kusko fliegen, dort soll er sich ausschlafen für den wichtigen Flug, wir fuhren alle mit dem Diesel nach Kusko, und aus Kusko hob uns der ausgeschlafene MacNeer dann hoch, erst gegen die Sonne, dann von der Sonne weg in die Nacht hinein, dann aus der Nacht in den neuen Tag, die Sonne ging viel schneller auf als sonst, das war eine Zauberei für mich, und als wir herabgingen zum Rhein-Main-Airport, da waren die Schatten noch lang, waren aber schon die Schatten vom andern Tag.

Unter der Treppe stand der Tamasch, der Kriss, der Longley und viele andere, aber die Aurehl nicht.

Alle machten sie ihre tiefe Verbeugung vor Re Dajana und wollten zu ihr reden, aber sie ging an ihnen vorbei mit großen Schritten, zu Aurehl, ins Haus der Benefiten, und keiner hat sie danach gesehen, zwei Tage und zwei Nächte lang.

Zu mir kam der Hillinger, blond und lang, und sagte: »Wir haben getan, was wir konnten.« – »Und immer noch alles fest im Griff?« fragte ich ihn und ließ ihn stehen. Der Tamasch kam und sagte: »Seit däm Todä von däm Dirk ist die Dohlä nunmaleinäs wie einä Värwandältä.« Und es kam ein großer Mann mit viel Fett ringsherum, einen kleinen, runden Kopf drauf und wenig Haaren und viel Fett unterm Kinn, der sagte: »Gestatten, Hauptmann Eckhardt«, sah mich an und dann: »Ich habe Sie mir ganz anders vorgestellt.« – »Wie denn?« fragte ich ihn, »noch schöner?« Drauf erschrak er und sagte: »Verzeihen Sie, ein Scherz ...« und wußte nicht weiter.

Zum Essen saß ich mit der Heide zusammen an einem kleinen, runden Tisch.

Sie sagte: »Wenn Aurehl dem Dirk Mandel ein katholisches Begräbnis hätte zelebrieren lassen, dann wäre sie längst wieder gesund. Denn dann wüßte sie ja, daß Dirk nur den zeitlichen Tod gefunden hat.«

Ich fragte sie: »Und welchen anderen Tod gibt es sonst noch?«

Und sie, beim Essen: »Der Tod hat keine Macht über den katholischen Menschen.«

Ich sagte drauf nur: »Polyxa.«

Sie warf aber den Kopf herum und sagte: »Ich rede vom ewigen Leben!«

»Ich auch.«

Und sie: »Das ewige Leben hat doch nichts mit Polyxa zu tun, sondern mit dem Glauben!«

»Und was ist ›der Glaube‹?« fragte ich sie.

»Der Glaube kommt aus der Gnade des Herrn, und wer glaubt, wird selig und geht ein ins ewige Leben.«

»Nicht so schnell!« rief ich. »Was ist die Gnade des Herrn? Wie bekommt man die? Wie wird man selig?«

»Sie werden das alles bald verstehen«, sagte sie drauf.

»Sie sind ja nicht auf den Kopf gefallen«, aß weiter, kaute, schluckte, und dann: »Heute wollte ich Sie eigentlich nur trösten, weil Aurehl sich nicht sehen läßt.« Und aß wieder weiter. »Aber es gibt ja noch andere.« Und weil ich so tat, als ob ich sie nicht verstehe und sie ratlos ansah, sagte sie noch: »Aurehl weint um ihren Dirk. Die Hohe Frau tröstet Aurehl. Und ich sitze mit Ihnen zusammen beim Essen. Finden Sie das nicht auch merkwürdig?«

Und als sie dann aufgegessen hatte, sagte sie: »Irgendwann, vielleicht sogar sehr bald, missioniere ich Sie. Und dann heirate ich Sie.« Stand auf und hüpfte davon, wie die Kinder hüpfen.

Am 22. April des Jahres 269 der Neuen Zeit war das Gericht im Waffendepot. Dahin wurde der Goldne Löwenthron getragen, Re Dajana saß drauf als löwenmähnige Paschamama, und zu ihren beiden Seiten saß der Fort und der Xung-Beping. Ihnen gegenüber stand der Eckhardt mit allen seinen Hauptmännern, und ich saß mit den Zeugen dazwischen, auch Aurehl saß bei den Zeugen, aber von ihr sah ich nur die Augen.

Neben Xung-Beping stand sein Mund, und dem gab der kleine wichtige Mann nun das Zeichen. Der Mund sagte laut: »Das Gericht der Hohen Frau Re Dajana, Höchste der Kornegills, klagt den Hauptmann Eckhardt und alle seine Hauptmänner an in zwei Punkten: Erstens, daß sie gegen ihre Pflicht das Waffendepot kampflos in die Hände von aufrührerischen Elementen fallen ließen, nicht einmal die Schlösser sind aufgebrochen worden, und daß sie die Anführer entkommen ließen. Zweitens, daß sie gegen den strengen Befehl der Hohen Frau Re Dajana drei Raketen auf das Gebäude geschossen haben, in dem sich die Dohle Aurehl zu Verhandlungen mit den Entführern zweier Benefiten der Bodenreifs aufhielt. Die beiden Benefiten sind tot, ebenfalls die beiden Wachmänner, die die Entführer bei sich hatten, das Leben der Dohle Aurehl war aufs äußerste gefährdet.«

Danach sagte der Fort: »Hauptmann Eckhardt möge vortreten und sich dazu äußern.«

Der Eckhardt trat einen kleinen Schritt vor und sagte: »Hohe Frau! Hohes Gericht! Ich bitte, mich zuerst zu dem Überfall auf das Waffendepot äußern zu dürfen. Seit Herr Hauptmann Hillinger hierher kommandiert wurde, haben wir gemischte Wachmannschaften. Ich bitte nun, verlesen zu dürfen, was mein erster Wachoffizier, Hauptmann Weichold, dazu zu sagen hat. ›Meine Männer beklagen sich laufend über die schlechte Disziplin und die mangelnde Kameradschaft der Hillinger-Männer. Diese werden mir als schwule Säue dargestellt. Alkoholische Getränke werden herumgereicht, die Klagen nehmen kein Ende. Ich bitte um Abhilfe.‹«

Der Fort sagte: »Hauptmann Weichold möge vortreten und dies bestätigen.«

Ein Hauptmann neben dem Eckhardt trat einen kleinen Schritt vor und sagte: »Ich bestätige meine Aussage«, und trat wieder zurück.

Der Eckhardt sagte weiter: »In der Nacht des Überfalls

wurden zwei meiner Männer mit Alkohol vollgepumpt, dann wurden ihnen die Schlüssel entrissen, und nach erfolgtem Überfall wurden sie von den Banditen gewaltsam entführt. Diese meine beiden Männer können leider nicht mehr vor Ihrem Hohen Gericht aussagen, Hohe Frau, denn der eine ist von den Banditen ermordet worden, der andere so schwer gefoltert worden, daß er nach seiner Befreiung diesen Verletzungen erlag. Aber derjenige, den die Schuld daran trifft, steht hier vor uns«, und er zeigte auf einen Wachmann neben dem Hillinger: »Wachmann Ellmauer! Bisher nur als Zeuge geladen, aber schon bald, so hoffe ich, als Angeklagter! Für mich steht fest, daß der Überfall auf dieses Waffendepot niemals auch nur die geringsten Chancen gehabt hätte, wenn nicht durch die Abkommandierung Hauptmann Hillingers ein heilloses Kompetenzgerangel und, im Zusammenhang damit, die erwähnten Disziplinlosigkeiten, Alkohol undsoweiter, entstanden wären. Und nun zu den Ereignissen um die bewußte Hochhausruine, dem Schlupfloch der Banditen und Geiselnehmer. Hohe Frau! Hohes Gericht! Ich habe alle Befehle von höchster Seite getreu und pflichtbewußt ausgeführt. Erstens: Bereitstellung einer ausreichend großen Mannschaft für die Geiselbefreiung und Strafaktion in der hiesigen AuSi. Zweitens: Umzingelung der Aufrührer mit dem Ziel, sie auszuhungern. Drittens: Zurücknahme meiner Männer auf tausend Meter von der Hochhausruine, bis die Mission der Dohle Aurehl beendet ist. Am Nachmittag des 13. April forderte der Geheime Rat Tamasch mich auf, ihm Decken, Schlafsäcke und Militärproviant zu überlassen. Sehr verwundert war ich dann, als ich hörte, daß man Schafe mit diesen Ausrüstungsgegenständen bepackt und zu dem belagerten Hochhaus hingetrieben hatte. Das war doch ein eklatanter Verstoß gegen den allerhöchsten Befehl! Denn wie soll ich belagerte Banditen aushungern, wenn diese mit Ausrüstung und Proviant versorgt werden? Am 14. April wurde mir dann gemeldet, daß die Dohle Aurehl sich in den Unterschlupf der Banditen begeben hat, und gegen Mittag hieß es, sie habe sich angeblich freiwillig als Geisel in die Gewalt der Banditen begeben. Um Gewißheit zu erlangen, befahl ich mehrere gut getarnte Trupps zur Erkundung nach vorn. Sie bestätigten übereinstimmend das schreckliche Gerücht: Die

Dohle Aurehl ist in der Gewalt der Banditen! Hohe Frau! Sie können mir vorhalten, daß ich in dieser prekären Lage nicht sofort Verbindung mit Ihnen aufnahm. Aber was hätten Sie mir raten können? Was befehlen? Wie hätten Sie die Lage aus der Ferne beurteilen können? Hätten Sie sich nicht, in Zeitnot, in Ungewißheit, voll und ganz auf mich verlassen? Ich jedenfalls ließ meine Männer langsam vorrücken. Gegen 15.10 Uhr erschien die Dohle Aurehl in einer Öffnung der Ruine und forderte meine Männer auf, sich zurückzuziehen. Ich mußte davon ausgehen, daß sie dies nur in Todesangst, mit der Pistole der Banditen im Rücken tat. Um so mehr, als mir zum gleichen Zeitpunkt gezielte Schüsse der Banditen auf meine Männer gemeldet wurden. Es hieß, mehrere Männer seien bereits getroffen. Und dies, obwohl von meinen Männern aufgrund meines strikten Befehls kein einziger Schuß abgefeuert worden war! In dieser kritischen Lage, die durch eine doppelte Verunsicherung meiner Männer entstanden war, einmal durch die Zurufe der Dohle Aurehl, zum anderen durch die Schüsse, entschloß ich mich um 15.49 Uhr, Befehl für drei Warnschüsse auf die Spitze des Hochhauses abzugeben, mit dem dreifachen Ziel: Erstens, die Lage zu stabilisieren, zweitens, die Banditen einzuschüchtern, und drittens, die Befreiung der beiden Geiseln, vor allem der Dohle Aurehl zu erreichen, nachdem die Verhandlungen offenbar gescheitert waren. Leider erwies sich das Gemäuer als so morsch, daß es allein vom dem Luftdruck der Explosionen zusammenfiel. Ich halte es aber für höchst unwahrscheinlich, daß die beiden Geiseln und meine von den Banditen gewaltsam entführten Männer durch herabstürzendes Gemäuer getötet wurden. Ich bin sogar sicher, daß sie schon vorher von den Banditen gefoltert und getötet wurden, nachdem diese erkannten, daß wir ihre konfusen Forderungen nicht erfüllen würden. Ich habe als Soldat und verantwortlicher Offizier gehandelt und bitte Sie, Hohe Frau und Ihr Hohes Gericht, um einen ehrenhaften Freispruch.« Und trat einen Schritt zurück.

Der Fort sagte: »Wer hat die beiden Geiseln und die beiden entführten Wachmänner untersucht? Woran sind sie gestorben?«

Der Longley stand auf und ein Arzt vom Eckhardt, neben

mir, und bevor der Longley reden konnte, sagte der: »Die Obduktion der Leichen der beiden Geiseln und der beiden entführten Männer hat nicht eindeutig ergeben, ob sie durch herabstürzende Gesteinsmassen, oder schon auf andere Weise den Tod gefunden haben.« Und beide setzten sich wieder.

Der Fort sagte: »Wachmann Ellmauer möge vortreten.«

Neben mir, bei den Zeugen, stand einer auf und trat vor.

Der Fort sagte zu ihm: »Vom Gericht bist du nicht angeklagt, sondern vom Hauptmann Eckhardt. Rede jetzt!«

Der Ellmauer sagte: »Zuerst Alkohol. Auf Nachtwache in der Kälte hier trinkt jeder. Dann Schlüssel. Die Schlüssel gehen reihum. In der bewußten Nacht hatte ich die Schlüssel! Dann der Überfall. Die Banditen standen vor uns ...«

»Wie viele?« fragte ihn der Fort.

»Hab sie nicht gezählt, ging alles zu schnell«, antwortete der Ellmauer.

»Warum habt ihr euch nicht gewehrt, nicht geschossen, nicht die Schlüssel verteidigt?«

Und der Ellmauer: »Die haben uns ja überrumpelt! Und ich, ich habe mir gedacht: Sollen sie doch reingehen! Hinterher holen wir sie mit dem Heli ein und knöpfen ihnen alles wieder ab! Ich hab noch den Alarmknopf drücken können. Als ich dann die beiden Benefiten vom Hohen Herrn gesehen habe, da habe ich gedacht: Jessas! Die machen ganze Sache, die Banditen! In Ihrem Unterschlupf haben sie uns dann gut behandelt, nur Verpflegung und Decken hatten sie keine, und am 12. April haben sie mich mit dem Erpresserbrief hergeschickt zum Airport. Ich bin mir keiner Schuld bewußt und bitte das Gericht um Milde.« Trat zurück und setzte sich.

Der Fort fragte: »Wer hat den Alarm zuerst gehört?«

Der Eckhardt trat einen Schritt vor, der Hillinger stand auf, und beide sagten sie zugleich: »Ich.« Und sahen sich dann an wie zwei brünstige Hammel beim Kampf um die Zibbe.

»Wer also?« fragte sie der Fort.

»5.54 Uhr«, antworteten sie beide wie aus einem Mund.

Und der Fort fragte weiter: »Warum sind die Waffenräuber nicht mit einem Heli verfolgt worden?«

»Wegen ihrer Geiseln«, antwortete der Hillinger.

Nun wußte der Fort nicht weiter, aber der kleine wichtige

Xung-Beping flüsterte mit seinem Mund, und der sagte laut: »Wer hat Schüsse aus dem belagerten Haus gehört?«

»Ich, ich, ich«, antworteten mehrere Männer neben dem Eckhardt.

Und der Mund: »Wer hat verwundete Männer liegen sehen?«

Drauf antwortete keiner.

Dann fragte der Fort: »Warum wurden den Belagerten Decken, Schlafsäcke und Proviant überlassen?«

Tamasch stand auf, trat nicht vor und antwortete: »Bäfähl där Chärrin Dohlä Aurähl. Undän war solchärmaßän gedacht, daß man Värchandlungän umsobässär fiehrän kann mit einäm sattän und aufgäwärmätän Reibär«, und setzte sich wieder.

Der Fort sagte: »Der Raketenoffizier möge vortreten.«

Ein Hauptmann neben dem Eckhardt trat einen kleinen Schritt vor, schmales Gesicht, wenig Haare auf dem Kopf, aber einen langen Kinnbart, den hielt er fest, wenn er redete. Der sagte: »Hauptmann Bunckelmann.«

Und der Fort: »Äußern Sie sich, Hauptmann Bunckelmann!«

»Meine Raketen waren schon am 12. April einsatzbereit. Alle Befehle von höchster Stelle sind mir ordnungsgemäß vorgelegt worden. Man-Killing-Beschuß kam nicht in Frage. Daher habe ich manövermäßig Materialbeschuß mit hohem Warnwert errechnen lassen, für meine Männer eine Aufgabe von hohem erzieherischen und praxisbezogenen Wert. Desgleichen habe ich sogenannte ›Touchierschüsse‹ errechnen lassen. Es ist ja sicher auch dem Hohen Gericht bekannt, daß wir unsere Raketen mit höchster Zielgenauigkeit zünden.« Und hielt seinen Kinnbart gut fest. »Als dann Hauptmann Eckhardt mich gegen 15.40 Uhr fragte, in welcher Weise ich stabilisierend eingreifen könnte, empfahl ich ihm Touchierschüsse knapp über der bewußten Ruine. Diese haben nach aller Erfahrung eine stark demoralisierende Wirkung auf den Feind, aber in der Regel keine Man-Killing-Wirkung. Ich bedauere, daß ich die außerordentliche Morschheit des Gebäudes nicht genügend in meine Berechnungen einbezogen habe, was dann, leider, zum Einsturz des vollkommen morschen Gemäuers führte«, hielt seinen Kinnbart wieder fest, streichelte den auch, und sagte am Ende: »Aber wer steckt schon in einem solchen Jahrhunderte alten Gebäude?« Und trat wieder einen Schritt zurück.

Der Fort sagte: »Der Zeuge Hauptmann Hillinger möge vortreten und sich zum Überfall auf das Waffendepot äußern.«

Der Hillinger stand auf und sagte: »Zunächst eins: Mangels klarer Kompetenzen haben sich meine Männer ständig als fünftes Rad am Wagen empfunden. Das wirkt auf Dauer demoralisierend. Unregelmäßigkeiten sind mir jedoch nicht bekannt geworden. Wachmann Ellmauer hat meines Erachtens absolut korrekt gehandelt, als er sich zuerst der Übermacht ergab, um später in aller Frische die Verfolgung durch Helis aufnehmen zu lassen. Auch, daß er vor seiner Überwältigung noch die Geistesgegenwart besaß, den Alarm auszulösen, spricht für ihn. Trotzdem ist es zu bedauern, daß wir auf die Aussagen der beiden Männer von Hauptmann Eckhardt verzichten müssen. Und zuletzt möchte ich noch eine persönliche Bitte aussprechen. Hohes Gericht! Ich bitte um meine Rückversetzung zu den Bodenreifs in Italien.« Und setzte sich mit einer schönen Verbeugung vor Re Dajana und vor Fort.

Der sagte: »Es möge nun der Hauptmann Weichold vortreten und sich zu dem Überfall auf unser Waffendepot äußern.«

Der trat wieder einen kleinen Schritt vor und sagte: »Auch ich bedauere, daß meine beiden Männer nicht mehr aussagen können. Aber über den Grad der Demoralisierung sagt wohl die Aussage von Herrn Hauptmann Hillinger eigentlich schon alles: Sollen die Banditen doch ruhig ins Waffendepot eindringen und es ausplündern! Danach wird man schon sehen! Schlicht absurd ist es, anzunehmen, daß meine toten Männer sich ebenso verhalten haben sollten! Und außerdem wird bei der Anklage gegen Ellmauer und Komplizen noch zu klären sein, inwieweit diese mit den Banditen im Bunde waren.« Und trat wieder zurück.

Xung-Beping flüsterte mit seinem Mund, und der fragte laut: »Wer kann zu dem Überfall auf dieses Waffendepot sonst noch eine Aussage machen?«

Und weil niemand drauf antwortete, sagte Re Dajana, oben

auf ihrem Goldnen Löwenthron: »Wir haben nun alle angehört ...« und stockte, denn der Kriss stand auf. Sie sah ihn an mit ihrem Katzenblick und fragte ihn: »Du willst noch etwas sagen?«

»Nur zwei kurze Anmerkungen«, antwortete der mit einer tiefen Verbeugung vor ihr. »Hohe Frau! In den entscheidenden Minuten vor der Katastrophe hatte ich Funkkontakt mit einer Ordonnanz aus dem Stab des Herrn Hauptmann Eckhardt. Ich war besser über die Lage informiert als jeder andere. Dennoch hat mir diese Ordonnanz ein Gespräch mit Herrn Hauptmann Eckhardt verwehrt. Ich bitte das Hohe Gericht diese Ordonnanz aufzurufen. Zum Zweiten möchte ich mich bei Hauptmann Frenkel für seine Umsicht bei der Bergung der Verletzten bedanken.« Und setzte sich.

Der Fort sagte: »Die Ordonnanz möge vortreten.«

Aber niemand von den Männern beim Eckhardt trat vor.

Drauf stand der Doktor Longley auf und sagte: »Auch ich bitte um ein kurzes Wort.« Und rieb seine Finger aneinander. »Ich bin Arzt, kein Soldat. Ich habe eine Menge Aussagen aus berufenem Munde gehört. Demnach hat keiner dieser Männer etwas falsch gemacht. Und nun erlaube ich mir als militärischer Laie die Frage: Wenn keiner etwas falsch gemacht hat, wieso mußten dann zwölf Menschen sterben, nicht zu reden von den vierzehn Verletzten? Wenn die Dohle Aurehl die vorrückenden Soldaten zur Umkehr aufforderte, so tat sie dies doch, um Blutvergießen zu vermeiden!« und wollte so weiterreden.

Aber hinter dem Eckhardt hörte man eine Stimme, die rief: »Ja, wenn das Wörtchen ›wenn‹ nicht wär', da brauchte man kein Militär!« Drauf lachten alle Männer beim Eckhardt, nur er lachte nicht, sondern drehte sich um zu seinen Männern und sagte: »Meine Herren! Ich bitte um Disziplin!« Und gleich waren sie still.

Der Fort fragte den Longley: »Haben Sie noch etwas zur Anklage zu sagen?«

Der wollte gern reden, es kam aber nichts aus seinem Mund, so war's still im Waffendepot.

Und in die Stille sagte Aurehl mit schwacher Stimme: »Ich will den Hauptmann Eckhardt etwas fragen.«

»Fragen Sie!« sagte der Fort.

Aurehl stand auf, alle sahen zu ihr hin, und sie sagte zum Eckhardt: »Haben Sie Ihre Raketen ins Beton mitgenommen, daß Sie damit schießen?«

Und der Eckhardt antwortete ihr, wie man einem dummen Kind antwortet: »Ach nein, eigentlich mehr so zum Spaß.« Und er wackelte mit seinem kleinen Kopf, und das Fett an seinem Kinn wackelte mit.

»So haben Sie dann auch aus Spaß geschossen?« fragte Aurehl ihn weiter.

»Ich verstehe die Frage nicht, mein Fräulein«, sagte der Eckhardt. »Ich bin Soldat.«

»So hat der Soldat vorher seine Raketen, und hinterher weiß er, wozu er die braucht.«

Es wurde unruhig bei den Männern vom Eckhardt, der wußte keine Antwort drauf, sah sich um, ob ihm keiner hilft, und sah zuletzt auch Re Dajana um Hilfe an.

Die sagte zu ihm: »Beantworte mir bitte die Frage der Dohle!«

»Hohe Frau!« sagte der und stockte. »So einfach ist die Sache nicht ...«

»Hauptmann Eckhardt!« rief Re Dajana mit ihrem Katzenblick unter der Löwenmähne, daß jeder sich vor ihr fürchtete: »Ich befehle dir, mir die Frage der Dohle zu beantworten: Ist es wahr, erst wenn er geschossen hat, weiß der Soldat, warum er geschossen hat? Ist das wahr? Ist das so bei dir?« Und ihre Stimme war wie das Fauchen der Raubkatze.

»So ... ah ... so sollte es nicht sein!« antwortete der Eckhardt in seiner Not.

»Es ist aber so?« fauchte Re Dajana weiter.

»Hohe Frau!« sagte der Eckhardt, »es ... es ist nun mal das Schicksal des Soldaten, daß er Entscheidungen über Leben und Tod fällen muß ...«

»... und ist die Entscheidung gefallen, und hat er getötet, so weiß er hinterher, warum er getötet hat? Ist das so?« schrie Re Dajana.

»Hohe Frau! Ich ... ich bitte Sie!« rief der Eckhardt und kam nicht weiter, den Re Dajana schrie: »Und wenn er wenigstens ehrlich wäre und zugeben würde, daß er nur deshalb getötet hat, weil er eben Waffen zum Töten hatte! Aber so stelle ich mir meine Soldaten nicht vor! Meinen Soldaten gebe ich Waffen, damit sie mich und meine Diener schützen!« Stand auf, holte die Aurehl und ging mit ihr hinaus.

Der Fort sagte noch: »Die Urteile werden noch heute verkündet.«

Und dann gingen alle still aus dem Waffendepot.

Das Urteil hieß: Der Eckhardt verliert die Gewalt über alle seine Männer und über alle seine Waffen. Der Hauptmann Frenkel wird sein Nachfolger. Der Hillinger darf zurück zu den Bodenreifs.

Später warteten drei Helis vor dem Haus der Benefiten, die sollten uns alle zum Schloß Marbach bringen. Aurehl wurde von zwei Lernärzten auf einer Bahre hinaufgehoben. Beim Flug saß ich dann mit Re Dajana neben der Bahre, Aurehl schlief, und Re Dajana sagte nahe an meinem Ohr, damit ich's über dem Helilärm verstehen kann: »Ich hätte sie nicht zum Gericht mitnehmen dürfen. Sie ist noch zu schwach für solche Aufregungen.«

Der Heli senkte sich hinab, es wurde still, aber sie merkte es nicht. Der Tamasch trat zu uns, Wassertropfen auf seiner Glatze, er sagte: »Nunmalän ist man gälandät bei däm schenän Schloßä Marbach. Undässäntwägän stähät där Gachlär mitsamtän komplättär Dienärschaft zum Ämpfangä bäreit, im Rägän, ohnä Schirm.«

Wir warteten trotzdem, bis zwei Lernärzte kamen und die Aurehl vorsichtig hinaustrugen, erst dann traten wir auf die Treppe. Unten stand der Gachler mit seinen Dienern, es regnete, und sie waren alle naß bis auf die Haut. Der Gachler sagte mit einer tiefen Verbeugung: »Wir begrüßen Sie auf Schloß Marbach, untertänigst, und überglücklich, Sie gesund wiederzusehen.« Der Labiges hielt uns zwei kleine Baldachine hin, die nennen sie ›den Regenschirm‹, so kamen wir trocken in den Spiegelsaal.

Auch im Schloß Marbach durfte niemand zu Aurehl, außer der Wahulla, dem Longley und Re Dajana, sechs Nächte und fünf Tage lang. Aber am sechsten Tag, das war der 29. April des Jahres 269 der Neuen Zeit, als die beiden Lernmehden mich grade badeten, da wurde die Tür aufgestoßen, herein hopste Aurehl, sah sich um im Bad beim Hopsen, sagte zu den Lernmehden: »Badet mir den schönen Mann nur weiter.

Ich muß durchs ganze Schloß hopsen«, und war schon wieder weiter. Und als ich später mit Re Dajana auf der Veranda saß, hinterm fünften Zimmer, da hopste Aurehl zu uns, sagte beim Hopsen: »Ich kann nicht so weit zählen, wie es Zimmer gibt im Schloß«, griff sich alle kleinen heißen weißen Brote vom Tischchen, biß in eins hinein und hopste schon weiter. Und später, im fünften Zimmer, Blumen und Früchteschalen ums große Bett herumgestellt, da hüpfte Aurehl auf dem Bett, lange und hoch und immer höher, ihr Umhang fiel herunter, aber sie merkte es nicht, aber plötzlich ließ sie sich auf den Rücken fallen, lag ganz still, die Arme unterm Kopf verschränkt und sagte: »Ich will und muß euch eine Geschichte erzählen. Ich war noch ein kleines Kind. Da kam mein Vater herein mit einem kleinen Kasten aus Eisen. ›In dem Kasten ist ein Geheimnis‹, sagte er, ›es ist nämlich ein Schloß. Dazu braucht man einen Schlüssel, und dreht man zweimal herum, dann ist das Schloß auf.‹ Und er legt das Schloß vor mich hin. Ich sage: ›Drehe nun das Schloß auf!‹ – ›Ich habe doch den Schlüssel nicht!‹ antwortete er. Ich bettle so lange um den Schlüssel, bis meine Mutter mit mir schimpft. Aber am anderen Tag kommt mein Vater wieder herein, vom Hochstein, hält mir einen eisernen Nagel hin und sagt zu mir: ›Das ist der Schlüssel.‹ – ›Drehe nun das Schloß auf!‹ bettele ich wieder. – ›Der paßt noch nicht‹, sagte er, ›der muß erst zurechtgefeilt werden.‹ – ›Und wann feilst du den zurecht?‹ fragte ich meinen Vater. – ›Dazu brauche ich eine Feile‹, antwortet er. So habe ich dann um die Feile gebettelt, bis er eine gebracht hat. Er hat an dem Schlüssel gefeilt und gefeilt, aber der paßte nicht und paßte nicht, und dann ist er abgebrochen. Drüber habe ich lange geweint.« Sie setzte sich auf und stützte sich auf ihre Hände, sie sah sehr schön aus in ihrer Hitze vom vielen Hopsen durchs Schloß, ihre großen Zehen spielten den Ringkampf umeinander, und sie sagte: »Dann habe ich das Wort gehört: Schloß Marbach. Und habe wieder den kleinen Kasten aus Eisen gesehen. Und habe gedacht: Hoffentlich ist der Schlüssel diesmal schon richtig gefeilt, und hoffentlich bricht er nicht ab! Und habe mir gewünscht, daß der Schlüssel zweimal gedreht wird, und das Schloß ist auf, und ich sehe das Geheimnis im Schloß.« Dann ließ sie sich wieder auf den Rücken fallen, hob aber nun ihre Beine hoch und spielte das Abrutschspiel, immer ein Fuß rutscht am andern ab. Re Dajana hängte eine leichte Decke über ihre Beine, und wenn Aurehl nun ihre Beine hob und senkte, so waren es zwei Puppen, hatten Kopf, Schultern und Leib, eine war der kleine Pik, die andere war der starke Puck, und dazu redete Aurehl mal wie Pik, mal wie Puck. Das linke Bein, als kleiner Pik, sagte zum rechten Bein: »Du wächst zu hoch!« Und das rechte Bein, als starker Puck rief dagegen: »Ich wachse so hoch wie ich will!« – »Du wirst oben anstoßen!« rief das linke Bein, als kleiner Pik, und das rechte, als starker Puck: »Wo soll ich denn anstoßen!« – »Am Himmel oben!« – »Der ist weit weg!« Und der Kleine Pik: »Aber die Himmlischen nicht! Die sind überall!« Drauf wurde der starke Puck plötzlich ganz klein vor Schreck und sagte leise, als kleiner, verschreckter Puck: »Du bist ja bloß neidisch!« Nun war's aber so, daß beide gleich groß waren, der kleine Pik und der starke Puck, und so rief der kleine Pik auch: »Worauf soll ich denn neidisch sein?« Dann fielen sie beide um, denn sie waren schlapp geworden vom langen Streiten. Re Dajana kroch zu Aurehl hin, beugte sich über sie, sagte: »Dohle, meine Dohle!« Dann küßte sie sie auf den Nabel, dann auf den Bauch, dann zwischen die Brüste, danach auch die Pietzen, erst die linke, dann die rechte, die heißen Lĭomei und Lĭosie, aber manchmal heißen die auch Liăne und Loĭne, oder Laĭde und Liăve, machmal auch Aldemon und Eldemin, und sogar Brimm und Brumm heißen die. Dann war's still im fünften Zimmer, dann sagte Re Dajana zu mir: »Sie schläft«, legte ihr eine warme Decke über den Leib, setzte sich neben sie und sah sie an, daß ich dachte: Sie weiß nichts mehr von der Welt, nur Aurehl sieht sie noch.

Später wurde ich wach von zwei warmen Körpern neben mir, war eingeschlossen zwischen den beiden und durfte mich nicht rühren. Aber dann gingen sechs Hände herum und suchten sich, und sechs Füße wollten nahe beisammen sein, und der sechsarmige Grottengott war bei uns bis zum Morgen, und wir wurden seine Kinder.

Jeder in Marbach dachte nun, daß Aurehl von einer schlimmen Krankheit geheilt ist, wie sie die Welt verbessern will mit dem Weizenanbau im Beton. Jeden Tag hüpfte sie durchs

Schloß, alle Türen mußten offen sein für sie, so hatte Re Dajana es befohlen, jedem aß sie die kleinen weißen heißen Brote weg vom Tisch, und bald drauf mußte ich sie die Treppe zum Untersee hinabführen, die war ich ja einst mit einem riesigen Tablett hinabgegangen, sie hüpfte dann den Strand entlang, tauchte ihre Füße ins eiskalte Wasser und zog sie mit einem Juchzer wieder heraus, lachte viel und umarmte sich, dann war's wieder meine geliebte Wärme, und an einem klaren, sonnigen Tag im Mai sah sie den Rauch von den Hütten der Bergmenschen.

Der Gachler wurde gerufen. Der redete viel vom ›Kernpunkt‹ und fuchtelte dazu mit beiden Armen herum als wollte er immerzu hundert Fliegen verscheuchen, und sein Kernpunkt war immer noch: Der Libellenmann muß wieder her und muß den Bergmenschen ihre Jagd abnehmen, denn von seiner Jagd darf er nur das Zehnte behalten, so war ja das Recht im Familienland in der ganzen Welt. »So ist das nun einmal«, sagte der Rotbart Gachler am Ende, »und daran ändert sich auch nichts, wenn die Hohe Frau mit Güte und Liebe verfährt.«

Aurehl sagte zu ihm: »Neunmal soll der Bergmensch ein Tier in seiner Schnappfalle finden, und neunmal soll er es abgeben, daß er das Zehnte endlich essen darf? Das muß geändert werden!«

Der Gachler sagte zu ihr, wie man zu einem Kind redet: »Die Hohe Frau hat ja schon den Libellenmann abgeschafft! Den Leuten geht's gut, fast zu gut! Wenn ich ein Wildbret für die Hohe Frau schieße, dann beschweren sie sich über den Lärm im Wald!« und wollte so weiterreden.

Aber Re Dajana unterbrach ihn und sagte zu ihm mit ihrem Katzenblick: »Und geschossen wird auch nicht mehr!«

Der Gachler erschrak, sah sie ängstlich an und bettelte: »Aber Hohe Frau! Bedenken Sie doch! Wo bekomme ich denn das Wildbret für sie her?«

»Von den Bergmenschen«, antwortete Re Dajana, »aber mit einem neuen Gesetz.«

Noch am selben Tag gingen ins Bergland hinein Re Dajana mit Aurehl vorneweg, hinter ihnen ein Hauptmann mit zehn Treibern und dann ich. Bei der ersten Hütte auf dem gewundenen Pfad zu den Schiener Bergen wurde angeklopft, und weil keiner öffnete, so rief Re Dajana: »Vor euch steht Re Dajana Kornegill, Höchste der Großen Sieben. Macht nun bitte auf!«

Die Tür wurde geöffnet, ein riesiger Mann mit langem Haar und langem Bart trat vor die Tür, er trug das Fell von einer Büffelkuh, das ging ihm bis zu den Beinen herab, war vorn offen, und das Kopffell der Büffelkuh hatte er sich über seinen Kopf gezogen, so stand er nun mit Büffelhörnern vor uns, hatte eine schwere Axt in der Hand und sah uns an.

Re Dajana sagte zu ihm mit ihrem Liebesblick: »Ich will ein neues Gesetz mit euch machen. Das alte gefällt mir nicht mehr. Nach dem neuen Gesetz sollt ihr mir jedes zehnte Wild geben, das ihr gefangen habt.«

Der riesige Bergmensch sah sie an, rührte sich nicht und sagte nichts.

»Willst du mir nicht antworten?« fragte Re Dajana ihn.

Und gleich drauf hörte man von drinnen die Stimme einer Frau, die rief heraus: »Er redet nicht.«

Und Re Dajana, laut, für die Frau drinnen: »Sage du allen Bergmenschen: Re Dajana Kornegill, Höchste der Großen Sieben, will ein neues Gesetz mit dem Bergmenschen machen. Morgen, beim höchsten Stand der Sonne kommt sie wieder vor deine Tür.«

Dann gingen wir, der Riese blieb vor der Tür und rührte sich nicht, bis wir ihn nicht mehr sehen konnten.

Nun sollte das neue Gesetz gemacht werden vom Tamasch, vom Fort und von mir. Hundertmal sagten wir's der Aurehl vor, aber die antwortete immer nur: »Zu viele Worte«, bis endlich der Fort einen Rat wußte und sagte: »Man muß es in einen Stein meißeln können.« Und Aurehl drauf: »Aber keine Worte! Bilder müssen drauf sein! Die versteht jeder«, und sie wußte auch gleich wie's geht. So wurde der Hauptmann aller Steinmetze geholt, der mußte Bilder in einen Stein einritzen mit einem scharfen Meißel, und die Bilder waren dann das neue Gesetz: Zehn Tiere aus der Schnappfalle, neun davon nimmt der Bergmensch in seine Hütte, das zehnte gibt er Re Dajana. Und die gibt ihm dafür ein scharfes Messer oder eine Axt oder eine neue Schnappfalle. Und der Benefit darf auch nicht mehr mit dem Gewehr jagen, weil der Schuß dem Bergmenschen das Getier verschreckt.

Der Stein war aber so schwer, daß auch zehn starke Treiber ihn nicht heben konnten. So wurde er dann am Tag drauf mit dem Flaschenkran gehoben, an vier Seilen aus Stahl, wurde auf den größten Steyer-Puch geladen, daß der sich krümmte davon, und Re Dajana mit Aurehl voran, dann der Steyer-Puch, dann wieder der Hauptmann mit zehn Treibern und ich, so ging's den gewundenen Pfad hoch bis zur ersten Hütte. Der Riese mit den Büffelhörnern stand schon davor, hinter ihm seine Frau und seine drei Kinder, alle in Felle gewickelt, wir gingen aber weiter, und zwischen uns fuhr der Steyer-Puch mit Lärm und Gestank, wir kamen zur nächsten Hütte und zur dritten, davor immer ein Bergmensch mit seiner Frau und seinen Kindern, und alle gingen sie dann hinter uns her bis zu einem Platz, den nennen sie den Roten Kreis, kein Baum drauf, auf den hatte sich früher der Libellenmann herabgesenkt und dem Bergmenschen alles abgenommen, was er gefangen hatte, jetzt aber nicht mehr, weil ja Re Dajana den Libellenmann abgeschafft hatte, gegen den Rat vom Gachler. Und in der Mitte von diesem Platz wurde der Stein abgehoben vom Steyer-Puch mit dem Flaschenkran.

Als der Steyer-Puch dann abgefahren war, gingen alle Bergmenschen zu dem Stein hin, auch ihre Kinder, und sahen sich den Stein gut an, redeten aber nicht.

Re Dajana sagte mit ihrer schönsten Stimme: »Vor euch steht Re Dajana Kornegill, Höchste der Großen Sieben. Ich gebe euch ein neues Gesetz«, und zeigte auf den Stein. »Niemand darf das Gesetz verdrehen oder zerkratzen.« Dann ging sie zu dem Stein hin, legte beide Hände drauf und sagte laut zu dem Stein: »Du bist das neue Gesetz.«

Weil nun keiner wußte, wie's weitergeht, so nahm Aurehl den Riesen bei der Hand, führte ihn zu dem Stein, legte erst ihre Hände drauf, dann seine, sagte auch das Wort zu dem Stein: »Du bist das neue Gesetz«, und danach gingen alle Bergmenschen hin und legten ihre Hände drauf, aber das Wort sagten nur die Frauen und die Kinder, denn die Männer der Bergmenschen reden nicht, wenn ihnen der Super und sein Benefit zuhört.

Der Riese aber war noch nicht zufrieden. Er zeigte zu den Treibern und ihrem Hauptmann hin: Die sollen auch ihre Hände auf den Stein legen. So gab Re Dajana dem Hauptmann den Befehl, daß er und seine Männer ihre Hände auf den Stein legen, am Ende ging auch ich, und dann erst war der Riese zufrieden.

Am Tag drauf hörte ich ein lautes Geschimpfe vorm Schloß. Ich sah nach, der Riese stand nahe bei der Tür mit seiner schweren Axt, um ihn herum zehn Treiber mit ihren Empies, aber der Riese fürchtete sich nicht, hielt seine schwere Axt zum Gachler hin, der Gachler fuchtelte mit beiden Armen und schrie laut, aber der Riese hörte ihm nicht zu, sondern zeigte zu den Schiener Bergen hin mit zornigem Blick, keiner verstand, was er will, aber Aurehl verstand's gleich, die sagte zu mir: »Der Gachler hat das Gesetz zerkratzt!«

Und bald drauf war's dann heraus: Der Gachler hatte mit zwei Jägern Rebhühner, Fasanen, Wildenten, Gänse und anderes Getier geschossen, auf der anderen Seite vom Untersee. Und wie ihn Re Dajana nun fragte, so antwortete er: »Das alles wird dringend in der Küche gebraucht, und das neue Gesetz gilt ja nur für die Schiener Seite, nicht für die Seerückener Seite.« Er bekam seine Ohrfeige, war nicht mehr Schloßverwalter und mußte sein Jagdgewehr abgeben.

So war's gekommen, wie die Schahanna es vorausgesagt hatte: Zu dem geht die Sonne nicht mehr lange hin.

Es wurde ein zweiter Gesetzstein gemeißelt vom Hauptmann aller Steinmetze bei Re Dajana, der wurde auf einem Floß, aus hundert Baumstämmen gemacht, über den Untersee geschifft, viele Fischerboote der Bergmenschen fuhren mit, der wurde auf der Steinrückener Seite aufgestellt, auch in einem Roten Kreis, wo früher der Libellenmann herabgegangen war, und wieder wurden die Hände aufgelegt und das Wort gesagt: »Du bist das neue Gesetz«, und dazu sagte Re Dajana noch: »Wer das Gesetz verdreht oder zerkratzt, der soll gefangen werden und zu mir gebracht werden. Und ich mache ihm das Gericht.«

Wieder dachte jeder in Marbach, daß Aurehl nun endlich Ruhe gibt, und alle waren wir glücklich, daß nicht mehr vom Weizenanbau geredet wurde.

Aber Aurehl gab nicht Ruhe.

Sie sagte zu Re Dajana: »Wie wird es dem Bergmenschen gehen, wenn wir nicht in Marbach sind?«

Und Re Dajana: »Der neue Verwalter wird aufpassen.« Und wollte gern drüber reden, wer der neue Verwalter werden soll.

Aber Aurehl nicht. »Und der neue Verwalter muß auch Gericht halten, wenn der Gesetzstein zerkratzt wird!«

»Gericht halte ich!« sagte Re Dajana dagegen.

Aurehl sah sie von der Seite an mit schräggehaltenem Kopf, sagte nichts, aber Re Dajana verstand es trotzdem. »Ich soll nicht Gericht halten«, jammerte sie, »wenn der neue Verwalter mich betrügt?« und hob ihre Stimme zum höchsten Piepston.

»Jetzt ist ja der Stein das Gesetz!« sagte Aurehl drauf nur.

»Aber Gesetz ist nicht Gericht!« rief Re Dajana und sah Aurehl an wie einer, der's geschafft hat.

Da sagte Aurehl leise, daß ihre Worte wie ein milder Windhauch zu uns kamen: »Als Re Dajana noch das Gesetz war, mußte sie auch Gericht halten. Und die Macht war bei ihr, und nur die Macht kann gerecht sein, der schlaue Pik und der starke Puck kann's nicht. Jetzt ist der Stein das Gesetz. Der liebt nicht, der haßt nicht. Der liebt auch die Gerechtigkeit nicht, der haßt sie aber auch nicht. Draus wird eine neue Gerechtigkeit. Und auch ein neues Gericht.«

Danach war es lange so still, daß man die leiseste Welle hörte vom Untersee herauf, und dann sagte Re Dajana: »Du redest von der blinden Göttin Justitia aus der Alten Zeit.«

Und weil wir die beide nicht kannten, so mußte Re Dajana uns die Geschichte von der blinden Göttin Justitia erzählen. Die ist aber in Wahrheit nicht blind, sondern sie hat sich nur die Augen zugebunden. Eine Waage hält sie in der einen mit zwei Waagschalen dran, und ein langes, schweres und sehr scharfes Messer hält sie in der anderen Hand, das nannten sie ›das Schwert‹. In den Waagschalen wird nun Recht und Unrecht gewogen, wie man sonst Spinnwolle und Mehl wiegt, und weil das Recht so leicht ist wie Spinnwolle, und weil das Unrecht so schwer ist wie Mehl, so senkt sich oftmals die Waagschale mit dem Unrecht. Das kann die blinde Göttin nicht sehen, aber grade so soll's sein, denn sonst wär's nicht gerecht. Und weil sie das Schwert in der anderen Hand hat, so schneidet sie dem den Kopf ab damit oder die rechte Hand, der zu wenig Spinnwollenrecht in die Recht-Waagschale gelegt hat, oder zu viel Mehlunrecht in die Unrecht-Waagschale.

Das gefiel der Aurehl nicht. Sie rief: »Die ist ja nur eine Puppe! Und sehr gefährlich mit dem langen, scharfen Schwertmesser, wenn sie damit dem Menschen den Kopf oder die rechte Hand abschneidet! Und jeder Puppenspieler kann sie führen, wie er will!«

Das mußte Re Dajana gleich einsehen. Sie sagte: »Wieder davor war die Göttin Justitia noch anders. Da hatte sie weder Schwert noch Waage, sondern Zepter und Füllhorn in ihren Händen.«

»Was ist das Zepter? Was ist das Füllhorn?« fragte Aurehl sie.

»Das Zepter ist das Zeichen für die Macht, und das Füllhorn ist das Zeichen für den Überfluß«, antwortete sie, aber wie die Geschichte geht der Justitia-Göttin mit dem Zepter und dem Füllhorn, das wußte sie nicht.

So dachte ich, sie werden es endlich aufgeben mit der blinden Göttin, die nicht blind ist, Waagschale hat und Schwert oder Zepter und Füllhorn, und keiner weiß, wie's geht bei ihr.

Aber sie gaben es nicht auf. Erst ging es lange hin und her, dann rief Aurehl: »Ein zweiter Stein muß zum Gesetzplatz hin. Auf dem muß eingemeißelt sein, wie Gericht gehalten wird. Zwei Richter müssen zusammen Gericht halten. Einer für Re Dajana, einer für den Bergmenschen ...«

Und dann ging's wie ein Singsang zwischen den beiden: »... und Re Dajana bestimmt ihren Richter, ...« – »... und der Bergmensch bestimmt seinen Richter ...« – »...und einig müssen sich die Richter sein ...« – »... sonst gibt es keinen Richtspruch ...« – »... und es muß noch einmal Gericht gehalten werden ...« – »... oder neue Richter müssen bestimmt werden ...« – »... und offen muß Gericht gehalten werden ...« – »... daß jeder sehen und hören kann, wie's geht ...« Und weiter ging der Singsang, lange, bis sie beide nichts mehr dazu wußten, erst dann waren sie glücklich.

Der zweite Stein wurde gemeißelt und neben den ersten gestellt, die Bergmenschen sahen sich die Bilder drauf an, und weil die ihnen gefielen, so legten sie wieder ihre Hände drauf und sagten das Wort, auch Re Dajana und Aurehl, auch die Treiber und ich.

Und bald danach mußte noch ein dritter Stein gemeißelt werden, drauf sah man in Bildern, wie jeder Mensch ein gleicher ist, ob Super, Benefit oder Bergmensch, drüber mußte ich laut lachen, denn ich kann doch sehen, wie die nicht gleich sind! Als dann aber die drei Steine zusammen auf dem Roten Kreis standen, da wußte ich's plötzlich: Da waren die drei Forderungen vom Dirk eingemeißelt! Und ich dachte: Sieht denn Re Dajana nicht, wie diese Forderungen den Super aus der Welt fegen, wie der Wind das abgefallene Blatt?

Es wurden auch drei Bäume gepflanzt in den Kreis, zu jedem Stein einer: Eine Eiche, die heißt: Was langsam wächst, lebt lange; eine Buche, die heißt: Was zum Himmel hoch wächst, wächst grade; und eine Kastanie, die heißt: Was breit wächst, das breitet sich aus, über die ganze Welt.

Am Abend, im fünften Zimmer, auf dem großen Bett, wurde dann mit offenen Augen geträumt: Von der neuen, schöneren, besseren Welt, vom Glück aller Menschen in der neuen, schöneren, besseren Welt, und überall, in die ganze Welt sollen die drei Gesetzsteine hingestellt werden, und Aurehl nennt sie den Dreistein oder das Dreigesetz, aber Re Dajana findet besser: Das steinerne Gesetz oder die drei Gesetzsteine, und am Ende wird draus das Dreisteingesetz oder der Dreistein, denn es geht dann doch nach Aurehl.

War dann der Dreisteintraum genug geträumt und waren alle Früchte aus allen Ländern der Welt ums große Bett herum aufgegessen, und war dann das letzte schöne Spiel vom sechsarmigen Grottengott ausgespielt, da sahen mich die beiden schönen Frauen an mit Liebe, und ich sah sie an, und Re Dajana fragte mich dann: »Und du, wovon träumst du?«

Drauf wußte ich keine Antwort, und es ging mir durch den Kopf wie von Brombeerstacheln: ›So wie es immer war, so soll es immer bleiben!‹ und: ›Schlachte das Schaf, wenn es fett ist!‹ und: ›Freu dich am Tag, denn die Nacht wird fürchterlich!‹ und Angst und Not, und Not und Angst. Und hatte alle meine Träume verloren und hatte nichts gelernt. Aber Aurehl hatte gelernt! Und jeder Gedanke von ihr war anders als mein Gedanke!

Es kam der schlimme Tag.

Ich hörte Aurehl sagen: »Für den Sommerweizen ist es zu

spät und für den Winterweizen zu früh. Aber für meine Fahrt ins Ruhrbeton ist es die richtige Zeit.«

Und ich hörte und staunte, daß da längst eine Fahrt ausgemacht war zwischen Re Dajana und ihr, ins Ruhrbeton, wo der Betonmensch den Lindenbaum hat und die Lindenschnitzerei. Und dort will sie herausfinden, wo man den Weizen anbauen kann, den Sommerweizen im nächsten Jahr, oder noch besser den Winterweizen, in diesem Jahr. Dazu das Kleintier, Huhn, Gans und Ente, dazu der Stall mit der Wärme fürs Kleintier, dazu die Medizin, dazu die drei Gesetzsteine, die hießen nun das Dreigesetz, und alles zusammen muß sie dem Betonmenschen geben, sonst ist es falsch. Und nur eine kurze Fahrt soll es sein, nur hin, durch und gleich wieder zurück nach Marbach, und wir warten auf sie, und spätestens, spätestens am 3. Juli kommt sie auch nach Marbach, ein Jahr, nachdem sie schon einmal nach Marbach kommen sollte, aber dann doch nicht kam. Und damals war's die mißlungene Inszenierung, aber diesmal wird's ein großes Fest werden.

Sie flog ab mit dem Heli am 2. Juni des Jahres 269 der Neuen Zeit, sie nahm mit die Wahulla, den Kriss und den Longley, der Tamasch war schon vorausgeflogen mit zehn Dienern, dazu Köche, Schneider, Elektriker und zehn Steinmetze.

4. Kapitel

3. bis 17. Juni 269, Aurehl geht durchs Ruhrbeton

Im Ruhrbeton kann man nicht auf den Gleisen rudern, denn die Gleise sind ungeschützt und zerbrochen, weil es dort die Gleisbanden nicht gibt. So geht man auf dem Bappstein, der ist meist krumm und löchrig, und oft watet man auch durch die morastigen Kanäle, denn auch die Brückenbanden gibt es im Ruhrbeton nicht. Man schnallt auch Schlafsack, Decke und Beutel nicht um die Felljacke, sondern man legt alles in einen leichten Kasten aus Lindenholz gemacht, zwei Räder drunter, zwei Bügel aus Lindenholz an beiden Enden, man zieht und schiebt den Kasten, wenn der Bappstein glatt ist, und man trägt ihn mit beiden Bügeln, wenn der Bappstein löchrig ist. Und im morastigen Kanal schwimmt der Kasten und trägt so gut, daß man ein Kind hineinsetzen kann, nichts wird drinnen naß, denn das Lindenholz ist dicht gefügt und mit Harz verstrichen, und einer watet vorn und zieht, und einer watet hinten und schiebt. Den Kasten nennen sie ›die Pint‹. Der Geschützte Händler fährt mit einem breiten Flachboot durch die morastigen Kanäle, das kann im Morast nicht hängen bleiben. Und weil das Flachboot tuckert, so nennen sie's ›den Tucker‹, und den Geschützten Händler nennen sie ›den Bootmann‹.

Weil nun Aurehl mehrere Tage durchs Ruhrbeton gehen wollte, und weil man von dort ihren Brief nicht ins Telex geben kann, so sollte ihre Stimme durch die Luft zum Airport Düsseldorf getragen werden, dort soll ein Lernelektriker von Siemers sie auffangen und gefangen nehmen in der Kassette, für immer, und die Kassette trägt dann der Kurierjet zum Rhein-Main-Airport, und der Kurierheli trägt sie zu uns, nach Marbach. In der Kassette dreht sich das Schnürchen, drauf die gefangene Stimme der Aurehl, und die redet zu uns, so oft wir's wollen, immer dasselbe, aber sie kann uns nicht hören.

Am 4. Juni kam ein Telex vom Tamasch: Aurehl ist noch

am Jetplatz Düsseldorf, sie hat schon die neuen Betonkleider und eine gute Pint, sie wird am 5. Juni ins Ruhrbeton hineingehen, die Wahulla, den Kriss und den Longley nimmt sie mit, aber er bleibt mit allen anderen am Jetplatz.

Am Abend drauf saßen wir auf der Veranda am Untersee, und das Mondlicht glitzerte schon im Wasser, da hörten wir endlich den Heli, wie der mit unerträglichem Lärm herabging, und gleich drauf brachte uns der Labiges die erste Kassette. Und als dann die Aurehl zu uns redete aus der Kassette, da sah ich aufs Schnürchen, ob ich nicht erkennen kann, wie ihre Stimme im Schnürchen gefangen ist, aber man sieht nur, wie sich das Schnürchen dreht.

Aurehl sagte zu uns vom Schnürchen: »Ich soll jetzt zu euch reden, sagt der Hauptmann, aber ich sehe euch ja nicht! Er hält mir immerzu den Funkkasten hin! Und erstmal müssen wir beide drüber lachen, die Wahulla und ich.« Dann hörten wir sie beide lange lachen, und der Labiges mußte mitlachen, aber der Fort nicht, der machte: »Psst!«, so waren wir gleich still. Dann hörten wir Aurehl, wie sie sagte: »Der Hauptmann hat den Kasten der Wahulla gegeben. Wir sind heute ...« und wieder hörten wir sie nur lachen, lange, und endlich hatten sie ausgelacht, und Aurehl sagte: »Wir haben heute unsere Pint über den Bappstein gezogen ... Könnt ihr mich auch wirklich hören? Soll ich nicht lauter reden? ... Der Hauptmann sagt: ›Nein, leise ist besser.‹ ... Und wo nun der Bappstein löchrig ist, ... so hört ihr mich wirklich, wenn ich rede? Aber ich kann euch doch nicht hören!« Dann gab's einen Knall vom Schnürchen, dann sagte Aurehl zu uns: »... so ist unsre Pint eine Ente: Ein Bügel ist der Entenkopf, einer ist der Entenschwanz, und die Räder sind die Entenfüße. Unser Zelt haben wir nahe bei einem Steingebirge aus zerbrochenen Türmen errichtet, Mühlheim wird es genannt, zwanzig Kilometer sind wir gegangen, sagt der Hauptmann, sieben Stunden nach seiner Uhr, und nicht einen kleinen Platz für den Acker haben wir gefunden. Alles ist vollgestellt von dichtem Eisenwald aus braunem Eisengestrüpp, drei Lange Blicke hoch, aus der Alten Zeit, und sonst wachsen die Lindenbäume, auch dicht. Der Hauptmann sagt: ›Die werden bald blühen, dann haben wir den Duft der Lindenblüte im ganzen Ruhrbeton.‹ Vorm ersten Kanal haben wir lange gestanden und beraten, wie wir drüber kommen. Der Hauptmann ist zur Probe eingestiegen und gleich tief eingesunken zu unserem Schreck. Mit der Wahulla habe ich ihn heraufgezogen, er war voller Schlamm und mußte sich ganz ausziehen, das macht er nicht gern vor uns Frauen. Und wie wir dann seine Hose ausreiben, sehen wir nicht gleich, wie von der anderen Seite welche kommen und zu uns durchwaten, und grade bis zu den Knien geht ihnen das Wasser. Das verstehen wir erst nicht, aber dann sehen wir die Stecken im Wasser, und sehen, wie die beiden immer dicht an den Stekken waten, Schritt für Schritt. Sie kommen herauf, ein Mann und eine Frau, sie sehen uns an, sie sagen nichts und gehen ihren Weg. Drüber wundern wir uns, aber wir wissen nun, wie man richtig watet: Bei den Stecken! Denn bei den Stecken liegen schwere Steine im Wasser, die sucht man mit dem Fuß, tritt drauf und sinkt nicht ein. Man hat hier auch nicht die Bundhose, sondern die Stülphose, die stülpt man hoch beim Kanal und knöpft das Hosenbein an den Gurt. Wir haben ein Feuer gemacht und den Topf mit Sauberem Wasser drübergehängt. Und zum ersten Mal haben wir den Reisstein aufgebreit ...« – »... aufgeweicht!« hörten wir dann die Wahulla leise sagen, aber: »Aufgebreit«, sagte Aurehl, »gefällt mir besser. Draus wird nach der Zeit ein Brei, wird mit Melasse gesüßt, den ißt jeder im Ruhrbeton. Aber der Hauptmann nicht. Der Longley hat vorgekostet, und weil er nicht umfiel, so durften wir beide, die Wahulla und ich, alles aufschlecken. Dann habe ich gesehen, daß der Mann und die Frau vom Kanal hinter uns hergehen. Drüber habe ich mich gewundert.« Dann kam nichts aus der Kassette, nur das Schnürchen schubberte leise, dann hörten wir Aurehl sagen: »Ich weiß nichts mehr.« Dann gab's wieder den Knall aus der Kassette, drüber erschrak ich sehr, Re Dajana sagte zu mir: »Das ist vom Abschalten«, aber was das Abschalten ist, wußte sie auch nicht.

Die zweite Kassette kam am Tag drauf, wieder spät, Aurehl sagte zu uns: »Der Kurierpilot schimpft aus dem Kasten: Abfliegen muß er vor der Nacht, aber abfliegen darf er nicht ohne Kassette! Denn die muß noch heute zu euch hin, so ist sein strenger Befehl. So gebe ich jetzt meine Worte in den Kasten, sehe euch nicht, hör euch nicht. Zuerst gebe ich meine

Liebe zu euch in den Kasten, die ist sehr wichtig. Dann heute früh: Ich gehe aus dem Zelt, um uns herum viele Feuer, nicht nahe. Über jedem Feuer hängt der Topf mit dem Reisstein, und an einem Topf erkenne ich die beiden vom Kanal. Und wie ich mich dann aufrichte vorm Zelt, so sehen sie mich alle an, daß ich denken muß: Was mache ich falsch? Der Hauptmann hat gleich wieder seine Angst um mich, und ich darf nicht weggehen von meinem Zelt. Er ißt nur einen Rest Brot aus unserem Beutel, wir gehen weiter, am Mühlheimer Steingebirge vorbei, und alle Betonmenschen hinter uns her! Und wir gehen im Bogen um das große Essener Steingebirge herum, und noch mehr gehen hinter uns her, auch viele Kinder, wie die Schafe hinterm Leithammel. Der Hauptmann sagt: Sie gehen alle zum Fest der Lindenblüte. Aber wie wir nun hinterm großen Essener Steingebirge nicht weitergehen, weil der Doktor Longley wunde Füße hat, und wie auch die Betonmenschen nicht weitergehen und ihr Feuer machen um unser Zelt herum, sehr viele, so sagt der Hauptmann: ›Zu viele sind um uns herum. Wir gehen weiter.‹ Dreimal sagt er's, und dreimal antworte ich ihm: ›Wir bleiben, denn der Doktor hat wunde Füße!‹«

Der Fort sagte: »Hoffen wir, daß der Hauptmann Kriss recht behält, mit seinem Lindenblütenfest!«

Am andern Tag ging ich gleich am frühsten Morgen hinaus und sah mir die Lindenbäume an ums Schloß herum. Aber so viel ich auch suchte, keine Linde wollte so bald blühen, und ich dachte mir: Warum haben es die im Ruhrbeton so eilig mit dem Lindenblütenfest?

Aus der dritten Kassette kam's dann heraus, daß die vielen Betonmenschen nicht zum Fest der Lindeblüte wollen! Wir hörten Aurehl sagen: »Heute früh wurde ich wach davon, daß draußen einer Feuerholz schichtet. Die Wahulla hat's auch gleich gehört und gesagt: ›Der Hauptmann sammelt doch nicht etwa schon Feuerholz?‹ Und wie wir dann das Tuch heben, da sehen wir sehr viel Feuerholz, gut gestapelt, vor unserem Zelt. Den Hauptmann sehen wir aber nicht, sondern viele Betonmenschen, und die tragen noch mehr Feuerholz heran. Wir gehen hinaus, und ich frage ein Kind, das will grade Feuerholz schichten: ›Warum schichtest du Feuerholz vor meinem Zelt?‹ Das Kind läßt sein Feuerholz fallen und rennt weg. Wir gehen hinterher, das Kind versteckt sich hinter seiner Mutter, die frage ich nun, und die antwortet mir auch nicht, sondern sieht mich an mit erstarrtem Blick, und sie murmelt, erst undeutlich, daß ich's nicht verstehen kann, aber dann deutlich: ›Die wir erwartet haben, ist gekommen. Die uns ansieht und errettet, ist gekommen. Die zum Himmel aufsieht, errettet uns. Die aus der Erde aufsteigt, reinigt den Himmel für uns.‹ Und murmelt immer weiter so, und bald hören wir's auch von den anderen Feuern zu uns herübermurmeln. Davon wird der Hauptmann wach, tritt aus seinem Zelt heraus und will die Menschen gleich verscheuchen. Aber ich muß ihm nicht erst in die Nase kneifen, daß er's läßt. Er will nun, daß wir ihnen das Feuerholz bezahlen, aber sie reden nicht mit uns. Wir machen unser Feuer, hängen den Topf drüber mit Sauberem Wasser, nach der Zeit essen wir dann den Reisbrei, den nennen sie hier den Weißbrei, und der Hauptmann und der Doktor ißt mit. Der Doktor sagt aber: ›Salz fehlt‹, und erklärt uns das Salz als einen wichtigen Spurstoff, den muß ich immer essen. Aber ich esse kein Salz. Danach haben wir beraten, wie's weitergehen soll, und unser Rat war: Der Hauptmann tritt vor die Menschen hin und redet zu ihnen vom Acker, vom Weizenkorn, von der Saat und von der Ernte. Er geht auch hin und redet gut, und sie werden auch still und hören ihm gut zu. Aber am Ende haben sie alles falsch verstanden, und haben sich schon ein fertiges Bild gemacht, wie ich zu ihnen komme, daß ich sie füttere, und so müssen sie bei mir bleiben und singen, wie die Amsel singt, die weiß auch nicht, warum sie singt, und sie singen immer lauter davon, wie ich sie füttere, gleich heute noch oder morgen, und wer von mir weggeht, der geht vom Futter weg. Der Hauptmann sagt, wir müssen schnell weitergehen, sonst gibt es ein Unglück. Ich habe ihm aber geantwortet: ›Wir bleiben noch übern Tag. Und in der Nacht, wenn sie alle tief schlafen, dann reißen wir ihnen aus.‹ Dreimal haben wir weißen Puder auf die wunden Füße vom Doktor gestreut nach seinem Befehl und die weiße Binde drauf gewikkelt. Ich bitte euch nun: Hofft mit uns, daß sie uns nicht hören werden in der Nacht, wenn wir ihnen ausreißen.«

Der Fort sagte dazu: »Schlimmstenfalls können wir sie ja mit einem Heli herausholen.«

Am Tag drauf hörten wir Aurehl aus der vierten Kassette sagen: »Erst sind wir ihnen glücklich ausgerissen und waren sehr froh. Aber weit sind wir nicht gekommen in der Finsternis mit unserer Pint. Und nicht lange nach dem ersten Sonnenschimmer waren sie schon wieder hinter uns mit ihrem Singsang, der wird immer lauter. Unsere Zelte haben wir zwischen zwei riesigen Steingebirgen errichtet, Wanne-Eikkel und Bochum nennt der Hauptmann sie, beide nahe, und kein Platz für einen Acker. Es gibt aber keinen anderen Weg durchs Ruhrbeton, und durch müssen wir, daß wir einen guten Platz für meinen Acker finden. Um uns herum brennen hundert Feuer. Ich bin hingegangen und wollte mit den Menschen reden. Aber die singen nur, und am lautesten singen sie, wenn ich nahe bei ihnen bin. Endlich habe ich eine verständige Frau gefunden, die redet mit mir. Sie heißt Ringel, sie sagt: ›Den Blütenweg geht man erst, wenn die Linden duften.‹ – ›Wohin geht man dann?‹ frage ich sie. ›Immer dem Duft nach. Man klettert hoch auf und sammelt die Blüten fürs Lindenöl. Die kauft der Bootmann am Kanal für Euros nach der Waage.‹ – ›Aber die Linden duften noch nicht!‹ sage ich. Und sie: ›Aber bald! Das wissen alle!‹ – ›Und wenn der letzte Reisstein aufgebreit ist?‹ frage ich sie. Und sie: ›Der Bootmann verkauft ja Reisstein für Euros!‹ – ›Und woher habt ihr Euros?‹ Da erklärt sie's mir richtig: ›Das geht so: Im Sommer wird die Linde geschlagen und geschält, im Winter wird die Linde gebrettert und gekantet. Und im Sommer drauf kann man das gebretterte Holz verschnitzen. Puppen und Pferde für die Benefitenkinder, Schalen und Leuchter für die Benefiten. Und mit dem Schnitzwerk geht man zum Taxer, der sagt an die Euros für jedes Schnitzwerk. Und wir haben den Zähler, der kann leicht bis hundert zählen, der paßt auf. Und die Euros tauscht man ein für Reisstein und Melasse.‹ So hoffe ich, daß sie alle noch ihren Reisstein in der Pint haben. Aber wie lange noch? Der Longley hat immer noch seinen wunden Fuß, die Wahulla sagt: ›Wir setzen ihn in die Pint.‹ Er hat heute einem Kind die blutigen Pickel im Gesicht zugeklebt. Die jucken nicht mehr, so kratzt sich das Kind nicht mehr. Die Mutter hat aber dem Longley nichts gegeben, nicht einen Euro, sondern mit dem Kind zusammen singt sie laut zu mir hin. Der Longley sagt: ›Die Narben werden bleiben.‹ – ›Lieber Longley‹, sage ich zu ihm, ›warum willst du dem Kind nicht die Narben wegmachen?‹ Da wird er ganz böse und sagt: ›Die Mutter hätte eben aufpassen müssen, damit das Kind sich nicht kratzt!‹ So weiß ich jetzt, daß auch der Arzt dem Menschen nicht jede Krankheit nehmen kann. Und die Wahulla, die kennt sich schon lange aus damit, die sagt zu mir: ›Der Arzt kann nur, was er kann. Das meiste kann er nicht.‹ Aber es gefällt ihr, daß der Longley drüber böse wurde, daß er die Narben nicht wegmachen kann. Der Longley ißt jetzt den Weißbrei so gern wie wir, und er sagt: ›Im Weißbrei ist alles drin, was der Mensch braucht für seine Gesundheit. Nur Salz fehlt‹, und er schimpft mit dem Hauptmann, daß der kein Salz mitgenommen hat. Dagegen sagt dann der Hauptmann, Salz ist nicht seine Sache.«

Dann hörten wir nur das Schnürchen schubbern, dann hörten wir plötzlich die Stimme vom Kriss: »Hohe Frau! Vier Tage sind wir nun schon unterwegs durchs Ruhrbeton. Ich gehe davon aus, daß die Dohle Sie über unseren heutigen Standort informiert hat: Südlich zwischen den beiden ehemaligen Städten Wanne-Eickel und Bochum. Auch, daß wir erhebliche Probleme mit einer immer größer werdenden Menschenmenge haben, die uns ständig folgt und förmlich umlagert, wird Sie Ihnen sicher mitgeteilt haben. Wir wissen immer noch nicht, wie es dazu kommt. Unsere große Furcht ist, daß man die Dohle Aurehl mit den Ereignissen vom 14. April zusammenbringt. Aber ein Gespräch zwischen der Dohle und einer hiesigen Frau hat die These nicht bestätigt. Mir geht es naturgemäß um die Sicherheit der Dohle Aurehl. Zwar habe ich gegen ihren Befehl zwei kleine Revolver in meinem Gepäck plus 200 Schuß Munition, aber viel helfen würde uns das sicher nicht, zumal ich der einzige von uns vieren bin, der mit einer Waffe umgehen kann. An Umkehren ist auch nicht zu denken, wir kämen nur vom Regen in die Traufe. Außerdem hat die Dohle Aurehl längst gelernt, meine Karten vom Ruhrgebiet zu lesen, und denkt, wie auch ich, daß die Voraussetzungen zum Ackerbau allenfalls im Nordosten des Ruhrgebiets gegeben sind, und deshalb ist ihr Plan auch, daß wir vor Dortmund nach Norden abbiegen, in Richtung des früheren Castrop-Rauxel. Da ich den Vorzug hatte, viele glückliche Jahre meines Lebens mit Ihrem Herrn

Großvater, dem Hohen Herrn Annest Fill zu verbringen, der, wie Sie, Hohe Frau, sicher wissen, bibelkundig wie kein zweiter ist, gemahnt mich unser Zug durchs Ruhrbeton an den Zug Moses durch die Wüste Sinai, als er sein Volk aus der Knechtschaft Ägyptens ins Gelobte Land führte. Aber im Gegensatz zu Moses mußten wir, wenigstens bisher, kein so großes Gewässer durchqueren wie das Rote Meer. Die Kanäle aus der Alten Zeit sind zwar morastig und schlüpfrig, aber wenn man erst mal gelernt hat, wie man sie durchquert, verursachen sie kaum noch einen Aufenthalt. Jedenfalls muß man keine Zauberkräfte zu ihrer Überwindung anwenden. Unser Problem ist, um bei Moses zu bleiben, der Sündengott Baal mit Gesang und Tanz ums Goldne Kalb herum, in Gestalt der Idee der vielen Menschen um uns herum, daß sich hier und heute ihr Schicksal wendet. Ich habe akribisch notiert, was sie singen, leider ohne die Melodie, die sehr eindrucksvoll ist. Der endlose Gesang hat etwas von einem Rondo oder von einer Litanei, wo das Wichtigste die Wiederholungen sind, die den Gedanken vertiefen und immer wieder bestätigen wollen, bis eine Art wahnsinnige Wahrheit entsteht, in der alle Hoffnungen und alle Sehnsüchte dieser elenden Menschen sich im Gesang erfüllen. Unser Versuch, ihnen in der Nacht zu entrinnen, ist leider gescheitert. Wir hoffen nun von Tag zu Tag auf die Lindenblüte, die ja eine wichtige Erwerbsquelle für diese Menschen ist, wodurch vielleicht wieder ihr Hang zum Praktischen die Oberhand gewinnt.«

Und am gleichen Abend kam noch ein Telex vom Tamasch, das hieß: »8. Juni 269, Düsseldorf, Airport, 22.15 MEZ. Über den Kartentisch gebeugt verfolgen wir den Weg der Jungen Herrin und bangen um ihr Wohl und ihre Gesundheit. Aber wir haben ja die stündliche Meldung vom Hauptmann Kriss, darummen haben wir ein genauigliches Bild, wo die vier Wanderer durchs Nichts gerademalen ihren Fuß hinstellen. Anderenteiles beunruhigt einen die Völkerwanderung doch sondermaßen, denn weil es ja um die Lindenblüte gehet, und weil die selbige den Baum noch nicht verschmücken will, so fragt sich unsereins, warum schon jetzo gevölkerwandert wird.«

Am 9. Juni hörten wir Aurehl aus der fünften Kassette sagen: »Ein Steingebirge steht hinter dem anderen! Es nimmt kein Ende! Ich frage den Hauptmann nicht mehr nach dem Namen. Aber wir sind heute gut vorangekommen, der Lippenfluß ist nicht mehr weit, und beim Lippenfluß ist unsere Hoffnung. So hofft nun mit uns und gebt mir beide eure Liebe zur Hoffnung, dann geht es. Annest Fill weiß alles. Und heute kam von ihm in den Funkkasten vom Hauptmann im Englischen: Wenn man die Schreihälse schon nicht abknallen kann, so muß man ihnen die hungrigen Schreimäuler stopfen. So redet er ja immer. Und dazu hat er einen großen Jet vollgeladen mit Reisstein und mit Melasse, und einen zweiten Jet mit Weizenmehl in Säcken, mit Decken und Medikamenten. Die schickt er zum Airplatz Düsseldorf. Aber wie sollen wir die vielen Menschen damit füttern? Der Hauptmann sagt, tausend Menschen gehen hinter uns her, und abends errichten sie ihre Zelte um uns herum. Er hat um unsere Zelte einen Kreis gemacht aus Lindenstöcken, wie die Reling auf der Sirehne. Er geht innen herum wie der Hirtenhund im Tal der Lamas um seine Herde herumrennt, und alle wissen: Der Kreis ist wie ein Vertrag. Der Doktor sitzt auf einem weichen Fell, innen im Kreis, die Kranken kommen zu ihm, und ich sehe gut zu, wie er mit seinen langen, dünnen Fingern arbeitet. Bei der Arbeit gehorchen ihm seine Finger aufs Wort, keiner streckt oder reckt sich oder reibt sich am andern. Er sagt: Heilen kann er wenig, aber sehen und hören, und was er sieht und hört, ist schlimm. Als die Sonne sich schon über die höchsten Türme legen wollte, hat sich ein winziger alter Mann vor die Stöcke gesetzt, der ist ganz krumm von der Gicht, und der hat zum Hauptmann gesagt: ›Bitte die Kindfrau mit den großen Augen, daß sie sich zu mir setzt.‹ Ich habe dann lange bei ihm gesessen, nur die Stöcke zwischen uns. Er ist im Ruhrbeton einer wie der Alte Schober im Rhein-Main-Beton, und sie nennen ihn den Weisen Krumm. Er hat zu mir gesagt: ›Meine Augen sind schlecht, aber ich sehe trotzdem viel.‹ Er zeigt auf die vielen Menschen, ›sie schicken mich zu dir, daß ich dich frage.‹ Ich sage zu ihm: ›Erst frage ich dich.‹ Und er: ›Frage!‹ – ›Warum laufen sie alle hinter mir her und singen?‹ Und er: ›Es war nach dem letzten Schnee. Da ging ein Gerücht durchs ganze Beton: Zehn starke Männer, jeder kann eine Empie umbiegen mit seinen Händen, so nennt man sie die Zehn Riesen, die haben den Super gefangen beim Jetplatz. Haben den Super gezwungen mit ihrer Kraft und haben ihn mitgenommen in ihre Höhle. Und hundert Treiber von beiden Seiten konnten nicht an ihre Höhle. Der Stärkste von den Zehn Riesen hat aber zu den Treibern laut gerufen, daß man's durchs ganze Beton gehört hat: Der Betonmensch will auch das Ewige Leben und die Gesundheit. Dazu auch satt essen will er sich, jeden Tag, denn so ist das Recht aller Menschen. Und das ist seine Forderung. Wenn seine Forderung erfüllt wird, so wird er den gefangenen Super freigeben, daß der auch gesund und satt und ewig leben kann, mit allen Betonmenschen zusammen. Wenn aber seine Forderung nicht erfüllt wird am dritten Tag, so wird der gefangene Super der erste sein im Beton, der schnell stirbt. Und weil seine Stimme so laut ging durchs ganze Beton, so waren bald alle Betonmenschen versammelt um die Höhle der Zehn Riesen, denn jeder wollte dabei sein, wenn ihre Forderungen erfüllt werden. Die Betonmenschen blieben aber hinter den Treibern. Der erste Tag verging, der zweite und der dritte, und die Forderungen der Zehn Riesen wurden nicht erfüllt. Da brachen die Himmlischen den Vertrag mit den Super! Himmelsrecht ging herab auf die Höhle der Zehn Riesen und ihren gefangenen Super, mit Feuerstrahl und Rauchpilz! Flammen gingen auf und Rauch, und das Krachen und Bersten ging durchs ganze Beton, und alle sahen, daß da niemand lebendig herauskommen kann aus der Höhle der Zehn Riesen. Aber plötzlich legte sich der Rauch nieder auf die Erde, wie ein zahmer Hund vor seinen Herrn, und die Flammen hoben sich hoch in die Luft, wie der Greifvogel. Und hervortrat zwischen dem Rauch und den Flammen die Kindfrau mit den Augen der Welt und sieht zum Himmel auf und schwebt über den spitzen Trümmersteinen zu den Betonmenschen hin und redet zu ihnen und zu den Treibern leise, so leise, daß keiner es hören kann, aber jeder versteht es gleich: Seht alle hinauf zum Himmel! Die Himmlischen sind mit uns! Und alle sagen es nach und wissen es. Und sie sagen: Das Himmelsrecht ist über die Zehn Riesen herabgegangen und über ihren gefangenen Super. Und heraus kommt diese Kindfrau, zwischen Rauch und Feuer! So ist es die Langerwartete! Die macht uns den Himmel auf! Und aus dem offenen Himmel kann kein Himmelsrecht mehr herabgehen auf den Betonmenschen!‹ Und dann sieht er mich an und sieht mich nicht an, wie einer mit schlechten Augen, und er sagt noch: ›Und jetzt bist du hier, und bist eine Kindfrau und hast die Augen der Welt‹, zeigt wieder auf die vielen Menschen, ›und sie schicken mich zu dir, daß ich dich frage: Bist du die Erwartete?‹ Ich antworte ihm: ›Das Gerücht geht oft falsch herum durchs Beton. Ich will den Weizen ins Beton bringen‹, und erkläre ihm den Weizen und den Ackerbau, lange, aber er hört mir nicht richtig zu und fragt: ›Bist du nicht heil zwischen dem Rauch und den Flammen hervorgekommen?‹ Ich denke mir: Ein Treiber muß mich erkannt haben! Erst war er beim Eckhardt, dann war er beim Jetplatz Düsseldorf! Der hat mich wiedererkannt und hat's ins Ruhrbeton hineingesagt, daß ich komme! So sage ich zu ihm: ›Ja! Ja! Aber ich kann keinen erretten aus der Not! Der Betonmensch muß sich selbst erretten! Und ich kann und will ihm dabei helfen! Mit dem Weizenkorn!‹ und wieder rede ich vom Acker und sehe ihn dazu an und denke: Er muß mich doch verstehen! Aber er versteht's wieder anders und nimmt meine Hand und weint eine Träne in meine Hand, denn so gehen ja die Betongeschichten, daß man dem Weltenauge seine Tränen wiedergibt! Und jetzt, wo ich zu euch davon rede, weiß ich es besser. Wie soll denn ein Mensch seinen Erretter nicht erkennen wollen, wenn er auf den hofft in seiner Not? Und wie soll er denn nicht auf seine Errettung ohne Arbeit und Mühe hoffen, wenn ihm die Arbeit und die Mühe nichts gebracht haben in der Zeit? Aber ich denke auch: Reden muß ich können wie Fürst, daß sie's endlich verstehen! Und ansehen muß ich sie, wie Re Dajana mit ihrem Liebesblick, daß sie gleich wissen: So will ich's haben mit meiner Liebe zu ihnen! Aber ihr seid beide so weit weg! Und das Reden zu dem schwarzen Kasten hin, das gefällt mir auch nicht mehr.«

Dann hörten wir alle die Stimme der Wahulla, aber leise, so konnten wir's nicht verstehen, dann gab's wieder den Knall, und dann sagte Aurehl aus der Kassette noch: »Das muß ich noch sagen: Der Warner hat mich doch verstanden, aber er weiß nicht, wie er's den Menschen weitersagen soll. Liebt mich! Hofft mit mir!«

Der Fort sagte dazu: »Wenn das an die falsche Adresse kommt, dann prophezeie ich ein Unglück.«

Ich ging gleich zum Siemers hin und fragte ihn: »Kann ein Falscher mithören, was die Aurehl zu uns sagt?« Und weil der nicht mit ›ja‹ und nicht mit ›nein‹ drauf antwortete, so sagte ich zu ihm mit meinem strengsten Ton: »Es darf keiner mithören!«

Und gleich drauf war's ausgemacht, daß er schon am nächsten Morgen nach Düsseldorf fliegt und die Stimme der Aurehl versteckt vor jedem Falschen mit seiner elektrischen Kunst.

Am 10. Juni kam die sechste Kassette zu uns, am Abend. Aurehl sagte zu uns: »Heute haben wir unsere Zelte nahe beim Lippenfluß errichtet. Nach der Karte vom Hauptmann sind wir nördlich von Dortmund. Kein Hochstein und kein Eisenwald, aber die Linden wachsen dicht. So ist auch hier kein Platz für meinen Acker. Ich habe aber den Gedanken, daß hinter dem Lippenfluß gutes Ackerland ist, das will ich noch erkunden, dann komme ich zu euch. Jeden Tag hoffen wir auf die Lindenblüte, denn dann müssen die Menschen den Lindenweg gehen für Euros. Tamasch hat den guten Gedanken, daß er sich als Bootmann verkleidet und zu uns kommt mit Reisstein und Melasse. Damit will ich dann die Menschen füttern. Der alte Krumm hat sich wieder zu mir gesetzt. Ich habe ihm gesagt, daß ich hinterm Lippenfluß gutes Ackerland suchen will. Aber er ist aufgesprungen, als ob er mitten im Ameisenhaufen sitzt und hat gebettelt: ›Nicht über den Lippenfluß! Wer über den Lippenfluß geht, der bringt den Lippentod mit, stirbt nach drei Tagen, und nimmt jeden mit ins Grab, der ihm nahe kommt!‹ So habe ich den Longley gefragt. Der sagt: ›Es kann die Strahlengefahr sein.‹ Er hat aber den REM-Zähler mitgenommen, der zählt die Strahlengefahr, ob sie den Tod bringt. Und morgen früh beim ersten Sonnenstrahl will er hinübergehen mit dem REM-Zähler.«

Am Tag drauf kam aus der siebenten Kassette: »Der Longley hat sich einen wasserdichten Beutel umgeschnallt, mit seinen Kleidern und dem REM-Zähler, und ist mutig in den Lippenfluß eingestiegen, geschwommen und drüben angekommen beim Geschrei vom Krumm und von vielen Menschen. Drüben ist er herumgegangen und hat dann gerufen: ›Keine Strahlengefahr! Ich gehe jetzt noch ein Stück ins Land hinein.‹ Er ist lange geblieben, drei Stunden nach der Uhr vom Hauptmann, und ist dann endlich gesund zurückgekommen. Wie er aber aus dem Wasser steigt, schreien die Menschen und rennen weg, und der Krumm schreit am lautesten, und auch ich soll wegrennen von Longley. Wir sind aber bei ihm geblieben, die Wahulla hat ihn in warme Decken gewickelt, er hat mit glücklichen Augen gesagt: ›Keine Strahlengefahr, so weit ich gegangen bin!‹ Ich habe ihn glücklich umarmt und bin mit ihm um den Steckenkreis gegangen, dreimal, daß alle es sehen sollen.«

Und danach sagte der Kriss zu uns aus der Kassette: »Glücklicherweise hat die heutige Exkursion Dr. Longleys keine nennenswerte Strahlenbelastung ergeben. Die Ängste der hiesigen Betonmenschen sind allerdings nicht ganz grundlos, denn nördlich der Lippe muß nach meiner Karte in der Alten Zeit eine Kette von Fabriken gestanden haben, sogenannten Kackawehs, auch Kontaminierfabriken genannt, von denen möglicherweise lange Zeit hochgiftige Stoffe abgesondert wurden. Wie dem auch sei, nach meinen Karten muß es nördlich der Lippe ein großes, unbewohntes Areal geben, das aller Wahrscheinlichkeit nach gute Voraussetzungen für Ackerbau und Viehzucht bietet, das sogenannte Münsterland. Ich wäre Ihnen, Hohe Frau, äußerst dankbar, wenn Sie die Güte hätten, zu recherchieren, welche Familie Ansprüche auf dieses Land geltend macht, und ob Sie eine Chance sehen, dieses Areal als Siedlungsgebiet für umsiedlungswillige Menschen aus dem Ruhrbeton freizubekommen. Da hier jeder überzeugt ist, daß die Folgen der Strahlenbelastung sich am dritten Tag zeigen, was auch der Auffassung von Dr. Longley entspricht, so hat die Dohle Aurehl beschlossen, drei Tage lang Hand in Hand mit dem Doktor stündlich einmal um den Steckenkreis herumzuflanieren, um den Menschen hier den doppelten Beweis zu erbringen, daß erstens der Doktor gesund zurückgekommen ist, und daß er zweitens die Dohle nicht ansteckt. Gelingt es uns, den Menschen hier die Angst vor dem jenseitigen Lippenufer zu nehmen, so wollen wir kleine Erkundungstrupps ins Münsterland schicken. Das wäre am 13. Juni. Es wäre für mich, als für die Sicherheit der Dohle Aurehl Verantwortlichen eine große Beruhigung, wenn Sie, Hohe Frau, die Frage des eventuellen Nutzungsrechts vorklären lassen würden. Andernfalls wäre es auch unfair gegenüber den Menschen hier, weil man ihnen ja falsche Hoffnungen auf das Münsterland machen würde. Wir hoffen jede Minute auf das Tuckern eines jener Flachboote, die hier das Nahen des Geschützten Händlers ankündigen, denn wir erhoffen uns davon eine ›wunderbare Brotvermehrung‹ für die vielen, elenden Menschen um uns herum.«

Und danach hörten wir sehr deutlich die Stimme vom Siemers: »Die Funkstrecke nach Düsseldorf kann nicht mehr belauscht werden. Ich entbiete meine untertänigsten Grüße und meine Verehrung.«

Am 12. Juni sagte Aurehl zu uns aus der achten Kassette: »Ich lerne jeden Tag. Ich lerne schnell. Aber mmer noch zu wenig! Alle Stunden bin ich nach der Uhr vom Hauptmann mit dem Longley um die Stecken herumgegangen, zum Beweis, daß der Longley nicht krank ist, und daß er mich nicht krank macht. Aber schon wissen sie es alle wieder besser: Weil ich ja aus dem Rauch und dem Feuer gekommen bin, so kann mich auch der Lippentod nicht treffen! Und auch den Doktor habe ich geheilt. Als die Sonne dann hochstand, gab's eine Unruhe, alle kramen in ihrer Pint, sie schreien, sie rennen weg, und endlich verstehen wir den Ruf: ›Der Bootmann! Der Bootmann!‹ Und viel später erst hören auch wir das Tukkern aus der Ferne. Nun wollen wir auch zum Bootmann und den Reisstein einhandeln, und einer denkt vom andern: Der hat Euros! Aber keiner von uns hat Euros! ›Tamasch gibt uns doch den Reisstein so!‹ sagt der Longley, und der Hauptmann: ›Das geht nicht! Das würden sie doch merken!‹ Und der Longley: ›Er wird sicher Euros mitgebracht haben!‹ – ›Schön und gut‹, antwortet ihm der Hauptmann, ›aber wie kommen wir an seine Euros ran?‹ Und mit der Wahulla und mit dem Hauptmann gehe ich zum Kanal, und wir sehen das Flachboot, drauf der Tamasch als Bootmann, und er verkauft schon den Reisstein und die Melasse, aber wenig, denn sie haben alle nur noch wenig Euros. Ich gehe hin, die Menschen machen mir einen Weg, ich muß über ein schmales Brett aufs Flachboot, und erst nachher wundere ich mich, wie ich da rübergekommen bin ohne Angst. Der Tamasch sagt zu mir: ›Heitä bästä Warä, undämaßän billiglich: Zwanzig Eiros fier ein schenäs Steinchän‹, und hält mir vier große Reissteine hin. Ich sage zu ihm leise: ›Ich habe keine Euros!‹ Und er: ›Weiß ich doch längstänteiläs!‹, legt mit der einen Hand die vier Reissteine auf seinen Tisch, schiebt mit der anderen Hand geschickt einen dicken Haufen Euros drunter und sagt: ›Und jetzo bittärschehn bäzahlän!‹ So atme ich auf, will die Reissteine in meinen Beutel legen und aus dem Eurohaufen bezahlen, aber ich bin ja nicht Fürst! Erst fällt mir ein Reisstein runter, und danach flattern alle die Euros herum, und ein Windstoß trägt sie vom Boot weg, und zu den Menschen hin. Ich denke: Alles verloren! und sehe den Schreck im Gesicht vom Tamasch. Aber gleich drauf höre ich ein Geschrei hinter mir, ich sehe die Menschen, wie sie die Euros aus der Luft fangen und aufheben vom Boden und aus dem morastigen Wasser ziehen, daß keiner verloren geht. Und sie singen wieder, und es ist wieder ganz anders: Ich habe die Euros den Himmlischen aus der Luft heruntergezogen für sie! Ein paar Euroscheine habe ich in der Hand behalten, für die handle ich Reissteine ein, immer zwanzig für einen Reisstein, und mit acht Reissteinen gehe ich wieder übers Brett, aber ohne Melasse, denn ich habe den Krug vergessen. Dann sehe ich, wie sich die Menschen um die Euros balgen, so hebe ich meine Arme hoch, lege dann beide Hände auf den Mund, wieder die Arme hoch, wieder die Hände auf den Mund, bis sie's verstehen und still sind. Ich sage zu ihnen so laut ich kann: ›Keiner darf mehr haben, keiner weniger!‹, sehe Hunderter und Zwanziger in ihren Händen und sage: ›Jeder einen Hunderter, oder fünf Zwanziger!‹ und denke: Woher weiß ich, daß fünf Zwanziger so viel wie ein Hunderter sind? Nun zählen sie alle und rechnen gut, und ich passe gut auf, daß keiner etwas versteckt. Aber am Ende sind es mehr Euros als hundert für jeden, und ich weiß keinen Rat. Aber der Hauptmann weiß Rat. Was drüber ist, muß in zwei Astlöcher gesteckt werden, eins für die Hunderter, eins für die Zwanziger, alle müssen sich in eine Reihe stellen und zum Astloch kommen, da stehe ich mit dem Hauptmann, und jeder bekommt einen Zwanziger, oder einen Hunderter, wenn er vier Zwanziger zurückgibt. Dreimal müssen alle an uns vorbeigehen, wenig bleibt übrig, und ich sage: ›Das ist für die, die noch dazukommen.‹ Der Hauptmann hat die Menschen gezählt, 573 Männer, Frauen und Kinder hat er gezählt. Alle sind glücklich, und über allen Feuern hängt der Topf für den Weißbrei, auch über unserem Feuer.«

Am 13. Juni sagte Aurehl zu uns aus der neunten Kassette: »Bald nach dem höchsten Sonnenstand bin ich zum letzten Mal mit dem Longley um den Steckenkreis gegangen. Dann gab's einen einzigen, langen Schrei, dann sind sie mit ihrem Singsang an den Steckenkreis herangekommen, sie fassen meine Hand und weinen eine Träne in meine Hand. Und sie wissen schon wieder alles besser: Wer seine Träne in meine Hand hineinweint, der ist frei vom Lippentod wie ich. Als dann endlich, endlich jeder seine Träne in meine Hand geweint hat, immer mit lautem Gesang, ist der alte Krumm zu mir gekommen und hat gesagt: ›Wir wollen nun alle über den Lippenfluß gehen und das Ackerland finden, das du uns versprochen hast.‹ – ›Nicht so schnell!‹ antworte ich ihm, ›erst müssen sie den Blütenweg gehen!‹ Dann ging's lange hin und her, am Ende sage ich ihm: Am anderen Tag soll er wiederkommen! Heute abend wollen wir noch Rat halten, wie's morgen weitergehen soll.«

Am 14. Juni sagte Aurehl zu uns, daß sie zehn Erkunder hinübergeschickt hat, immer zwei mit einer Pint, die sollen von der Sonne weggehen, zwei Tage lang, so müssen sie das Münsterland finden nach der Karte vom Hauptmann, und am vierten Tag müssen sie zurücksein vor der Nacht. Danach hörten wir den Tamasch, der sagte, daß er über den Kanal bis Herne getuckert ist, daß er aus einem Heli zehntausend neue Reissteine geladen hat und Melasse, gleich am andern Tag will er wieder zum Datteln-Hamm-Kanal hin, da wird man ihn wieder tuckern hören von der Lippe her. Danach hörten wir plötzlich den Siemers reden: »Verzeihen Sie, Hohe Frau, wenn heute alles ein bißchen durcheinandergeht. Herr Hauptmann Kriss hat sich noch zu Wort gemeldet.«

Der Kriss sagte zu uns: »Die Dohle Aurehl hat sich nun nach eingehender Beratung mit uns entschlossen, nicht selbst hinüberzugehen, sondern hat Kundschafter ausgeschickt und will deren Rückkehr hier abwarten. Mir ist das sehr recht, denn ich sehe nicht, wie wir die vielen Menschen hier zurückhalten sollen, wenn sie selbst geht. Nach dem mutigen Erkundungsgang vom Doktor und nach dem dreitägigen Rundgang, vor allem aber auch nach dem Tränenzeremoniell ist hier der Bann gebrochen, das Überschreiten der Lippe gilt nicht mehr als tödliches Tabu, sondern als der letzte, endgültige Schritt ins Gelobte Land, wo Milch und Honig fließen. Wir haben die Hoffnung, daß es dem wackeren Herrn Tamasch noch ein zweites Mal gelingt, in seiner sehr echten Verkleidung als Bootsmann uns alle mit Reisstein und Melasse zu versorgen. Inzwischen ist die Schar der hungrigen Mäuler bestimmt auf 1000 angewachsen, nach meiner Schätzung. Auch für das Problem der Euros haben wir uns einen, wie ich hoffe, guten Plan ausgedacht: Er soll uns nämlich über Funk rechtzeitig verständigen, so daß wir als erste bei seinem Boot sind. Ich muß jetzt noch von einem sehr beunruhigenden Umstand berichten. Seit gestern beobachte ich die Kondensstreifen hoch fliegender Jets über uns, und zwar in einer Häufigkeit, bei der man kaum noch von Kurier- oder Routineflügen reden kann. Wer könnte uns beobachten? Kann die hiesige Menschenanhäufung aus großer Höhe erkannt werden? Welche Schlüsse muß ich daraus ziehen? Und leider habe ich noch kein Wort von Ihnen, Hohe Frau, wie Sie die Rechtslage im Münsterland beurteilen. Nach den letzten Instruktionen des Herrn Siemers darf ich ständig auf Empfang bleiben und muß nicht fürchten, daß wir abgehört werden.«

Ich sah den Fort an, ob er nichts dazu sagen wird, ich sah Re Dajana an, ob sie nicht ihre Befehle dazu geben wird, aber der Fort sagte nichts, und Re Dajana gab auch keine Befehle.

Und als ich schon mit ihr im großen Bett lag, im fünften Zimmer, Blumenkörbe um uns herum und Schalen mit Früchten aus der ganzen Welt, und als ich endlich reden wollte, da sagte Re Dajana: »Zwei Tage gehen ihre Kundschafter ins Münsterland, zwei Tage gehen sie zurück. Dann geht die Dohle zwei Tage ins Münsterland, dann geht sie zwei Tage zurück. Und dann gibt sie dem Tamasch den Befehl, daß er sie mit dem Heli herausholt«, und rechnete lange und sagte am Ende: »Und am 21. Juni ist sie bei uns! Viel früher, als wir dachten!« sah mich an mit ihrem Liebesblick, »und wie gefällt dir das, mein geliebter Pan?«, umarmte und drückte mich, daß mir's gut gefallen soll, so gefiel mir's dann auch gut.

Und grade da trat der Labiges ein, mit einem roten Telex.

Sie riß es auf, sagte: »Vom Kriss«, und las vor: »›Ich sehe mich gezwungen, einen Vorfall zu melden, der unsere Sicherheit im höchsten Maße gefährden kann. Bald nach Einbruch der Dunkelheit sind wir von zwei schweren Helis mit eingeschalteten Suchscheinwerfern mehrfach überflogen worden. Daß keine Panik ausgebrochen ist, ist reines Glück. Es handelt sich, wie ich eben erfahre, um einen Einfall des Hohen Herrn Annest Fill, der auf uns Manna herabregnen lassen will in Gestalt von Getreideschrot, Mehl, sowie warmen Decken und Medikamenten, die dann wie Ostereier gesucht werden sollen. Letzteres ist zwar ein Segen für uns, weil es uns leider nicht gelungen war, die Medikamente, die Herr Tamasch in seinem Flachboot verstaut hatte, zu übernehmen. Aber die Methode grenzt doch bald an groben Unfug, mit Verlaub. Ich sage das mit allem Respekt, den ich dem Hohen Herrn schuldig bin und bitte Sie, Hohe Frau, daß über alle Vorgänge auf dem Jetplatz Düsseldorf eine strenge Kontrolle ausgeübt wird, die als Wenigstes bewirkt, daß ich über derartige Pläne informiert werde. Weil ich die Lage hier als äußerst unstabil ansehe, plane ich ohne ihr Wissen die ›wunderbare Himmelfahrt‹ der Dohle Aurehl als Nacht-und-Nebel-Aktion. Dazu meine Bitte: Daß auf meinen Lockruf ›Himmelfahrt‹ ein möglichst kleiner, wendiger Heli unverzüglich startet, hierher fliegt und nach meinen Anweisungen die Dohle Aurehl in Sicherheit bringt.‹«

Noch in der Nacht gingen die Befehle zum Jetplatz Düsseldorf, Siemers selbst nahm sie auf und sagte noch: »Ich versichere Ihnen, daß unsere Empfangsstation rund um die Uhr besetzt bleibt, bis der besagte Lockruf ankommt.«

Am 15. Juni sagte Aurehl zu uns aus der elften Kassette: »Ich bitte euch beide um euern Schutz für alles, was ich mache. Dafür verspreche ich euch meine Liebe, und daß ich alles gut bedenke. Heute nacht sind Helis über uns geflogen, sehr unruhig war's, und der Hauptmann hatte seine Angst. Und heute früh wußten sie es alle schon wieder besser: Nicht Helis waren es, sondern die Himmlischen! Und ich habe sie gezwungen, daß sie uns hundert pralle Säcke mit dem besten

Weizenkorn herabwerfen, dazu hundert pralle Säcke mit dem Maismehl, dazu die wertvollen Kanister mit getrockneten Kartoffeln und getrockneten Karotten. Sie haben alles eingesammelt, im Gebüsch und sogar von den höchsten Lindenzweigen. Und dann hatte ich wieder meine Not, wie ich alles gerecht verteile. Der Hauptmann sagt dazu Manna, denn er kennt einen Mann Moses aus der Alten Zeit, dem haben die Himmlischen das Manna herabgeworfen, auch eine wertvolle Speise. Der Moses hatte auch einen Zauberstock, mit dem hat er auf den härtesten Stein geklopft, und gleich trat Sauberes Wasser aus dem Stein. Den Zauberstock brauchen wir aber nicht, denn Sauberes Wasser haben wir genug. Wie wird es weitergehen, wenn die Erkunder zurückkommen? Dürfen wir hineingehen ins Münsterland? Ich hoffe auf die Lindenblüte, daß die Menschen den Blütenweg gehen für Euros, und ich kann mir das Münsterland allein ansehen, nur mit der Wahulla, dem Doktor und dem Hauptmann. Und dann muß ich und will ich gleich zu euch hin, daß ich mir neue Kraft von euch hole. Hoch oben sind wieder die langen, dünnen Wolken, wie ein Wollfaden. Der Hauptmann sagt, das sind die Jets, die suchen uns. Aber warum suchen die uns? Ihr wißt doch, wo wir sind!«

An diesem Abend hatte ich wieder meine Unruhe. Und weil ich nun nicht aus dem Beton gehen konnte zum Super, denn ich war ja schon beim Super, so ging ich durchs ganze Schloß, über alle Treppen, auch in den Spiegelsaal, in dem hatte ich ja Zeppelzett zum ersten Mal gesehen, auch durch alle Gänge. Und plötzlich wurde eine Tür aufgerissen, der höchste Lernelektriker vom Siemers stand vor mir, mit einem roten Telex in der Hand, sah mich an wie den Mann im Nebel und sagte dann: »Für Sie!« Ich rannte zur Heide, die schlief schon in ihrem Bett, ich schüttelte sie, bis sie wach war und das Eiltelex in der Hand hielt. Schwer ging's ihr dann mit dem Lesen, sie las aber tapfer vor: »›Lieber Freund und Kamerad! Was ich Ihnen mitzuteilen habe, ist für uns beide von größter Wichtigkeit. Gleichzeitig will ich Ihnen damit einen neuen Beweis meines großen Vertrauens zu Ihnen geben. Zuerst die Facts: Die Vorgänge im sogenannten Ruhrbeton werden natürlich von allen Seiten beobachtet und analysiert. Alle sind sich darin einig, daß dort mindestens ein Aufruhr stattfindet, wenn nicht mehr, und daß bald etwas Entscheidendes unternommen werden muß. Etwas Entscheidendes, mein Lieber, kann nach Meinung aller dieser Beobachter nur ein ›Himmelsrecht‹ sein. Im Siebenerrat bin ich überstimmt worden, mit fünf gegen zwei Stimmen, die zweite Gegenstimme kam interessanterweise von den Pickbootas! Daß eine Anzahl von Raketen über dem sogenannten Ruhrbeton explodieren werden, wird niemand mehr verhindern können, auch ich nicht. Aber an dem dafür vorgesehenen Tag kann man noch drehen. Und nun mache ich Ihnen einen, wie ich aufrichtig meine, wirklich fairen Vorschlag: Holen Sie Aurehl heraus! Bringen Sie sie in Sicherheit, am besten mit einem Heli zum Airport Düsseldorf! Nennen Sie mir einen möglichst baldigen Zeitpunkt dafür! Ich verspreche Ihnen bei meiner Offiziersehre, dafür Sorge zu tragen, daß die Raketen erst zum zwischen uns zu verabredenden Zeitpunkt gezündet werden. Ich habe gegenüber dem Siebenerrat gute Argumente für dieses Arrangement. Wenn nämlich Aurehl das Desaster einerseits nicht verhindern kann, ihm aber andererseits rechtzeitig als Einzige entrinnt, dann verliert sie zwangsläufig ihren Nimbus als Erretterin. Wir sorgen dann mit gezielten Zeitungsartikeln und Gerüchten dafür, daß Aurehl in den AuSis von der Erretterin zu einer gefährlichen Spionin umgepolt wird, die die Menschen einem Himmelsrecht ausliefert. Moral: Man rennt nicht hinter irgendeinem Aufrührer her, sondern man läßt gefälligst alles so, wie es ist, naja, Sie kennen diese Sprüche ja zur Genüge. Entscheiden Sie sich bitte schnell! Bis jetzt gilt der 19. Juni als Tag X, eine Verschiebung um ein paar Tage kann ich durchsetzen, je weniger, desto besser. Als Stunde X gilt, und das kann nicht geändert werden, der Zeitpunkt des Sonnenuntergangs an dem betreffenden Tage, und zwar wegen der für diesen Zweck besonders günstigen Lichtverhältnisse, die die Explosion der Raketen noch dramatischer erscheinen lassen. In aufrichtiger Kameradschaft, Ihr Jimmi Galloway.‹«

Noch zweimal mußte mir die Heide den Brief vorlesen, es war aber mehr ein Vorheulen als ein Vorlesen, sie hielt aber durch bis zum Ende, und erst dann heulte sie richtig los.

Das war in der Nacht vom 15. zum 16. Juni des Jahres 269 der Neuen Zeit.

Ich ging hinauf ins fünfte Zimmer. Re Dajana las das Buch von der Sonne und ihren Planeten, und erklärte mir die Planeten, wie die sich um die Sonne herumdrehen, und die Sonne dreht sich wieder um die Galaxis herum, und alle zusammen, Galaxis, Sonne und Planeten, sind frei und schweben umeinander und fallen nicht runter, denn sie kennen oben und unten nicht, und so wissen sie auch nicht, wohin sie runterfallen sollen.

Dann sah sie meine Unruhe, legte das Buch weg und fragte mich: »Was ist los mit dir, Prinz Pan?«

»Ich bitte Sie darum, daß ich die Aurehl heraushole aus dem Ruhrbeton«, antwortete ich.

Sie sah mich an mit ihrem Katzenblick: »Und willst sie nicht ins Münsterland gehen lassen?«

»Das auch nicht«, antwortete ich.

»Du hast deine Unruhe bekommen, stimmt's?« fragte sie mich.

Und ich: »Die auch.«

Dann war's still im fünften Zimmer, dann sagte sie leise: »Mir wäre es schon recht, wenn du sie herausholst. Und wenn das einer schafft, dann du.« Und damit war's dann beschlossen, daß ich fahre.

Gleich wurde es unruhig im Schloß, die Befehle gingen zum Flugkapitän und seinen Groundcrew-Männern, der Abflug von Marbach wurde auf 5 Uhr festgelegt, Mannfried, die Heide und ein Lernelektriker vom Siemers fliegen mit, und am Rhein-Main-Airport wartet um 6 Uhr ein Jet.

Später lag ich neben Re Dajana, sie strich mir übers Haar, sehr zart, sehr leicht, und sagte immerzu: »Und bring mir die Dohle schnell! Und kommt gesund zurück!« und schlief ein mit dem Wort. Ich aber lag wach neben ihr und dachte mir einen Plan aus, wie ich die Aurehl heraushole, und dachte mir einen zweiten und einen dritten Plan aus, keiner gefiel mir, und beim hundertsten Plan brachte der Labiges leise ein Tischchen herein, daß ich mich stärke für die Fahrt. Ich konnte aber nichts essen.

Als wir im Heli saßen, sagte ich zur Heide: Schreib bitte alles auf, was du siehst und hörst! Alles genau nach deiner Uhr«, und schlief ein, und ging im Schlaf vom Heli in den Jet, und wachte auf davon, daß es still war, und die Heide sagte zu mir: »Wir sind am Airport Düsseldorf gelandet.« Und wie wir dann zum Haus der Benefiten gingen, las sie mir alles vor: Start, Landung, alles nach der Uhr, um 8.30 MEZ war's, am 16. Juni 269, und daß ich im Schlaf gesagt habe, dreimal: »Es ist ja schon so dunkel!«

Ich sagte zum Mannfried: »Führe mich bitte durchs Ruhrbeton, zum Lippenfluß hin, nördlich von Dortmund, etwas westlich von Lünen! Kennst du dich aus?«

»Nein, verdammter Kram«, schimpfte der, »was sind das für Worte?«

»Von der Karte«, antwortete ich ihm. »Kannst du nicht die Karte lesen?«

So suchte er lange auf der Karte, fand's endlich heraus und sagte dann: »Hab's gefunden. Ein Fünftage-Marsch, wenn wir schnell gehen.«

»So viel Zeit habe ich nicht!« sagte ich. »Denk dir bitte etwas Besonderes aus!«

Wieder sah er sich die Karte an, lange, rechnete und sagte am Ende: »Mit dem Heli bis Castrop-Rauxel, dann müssen wir nur einen Tag gehen.«

»Sieh es dir bitte noch einmal sehr genau an!« befahl ich ihm streng, »denn es geht um leben und nicht leben!«

Zum dritten Mal sah er sich die Karte an, schimpfte: »Das ist der verdammte Kram mit den Benefiten!«, kratzte sich hinterm Ohr und sagte dann noch einmal: »Mit dem Heli bis Castrop-Rauxel, dann gehen wir nur einen Tag.«

Ich ging zum Siemers und sagte zu ihm: »Ich muß mit dem Hauptmann Galloway telefonieren.« – »Das ist schwierig«, antwortete der Siemers, »denn in Kusko ist tiefste Nacht.« – »Es muß sein!« sagte ich streng, mußte lange warten, von 9.10 Uhr bis 9.25 Uhr nach der Uhr von der Heide, dann hörte ich endlich den Galloway in mein rechtes Ohr piepsen, wie den verschlafenen Vogel beim ersten Sonnenstrahl: »Who's calling?« – »Meine Entscheidung!« antwortete ich. Und er: »Pan Inka-Fürst?« – »Ja!« rief ich sehr laut. Und er: »Gut. Ich bin jetzt wach. Wie haben Sie sich entschieden?« – »Wann ist der Sonnenuntergang am 19. Juni?« – »Einen Moment bitte! Werden wir gleich haben«, piepste er, und dann: »20.41 Uhr MEZ.« Ich befahl der Heide: »Schreib bitte auf: 20.41 Uhr MEZ!«, und als sie's aufgeschrieben hatte, sagte ich in den

Hörer: »Also am 19. Juni, 20.41 Uhr MEZ«, und er sagte es auch noch einmal genau so. Und noch dreimal sagte ich das Wort, und dreimal sagte er's mir nach: »19. Juni, 20.41 MEZ.« Dann piepste er noch: »Mit unserem Handschlag von Mann zu Mann haben wir es besiegelt ...«, und ich dazu: »... daß wir die Ordnung der Welt erhalten wollen.« – »Glück und Sieg!« sagte er noch, dann war's still im Hörer. Ich dachte: Bin ich auch wirklich ganz wach? Und habe ich auch wirklich nichts vergessen? Und hielt den Hörer noch lange fest in der Hand.

Der Siemers sagte zu mir: »Die Hohe Frau hat mich informiert. Ich gebe Ihnen meinen besten Mann mit, den Kundig, und mein bestes Gerät.« Sah mich an: »Ich werde mit allen meinen Gedanken bei Ihnen sein, das wissen Sie.« Und die Heide schrieb auf, so viel sie konnte.

Danach brachte mich der Siemers zum Flugkapitän Reiterbohm, den hatte ja der Rilpe mit einem Jet auf den Airport Düsseldorf gestellt. Siemers sagte zu ihm: »Das ist Pan Inka-Fürst, Siegelträger der Hohen Frau Re Dajana Kornegill«, und ging.

Ich sagte zum Reiterbohm: »Heute bitte ich Sie um Ihre Hilfe.«

Er fragte nur: »Wohin?«

Und ich: »Nach Castrop-Rauxel.«

Da lachte er, sehr schön, und sagte im Lachen: »Auch wenn der Siemers Sie mir nicht vorgestellt hätte: An diesem Scherz hätte ich Sie erkannt, nach den Beschreibungen, die mir der Hohe Herr Rilpe von Ihnen gegeben hat.« Und weil ich ihn nur streng ansah: »Also, auf die Gefahr hin, daß ich auf einen Scherz hereinfalle: Ein Jet kann nur auf einer Runway landen, wie man sie auf den großen Airports hat, und in und um Castrop-Rauxel gibt es keine Runway!«

»... ich bitte Sie trotzdem, daß Sie mich nach Castrop-Rauxel hinfliegen«, unterbrach ich ihn mit meiner Wut.

Und endlich verstand er, daß ich keine Zeit für Scherzworte habe, setzte seine Kapitänsmütze auf, hielt zwei Finger seiner rechten Hand dran und sagte: »Alles klar. Wir müssen zum Platzkommandanten. Sie müssen ihn um einen Heli bitten«, und führte mich zum Hauptmann Löblich, der war einstmals der gute Freund vom Leinsack gewesen, und der hatte nicht aufgepaßt auf den Leinsack, daß sie ihm die Nase zerbrochen haben aus Neid.

Der Reiterbohm sagte zum Löblich: »Das ist Pan Inka-Fürst, ...« – »... kenne mich aus!« unterbrach ihn der Löblich, sah mich an und fragte mich dann mit einer schönen Verbeugung: »Was kann ich für Sie tun, mein Freund?«

»Ich bitte Sie um einen Heli«, antwortete ich.

Wieder sah er mich an, sagte: »Einem so schönen Jüngling darf man nichts abschlagen. In dreißig Minuten können Sie starten«, bot mir einen bequemen Sessel an und sagte noch: »So lange haben wir Zeit für ein kleines Plauderstündchen.«

Die Heide schrieb's auf, ich sagte zum Löblich: »Das nächste Mal«, und ging.

Um 11.10 nach der Uhr von der Heide saß ich mit ihr, dem Mannfried und dem Kundig in einem kleinen Heli, alle waren wir in Betonkleidern fürs Ruhrbeton, eine Pint hatten wir geladen, drin eine Empie, Funkgerät, Reisstein, Melasse, Karten, Decken und vier Schlafsäcke, und jeder hatte im Beutel Euros und Schnitzwerk, wie's der Ruhrbetonmensch macht. Und vorn, im Cockpit saß der Reiterbohm, der hatte drei von seinen Wachmännern mitgenommen.

Nach dem Befehl vom Mannfried senkte der Reiterbohm seinen Heli auf den Bappstein herab, nahe beim Steingebirge Castrop-Rauxel, wir kletterten hinaus, hoben unsere Pint heraus, und ich befahl dem Reiterbohm, daß er am nächsten Tag zur selben Zeit an der selben Stelle auf uns warten muß, so lange, bis ein neuer Befehl kommt.

Und dann führte uns der Mannfried durchs Ruhrbeton.

Erst ging's gut, beim zweiten Kanal wußten wir schon, wie man richtig an den Stecken entlang watet. Aber beim dritten Kanal rutschte der Kundig aus und fiel in den Morast, und sein Funkgerät mit ihm, der Mannfried zog ihn heraus, der Kundig putzte sein Funkgerät, aber er wußte nicht, ob es unsre Stimme noch richtig tragen kann durch die Luft. Später teilte sich der Bappstein, Mannfried führte uns erst nach rechts, dann zurück und nach links, und wieder zurück, und ich sah, daß er die Karte nicht lesen kann, und hatte meine Wut. Der Kundig sagte: »Ich nehme Funkkontakt mit Hauptmann Kriss auf. Er kann uns dann über Funk leiten«, und lange versuchte er's und wirklich fand sein Funkgerät den Weg durch die Luft zum Kriss, aber dann flog das Wort vom Kriss auf einer falschen Welle herum und fand uns nicht. So konnte der Kriss uns nicht leiten.

Um 18.15 nach der Uhr von der Heide kamen uns zwei Ruhrbetonmenschen entgegen mit ihrer Pint. Mannfried stellte sich ihnen in den Weg, wie es die Treiber machen. Die beiden sahen aber keinen Treiber vor sich, sondern einen Ruhrbetonmenschen wie sie, und stießen ihn weg. Mannfried wollte sie festhalten, daß er sie ausfragen kann, aber die ließen sich nicht festhalten, schimpften mit dem Mannfried, rissen sich los und gingen ihren Weg.

Ich sagte zum Mannfried: »Du hast alles vergessen! Du weißt den Weg nicht, und du weißt nicht, wie man als Betonmensch durchs Beton geht! Von jetzt ab geht es nur noch nach meinem strengen Befehl!«

Und ich gab den Befehl, daß unsere Pint im Gebüsch versteckt wird, und keiner darf sich rühren oder reden, bis wir die nächste Pint sehen. Und wo die hingeht, dahin geht auch unsere Pint. Und Feuer machen ist verboten, und wer Hunger hat, der soll am Reisstein lecken, aber leise!

Bald drauf sahen wir eine Pint, wollten schon hinterher, es kamen aber gleich noch mehr Pints, immer zwei führten sie, vorn und hinten an den Bügeln, oft saß auch ein Kind drin, und als wir endlich herauskrochen aus dem Gebüsch, hinter einer Pint her, da war's bald dunkel. Die vor uns machten ihr Feuer, so erlaubte ich dann auch dem Mannfried, daß er uns ein Feuer macht, aber nicht zu nahe bei den andern, und er hängte unseren Topf übers Feuer und breitete den Reisstein auf in Sauberem Wasser, so wie er's gelernt hatte, als er noch mit seiner Mutter durchs Ruhrbeton gegangen war. Danach stand er auf, ging im großen Bogen um unser Feuer herum, schnupperte und schnupperte und sagte am Ende: »Muß bald die Zeit für den Blütenweg sein!«

Und als wir dann den Weißbrei löffelten, sagte er noch: »Nach meiner Karte gehen diese Menschen alle falsch herum, und niemals zur Lippe hin.«

Ich antwortete ihm: »Und nach meinem Kopf gehen sie alle zur Aurehl. Und mein Kopf ist besser als deine Karte.«

Der Kundig fing dann noch die Stimme vom Siemers auf, aus der Luft, dem gab ich meinen Bericht an Re Dajana, der hieß: Morgen hole ich Aurehl heraus. Die Heide schrieb alles auf, und als ich schon im Schlafsack lag, befahl ich dem Mannfried, daß er mich wecken soll beim ersten Lichtschimmer. Ich dachte mir aber: Oder ich wecke ihn.

Und ich wachte auf beim ersten Lichtschimmer. Und ich sah zu unserer Pint hin, da stand aber keine Pint mehr! Und wie ich aufstand und nachsah, da lag eins von unseren Messern am Boden, drei leere Beutel und unser Schnitzwerk. Ich weckte den Mannfried, der rannte gleich in einem großen Kreis um unseren Feuerplatz herum, daß ich dachte, der macht wieder sein Straftraining und sucht ein unbekanntes Gelände ab. Davon wurde auch der Kundig wach und die Heide, der Mannfried schimpfte mit mir: »Das ist alles Ihre Schuld! Warum haben Sie nicht Vertrag gemacht mit den Menschen an den Feuern um uns herum? Haben Sie denn schon alles vergessen?«

Ich sagte zu ihm: »Jammere nicht um das gegessene Schaf!«, denn ich wußte längst, daß er recht hat: Im Beton macht keiner sein Lager ohne Vertrag mit dem nächsten Betonmenschen! Und die Heide hörte sich's an, und der Kundig sammelte Feuerholz.

Weil sie aber alle drei ihre Beutel in der Pint gelassen hatten, und weil ihre Beutel nun leer waren, so hatten sie auch keine Feuerhölzer und standen ratlos ums geschichtete Feuerholz herum. Und die Heide sagte mit rundem Mund: Sie wird sich die Erkältung holen, wenn sie nichts Warmes ißt am Morgen.

So holte ich meinen Beutel aus meinem Schlafsack heraus, zeigte ihnen mein Messer, meine Euros, Schnitzwerk und Reisstein, zuletzt auch meine Feuerhölzer und sagte zum Mannfried: »Wie du siehst, habe ich noch nicht alles vergessen.« Und mit Genuß zündete ich das Feuer an.

Drauf holte der Mannfried seine Empie aus seinem Schlafsack und zeigte sie mir stolz, dann zeigte mir der Kundig sein Funkgerät und die Heide ihr Papier und Stift, auch im Schlafsack gerettet, dafür lobte ich alle drei, und endlich konnten wir dann drüber lachen, wie jeder das Unglück etwas kleiner gemacht hat mit seinem Verstand.

Beim Weißbrei sahen wir dann viele Menschen, wie die mit ihrer Pint ihren Weg gingen, alle den gleichen Weg und alle den falschen Weg nach der Karte vom Mannfried. Und nach der hundertsten Pint sagte ich zum Mannfried: »Den Weg gehen wir auch.«

Und ohne Pint, den zusammengerollten Schlafsack untern Arm geklemmt, gingen wir los, und die Sonne ging ihren Weg quer über uns und beugte sich schon über die höchsten Lindenbäume, da hörten wir endlich den Singsang aus der Ferne, sahen bald drauf den Schein von hundert Feuern, so viele Feuer beinander hatte ich noch nicht gesehen, und mein Herz schlug stark gegen meine Brust, und die Heide sagte zu mir mit heiserer Stimme: »17. Juni, 18.32 Uhr MEZ«, und dann atmete sie tief ein, dreimal.

Wir kamen zum ersten Feuer, dran saß eine Frau, die wunderte sich, wie wir ohne Pint kommen und fragte uns gleich: »Ohne Pint kommt ihr?« Dann zeigte sie auf zwei Zelte mitten zwischen den hundert Feuern und sagte: »Sie gibt uns alles. Sie holt ja sogar den wertvollen Weizen vom Himmel herunter für uns. Aber ob sie euch eine Pint gibt?«

Und ich hatte meine Not mit der Heide, daß sie nicht Papier und Stift rausholt und aufschreibt, was die Frau sagt.

Die redete weiter: »Sogar Euros holt sie uns vom Himmel, daß wir beim Bootmann Reisstein einhandeln können«, sah nach, ob wir wirklich keine Pint haben und sagte: »Aber ob sie euch eine Pint gibt? Und ohne Pint läßt sie euch bestimmt nicht ins Münsterland!« und konnte nicht lange genug den Kopf drüber schütteln, daß wir keine Pint haben.

Sie machte aber Vertrag mit uns, daß wir uns an ihr Feuer setzen dürfen, dafür müssen wir Feuerholz für sie sammeln, und für zwanzig Euros dürfen wir aus ihrem Topf den Weißbrei löffeln. Und wie wir dann hungrig löffelten, so achtete sie nicht drauf, wieviel wir löffelten, sondern sang laut mit den anderen zusammen den Singsang von der Erwarteten, der geht immer auf das Wort aus: »Die wir erwartet haben, ist gekommen! Die zum Himmel aufsieht, errettet uns!«, daß mir ganz schwach davon wurde, und daß ich in einen Traum fiel und alles vergaß.

Und wie aus einem Traum stand ich dann endlich auf und ging an den Feuern vorbei zu den beiden Zelten hin, die Heide neben mir, und wir stellten uns in die Reihe zu den Pickligen, Klumpfüßigen und Eitrigen, denen sollte der Longley Warze, Klumpfuß und Eiter wegzaubern, es ging aber nur sehr langsam voran.

Um 19.34 nach der Uhr von der Heide gab's dann ein lautes Geschrei: Die Erkunder waren zurückgekommen aus dem Münsterland, die standen am anderen Ufer der Lippe, die sangen schon den neuen Singsang vom Münsterland, da läuft der Hase in die Falle, vor Glück, daß er in die Falle laufen darf, da springt der Fisch aus dem Wasser, vor Glück, daß er gleich überm Feuer geröstet wird, und von ihrem neuen Glück im Münsterland vergaßen alle vor mir in der Reihe ihre Krankheit und ihren Schmerz und rannten mit den andern zur Lippe hin.

Ich ging aber mit der Heide bis zu den Stecken, setzte mich davor, der Longley erkannte mich nicht und wunderte sich, daß ich nicht mit zur Lippe renne, Aurehl kam aus dem Frauenzelt, sah zur Lippe hin, sah mich nicht, ging schnell ins Zelt hinein und gab laut ihren Bericht an Re Dajana und mich.

So machte ich meine Ohren lang, zum Frauenzelt hin, daß ich kein Wort von Aurehl verliere, das gefiel dem Longley nicht, der fragte mich: »Wo tut es dir weh?« So hielt ich ihm meine Hand hin. Und wie nun der Longley nichts Schlimmes finden konnte an meiner Hand, und ich horchte mit langen Ohren zum Frauenzelt hin, da stand der Kriss über uns, hatte noch mehr Sommersprossen im Gesicht, und seine roten Haare wuchsen ihm bis auf die Finger, der erkannte mich gleich, erschrak und fragt emich: »Sie hier? Was hat das zu bedeuten?«

»Ich muß zu Aurehl!« antwortete ich.

»Sie sehen ja selbst, was hier los ist!« antwortete der Kriss. »Ich kann die Dohle Aurehl nicht einfach aus dem Zelt herausholen und zu Ihnen setzen!«

Ich sagte langsam: »Es geht um leben und nicht leben«, und hielt dem Longley weiter meine Hand hin.

Der Kriss ging schnell zum Frauenzelt, fragte leise: »Darf ich eintreten? Es ist dringend!« Die Zeltplane wurde gehoben, sie redeten, aber ich konnte nichts verstehen, der Kriss kam schnell zurück und sagte zu mir: »Die Dohle Aurehl hat recht, wie immer. Sie will mit Ihnen erst reden, wenn es ganz dunkel ist und die Feuer erlöschen«, und machte gleich seine Runde um die Stecken. Der Longley gab mir meine Hand zurück und sagte mit einem Vorwurf: »Sie haben es ja gehört!«

So mußte ich zurück, um 20.15 Uhr nach der Uhr von der Heide. Ich befahl dem Mannfried, daß er mit der Heide zusammen die Zeit ausrechnet, die wir zum Heli brauchen bei Castrop-Rauxel, sie rechneten beide, lange, und am Ende sagte die Heide zu mir mit heiserer Stimme: »Es sind keine zwanzig Kilometer. Also höchstens fünf Stunden.« – »Gut«, sagte ich, »aber was sind fünf Stunden?« Und die Heide: »Fünf Stunden sind fünf mal sechzig Minuten.« – »Und was sind sechzig Minuten? Sechzig Schritte?« – »Viel mehr!« rief die Heide. Und ich: »Du weißt es also auch nicht!« Und die Heide: »Dann rechnen Sie doch selbst!« Und so zankten wir uns dann wieder, laut, aber niemand hörte es, denn der Singsang um uns herum war noch lauter, und bald konnte ich mich nicht mehr zanken mit der Heide, denn in meinem Kopf ging's: Warum singe ich nicht mit? Ich muß mitsingen! Und dann habe ich mitgesungen. Dann spürte ich eine Hand auf meinem Mund, und die Heide sagte nahe an meinem Ohr: »Aufhören! Aufhören! Sie müssen zu Aurehl!«

Da war's tiefste Nacht, 23 Uhr nach der Uhr von der Heide, viele sangen noch am glimmenden Feuer. Ich war gleich hellwach, ging wieder zu den beiden Zelten hin und setzte mich vor die Stecken. Der Kriss machte seine Runde, sah mich gleich, sagte leise: »Ich sage Bescheid«, holte die Aurehl aus ihrem Zelt, die setzte sich zu mir, ich sah nur ihre Augen, und dann waren wie durch Zauberei unsere Hände übereinander, und sie fragte mich: »Warum bist du hier?«

Aber unsere Hände lagen so fest aufeinander, daß ich nichts anderes wußte, bis ich dann Aurehl sagen hörte: »Der Hauptmann macht sich Sorgen, daß du hier bist.«

»Ja«, sagte ich, »er hat ja recht! Denn wo ich hingehe, dahin gehen ja auch die Sorgen!«

»Warum bist du also hier?« fragte Aurehl wieder.

Da wußte ich's dann wieder und sagte: »Morgen früh, beim ersten Lichtschimmer, müssen wir weg von hier.«

Sie zog ihre Hände zurück, steckte sie in ihren Fellumhang und saß vor mir, daß ich dachte: Ein Stein sitzt vor mir. Und dann sagte sie: »Morgen kann ich noch nicht weg. Ich warte mit ihnen zusammen auf die Lindenblüte. Und wenn sie dann den Blütenweg gehen, gehe ich ins Münsterland und sehe es mir an.«

Ich dachte: Münsterland ist nicht Ruhrbeton! So weit kann auch das größte Himmelsrecht nicht gehen! So sagte ich zur Aurehl: »Warte nicht länger, sondern geh gleich morgen ins Münsterland! Ich komme mit und helfe dir, daß du dir's gut ansiehst.«

»Warum bist du hier?« fragte sie zum dritten Mal.

»Wir müssen weg von hier!« antwortete ich, »es geht um leben und nicht leben!«

»Leben will ich«, sagte sie drauf.

Und ich: »Am besten, wir gehen schon vor dem ersten Lichtschimmer. Die Zelte lassen wir stehen, damit es keiner merkt. Es ist nicht weit bis zum Heli. Und morgen, noch vor den langen Schatten, sitzen wir auf der Veranda im Schloß Marbach.« Und dachte, ich hab's geschafft.

Aurehl fragte aber: »Warum so schnell?«

»Wir können auch noch den Tag drauf weg von hier«, sagte ich.

»Und den Tag danach nicht?« fragte sie.

»Der ist zu spät!« sagte ich.

»Wozu zu spät?« fragte sie.

»Zum Leben!« sagte ich.

Und dann ging's noch zweimal hin und her, und dann hatte sie's raus, wußte den Tag und die Stunde und sagte nichts mehr und saß als ein Stein vor mir, lange.

Ich fiel gleich wieder in einen neuen Traum, ich sah mich mit Aurehl in einem Heli sitzen, der fliegt nach Marbach, und neben uns und hinter uns und vor uns sitzen tausend Menschen und singen, und ich dachte: So einen großen Heli gibt es doch nicht, wo tausend Menschen drin sein können!

Und in meinen Traum hinein spürte ich zwei warme Hände auf meinen Händen und hörte Aurehl sagen: »Über die Nacht denken wir uns beide einen guten Plan aus, wie wir die Menschen alle retten vor dem Himmelsrecht. Und welcher Plan besser ist, der wird gemacht.« Danach stand sie auf und ging wieder ins Frauenzelt hinein.

Und ich saß wie einer, der seine Sonne verloren hat. Der Kriss machte seine Runde, blieb bei mir stehen und sagte leise: »Bitte unternehmen Sie nichts ohne Absprache mit mir!

Mit Nahrung und Medikamenten sind wir fürs Erste versorgt. Danach wird man weitersehen. Gehen Sie jetzt besser!«

Langsam stand ich auf, suchte meinen Lagerplatz, fand ihn nicht und ging im Kreise herum, und so gingen auch meine Gedanken. Ich dachte: So im Kreise herum geht's auch beim Super! Der hat keinen Anfang und kein Ende, der geht nicht los, so kommt er auch nicht an! Und dann dachte ich: Aber ich! Ich bin doch nicht beim Super! Ich bin doch im Beton! Da geht's doch nicht im Kreise herum! Da ist doch alles ganz einfach grade: Leben oder nicht leben! Und kenne ich mich etwa nicht aus im Beton?

Und gleich drauf ging ich den graden Weg zu meinem Lagerplatz, am Rauch und an der Wärme der verglühten Feuer vorbei. Und ich dachte: Ich bin doch nicht Pan Inka-Fürst und Siegelträger beim Super! Ich bin Frank Fürst, und ich weiß ein wichtiges Geheimnis, das geht um leben und nicht leben, das hat einen großen Wert, anders als die Geheimnisse vom Dirk, die waren wertlos, und wer die kennt, der stirbt dran, und deshalb ist er auch gestorben! Weil es aber bei mir anders ist, so sterbe ich nicht! Und der größte Wert von meinem Geheimnis ist, daß durch mich viele am Leben bleiben, die ohne mich sterben müßten. Und das muß mir dann auch viel einbringen! Und mit dem Gedanken kroch ich in meinen Schlafsack, schlief gleich ein und hatte den Singsang in meinem Traum drin als meine Wut auf den Super, wie er mich und Aurehl und alle Betonmenschen treffen will mit seinem Himmelsrecht, aber mein Singsang schützt mich vor dem Super.

5. Kapitel

18. Juni bis 15. Juli 269, vom Ruhrbeton ins Münsterland

Ich wurde vom Regen wach, wie der auf meinen Schlafsack klopfte. Im Lager war's noch still. Die Heide sah mich ängstlich an aus ihrem Schlafsack und fragte mich: »Müssen wir denn nicht gehen?« hustete und rechnete mir vor, daß der Reiterbohm schon in sechs Stunden bei Castrop-Rauxel landen wird. »Was sind sechs Stunden?« fragte ich sie, aber sie hustete nur.

Bald drauf zündeten sie alle ihre Feuer an, das ging langsam beim Regen, als dann aber endlich ihre Töpfe überm Feuer hingen, sangen sie alle den neuen Singsang vom Münsterland: Die zu uns gekommen ist, führt uns ins Münsterland! Die Langerwartete macht uns satt und gesund im Münsterland! Das ging so, endlos.

Weil wir auch unseren Topf verloren hatten mit der Pint, auch den meisten Reisstein und die Melasse, so tauschte ich mit der Frau, bei der wir saßen, von meinem Schnitzwerk ein für Reisstein und Melasse, davon hatte sie genug, und wir machten Vertrag, daß wir in ihrem Topf aufbreien, nach ihr, dafür müssen wir die Risse in ihrer Pint dichten mit Harz, und der Mannfried wußte, wie's gemacht wird.

Nach dem Essen befahl ich dem Kundig, daß er sein Funkgerät bereitet für meinen Bericht zum Siemers hin, durch die Luft. Der arbeitete an seinem Funkgerät, im Schlafsack drin, lange, und am Ende sagte er: »Das war's dann wohl!« Und weil ich's nicht gleich verstand, so sagte er noch: »Es gibt keinen Bericht, heute nicht, und morgen auch nicht!«

Und als er das sagte, wußte ich plötzlich meinen ganzen Plan, wie ich mich und Aurehl und alle Menschen errette vor dem Himmelsrecht, und wollte gern vor Freude drüber mit dem Kundig und der Heide und dem Mannfried ums Feuer herumhüpfen.

Dichter Nebel senkte sich übers Lager, mit einem feinen Sprühregen, daß man bald das dritte Feuer nicht mehr sehen konnte, und der Singsang vom Münsterland war wie in eine dicke Decke eingewickelt.

Ich setzte mich nahe zur Heide und befahl ihr: »Häng dir bitte deine Decke übern Kopf, als ob du frierst, und schreib auf, was ich dir ansage!« – »Als ob ich friere!« sagte die Heide drauf und warf ihren Kopf herum: »Ich bin schwer erkältet! Merken Sie das denn nicht?« hielt aber schon Papier und Stift bereit.

Ich sagte ihr an: »Mein Plan ist nur dann gut, wenn alles genauso gemacht wird, wie's aufgeschrieben ist von meiner Vorleserin, der Heide-Maria, die ist mir treu und kein falsches Wort schreibt sie auf. Wir führen alle Menschen ins Münsterland hinein. Die zehn Erkunder führen uns in zehn Teilen, immer ein Erkunder voran und jede zehnte Pint hinter ihm her. Wenn aber der Nebel steigt, und wenn die Jets über uns sind, darf keine Pint über die Lippe gehen. Drüben darf kein Feuer gemacht werden, heute nicht und morgen nicht. Aber hier, im Lager, müssen alle Feuer hell leuchten zum Himmel hin, sogar die Feuer, an denen sich keiner mehr wärmt. Ein Bericht muß zum Siemers hingehen, jedes Wort so, wie ich's ansage: ›Der Flugkapitän Reiterbohm muß bereit sein zum Flug durchs Ruhrbeton, beim Tag und bei der Nacht, bis er den Befehl bekommt, wohin er fliegen muß, daß er uns heraushebt.‹ Und kein anderer Bericht, nicht ein Wort, darf hinausgehen aus dem Lager, heute nicht und morgen nicht! Zu meinem Plan gehört auch ein Ausrufer. Der wird die Erretterin erkennen, wenn sie durchs Lager geht und ihn sucht. Und der Gesuchte kennt jeden Befehl der Erretterin, sie muß nichts sagen, denn er hört aus ihrem Kopf heraus, und ruft laut aus den Befehl der Erretterin, im ganzen Lager. Und mich muß die Erretterin als ihren Ausrufer erkennen.«

Dreimal mußte ich der Heide meinen Plan ansagen, denn sie schreibt langsam, sie hustete viel beim Schreiben, und am Ende befahl ich ihr, daß sie sich in die Reihe stellen muß zu den Kranken, und wenn sie dann vorm Longley steht, muß sie ihm das Papier hinhalten, klein zusammengefaltet in der geschlossenen Hand, und muß zu ihm sagen: ›Das ist das wichtige Geschenk von Fürst für Aurehl.‹

Die Heide ging um 8.04 Uhr, nach ihrer Uhr, um 9.15 Uhr kam sie zurück und sagte mit ihrem runden Mund: »Dreimal mußte ich ihm den Zettel hinhalten, bis er es endlich begriffen hat!« –

»Und weiter?« fragte ich sie.

»Er hat mir einen Hustensaft gegeben«, antwortete die Heide, und zeigte mir den.

»Und weiter?« fragte ich sie mit meiner Wut.

Da warf sie ihren Kopf herum, so kann nur die Heide ihren Kopf herumwerfen und sagte dann: »Ich bin ja nicht begriffsstutzig! Um 9.03 Uhr hatte Aurehl Ihren Brief in der Hand.«

Es hörte auf zu regnen, der Nebel blieb noch, mein Herz klopfte wie der Flügel vom Heli, wenn er sich dreht in der Luft: Nach einer Nacht und einem Tag kommt das Himmelsrecht übers Ruhrbeton! Und der Reiterbohm wartet, daß er uns rettet, aber der wird uns nicht retten! Und nichts darf falsch gehen bei meinem Plan, denn sonst sterbe ich mit Aurehl und mit allen Menschen um uns herum!

Und endlich, um 10 Uhr, gab's eine große Unruhe im Lager, die Menschen rannten herum und schrien: »Sie kommt zu uns! Sie führt uns ins Münsterland!« Ich sprang auf mit den anderen, ich sang mit den anderen, so laut ich konnte, Aurehl ging durchs ganze Lager, bis sie endlich ihren Ausrufer erkannte, sie kam zu mir, hinter ihr der Kriss, sie hob die Hände, hielt sie vor den Mund, hob sie wieder, hielt sie wieder vor den Mund, bis es dann still war um uns herum, dann zeigte sie auf mich und sagte: »Der ist mein Ausrufer! Hört auf den Ausrufer!« Und ich, mit ihrer Stimme, als ob sie mich zwingt: »Ich bin ihr Ausrufer! Hört auf den Ausrufer!« Und Aurehl: »Der Ausrufer hört mich!« Und ich: »Ich höre die Erretterin!« und horchte und horchte, bis ich's dann wußte, und rief laut: »Sie führt uns alle ins Münsterland hinein!«

Da schrien sie laut in ihrem Glück, und ich ging mit Aurehl durchs ganze Lager, und immerzu rief ich laut: »Sie führt uns alle ins Münsterland hinein!« und so laut schrien sie, daß nur Aurehl sie still machen konten mit ihren Händen, wenn sie die hob und vor den Mund hielt, und wieder hob und wieder vor den Mund hielt.

Beim zweiten Rundgang durchs Lager horchte ich dann wieder zu Aurehl hin, was sie mir zum Ausrufen befiehlt, und das hieß dann: »Wir müssen alle Vertrag machen mit der Erretterin, daß wir ihr gehorchen. Sonst kann sie uns nicht erretten.« Und horchte lange hin zu Aurehl, wußte nicht gleich, was ich ausrufen muß nach ihrem Befehl, aber als ich's dann endlich wußte, da rief ich laut aus, wie einer, der grade hundert Euros in seinem Beutel gefunden hat: »Feuerholz müssen wir einsammeln! Feuerholz für drei Feuer an drei Tagen! So geht der Vertrag! Feuerholz für drei Feuer an drei Tagen!« schrie's und schrie's hinaus, ins ganze Lager und hob auch selber das erste Feuerholz auf, bis keiner mehr etwas anderes wußte als Feuerholz einsammeln für die Erretterin, daß sie den Vertrag macht mit dem Betonmenschen für sein Glück im Münsterland.

So ging's bis 12.30 Uhr nach der Uhr von der Heide, die stand immer neben mir, wenn ich ausrief, und hustete nicht, wenn ich ausrief. Die Menschen kannten die Heide bald so gut wie mich und sagten: Sie ist im Langen Vertrag mit dem Ausrufer, aber das Kind zum Blütenklettern, das haben sie noch nicht.

Beim dritten Rundgang hatte ich's dann schwer mit der Erretterin, was die mir befahl, daß ich's ausrufe, und lange verstand ich's nicht, und wunderte mich, bis ich's dann endlich gut verstand und ausrief mit meinem Glück: »Wen sie rufen wird durch mich, der geht zum Lippenfluß hin mit seiner Pint! Aber immer zwei müssen bei der Pint sein, als Wenigstes, sonst ist es gegen den Vertrag. Und wer drüben ist, darf nicht stehen bleiben, sondern muß den Weg gehen hinter seinem Erkunder her. Und kein Feuer darf zum Himmel brennen!«, horchte, ob ich's richtig verstanden habe, horchte wieder, hatte es richtig verstanden und rief: »Kein Feuer darf auf dem Weg gemacht werden, bis zum Münsterland!« horchte wieder und rief, daß es schaurig durchs ganze Lager ging: »Und wer drüben ein Feuer anmacht, beim Tag und bei der Nacht, der hat schon den Vertrag gebrochen mit der Erretterin«, und horchte und horchte, und verstand es nicht, wie ein Betonmensch kein Feuer anmachen soll, mußte es aber trotzdem laut ausrufen, weil die Erretterin mich zwingt.

Um 14.45 nach der Uhr von der Heide waren wir durch, die Heide sagte: »Sie haben gestern abend schon nichts gegessen, Sie haben heute früh nichts gegessen, jetzt ist es Mittagszeit, Sie müssen etwas essen!« Und gab keine Ruhe, so viel ich auch dagegen redete, bis ich bei unserem Feuer saß und mit ihr zusammen den Weißbrei löffelte, aber ohne Hunger löffelte ich ihn, und drumherum standen viele Menschen und paßten auf, daß der Ausrufer seinen Weißbrei ißt, damit er nicht schwach wird vor der Zeit.

Um 15.10 Uhr nach der Uhr von der Heide hörte ich die Erretterin, wie sie mich zum Steckenkreis ruft. Mit der Heide ging ich hin und setzte mich davor. Uns gegenüber saß Aurehl mit dem Hauptmann. Der sagte zu mir: »Sie spielen dieses Theater ja ganz gut. Aber trotzdem habe ich so manchen skeptischen Blick gesehen. Die Leute sind zwar verblendet, aber doch nicht dumm! Deshalb bitte ich Sie: Seien Sie vorsichtig, übertreiben Sie nicht, und vor allem sagen Sie mir, was Sie bezwecken und wie es weitergeht!« Ich hatte meine Wut auf den Hauptmann und sagte zu ihm: »Ich bezwecke, uns alle zu retten! Und weiter geht's mit den Stunden, mit denen kenne ich mich nicht gut aus. Darum müssen Sie jetzt ausrechnen die Stunden bis morgen, 20.41 Uhr, wie viele Pints hinübergehen können in der Stunde, und wann die letzte Pint gehen kann.« Drauf rechnete er, sehr schnell, und sagte: »29 und eine halbe Stunde bleiben uns. Wenn pro Minute eine Pint hinübergeht, von jetzt an, dann ist schon morgen um diese Zeit die letzte Pint in Sicherheit, denn wir haben hier ungefähr 750 Pints.« – »Und werden die Erkunder nicht im Kreis herumgehen?« fragte ich den Kriss. Er wußte aber gleich Rat und sagte: »Ich gebe dem ersten Erkunder einen Kompaß mit«, und erklärte mir den Kompaß, wie der mit seiner Magnetnadel den Menschen immer den richtigen Weg lang führt.

Danach rief ich laut aus die Erkunder. Die mußten Vertrag machen mit Aurehl: Der erste geht nach der Magnetnadel voraus und darf nicht stehenbleiben, auch nicht in der Nacht. Und alle anderen gehen in den Radspuren von den Pints.

Um 15.45 Uhr nach der Uhr von der Heide stand die Aurehl am Lippenfluß, die Sonne schien heiß herab auf uns, der Kriss sah zum Himmel auf, ob er keinen Jet sieht. Der erste Erkunder weinte seine Träne in die Hand der Aurehl, danach seine Frau und sein Kind, sie zogen ihre Kleider aus, legten sie in die Pint, auch ihr Kind stieg in die Pint, dann wurde die ins Wasser getragen, sie schwamm gut, wurde aber vom Wasser abgetrieben, so faßten sie sie an den Bügeln vorn und hinten, strampelten mit den Beinen und schoben und zogen so die Pint zum anderen Ufer hin. Und drüben sangen sie dann laut den Singsang vom Münsterland.

Ich rief nun aus 75 Pints, die nahe beim Ufer waren, die kamen heran, die Menschen weinten ihre Träne in die Hand der Erretterin, zogen sich aus und schifften ihre Pints hinüber, und der Kriss stand mit seiner Uhr dabei, und bei der zehnten Pint sagte er zu mir: »Ja, es wird gehen, wenn es keine Stockungen gibt. Im übrigen: Verzeihen Sie bitte meinen Ausfall! Ich wüßte nur gern, was Sie mit den Lagerfeuern bezwecken, denn ...« – »Zählen Sie bitte die Pints!« unterbrach ich ihn, »und sehen Sie gut hin zum Himmel!«

Um 17.30 Uhr rief ich wieder 75 Pints aus, wieder die nächsten beim Ufer, und wer an einem verlassenen Feuer vorbeikam, der mußte viel trocknes Feuerholz aufwerfen und das Feuer schüren, daß es hell brennt, so war ja der Vertrag mit der Erretterin. Und schon um 19.05 Uhr rief ich die nächsten 75 Pints aus, und noch einmal laut den Vertrag mit der Erretterin: Alle Feuer müssen mit heller Flamme brennen!

Um 20.35 Uhr war die letzte Pint hinter dem dritten Erkunder hinübergeschifft. Ich kletterte auf einen hohen Baum und horchte hinüber auf den Singsang, ob der schon weit weg ist, und sah gut nach, ob sie drüben kein Feuer machen. Aber so lange ich auch nachsah, ich konnte kein einziges Feuer erkennen.

In der Nacht regnete es wieder, am Morgen war's wieder sehr neblig. Um 5.40 rief ich schon den vierten Erkunder aus und gab ihm den Mannfried mit mit dem strengen Befehl, daß er nicht nach seiner Karte geht, sondern nach den Radspuren der Pints vor ihm, und wenn es stockt, oder wenn sie ein Feuer anzünden wollen, dann muß er der strenge Ausrufer sein, wie er's von mir gelernt hat und muß sie zwingen, aber nicht mit der Empie, die darf keiner sehen.

Der Nebel stieg auf um 10.30 Uhr nach der Uhr von der Heide, und bald drauf flog ein Jet über uns, so durfte keine Pint hinübergeschifft werden. Ich ließ aber alle Feuer schüren. Noch ein zweiter Jet flog über uns hinweg und malte lange Wolken in den Himmel, wie ein dünner Wollfaden, und erst um 11.05 Uhr durfte wieder eine Pint über die Lippe geschifft werden. Das Lager sah schon sehr verlassen aus, und ich hatte viel Arbeit als Ausrufer, daß viel Feuerholz auf alle Feuer geworfen wird, und daß die Feuer geschürt werden. Immer fragte ich die Heide nach ihrer Uhr, sie sagte: »13.14« und »14.17«, und sie rechnete mir aus: »Noch sechs Stunden bis 20.41 Uhr MEZ«, und ich hatte meine Wut, daß ich nicht wußte, wie die Stunden gehen und die Minuten, und ob sechs Stunden genug sind oder nicht genug, so fragte ich sie gleich wieder. Sie sagte: »14.28 Uhr«, und dazu: »Meine Uhr wird noch kaputtgehen vom vielen Nachsehen!« Drüber erschrak ich und fragte sie lange nicht mehr nach der Uhr. Dann sah ich, daß die Pints drüben stehen, und von meinem Baum erkannte ich auch den Grund: Einer Pint war ein Rad abgebrochen, die stand allen im Wege! Die Heide kam zu mir gerannt und rief hinauf: »17.34, noch viel Zeit!« – »Wieviel Zeit?« fragte ich sie. Und sie: »Noch drei Stunden, sieben Minuten.« Und ich: »Wenn ich aber nicht weiß, was drei Stunden sind und sieben Minuten!« Und sie: »Wenn Sie den Glauben hätten, würden Sie nicht so verzagt sein.« – »Was für einen Glauben?« fragte ich sie. »An den Herrn Jesus Christus, der uns alle erlöst!« – »Ich will nicht erlöst sein, sondern ich will vor dem Sonnenuntergang drüben sein, daß ich gerettet werde!« schrie ich von meinem Baum hinab. Und die Heide: »Wer nicht erlöst sein will, der kann auch nicht gerettet werden!« – »Wir werden nach deiner Uhr gerettet, 20.41 Uhr MEZ!« rief ich das Wort wie einen Zauberspruch von der Bickelak. Und die Heide: »Wieder falsch! Gott allein kann uns retten!« – »Ich denke, der Herr Jesus Christus rettet uns?« – »Der ist dreifaltig!« rief sie dagegen: »Gottvater, der Sohn und der Heilige Geist!« Und ich: »Und wer ist der Herr Jesus Christus bei den dreien?« – »Der ist der Sohn!« schrie sie herauf. Da stieg ich den Baum hinauf bis zum hochsten Ast, daß ich sie nicht mehr hören kann, und sah, daß es drüben wieder weitergeht. Aber langsam, so langsam!

Endlich konnte ich die letzten Pints ausrufen und schrie und bettelte, daß sie Feuerholz auf die verlassenen Feuer werfen, rannte herum und warf auch selbst Feuerholz auf hundert verlassene Feuer, der Kundig half mir dabei und der Longley, denn die hatten längst verstanden, warum ich die hellen Feuer haben will. Die anderen aber warfen nur so viel Feuerholz auf, daß sie den Vertrag halten mit der Erretterin.

Und als ich die Sonne schon längst nicht mehr sehen konnte, nur den hellen Schein am Himmel, da kam die Heide zu mir und sagte: »19.55 Uhr, wir haben noch viel Zeit.« – »Ist die Uhr auch nicht kaputt?« fragte ich sie. Und sie: »Die ist ein Geschenk vom Hohen Herrn! Die geht immer richtig.«

Um 20.02 Uhr war die letzte Pint hinübergeschifft, nur die Aurehl, die Wahulla, der Kriss, der Longley, der Kundig, die Heide und ich waren noch nicht gerettet, und wir hatten alle zusammen nur eine Pint! Ich sagte zu Aurehl: »So laß uns jetzt schnell hinüberschwimmen!« und zog mich schon aus und warf meine Kleider schon in ihre Pint, und mit mir zogen sich aus die Wahulla, der Longley und der Kundig. Aber der Kriss zeigte hinauf zum Lager und rief: »Dort kommen noch welche!«

»Zu spät!« schrie ich.

Und der Kriss: »Es ist erst 20.06 Uhr! Wir haben noch Zeit!«

Dagegen rief die Heide aber: »Irrtum, Herr Hauptmann! Es ist erst 20.05 Uhr!«

Ich packte die Aurehl und schrie: »Komm endlich!« und wollte sie ins Wasser ziehen, mit oder ohne Pint. Aber Aurehl zeigte hinauf zum Lager und sagte: »Die nehmen wir noch mit!« Und damit war das beschlossen.

Nun mußte erst noch Vertrag gemacht werden mit den Neuen, und als die dann endlich drüben waren, mußten wir Männer voran schwimmen mit der Pint, weil die Heide sich nicht ausziehen wollte vor den Männern, aber ausziehen muß sie sich, damit ihre Kleider nicht naß werden, denn nasse Kleider sind schlecht für ihren Husten, und am anderen Ufer mußten wir alle ins Gebüsch gehen, damit wir nicht die nackte Heide sehen können, wie sie aus dem Wasser heraustritt, und als wir dann endlich, endlich losgehen konnten, da war's 20.20 Uhr nach der Uhr vom Kriss, aber 20.19 Uhr nach der Uhr von der Heide. Ich schrie: »Rennen! Rennen! Rennen!« und zog die Aurehl an einer Hand und die Heide an der andern, wir holten die letzte Pint ein, wir trieben sie an zum Rennen, ich wollte vor, aber Aurehl wollte immer die Letzte sein als Erretterin. Es wurde schnell dunkel, ich dachte: Jetzt! Jetzt! Aber hundertmal mußte ich noch ›Jetzt!‹ denken, bis dann ein schauriges Gewitter losging, hinter uns. Ich wollte weiterrennen. Aber alle blieben stehen und sahen sich die Blitze an und hörten sich den Donner an. Und erst sagte es einer, leise, dann laut, dann riefen es viele: »Das ist kein Gewitter! Das sind keine Blitze! Das ist kein Donner! Das ist das Himmelsrecht! Das geht übers ganze Ruhrbeton! Und das Weltenauge hat uns errettet!« Und die bei uns waren, rannten vor, daß sie's auch vorn ausschreien können: »Das Weltenauge hat uns alle errettet vor dem Himmelsrecht!«

Und schon in dieser Nacht wußten sie's alle ganz genau: Als sie ihre Träne geweint hatten in die Hand vom Weltenauge, da hat das Weltenauge mit der anderen Hand das Himmelsrecht festgehalten, oben am Himmel, daß es nicht herabkommen konnte, bis der letzte Betonmensch gerettet war auf seinem Weg ins Münsterland.

Gleich wollte der Kriss, daß die Aurehl ihren Bericht gibt, durch die Luft, zum Siemers hin, aber Aurehl sagte zu ihm: »Lieber Hauptmann! Hast du denn schon vergessen, daß es nach dem Plan von Fürst geht?«

In der Nacht gingen wir nicht weiter. Es regnete wieder, Aurehl kroch zu mir in meinen Schlafsack, umarmte mich fest und weinte, bis der erste Lichtschimmer zu uns herabkam durch den Regen und durch den Nebel.

Ich sprang gleich auf, rannte vor und rief laut aus: »Kein Feuer anmachen! Kein Feuer anmachen!« bis ich endlich ganz vorn war, beim Mannfried, und da rief ich aus: »Wir müssen weitergehen! Bis ins Münsterland! Und erst im Münsterland erlaubt sie uns das Feuer!«, horchte, horchte, weit weg, bis zur Lippe hin, und dann rief ich noch aus: »Die Himmlischen haben ihre Wut, daß sie uns nicht getroffen haben. Aber sie finden uns nicht, weil wir kein Feuer anmachen! Und wer ein Feuer anmacht, zu dem kommen die Himmlischen zuerst!« Und als ich das ausrief, sah ich, daß in den Kopf von so manchem der Verstand zurückkam.

Ich rannte wieder zurück zu Aurehl, die schlief fest, so rüttelte ich sie wach, und endlich schoben wir dann unsere Pint hinter den anderen her, als letzte.

Die Sonne kam heraus und wärmte uns. Aber hinter uns sahen wir eine riesige, schwarze Wolke überm Ruhrbeton, die ging langsam mit dem Wind und legte sich vor die Sonne, daß uns kühl wurde, und daß viele sich fürchteten und laut sangen gegen ihre Furcht. Um 10.10 Uhr nach der Uhr von der Heide sahen wir einen Jet hinter uns, wie der seine Runde flog, hoch oben überm Ruhrbeton.

Wir kamen gut voran bis zum Abend. Um 19.04 Uhr hörten wir vorn einen lauten Ruf: »Das Münsterland! Das Münsterland!« Erst ging's nicht weiter, dann nur sehr langsam, und dann sahen wir hundert Feuer vor uns, und der Topf mit dem Reisstein war schon drübergehängt. Der Kriss bestimmte einen Platz für die beiden Zelte, setzte auch gleich die Stecken herum und sagte an die neue Zeltordnung: Die Heide kommt zu Aurehl und Wahulla ins Frauenzelt, ich komme mit ihm und Longley ins Männerzelt, Mannfried und der Kundig dürfen nicht in den Steckenkreis hinein.

Dann sagte der Kriss: »Ich gebe jetzt den Bericht an Re Dajana«, und kroch ins Männerzelt.

Ich kroch schnell hinterher und sagte zu ihm: »Es darf kein Bericht hinausgehen!«

»Ich erhalte meine Befehle allein von der Dohle Aurehl«, sagte er drauf und hielt schon das Funkkästchen in der Hand.

Ich rief: »Wann hat Aurehl Ihnen den Befehl gegeben für einen Bericht?«

Und er: »Spielen Sie sich doch nicht so auf! Und stören Sie mich nicht bei meiner Arbeit!«

Ich legte aber meine Hand auf seinen Funkkasten und zog dran, mit meiner ganzen Kraft. Da bettelte er: »Wir müssen die Hohe Frau Re Dajana benachrichtigen, daß wir aus dem Inferno heil und gesund herausgekommen sind! Wir brauchen die Erlaubnis, hier zu siedeln! Wir brauchen eine große Menge Nahrung, Decken, Schlafsäcke, Medikamente! Fragen Sie doch den Doktor!«

»Und eine noch größere Menge Verstand brauchen wir in unserem Kopf!« rief ich dagegen, »sonst holen wir uns mit der Nahrung gleich den Erkundungsjet und mit den Medikamenten gleich die Raketen her!«

»Aber Re Dajana wird annehmen, daß die Dohle tot ist!«

»Und Sie und ich dazu!« rief ich, »und das soll sie auch! Denn schützen kann sie uns nicht! Und nur wir selbst können uns schützen! Und am besten schützen wir uns, wenn nichts rausgeht und niemand weiß, daß wir hier sind und leben!«

Drauf wußte er nichts, so legte er seinen Funkkasten weg, und zusammen krochen wir hinaus aus dem Zelt.

Draußen war's laut: Die Menschen tobten um die beiden Zelte herum, sie schrien und sprangen über die Feuer, zertrampelten Gebüsch und Weideland, verjagten den Hasen aus seinem Loch und die Gans von ihrem Gelege und gaben keine Ruhe bis in die tiefe Nacht.

Ich legte mich zwischen den Zelten in meinen Schlafsack, schlief gleich ein und erwachte davon, daß Aurehl zu mir in den Schlafsack kroch, und ich hörte sie sagen: »So knochig wie du war ich auch mal. Ich muß dich gut füttern, sonst kann ich mich nicht festhalten an dir.«

Es kam der Tag, der nicht wahr werden soll, wie das helle Licht nach dem Traum vom Glück. Da sahen die Menschen sich um, sahen zertrampeltes Weideland, zertretenes Gebüsch und verkohlten Boden, sahen keine Hochsteine mit Lagerhöhlen drinnen, keinen Bappstein für ihre Pint und keine Lindenbäume. Viele Bäche sahen sie, voll mit Fischen, daß man sie mit der Hand fangen will, aber die ließen sich nicht fangen, die sprangen auch nicht heraus aus dem Wasser in den Topf, wie sie's laut gesungen hatten, und alles Getier hatten sie verscheucht mit ihrem Lärm in der Nacht. Sie zählten ihre Reissteine, breiten nur wenig auf und löffelten ihn still mit ihren langen Lindenholzlöffeln.

Der Krumm trat an die Stecken und sagte zu Aurehl: »Sie warten auf den Ausrufer, der soll in deinen Kopf horchen, und was er hört und ausruft, das wollen sie dann machen.«

Aurehl antwortete ihm: »Sie sollen heute in ihren eigenen Kopf hineinhorchen und lernen.«

Als dann auch unser Weißbrei aufgebreit war, sagte Aurehl zu mir: »Früher war dein schneller Kopf gut für mich, für dich und für Dirk. Jetzt muß dein schneller Kopf für alle Menschen im Münsterland gut sein. Und deshalb muß ich dich ab heute gut füttern«, tunkte ihren Löffel tief in den Weißbrei und fütterte mich, daß viele um uns herum es sahen, und sagte beim Füttern: »Aber rufe nicht aus, daß sie zurückgehen sollen ins Ruhrbeton!«

Ich dachte: Gleich werden sie alle schreien, daß sie auch von ihr gefüttert werden wollen! So tauchte ich nun meinen

Löffel in den Weißbrei tief ein und fütterte Aurehl. Und beim Füttern sagte ich zu ihr: »Zeig ihnen, wie gut es dir gefällt, daß ich dich füttere! Denn ich habe einen guten Gedanken gefunden in meinem Kopf.« Dann fütterte ich sie lange, und Aurehl spielte mein Spiel mit und verdrehte die Augen vor Lust an dem Brei.

Und dann gingen wir durchs ganze Lager, und ich rief laut aus: »Das Weltenauge hat mich gefüttert!« und verdrehte die Augen dabei, und rief immer wieder: »Das Weltenauge hat mich gefüttert!« Und dann fiel's mir noch ein, wie ich ein noch größeres Glück hatte: Daß ich das Weltenauge füttern durfte! Und das rief ich dann auch laut aus im ganzen Lager. Dann hörte ich wieder gut hin zum Weltenauge, und jeder konnte sehen, wie's mich zwingt, daß ich einen neuen Vertrag ausrufe, und den will das Weltenauge mit uns machen, und der heißt: Wir lernen das richtige Füttern vom Weltenauge. Und wer das Weltenauge füttert, der wird hundertmal zurückgefüttert.

»Wie sollen wir füttern!« riefen gleich die Verständigen im Lager, »der Reisstein geht uns aus, den Blütenweg können wir nicht gehen, und der Tuckermann wird uns nicht finden.«

Ich rief aber dagegen: »Die Linden brauchen wir nicht, den Tuckermann brauchen wir nicht, und den Reisstein auch nicht, denn wir haben ja das Münsterland!« Und dachte dazu: Sollen sie sich doch ausdenken, wie sie mich und Aurehl füttern! Ich rief noch aus, daß sie sich übers ganze Münsterland verteilen müssen, denn das ist groß und sehr weit und sehr reich.

Danach waren sie alle still, viele gingen weiter hinein ins Münsterland, ich sah aber auch solche, die ihre Pint den Weg zurückschoben, den wir gekommen waren, ohne Gesang.

Aurehl war nicht zufrieden mit mir und sagte: »Du willst sie loswerden!« – »Ich will, daß sie sich etwas ausdenken!« rief ich dagegen. Und sie: »Sie sind doch keine Waldmenschen! Sie kennen sich nicht aus!« – »Kenne ich mich denn aus?« fragte ich sie. Und Aurehl: »Sie haben aber ihre scharfen Messer und Äxte in der Pint!« Und ich: »Ja! Und damit werden sie sich bald totschlagen in ihrer Not!« – »Dafür hast du sie gerettet und hierher geführt?« rief Aurehl, und der

Kriss, die Wahulla, die Heide und der Longley hörten zu, wie wir uns stritten, und keiner wußte Rat.

Aber draußen, vor dem Steckenkreis, saß der Kundig, der hörte auch zu, und der wußte Rat. Der erklärte uns das Trichternetz aus Weidenzweigen und festen Fäden, das nennt er ›die Reuse‹. Und gleich drauf rannten wir zu den Weiden hin, schnitten die dünnen, biegsamen Zweige ab und flochten sie zum Trichter. Und die Säcke mußten wir aufräufeln, in denen hatte Annest Fill das Manna herabregnen lassen, und mußten hundert Fäden dicht und fest spannen um den Trichter aus Weidengeflecht. Dann rannten wir zum Bach, mußten still sein und lernten vom Kundig, wie er die Reuse eintaucht, daß der Fisch es nicht merkt, und wie er die Reuse sanft durchs Wasser zieht, daß der Fisch sich drin fängt, und wie er dann die Reuse mit einem geschickten Schwung aus dem Wasser hob. Jedesmal zappelte ein großer Fisch in seiner Reuse, drüber lachten wir laut, der Kundig schimpfte aber leise mit uns, denn beim Fischen muß es ganz still sein.

Es kamen dann viele Menschen heran zu uns und sahen zu, wie wir ein Feuer machten, die Fische erschlugen und über dem Feuer drehten an einem Stock, daß uns allen der Mund naß wurde von dem Duft. Als der erste Fisch gar war, stellte ich mich vor Aurehl hin und riß meinen Mund auf, daß sie mich füttert, und Aurehl verstand's gleich, gab erst mir einen Happen vom Fisch, dann dem Kriss, dem Kundig, der Wahulla, der Heide und dem Longley, und danach wollte jeder im Lager seinen Happen haben, und bekam ihn auch, denn wenn der letzte Fisch weggefüttert war, tauchte der Kundig seine Reuse ins Wasser, zog sie und hob sie, und ein neuer Fisch zappelte drin, der wurde überm Feuer gedreht, bis er gar war, und gleich konnte Aurehl weiterfüttern, bis auch der letzte seinen Happen bekommen hatte von Aurehl.

Danach rief ich laut aus: »Das Weltenauge schenkt uns die Reuse aus Weidengeflecht und aus dem Himmelsfaden«, zeigte auf den Kundig, »und ihr Reusemann zeigt uns, wie's gemacht wird: Wie sie eingetaucht wird ins Wasser und gezogen und herausgehoben mit dem zappelnden Fisch drinnen. Und das Weltenauge will zurückgefüttert werden aus der Reuse, denn so haben wir ja den Vertrag gemacht mit dem Weltenauge.«

Aurehl war wieder nicht zufrieden mit mir. Sie sagte: »Du willst nur selber nicht fischen gehen!« – »Sie sollen nicht dumm herumstehen und drauf warten, wie wir sie alle füttern!« sagte ich dagegen. Und sie: »Aber wir können doch auch fischen!« – »Nein! Denn wir müssen uns alles ausdenken und zeigen und vormachen, und das ist eine so schwere Arbeit, daß wir zum Fischen keine Zeit haben.« Drauf wußte sie nichts, und so blieb es bei dem, was ich ausgerufen hatte.

Am Tag drauf brachten sie uns schon viele Fische an, wir aßen davon, bis wir satt waren, und was übrig blieb, das verteilte dann Aurehl an die, die nichts gefangen hatten. Die lernten dann vom Kundig, wie's gemacht wird, damit sie auch in das Glück kommen, daß sie das Weltenauge füttern können mit ihrem Fisch.

Schnell waren die Bäche um uns herum leergefischt, und auch in den tiefen Wassern, wo man drin stehen mußte mit der Reuse, wurde nur noch wenig gefangen. So mußten die Menschen lange Wege gehen zu den entfernten Wassern, und ich war froh darüber, denn so hockten sie nicht so nahe bei uns, und es war nicht so laut von ihrem Gesinge, denn das machte mir Angst.

Der Kundig wußte aber noch mehr Rat: Er zeigte uns die Wegfalle aus Holz geschnitzt und zusammengefügt, drin fängt er kleines Getier, dazu auch Jungrehe und Frischlinge, wenn sie am frühsten Morgen zum Wasser rennen wollen. Und auch, was aus den Fallen kam, wurde dann zu uns gebracht, und so manchem Hasen zog ich das Fell ab und drehte ihn überm Feuer, wie ich's von meinem Vater gelernt hatte und dachte dabei: Dieses Leben könnte mir gut gefallen, wenn ich nur wüßte, wie's im Winter gehen soll! Aber der Kundig wußte auch für den Winter Rat und zeigte den Menschen, wie man mit Schlagaxt, Schälaxt und Kantmesser das Holz zubereitet für kleine Hütten, wie man die Fugen mit Moos ausstopft, und wie man einen Rauchabzug macht, daß es drinnen warm wird, aber nicht rauchig vom Feuer.

Bald drauf hörten wir die Axt schlagen, und den Baum stürzen, und das Schaben der Schälaxt und die Rufe der Menschen bei der Arbeit am Holz, und weil ich auch ausrief, daß kein Ast und kein Stück Rinde verloren gehen darf, so sammelten die Kinder alles ein und häuften es auf zu Türmen, dreimal so hoch wie sie, und um die beiden Zelte stand bald das Feuerholz herum wie eine Mauer, duftete und machte mir schon den Winter warm im Sommer.

Jeden Tag fragte der Kriss die Aurehl, ob der Bericht hinausgehen soll, die sah mich an, ich sagte: »Heute noch nicht«, und dann ging's gleich: Der Longley braucht die Medikamente, der Kundig braucht gute, feine Fäden für neue Reusen, und Aurehl will endlich den Annest Fill um die Wintersaat bitten, daß die ausgesät werden kann zur rechten Zeit. Und Aurehl erzählte uns am Abend, wie der Annest Fill ein Pionier ist und viele Pläne hat fürs Münsterland, und wie er am liebsten hiersein will und mitmachen, wie er uns die Hühner geben will, die legen uns ihre Eier vor die Hütte, zehnmal größer als jedes andere Ei, außer dem Gänseei, und auch die Gänse will er uns geben, die lassen uns ihr Schmalz und ihre Federn für weiche Kissen. Drüber lachte ich dann, aber Aurehl hielt mir den Mund zu und erklärte mir, wie der Alte uns dann auch noch das Schwein gibt, das zerwühlt den Boden, öffnet und lockert ihn, im ersten Jahr, und im zweiten Jahr wird draus ein Acker, und das Schwein bereitet uns mit Wühlen und Köteln schon den nächsten Acker fürs nächste Jahr, und wenn es dann richtig groß und fett ist, wird es geschlachtet und ernährt uns alle mit seinem zarten, rosafarbenen Fleisch. Und die Wahulla, die Heide, der Longley, der Kundig und der Kriss hörten ihr gern zu, und in ihren Augen war schon das Glück vom neuen, schöneren Leben.

Weil ich mit dem Mannfried einen alten und wichtigen Vertrag hatte, so wollte ich nicht, daß es ihm schlechter geht als uns, und so rief ich ihn aus zum Schnitzmann vom Weltenauge, und er war bald der beste Schnitzer im Münsterland und hatte die schärfste Axt und das schärfste Messer. Und als Schnitzer vom Weltenauge mußte er auch gefüttert werden, wie ich als Ausrufer, wie der Kundig als Reusenmann und wie der Longley als ihr Zauberer, der den Pickel wegmacht und den Schmerz aus dem Zahn.

Wenn es warm und trocken war, schlief ich zwischen den beiden Zelten im Schlafsack, und Aurehl kroch zu mir, und so fest und so warm hatten wir uns zum letzten mal im Beton umarmt, über den Schafen von der Rainer-Kloht-Bande, denn danach war nur die elektrische Wärme zu uns gekommen und die Gluthitze der Re Dajana in ihrem großen Bett. Jetzt war's aber wieder die geliebte Wärme, die kommt zum Menschen auch bei der größten Kälte draußen, denn die kommt ja von innen aus dem Menschen heraus.

Wenn es aber regnete, schlief ich im Männerzelt und hörte von drüben das Gekicher der Frauen, und wußte schon, wie's da geht. Ich wunderte mich aber, daß die Heide mitkichert.

Wenn dann der Kriss hereinkroch von seiner Steckenrunde, tat ich gleich, als ob ich schlafe, aber er redete trotzdem zu mir und sagte: »Es hilft Ihnen nichts, auch wenn Sie sich noch so perfekt verstellen, als ob sie schlafen. Ich, für meinen Teil, kann es noch hundert Jahre hier aushalten. Es ist nicht einmal übertrieben, wenn ich bekenne, daß ich selten in meinem langen Leben so glücklich war wie hier, in der Nähe dieser wunderbaren Frau. Aber ich bin ja für ihre Sicherheit verantwortlich. Und ihre Sicherheit ist nicht gewährleistet, so lange wir nicht eine Siedlungserlaubnis von höchster Stelle haben. Manchmal bin ich so weit, daß ich sogar gegen den ausdrücklichen Befehl der Dohle eine Nachricht hinausgeben möchte. Aber noch lieber wäre es mir, wenn Sie mich davon überzeugen könnten, daß Ihr Verbot richtig ist. Und deshalb bitte ich Sie jetzt, mir noch einmal Ihre Gründe für das Funkverbot zu erläutern.«

Und weil ich dann noch tiefer schlief, so sagte er: »Also gut. Dann versuche ich es einmal. Ich gehe davon aus, daß Sie, wie ich, hellwach sind, daß Sie aber, im Gegensatz zu mir, keine Argumente haben. Deshalb zähle ich Ihnen meine Argumente noch einmal auf. Erstens: Re Dajana und Annest Fill werden die glücklichsten Menschen sein, wenn sie erfahren, daß die Dohle lebt, heil und gesund. Zweitens: Sobald sie es wissen, werden sie beide alles daransetzen, um uns, hier, im Münsterland, jede erdenkliche Hilfe und jeden erdenklichen Schutz zu gewähren. Drittens: Nach allem Vorangegangenen wird es Veränderungen geben, niemand kann sie mehr aufhalten. Die Dohle hat diese Veränderungen unter den Fittichen der beiden, mit ihrer Billigung und mit ihrer Hilfe ins Rollen gebracht. Für die Autochthonen ist sie das Weltenauge, also Erlöser und Erretter, und beide, sowohl Annest Fill als auch seine gelehrige Schülerin Re Dajana werden als weitsichtige, politische Menschen ihre Konsequenzen daraus ziehen. Und die können nur heißen: Weitermachen auf diesem neuen, so erfolgversprechenden und entkrampfenden Reformkurs. Und viertens: Keiner von diesen stinkreaktionären Familienoberen kann übersehen, daß ständig starke, vitale Kräfte wirksam sind, die von Zeit zu Zeit überkochen, wie ein Weißbrei in einem viel zu kleinen Topf mit viel zuviel Feuer drunter. Und das gilt nicht nur für dieses winzige Europa im Vergleich zu den riesigen südlichen Regionen Afrika und Südamerika ...«

»... und fünftens, verehrter Hauptmann«, hörte man dann den schläfrigen Longley aus seinem Schlafsack heraus sagen, »bitte ich Sie inständig zu bedenken, daß ich heute tagsüber vierzehn Stunden lang die Leidensgeschichten von mindestens hundertzwanzig Menschen anhören mußte, ohne wirksame ärztliche Hilfe leisten zu können, und daß ich nun dringend meinen Schlaf brauche.«

Drauf sagte dann der Kriss nichts mehr und hatte bald drauf den ruhigen Atem der Schläfer. Aber ich nicht. Denn ich war hellwach und dachte mir erstens und zweitens: Sicher wird Re Dajana glücklich sein, wenn sie erfährt, daß Aurehl gerettet ist. Aber dann erfährt sie ja auch, daß mit ihr alle aus dem Ruhrbeton gerettet sind. Und das hat noch Zeit. Und mit den Pints geht's längst ins Ruhrbeton, und mit dem Bootmann geht's zum Airport Düsseldorf, daß das Himmelsrecht den Betonmenschen nicht getroffen hat, und daß Aurehl lebt, als Weltenauge. Und wie soll nun drittens oder viertens die Welt der Super weitergehen, wenn das Himmelsrecht nicht mehr trifft? Mit dem Galloway habe ich ja ausgemacht, daß nur die Aurehl lebend herauskommt aus dem Ruhrbeton, und so war ja auch der Plan vom Siebenerrat. Und wird nicht sechstens oder achtens der Galloway und der ganze Siebenerrat längst wissen, wie alles gegangen ist? Oder wann wird er's wissen? Und werden sie uns nicht finden wollen und töten mit ihren Raketen, damit die Ordnung der Welt erhalten bleibt, für sie und für Re Dajana? Und hat denn Re Dajana die Macht und den Willen, uns zu schützen, gegen den Galloway, gegen den ganzen Siebenerrat und gegen die Ordnung der Welt?

Und dann dachte ich mir eine dicke Wolke aus über dem Münsterland. Der Super kann uns nicht finden, wenn er mit dem Jet drüberfliegt, aber die Sonne findet uns am Morgen und am Abend.

Zwanzig Tage waren wir im Münsterland, der 9. Juli war's im Jahre 269 der Neuen Zeit. Da kam der Krumm zu uns an die Stecken am turmhoch geschichteten Feuerholz vorbei und sagte zu Aurehl: »Der Fisch wird knapp, und das Getier läuft nicht mehr in die Wegfalle. Wir haben gute Felle, aber der Bootmann kommt nicht, daß er uns die Felle eintauscht für den Reisstein.« Und er saß vor den Stecken und sah Aurehl an, daß sie ihm sagt, wie's weitergeht im Münsterland.

Drauf wußte Aurehl nur, daß sie weiter hineingehen müssen ins Münsterland, und noch am gleichen Tag gingen wir mit dem Warner und den Erkundern viele Stunden herum, sprangen über hundert Bäche voller Fische, sahen die Gänsegelege und die Frischlinge am Gesäuge, und am Ende sagte Aurehl zum Krumm: »Du siehst es ja: Man muß nur weit genug herumgehen.«

Der Krumm war aber immer noch nicht zufrieden und sagte zu Aurehl: »Sie wollen aber dazu den Reisstein.«

»Sie bekommen etwas viel Besseres: Den Weizen, das Eierhuhn und das Fettschwein«, antwortete ihm Aurehl.

»Davon haben wir schon viel gehört«, sagte der alte Krumm, »aber wo ist das alles?«

Und Aurehl: »Das gebe ich euch, wenn die Zeit kommt«, und ging in ihr Zelt, daß er sie nicht mehr fragen kann.

Nun erkannte der Krumm, wie das Weltenauge nicht die Welt ist und nicht das Leben, sondern nur ein Teil davon, und den anderen Teil muß der Mensch selber suchen und finden, jeder für sich. Er erkannte das, weil er ein verständiger Mensch war, er wußte aber auch, daß nicht jeder im Münsterland ein verständiger Mensch ist. So legte er alles in seine Pint, was er gefangen hatte, vergaß auch nicht das kleinste Fell, und ging zurück ins Ruhrbeton. Und viele gingen mit ihm.

Aber noch mehr blieben. Und mit ihnen machte Aurehl den Vertrag, daß sie ihnen jeden Tag Schnüre hinhält, lange und kurze, aber man sieht nicht, welche lang, welche kurz ist, und wer die lange Schnur zieht, geht den langen Weg und stellt seine Falle weit weg auf, und wer die kurze Schnur zieht, darf nahe bleiben. Sie hielt aber immer viel mehr lange Schnüre in der Hand versteckt als kurze.

Jeden Tag bettelte mich Aurehl, daß endlich der Bericht herausgeht, damit wir die Saat, die Hühner und die Schweine bekommen von Annest Fill, aber jeden Tag sagte ich ›nein!‹, auch als ich längst keinen Grund mehr wußte für mein ›nein‹, denn bei der Sommerwärme und bei dem Frieden im Münsterland konnte keiner sich ausdenken, wie's anders gehen soll, und nur der Weizen, die Hühner und die Schweine fehlten uns zum letzten Glück. Und ich vergaß meine Sorgen und erlaubte Aurehl, daß sie zum Annest Fill reden darf, aber nur kurz, damit kein Falscher mithört. Das war am 14. Juli, am Abend.

Und am Tag drauf, am 15. Juli, um 11.05 Uhr nach der Uhr von der Heide, sahen wir einen kleinen Heli, der drehte seine Kreise über uns, und bald drauf sahen wir drei große Helis am Himmel, die senkten sich herab aufs Münsterland mit unerträglichem Lärm, nahe bei den Zelten, herauskletterten hundert Treiber, die Empie in der Hand, die rannten herum, daß sie gleich in einem großen Kreis um uns standen und richteten ihre Empies gegen uns auf. Ihr Hauptmann kletterte heraus aus dem dritten Heli, hob seinen Trichter an den Mund, und gleich drauf ging's wie ein lautes Husten durchs ganze Münsterland, das kennt der Betonmensch gut, denn das hört er immer, wenn der Super einen haben will, der ihm nicht gefällt.

»Hier spricht das Gesetz und die Ordnung«, so hustete der nun laut, »niemand muß sich vor dem Gesetz und der Ordnung fürchten, der sich daran hält!« Und jeder im Münsterland wußte gleich, was er tun muß, damit er sich nicht fürchten muß vor dem Gesetz und der Ordnung. Und dann rief der Huster in seinen Trichter: »Gesucht wird eine kleine, junge Frau mit großen Augen, die euch alle zum Aufruhr verführt hat.« Und weil sich keiner rührte, so rief der Huster noch: »Diese kleine, junge Frau muß nun vortreten zu mir, oder ihr schiebt sie zu mir hin.« Und wartete drauf, daß sie ihm die Aurehl hinschieben in ihrer Not, so war's immer im Beton, wenn der Huster kam und den Aufrührer haben wollte.

Aber keiner schob ihm die Aurehl hin als die kleine, junge

Frau mit den großen Augen, denn die kannten sie nicht, sie kannten nur das Weltenauge, nicht jung, nicht alt, nicht klein und nicht groß, sondern Erretterin, wenn auch mit großen Augen, aber die wollte der Huster ja nicht haben.

So hustete der weiter in seinen Trichter hinein, wie er als Gesetz redet und als Ordnung, und die Aufrührerin muß zu ihm kommen oder zu ihm hingeschoben werden, und ich stand bei den Feuerholztürmen vor den Zelten und sah gut hin zum Huster, wie der sich wunderte, daß es diesmal so anders ging als sonst.

Nun befahl der Huster seinen Treibern, daß sie den Kreis kleiner machen müssen, und die Treiber wußten auch gleich, wo sie den Kreis klein machen müssen und eng schließen: Bei den Zelten! Und durch meinen Kopf sprangen hundert schnelle Gedanken, zu schnell und zu wirr, daß keiner nutzen konnte.

Ich sah Aurehl, wie sie nicht weit von mir neben einen Feuerholzturm trat, und hörte sie sagen: »Die du suchst, Huster, die bin ich.«

Der Huster rief in seinen Trichter: »Nun komm doch endlich zu mir, kleine Frau, so wie ich es dir befohlen habe!«

Und Aurehl wollte zu ihm hingehen, und sie stützte sich mit der Hand an dem Feuerholzturm, der fiel um, daß man sie gleich drauf nicht mehr sehen konnte unter dem Feuerholz, der Huster schrie in seine Trichter: »Die Frau ist gefangenzunehmen, zu durchsuchen und zu mir zu führen!« Die Treiber rannten zu dem Feuerholzhaufen hin, Aurehl wühlte sich heraus, die Treiber sahen sie an aus der Nähe, einer sagte leise: »Das Weltenauge!«, und ein zweiter rief's laut aus: »Das Weltenauge!« und sie drängten sich an Aurehl, die Vordersten beugten schon ihren Kopf zu ihr herab, daß sie ihre Träne in ihre Hand weinen können, und so hatte Aurehl den besten Schutz, den einer haben kann vorm Huster: Seine Treiber.

Der Huster wußte aber noch nicht, wie's geht, der schrie in seinen Trichter, daß es schaurig durchs ganze Münsterland ging: »Die Gefangene ist zu mir hinzuführen!«, und weil die Treiber ihm nicht gehorchten, so schrie er's noch dreimal: »Führt nun die Gefangene zu mir her! Die Gefangene zu mir her!«, aber keiner verstand es mehr, denn vorn, die Treiber, die sangen schon laut den Singsang vom Weltenauge, und hinter ihnen sangen die Münsterländer, auch laut, und auch die Treiber, die nicht den engen Kreis gemacht hatten um Aurehl, die traten nun vor und sangen laut mit: »Die wir erwartet haben, ist gekommen! Die zum Himmel aufsieht, errettet uns!«

»Achtung! Achtung!« so hörte ich's über den Singsang husten, »alle Wachmänner hören auf meinen Befehl!«

Aber keiner hörte auf seinen Befehl. So ging er los mit allen seinen Lernhauptmännern, das sahen die Treiber bei Aurehl, und vier von ihnen gingen gegen ihren Hauptmann los mit hochgehobener Empie. Ein Lernhauptmann schoß auf die vier, die fielen um, und gleich drauf sang keiner mehr, sehr still war's, die Umgefallenen jammerten und stöhnten, ich sah den Mannfried, wie er seine Empie aus dem Fellumhang herauszog und auf den Huster richtete, ich sah die Wahulla, wie sie mit zehn langen Schritten zum Huster ging, der Mannfried senkte seine Empie, die Wahulla packte den Huster, der stieß sie weg, sie schrie erst laut auf, aber dann sprang sie ihn an, wie die Katze die Maus anspringt, daß sie gleich beide zusammen auf dem Boden lagen, der Huster wühlte sich heraus, fand seinen Trichter nicht, sein Lernhauptmann hielt ihm den Trichter hin, aber bevor er husten konnte, hörten alle die Stimme: »Bahren werden gebraucht, Träger und ein Arzt mit dem Verband!«

Und so, als ob es der Befehl vom Huster war, wurden die Tragbahren gebracht, beugte sich ein Lernarzt über die Umgefallenen, wickelte der sie ein in weiße Tücher, redete der leise mit Aurehl, und Aurehl rief laut zum Huster hin: »Alle vier sind schwer verletzt und müssen zum Jetplatz geflogen werden!« Und wieder war's so wie ein Befehl vom Huster: Die vier Bahren wurden zum ersten Heli getragen, hinaufgehoben, der Heli stieg auf, drehte sich in der Luft mit unerträglichem Lärm und flog schnell weg.

Und der Huster sah sich's an und wußte auch nichts Besseres, bis es wieder still war. Dann hob er wieder seinen Trichter zum Mund und wollte seine Befehle geben. Aber Aurehl war schneller. Die rief mit lauter Stimme zu ihm hin: »Im Münsterland ist die Empie wie die Schlange im Gebüsch: Die muß mit Knüppeln erschlagen werden.« Und alle Treiber verstanden das Wort, und sie hoben schwere Stöcke auf und erschlugen ihre Empie, und viele gingen dann mit ihren schweren Stöcken zum Huster, damit sie auch ihm und seinen Lernhauptmännern die Schlange erschlagen. Ich sah die schnellen Gedanken in den Augen vom Huster, ob er die vordersten Treiber erschießen soll mit seiner Empie, der wußte aber, daß die Nächsten ihn erschlagen werden mit ihren Stöcken, so wie sie grade die Schlange erschlagen hatten. Dann sah ich, daß sich die Treiber doch nicht ganz an den Huster heranwagten, aber Aurehl: Die ging zum ersten Lernhauptmann hin, nahm ihm seine Empie aus der Hand, warf sie weg, und ein Treiber erschlug sie gleich mit seinem Stock, und der Lernhauptmann sah zu, als wär's ein Traum, und er kann sich nicht rühren in seinem Traum, und so ging's auch den anderen Lernhauptmännern und zuletzt dem Huster.

Als dann die letzte Schlange im Gebüsch erschlagen war, rief Aurehl laut: »Alle toten Schlangen müssen in diesen Heli hinein!« und zeigte zum zweiten Heli.

Und der Huster wischte sich den Schweiß von der Stirn, wie er nun zusehen mußte, daß alle Empies in den zweiten Heli hineingeworfen wurden, aber die schweren Stöcke seiner Treiber nicht.

Aurehl rief gleich aus, daß dieser Heli hinausfliegen muß aus dem Münsterland mit allen erschlagenen Schlangen, und der Flugkapitän vom zweiten Heli flog los, als ob der Huster ihm das Zeichen gegeben hätte, drehte seinen Heli herum in der Luft und flog dem ersten hinterher.

Danach rief Aurehl laut aus, wie das Weltenauge nun zum Super hinfliegt und Vertrag macht mit dem Super, daß der Betonmensch im Münsterland bleiben kann im Frieden. Und zurückkommen wird das Weltenauge mit dem Vertrag, und wird dem Betonmenschen das Weizenkorn mitbringen, das Wühlschwein, das Eierhuhn und die Fettgans. Und der Reusenmann und der Zauberer bleiben im Münsterland, und alle Treiber bleiben im Münsterland, und alle gehorchen dem Reusenmann und dem Zauberer, wie sie dem Weltenauge gehorcht haben, auch die Treiber gehorchen ihnen. Wenn's dem Treiber aber nicht gefällt im Münsterland, so wird sie ihn zum Super zurückbringen, der soll auch seinen Frieden haben mit dem Super.

Und mit dem Huster und seinen Lernhauptmännern, mit der Heide, der Wahulla, dem Kriss und dem Mannfried stiegen wir dann auf in den dritten Heli.

Um 12.40 Uhr nach der Uhr von der Heide hob uns der Flugkapitän vom dritten Heli alle hoch, und der Huster schrie beim Lärm im Heli zu Aurehl hin: »Ich danke Ihnen für Ihre Umsicht. Diese Menschen sind ja alle übergeschnappt!« Der Flugkapitän redete viel mit seinem Towermann, aber ich konnte nichts davon verstehen, und er senkte seinen Heli hinab auf den Jetplatz Düsseldorf um 13.24 Uhr nach der Uhr von der Heide, am 10. Juli des Jahres 269 der Neuen Zeit.

Dann war's still, dann wurde die Tür von außen geöffnet, dann hörten wir wieder einen Huster, der hatte das Stottern, und schaurig ging's über den ganzen Jetplatz, daß man's schwer verstand: »Hier spricht der Platzkommandant von Düsseldorf Airport. Achtung! Achtung! Niemand darf den soeben gelandeten Heli ohne meinen ausdrücklichen Befehl verlassen! Wer meinem Befehl zuwiderhandelt, auf den wird geschossen!« Dann rief er aus den Huster mit seinen Lernhauptmännern, die gingen hinaus, dann rief er aus den Hauptmann Kriss, den Hauptmann Mannfried, die Hochgeborene Heide-Maria von den Bodenreifs und die Wahulla aus Hawaii, die wollten erst nicht gehen, Aurehl gab ihnen aber den strengen Befehl, daß sie gehen müssen, der Kriss ging zuletzt, dann wurde ich ausgerufen als Pan Inka-Fürst von den Kornegills, und als ich draußen war, ging's laut über den ganzen Jetplatz wie von hundert Stotterern: »Bitte nun den Platz um den soeben gelandeten Heli zu räumen!« dreimal, bis keiner mehr beim Heli stand, auch keiner von den Groundcrew-Männern.

Ich erkannte den Stotterhusterer: Der Löblich war's, und der wollte es nun besser machen als der Huster im Münsterland. Der schickte nicht seine Treiber zum Heli, sondern der ging mit zwei Lernhauptmännern selber hin, die ließ er unten, bei der Treppe, sprang hinauf, sagte etwas in den Heli hinein, wartete an der Tür, und gleich drauf stand Aurehl in der Tür und sah zum Himmel auf, wie sie's immer macht, wenn sie sich vor den Treppen fürchtet. Der Löblich nahm ihr den Beutel ab, klopfte ihre Felljacke und ihre Bundhose ab, faßte sie am Arm und führte sie die Treppe hinab, die Aurehl immer mit dem Blick zum Himmel. Und dann führte der Löblich sie über den Jetplatz, und hinter ihnen gingen seine beiden Lernhauptmänner, ihre Empies in der Hand. Ich hörte dicht hinter mir den Mannfried leise sagen: »Bitte ganz still stehen und nicht erschrecken!« Ich spürte etwas Schweres auf meiner Schulter: Seine Empie! Ich spürte die Schüsse aus seiner Empie wie Schläge auf meine Schulter, und weil seine Schüsse dicht über den Löblich gingen, so warf der sich mit seinen Lernhauptmännern auf den Boden, Aurehl aber blieb stehen und wunderte sich, wie die drei Männer neben ihr auf dem Boden lagen. Dann beugte sie sich zum Löblich herab, der blieb liegen, dann beugte sie sich zu den Lernhauptmännern herab, die blieben auch liegen, und alle vier wußten nicht wie's weitergeht.

Aber die Treiber auf dem Jetplatz wußten es: Die hatten längst das Weltenauge erkannt in Aurehl! Die rannten nun zu ihr hin, die sangen laut, und die Vordersten weinten schon ihre Träne in ihre Hand, und der Löblich und seine Lernhauptmänner wagten nichts, blieben liegen auf dem Boden, und so hatte Aurehl wieder den besten Schutz.

Bald drauf war's dann wieder so wie im Münsterland: Aurehl gab die Befehle, jeder gehorchte ihr, und keiner wagte etwas gegen sie, und ihre Befehle hießen: Kein Jet und kein Heli darf aufsteigen, und keiner darf herabgehen ohne ihre Erlaubnis, alle Empies müssen erschlagen werden als Schlange im Gebüsch, und weil's keine Stöcke gab auf dem ganzen Jetplatz, so mußten die mit Feuerholz erschlagen werden und gleich drauf ins Gefängnis gebracht werden.

So standen dann am Ende wieder die Treiber mit ihren schweren Stöcken aus Feuerholz gegen ihre geschwächten Hauptmänner und machten uns den Weg frei zum Haus der Benefiten, den Siemers fanden wir nicht, und auch den Tamasch nicht, die waren beide längst abgeflogen, aber den Reiterbohm fanden wir, der hob seine Hand an seine Kapitänsmütze, wie es die Flieger machen bei den Pickbootas, der fragte nur: »Wohin?« Und ich: »Können Sie auch telefonieren?« Und er: »Fast so gut wie fliegen.« – »Dann rufen Sie bitte an: Re Dajana Kornegill, Höchste der Kornegills, im Schloß Marbach am Untersee!« Der Reiterbohm rief an, gab mir den Hörer und sagte: »Sprechen Sie bitte!« Ich sagte in den Hörer hinein: »Ich bin's.« – »Pan?« piepste es in mein rechtes Ohr, »wo bist du denn?« – »Am Jetplatz Düsseldorf, im Haus der Benefiten.« – »Und die Dohle?« – »Auch hier.« – »Und beide gesund?« – »Ja.« – »So gib mir doch endlich die Dohle!« Ich gab Aurehl den Hörer, die sagte in den Hörer hinein: »Ich bin's«, und horchte und sagte dann: »Durfte ich nicht! Denn der Bericht war verboten«, horchte wieder, und dann: »Von meinem Ausrufer«, und dann: »So viel Neues!«, und zuletzt: »Ja! Wir kommen!«

Danach befahl ich dem Reiterbohm, daß er uns zum Schloß Marbach fliegt, der fragte: »Erster Stock? Zweiter Stock? Dach oder Veranda?« Und ich: »Am besten: Veranda.« Und wie der dann lange telefonierte, daß ihm Re Dajana einen Heli schickt zum Rhein-Main-Airport, kam der Löblich zu uns und sagte: Es gefällt ihm nicht, daß Aurehl seine Treiber herumkommandiert auf dem Jetplatz, er will uns alle am liebsten gefangennehmen, er weiß aber nicht wie, denn draußen stehen ja seine Treiber und bedrohen ihn mit ihren Stöcken, und am besten wär's für uns und für die Ordnung der Welt, wenn wir alle zusammen freiwillig in sein Gefängnis gehen.

Ich antwortete ihm: »Das wäre sicher das Beste, aber nun sind ja leider schon die vielen totgeschlagenen Schlangen im Gefängnis, das wird ein zu großes Gedränge. Deshalb ist es besser, wir fliegen erst mal zur Hohen Frau Re Dajana Kornegill, Höchste der Kornegills. Und die wird uns dann sicher sagen, ob wir in Ihr Gefängnis gehen sollen zu den erschlagenen Schlangen.«

Der Löblich jammerte: »Ich habe aber den strengen Befehl, diese junge Dame gefangenzunehmen!« und zeigte auf Aurehl.

»Von wem denn?« fragte ich ihn.

Und er: »Vom Siebenerrat!«

Ich sagte: »Und ich habe den strengen Befehl von der Hohen Frau Re Dajana Kornegill, daß ich Aurehl zu ihr nach Schloß Marbach bringen soll. Und was ist dagegen der Befehl vom Siebenerrat?«

Drauf wußte er erst nichts, aber dann fiel's ihm noch ein: »Es ist aber ein Mordanschlag gegen mich verübt worden! Und nur weil ich mich geistesgegenwärtig hingeworfen habe, bin ich diesem Mordanschlag entgangen. Es muß also gerichtlich geklärt werden, wer diesen Mordanschlag gegen mich verübt hat.«

Ich konnte nicht anders, ich mußte ihn auslachen, ich sagte im Lachen: »Lieber Hauptmann Löblich! Ich habe gesehen, daß Sie sich auf den Jetplatz hingelegt haben. Aber ich kenne niemanden, der weiß, warum Sie sich hingelegt haben«, sah mich um in der Runde, ob es einer weiß, keiner wußte es, so sagte ich noch: »Sie müssen sich Ihren Parka putzen.«

Und der Löblich sah sich seinen Parka an, putzte ihn und gab's auf.

Um 14.35 Uhr nach der Uhr von der Heide saßen wir alle im Jet vom Reiterbohm, der zeigte uns, wie er seinen Jet hebt mit einem schnellen Schwung, so machen es die Flugkapitäne bei den Pickbootas. Und am Rhein-Main-Airport wartete schon der MacNeer auf uns mit einem Heli, und mit den kleinsten Bewegungen seiner kurzen, dicken Finger hob er uns hoch und flog uns zum Schloß Marbach, Re Dajana wartete auf uns mit Tamasch, Fort, den Lernmehden und vielen anderen Benefiten, ich führte Aurehl die Treppe herab, Re Dajana umarmte und küßte sie, so umarmt und küßt nur Re Dajana, sie sah keinen außer Aurehl, auch mich nicht, sie führte Aurehl zur Glastür, die stand weit auf, sie ging mit ihr durch den Spiegelsaal, über die Marmortreppe und dann über die andere Treppe, und ich immer hinterher, durch alle vier Zimmer, ins fünfte Zimmer, drin Krüge mit Blumen und Schalen mit Früchten aus der ganzen Welt, gleich stand ein Tischchen vor uns, und der Labiges beugte sich drüber und kostete vor, und Re Dajana aß im Stehen, und endlich sah sie dann auch mich und fragte mich: »Warum hast du mir keine Nachricht gegeben? Ich dachte schon, ihr seid beide tot!«, und aß im Stehen das Tischchen leer, und sah Aurehl an zwischen jedem Happen, und als das Tischchen leer war, kam sie zu mir, schüttelte und rüttelte mich und rief dazu: »Warum hast du mir denn kein einziges Lebenszeichen gegönnt? Warum? Warum?«, umarmte und küßte dann auch mich, aber die Felljacke störte sie, so rief sie: »Und was für kratzige Kleider habt ihr an! Die müßt ihr sofort ausziehen!«

Sie schob uns aus dem fünften Zimmer ins Bad Amun, sie bimmelte den Lernmehden, die mußten uns ausziehen, das zweite Tischchen mußte ins Bad Amun gestellt werden, neben die Wanne, und als ich dann mit Aurehl in der riesigen Wanne lag, von der weiß man ja nicht, ob sie Wanne oder Grab ist, da aß Re Dajana das zweite Tischchen leer, rief immer wieder: »So redet doch endlich! Wo wart ihr die ganze Zeit? Am 19. Juni haben diese Unmenschen doch schon ihre Raketen ins Ruhrbeton geschossen!« Und zu mir: »Und du wolltest doch Aurehl schon am 18. Juni herausholen! Und heute mittag erfahre ich, daß man euch aus dem Münsterland herausgeholt hat! Und was ist denn dieses Münsterland? Und wie seid ihr denn in dieses Münsterland gekommen? Und was habt ihr beide dort die ganze Zeit gemacht? Und ich? Ich warte und warte und warte! In Marbach! Und was soll ich denn in Marbach? Ohne euch! Und denkt ihr etwa, daß mir Marbach so gut gefällt?« Und redete und redete und schrie und schrie und schimpfte auf den Galloway, auf den Tamasch, auf den Eckhardt und auf den Siemers, und am Ende wußten wir's dann: Der Galloway ist an allem schuld, und der hat's ihr auch schon bekannt, und der wird vor ihr Gericht gestellt werden, in Kusko, und der Siemers hat nicht gut genug aufgepaßt auf die Stimme der Aurehl, so ist der auch schuld, und am meisten schuld ist der Eckhardt, denn mit seinen falsch geschossenen Raketen hat ja alles angefangen.

Als wir dann gebadet, gesalbt und geölt waren, das Haar getrocknet und die Nägel kurzgeschnitten, sah sie uns an, wir gefielen ihr gut, sie rief: »Meine schönen Königskinder! Verloren und wiedergewonnen! Oh, ihr meine schönen Königskinder!« Und dann hockten wir alle auf ihrem großen Bett, und Aurehl mußte alles erzählen, von Anfang an. Drüber schlief ich bald ein, wurde nur zweimal wach, das erste Mal, wie Re Dajana laut lachte über die Geschichte von der Heide, wie die sich nicht ausziehen will vor den Männern, auch wenn gleich die Raketen herabgehen werden, und das zweite Mal, wie Re Dajana einen Brief vorlas, vom Zeppelzett, geschrieben am Tag nach dem Himmelsrecht im Ruhrbeton.

Der hieß: »Meine liebe Reda! Nun ist es wieder einmal dahin gekommen, und keiner weiß, wie es gekommen ist. Und ich am allerwenigsten. Aber hör dich um, und alle sagen dir: Es mußte sein! Und das Schlimmste ist mir, daß es mitten im alten Bodenreif-Stammland passiert, und du weißt ja, wie ich gegen die Gewalt bin. Aber sogar mein eigener Sekretär sagt mir, daß wir ja praktisch keine Wahl gehabt haben. Du kennst dich ja auch aus mit diesen Leuten, Galloway, Eckhardt, und wie sie alle heißen. Aber wir haben ja schließlich und endlich diese Kreaturen selber an unserem Busen großgezogen. Was ich aber wahrhaftig bis zum heutigen Tage nicht gewußt habe, ist, daß diese Dohle mit in die Sache verwickelt ist. Und eben erfahre ich noch, daß der Lausbub, den ich dir voriges Jahr eingefangen habe, als Retter in der Not hingefahren ist, damit der wieder Ordnung schafft. Das wird der auch, vertrau drauf, denn wenn überhaupt einer, dann der. Und den Plan von dem Bub, daß er die Dohle aus der Gefahr rausholt, damit nicht mehr so viel über die Dohle gesungen und gepfiffen wird, den finde ich schlichtweg genial. Und jetzt warten wir's halt ab. A Propo: Wir Bodenreifs können mit einer außerordentlich erfreulichen Mitteilung aufwarten: Haben wir doch einen legitimen, sechspfündigen Nachwuchs bekommen in Gestalt eines gesunden Mädchens, welches ich selber bereits die Ehre hatte, daß es mir die Hosenbeine genäßt hat in aller Unschuld, und auch sonst ist das Gör die wahre Freude für mich. Sage das bitte auch dem Bub an, den du liebst, wenn er diese Dohle aus den Raketen herausgehauen hat, Dein dich ewig und aufrichtig verehrender Zeppelzett Bodenreif.«

6. Kapitel

16. Juli 269 bis ..., das Buch der Veränderungen, im Altiplano

Jeden Tag mußte nun Aurehl erzählen, und nichts durfte sie auslassen. Mal saßen wir auf der Veranda, mal fuhr uns der Forgensen auf der Yacht zur Reichenau, und Re Dajana zeigte uns ihr Schloß auf der Reichenau, mal stiegen wir auch auf zu dem runden Platz mit den drei Gesetzsteinen. Oft war bei uns der neue Schloßverwalter Rosenstock, der sah bald nur noch Aurehl, war sehr verliebt in sie und hielt sich streng an das Gesetz.

Und alles, was Aurehl berichtete, ging erst in die Kassette, und wurde später aufgeschrieben vom Kriss ins Buch der Veränderungen. Und wenn wir oben, im fünften Zimmer nebeneinanderlagen im großen Bett, und wenn Aurehl dann weitererzählte, so mußte sie's am Tag drauf noch einmal in die Kassette sagen, daß nichts verloren geht von ihrem Bericht.

Immer wieder fragte mich Re Dajana: »Warum hast du mir kein Lebenszeichen gegeben?« Und weil ich keine gute Antwort drauf wußte, so sagte sie: »Weil du eben immer noch ein Betonmensch bist!«

Einmal sagte Aurehl dazu: »Ja, Fürst ist ein Betonmensch, sonst hätte er uns nicht retten können.«

»Und ich?« rief Re Dajana dagegen, »ich habe fünfundzwanzig Tage und fünfundzwanzig Nächte lang gedacht, daß ihr beide tot seid! Und warum hast du nicht Aurehl herausgeholt und zu mir gebracht, wie es ausgemacht war? Weil du immer nur an Aurehl denkst und an ihre Betonmenschen! Aber du solltest endlich auch an mich denken und dir um mich Sorgen machen! Oder denkst du etwa, die Familien sehen einfach zu, wie die Dohle vor meinen Augen die Welt verändert, und wie du ihr dabei hilfst? Und ihr wißt ja beide nicht, wie ich mit euch hoffe, bange, verzage und wieder hoffe! Und wie ich zusehe, daß Aurehl die Liebe aller Menschen gewinnt! Und wie ich bald alle Macht bei den Familien verlieren werde, wenn ich euch so weitermachen lasse!« Und dann warf sie sich über Aurehl und drückte und küßte sie und sagte beim Küssen leise zu ihr: »Du machst alles, was ich gern machen möchte. Und für den Alten aus Iowa bist du das Höchste, was er kennt: Der alte, amerikanische Pioniergeist, der in diesen unmöglichen Menschen steckt, die das Unmögliche möglich machen wollen. Und ich? Was bin ich? Ich soll nicht einmal zusehen und mit dir hoffen und bangen und bangen und hoffen? Und wenn du dann alles erreicht haben wirst mit deiner Kraft, und mit deinem Mut, und mit deinem starken Willen, was wirst du dann machen? Du wirst mich vergessen! Ja! Aber du darfst mich nicht vergessen! Du darfst mich nicht vergessen!« und schüttelte Aurehl und bettelte sie, daß sie ihr die ewige Liebe schwören muß, und daß sie sie nie vergessen darf, immer wieder. Und Aurehl sah sie an mit ihren großen, ernsten Augen und antwortete ihr nichts. Das war in der Nacht zum 30. Juli des Jahres 269 der Neuen Zeit.

Am Tag drauf lagen wir auf Liegestühlen am Strand unterm Schloß, die Lernmehden hatten uns ausgezogen und uns die Haut gut eingeölt, Aurehl hatte aber trotzdem einen Baldachin über ihren Stuhl gestellt, und Xung-Tsiping bereitete uns das Erdbeereis: Die süßen, reifen Erdbeeren werden zerquetscht und mit Rahm und Gewürz in einer Schüssel zu einem Brei verrührt, die Schüssel stellt er in einen Kübel, drin gegraupeltes Eis, und er dreht die Schüssel im Kübel mit einer Kurbel, der Brei kühlt sich ab und wird steif, aber nicht zu steif, und wird kalt, aber nicht zu kalt, und anders darf das Erdbeereis beim Xung-Tsiping nicht sein. Man schleckt es aus der Waffel heraus und vergißt alles, was man davor gegessen und geschmeckt hat.

Mit uns schleckte der Tamasch das Erdbeereis aus der Waffel, der war von einer langen Reise zurückgekommen. Er trug seinen dicken dunklen Tuchanzug und schwitzte drin, am linken Handgelenk hing seine Ledertasche an der Kette, und die klapperte beim Eisschlecken.

Re Dajana fragte ihn mit ihrem Liebesblick: »Und wie geht es in der Welt, lieber Tamasch?«

Der antwortete: »Chochä Frau! Därmalän im schenän Schloßä das kestlichä Ärdbäreis gäschläckärt wird im chällän Sonnänscheinä, kommät andärwägs die finstärä Nacht iebär die Wält. Kommät mit däm Ieberfall auf das Waffändäpot beim Rhein-Main-Airport, kommät mit Insubordination im Minstärlandä, flutschum chabän wir drei Totä und einän Halbtotän, und kommät mit neiär Insubordination beim Airport Dissäldorf inklusivä Mordanschlag auf dän Chauptmann Leblich. Nicht schlimm. Abär dannän kommät där 20. Julius: Da gächän tausänd Autochthonä mit lautäm Gäsangä zum Jetplatz Roma. Zum Firchtän war das!« Und er sang uns vor: »Aureola nostra! Occhi dal mondo! Salvatrice nostra! Occhi dal mondo!«, hielt sich die Ohren zu beim Singen, und sagte dann: »Und wie nun fieglich där Kommodorä dän strängän Bäfähl härausschreiät, daß man die Autochthonän aufhaltän muß, so chält keinär von seinän Männärn auch nur einän auf, und mit ›Occhi dal mondo!‹ stirmän die Autochthonän das Lagärheislein! Und stähät där Kommodorä danäbän, chirnlos und kopflos, wie allä diesä Chauptmännär in ganz Eiropa! Und dannän kommät där 22. Julius in Lyon an där Rhonä. Und dortän cherät man einän neiän Gäsang: ›Oeil du monde! Aureole! Aureole! Oeil du monde!‹« und singt und hält sich wieder die Ohren zu und sagt dann: »Und mit däm neiän Gäsangä plindärn iebär tausänd Autochthonä das Lagärheislein, vierzähnä wärdän ärschossän, und andärntagäs, beim Gärichtä wärdän nochmalän nein Rädälsfiehrär ärschossän! Und unsäreinäs stächät sächändän Augäs danäbän!«

Der Singsang vom Weltenauge

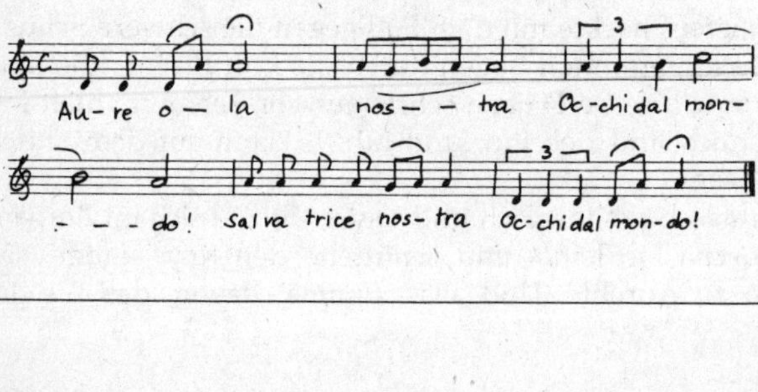

Ich sah, wie Aurehl aus ihrem Liegestuhl heraus wollte, ich sah, wie Re Dajana sie festhielt, daß sie bleiben mußte, und der Tamasch kam nun zum 27. Julius: Da waren tausend Betonmenschen aus dem großen Manchester-Liverpool-Beton mit lautem Gesang zum Jetplatz gegangen, wollten das Lagerhaus der Geschützten Händler aufbrechen, schafften es nicht, schafften aber das Waffendepot, schossen zusammen mit den Treibern auf die Hauptmänner, die rissen aus, schossen dann so lange auf das Tor vom Lagerhaus, bis das ganze Lagerhaus abbrannte, dabei gab es viele Tote und Verletzte, aber kein Gericht am Tag drauf, denn keiner wagte mehr ein Gericht. Und am Ende sagte er noch: »Nunmals kennän Sie sagän zu mir: ›Tamosch, liebär Tamosch! So lassä mich doch zufriedän mit allädäm! Dänn ausgämachtämalän ist das alläs ja im Bodänreiflandä.‹ Andärwägs muß ich abär die Chärrin anrufän mit lautär Stimmä: ›Äs ist där besä Anfang vom schlimmän Ändä!‹«. Und aus seiner Waffel tropfte das Erdbeereis auf seinen kostbaren Tuchanzug, so hielt er's dem Xung-Tsiping hin, und der nahm's ihm ab.

Re Dajana sagte zu ihm: »Also gut, lieber Tamasch, das ist geschehen, und ich werde mit Zeppi reden müssen. Aber im Kornegill-Land wird das so nicht geschehen. Denn im Kornegill-Land werden wir den Aufruhr rechtzeitig in Reformen umlenken, so wie wir es hier, in den Schiener Bergen gemacht haben. Also denke gut darüber nach und laß dir was einfallen! Und eins sage ich dir, liebster Tamasch: Eine Strafaktion wird es in meinem Familienland nicht geben, so wahr ich Re Dajana Kornegill bin!«

Der Tamasch sah sie an und sagte langsam: »Chochä Frau! Värzeichän Sie gietigst! Äs chat schon einä Strafaktion gägäbän, im Pachtlandä von den Kornägills.«

Da sprang Re Dajana auf, warf das Tischchen um mit dem Erdbeereis, hackte mit dem Fuß gegen die schwere Schüssel, die sollte im hohen Bogen durch die Luft fliegen, die kippte aber nur um, Re Dajana schrie auf vor Schmerz, hielt ihren Fuß hoch und rieb ihn, und hüpfte dann auf dem anderen Fuß weg.

Tamasch sah ihr nach und sagte: »Stoßät sich im Zornä das chiebschä Fießlein!« und schüttelte den Kopf, lange, sagte dann zu Aurehl: »Und alläs kommät davon, daß Sie diesä großän Eiglein chabän, und die falschä Liebä zu däm Mänschän! Und wissän Sie dännän nicht, daß die Liebä auch tetät?«, und zählte ihr vor die vier Treiber im Münsterland, drei von ihnen waren gestorben im Arzthaus am Jetplatz Düsseldorf, die vierzehn Erschossenen von Lyon, die neun Erschossenen beim Gericht von Lyon, die hundert Toten und die zweihundert Verletzten im Manchester-Liverpool-Beton, und wollte so weiterreden. Aber Aurehl sprang auf und rannte zur Treppe hin, und eine Lernmehd hinter ihr her mit dem Umhang, aber sie sah's nicht, blieb dann aber vor der Treppe stehen und ließ sich erst den Umhang umhängen und dann hinaufführen.

Und Tamasch sah ihr nach, schüttelte wieder den Kopf und sagte zu mir: »Und einä so chiebschä, jungä Frau mit so schneeweißär Chaut wie Alabastär! So ställä ich mir immär die Änglein im Chiemmäl vor!«

Dann sah er sich seinen bekleckerten Anzug an und sagte: »Und Sie sälbär? Hechstär Säkrätär fier die Sichärheit? Wo ist dännän wundärmalän die Sichärheit gäbliebän? Insoweit allsogleich beim Teifäl!« Er zeigte auf die umgekippte Schüssel auf dem Boden, aus der lief das Erdbeereis wie Blut mit Eiter, sagte mit einem Ekel: »Ärdbäreis!« stand auf und ging auch.

Ich sah zu, wie die Diener vom Labiges das zersprungene Geschirr wegräumten und das ausgelaufene Erdbeereis wegwischten, und als sie weg waren, sah ich übers Schilf und übers Wasser hinüber zu den Bergen am anderen Ufer, und in meinem Kopf war nur das Wort: Veränderungen! Und ein Frosch quakte: ›Veränderungen!‹ und das Schilf bog sich unterm Wind und sang mit dem Wind zusammen: ›Veränderungen!‹ Und immer nur dieses Wort. Und auch der Wasservogel schrie's heraus, und sogar die Welle im Wasser, wenn sie sich am Ufer überschlug. Und ich dachte: Frosch und Halm, und Vogel und Welle: Sollen sie sich doch alle verändern! Aber ich? Ich will doch leben! Und kann der Mensch denn leben bei den Veränderungen?

Später fand ich Aurehl im fünften Zimmer. Sie lag auf dem großen Bett, sie sagte zu mir: »Warum wickelst du mich nicht in dicke Tücher ein wie früher?«

»Die Tücher haben deine Augen noch größer gemacht«, antwortete ich ihr.

»Mach was!« bettelte sie. »Mach doch was! Was du anfängst, das endet doch gut!«

Erst wollte ich sie küssen und umarmen und fest an mich drücken für das Wort, aber gleich nach dem Glück über das Wort kam der Schreck, denn das war ein anderes Wort geworden in meinen Ohren und ging durch meinen Kopf und hieß dann: Was ich anfange, das geht zum falschen guten Ende! Und ich sagte zu Aurehl: »Dieses Wort stimmt nicht mehr.«

Und wie ich so vor dem großen Bett stand, hörte ich Aurehl erstaunt sagen: »Fürst! Du hast dich verändert!«

Da schrie ich den lautesten und längsten Schrei in meinem Leben und hielt mir beide Ohren fest zu, daß ich meinen Schrei nicht hören kann, hörte ihn aber doch.

Es kamen viele Briefe für Re Dajana und für mich, von den Hauptmännern, vom Siebenerrat, von den Höchsten Sekretären der Familien, und sogar vom Rilpe kam einer. Und immer stand drin: Wir wollen die Aufrechterhaltung der Ordnung unserer Welt, Re Dajana muß Aurehl klein machen, denn sonst zerstört Aurehl die Ordnung der Welt, am besten wär's, daß es mit Aurehl so geht, wie mit dem Anselm Cervato, der hatte ja den Wahnsinn und ist dran gestorben, aber Aurehl muß ja nicht gleich sterben, noch besser wär's, wenn sie erst mal lange den Wahnsinn hat, daß jeder den Wahnsinn bei ihr erkennen kann. Und der Galloway, der viel besser wußte, wie's bei Re Dajana geht, der schrieb: Die Reformen sollen im Kornegill-Land, in Amerika ausprobiert werden, und der Rilpe, der es noch besser wußte, der schrieb: Langsam, langsam muß alles gemacht werden, und das Familientreffen auf Hawaii muß abgewartet werden.

Der Fort sagte dazu: »Entweder das neue Polyxa-Monopol oder die Reformen«, der Tamasch wollte die Reformen nicht, aber das Monopol wollte er, und der Tschilgren-Johannsson schrieb aus Kusko: Keine Reformen, und wenn das Monopol bleiben soll, dann muß Kusko eine starke Festung werden.

Mich fragte Re Dajana nicht, und ich wußte auch nicht, wie's weitergehen soll in der Welt. Aber Aurehl wußte es. Die sagte zu Re Dajana: »Die Bodenreifs müssen das Münsterland freigeben. Ich muß mit dem Vertrag hinfahren und den neuen Dreistein errichten im Münsterland, und Annest Fill muß mir alles geben, was ich brauche für die Wintersaat, dazu auch das Schwein, die Gans und das Eierhuhn.«

Und schon am Tag drauf gingen die Befehle hinaus aus dem Schloß Marbach: Am 24. August wird Re Dajana abfahren nach Kusko, Gericht halten in Kusko und weiterfahren nach Hawaii, und auch am 24. August wird Aurehl mit mir, mit dem Kriss, mit der Wahulla und mit dem Mannfried, dazu auch mit der Heide als meine wichtige Vorleserin ins Münsterland fahren, und davor muß der Fort nach Italien und wird mit dem Höchsten Sekretär vom Zeppelzett, dem von Villingen, den Vertrag machen fürs Münsterland, den nimmt Aurehl dann mit ins Münsterland, aber lange bleiben wir dort nicht, denn spätestens auf Hawaii, aber besser schon in Kusko, sehen wir uns alle wieder, und der Airport Düsseldorf wird sicher gemacht gegen den Siebenerrat, und die vielen Briefe vom Löblich, die er uns geschrieben hat mit seiner Anklage wegen dem angeblichen Mordanschlag gegen ihn und zwei seiner Offiziere, die werden zerrissen und weggeworfen.

In diesen zwölf Tagen und Nächten bis zur Abfahrt war dann wieder der sechsarmige Grottengott bei uns, und der wußte es noch besser als vorher, was die Liebe bei den Menschen kann, wenn sie sich fest umarmen und gut festhalten, und der ganze Leib vom Menschen kriecht in den Kopf und hört und sieht und spürt und riecht mit dem Kopf alles, aber der Kopf vom Menschen macht sich auch groß für seinen ganzen Leib, daß er nicht den zartesten Finger vergißt, wie der über die Haut gleitet und nicht den leisesten Hauch vom Mund, wie der küßt und flüstert zugleich, und wir gehorchten dem sechsarmigen Grottengott aufs Wort, zwölf heiße Tage am Untersee, auf der Yacht und auf der Reichenau und zwölf warme Nächte am Strand, auf der Veranda und im fünften Zimmer oben.

Und mit vielen Küssen und mit lautem Lachen und schnellen Worten gingen wir auseinander am 24. August, am frühesten Morgen, und jeder Kuß hieß: Kusko oder Hawaii!, und das Lachen hieß: Spätestens Hawaii!, und die schnellen Worte hießen: Je schneller, desto besser! Und wir flogen ab vom schönen Schloß Marbach, Re Dajana nach Rotterdam, dort wartete dann das Schiff auf sie, und wir nach Düsseldorf, dort wartete der Reiterbohm auf uns mit einem riesigen Heli, zehn Säcke mit dem wertvollen Weizenkorn wurden eingeladen, dazu der Terralift und die Drillmaschine, hundert Eierhühner gackerten in Drahtkäfigen, und hundert Gänseküken piepsten, in zwei großen Kisten waren Reusen aus feinstem Garn, zuletzt kletterten wir hinein, der Reiterbohm hob uns hoch, flog uns übers Ruhrbeton, und um 16.10 Uhr nach der Uhr von der Heide senkten wir uns nahe bei den beiden Zelten ins Münsterland hinab.

Damit aber nicht wieder gleich das Gesinge anfängt, so hatte der Kundig nach Düsseldorf gegeben: Aurehl soll sich in großen Tüchern verstecken, vor allem ihre Augen darf keiner sehen, und erst aus dem Frauenzelt heraus darf sie sich das Münsterland ansehen.

Was sie dann sah, gefiel ihr nicht: Die meisten waren mit ihrer Pint zurück ins Ruhrbeton, und die geblieben waren, die hatten ihre Hütten noch nicht fertig für den Winter, und der Longley sagte dazu: »Sie sind wie die Kinder. Alles muß man ihnen hundertmal sagen. Es könnte eine Mustersiedlung werden, wenn man sie mit großer Ausdauer, großer Strenge und Gerechtigkeit führt und leitet.« Und dagegen sagte der Kundig: »Ausdauer und Strenge helfen nicht bei ihnen, sie brauchen die Liebe und das Verständnis.« Und noch besser wußte es der Kriss, der sagte: »Alles vergeblich, wenn sie nicht wissen, warum sie etwas machen sollen, und warum sie etwas anderes nicht machen sollen.«

So ging das lange hin und her vor dem Frauenzelt, und längst hatten die Münsterländer herausgefunden, daß das Weltenauge gekommen sein muß mit dem riesigen Heli, denn wer kommt sonst mit dem Heli zum Betonmenschen, außer dem Huster? Und weil auch die Eierhühner laut gakkerten, und weil auch die Gänseküken laut piepsten, und weil sie die Kisten und die Säcke sahen, so war's klar: Das Weltenauge hat mit dem Super den Vertrag gemacht und hat das Glück gebracht ins Münsterland, und gleich sangen sie den neuen Singsang drüber.

Der Abend kam, ich wollte gern weiterfliegen mit dem Reiterbohm, denn ich wollte noch das Schiff erreichen in Rotterdam und das ganze Münsterland vergessen mit den Veränderungen.

Auch der Kundig sagte zu Aurehl: »Ich bitte Sie, bleiben Sie nicht hier! Denn wenn Sie hier bleiben, singen diese Kindmenschen noch mehr und tun noch weniger. Der Doktor und ich, wir arbeiten hart daran, daß diese Kindmenschen endlich davon loskommen, ihr Glück von außerhalb zu erwarten.«

Der Kriss sagte: »Der Kundig hat recht«, deshalb muß ich als Ausrufer vor die Münsterländer hintreten und ihnen sagen: Das Weltenauge geht in ein anderes Beton und wird die anderen Betonmenschen erlösen.

»Nein, nein!« rief Aurehl erschrocken, »besser soll er ausrufen: Das Weltenauge geht zurück, tief in die Erde hinein.«

Dann ging's wieder lange hin und her, jeder wußte besser, was ich ausrufen soll, nur: Abfliegen müssen wir, und der Kundig und der Longley bleibt im Münsterland.

Der Reiterbohm wollte aber in der Dunkelheit nicht fliegen, sondern erst am nächsten Morgen. Die halbe Nacht ging's dann drum, wie der Acker richtig gemacht, wie das Saatkorn eingesät wird, wie die Eierhühner verteilt werden im Münsterland, wie die gefüttert werden müssen, und was noch alles fehlt für den Winter, ich kroch aber bald in meinen Schlafsack zwischen den beiden Zelten, und endlich ging dann die andere halbe Nacht die geliebte Wärme durch meinen ganzen Körper.

Am frühesten Morgen sagte ich zum Reiterbohm: »Fliegen Sie uns nun bitte nach Rotterdam, denn dort wartet schon ein Jet auf uns.«

»Das wird knapp«, antwortete der und erklärte mir den Treibstoff im großen Heli, wie der durch den Motor läuft wie durch einen riesigen, ewig durstigen Magen, und sagte am Ende: »Besser wäre es, wir machen eine kurze Zwischenlandung in Düsseldorf, nur zum Auftanken.«

Ich sagte aber streng zu ihm: »Keine Zwischenlandung in Düsseldorf!«

Und er, im Lachen: »Also gut, weil Sie es sind, versuche ich es heute mal ohne Treibstoff.«

Bald drauf hob er uns hoch, aus dem Münsterland hinaus, rechnete seinen Treibstoff aus, redete mit dem Towermann, ich verstand nichts davon, auch der Kriss verstand nichts, aber er verstand's besser als der Towermann wollte. Er drehte plötzlich seinen Heli in der Luft herum, daß die Welt ganz schief unter uns war, als ob sie gleich umkippen wird, und er schrie über den Lärm im Heli zu uns hin: »Ob mit oder ohne Treibstoff, wir müssen weiter! Airport Düsseldorf will Sie ins Gefängnis bringen. Ich versuche, nach Rotterdam zu kommen. Aber ist Rotterdam denn sicher?« – »Ist Rotterdam Bodenreifland?« schrie ich zurück, und er: »Aber ja!«, und ich: »Dann weiß ich Rat. Rufen Sie bitte aus: ›Der getreue Bergkamerad bittet den Hohen Herrn Zeppelzett Bodenreif um einen sicheren Jet in Rotterdam.‹« Dreimal rief er's aus in der deutschen Sprache, weil aber nichts zurück kam auf mein Wort, so senkte er seinen Heli hinab auf die Weiden unter uns, die waren aber morastig, so schimpfte der Reiterbohm auf die morastigen Weiden, sagte: »Hier können wir nicht bleiben, sonst sinken wir ein«, und beim tiefsten Flug suchte er dann einen festen Platz, fand einen kleinen Hügel, zeigte uns den und schrie: »Ein Polder!«, stellte seinen Heli auf den Polder, auf dem konnte der Heli nicht einsinken, und als es dann still war im Heli, sagte der Reiterbohm: »Hier warten wir unser Schicksal ab.«

Der Tag verging, dauernd war ein Geschnatter und Gepiepse im Cockpit von hundert Stimmen, aber vom Zeppelzett kam nichts. Ich sagte zum Reiterbohm: »Das Wort muß noch einmal durch die Luft gehen, daß es den Hohen Herrn Zeppelzett findet«, und erklärte ihm meinen Vertrag mit dem Zeppelzett, daß er mir hilft in der Not.

»Alles klar«, sagte der Reiterbohm drauf und redete dann lange im Englischen in sein Meik hinein, daß ich's nicht verstand, und sagte am Ende zu mir: »Das hätten Sie mir gleich sagen müssen. Ich habe den Hilferuf jetzt als Telex an alle denkbaren Aufenthaltsorte des Hohen Herrn verschicken lassen.«

Am Abend sagte der Reiterbohm zu uns: »Ich habe leider weder Decken noch Schlafsäcke an Bord, nur Notproviant. Es wird also eine wenig erfreuliche Übernachtung.«

Wir horchten noch lange auf die Stimmen im Cockpit, von Zeppelzett kam nichts, so setzten wir uns in die Helisessel, kuschelten uns dicht zusammen, schliefen, froren, kuschelten uns noch dichter, froren trotzdem, und beim ersten Lichtschimmer rannten wir alle schnell um den Heli herum, schlugen uns auf die Schulter und auf den Rücken, daß uns warm wird, und dann tranken wir jeder einen Schluck aus der Notflasche vom Reiterbohm und aßen jeder einen trockenen Keks vom Notproviant.

Viel Geschnatter und Gepiepse kam ins Cockpit über den langen Tag, aber kein Wort vom Zeppelzett. Wir wurden alle sehr hungrig, die Notflasche war leer, die Wahulla ging um den Polder herum, bis sie ein trübes Wasserloch fand, draus tranken wir dann, aber wenig, und dazu aßen wir den letzten Notkeks.

Endlich, am späten Abend, hörte der Reiterbohm aus dem Geschnatter heraus das Wort: »Getreuer Bergkamerad! Wo bist du?« Der Reiterbohm gab zurück: »Der getreue Bergkamerad ist in Not. Er braucht einen Jet in Rotterdam.« Dreimal gab er's in die Luft, aber nichts kam zurück, so still wir auch waren und gut horchten.

Als es dann dunkel und kühl wurde, kuschelten wir uns wieder auf den Helisesseln eng zusammen, schliefen wenig, am wenigsten schlief ich, die Heide bekam wieder ihren Husten, und die Wahulla tröstete sie und sagte zu ihr: »In Rotterdam bekommen Sie einen heißen Tee mit Honig und Zwiebelsaft, der hilft.«

Am Morgen kam dann endlich zu uns: »Zeppelzett schickt dem getreuen Bergkameraden einen Jet nach Rotterdam, und sein bester Flugkapitän, der Graf Rodinski, wartet auf den Befehl vom getreuen Bergkameraden.« Gleich hüpfte der Reiterbohm durch den Heli und sang dazu: »Gerettet, gerettet!« und dann rannten wir alle um den Heli herum mit dem Singsang: »Gerettet, gerettet!« und klopften uns gegenseitig auf die Schultern und auf den Rücken, bis uns dann endlich warm wurde. Wir tranken alle aus dem Wasserloch, und der Reiterbohm fand eine Schachtel mit wertvollen Kapseln, davon mußte jeder eine schlucken, die schützt den Magen und den Darm vor dem trüben Wasser.

Es kam aber noch ein anderes Geschnatter ins Cockpit, das hieß: Welcher Flugkapitän hat eine junge Frau mit dem Namen Dohle Aurehl an Bord? Die wird gesucht und die muß ins Gefängnis. Und um 11.10 Uhr nach der Uhr von der

Heide kam: Flugkapitän Graf Rodinski steht abflugbereit am Jetplatz Rotterdam. Er braucht aber die Passagierliste, sonst bekommt er keine Starterlaubnis. Und alles kam im Englischen, und ich verstand es nicht, und der Reiterbohm übersetzte es mir, aber ich hatte ja keinen Vertrag mit ihm, sondern mit dem Rilpe! Am Ende sagte der Reiterbohm zu mir: »Diese kleine, stille, freundliche Frau! Und sie jagen sie, als wären sie hinter zehn Teufeln her! Ich mache Ihnen einen Vorschlag: Ich fliege allein nach Rotterdam, tanke auf und rede mit dem Grafen, den kenne ich gut. Wir denken uns zusammen ein kleines Komplott aus, wie wir die junge Dame in seinen Jet einschmuggeln. Einverstanden?«

Ich sagte zum Reiterbohm: »Wie soll ich wissen, ob das alles wahr ist, was Sie mir sagen?«

Er antwortete: »Sie müssen mir einfach glauben.«

»Was ist das für ein Wort?« fragte ich ihn.

Und er: »Sie sollen mir vertrauen, daß ich die Wahrheit sage, zurückkomme und Sie dann alle in den Jet vom Grafen verfrachte.«

»Ohne Vertrag?« fragte ich ihn. Aber da stand schon die Heide neben mir und sagte mit einem großen Ernst zum Reiterbohm: »Schwören Sie mir einen heiligen, katholischen Eid, bei Gott und allen Heiligen, daß Sie diesem Herrn Pan Inka-Fürst die Wahrheit sagen, und daß Sie tot umfallen wollen, als Strafe Gottes, wenn Sie ihn angelogen haben!«

Der Reiterbohm hob seine rechte Hand, war plötzlich ganz ernst, so kannte ich ihn nicht, und sagte nur das Wort: »Ich schwöre.«

Und danach sagte die Heide zu mir: »Das ist jetzt auch ein Vertrag, noch besser als der Betonvertrag, denn den machen nicht zwei für sich, sondern zwei mit Gott.«

Und gleich drauf hob der Reiterbohm seinen Heli, und wir sahen ihm nach, bis er im Dunst verschwand. Das war am 26. August des Jahres 269, um 14.30 Uhr, es regnete, und die Heide hustete.

Nach dem Befehl der Wahulla mußte immer einer von uns eine große Runde um den ganzen Polder herumrennen, dem hängte sie dann die wetterfeste Fliegerjacke vom Reiterbohm um, und die anderen mußten sich dicht zusammenkuscheln, daß der Regen uns nicht von allen Seiten trifft und näßt. Die

Heide tröstete mich mit ihrem Glauben an den Gott, der weiß von jedem auf der Welt, wie's dem geht, und hilft jedem nach seiner Art, und keinen vergißt er, und am wenigsten vergißt er den Ärmsten und den Unglücklichsten.

Ich aber dachte: Auf dem Polder bleibe ich nicht lange! Entweder gehe ich zum Meer, daß ich mir Fische draus fangen kann, oder ich gehe zum Münsterland zurück. Ich wußte aber nicht, wo's zum Meer geht, und wo's zum Münsterland geht, und wenn ich die Runden etwas größer rannte und in die Weiden kam, so sank ich gleich tief ein. So sagte ich bei jeder Runde: Die renne ich noch, dann gehe ich los, zum Meer, zum Münsterland oder zum Ende.

Aber um 18.15 Uhr nach der Uhr von der Heide hörten wir erst das Pfeifen, dann das Klopfen von einem großen Heli, zuletzt sahen wir ihn, der senkte sich auf den Polder herab mit unerträglichem Lärm, der Reiterbohm ließ die Treppe herab, und beim Lärm der schnellen Libellenflügel stiegen wir auf, er schrie: »Wir fliegen jetzt mit Gott und allen Heiligen nach Rotterdam«, hob schon seinen Heli hoch, und die Heide erklärte mir das Wort vom Reiterbohm: Wie der Mensch besser mit Gott fliegt und allen Heiligen, als mit dem stinkenden Kerosin-Treibstoff, und wie er am besten mit allen zusammen fliegt: Mit Gott, mit allen Heiligen und mit Kerosin.

Nicht lange danach sahen wir einen großen Jetplatz unter uns, ein Jet stand abflugbereit auf der Runway, und der Reiterbohm senkte seinen Heli nahe bei diesem Jet herab. Wir stiegen aus, wir gingen hinüber zu dem Jet, an der Treppe standen zwei Lernhauptmänner, die wollten die Frauen nicht vorbeilassen. Der Reiterbohm sagte aber zu ihnen: »Lassen Sie doch wenigstens die Damen nicht im Regen stehen!«

»Jede der drei Damen kann die Gesuchte sein«, sagte einer der Lernhauptmänner dagegen.

Und der Reiterbohm: »Eben deshalb, bis das geklärt ist, sitzt der Graf Rodinski ja beim Platzkommandanten, und eben deshalb können wir ja auch nicht starten!«

Da ließen die Lernhauptmänner die drei Frauen vorbei, dann ging ich und stützte die Aurehl auf der Treppe, dann der Mannfried, zuletzt der Reiterbohm, der kam sehr langsam herauf. Als wir aber alle drin waren, schloß der Reiterbohm sehr schnell die Tür, rannte nach vorn zum Cockpit, gleich drauf heulte der Jet auf, als wäre er vom Mond gebissen, und dann raste er über die Runway, und wer schon saß, der wurde in den Sessel gepreßt, und wer noch stand, der fiel lang hin. Und der Jet stieg steil auf in den Himmel, zur Sonne hin.

Später, als der Jet schon hoch oben war, und unter uns das Meer, da kam der Reiterbohm zu uns in die Kabine gehüpft, sang wieder sein: »Gerettet, gerettet!« und erklärte uns die Inszenierung, die er zusammen mit dem Grafen Rodinski, dem Platzkommandanten gemacht hat: Der Rodinski macht seinen Jet heimlich startklar. Dann geht er zum Platzkommandanten und sagt zu dem: ›Ich erwarte ein paar von diesen überkandidelten Benefiten vom Hohen Herrn. Wir ersparen uns beide viel Ärger, wenn wir die schon mal an Bord gehen lassen, und klären inzwischen in Ruhe die Passagierliste.‹ Der Platzkommandant hat dann aber doch zwei seiner Lernhauptmänner vor den Jet gestellt, aus Angst vorm Siebenerrat. Aber da kam ihm der Regen zu Hilfe, und er konnte mit uns allen starten. Der Graf muß nun laut jammern um seinen Jet, wie der ohne ihn abfliegt vor seinen Augen. Und am Ende sagte der Reiterbohm noch zu mir: »Sie müssen nun dafür sorgen, daß der Graf keinen Ärger bekommt.«

Danach brachte uns der Reiterbohm ›den Imbiß‹: Man beißt auf vertrocknete Tomaten, die liegen auf vertrocknetem Schinken, der liegt auf vertrocknetem Brot, aber wir aßen den Imbiß auf, als wär's der beste Leckerbissen, vom Xung-Tsiping gemacht, und der Reiterbohm zeigte uns auch, wo der Saft ist im Jet und der schwarze Kaffeesud.

Und bald drauf wurden sie alle sehr müde im warmen Jet beim Rauschen der Luft, die Wahulla deckte alle Decken, die sie fand, über Aurehl, und in der kleinen Küche kochte sie sogar den versprochenen Tee für die Heide, aber ohne Zwiebelsaft. Alle schliefen dann tief, zuletzt auch die Wahulla.

Aber ich schlief nicht. Ich ging vor zum Cockpit, und wieder erschrak ich vor dem lauten Rauschen, der Reiterbohm machte seine Späße mit mir, und ich machte meine Späße mit ihm, so gings bis Karrakas.

In Karrakas sollte der Reiterbohm hinabgehen nach meinem Befehl, damit wir mit Re Dajana zusammen weiterfliegen können, wenn sie am 28. August mit dem Schiff ankommt. Aber in Karrakas waren auch schon die vom Siebenerrat und wollten Aurehl haben. So rechnete der Reiterbohm seinen Treibstoff aus und sagte dann zu mir: »Ich fliege weiter nach Kusko.«

Bei dem langen Flug um die Welt war die Sonne sehr langsam vor uns untergegangen, und der Reiterbohm mußte seine Uhr um und umstellen, denn die kannte sich nicht mehr aus mit der richtigen Zeit.

Nacht war's, als wir über Kusko waren, und auch in Kusko konnten wir nicht herabgehen, so flog uns der Reiterbohm weiter nach Lima, Lima war noch sicher, wir blieben aber im Jet sitzen, bis endlich die Sonne hervorkam über den Bergen von Lima, dann gab uns der Platzkommandant einen kleinen Heli, und der Reiterbohm flog uns gegen die Sonne nach Kusko, aufs Dach vom Sonnenpalast.

Als ich dann Aurehl die Treppe hinabführte, schrien die von der Groundcrew: Wir sollen schnell vom Dach weg, denn der Angriff wird gleich erwartet.

»Was für ein Angriff?« fragte ich, keiner gab mir eine Antwort drauf, sie zwangen uns zum Lift hin, wir stiegen ein, der Lift senkte uns hinab und hinab bis in die Katakomben, und da stand der Berkeley vor uns. Ich sagte zu ihm: »Ich bin der Höchste Sekretär für die Sicherheit bei den Kornegills, Siegelträger und ...« Aber der Berkeley unterbrach mich und schimpfte: »... Ihre Titel helfen keinem mehr weiter, verehrter Herr. Ich kann mich nur wundern, wie Sie noch auf dem Palast landen konnten. Es geht jetzt nur noch um Stunden oder Minuten bis zum Ende.« Ich sagte zu ihm: »Die Hohe Frau kommt morgen zum Gericht!« Und der Berkeley: »... oder wird gerichtet! So ist nämlich die Lage!« und mit dem einen Auge in seinem halben Gesicht sah er uns alle an, die Wahulla, die Heide und die Aurehl, den Reiterbohm, den Kriss, den Mannfried und mich, und sagte zu uns: »Es gefällt mir gar nicht, daß Sie alle noch landen konnten! Denn jeder Benefit im Palast ist ein Benefit zu viel bei der Verteidigung.« Dann führte er uns durch die Katakomben zum Lederberg hin, der sah mich an, erkannte mich gleich und rief glücklich: »Du! Du kommst mich befreien!« Der Berkeley ging, ich sagte zum Lederberg: »Ja, deshalb komme ich.« Ich merkte bald, daß der Lederberg nichts weiß, nichts davon, daß Re Dajana nicht mehr zum Gericht kommen wird, und nichts davon, daß gleich die Raketen über den Palast gehen und ihn zertrümmern werden wie den Hochstein vom Dirk, denn er ist auch ein Kindmensch wie die im Münsterland, und er hat seine Kapseln, wie der Betonmensch seine Betonsprüche hat, und zu ihm paßt auch gut das Wort: Wer das Geheimnis kennt, der stirbt daran.

Und dann sah ich die Ajoareh! Die ist kein Kind, die ist eine Wache, Helle, Schnelle, die packte mich, die zog mich in eine Ecke, die redete leise, schnell und klar zu mir, die sagte: »Ich kenne den Fluchtweg, und ich weiß, wie wir aus Kusko herauskommen.« – »Aber wohin?« fragte ich sie, und die Ajoareh: »Nach Matschju-Pitschju!«

Und bei dem schönen Wort dachte ich nicht weiter drüber nach, sagte nur: »Wir sind neun!« und zählte ihr vor zu Aurehl und mir und zu ihr und zum Lederberg noch die Heide, die Wahulla, den Kriss, den Reiterbohm und den Mannfried. Aber sie sagte nur: »Neun oder neunhundert ist mir gleich. Kommen Sie! Ich will doch endlich leben!« und wollte uns gleich drauf den Fluchtweg zeigen. Aber der Lederberg wollte, daß wir seine ganze Jahresration Polyxa mitnehmen, sieben große Kisten, immer tausend Schachteln drin, damit er sein Polyxa endlich allen Menschen geben kann. Ich sah in die Augen von der Aurehl, in die Augen vom Kriss, die sagten mir ›nein!‹ mit ihrem Blick, ich sah aber auch in die Augen vom Reiterbohm und von der Wahulla, und die sagten mir mit ihrem Blick: ›Ja! Das Polyxa muß gerettet werden!‹ Ich dachte an meine Jahresration, die hatte ich immer in meinem Beutel, und dachte: Hundert Schachteln dazu wären gut, aber nicht sieben Kisten. Das sagte ich dann auch zum Lederberg, aber davon wollte er nichts wissen: Entweder nehmen wir alle sieben Kisten mit für alle Menschen, oder keine einzige Schachtel. Drauf ging's noch zweimal hin und her zwischen dem Lederberg und mir, und dann gingen wir ohne ihn und ohne Polyxa. Die Ajoareh zeigte uns den geheimen Gang, in den hatte sie zwei große Rucksäcke mit Notproviant, Biwakzelt und Schlafsack gestellt, die nahmen wir mit und tasteten uns den Gang entlang in der Finsternis, lange, und endlich standen wir vor einer Tür, die Ajoareh sagte: »Die Tür muß eingeschlagen werden«, der Kriss versuchte es, dann der Mannfried, und zusammen schafften sie's, und gleich drauf standen wir im hellsten Licht, gingen durch Kusko, zu den Bergen hin, und in den Bergen gibt es den Inkapfad aus der Alten Zeit, wer den kennt, kommt überall hin, durch Berg und Tal, und die Ajoareh kannte ihn. Vier lange Tage führte uns die Ajoareh durchs Gebirge, sie bestimmte den Rastplatz und teilte auch selbst den Proviant aus, und in der Nacht schliefen immer zwei in den beiden Biwakzelten, und zwei in den beiden Schlafsäcken. Mit der Aurehl hatte ich's schwer, denn wenn wir über dem Abgrund waren, klammerte sie sich an mich und wollte nicht weiter, kroch dann auf Händen und Füßen hinüber, und die anderen mußten warten. Die Heide hustete, der Reiterbohm hatte schon am zweiten Tag wunde Füße und jammerte, und alle wurden wir sehr schwach beim Notproviant aus den beiden Rucksäcken, und wir hatten ja schon vorher auf dem Polder nur den Notkeks gegessen. Aber Sauberes Wasser gab's aus hundert Bächen.

Und am fünften Tag, lange vor dem höchsten Sonnenstand, sagte die Ajoareh zu uns: »Das ist der ›Terrassenberg‹«, und zeigte nach vorn. Ich rief: »Und dahinter ist Matschju-Pitschju!« und mit unserer letzten Kraft stiegen wir auf, die Ajoareh mit ihrem: »Hiju! Hajo!« und der Reiterbohm mit seinem: »Gerettet, gerettet!«, aber oben waren wir dann alle ganz still: Denn wir sahen herab auf kahle, rußgeschwärzte Mauern, alle Dächer waren abgebrannt, und keinen einzigen Menschen sahen wir auf den Treppen von Matschju-Pitschju.

Lange standen wir so, dann sagte der Reiterbohm zu mir: »Sagen Sie, was Sie wollen: Fliegen ist doch schöner! Denn der Flieger weiß doch wenigstens, daß er ein Bad und ein Bett bekommt nach der Landung.« Und die Heide warf ihren Kopf herum, wie nur sie es kann, und sagte nur: »Kornegill!«

Und dann, als ob es nicht anders sein kann, ging Aurehl los, stieg ab über die Treppen, von Terrasse zu Terrasse, an ihrem Acker vorbei, sie brauchte keinen, der ihr hilft, und wir gingen hinter ihr, und sie führte uns von Haus zu Haus, holte heraus Brote, Würste, Käse, Früchte und alles, was nicht verbrannt war, wir trugen alles auf den Großen Platz, auch Feuerholz trugen wir zusammen, dann machten wir uns ein Feuer, setzten uns drum, steckten süße Kartoffeln hinein aus dem Keller unterm Haus der Köche, rösteten riesige Fleischstücke überm Feuer, und aßen und tranken alles auf bis auf den letzten Brotkrümel und die letzte Traube, waren dann sehr satt, legten uns lang hin und sahen die Wolken über uns fliegen wie riesige Greifvögel auf der Jagd, und ein Sonnenstrahl traf uns wie ein Blitz, und ein eiskalter Wind schlug uns den Regen ins Gesicht, und gleich drauf brannte die Sonne auf unsere nasse Haut, wärmte uns und machte uns schläfrig.

Aber nicht lange, denn die nächste Wolke kam und brachte den nächsten Regen, und ich war plötzlich hellwach und erinnerte mich, wie ich vom Terrassenberg ins Tal der Lamas hinabgesehen hatte, und wie ich da unten die vielen zahmen Tiere gesehen hatte, Lamas, Vikunjas und Alpakas, und wie die ohne ihren Hirten da unten weideten. Das erzählte ich nun allen satten Schläfern und sagte dazu: »Wir steigen ab ins Tal der Lamas, wir fangen die zahmen Tiere ein, und wir werden Hirten.«

Erst hoben sie nur alle den Kopf und sahen mich an wie den Mann im Nebel, dann ging's zweimal hin und her zwischen dem Kriss und dem Reiterbohm, und dann war's beschlossen. Und satt und schlapp stiegen wir ab ins Tal der Lamas und fingen die vielen zahmen Tiere ein, Lama, Vikunja und Alpaka, und dreimal stieg noch der Kriss mit dem Mannfried nach Matschju-Pitschju, sie holten aus den abgebrannten Häusern heraus Schuhe, Kapas, Messer, Decken, damit bepackten wir die Lamas, und dann trieben wir die Tiere auf den Pfad zur Hütte vom Kunumis. Der sah uns kommen, der redete nicht mit uns, der sah sich aber jedes Tier an, ob es ihm gefällt, alle Tiere gefielen ihm, und so war's dann ein Vertrag ohne Worte, daß wir bei seiner Hütte bleiben dürfen, und seine Kinder, die hatte ja Zeppelzett Hansi und Greti genannt, die banden alle unsere Tiere an, daß sie sich nicht im Gebirge verirren und uns verloren gehen.

Am Tag drauf zeigte die Uhr von der Heide nichts mehr an, weder den Tag noch die Stunde, und der Reiterbohm hatte seine Uhr schon lange im Lianengestrüpp verloren. So weiß ich nicht, wie viele Tage und Nächte wir beim Kunumis geblieben sind. Alle lernten sie, wie man nach der Sonne lebt, ob die hoch steht oder niedrig, oder ob sie sich versteckt über den Wolken, Hansi und Greti zeigten uns die besten Weiden ringsherum, nach dem stummen Befehl vom Kunumis schlachteten wir drei unnütze Widder, nur er durfte den Zibben die Milch abmelken, und er bereitete uns seine Estofado in einem großen Topf aus dem Haus der Köche von Matschju-Pitschju. In der Nacht lagen wir alle um die Feuerstelle herum, auf halbverkohlten Kapas und auf weichen Fellen, Aurehl und ich immer dicht zusammengekuschelt, und auch die anderen wollten sich gern zusammenkuscheln. Aber sie wußten lange nicht, wer sich mit wem zusammenkuscheln will, bis dann die Wahulla den Reiterbohm fand. Danach wollte die Ajoareh gern den Kriss finden, der sah aber lange nur die Aurehl an, und sonst nichts im ganzen Gebirge, und der schrieb auch jeden Tag im Buch der Veränderungen. Aber endlich sah er's ein, daß er mit der Ajoareh warm und glücklich werden kann in der Nacht, auch wenn in seinem Kopf die Aurehl ihn wärmte. So blieb noch der Mannfried, der hätte sich auch gern mit der Ajoareh zusammengelegt, und die Heide blieb noch, die wollte sich gern mit mir zusammenlegen, aber nur katholisch, und nur ohne Aurehl. Die beiden schliefen allein, aber die Heide machte ihr Lager immer neben meinem.

Ich sah bald, daß wir nicht beim Kunumis bleiben können. Wir brauchten den Tausch für die Milch, fürs Fell und fürs Schlachtfleisch, und den konnten wir nicht bekommen im Gebirge beim Kunumis. So versammelte ich dann alle um mich und sagte zu ihnen: »Laßt uns aus dem Gebirge hinausgehen, bis wir Menschen finden, die mit uns tauschen, damit wir alles haben, was wir brauchen als Hirten.«

Den ganzen Tag ging's dann hin und her zwischen uns, bis die Ajoareh sagte: Sie kennt noch einen anderen Inkapfad, ins Altiplano, das ist ein weites, flaches Land, und dort werden wir viele Indios treffen, die gern mit uns tauschen wollen.

Am Abend war's dann beschlossen, daß wir gehen, fünf Tage führte uns die Ajoareh über den Inkapfad, fünf Nächte lagerten wir in unseren halbverkohlten Kapas, und am sechsten Tag tauschten wir schon Milch gegen Brot aus Maismehl, Felle gegen süße Kartoffeln und Schlachtfleisch gegen feinstes Gewebe.

Der Kriss lernte von der Ajoareh die Kuetschuasprache, und beide zusammen riefen sie laut aus das Vlies, das Blut und das Fleisch, wenn wir ein Lama schlachteten, wie ich im Beton das Schaf ausgerufen hatte, der Reiterbohm wurde unser Koch und sang oft sein »Gerettet, gerettet«!, wenn er endlich das richtige Würzkraut gefunden hatte, die Wahulla wurde unser Arzt und kannte sich gut aus mit dem Heiltee, mit dem Salbumschlag und mit der richtigen Diät, die Heide wollte uns alle katholisch machen für ihren Gottvater mit seinem Sohn und allen seinen heiligen Geistern, der Mannfried wurde unser bester Hirt und fand eine Indiofrau, die sich gern zu ihm legte, und ein junger Kuetschuamann ging viele Tage hinter uns her und sah die Heide an mit verliebten Augen, er lernte auch das Deutsche von der Heide, denn er wollte sich von ihr missionieren lassen, damit sie beide katholisch zusammenliegen können, dazu mußte aber noch ein katholischer Zauberer gefunden werden, den nennt sie ›den Geistlichen‹, den fanden wir aber nicht im Altiplano, so viel wir auch suchten, und am meisten suchte der arme Kuetschuamann.

Weil nun keiner mehr den Tag und die Stunde ansagen konnte, so weiß ich nicht, wann es war, daß wir eine Frau und einen Mann sahen in unserer Nähe, die Frau stand auf einem Mauerstumpf, der Mann saß neben ihr, und um sie herum saßen viele Menschen und hörten gut zu, was die Frau zu ihnen sagte in der Kuetschuasprache. Die Ajoareh übersetzte uns alles, was die Frau sagte: Sie wird durchs ganze Altiplano gehen bis zum großen See, und auch um den großen See wird sie herumgehen bis zur Sonneninsel, und auf der Sonneninsel wird sie den Sonnengott anrufen, daß er ihr noch einmal, aber zum letzten Mal den Zauberstecken gibt, und dann wird sie den Zauberstecken in den Boden hineinstoßen, überall, im ganzen Altiplano, und dort, wo er tief hineingeht in den Boden, dort ist dann der fruchtbare Boden. Danach wird keiner mehr Hunger haben, und keiner wird mehr den anderen vertreiben im Streit und ihn töten aus Neid, denn es wird genug da sein für alle. Aber dazu braucht sie das Reiseopfer und die Reisekleider, die müssen die Menschen ihr geben, damit sie bis zur Sonneninsel hinkommt, und nur sie allein kann den Sonnengott anflehen um den

Zauberstecken, denn sie ist die wahre, aber verkannte Tochter vom Sonnengott.

Diese Frau war schön in ihrer Rede und gefährlich in ihrem Zorn, wenn sie den Menschen drohte, falls sie ihr nichts geben für die Reise, und war am schönsten bei ihrem Liebesblick zu den Menschen, Mann, Frau und Kind, wenn sie bekam, was sie verlangte, und allen Menschen das neue Glück versprach. Und so wurde sie auch wirklich die Tochter vom Sonnengott für die armen, elenden Indios um sie herum: Re Dajana Kornegill war's, die zu den Menschen redete, und der Labiges war bei ihr.

Ich dachte: Gleich springt Aurehl auf, rennt zu ihr hin, an den Menschen vorbei und wird ihre starken Arme um sie schlingen und sie nicht mehr loslassen. Aber sie sah nur hin mit starrem Blick und hörte gut zu, was die Ajoareh uns übersetzte.

Und erst am Abend, als der letzte Mensch sein Opfer gegeben hatte für die Reise zur Sonneninsel, und als Re Dajana abgestiegen war vom Mauerstumpf, und als der Labiges alle Opfer gezählt hatte und in den großen Beutel gelegt hatte, erst da ging Aurehl langsam zu den beiden hin, bis Re Dajana sie erkannte. Sie sahen sich an, lange, und auch der Labiges erkannte Aurehl, die beiden schönen Frauen gingen die letzten drei Schritte zueinander, umarmten sich, aber anders als ich's kannte: Nur einmal, schnell, und dann setzten sie sich beide nebeneinander auf den Mauerstumpf und redeten leise, daß wir's nicht verstehen konnten.

Lange redeten sie, und erst als schon die Lagerfeuer brannten, und unsere Herde war angepflockt, und der Reiterbohm hatte schon das Essen ausgeteilt, da kam Aurehl zurück, setzte sich neben mich, bekam ihr Essen zugeteilt vom Reiterbohm, aß mit ihrem Hunger und sagte zu uns: »Sie ist in ihrem Schiff um ganz Amerika herumgefahren, denn niemand wollte sie in den Hafen nehmen. Ihr Vater Rubin ist Höchster bei den Kornegills geworden. Sie will, daß ich mit ihr gehe und ihr helfe, daß wir beide zusammen die Menschen erretten aus ihrer Not.«

Dann sah sie sich um im Kreis, ob ihr auch jeder gut zuhört, und sagte noch: »Ich gehe aber nicht mit ihr.«